«Was tun? Alles war noch zu tun (...): den Irrtum bekämpfen, die Wahrheit finden und künden, die Welt aufklären, vielleicht ihr sogar zu einer Wandlung verhelfen.»

# ZU DIESEM BUCH

Mit den *Memoiren einer Tochter aus gutem Hause*, die erstmals 1958 erschienen, unternimmt Simone de Beauvoir das «unbesonnene Abenteuer», von sich selbst zu sprechen. Mit der schlichten Eindringlichkeit, der unbedingten Aufrichtigkeit und der klaren Intelligenz, die schon ihre Romane kennzeichneten, erzählt sie die Geschichte ihres Weges vom ehemals großbürgerlichen Boulevard Raspail, an dem ihr Elternhaus stand, bis in die Cité universitaire, wo es zu der schicksalhaften Begegnung mit einem Mann kam, der, wie sie berichtet, Pfeife rauchte und nie aufhörte zu denken: der Begegnung mit Jean-Paul Sartre, die zum entscheidenden Erlebnis ihres Lebens wurde. Es ist ein Weg, der aus der in konventionellen Denk- und Lebensformen erstarrten Welt der Eltern in die Welt des Denkens führt, der «unerbittlich alle Formen des Idealismus auf ihre Nichtigkeit» reduzierte.

Die Loslösung Simone de Beauvoirs von den Konventionen und Tabus ihres bürgerlich-katholischen Elternhauses stellt einen Modellfall existentialistischer Selbstbefreiung dar. Mit neun Jahren ist sie noch fest entschlossen, Nonne zu werden, mit zwölf aber hat sie den Glauben bereits verloren. Im Alter von fünfzehn Jahren faßt Simone de Beauvoir den Plan: ich werde Schriftstellerin. Neben Sartre sind es vor allem vier andere Menschen, deren unterschiedliche Haltung zur Frage der persönlichen Freiheit für Simone de Beauvoirs Entwicklung große Bedeutung gewinnt: Zaza, die

die Befreiung aus der Enge der bürgerlichen Welt *nicht wagt,* Stépha, die aufgrund ihrer natürlichen und realistischen Weltsicht einer solchen Befreiung *nicht bedarf,* Jacques, der zu unsicher ist, um Simone de Beauvoirs Freiheitsstreben zu bestärken, und Herbaud, dessen labiler, aber warmherziger Intellekt ihr Denken und Fühlen zu versöhnen versteht. Beauvoirs Geschichte von der Abkehr vom bürgerlichen Wertsystem ist von Beginn an untrennbar verbunden mit der Frage nach der Emanzipation der Frau. Bis heute gilt Simone de Beauvoir als Protagonistin und Vorbild der europäischen Frauenbewegung.

Simone de Beauvoir, eine der führenden Gestalten des französischen Existentialismus in der Literatur, wurde am 9. Januar 1908 in Paris geboren. Sie studierte an der Sorbonne Philosophie und bereiste schon in jungen Jahren Europa, Nordafrika und später Amerika. Sie unterrichtete in den Jahren von 1931 bis 1941 an Lyzeen in Marseille, Rouen und Paris. Ihre erzählenden, dramatischen und essayistischen Arbeiten sind von einer dialektisch-materialistischen und existentiellen Weltanschauung bestimmt. Ein Grundzug ihres Werkes ist die Kritik an einer allein durch den Mann geprägten sozialen Ordnung und die Forderung nach einer vollständigen Emanzipation der Frau. Simone de Beauvoir starb am 14. April 1986 in Paris.

rororo

SIMONE DE BEAUVOIR

# Memoiren einer Tochter aus gutem Hause

*Aus dem Französischen übertragen von Eva Rechel-Mertens*

ROWOHLT TASCHENBUCH VERLAG

Umschlaggestaltung Barbara Hanke / Cordula Schmidt
Abbildung Ausschitt aus dem Gemälde «Der Kuß» von Gustav Klimt,
Archiv für Kunst und Geschichte / Berlin
Fotonachweis von Seite 1 Copyright © by Librairie Gallimard

Einmalige Sonderausgabe September 1998

Veröffentlicht im Rowohlt Taschenbuch Verlag GmbH,
Reinbek bei Hamburg, Juli 1968

Satz Aldus PostScript (PageOne)
Gesamtherstellung Clausen & Bosse, Leck
Printed in Germany
ISBN 3 499 22507 7

# Erster Teil

# I

*Ich bin am 9. Januar 1908* um vier Uhr morgens geboren, und zwar in einem Zimmer mit weißlackierten Möbeln, das nach dem Boulevard Raspail zu lag. Auf Familienphotographien, die aus dem folgenden Sommer stammen, sieht man junge Damen in langen Kleidern und straußfedergeschmückten Hüten sowie Herren mit ‹Kreissägen› und Panamas auf dem Kopf, die einem Baby zulächeln; das sind meine Eltern, mein Großvater, meine Onkel und Tanten – und ich. Mein Vater war damals dreißig Jahre alt, meine Mutter einundzwanzig, und ich war ihr erstes Kind. Ich wende eine Seite im Album um: Mama hält ein Baby auf dem Arm, doch das bin diesmal nicht mehr ich; ich trage bereits einen Plisseerock und eine Baskenmütze und bin zweieinhalb Jahre alt; inzwischen ist meine Schwester auf die Welt gekommen. Ich war, so scheint es, eifersüchtig, aber nur kurze Zeit. So lange ich mich zurückerinnern kann, war ich stolz darauf, die Ältere und damit die Erste zu sein. Als Rotkäppchen verkleidet, trage ich einen Korb am Arm mit einem Kuchen und einem Topf Butter darin; ich fühlte mich interessanter als das Baby, das ohne Hilfe noch nicht aus seiner Wiege heraus konnte. Ich hatte eine kleine Schwester, aber der Säugling ‹hatte› mich nicht.

Aus meinen ersten Jahren finde ich in mir nur noch einen unbestimmten Eindruck von etwas, das rot, schwarz und warm ist. Die Wohnung war rot, und rot auch der Moquetteteppich, das Renaissance-Speisezimmer, die gepreßte Seide, die die Glastüren verkleidete, sowie die Plüschvorhänge in Papas Arbeitszimmer; das Mobiliar dieser geheiligten Stätte war aus schwarzem Birnbaumholz; ich kroch in die Höhlung unter dem Schreibtisch und hockte dort, in Finsternis gehüllt. Es war da dunkel, es war warm, und das Rot des Moquetteteppichs stach mir lebhaft in die Augen. So verging meine allererste Zeit. Ich schaute, tastete und machte in warmer Geborgenheit Bekanntschaft mit der Welt.

Mein tägliches gesichertes Sein verdankte ich Louise. Sie kleidete mich morgens an, zog mich abends aus und schlief nachts im gleichen Zimmer wie ich. Jung, ohne Schönheit und ohne Geheimnis, da sie – so glaubte ich wenigstens – nur dazu da war, über mich und meine Schwester zu wachen, erhob sie niemals die Stimme, niemals schalt sie uns ohne Grund. Ihr ruhiger Blick beschützte mich, während ich im Luxembourggarten Sandkuchen backte und meine Puppe Blondine im Arme wiegte, die in der Christnacht mitsamt dem Koffer, der ihre Ausstattung enthielt, vom Himmel herabgekommen war. Wenn es Abend wurde, setzte sich Louise zu mir, sah mit mir Bilderbücher an und erzählte mir Geschichten dazu. Ihre Gegenwart war für mich notwendig und erschien mir natürlich wie die des Bodens unter meinen Füßen.

In meine Mutter, die mir ferner und weit kapriziöser vorkam, war ich gewissermaßen verliebt; ich saß in der duftenden Wohligkeit ihrer Arme auf ihrem Schoß und bedeckte ihre Haut, die noch die einer jungen Frau war, mit Küssen; manchmal erschien sie des Nachts an meinem Bett, schön wie ein Gemälde in ihrem mit einer malvenfarbenen Blume geschmückten moosgrünen Kleid oder in der von schwarzen Jettperlen funkelnden Abendrobe. Wenn sie böse war, ‹sah sie mich groß an›; ich fürchtete diesen Gewitterblitz, der ihr Antlitz unschön erscheinen ließ; ich brauchte ihr Lächeln.

Meinen Vater bekam ich nur wenig zu Gesicht. Jeden Morgen begab er sich ins ‹Palais›, den Justizpalast, mit einer Mappe voller Dinge unter dem Arm, die man nicht anrühren durfte und die er seine Akten nannte. Er trug weder Voll- noch Schnurrbart, seine Augen waren blau und vergnügt. Wenn er abends heimkam, brachte er Mama Parmaveilchen mit, sie küßten einander und lachten. Papa lachte auch mit mir; er lehrte mich singen: *C'est une auto grise …* oder *Elle avait une jambe de bois.* Er verblüffte mich, indem er aus meiner Nasenspitze Zehn-Sous-Stücke zog. Er verstand mich zu amüsieren, und ich freute mich, wenn er sich mit mir beschäftigte; aber seine Rolle in meinem Leben war nicht sehr deutlich umrissen.

Die Hauptfunktion von Louise und Mama bestand darin, mich zu füttern, was für sie nicht immer eine leichte Aufgabe war. Durch den Mund trat die Welt auf sehr viel intimere Weise als durch Augen und Hände in mich ein. Ich nahm sie aber nicht einfach in Bausch und Bogen hin. Der fade Geschmack der Grünkernsuppe, des Haferschleims, der Brotsuppen entlockte mir sogar Tränen; schmieriges Fett, das klebrige Innere der Schaltiere widerten mich an; Schluchzen, Geschrei, Erbrechen waren die Folge davon; meine Antipathien waren so unüberwindlich, daß man darauf verzichtete, ihnen entgegenzutreten. Umgekehrt machte ich mir das Privileg der Kindheit, für die Schönheit, Luxus und Glück noch eßbare Dinge sind, leidenschaftlich zunutze: in der Rue Vavin blieb ich starr vor Bewunderung in den Anblick der transparenten Fruchtpastenherrlichkeiten und des vielfarbigen Blütenflors der sauren Drops versunken stehen. Ich war ebenso begierig auf ihre Farben, Grün, Rot, Orange und Violett, wie auf das Gaumenvergnügen, das sie mir verhießen. Oft wurde mir das Glück zuteil, daß meine Bewunderung in genießerisches Schwelgen einmündete. Mama zerstampfte Pralinen in einem Mörser, sie mischte die körnig-pudrige Substanz mit einer gelben Creme; das Rosa der süßen Füllungen stufte sich in erlesenen Tönungen darin ab: ich tauchte meinen

Löffel in etwas wie Abendröte. An den Abenden, an denen meine Eltern Gäste hatten, vervielfältigten die Spiegel im Salon das Glitzern eines kristallenen Lüsters. Mama setzte sich an den Flügel, eine Dame im Tüllkleid spielte Geige und ein Vetter Cello. Ich zerdrückte zwischen den Zähnen die Schale einer verborgen gehaltenen Frucht, und eine lichtgefüllte Blase zerplatzte mit Johannisbeer- oder Ananasgeschmack gegen meinen Gaumen: mir gehörten Farbe und funkelndes Licht, mir die Chiffonschals, die Diamanten, die Spitzen, mir das ganze Fest. Die Paradiese, in denen Milch und Honig fließen, haben mich niemals verlockt, aber ich neidete der ‹Dame Tartine› ihr Schlafzimmer, das aus einem Windbeutel bestand. Wenn die Welt, in der wir leben, um und um eßbar wäre, welche Macht besäßen wir über sie! Als ich erwachsen war, hätte ich am liebsten die blühenden Mandelbäume abgeweidet und in die Pralinen des Sonnenuntergangs kräftig hineingebissen. Vor dem Himmel von New York kamen mir die Neonreklamen wie riesenhafte Leckereien vor, um die ich mich noch heute betrogen fühle.

Essen war nicht nur eine Entdeckungsreise und eine Eroberung, sondern auch die ernsteste meiner Verpflichtungen: «Einen Löffel für die Mama, einen für die Großmama ... Wenn du nicht ißt, wächst du auch nicht.» Ich wurde im Vorplatz mit dem Rücken an die Wand gestellt, dann zog man haarscharf über meinem Kopf einen Strich, der mit einem von früher verglichen wurde; ich war um zwei oder drei Zentimeter gewachsen, man gratulierte mir dazu, und ich bildete mir etwas darauf ein; manchmal jedoch erfaßte mich auch Angst. Die Sonne legte sich schmeichelnd über das gewachste Parkett und die weißlackierten Möbel. Ich betrachtete Mamas Armstuhl und dachte bei mir: ‹Ich werde mich nicht mehr auf ihren Schoß setzen können.› Plötzlich war da die Zukunft: sie würde mich in ein anderes Wesen verwandeln, das ‹ich› sagte und das doch ich nicht mehr war. Ich habe alle Entwöhnung, allen Verzicht, alle Verlassenheit, alle aufeinanderfolgenden Tode schon früh vorausgeahnt. «Einen Löffel für Großpapa ...» Aber ich aß schließlich doch und war stolz darauf, daß ich größer wurde; ich habe mir nie gewünscht, für immer ein kleines Kind zu bleiben. Ich muß diesen Konflikt wohl in aller Intensität durchlebt haben, da ich mich noch so gut in allen Einzelheiten an das Album erinnere, aus dem Louise mir die Geschichte von Charlotte vorlas. Eines Morgens fand Charlotte auf dem Stuhl an ihrem Bett ein rosa Zuckerei, das fast so groß war wie sie selbst; auch mich faszinierte es. Es war Mutterleib und Wiege in einem, und doch konnte man es essen. Da Charlotte jede andere Nahrung ablehnte, wurde sie Tag für Tag kleiner, bis sie geradezu winzig war; beinahe wäre sie in einem Kochtopf ertrunken, die Köchin warf sie aus Unachtsamkeit in einen Abfalleimer, eine Ratte trug sie fort. Sie wurde gerettet; jedoch von Schrecken und Reue erfaßt, stopfte Charlotte sich nun so gierig voll, daß sie wie eine pralle Schweinsblase anschwoll und ihre Mutter mit diesem ballonförmig aufgetriebenen Ungeheuer schließlich zum Arzt gehen mußte. Mit weise gemäßigtem Appetit betrachtete ich die Bilder, durch welche die von diesem vorgeschriebene Diät anschaulich dargestellt wurde: eine Tasse Schokolade, ein gekochtes Ei, ein goldbraun gebratenes Kotelett. Charlotte fand daraufhin wieder zu ihrem normalen Umfang zurück, und ich selbst ging heil und gesund aus einem Abenteuer hervor, das mich einmal auf die Dimensionen eines Embryos reduziert und ein andermal in eine dickliche Matrone verwandelt hatte.

Ich fuhr fort zu wachsen und wußte mich zum Exil verdammt; daraufhin suchte ich Hilfe bei meinem eigenen Bild. Morgens wickelte Louise mein Haar um einen Stock, und ich betrachtete mit einem Gefühl der Befriedigung mein von Korkzieherlocken umgebenes Gesicht. Brünette mit blauen Augen, hatte man mir gesagt, sind nichts Alltägliches, und ich hatte schon gelernt, alles Seltene auch für kostbar zu halten. Ich gefiel mir selbst und suchte zu gefallen. Die Freunde meiner Eltern bestärkten mich in meiner Eitelkeit: sie schmeichelten mir auf höfliche Art, sie verwöhnten mich. Ich schmiegte mich gern an Pelze, an seidene Frauenmieder; Männer imponierten mir jedoch mehr mit ihren Schnurrbärten, ihrem Tabaksgeruch, ihren tiefen Stimmen, ihren Armen, die mich vom Boden hochhoben. Ich legte besonderen Wert darauf, ihre Aufmerksamkeit zu fesseln: ich führte mich albern auf, rutschte unruhig hin und her und lauerte förmlich auf ein Wort, das mich meinem Limbus entreißen und mir endgültig in ihrer Welt Existenz verschaffen würde. Eines Abends wies ich in Gegenwart eines Freundes meines Vaters eigensinnig einen Teller mit Kochsalat zurück; auf einer Karte, die er aus den Ferien schrieb, erkundigte er sich scherzhaft: ‹Schwärmt Simone noch immer so sehr für Kochsalat?› Schriftlich Niedergelegtes genoß in meinen Augen durchaus noch einen Vorrang vor dem gesprochenen Wort: ich war außer mir vor Stolz. Als wir Herrn Dardelle auf dem Platz vor Notre-Dame-des-Champs wieder begegneten, rechnete ich auf kleine Neckereien, über die ich entzückt gewesen wäre. Ich versuchte, dergleichen zu provozieren, fand jedoch keinerlei Echo bei ihm. Ich ließ nicht locker: man hieß mich schweigen. Unter Schmerzen machte ich die Entdeckung, daß Ruhm vergänglich ist.

Enttäuschungen dieser Art blieben mir gewöhnlich erspart. Zu Hause rief der geringste Vorfall weitschweifige Kommentare hervor; meine Geschichten wurden gern angehört, meine komischen Ansprüche liebevoll weiterberichtet. Großeltern, Onkel, Tanten, Vettern, eine personenreiche Familie gewährleisteten meine Wichtigkeit. Im übrigen blickte eine Fülle von übernatürlichen Wesen, um mein Wohl besorgt, auf mich herab.

Sobald ich gehen konnte, hatte Mama mich in die Kirche mitgenommen; sie hatte mir, in Wachs, aus Gips geformt, an die Wände gemalt, die Bilder des Jesuskindes, des Herrgotts, der Jungfrau Maria, der Engel gezeigt, von denen einer sogar ganz ähnlich wie Louise speziell meinem Dienste zugeteilt war. An meinem Himmel standen sternengleich Myriaden wohlwollender Augen.

Auf Erden gaben sich Mamas Mutter und Schwester recht aktiv mit mir ab. Großmama hatte rosige Wangen, weißes Haar und Ohrringe mit Diamanten; sie lutschte Gummibonbons, die hart und rund wie Schuhknöpfe waren und deren durchsichtige Farbtöne mich entzückten; ich hatte Großmama gern, weil sie alt war, und ich liebte Tante Lili wegen ihrer Jugend; sie lebte bei ihren Eltern, als sei sie noch ein Kind, wodurch sie mir näherstand als die andern Erwachsenen. Rotgesichtig, mit glattpoliertem Schädel und einem wie mit grauem, schmuddeligem Moos bewachsenen Kinn, ließ mich Großpapa gewissenhaft auf seiner Fußspitze reiten, doch seine Stimme war so kratzig, daß man niemals wußte, ob er Spaß machte oder schalt. Jeden Donnerstag aß ich bei den Großeltern zu Mittag; es gab gebratene Klopse oder Kalbsfrikassee, hinterher Pudding mit Fruchtsaft: Großmama verwöhnte mich. Nach dem Essen schlief Großpapa in einem Ohrenstuhl mit Gobelinbezug ein, und ich beschäftigte mich unter dem Tisch mit Spielen, die keinen Lärm verursachten. Wenn Großpapa fortgegangen war, holte Großmama aus dem Büfett den Metallkreisel hervor, auf den man, während er sich drehte, bunte Pappscheiben aufreihen mußte; im Hinterteil eines Männchens aus Blei, den sie ‹Vater Kolik› nannte, zündete sie eine weiße Tablette an, aus der eine dünne braune Schlange hervorquoll. Sie spielte mit mir so manche Partie Domino, Schnippschnapp und Stäbchenspiel. Ich fand es immer ein wenig zum Ersticken in diesem Eßzimmer, das mit Möbeln weit mehr vollgestopft war als die Hinterstube eines Antiquitätenhändlers; an den Wänden war keine Stelle mehr frei: Gobelins, Steingutteller, Bilder mit verräucherten Farben; in einem Haufen grüner Kohlköpfe lag ein toter Puter; die Tischchen waren mit Deckchen aus Samt, aus Plüsch, aus Spitzen belegt; die in einem kupfernen Cachepot eingekerkerten Aspidistras wirkten niederdrückend auf mich.

Manchmal ging Tante Lili mit mir aus; ich weiß nicht, welchem Zufall ich es verdankte, daß sie mich mehrmals zum Rennen mitnahm. Eines Nachmittags, als ich an ihrer Seite auf einer Tribüne in Issy-les-Moulineaux saß, sah ich am Himmel Doppel- und Eindecker kreisen. Wir verstanden uns gut. Eine meiner fernsten und nettesten Erinnerungen ist ein gemeinsamer Aufenthalt mit ihr in Châteauvillain, im Departement Haute-Marne, bei einer Schwester von Großmama. Da die alte Tante Alice seit langem schon Tochter und Gatten verloren hatte, siechte sie, noch dazu taub geworden, in einem großen, von einem Garten umgebenen Hause allein dahin. Die kleine Stadt mit ihren engen Gassen und niedrigen Häusern sah aus, als stamme sie aus meinem Bilderbuch; die mit kleeblatt- und herzförmigen Öffnungen versehenen Fensterläden wurden mit Riegeln an der Wand befestigt, die wie Männchen gestaltet waren; die Puffer waren Hände; ein imposantes Tor führt auf einen Park, in dem Damhirsche ästen; Heckenrosen rankten sich um einen steinernen Turm; die alten Fräulein in diesem kleinen Ort gaben sich viel mit mir ab. Mademoiselle Elise schenkte mir ein Lebkuchenherz. Mademoiselle Marthe besaß eine Maus mit magischen Fähigkeiten, die in einem Glaskästchen saß: man steckte in einen Schlitz ein Papptäfelchen, auf dem eine Frage stand; die Maus lief im Kreise herum und stieß mit dem Schnäuzchen gegen ein Fach: dort fand man die auf ein Stückchen Papier gedruckte Antwort. Was mich am meisten in Erstaunen setzte, waren die mit Kohlezeichnungen versehenen Eier, die Doktor Masses Hühner legten; ich holte sie mit eigenen Händen aus ihrem Versteck hervor, was mir später erlaubte, einer skeptischen kleinen Freundin fest entgegenzuhalten: «Ich habe sie doch selber eingesammelt!» In Tante Alices Garten liebte ich die sorglich geschnittenen Eiben, den frommen Buchsbaumduft und unter einer Weißbuche ein Objekt, das auf ähnlich köstliche Weise fragwürdig war wie etwa eine Uhr aus Fleisch: einen Felsen, der ein Möbel war, einen steinernen Tisch. Eines Morgens ging ein Gewitter nieder; ich amüsierte mich gerade mit Tante Lili im Speisezimmer, als der Blitz einschlug – ein Ereignis, das mich mit Stolz erfüllte. Immer, wenn mir etwas widerfuhr, war ich um so stärker von meiner Wichtigkeit überzeugt. Auch eine noch subtilere Erfahrung wurde mit zuteil: Die Wand des Wirtschaftsgebäudes war mit Clematis bewachsen; eines Morgens beorderte mich Tante Alice streng zu sich; eine Blüte hatte am Boden gelegen; sie sagte mir auf den Kopf zu, ich hätte sie abgepflückt. Die Blumen im Garten anzurühren war ein Verbrechen, über dessen Schwere für mich keinerlei Zweifel bestand; ich hatte es jedoch nicht getan und wies alle Schuld von mir. Tante Alice glaubte mir nicht. Tante Lili aber trat temperamentvoll für mich ein. Sie repräsentierte in diesem Fall meine Eltern und hatte allein über mich Recht zu sprechen; Tante Alice mit ihrem alten, fleckigen Gesicht kam mir wie eine der bösen Feen vor, die die Kinder verfolgen; ich wohnte mit Behagen dem Kampfe bei, der zu meinem Nutzen von den Kräften des Guten gegen Irrtum und Ungerechtigkeit ausgefochten wurde. In Paris ergriffen Eltern und Großeltern aufgebracht meine Partei, ich genoß den Triumph meiner Tugend.

Beschützt, verhätschelt, angenehm unterhalten durch die unaufhörliche Neuheit aller Dinge, war ich ein ungemein vergnügtes kleines Ding. Dennoch stimmte etwas nicht, da ich fürchterliche Wutanfälle bekam, bei denen ich mich, rotviolett im Gesicht und wie von Krämpfen befallen, auf den Boden warf. Ich bin drei Jahre alt, wir essen auf der besonnten Terrasse eines großen Hotels – es war in Divonne-les-Bains – zu Mittag; ich bekomme eine rote Eierpflaume und fange an, die Haut davon abzuziehen. «Nein», sagt Mama; ich werfe mich brüllend auf den Zementboden nieder. Ich heule den ganzen Boulevard Raspail entlang, weil Louise mich vom Square Boucicaut weggeholt hat, wo ich Sandkuchen backte. In solchen Augenblicken bin ich weder für Mamas unheilverkündende Miene noch für die strenge Stimme Louises oder das außergewöhnliche Dazwischentreten von Papa empfänglich. Ich brüllte damals so laut und so lange, daß ich im Luxembourggarten des öfteren als mißhandeltes Kind angesehen wurde. «Die arme Kleine!» sagte eine Dame und reichte mir ein Bonbon. Ich dankte es ihr, indem ich mit Füßen nach ihr stieß. Dieser Zwischenfall machte von sich reden; eine fettleibige, schnurrbartgeschmückte Tante, die ‹schrieb›, berichtete darüber in der *Poupée modèle*. Ich teilte das Gefühl der Hochachtung meiner Eltern vor bedrucktem Papier: dank der Erzählung, die Louise mir vorlas, fühlte ich mich als Persönlichkeit; allmählich gewann indessen etwas wie Unbehagen in mir dic Oberhand. ‹Die arme Louise weinte oft bitterlich, wenn sie an ihre Lämmer dachte›, schrieb meine Tante. Louise weinte nie; sie hatte keine Lämmer, und außerdem liebte sie mich: und wie kann man überhaupt ein kleines Mädchen mit Lämmern vergleichen? Ich bekam an jenem Tage eine Ahnung davon, daß die Literatur mit der Wahrheit nur vage Beziehungen unterhält.

Oft habe ich mich nach Sinn und Grund meiner Wutanfälle gefragt. Ich glaube, daß sie sich zum Teil durch eine stürmische Vitalität und eine Neigung zu einem Extremismus erklärten, auf welchen ich niemals verzichtet habe. Da meine Abneigung bis zum Erbrechen und meine Begierden bis zur Besessenheit gingen, trennte ein Abgrund die Dinge, die ich liebte, von denen, die mir zuwider waren. Ich war außerstande, den Sturz aus der Fülle ins Leere, aus der Seligkeit ins Grauen gelassen hinzunehmen; hielt ich diese Vorgänge freilich für schicksalgegeben, so resignierte ich; niemals habe ich meinen Groll an einem Objekt ausgelassen. Aber ich lehnte es ab, der ungreifbaren Macht der Worte zu weichen; was mich aufs tiefste empörte, war, daß ein beiläufig hingesagter Satz wie: ‹Man muß ..., man darf nicht ...› im Handumdrehen meine Unternehmungen und Freuden von Grund auf vernichtete. Die Willkür der Befehle und Verbote, auf die ich stieß, schien mir ein Beweis für ihre Substanzlosigkeit zu sein; gestern habe ich einen Pfirsich geschält; weshalb nicht heute die Pflaume? Weshalb muß ich mich von meinem Spiel gerade in dieser Minute trennen? Überall traf ich auf Zwang, jedoch nirgends auf Notwendigkeit. Im Innersten des Gesetzes, das steinern auf mir lastete, ahnte ich schwindelerregende Leere. In diesem Abgrund versank ich dann unter ohrenbetäubendem Geschrei. Indem ich mich strampelnd zu Boden warf, stemmte ich mich mit dem Gewicht meines Leibes gegen die nicht zu fassende Macht, die mich tyrannisierte; ich zwang sie dazu, Gestalt anzunehmen: man packte mich, sperrte mich in die dunkle Kammer, wo sonst nur Besen und Staubwedel waren; ich stieß dann mit Händen und Füßen zum mindesten gegen wirkliche Wände, anstatt mit ungreifbaren Willensäußerungen in Konflikt zu geraten. Ich wußte, daß der Kampf vergeblich war; in dem Augenblick, da meine Mutter mir die von Saft tropfende Pflaume aus der Hand genommen oder Louise meine Schippe und die Förmchen in ihrer Einkaufstasche hatte verschwinden lassen, war ich bereits besiegt, doch ich ergab mich nicht. Ich setzte mich mit einer Niederlage gründlich auseinander. Mein stoßweises Schluchzen, die Tränen, vor denen ich nicht mehr sehen konnte, vernichtigten die Zeit, brachten den Raum zum Erliegen, ließen gleichzeitig das Objekt meiner Wünsche, doch auch die Hindernisse verschwinden, die mich davon trennten. Ich erlitt Schiffbruch in der Nacht völliger Machtlosigkeit; es blieb nichts mehr übrig als meine nackte Gegenwart, die sich in langgezogenen Heullauten manifestierte.

Nicht nur brachen die Erwachsenen meinen Willen, sondern ich mußte mich noch dazu als eine Beute ihres privaten Bewußtseins fühlen. Dieses spielte mitunter die Rolle eines schmeichelnden Spiegels, doch hatte es auch die Macht, über mich einen bösen Zauber zu werfen; es verwandelte mich in ein Tier, in ein Ding: «Was für hübsche Waden die Kleine hat!» sagte eine Dame und bückte sich, um mich zu betasten. Hätte ich mir sagen können: ‹Wie dumm diese Dame ist, sie hält mich für ein Hündchen›, so wäre das meine Rettung gewesen. Doch hatte ich mit meinen drei Jahren noch nicht die Möglichkeit, mich anders dieser süßlichen Stimme, dieses genüßlichen Lächelns zu erwehren, als indem ich mich kreischend auf das Straßenpflaster warf. Später erlernte ich ein paar Abwehrmanöver, dafür jedoch wurde ich anspruchsvoller: um mich zu verletzen, genügte es jetzt schon, daß man mich als Baby behandelte; obwohl meine Kenntnisse und Möglichkeiten noch vielen Beschränkungen unterlagen, hielt ich mich nichtsdestoweniger für eine Persönlichkeit. Auf der Place Saint-Sulpice habe ich, während meine Hand in der von Tante Marguerite lag, die sich nicht gut darauf verstand, mit mir zu reden, mich plötzlich mit einem deutlichen Gefühl der Überlegenheit gefragt: ‹Was sieht sie wohl in mir?› Mir war ja mein Inneres bekannt, von dem sie gar nichts wußte; durch den Augenschein getäuscht, ahnte sie angesichts meines unfertigen Körpers nicht, daß drinnen schon alles vorhanden war; ich nahm mir vor, wenn ich selber erwachsen wäre, nicht zu vergessen, daß man mit fünf Jahren als Individualität schon voll ausgebildet ist. Das übersahen die Erwachsenen, wenn sie mir Herablassung zeigten und mich dadurch kränkten. Ich war empfindlich wie ein Mensch, der ein Gebrechen hat. Wenn Großmama beim Kartenspiel mogelte, um mich gewinnen zu lassen, wenn Tante Lili mir ein zu leichtes Rätsel aufgab, geriet ich außer mir. Oft hatte ich die Großen im Verdacht, sie spielten Komödie vor mir; ich mutete ihnen dabei nicht zu, daß sie selbst es nicht merkten, sondern nahm vielmehr an, daß sie sich untereinander verabredeten, um mich zum besten zu haben. Am Ende eines Festmahls wollte Großpapa mit seinem Glas mit mir anstoßen: ich wand mich konvulsivisch am Boden. Louise nahm ein Taschentuch, um mir den Schweiß von der Stirn zu wischen: ich wehrte mich erbost dagegen, ihre Geste kam mir unaufrichtig vor. Sobald ich mit Recht oder Unrecht den Eindruck bekam, man mache sich meine Arglosigkeit zunutze, um auf mich Einfluß zu nehmen, rebellierte ich.

Meine Heftigkeit wirkte einschüchternd auf meine Umgebung. Ich wurde gescholten, wenig gestraft; selten kam es vor, daß jemand mir eine Ohrfeige gab. «Wenn man Simone anrührt, wird sie violett», erklärte Mama. Einer meiner Onkel geriet so sehr außer sich, daß er darauf keine Rücksicht nahm: ich war derart verdutzt, daß mein Anfall schlagartig endete. Man wäre vielleicht gar nicht schwer mit mir fertig geworden, aber meine Eltern nahmen meine Wutanfälle ohnehin nicht tragisch. Papa – der damit irgend jemanden parodierte – stellte fest: «Dies Kind ist unsoziabel.» Er sagte auch, nicht ohne einen Anflug von Stolz: «Simone ist eigensinnig wie ein Maulesel.» Ich machte mir das zunutze und überließ mich um so mehr meinen Launen; ich war ungehorsam einzig um des Vergnügens willen, Befehle zu mißachten. Auf Familienbildern streckte ich die Zunge heraus oder stelle mich mit dem Rücken zum Photographen auf; alles um mich her lacht. Ähnliche Siege ermutigten mich, Regeln, Riten, Routine nicht für unüberwindlich zu halten. In ihnen wurzelte auch ein Optimismus bei mir, der allen Zähmungsversuchen widerstand.

Was meine Niederlagen anbetrifft, so erzeugten sie in mir weder das Gefühl der Demütigung noch etwa nachhaltigen Groll; wenn ich, nachdem ich mich ausgeheult und -geschrien hatte, endlich kapitulierte, war ich allzu erschöpft, um meinem Verdruß noch weiter nachzuhängen; oft hatte ich dann sogar den Anlaß zum Widerstand schon vergessen. Voller Scham über einen Exzeß, für den ich in meinem Innern keine Rechtfertigung mehr fand, verspürte ich nichts mehr außer Gewissensbissen; sie verflüchtigten sich jedoch schnell, denn es fiel mir nicht schwer, Verzeihung zu erlangen. Alles in allem bildeten meine Zornanfälle einen Ausgleich für meine Versklavung durch Gesetze; sie verhinderten, daß ich meinen Groll lautlos hinunterschluckte. Niemals stellte ich die Autorität etwa ernstlich in Frage. Das Verhalten der Erwachsenen war mir nur insoweit suspekt, als es das Zweideutige meiner Lage als Kind widerspiegelte: gegen diese im Grunde lehnte ich mich auf. Ohne jeden Vorbehalt nahm ich jedoch die mir überlieferten Dogmen und die Werturteile hin, die mir dargeboten wurden.

Die beiden obersten Kategorien, die mein Universum bestimmten, waren Gut und Böse. Ich selber bewohnte die Region des Guten, in der – unauflöslich vereint – Glück und Tugend herrschten. Ich besaß die Erfahrung unverdienter Schmerzen: es kam vor, daß ich mich stieß oder mir die Haut abschürfte; ein Anfall von Ekthyma hatte mich entstellt: ein Arzt brannte meine Pusteln mit Silbernitrat aus, und ich schrie. Doch gingen solche Mißgeschicke jedesmal rasch vorbei und erschütterten nicht mein Credo, daß Freuden und Leiden der Menschen ihren Verdiensten entsprechen.

Da ich in so intimem Verkehr mit dem Guten lebte, hatte

ich sehr bald heraus, daß es innerhalb dieser Kategorie Nuancen und Abstufungen gibt. Ich war ein braves kleines Mädchen, aber ich beging Fehler; Tante Alice betete viel, sie würde sicher einmal in den Himmel kommen, doch hatte sie sich mir gegenüber ungerecht gezeigt. Unter den Leuten, die ich lieben und wertschätzen sollte, befanden sich auch solche, die von meinen Eltern in manchen Punkten mißbilligt wurden. Sogar Großpapa und Großmama entgingen nicht völlig ihrer Kritik: sie hatten mit Vettern ‹gebrochen›, die Mama häufig besuchte und die ich selbst sehr nett fand. Dieses Wort ‹Bruch› mit seinem Unterton von etwas Irreparablem behagte mir durchaus nicht. Weshalb ‹bricht› man mit jemandem? Und wie macht man das? Es schien mir bedauerlich, mit andern gebrochen zu haben. Offen bekannte ich mich zu Mamas Handlungsweise. «Bei wem seid ihr gestern gewesen?» fragte mich Tante Lili. «Das sage ich euch nicht; Mama hat es mir verboten.» Sie tauschte mit ihrer Mutter einen langen Blick. Es kam auch vor, daß sie Bemerkungen machten, die eher abschätzig klangen: «Nun? Läuft deine Mama immer noch so viel herum?» Durch ihre Böswilligkeit setzten sie sich jedoch nur selbst in meinen Augen herab, ohne Mama zu treffen. Einfluß auf die Zuneigung, die ich ihnen entgegenbrachte, hatte das aber keineswegs. Ich fand ganz natürlich und in gewisser Weise sogar angemessen, daß diese Nebenpersonen nicht so unantastbar dastanden wie die Hauptgottheiten. Louise und meine Eltern besaßen allein das Monopol der Unfehlbarkeit.

Ein Feuerschwert trennte das Gute vom Bösen; diesem letzteren hatte ich niemals ernstlich ins Auge geblickt. Manchmal wurde die Stimme meiner Eltern hart. Aus ihrer Empörung, ihrem Zorn erriet ich, daß es in ihrer Umgebung wahrhaft schwarze Seelen gab. Ich wußte freilich nicht, welche es waren, und auch ihre Verbrechen waren mir nicht bekannt. Das Böse hielt mir gegenüber noch immer einen gewissen Abstand ein. Nur unter dem Bilde mythischer Gestalten stellte ich mir seine Repräsentanten vor: da waren der Teufel, die böse Fee, Aschenbrödels Schwestern. Da ich ihnen in Wirklichkeit niemals begegnet war, beschränkten sie sich für mich auf ihre reine Essenz. Der Böse sündigte, wie das Feuer brennt, ohne Pardon und ohne Berufungsrecht. Das Feuer war für ihn der natürliche Ort, die Höllenstrafe sein gerechtes Los, und es schien mir ketzerisch, angesichts seiner Qualen Mitleid zu empfinden. Tatsächlich erweckten die rotglühend gemachten Pantoffeln, die die Zwerge Schneewittchens Stiefmutter an die Füße zogen, oder die Flammen, in denen Luzifer schmorte, niemals eine wirkliche Vorstellung physischen Leidens bei mir. Menschenfresser, Hexen, Dämonen, Stiefmütter, Henker waren für mich unmenschliche Wesen, die eine abstrakte Macht vertraten und deren Qualen in ebenfalls abstrakter Form ein Symbol für die ihnen gebührende Niederlage waren.

Als ich mit Louise und meiner Schwester nach Lyon aufbrach, hegte ich die Hoffnung, das Böse endlich einmal mit aufgeklapptem Visier vor mir zu sehen. Wir waren von entfernten Vettern eingeladen, die in einem Vorort der Stadt ein von einem großen Park umgebenes Haus bewohnten. Mama erklärte mir, daß die kleinen Sirmione keine Mutter mehr hätten, daß sie nicht immer artig wären, noch, wie es sich gehörte, ihr Abendgebet verrichteten; ich solle mir nichts daraus machen, falls sie über mich lachten, wenn ich selber zur Nacht betete. Ich hörte so etwas heraus, als halte ihr Vater, ein alter Professor der Medizin, nicht viel vom lieben Gott. Ich legte im Geiste bereits die weiße Tunika der hl. Blandine an, die den Löwen überantwortet wird, doch ich wurde enttäuscht, denn niemand stürzte sich auf mich. Wenn Onkel Sirmione das Haus verließ, murmelte er in seinen Bart: «Auf Wiedersehen, Gott behüte euch»; er war also doch kein Heide. Meine Vettern – sieben an der Zahl zwischen zehn und zwanzig Jahren – führten sich allerdings ziemlich merkwürdig auf; durch das Parkgitter bewarfen sie die Gassenjungen mit Steinen, sie prügelten sich untereinander und quälten ein schwachsinniges kleines Waisenmädchen, das bei ihnen wohnte; um die Kleine zu erschrecken, holten sie des Nachts ein Skelett aus dem Abeitszimmer des Vaters und umhüllten es mit einem weißen Tuch. Obwohl diese Absonderlichkeiten mich etwas stutzig machten, kamen sie mir doch vergleichsweise harmlos vor; ich entdeckte darin noch nicht die wirkliche tiefe Schwärze des Bösen. Friedlich spielte ich zwischen Hortensienbüschen, und die schlimme Kehrseite dieser Welt blieb mir auch weiter verborgen.

Eines Abends jedoch hatte ich das Gefühl, der Boden schwanke unter meinen Füßen.

Meine Eltern waren uns nachgereist. Eines Nachmittags ging Louise mit mir und meiner Schwester zu einem Volksfest, wo wir uns sehr amüsierten. Als wir den Festplatz verließen, begann es schon dunkel zu werden. Wir schwatzten, lachten, und ich knabberte an einem jener künstlichen Objekte, die mir so gut gefielen – einer Schwalbe, die aus Lakritzen bestand –, als Mama an einer Straßenecke erschien. Sie trug einen Schal aus grünem Musselin um den Kopf, und ihre Oberlippe sah wie geschwollen aus: was fiel uns denn ein, so spät nach Hause zu kommen? Sie war die Ältere, sie war die ‹gnädige Frau›, sie hatte das Recht, Louise zurechtzuweisen; aber ihre Stimme und ihr Gesichtsausdruck wollten mir nicht gefallen; es gefiel mir auch nicht, in Louises geduldigen Augen etwas aufglimmen zu sehen, was nicht durchaus von Ergebenheit sprach. An jenem Abend – oder war es ein anderer? in meinem Gedächtnis jedenfalls sind diese beiden Ereignisse eng miteinander verknüpft geblieben – hielt ich mich mit Louise und einer anderen Person, die ich nicht mehr zu identifizieren vermag, unten im

Garten auf; es war dunkel; in der düsteren Fassade öffnete sich ein Fenster, hinter dem ein erleuchtetes Zimmer lag; man erkannte zwei Silhouetten und hörte erregte Stimmen. «Das sind Monsieur und Madame, die sich streiten», bemerkte Louise dazu. In diesem Augenblick geriet mein Weltbild ins Wanken. Es war doch ganz unmöglich, daß Papa und Mama sich als Feinde gegenüberstanden oder daß Louise ihre Feindin war; tritt aber das Unmögliche ein, so vermischen sich Himmel und Hölle, Licht und Finsternis. Ich stürzte in das Chaos zurück, das vor der Schöpfung dagewesen war.

Dieser Alpdruck hielt nicht lange an; am folgenden Tag in der Frühe hatten meine Eltern das Lächeln und die Stimme wiedergefunden, die ich an ihnen kannte. Louises hämisches Kichern lag mir noch auf der Seele, doch setzte ich mich darüber hinweg; es gab viele kleine Fakten, die ich derart im Nebel verschwinden ließ.

Diese Fähigkeit, schweigend über Ereignisse hinwegzugehen, die ich gleichwohl deutlich genug erlebte, um sie nie zu vergessen, bleibt für mich einer der frappantesten Züge, wenn ich mich an meine ersten Jahre zurückerinnere. Die Welt, wie man sie mich kennen lehrte, gruppierte sich harmonisch um ein festes Koordinatensystem und war in klar unterschiedene Kategorien eingeteilt. Neutrale Begriffe gab es nicht; zwischen Verräter und Held, Abtrünnigem und Märtyrer war keine Mitte denkbar; jede Frucht, die man nicht essen konnte, war eine giftige Frucht; man wiegte mich fest in dem Glauben, daß ich sämtliche Mitglieder meiner Familie ‹liebte›, darunter auch Großtanten, an denen wahrlich nichts Gewinnendes war. Schon zur Zeit meines frühesten Stammelns strafte meine Erfahrung einen solchen Essentialismus Lügen. Weiß war nur selten wirklich weiß, die Schwärze des Bösen blieb meinen Augen verborgen: ich sah überall nur verschiedene Nuancen von Grau.

Nur mußte ich, sobald ich diese undeutlichen Abstufungen erfassen wollte, mich der Worte bedienen und fand mich dadurch in die Welt der starren Begriffe zurückversetzt. Was ich mit meinen Augen sah, was ich ein für allemal als Erfahrung buchte, mußte sich wohl oder übel in diesen Rahmen einfügen; Mythen und Klischees bekamen den Vorrang vor der Wahrheit; unfähig diese zu fixieren, ließ ich zu, daß sie in Bedeutungslosigkeit versank.

Da es mir nicht möglich war, außer mit Hilfe der Sprache zu denken, ging ich von der Voraussetzung aus, daß diese sich genau mit der Wirklichkeit decke; ich wurde durch die Erwachsenen, die ich für die Bewahrer des Absoluten hielt, in sie eingeweiht: wenn sie eine Sache bezeichneten, glaubte ich, sie drückten damit ihre Substanzen in dem gleichen Sinne aus, wie man den Saft einer Frucht ‹ausdrückt›. Zwischen Wort und Ding stellte ich mir demgemäß nicht den kleinsten Abstand vor, der Raum für Irrtümer bot; so erklärt es sich, daß ich mich dem Wort kritiklos, ohne Nachprüfung unterwarf, selbst dann, wenn die Umstände mich zum Zweifel aufforderten. Zwei meiner Vettern Sirmione lutschten an Stangen aus Traubenzucker. «Es ist ein Abführmittel», erklärten sie augenzwinkernd; ihr hämisches Lachen belehrte mich, daß sie sich über mich lustig machten; dennoch verband sich dieses Wort von da an eng mit den weißlichen Stäbchen; ich trug kein Verlangen mehr danach, erschienen sie mir doch jetzt wie ein fragwürdiger Kompromiß zwischen Leckerei und Medikament.

Ich erinnere mich dennoch an einen Fall, in dem das Wort nicht die Oberhand über meine Einsicht gewann. Während der Ferien auf dem Lande wurden wir oft zum Spielen zu einem entfernten kleinen Vetter mitgenommen; er wohnte in einem schönen Haus inmitten eines großen Parks, und ich unterhielt mich gut mit ihm. «Dieser arme Idiot», sagte eines Abends mein Vater, als er von ihm sprach. Sehr viel älter als ich, kam mir Cendri schon deswegen ganz normal vor, weil ich ihn so gut kannte. Ich weiß nicht, ob mir jemand Idioten gezeigt oder beschrieben hatte; jedenfalls stellte ich sie mir mit einem nichtssagenden Lächeln und leeren Augen vor. Als ich Cendri wiedersah, suchte ich vergebens, dieses Bild mit dem seinen in Einklang zu bringen; vielleicht glich er im Innern, ohne daß man es ihm äußerlich ansah, dennoch einem Idioten, aber etwas in mir sträubte sich, ernstlich daran zu glauben. Aus dem Wunsche heraus, die Sache klarzustellen, dazu aber auch von dunklem Groll gegen meinen Vater geleitet, der meinen Spielkameraden derart beleidigt hatte, fragte ich seine Großmama: «Ist Cendri wirklich ein Idiot?» – «Aber nicht doch!» antwortete sie in gekränktem Ton. Sie mußte doch ihren Enkel kennen. Konnte möglicherweise Papa sich im Irrtum befinden? Ich wußte nicht, was ich davon halten sollte.

Ich hing nicht sonderlich an Cendri; der Zwischenfall setzte mich zwar in Erstaunen, ging mir aber nicht nahe. Die schwarze Magie der Worte wurde mir erst offenbar, als sie mich im Herzen traf.

Mama hatte gerade zum erstenmal ein tangofarbenes Kleid an. Louise bemerkte daraufhin zu dem Stubenmädchen von Vis-à-vis: «Haben Sie gesehen, wie sich unsere Gnädige heute aufgeputzt hat? Ist sie nicht wirklich überspannt?» An einem anderen Tage unterhielt sich Louise unten im Hausflur mit der Tochter der Hausmeistersfrau; zwei Stockwerke weiter oben saß Mama am Flügel und sang. «Ach Gott», meinte Louise, «unsere Gnädige schreit auch immer, als ob sie am Spieß steckte.» – ‹Überspannt›, ‹als ob sie am Spieß steckte.› Diese Ausdrücke hatten für meine Ohren einen abscheulichen Klang: inwiefern betrafen sie Mama, die doch schön, elegant und zudem musikalisch war? Und dennoch hatte Louise das alles gesagt. Wie sollte ich dem begegnen? Gegen andere Leute wußte ich mich zu wehren; sie aber war die Gerechtigkeit und die Wahrheit in Person, und der Respekt, den ich vor ihr hatte, untersagte mir, ein Urteil über sie zu fällen. Es hätte nicht genügt, ihren Geschmack in Zweifel zu ziehen; um ihre Bosheit zu neutralisieren, mußte man sie einem Anfall von schlechter Laune zuschreiben und damit unterstellen, daß sie sich mit Mama nicht gut stand; in diesem Fall jedoch mußte eine von ihnen beiden im Unrecht sein! Nein, ich wollte, daß beide sonder Fehl dastünden. Ich gab mir Mühe, Louises Worte von jedem Sinn zu entkleiden: nur bizarre Laute waren ihrem Munde aus Gründen entschlüpft, die mir verborgen blieben. Es gelang mir nicht unbedingt. Von da an kam es vor, daß mich, wenn Mama eine auffallende Toilette trug oder mit lauter Stimme sang, eine Art von Unbehagen befiel. Da ich andererseits die Erfahrung gemacht hatte, daß man nicht allen Aussprüchen Louises Beachtung schenken durfte, hörte ich nicht mehr mit der gleichen Gefügigkeit auf sie wie zuvor.

Immer bereit mich zurückzuziehen, wenn meine Sicherheit mir bedroht vorkam, verweilte ich gern bei Problemen, hinter denen ich keine Gefahr vermutete. Das der Geburt zum Beispiel machte mir wenig zu schaffen. Man hatte mir zunächst erzählt, die Eltern kauften sich ihre Kinder; nun, diese Welt war so groß und mit so viel unbekannten Wunderdingen angefüllt, daß es ja sehr wohl auch irgendwo ein Babydepot geben mochte. Allmählich verblaßte dieses Bild, und ich begnügte mich mit einer etwas vageren Lösung: «Gott erschafft die Kinder.» Er hatte ja auch die Erde aus dem Chaos erschaffen und Adam aus einem Erdenkloß geformt. Es wäre also gar nichts so Außergewöhnliches, wenn er in einem Babykörbchen einen Säugling entstehen ließ. Dieses Zurückgreifen auf Gottes Willen lullte meine Neugier ein; was die Sache im Ganzen betraf, fand sie sich damit erklärt. Hinsichtlich der Einzelheiten sagte ich mir, daß ich sie sicherlich nach und nach herausbekommen würde. Was mich eher beschäftigte, war das Bestreben meiner Eltern, gewisse Gespräche, die sie führten, vor mir geheimzuhalten. Kam ich durch Zufall einmal dazu, so senkten sie die Stimmen oder verfielen in Schweigen. Es gab also Dinge, die ich zwar hätte verstehen können, aber nicht wissen sollte? Was für Dinge waren das denn? Weshalb verbarg man sie vor mir? Mama verbot Louise, mir eine der Geschichten von Madame de Ségur vorzulesen: ich könne davon Angstzustände bekommen. Was geschah mit dem Burschen, der mit Tierfell bekleidet auf den Bildern zu sehen war? Vergebens fragte ich sie danach. ‹Ourson› wurde damit für mich zum Urbild alles Geheimnisvollen.

Die großen Mysterien der Religion waren zu fern und zu schwer begreifbar, um mir zu schaffen zu machen. Nachdenklich stimmte mich hingegen das Mirakel der Christnacht, das mir weitaus vertrauter war. Es kam mir unangemessen vor, daß das allmächtige Jesuskind Vergnügen daran fand, im Schornstein herunterzurutschen wie ein Kaminkehrerbube. Ich bewegte die Frage lang in meinen Gedanken und eröffnete mich schließlich meinen Eltern darüber, die denn auch Farbe bekannten. Was mich in Erstaunen setzte, war dabei jedoch, daß ich so fest an eine Sache hatte glauben können, die überhaupt nicht auf Wahrheit beruhte, das heißt, daß es falsche Gewißheiten gab. Ich zog jedoch damals noch keine praktischen Folgerungen daraus. Ich sagte mir nicht, daß meine Eltern, da sie mich hierin getäuscht hatten, mich möglicherweise auch weiterhin täuschen würden. Sicherlich würde ich ihnen eine Lüge, die mich im Innersten getroffen oder verwundet hätte, nicht leicht verziehen haben; ich hätte mich dagegen empört und wäre mißtrauisch geworden. So fühlte ich mich jedoch ebensowenig verletzt wie ein Zuschauer, dem ein Taschenspieler einen seiner Tricks aufdeckt; da ich seinerzeit mit dem größten Entzücken neben meinem Schuh die auf ihrem Koffer sitzende Puppe Blondine entdeckt hatte, war ich im Grunde also meinen Eltern fast dankbar für ihre Hinterlist. Vielleicht hätte ich ihnen eher gegrollt, wenn ich nicht nunmehr aus ihrem eigenen Munde die Wahrheit vernommen hätte. Indem sie selber zugaben, sie hätten mich getäuscht, gewannen sie mich aufs neue durch ihre Offenheit. Sie sprachen eben heute zu mir wie zu einer Erwachsenen. Stolz auf meine neue Würde, fand ich mich leichthin damit ab, daß man das kleine Ding genarrt hatte, das ich nun nicht mehr war. Es erschien mir ganz normal, daß man meiner kleinen Schwester auch weiterhin Dinge vorgaukelte. Ich selbst war zu den Großen hinübergewechselt und nahm damit an, daß mir künftighin stets die Wahrheit offenbart werden würde.

Meine Eltern gingen freundlich auf alle meine Fragen ein; meine Unwissenheit verflüchtigte sich in dem Augenblick, da ich ihr Ausdruck gab. Dennoch gab es einen Mangel, dessen ich mir bewußt war: unter den Augen der Erwachsenen verwandelten sich die in den Büchern aufgereihten schwarzen Flecke in Wörter; ich betrachtete sie: sie waren auch mir zwar sichtbar, doch konnte ich sie nicht deuten. Schon frühzeitig hatte man mir Buchstaben zum Spielen gegeben. Mit drei Jahren schon erklärte ich, das O heiße O; das S war für mich ein S, wie ein Tisch ein Tisch war; ich kannte nahezu das gesamte Alphabet, aber die bedruckten Seiten blieben für mich auch weiterhin stumm. Eines Tages jedoch sprang in meinem Kopf der Funke über. Mama hatte auf dem Eßzimmertisch die Regimbeaufibel aufgeschlagen; ich betrachtete das Bild einer Kuh, der ‹vache›, und die beiden Buchstaben c und h, die wie sch ausgesprochen wurden. Mit einem Male wurde mir klar, daß diese Zeichen nicht einen Namen trugen wie ein Gegenstand, sondern daß sie vielmehr einen Laut vorstellen. Ich begriff, was ein Schriftzeichen ist. Mit dem Lesenlernen ging es von da an schnell. Freilich blieb mein Denken noch einmal auf halbem Wege stehen. Ich sah in dem graphischen Bild die exakte Entsprechung des Lautes, der damit gemeint war; beide waren für mich ein Ausfluß der Sache, die sie ausdrücken sollten, so daß ihre Wechselbeziehung nicht willkürlich aufzulösen war. Die Erkenntnis des Zeichens schloß noch nicht unbedingt die einer bloßen Übereinkunft ein. Daher widersetzte ich mich mit aller Heftigkeit, als Großmama mich die Noten lehren wollte. Mit einer Stricknadel wies sie auf die runden Köpfe auf dem Liniensystem; diese Linie entsprach, so erklärte sie mir, einer bestimmten Taste auf dem Klavier. Warum? Wieso? Ich fand nichts Gemeinsames zwischen dem Notenpapier und dem Instrument. Wenn man mir ungerechtfertigten Zwang auferlegen wollte, empörte ich mich dagegen; ebenso lehnte ich Wahrheiten ab, die kein Absolutes darstellten. Ich wollte mich nur der Notwendigkeit fügen; menschliche Entscheidungen gingen mehr oder weniger aus bloßer Laune hervor, sie hatten nicht genügend Gewicht, um für mich zwingend zu werden. Tagelang beharrte ich bei meinem Eigensinn. Schließlich aber gab ich nach. Eines Tages kannte ich die Tonleiter, aber ich hatte den Eindruck, die Regeln eines Spiels erlernt, nicht aber eine wirkliche Kenntnis erworben zu haben. Hingegen kam ich mühelos mit der Arithmetik zurecht, denn ich glaubte an die Wirklichkeit der Zahlen.

Im Oktober 1913 – ich war damals fünfeinhalb Jahre alt – wurde beschlossen, mich in eine Privatschule mit dem verlockenden Namen ‹Cours Désir› zu schicken. Die Leiterin der Unterstufe, Mademoiselle Fayet, empfing mich in einem feierlichen, mit schweren Portieren verhangenen Arbeitszimmer. Während sie mit Mama sprach, strich sie mir liebevoll über das Haar. «Wir sind keine Lehrerinnen», erklärte sie, «sondern Erzieherinnen.» Sie trug einen hohen Spitzenkragen, einen langen Rock und kam mir etwas zu salbungsvoll vor: mir war immer alles das lieber, wovon ein gewisser Widerstand ausging. Am Tage vor meinem ersten Unterricht hüpfte ich gleichwohl vor Vergnügen auf dem Vorplatz umher: «Morgen gehe ich zur Schule!» – «Du wirst das nicht immer so lustig finden», sagte Louise zu mir. Diesmal irrte sie sich, dessen war ich gewiß. Der Gedanke, von nun an ein Leben für mich allein zu haben, berauschte mich. Bis dahin hatte ich nur gleichsam nebenher mit Erwachsenen gelebt; von nun an aber würde ich meine Schultasche, meine Bücher und Hefte, meine Aufgaben haben; meine Wochen und Tage würden nach meinem eigenen Stundenplan ihre Einteilung erhalten; ich meinte eine Zukunft vor mir zu sehen, die, anstatt mich von mir selbst zu entfernen, einen festen Platz in meinem Gedächtnis einnehmen würde: von Jahr zu Jahr würde ich immer reicher werden, aber dem kleinen Schulmädchen, dessen Geburtsstunde in diesem Augenblick schlug, dennoch die Treue bewahren.

Ich wurde nicht enttäuscht. An jedem Mittwoch und Samstag nahm ich eine Stunde lang an einer geheiligten Zeremonie teil, deren Pomp auf meine ganze Woche einen verklärenden Schimmer warf. Die Schülerinnen setzten sich ringsum an einen ovalen Tisch; von einer Art von Katheder aus führte Mademoiselle Fayet den Vorsitz; während oben aus ihrem Rahmen Adeline Désir, eine Bucklige, deren Seligsprechung man höheren Ortes zu erreichen trachtete, wachsam auf uns hernieder sah. Auf schwarzen Moleskinsofas saßen, mit Stricken und Sticken beschäftigt, unsere Mütter aufgereiht. Je nachdem, ob wir mehr oder weniger artig gewesen waren, diktierten sie uns Betragensnoten zu, die wir am Ende des Unterrichts mit lauter Stimme als unangemessen zu bezeichnen pflegten. Mademoiselle Fayet trug sie in ihr Register ein. Mama erkannte mir eine Zehn nach der anderen zu: eine Neun wäre uns beiden gegen die Ehre gewesen. Mademoiselle teilte uns ‹Satisfecits› aus, die wir jedes Trimester gegen Bücher mit Goldschnitt eintauschen durften. Dann stellte sie sich in den Türrahmen, spendete uns einen Kuß auf die Stirn und gute Ratschläge für das Herz. Ich konnte jetzt lesen, schreiben und ein wenig rechnen. Ich war die Glanznummer von Kursus ‹Null›. Als Weihnachten näherrückte, erhielt ich ein weißes Kleid mit einer goldenen Borte daran und stellte das Jesuskind dar. Die anderen kleinen Mädchen knieten vor mir nieder.

Mama wachte über meine schriftlichen Hausarbeiten und hörte mir meine Lektionen ab. Ich hatte Freude am Lernen. Die biblische Geschichte kam mir noch unterhaltsamer vor als die Kindermärchen, da die Wunder, die sie berichtete, wirklich geschehen waren. Ich war auch von den Tafeln im Atlas entzückt. Die Einsamkeit der Inseln, die Kühnheit der Kaps, die Zerbrechlichkeit der Landzungen, die die Halbinseln mit dem Festland verbinden, machten tiefen Eindruck auf mich; eine gleiche geographisch bedingte Ekstase habe ich noch einmal erlebt, als ich vom Flugzeug aus Korsika und Sardinien sich in die Bläue des Meeres einzeichnen oder in Calchis, von einer wirklichen Sonne bestrahlt, die vollkommene Idee eines zwischen zwei Meeren eingeengten Isthmus verwirklicht vor mir sah. Strenge Formen, fest in den Marmor der Geschichte eingemeißelte Episoden machten die Welt für mich zu einem Bilderbuch mit leuchtenden Farben, in dem ich mit Wonne blätterte.

Wenn ich so großes Vergnügen am Lernen fand, so kam es auch daher, daß mein Alltagsleben mich nicht mehr befriedigte. Ich wohnte in Paris in einer ganz von Menschenhand geschaffenen Dekoration: sie bestand aus Straßen, Häusern, Trambahnen, Laternenpfählen und anderen der Nützlichkeit dienenden Gegenständen. Auf die Plattheit bloßer Begriffe zurückgeführt, entsprachen die Dinge einzig ihrer Funktion. Der Garten des Luxembourg mit den Gebüschgruppen, die man nicht berühren durfte, den Rasenflächen, deren Betreten verboten war, stellte für mich nichts weiter als einen Spielplatz dar. Hier und da freilich ahnte man durch einen Spalt, der sich auftat, hinter der bemalten Leinwand etwelche verborgene Tiefen. Die Schächte der Metro flohen ins Unendliche und schienen bis ins heimliche Herz der Erde vorzustoßen. Am Boulevard Montparnasse befand sich an der Stelle des heutigen Cafés ‹La Coupole› die Kohlenniederlage ‹Juglar›, aus der Männer mit geschwärzten Gesichtern und Jutesäcken auf dem Kopf zum Vorschein kamen: unter den Haufen von Koks und Anthrazit herrschte ebenso wie im Ruß der Kamine auch bei hellem Tageslicht jene Finsternis, die einst Gott vom Licht geschieden hatte. Doch war sie durchaus meinem Zugriff entzogen. In dem umhegten Dasein, in das ich eingeschlossen war, gab es nicht vieles, was mich erstaunte, denn ich wußte noch nichts davon, wo die Macht des Menschen beginnt, noch wo sie ein Ende hat. Flugzeuge, lenkbare Luftschiffe, die zuweilen am Pariser Himmel erschienen, erregten weit mehr die Bewunderung der Erwachsenen als die meinige. Was Zerstreuungen anbelangt, so wurden mir solche kaum je geboten. Meine Eltern nahmen mich zum Einzug des englischen Königspaares mit an die Champs-Elysées; ich war manchmal Zeuge von Fastnachtsumzügen und sah den Trauerzug von Galliéni mit an. Ich nahm an Prozessionen teil und kniete vor Ruhealtären. Fast niemals wurde ich in den Zirkus geführt, selten zum Puppentheater. Ein paar Spielsachen, die ich besaß, amüsierten mich zwar, aber nur eine kleine Zahl nahm mich wirklich gefangen. Gern heftete ich meine Augen auf das Stereoskop, das zwei photographische Platten zu einer räumlichen Szene umschuf, oder auf das Kineoskop, in dem ein rotierender Streifen von unbeweglichen Bildern den Eindruck eines galoppierenden Pferdes erzeugte. Man schenkte mir auch Albums, die mit einer Daumenbewegung lebendig zu werden schienen: das kleine

Mädchen, das auf den Blättern zunächst in seiner Haltung erstarrt zu sein schien, begann auf einmal zu hüpfen, der Boxer fing zu boxen an. Schattenspiele, Projektionen: was mich bei allen optischen Wundern interessierte, war, daß sie unter meinen Augen immer wieder von neuem entstanden. Alles in allem konnten die bescheidenen Schätze meiner Stadtkindexistenz nicht mit denen rivialiseren, die meine Bücher bargen.

Alles das änderte sich, wenn ich die Stadt verließ und mich unter Tiere und Pflanzen, in die Natur mit ihren zahllosen verborgenen Möglichkeiten versetzt sah.

Wir verbrachten jeweils den Sommer im Limousin bei Papas Familie. Mein Großvater hatte sich auf einen Besitz in der Nähe von Uzerche zurückgezogen, den sein Vater erworben hatte. Er trug einen weißen Backenbart, eine Mütze, das Bändchen der Ehrenlegion und summte den ganzen Tag Melodien vor sich hin. Er nannte mir die Namen der Bäume, der Blumen und der Vögel. Pfauen schlugen ihr Rad vor dem mit Glyzinien und Bignonia bewachsenen Wohngebäude. Im Vogelhaus bewunderte ich Goldfasanen und Kardinäle mit rotem Kopf. Von künstlichen Wasserfällen unterbrochen und mit Seerosen bestanden, umschlang ein Wasserlauf, in dem Goldfische schwammen, mit seinen Fluten eine winzige Insel, die durch zwei Knüppelholzbrücken mit dem Lande verbunden war. Zedern, Wellingtonien, Blutbuchen, japanische Zwergbäumchen, Trauerweiden, Magnolien, Araukarien, immergrüne Pflanzen und solche, die sich im Herbst entlaubten, Baumgruppen, Gebüsche, Unterholz – das alles gab es in diesem Park, der nicht groß, aber doch so vielseitig war, daß ich mit seiner Erforschung niemals zu Ende kam. Wir verließen ihn um die Mitte der Ferien, um Papas Schwester zu besuchen, die mit einem Grundbesitzer in der Umgegend verheiratet war und zwei Kinder hatte. Sie holten uns mit dem ‹großen Break› ab, der von vier Pferden gezogen wurde.

Nach dem Mittagessen in der Familie ließen wir uns auf den blauen Lederbänken nieder, die nach Staub und Sonne rochen. Mein Onkel ritt neben uns her. Nach einer Fahrt von zwanzig Kilometern waren wir in La Grillère. Ein Park, der ausgedehnter und naturhafter war als der von Meyrignac, dabei aber einförmiger, umgab ein häßliches, von Türmchen gekröntes, schindelgedecktes Schloß. Tante Hélène begegnete mir mit völliger Gleichgültigkeit. Onkel, vielmehr ‹Tonton› Maurcie, schnurrbärtig, immer in hohen Stiefeln und mit der Reitpeitsche in der Hand, wirkte eher erschreckend auf mich. Doch war ich gern mit Robert und Madeleine zusammen, die fünf und drei Jahre älter waren als ich. Wie bei meinen Großeltern durfte ich auch bei meiner Tante beliebig auf dem Rasen herumlaufen und alles mit Händen berühren. Wenn ich im Boden grub, den Lehm knetete, unter meinen Füßen pralle Schoten zertrat, lernte ich, was weder Bücher noch Lehrmeister uns vermitteln. Ich machte Bekanntschaft mit Klee und Hahnenfuß, mit Phlox und dem leuchtenden Blau der Volubilis, dem Schmetterling, dem Sonnenkäferchen, dem Glühwurm, dem Tau, den Spinnweben und Marienfäden; ich machte die Erfahrung, daß das Rot des Stechapfels röter als das des Kirschlorbeers oder der Eberesche ist, daß der Herbst die Pfirsiche rötet und das Laub kupferfarben tönt, daß die Sonne am Himmel auf- und niedergeht, ohne daß man sie jemals sich bewegen sieht. Der Überschwang an Farben und Düften berauschte mich. Überall, im grünen Fischwasser, im Gewoge der Wiesen, unter dem sägeblättrigen Farnkraut, in der Tiefe des Unterholzes, verbargen sich Schätze, die ich zu entdecken brannte.

Seitdem ich zur Schule ging, nahm mein Vater an meinen Erfolgen, meinem Fortschritt mit Interesse teil; er nahm nun einen größeren Raum in meinem Leben ein. Es kam mir vor, als gehöre er einer rareren Gattung als die übrigen

Menschen an. In dieser Zeit der Bärte und der Bacchantinnen überraschte sein glattrasiertes Gesicht mit dem ausdrucksvollen Minenspiel; seine Freunde meinten, er sehe Rigadin gleich. Niemand in meiner Umgebung war so komisch, so interessant, niemand glänzte wie er; niemand hatte so viele Bücher gelesen, wußte so viele Gedichte auswendig oder diskutierte mit solcher Leidenschaft. Mit dem Rücken an den Kamin gelehnt, redete er viel und mit vielen Gesten; alle hörten ihm zu. Bei Familienzusammenkünften spielte er stets die erste Geige: er rezitierte Monologe oder *Le Singe* von Zamacoïs und fand damit überall Beifall. Sein originellster Zug bestand darin, daß er in seinen Mußestunden gern Komödie spielte; wenn ich ihn auf Photographien als Pierrot, als Cafékellner, als Soldaten oder Tragödin verkleidet sah, kam er mir wie eine Art von Zauberer vor; erschien er in Kleid und weißer Schürze, ein Häubchen auf dem Kopf und mit weitaufgerissenen blauen Augen in der Rolle einer idiotischen Köchin mit Namen Rosalie, mußte ich Tränen lachen.

Alljährlich verbrachten meine Eltern drei Wochen in Divonne-les-Bains bei einer Liebhabertruppe, die auf der Bühne des Kasinos ihre Vorstellungen gab; sie sorgten für das Amüsement der Sommergäste, und der Direktor des Grand-Hotel gab ihnen gratis Quartier. Im Jahre 1914 sollten wir, Louise, meine Schwester und ich, in Meyrignac auf sie warten. Wir fanden dort meinen Onkel Gaston, Papas ältesten Bruder, und Tante Marguerite vor, deren Blässe und Magerkeit einschüchternd auf mich wirkten, ferner meine Kusine Jeanne, die ein Jahr jünger war als ich. Meine Schwester und Jeanne begaben sich gefügig unter meine Tyrannei. In Meyrignac spannte ich sie vor einen kleinen Wagen, und dann zogen sie mich in flottem Trab durch die Alleen des Parks. Ich erteilte ihnen Unterricht und verleitete sie zu Eskapaden, die ich aber wohlweislich auf der Zufahrtstraße zum Hause wieder beendete. Eines Morgens, als wir im Holzschuppen zwischen den frischen Sägespänen spielten, gab es auf einmal Alarm: der Krieg war erklärt. Ich hatte das Wort ein Jahr zuvor in Lyon zum ersten Male gehört. In Kriegszeiten, hatte man mir gesagt, bringen die Leute andere Leute um, und ich hatte mich gefragt: wohin entfliehe ich dann? Im Laufe des Jahres hatte Papa mir erklärt, Krieg bedeute den Einfall von Fremden in ein Land; von da an fürchtete ich die zahllosen Japaner, die damals an den Straßenecken Fächer und Lampions verkauften. Aber nein. Unsere Feinde waren die Deutschen mit den spitzen Helmen, die uns schon Elsaß und Lothringen weggenommen hatten und deren groteske Häßlichkeit ich aus den ‹Hansi›-Albums kannte.

Ich wußte jetzt, daß nur Soldaten im Kriege einander töten, und ich hatte genügend Geographie gelernt, um mir die Grenze vom Limousin weit entfernt vorzustellen. Niemand in meiner Umgebung schien sich zu fürchten, und so beunruhigte denn auch ich mich nicht. Papa und Mama trafen unerwartet, verstaubt und wortreich ein: sie hatten achtundvierzig Stunden auf der Eisenbahn verbracht. An den Einfahrten der Remisen wurden Requisitionsbefehle angeschlagen und Großpapas Pferde nach Uzerche gebracht. Die allgemeine Erregung, die dicken Überschriften des *Courrier du Centre* faszinierten mich; ich hatte immer gern, wenn irgend etwas geschah. Ich erfand Spiele, die den Umständen angepaßt waren; ich selbst war Poincaré, meine Kusine König Georg V., meine Schwester der Zar. Wir hielten Konferenzen unter den Zedern ab und teilten den ‹Prussiens› Säbelhiebe aus.

Im September in La Grillère lernte ich meine Pflichten als Französin erfüllen. Ich half Mama bei der Herstellung von Scharpie, ich strickte einen Wollschal. Meine Tante Hélène ließ das Gig anspannen, wir fuhren zum Bahnhof, um hochgewachsenen Hindus in Turbanen Äpfel auszuteilen; sie revanchierten sich mit Buchweizen, von dem sie uns manche Handvoll spendeten; wir brachten den Verwundeten mit Käse und Pastete belegte Brote. Die Frauen aus dem Dorfe drängten sich mit Armen voller Lebensmittel an die Militärzüge heran. «Ein Andenken, ein Andenken!» bettelten sie; die Soldaten schenkten ihnen Mantelknöpfe und Patronenhülsen. Eine von ihnen reichte eines Tages einem deutschen Verwundeten ein Glas Wein. Ein Murren erhob sich ringsum. «Wieso!» sagte sie, «das sind auch Menschen.» Das Murren schwoll daraufhin an. Heiliger Zorn glomm sogar in Tante Hélènes zerstreuten Blicken auf. Die Boches waren Verbrecher von Geburt; sie erregten Haß mehr noch als Empörung. Man empört sich nicht wider Satan. Aber Verräter, Spione, schlechte Franzosen waren großartige Objekte der Entrüstung für unsere tugendhaften Herzen. Mit sorgfältig einstudiertem Abscheu maß ich diejenige mit dem Blick, die von da an nur noch ‹die Deutsche› hieß. Endlich hatte das Böse nun doch Gestalt angenommen.

Mit wahrem Überschwang machte ich die Sache des Guten zu meiner eigenen. Mein Vater, der seinerzeit wegen Herzbeschwerden zurückgestellt worden war, wurde nun dennoch eingezogen und den Zuaven zugeteilt. Ich besuchte ihn mit Mama in Villetaneuse, wo er seinen Dienst ableistete: er hatte sich einen Bart stehenlassen, und der Ernst seiner Züge unter der ‹Chéchia› machte großen Eindruck auf mich. Ich mußte mich seiner würdig erweisen. Auf der Stelle legte ich ein Zeugnis von mustergültigem Patriotismus ab, indem ich eine Zelluloidpuppe zertrat, auf der ‹Made in Germany› stand und die im übrigen meiner Schwester gehörte. Nur mit Mühe hinderte man mich, mit der gleichen schmählichen Aufschrift versehene silberne Messerbänkchen aus dem Fenster zu werfen. In allen Vasen stellte ich Alliiertenfähnchen auf. Ich spielte den tapferen

Zuaven, das heldenhafte Kind. Mit bunten Farbstiften schrieb ich: ‹Hoch Frankreich!› an alle Wände. Die Erwachsenen belohnten meine extreme Fügsamkeit. «Simone ist furchtbar chauvinistisch», pflegte man mit amüsiertem Stolz zu erklären. Ich nahm das Lächeln in Kauf und genoß das Lob. Irgend jemand machte Mama ein Stück horizontblaues Offizierstuch zum Geschenk; eine Schneiderin schnitt daraus für meine Schwester und mich Mäntel genau nach dem Muster der Militärmäntel zu. «Da seht nur, sogar ein Gürtel ist hinten daran», sagte meine Mutter zu ihren bewundernden oder sich wundernden Freundinnen. Kein anderes Kind trug ein derart originelles, derart französisches Kleidungsstück: ich fühlte mich dadurch zu etwas Besonderem ausersehen.

Es gehört für ein Kind nicht viel dazu, ein kleiner Affe zu werden; früher schon trat ich gern in Erscheinung, aber ich weigerte mich, bei den von Erwachsenen inszenierten Komödien mitzutun; da ich jetzt zu alt war, um mich von ihnen streicheln, verwöhnen, hätscheln zu lassen, verlangte mich um so heftiger nach ihrer Anerkennung. Sie schlugen mir eine Rolle vor, die leicht zu spielen und außerdem kleidsam war: ich stürzte mich eifrig darauf. Mit meinem horizontblauen Mantel angetan, sammelte ich Spenden auf einem der großen Boulevards vor der Tür eines franko-belgischen Hilfskomitees, das von einer von Mamas Freundinnen geleitet wurde. «Für die kleinen belgischen Flüchtlinge!» Die Geldstücke regneten nur so in mein blumengeschmücktes Körbchen, und das Lächeln der Vorübergehenden gab mir zu verstehen, was für eine bezaubernde kleine Patriotin ich sei. Doch eine Frau in Schwarz sah mich finster an: «Warum für die belgischen Flüchtlinge? Und die französischen?» Ich wußte nicht, was ich antworten sollte. Die Belgier waren unsere heroischen Verbündeten; aber schließlich, wenn man schon stolz auf seine Vaterlandsliebe war, sollte man ihnen freilich die Franzosen vorziehen; auf meinem eigensten Terrain fühlte ich mich geschlagen. Andere Schwierigkeiten kamen noch hinzu. Wenn ich des Abends den Raum des ‹Foyer› betrat, wurde ich mit Herablassung zu meinem Erfolg beglückwünscht. «Da kann ich ja meine Kohlen bezahlen!» sagte die Leiterin. Ich erhob Einspruch dagegen: «Das Geld soll doch für die Flüchtlinge sein.» Ich hatte Mühe zu begreifen, daß die Interessen hier nicht klar zu scheiden waren; ich hatte von einer eindrucksvolleren Hilfsaktion geträumt. Im übrigen hatte Mademoiselle Fevrier einer Krankenschwester die Gesamtheit der Einnahme zugesagt und gestand ihr nicht, daß sie die Hälfte einbehielt. «Zwölf Francs, das ist fabelhaft!» sagte die Krankenschwester zu mir. Ich hatte vierundzwanzig eingenommen. Ich war außer mir. Man schätzte mich nicht meinem Werte entsprechend ein; ich hatte mich selbst für einen Star gehalten, während ich in Wirklichkeit nur eine Nebenrolle spielte, man hatte mich betrogen.

Nichtsdestoweniger behielt ich von diesem Nachmittag eine eher glorreiche Erinnerung zurück und fuhr auch mit meiner Tätigkeit fort. Ich ging mit anderen kleinen Mädchen singend und die Oriflamme schwenkend in der Basilika von Sacré-Cœur umher. Ich betete Litaneien und Rosenkränze für unsere lieben ‹Poilus›. Ich führte alle Schlagworte der Zeit im Mund und befolgte alle Parolen. In den Metros und Trambahnen stand: ‹Taisez-vous, méfiez-vous, les oreilles ennemies vous écoutent.› (‹Schweigt, seid vorsichtig, die Ohren des Feindes hören mit.›) Es war von Spionen die Rede, die die Frauen mit Nadeln in die Sitzflächen stachen, und von anderen, die den Kindern vergiftete Bonbons austeilten. Ich spielte also die Vorsichtige. Als mir nach dem Unterricht die Mutter einer Kameradin Gummidrops anbot, lehnte ich sie ab; sie roch nach Parfum, ihre Lippen waren angemalt, sie trug schwere Ringe an den Fingern, und zu allem Überfluß hieß sie auch noch Madame Malin. Ich glaubte zwar nicht wirklich, daß ich an den Bonbons sterben würde, aber es kam mir verdienstlich vor, immer wachsam zu sein.

Ein Teil meiner Schule, des ‹Cours Désir›, war in ein Lazarett umgewandelt worden. In den Korridoren vermischte sich ein erbaulicher Duft nach Medikamenten mit dem Geruch von Bohnerwachs. Unter ihren weißen, rotgetupften Schleiern glichen die Damen Heiligen, und ich war tief bewegt, wenn ihre Lippen meine Stirn berührten. Ein kleines Flüchtlingsmädchen aus dem Norden trat in meine Klasse ein; der jähe Aufbruch hatte sie ernstlich verstört, sie litt an nervösen Ticks und stotterte. Man erzählte mir nun viel von Flüchtlingskindern, und ich wollte einen Beitrag zur Linderung ihres Elends liefern. So kam ich auf den Gedanken, alle Näschereien, die ich geschenkt erhielt, in einer Schachtel zu sammeln. Als diese mit altbackenen Plätzchen, weißlich überhauchter Schokolade und vertrockneten Backpflaumen angefüllt war, half Mama mir beim Einpacken, und ich trug sie den Damen hin. Sie vermieden es zwar, mir allzu ostentativ zu danken, aber über meinen Kopf hinweg erhob sich doch ein Geflüster, das mir schmeichelte.

Die Tugend ergriff Besitz von mir; es gab keine Zornanfälle, keine Launen mehr: man hatte mir erklärt, es hänge von meiner Bravheit und Frömmigkeit ab, daß Gott Frankreich errette. Nachdem der Seelsorger des Cours Désir mich bei der Hand genommen hatte, wurde ich ein Muster von einem kleinen Mädchen. Er war jung, blaß und unendlich sanft. Er nahm mich in seinen Katechismusunterricht auf und weihte mich in die süße Beglückung der Beichte ein. Ich kniete ihm gegenüber in einer kleinen Kapelle und gab eifrig Antwort auf seine Fragen. Ich habe keine Ahnung mehr, was ich ihm erzählte, aber in Gegenwart meiner Schwester, die es mir wiedersagte, gratulierte er Mama zu meiner schönen Seele. Ich verliebte mich in diese Seele, die ich mir weiß und strahlend wie die Hostie in der Monstranz vorstellte. Ich sammelte verdienstliche Handlungen. Zu Beginn der Adventszeit teilte Abbé Martin uns Bildchen aus, die das Jesuskind darstellten: bei jeder guten Tat durchstachen wir die mit violetter Tinte nachgezeichneten Umrisse der Figur. Am Weihnachtstage sollten wir sie dann in die Krippe legen, die im Hintergrund der großen Kapelle schimmerte. Ich erfand alle möglichen Kasteiungen, Opfer, allerlei Formen erbaulichen Verhaltens, damit mein Kärtchen recht viele Löcher aufwiese. Diese Unternehmungen regten zwar Louise auf, aber Mama und die Damen ermutigten mich dazu. Ich trat in einen kindlichen Orden ein, die ‹Engel der Passion›, was mir das Recht gab, ein Skapulier zu tragen, sowie die Pflicht auferlegte, über die sieben Schmerzen Mariä fromme Betrachtungen anzustellen. Entsprechend den jüngsten Instruktionen Pius' X. bereitete ich mich auf eine Einzelkommunion vor, ich nahm an Exerzitien teil. Ich begriff nicht ganz, weshalb die Pharisäer, deren Namen auf verwirrende Weise dem der Einwohner unserer Hauptstadt ähnlich war, gegen Jesus so sehr geeifert hatten, doch hegte ich für seine Leiden tiefes Mitgefühl. In einem Tüllkleid, mit einer Charlotte aus irischer Spitze auf dem Kopf, nahm ich zum ersten Male die Hostie entgegen. Von nun an geleitete mich Mama dreimal in der Woche zur Kommunion in die Kirche Notre-Dame-des-Champs. Ich liebte das Hallen unserer Schritte auf den Fliesen im Morgengrauen. Beim Weihrauchduft, mit vom Flackern der Kerzen zärtlich verschleiertem Blick genoß ich die Süße der Hingabe zu Füßen des Gekreuzigten, während ich undeutlich schon von der Tasse Schokolade träumte, die mich zu Hause erwartete.

Diese fromme Gemeinschaft machte die vertrauliche Beziehung zu meiner Mutter noch inniger; sie nahm unbedingt den ersten Platz in meinem Leben ein. Da ihre Brüder eingezogen waren, kehrte Louise zu ihren Eltern zurück, um ihnen bei der Feldbestellung zu helfen. Mit gebranntem Haar, geziert und anspruchsvoll, flößte Raymonde, das neue Mädchen, mir eitel Nichtachtung ein. Mama ging kaum mehr aus, sie empfing wenig Gäste, bekümmerte sich aber unendlich viel um meine Schwester und mich; mich selbst bezog sie in ihr Leben unmittelbarer mit ein als die Jüngere; auch sie war zu Hause die Ältere gewesen, und alle Leute fanden, daß ich ihr sehr ähnlich sei: ich hatte das Gefühl, sie gehöre mir auf ganz einzigartige Weise.

Papa kam im Oktober an die Front; ich sehe noch den Schacht der Metro vor mir und wie Mama mit feuchten Augen neben mir herging; sie hatte schöne haselnußbraune Augen, zwei Tränen fielen auf ihre Wangen herab. Ich war tief bewegt. Nie kam mir jedoch ernstlich in den Sinn, daß Papa in Gefahr sein könne. Ich hatte Verwundete gesehen, ich wußte, daß eine Beziehung zwischen Krieg und Tod bestand. Aber daß dieses große Kollektivabenteuer unmittelbar auch mich betreffen könnte, stellte ich mir nicht vor. Wahrscheinlich war ich auch überzeugt, daß Gott speziell meinen Vater beschützen werde: ich war außerstande, mir das Unglück auszumalen. Die Ereignisse gaben meinem Optimismus recht; nach einem Herzanfall wurde mein Vater in das Lazarett in Coulommiers verbracht, dann dem Kriegsministerium zugeteilt. Er bekam eine andere Uniform und nahm seinen Schnurrbart ab. Etwa zur gleichen Zeit kehrte Louise in unser Haus zurück. Das Leben nahm nun wieder seinen normalen Gang.

Ich hatte mich endgültig in ein artiges Kind verwandelt. In der ersten Zeit hatte ich mich nur zusammengenommen; meine neue Persönlichkeit aber hatte mir so viel Lob eingetragen, und dieses wiederum hatte mir so viel Genugtuung gegeben, daß ich mich schließlich ganz mit ihr identifizierte; sie wurde künftighin meine einzige wahre Natur. Ich war weniger quirlig, als ich früher gewesen war: Wachstum und Masern hatten etwas Bleichsucht zur Folge. Ich bekam Schwefelbäder und allerlei Stärkungsmittel; ich fiel jetzt den Erwachsenen nicht mehr durch meine Lebhaftigkeit zur Last; andererseits vertrugen sich meine Neigungen gut mit dem Leben, das ich führte, so daß nichts meinen Widerstand weckte. Ergab sich dennoch ein Konflikt, war ich bereit zu fragen, die Sache zu diskutieren. Oft beschränkte man sich darauf, mir zur Antwort zu geben: «Das tut man nicht; wenn ich nein gesagt habe, bleibt es auch bei Nein.» Sogar dann jedoch fühlte ich mich nicht unterdrückt. Ich hatte mich überzeugt, daß meine Eltern nur mein Bestes wollten. Zudem tat Gottes Wille sich durch ihre Lippen kund: er hatte mich erschaffen, er war für mich gestorben, er hatte ein Recht darauf, daß ich mich ihm willenlos unterwarf. Ich fühlte auf meinen Schultern das beruhigende Joch der Notwendigkeit.

So leistete ich also Verzicht auf die Unabhängigkeit, die ich in früher Kindheit mir hatte bewahren wollen. Ein paar Jahre hindurch war ich nur das getreue Abbild meiner Eltern. Es ist jetzt Zeit, soweit ich es selber weiß, zu sagen, wer sie waren.

Über die Kindheit meines Vaters besitze ich nur sehr wenig verbürgte Kenntnisse. Mein Urgroßvater, der in Argenton Steuerrevisor gewesen war, hatte offenbar seinen Söhnen ein nettes Vermögen hinterlassen, da der jüngere von seinen Renten zu leben imstande war; der ältere, mein Großvater, erbte unter anderem ein kleines Gut von zweihundert Hektar; er heiratete ein junges Mädchen aus einer wohlhabenden nordfranzösischen Familie. Aus Neigung jedoch oder weil er drei Kinder hatte, trat er in die Büros der Pariser Stadtverwaltung ein; er legte dort eine lange Karriere zurück, die er als Abteilungsvorstand und mit dem Bändchen der Ehrenlegion beendete. Sein Lebensstil war glanzvoller als seine Stellung. Mein Vater verbrachte seine Kindheit in einer schönen Etagenwohnung am Boulevard Saint-Germain und lernte wenn nicht den Reichtum, so doch behaglichen Wohlstand kennen. Er hatte eine ältere Schwester und einen älteren Bruder, der, faul, lärmend und oft brutal, ihn schlecht behandelte. Da er selbst schwächlich und Gewalt ihm verhaßt war, legte er es darauf an, seine physische Unzulänglichkeit durch Charme zu kompensieren; er wurde der Liebling seiner Mutter und auch seiner Lehrer. Seine Neigungen liefen denen des älteren Bruders zuwider; dem Sport, der Gymnastik abgeneigt, begeisterte er sich nur für Lektüre und geistige Arbeit. Meine Großmutter spornte ihn an. Er lebte in ihrem Schatten und suchte nur ihr zu Gefallen zu sein. Sie, die selbst den Kreisen einer sittenstrengen Bourgeoisie entstammte, in der man fest an Gott, an die Arbeit, an Verdienste glaubte, verlangte, daß ein Schuljunge aufs genaueste seinen Schülerpflichten nachkam: jedes Jahr trug Georges am Collège Stanislas den ersten Preis davon. Während der Ferien trommelte er energisch die Bauernkinder zusammen und hielt Unterricht für sie ab; eine Photographie zeigt ihn auf dem Hof von Meyrignac, von etwa zehn Schülern, Buben und Mädchen, umringt. Ein Zimmermädchen in weißer Schürze und Haube trägt ein Tablett mit Orangeadegläsern. Seine Mutter starb, als er dreizehn Jahre alt wurde; nicht nur empfand er darüber einen heftigen Schmerz, sondern er sah sich auch jählings ganz auf sich selber gestellt. Meine Großmutter verkörperte künftighin für ihn das Gesetz. Mein Großvater war für diese Rolle nur sehr wenig geeignet. Gewiß, er war ein rechtdenkender Mann: er haßte die Communards und eiferte gegen Déroulède. Aber er war sich eher seiner Rechte bewußt als überzeugt von den Pflichten, die auf ihm ruhten. Ein Mittelding zwischen Aristokrat und Bourgeois, zwischen Grundbesitzer und Beamtem, respektvoll der Religion gegenüber, ohne sie jedoch praktisch auszuüben, fühlte er sich weder fest in die Gesellschaft eingegliedert noch mit ernstzunehmenden Verantwortlichkeiten betraut: er bekannte sich zu einem Epikurismus, wie er in guten Kreisen damals üblich war. Er übte einen Sport aus, der fast ebenso distinguiert war wie das Fechten mit dem Degen, das Stockfechten, und hatte hier den Titel eines Vorfechters erworben, auf den er sich offenbar viel zugute tat. Für Diskussionen und Sorgen war er nicht zu haben; er ließ seine Kinder aufwachsen, wie sie wollten. Mein Vater glänzte auch weiterhin in den Fächern, die ihn interessierten, in Latein, in Literatur, doch bekam er keine Prämien mehr; er tat sich jetzt keinen Zwang mehr an.

Im Zuge gewisser finanzieller Ausgleichsmanöver sollte Meyrignac meinem Onkel Gaston zufallen; befriedigt über die Aussicht auf eine so sichere Position, gab er sich dem Müßiggang hin. Mein Vater jedoch – dessen Zukunft nicht gesichert war – wurde durch seine Lage als jüngerer Sohn, die Anhänglichkeit an seine Mutter, seine Schulerfolge dazu gebracht, auf seine Individualität zu pochen; er war sich gewisser Gaben bewußt und gedachte daraus Vorteil zu ziehen. Durch die oratorischen Möglichkeiten, die der Rechtsanwaltsberuf bot, sagte dieser ihm zu, denn er war bereits ein gewandter Redner. Er schrieb sich demgemäß bei der Rechtsfakultät ein, aber wieder und wieder hat er mir gesagt, daß, wenn konventionelle Gründe es ihm nicht verboten hätten, er lieber ins ‹Conservatoire› eingetreten wäre. Das war keine bloße Redensart: nichts war echter bei ihm als seine Liebe zum Theater. Als Student entdeckte er voller Entzücken die Literatur, die in jener Epoche gefiel; er verbrachte ganze Nächte damit, Alphonse Daudet, Maupassant, Bourget, Marcel Prévost, Jules Lemaître zu lesen. Aber noch aufregendere Freuden wurden ihm zuteil, wenn er sich ins Parkett der Comédie-Française oder der ‹Variétés› begab.

Er wohnte allen Aufführungen bei; er verliebte sich in die Schauspielerinnen und hegte für die großen Mimen seiner Zeit eine abgöttische Verehrung: um ihnen ähnlich zu sein, trug er sich vollkommen bartlos. Damals trat er häufig in Salons in Amateurvorstellungen auf; er nahm Sprechunterricht, studierte die Kunst der Maske und schloß sich verschiedenen Liebhabertruppen an.

Die ungewöhnliche Neigung meines Vaters erklärt sich, glaube ich, aus seinem sozialen Status. Sein Name, gewisse Familienverbindungen, Kindheitskameradschaften, Freundschaften als junger Mann hatten in ihm die Überzeugung geschaffen, er gehöre zur Aristokratie; er machte sich demgemäß auch deren Wertungen zu eigen. Er schätzte elegante Gesten, schöne Gefühle, Ungezwungenheit, Schwung, Draufgängertum, Frivolität, Ironie. Die ernsten Tugenden der Bourgeoisie kamen ihm langweilig vor. Dank seinem sehr guten Gedächtnis legte er seine Examen ab, aber widmete seine Studienjahre vor allem seinen Vergnügungen, dem Besuch des Theaters, der Rennplätze, der Cafés und Salons. Er legte so geringen Wert auf ein Vorwärtskommen in einer bürgerlichen Laufbahn, daß er, nachdem er die nötigen Zeugnisse erworben hatte, nicht einmal seinen Doktor machte; er trug sich beim Appellationsgerichtshof ein und wurde Sekretär bei einem alteingesessenen Rechtsanwalt. Er verachtete alle Erfolge, die man nur durch Fleiß und Mühen erringt; seiner Meinung nach besaß man, wenn man gut geboren war, Qualitäten, an die kein Verdienst jemals heranreichen konnte: Geist, Talent, Charme, Rasse. Ärgerlich war nur, daß er in jener Kaste, der er anzugehören behauptete, keinerlei Rolle spielte. Er trug einen Namen mit einem ‹de› davor, der aber ganz unbekannt war und ihm weder die Türen der Klubs noch der Salons öffnete; um den großen Herrn zu spielen, fehlten ihm die Mittel. An dem, was er in der bürgerlichen Welt sein konnte – ein angesehener Advokat, ein

Familienvater, ein ehrenwerter Bürger –, war ihm nur wenig gelegen. Er trat in das Leben mit leeren Händen ein und verschmähte die Güter, die man erwerben kann. Um diesem Zwiespalt zu begegnen, gab es nur eine Möglichkeit: etwas ‹vorzustellen›.

Um etwas vorzustellen, braucht man Zeugen; mein Vater schätzte weder die Natur noch die Einsamkeit, nur in Gesellschaft fühlte er sich wohl. Sein Beruf amüsierte ihn, soweit ein Advokat beim Plädieren nach außen hin in Erscheinung tritt. Als junger Mann verwendete er auf seine Toilette die Sorgfalt eines Dandys. Von klein auf an alle Manöver der Verführung gewöhnt, erwarb er sich den Ruf eines glänzenden Plauderers und unwiderstehlichen Charmeurs; aber diese Erfolge befriedigten ihn im Grunde nicht; sie verschafften ihm nur einen mittelmäßigen Rang in den Salons, in denen vor allem Vermögen und Adelstitel galten; um die in seiner Welt gültigen Hierarchien ablehnen zu können, mußte er gegen jene selbst zu Felde ziehen, also – da die niedrigen Klassen nicht für ihn zählten – eine Stellung außerhalb dieser Welt beziehen. Die Literatur gestattet einem, sich an der Wirklichkeit zu rächen, indem man diese der Umwandlung durch die Dichtung unterzieht; wenn jedoch mein Vater ein leidenschaftlicher Leser war, so blieb ihm andererseits bewußt, daß Schreiben ihm widerstrebende Tugenden wie Bemühen und Geduld verlangte; es ist eine einsame Tätigkeit, bei der das Publikum nur in Form einer Zukunftshoffnung besteht. Das Theater hingegen stellte für seine Probleme eine weit bessere Lösung dar. Einem Schauspieler bleiben die Qualen des Schaffenmüssens erspart; man legt ihm ein völlig fertiges, erfundenes Universum vor, in dem bereits ein Platz für ihn vorgesehen ist; er bewegt sich darin mit seiner Körperlichkeit vor einer Zuhörerschaft, die ebenfalls aus Fleisch und Blut besteht; auf die Rolle eines Spiegels beschränkt, wirft ihm das Auditorium gefügig sein eigenes Bild zurück;

auf der Bühne herrscht er und existiert er unumschränkt, er fühlt sich als Souverän. Mein Vater hatte speziell Vergnügen an der Kunst der Maske. Wenn er sich eine Perücke aufsetzte und einen Backenbart anklebte, entzog er sich seinem Selbst und vermied jede Konfrontation damit. Er war weder Herr noch Bürger. Diese Unbestimmtheit verwandelte sich bei ihm in plastische Anpassungsfähigkeit; nachdem er vollkommen aufgehört hatte zu sein, wurde er jeder beliebige; er übertraf sie alle.

Man wird verstehen, daß er niemals daran gedacht hat, sich über die Vorurteile seiner Kreise hinwegzusetzen und wirklich Schauspieler zu werden. Er widmete sich dem Theaterspielen, weil er sich mit der Bescheidenheit seiner Position nicht abfinden wollte; eine Niederlage ertrug er nicht. Sein Trick gelang ihm in doppeltem Sinn. Dadurch, daß er einen Rückhalt einer Gesellschaft gegenüber suchte, die ihm nur widerstrebend ihre Pforten öffnete, fand er nun im Gegenteil Zugang zu ihr. Dank seiner Amateurbegabung kam er tatsächlich mit Kreisen in Fühlung, die eleganter und aufgelockerter waren als die, aus denen er selber stammte; man schätzte dort geistreiche Leute, hübsche Frauen, das Vergnügen schlechthin. Als Schauspieler und als Weltmann war mein Vater nunmehr auf dem rechten Wege. Alle seine Mußestunden widmete er der Komödie und der Pantomime. Sogar am Vorabend seiner Hochzeit stand er noch auf der Bühne. Gleich nach der Rückkehr von der Hochzeitsreise veranlaßte er auch Mama zum Theaterspielen; ihre Schönheit glich ihre Unerfahrenheit aus. Ich habe schon gesagt, daß die beiden alljährlich in Divonne-les-Bains an den Aufführungen teilnahmen, die eine Liebhabertruppe dort veranstaltete. Sie gingen oft ins Theater. Mein Vater war auf *Comœdia* abonniert und über allen Kulissenklatsch auf dem laufenden. Zu seinen intimen Freunden gehörte ein Schauspieler vom ‹Théâtre de l'Odéon›. Während seines Aufenthaltes im Lazarett von Coulommiers verfaßte und spielte er in Zusammenarbeit mit einem anderen Patienten, dem jungen Sänger Gabriello, den er zuweilen in unser Haus einlud, eine Revue. Später, als er nicht mehr die Mittel besaß, um ein Leben in der Gesellschaft zu führen, fand er noch immer Gelegenheit, auf der Bühne zu erscheinen, und wenn es bei Wohltätigkeitsaufführungen war.

In dieser beharrlichen Leidenschaft drückte sich ganz und gar die Eigenart seines Charakters aus. Durch seine Meinungen gehörte mein Vater seiner Epoche und seiner Klasse an. Die Idee einer Wiederaufrichtung des Königtums hielt er für utopisch; die Republik jedoch flößte ihm nur Widerwillen ein. Ohne der ‹Action française› eigentlich nahezustehen, hatte er doch Freunde unter den ‹Camelots du roi› und bewunderte Maurras und Léon Daudet. Man durfte in seiner Gegenwart die Grundsätze des Nationalismus niemals in Zweifel ziehen; war jemand übelberaten genug, darüber diskutieren zu wollen, so lehnte er ein solches Gespräch laut lachend ab. Seine Vaterlandsliebe hatte bei ihm ihren Platz jenseits aller Argumente und aller Redensarten. «Sie ist meine einzige Religion», pflegte er zu sagen. Er verabscheute alle Metöken und empörte sich darüber, daß den Juden gestattet war, sich in die Angelegenheiten des Landes einzumischen; von Dreyfus' Schuld war er ebenso fest überzeugt, wie meine Mutter es vom Dasein Gottes war. Er las den *Matin* und war eines Tages wütend, weil einer der Vettern Sirmione *L'Œuvre*, ‹dieses Schmutzblatt›, ins Haus eingeschmuggelt hatte. Er hielt Renan für einen großen Geist, achtete aber die Kirche und hatte tiefen Abscheu vor den Gesetzen über die Trennung von Kirche und Staat. Seine private Moral war ganz auf den Kult der Familie ausgerichtet: die Frau als Mutter war heilig für ihn; von Ehefrauen verlangte er Treue, von jungen Mädchen Unschuld, doch gestand er den Männern große Freiheiten zu, was für ihn die Veranlassung war, auch die sogenannten ‹leichten› Frauen mit Nachsicht zu betrachten. In klassischer Weise verband sich bei ihm der Idealismus mit einer Skepsis, die hart an Zynismus grenzte. Er war ergriffen von *Cyrano*, schätzte Clément Vautel, war entzückt von Capus, Donnay, Sacha Guitry, Flers und Caillavet. Gleichzeitig Nationalist und Boulevardier, hatte er Sinn für Größe und für Frivolität.

Als ich noch ganz klein war, hatte er mich durch seine Fröhlichkeit und seine Redegabe gewonnen; als ich größer wurde, lernte ich ihn auf ernstere Weise bewundern: ich staunte über seine Bildung, seinen Verstand, seine unfehlbare klare Vernunft. Zu Hause wurde seine Vorherrschaft nie in Frage gestellt; meine Mutter, die acht Jahre jünger war als er, erkannte sie jedenfalls aus vollem Herzen an; er hatte sie in das Leben und in die Welt der Bücher eingeführt. «Eine Frau ist, was ihr Mann aus ihr macht, er hat ihre Form zu bestimmen», pflegte er zu sagen. Er las ihr die *Origines de la France contemporaine* von Taine, den *Essai sur l'inégalité des races humaines* von Gobineau vor. Im übrigen gefiel er sich nicht in übertriebenen Prätentionen, sondern hielt im Gegenteil gewisse Grenzen ein. Von der Front brachte er Novellenstoffe mit, die meine Mutter wundervoll fand, die er aber gleichwohl aus Furcht vor Mittelmäßigkeit nicht zu behandeln wagte. In dieser Bescheidenheit zeigte sich bei ihm eine Klarsicht, die ihm das Recht gab, in jedem besonderen Fall ein Urteil zu fällen, das keine Berufung zuließ.

Je größer ich wurde, desto mehr gab er sich mit mir ab. Er überwachte besonders meine Orthographie. Schrieb ich an ihn, so schickte er mir meine Briefe stets korrigiert zurück. In den Ferien diktierte er mir besonders schwierige Texte, die er gewöhnlich aus Victor Hugo entnahm. Da ich viel las, machte ich wenig Fehler, und er stellte mit Befriedigung fest, die Orthographie liege mir im Blut. Um meinen literarischen Geschmack zu bilden, hatte er in einem schwarzeingebundenen Heft eine kleine Anthologie zusammengestellt: *Un Evangile* von Coppée, *Le Pantin de la petite Jeanne* von Banville, *Hélas! si j'avais su!* von Hégésippe Moreau und noch einige andere Gedichte. Er ließ sie mich auswendig lernen und korrigierte beim Aufsagen meine Betonung. Er las mir die Klassiker vor, *Ruy Blas, Hernani,* die Stücke Rostands, die *Histoire de la Littérature française* von Lanson und die Komödien von Labiche. Ich stellte ihm viele Fragen, auf die er mir immer bereitwillig Antwort gab. Er wirkte auf mich nicht einschüchternd, insofern ich ihm gegenüber nie die geringste Befangenheit verspürte; doch versuchte ich auch nicht, die Distanz zu vermindern, die ihn von mir trennte; es gab Gegenstände, die vor ihm zu erörtern mir nie in den Sinn gekommen wäre; ich war für ihn weder Körper noch Seele, sondern einzig Geist. Unsere Beziehungen lagen in einer durchsichtig klaren Sphäre, in der kein Zusammenstoß möglich war. Er neigte sich nicht zu mir herab, sondern hob mich zu sich empor, und ich war stolz darauf, mich daraufhin schon erwachsen zu fühlen. Sank ich dann auf mein Normalmaß zurück, so hielt ich mich an Mama; Papa hatte ihr einschränkungslos die Sorge überlassen, über mein physisches Dasein zu wachen und auf meine seelische Erziehung bedacht zu sein.

Meine Mutter war in Verdun im Schoße einer frommen und reichen Familie auf die Welt gekommen; ihr Vater, der Bankier war, hatte seine Schulzeit bei den Jesuiten verbracht, ihre Mutter im Kloster. Françoise hatte einen Bruder und eine Schwester, die beide jünger waren als sie. Mit Leib und Seele ihrem Gatten ergeben, bezeugte Großmama ihren Kindern eine Zuneigung, die immer etwas Distanziertes behielt; Großpapa aber war mehr für Lili, die Jüngere; Mama litt unter der Kälte der Eltern. Als Halbpensionärin im Kloster ‹Les Oiseaux› fand sie Trost in der Wärme und Achtung, mit der dort die Schwestern sie umgaben; sie verlegte sich ganz aufs Lernen und auf die Frömmigkeit; nachdem sie ihr erstes Examen bestanden hatte, vervollkommnete sie ihre Bildung unter Leitung der Oberin. Weitere Enttäuschungen warfen einen Schatten auf ihre Jugendzeit. Kindheit und Jungmädchenjahre hinterließen in ihrem Herzen eine Art von Groll, der sich nie ganz beschwichtigte. Mit zwanzig Jahren, in einen fischbeingesteiften Kragen gezwängt, daran gewöhnt, spontane Regungen zu unterdrükken und bittere Geheimnisse in Schweigen zu begraben, kam sie sich einsam und unverstanden vor; trotz ihrer Schönheit fehlte es ihr an Sicherheit und an Frohsinn. Ohne Begeisterung ging sie nach Houlgate, wo ein unbekannter junger Mann ihr begegnen sollte. Sie gefielen einander. Von Papas Überschwang mitgerissen, gestärkt durch die Gefühle, die er ihr entgegenbrachte, blühte Mama nun förmlich auf. Meine ersten Erinnerungen an sie sind die an eine lachende, heitere junge Frau. Es lag in ihr jedoch auch etwas Unverbrüchliches und durchaus Bestimmtes, das nach der Heirat zum Durchbruch kam. Mein Vater besaß in ihren Augen ein unbedingtes Prestige, und sie war der Meinung, die Frau müsse dem Manne gehorchen. Doch unserer Louise, meiner Schwester und mir gegenüber trat sie sehr entschieden, zuweilen sogar heftig auf. Wenn einer der intimen Freunde des Hauses ihr widersprach oder sie verletzte, reagierte sie häufig mit Zorn und übergroßer Freimütigkeit. In größerer Gesellschaft aber blieb sie zeitlebens schüchtern. Ohne Übergang in einen Kreis versetzt, der sich stark von ihrem Provinzmilieu unterschied, paßte sie sich nur mühsam an. Ihre Jugend und Unerfahrenheit, ihre Liebe zu meinem Vater machten sie verwundbar; sie fürchtete kritische Äußerungen, und um sie zu vermeiden, gab sie sich große Mühe, es ‹so zu machen wie alle Welt›. Ihr neues Milieu lebte nur halb und halb nach der Moral von ‹Les

Oiseaux›. Sie wollte nicht als prüde gelten und verzichtete darauf, die anderen nach ihrem eigenen Sittenkodex zu richten; sie war entschlossen, sich dem anzugleichen, was nun einmal üblich war. Papas bester Freund lebte mit einer Frau, ‹als ob sie verheiratet wären›, also in der Sünde; das hinderte ihn aber nicht, häufig zu uns zu kommen; seine Konkubine freilich wurde nicht eingeladen. Meine Mutter dachte niemals daran – weder im einen noch im anderen Sinne –, gegen eine Inkonsequenz Einspruch zu erheben, die von der Gesellschaft sanktioniert worden war. Sie fand sich mit noch vielen anderen Kompromissen ab, die ihre Grundsätze nicht berührten; vielleicht um derartige Zugeständnisse dadurch zu kompensieren, bewahrte sie im Inneren strenge Unnachsichtigkeit. Obwohl sie ohne jeden Zweifel eine glückliche junge Frau gewesen war, machte sie kaum einen Unterschied zwischen Laster und Sexualität: immer blieb für sie die Vorstellung alles Körperlichen eng mit dem Begriff der Sünde verknüpft. Da der Brauch sie zwang, den Männern gewisse Extratouren zugute zu halten, konzentrierte sie ihre Strenge ausschließlich auf die Frauen; zwischen ‹anständigen Frauen› und ‹Lebedamen› gab es für sie kaum ein Zwischending. Alles, was ‹das Körperliche› betraf, widerstrebte ihr so sehr, daß sie die entsprechenden Fragen vor mir nie berührte; sie machte mich nicht einmal im voraus auf die Überraschungen aufmerksam, die an der Schwelle der Pubertät meiner harrten. Auf allen anderen Gebieten hatte sie sich die Ideen meines Vaters zu eigen gemacht, ohne daß es ihr offenbar Schwierigkeiten bereitete, sie mit der Religion in Einklang zu bringen. Mein Vater wunderte sich über die Paradoxe des menschlichen Herzens, der Erblichkeit, der Bizarrerien des Traumes; ich habe nie erlebt, daß meine Mutter über etwas staunte.

Ebensosehr vom Gefühl ihrer Verantwortung durchdrungen, wie Papa frei davon war, ließ sie sich ihre Aufgabe als Erzieherin überaus angelegen sein. Sie bat um Ratschläge bei der Kongregation der ‹Christlichen Mütter› und konferierte häufig mit den Damen des Cours Désir. Sie brachte mich persönlich zur Schule, nahm an meinem Unterricht teil und überwachte Hausaufgaben und mündliche Lektionen; sie lernte Englisch und sogar die Anfangsgründe des Lateinischen, um meiner Ausbildung folgen zu können. Sie nahm Einfluß auf meine Lektüre, führte mich zur Messe und zum Abendsegen; sie, meine Schwester und ich verrichteten gemeinsam das Morgen- und Abendgebet. In jedem Augenblick war sie noch im Innersten meines Herzens als Zeuge da, und ich machte kaum einen Unterschied zwischen ihrem und Gottes Auge über mir. Keine meiner Tanten – nicht einmal Tante Marguerite, die im Sacré-Cœur erzogen war – übte die Pflichten der Religion mit solchem Eifer aus; sie ging häufig zur Kommunion, betete mit Inbrunst und las viele fromme Andachtsbücher. Ihr Verhalten paßte sich ihren Glaubensüberzeugungen an; immer bereit, sich aufzuopfern, weihte sie ihr Leben vollkommen den Ihrigen. Ich sah sie nicht als eine Heilige an, weil sie mir zu vertraut war und zudem leicht in Zorn geriet; aber ihr Beispiel wurde dadurch für mich nur um so überzeugender: ich konnte – und mußte demgemäß – ihr an Frömmigkeit und Tugend nacheifern. Die Wärme ihrer Zuneigung machte ihre Unwillensausbrüche wieder wett. Wäre sie unfehlbarer und dadurch mir ferner gewesen, hätte sie niemals so stark auf mich eingewirkt.

Ihr Einfluß erklärte sich tatsächlich großenteils aus unserem innigen Zusammenleben. Mein Vater behandelte mich wie eine Erwachsene. Meine Mutter verwendete alle Sorge auf das Kind, das ich war. Sie bewies mir mehr Nachsicht als er: sie fand es natürlich, daß ich herumalberte, während ich ihn dadurch reizte. Sie amüsierte sich über Einfälle oder kleine Schreibereien, an denen er nichts Komisches fand. Ich legte Wert auf die Achtung der anderen, aber ich wollte vor allem so genommen werden, wie ich war, mit allen Mängeln meiner noch jungen Jahre; meine Mutter gab mir durch ihre Zärtlichkeit für mein Wesen volle Rechtfertigung. Das schmeichelhafteste Lob jedoch war für mich das, das ich von meinem Vater erhielt; wenn er jedoch schalt, weil ich in seinem Arbeitszimmer Unordnung gemacht hatte, oder ausrief: «Diese dummen Kinder!», nahm ich solche Reden leicht, da er ihnen selbst offenbar wenig Gewicht beilegte; umgekehrt stellte jeder Vorwurf meiner Mutter, ein bloßes Brauenrunzeln schon, die Sicherheit meiner Welt in Frage; ohne ihre Billigung meinte ich keinerlei Daseinsberechtigung mehr zu haben.

Wenn ihr Tadel mich so tief traf, so vor allem deswegen, weil ich auf ihr Wohlwollen baute. Als ich sieben oder acht Jahre alt war, tat ich mir ihr gegenüber keinen Zwang an, ich äußerte mich in aller Freimütigkeit. Eine ganz bestimmte Erinnerung läßt mich in dieser Hinsicht ganz sicher sein. Ich litt nach den Masern an einer leichten Rückgratverkrümmung; ein Arzt zog mit dem Finger an meiner Wirbelsäule entlang eine Linie, als ob mein Rücken eine Schultafel sei, und verschrieb mir schwedische Gymnastik. Ich nahm ein paar Privatstunden bei einem großen, blonden Lehrer. Als ich eines Nachmittags auf ihn wartete, übte ich mich an der Stange; oben angekommen, verspürte ich eine sonderbare Reizung zwischen den Beinen; es war angenehm und enttäuschend zugleich; ich versuchte es noch einmal, die gleiche Erscheinung stellte sich ein. «Das ist doch merkwürdig», sagte ich zu Mama; ich beschrieb ihr, was ich empfunden hatte. Mit gleichgültiger Miene sprach sie von etwas anderem, und ich glaubte, eine jener überflüssigen Bemerkungen gemacht zu haben, die einfach keiner Antwort bedürfen.

In der Folge erst änderte ich meine Haltung. Als ich mich

ein oder zwei Jahre später nach den ‹Banden des Blutes› fragte, von denen in Büchern so oft die Rede ist, und nach der ‹Frucht deines Leibes› aus dem *Gegrüßt seist du, Maria,* teilte ich meiner Mutter meine Vermutungen nicht mit. Es mag sein, daß sie inzwischen einigen meiner Fragen Widerstände entgegengesetzt hatte, an die ich mich nicht mehr erinnere. Aber mein Schweigen war die Folge einer Parole allgemeinerer Art; von nun an paßte ich auf mich auf. Meine Mutter strafte mich selten, und wenn sie auch gelegentlich eine lose Hand hatte, so taten ihre Ohrfeigen doch nicht besonders weh. Indessen begann ich, ohne sie deswegen weniger zu lieben, sie allmählich zu fürchten. Es gab da ein Wort, das sie gern gebrauchte und das auf meine Schwester und mich völlig lähmend wirkte: «Das ist ja lächerlich!» Wir hörten sie dieses Verdikt häufig aussprechen, wenn sie mit Papa zusammen das Verhalten eines Dritten kritisierte; richtete es sich gegen uns, so stürzte es uns aus dem Familienempyreum in den Abgrund hinab, in dem die übrige Menschheit ihr Dasein fristete. Unfähig vorauszusehen, welche Geste, welcher Ausspruch es entfesselte, sahen wir in jeder eigenmächtigen Äußerung in dieser Hinsicht eine Gefahr; es schien ein Gebot der Klugheit zu sein, sich einfach still zu verhalten. Ich erinnere mich noch an unser Staunen, als wir Mama um die Erlaubnis gebeten hatten, unsere Puppen mit in die Ferien zu nehmen, und sie ganz einfach antwortete: «Warum nicht?» Jahre hindurch hatten wir diesen Wunsch immer wieder in unseren Herzen begraben. Gewiß war der erste Grund meiner Schüchternheit, daß ich Nichtachtung fürchtete. Aber ich glaube, daß ich, wenn ihre Augen einen gewittrigen Glanz bekamen oder sie auch nur mißbilligend die Lippen verzog, ebensosehr wie meine eigene Niederlage die heftige Wallung fürchtete, die ich in ihrem Herzen hervorrief. Hätte sie mich bei einer Lüge ertappt, so hätte ich ihre Empörung stärker empfunden als meine eigene Schmach: die Vorstellung war mir so unerträglich, daß ich immer die Wahrheit sprach. Offenbar machte ich mir nicht klar, daß meine Mutter, indem sie so eilfertig jede Abweichung oder Neuerung verdammte, dem Aufruhr zuvorzukommen wünschte, den in ihr alles In-Frage-Stellen des Gewohnten hervorrief; wohl aber fühlte ich deutlich, daß ungewohnte Äußerungen, unvorhergesehene Pläne ihre heitere Seelenruhe trübten. Meine Verantwortung in dieser Hinsicht verdoppelte meine Abhängigkeit.

So lebten wir, sie und ich, in einer Art von Symbiose, und ohne daß ich sie zu kopieren trachtete, wurde ich doch von ihr geformt. Sie impfte mir Pflichtgefühl sowie Parolen der Selbstlosigkeit und der Sittenstrenge ein. Mein Vater hatte nichts dagegen, sich in den Vordergrund zu lavieren, von Mama aber lernte ich zurückzutreten, meine Worte zu wägen, meine Wünsche im Zaum zu halten, genau das zu sagen und zu tun, was gesagt und getan werden mußte. Ich verlangte für mich nichts und wagte mich nur wenig hervor.

Die Eintracht, die zwischen meinen Eltern bestand, bestärkte mich in der Hochachtung, die ich ihnen entgegenbrachte. Sie erlaubte mir, eine Schwierigkeit zu umgehen, die mich in beträchtliche Verlegenheit hätte bringen können; Papa ging nicht zur Messe, er lächelte, wenn Tante Marguerite die Wunder von Lourdes kommentierte: er glaubte nicht. Diese Skepsis berührte mich nicht, so sehr fühlte ich mich selbst von der Gegenwart Gottes umhegt; dennoch irrte mein Vater sich nie: wie sollte man sich erklären, daß er der evidentesten aller Wahrheiten völlig blind gegenüberstand? Wenn man den Dingen ins Auge sah, schien es freilich ein unlösbares Dilemma zu sein. Immerhin fand ich mich, da meine so fromme Mutter sie natürlich zu finden schien, mit Papas Haltung ab. Die Folge war, daß ich mich gewöhnte, das – durch meinen Vater vertretene – Leben des Geistes und mein – durch meine Mutter bestimmtes – seelisches Dasein als zwei völlig heterogene Sphären zu betrachten, zwischen denen es keinen möglichen Austausch gab. Heiligkeit gehörte einer anderen Ordnung an als Geist, und die menschlichen Dinge – Kultur, Politik, Geschäftsleben, Sitten und Bräuche – entstammten nicht der Religion. Auf diese Weise verbannte ich Gott aus der Welt, was meine Weiterentwicklung aufs tiefste beeinflussen sollte.

Meine Lage in der Familie erinnerte durchaus an die einstige meines Vaters: wie er seinerzeit zwischen dem unbekümmerten Skeptizismus meines Großvaters und dem bourgeoisen Ernst meiner Großmutter gestanden hatte, kontrastierte in meinem Fall der Individualismus meines Vaters und seine weltlich bestimmte Ethik mit der strengen, traditionalistischen Moral, die meine Mutter mich lehrte. Diese Unausgewogenheit, die mich zur Auflehnung treiben mußte, erklärt zum großen Teil, daß eine Intellektuelle aus mir geworden ist.

Im Augenblick aber fühlte ich mich noch zugleich auf Erden und in himmlischen Bahnen beschützt und geführt. Ich beglückwünschte mich außerdem, nicht rückhaltlos den Erwachsenen ausgeliefert zu sein; ich durchlebte nicht allein meine kindliche Situation; ich hatte eine Gefährtin, meine Schwester, deren Rolle in meinem Dasein beträchtlich wurde, als ich etwa sechs Jahre alt war.

Man nannte sie Poupette; sie war zweieinhalb Jahre jünger als ich. Es hieß, sie sei Papa ähnlich. Blond, mit blauen Augen, sieht sie auf Kinderphotos aus, als schwämme ihr Blick in immerwährenden Tränen. Ihre Geburt hatte damals enttäuscht, denn die ganze Familie hoffte auf einen Sohn; niemand freilich ließ es sie spüren, aber vielleicht war es doch nicht ohne Bedeutung, daß an ihrer Wiege viel geseufzt worden ist. Es wurde darauf gesehen, daß wir unbedingt gerecht behandelt wurden; wir trugen ganz gleiche Kleider, gingen fast immer zusammen aus, wir führten das gleiche Leben. Mir als der Älteren standen jedoch gewisse Vorteile zu. Ich hatte ein Zimmer, das ich zwar mit Louise teilte, und schlief in einem – kopierten – antiken Bett aus geschnitztem Holz, über dem eine Reproduktion der *Himmelfahrt Mariä* von Murillo hing. Für meine Schwester wurde ein Gitterbett in einem engen Korridor aufgestellt. Als Papa zur Truppe eingezogen war, begleitete ich Mama, sooft sie ihn besuchte. Auf den zweiten Platz verwiesen, mußte sich ‹die Kleine› fast überflüssig fühlen. Ich war für meine Eltern ein neues Erlebnis gewesen; meine Schwester hatte weit größere Mühe, sie in Staunen zu setzen oder aus der Fassung zu bringen; mich hatte man noch mit niemand verglichen, sie aber verglich ein jeder mit mir. Die Damen des Cours Désir hatten die Gewohnheit, den Jüngeren stets die Älteren als Beispiel vorzuhalten; was Poupette auch tat, der Abstand der Zeit, die Sublimierung durch die Legende wollten, daß alles mir besser geglückt war als ihr; kein Bemühen, kein Erfolg verhalfen ihr jemals dazu, sich gegen mich durchzusetzen. Als Opfer eines ungreifbaren Fluches litt sie und saß am Abend oft weinend auf ihrem Stühlchen. Man warf ihr ihr mürrisches Wesen vor: es entstammte einzig und allein ihrem Minderwertigkeitsgefühl. Sie hätte mir daraufhin böse sein können, doch paradoxerweise fühlte sie sich nur in meiner Gegenwart wohl. Behaglich in meiner Rolle als Ältere installiert, maßte ich mir keine Überlegenheit über sie an außer der, die mein Alter mir gab; ich hielt sogar Poupette für sehr aufgeweckt in Anbetracht ihrer Jahre; ich nahm sie als das, was sie war: eine Gleichgestellte, die nur etwas jünger war als ich. Sie wußte mir Dank für meine Achtung ihrer Person und reagierte darauf mit unbedingter Ergebenheit. Sie war meine Gefolgsmännin, mein zweites Ich. Ich, meine Doppelgängerin: wir waren einander vollkommen unentbehrlich.

Ich bedauerte alle Einzelkinder; einsame Vergnügungen

schienen mir fad, ich hielt sie nur gerade für ein Mittel, um die Zeit totzuschlagen. Wenn man zu zweien war, wurde ein Spiel mit dem Ball oder Paradieshüpfen zu einer Unternehmung, Reifentreiben ein Wettbewerb. Selbst um Abziehbilder zu machen oder einen Katalog auszumalen, brauchte ich eine Partnerin; in Form von Rivalität und Zusammenarbeit fand die Tätigkeit der einen Unterstützung durch die der anderen, sie entging der bloßen Zufälligkeit. Die Spiele, die mir am meisten am Herzen lagen, waren diejenigen, bei denen ich andere Personen darstellte; diese verlangten gebieterisch nach Gemeinsamkeit. Viel Spielsachen hatte wir nicht. Die schönsten – der Tiger, der springen konnte, der Elefant, der die Beine hob – wurden von unseren Eltern unter Verschluß gehalten und nur gelegentlich der Bewunderung von Gästen dargeboten. Ich bedauerte das nicht, sondern fühlte mich eher geschmeichelt, Dinge zu besitzen, mit denen auch die Großen sich amüsieren konnten; ich hatte lieber kostbare Sachen als besonders vertraute. Auf alle Fälle boten die äußeren Zutaten – Kaufladen, Kücheneinrichtung, Krankenschwester-Ausrüstung – der Einbildungskraft nur schwache Hilfen. Um die Geschichten, die ich erfand, lebendig werden zu lassen, brauchte ich eine Gefährtin.

Eine Menge Anekdoten und Situationen, die wir szenisch umsetzten, waren von einer Banalität, die uns wohl bewußt war. Die Anwesenheit der Erwachsenen störte uns nicht dabei, Hüte zu verkaufen oder den Kugeln der Deutschen zu trotzen. Andere Szenarios, und zwar gerade diejenigen, die uns die liebsten waren, erforderten eine gewisse Heimlichkeit. Nach außen hin waren sie freilich völlig unschuldiger Natur; da sie aber unsere Kindheitserlebnisse auf eine höhere Ebene hoben oder die Zukunft vorwegnahmen, schmeichelten sie einer intimen und heimlichen Sphäre unserer selbst. Ich werde später von denen sprechen, die mir von meinem Standpunkt aus die bezeichnendsten scheinen. Vor allem drückte ich selbst mich in ihnen aus, meiner Schwester diktierte ich sie zu und wies ihr Rollen darin an, die sie gefügig übernahm. Zu der Stunde, in der die Stille, Dunkelheit und Langeweile bürgerlicher Wohnstätten das Treppenhaus überlagern, ließ ich meinen Phantasien freien Lauf: wir setzten sie mit großem Aufwand an Gesten und Worten in die Wirklichkeit um, und indem wir uns gegenseitig in unserer Behexung bestärkten, fanden wir einen Weg, uns von dieser Welt loszulösen, bis eine befehlende Stimme uns in den Alltag zurückrief. Am nächsten Tage fingen wir von neuem damit an. «Wir spielen *das* weiter», sagten wir uns. Dann kam ein Tag, an dem das allzuoft aufgewärmte Thema uns keine Anregung mehr bot; wir wählten sodann ein anderes, an das wir uns ein paar Stunden oder Wochen lang hielten.

Ich verdanke meiner Schwester, daß ich durch diese Spiele in mir so manchen Traum habe abreagieren können; sie ermöglichte mir auch, mein Alltagsleben vor dem Verschweigen zu retten: in ihrer Gesellschaft gewöhnte ich mich daran, mich ständig mitzuteilen. In ihrer Abwesenheit schwankte ich zwischen zwei Extremen: Sprechen war entweder ein müßiges Geräusch, das ich mit meinem Munde hervorbrachte, oder, soweit es sich an meine Eltern richtete, ein ernstzunehmender Vorgang; wenn aber wir, Poupette und ich, miteinander redeten, so hatten die Worte einen Sinn und wogen dennoch nicht schwer. Ich lernte die Vergnügungen des Austauschs freilich bei ihr nicht kennen, da uns alles gemeinsam war; aber wenn wir mit lauter Stimme zu den Vorfällen und seelischen Erregungen des Tages unsere Bemerkungen machten, so vervielfältigten wir ihren Wert. Es war nichts Bedenkliches an unseren Gesprächen; dennoch schufen sie zwischen uns, infolge der Wichtigkeit, die wir ihnen beiderseits zuerkannten; ein Einverständnis, das uns von den Erwachsenen trennte: beide zusammen besaßen wir einen geheimen Garten, in dem wir uns ergingen.

Wir hatten großen Nutzen davon. Überlieferte Gewohnheiten unterwarfen uns einer großen Menge von lästigen Verpflichtungen, besonders um den Neujahrstag herum. Wir mußten bei weitläufigen Verwandten an endlosen Familiendiners teilnehmen und Besuche bei versauerten alten Damen machen. Sehr oft retteten wir uns dann vor der Langeweile, indem wir ins Treppenhaus flüchteten und ‹das› spielten. Im Sommer organisierte Großpapa gern Ausflüge in die Wälder von Chaville oder von Meudon; um die Öde dieser Exkursionen zu bannen, hatten wir keine andere Zuflucht, als miteinander zu schwatzen; wir machten Pläne, wir ergingen uns in Erinnerungen; Poupette stellte mir Fragen; ich erzählte ihr Episoden aus der römischen Geschichte, aus der Geschichte Frankreichs oder Historchen, die ich selbst erfand.

Was ich am meisten an unserem Verhältnis zueinander schätzte, war, daß ich auf meine Schwester wirklichen Einfluß besaß. Die Erwachsenen machten mit mir, was sie wollten. Wenn ich ihnen Lobsprüche abrang, so lag doch der Entschluß, sie mir zu erteilen, immer noch bei ihnen selbst. Gewisse Formen meines Verhaltens wirkten unmittelbar auf meine Mutter ein, doch ohne jede Beziehung zu dem, was ich selber wollte. Zwischen meiner Schwester und mir vollzogen sich die Dinge auf eine eindeutigere Art. Wir stritten uns, sie weinte, ich wurde wütend, wir warfen uns als äußerste Beleidigung ein: ‹Du bist ja dumm!› an den Kopf, und dann versöhnten wir uns. Ihre Tränen waren nicht vorgetäuscht, und wenn sie über ein Scherzwort lachte, so sicherlich nicht aus bloßer Gefälligkeit. Sie allein erkannte meine Autorität an; die Erwachsenen gaben mir wohl zuweilen nach: sie aber gehorchte mir.

Eines der festesten Bande, das sich zwischen uns knüpfte,

war das der Lehrerin zur Schülerin. Ich selber lernte so gern, daß ich auch das Lehren wundervoll fand. Jedoch meinen Puppen Unterricht zu erteilen bot mir keine Befriedigung: ich wollte nicht nur bestimmte Gesten nachäffen, sondern ernstlich mein Wissen weitergeben.

Indem ich meiner Schwester Lesen, Schreiben und Rechnen beibrachte, erfuhr ich an mir mit sechs Jahren bereits das stolze Gefühl des Wirkens. Ich bedeckte gern weiße Blätter mit Sätzen oder Zeichnungen, aber ich brachte damit nur Scheinobjekte hervor. Wenn ich jedoch Unwissenheit in Wissen verwandelte, Wahrheiten einem Geiste einprägte, der ein noch unbeschriebenes Blatt war, schuf ich etwas Wirkliches. Ich ahmte nicht die Erwachsenen nach, ich tat ernstlich das gleiche wie sie, und mein Erfolg war auf ihre Anerkennung nicht mehr angewiesen. Er befriedigte in mir ernsthaftere Bestrebungen als etwa bloße Eitelkeit. Bis dahin war mein Bemühen nur gewesen, die Sorgfalt, die an mich gewendet wurde, Früchte tragen zu lassen: zum erstenmal war ich meinerseits jetzt zu etwas nütze. Ich entrann der Passivität, die das Stigma der Kindheit ist, ich trat in den großen menschlichen Kreislauf ein, in dem, so dachte ich mir, jeder den anderen nützlich ist. Seitdem ich ernsthaft arbeitete, verrann die Zeit nicht nur, sie zeichnete ihre Spur in mich ein; indem ich meine Kenntnisse einem anderen Gedächtnis anvertraute, hielt ich sie – die Zeit – in zwiefacher Weise fest.

Dank meiner Schwester – meiner Komplicin, meiner Untertanin, meinem Geschöpf – bestätigte ich mein unabhängiges Selbst. Es ist klar, daß ich ihr eigentlich nur eine Art von ‹Gleichheit in der Andersartigkeit› zuerkannte, was ebenfalls eine Form ist, sich den Vorrang zu sichern. Ohne es mir ausdrücklich in dieser Form zu sagen, vermutete ich, daß meine Eltern diese Hierarchie anerkannten und daß ich ihr Lieblingskind war. Mein Zimmer ging auf den Korridor, in dem meine Schwester schlief und an dessen Ende das Arbeitszimmer meines Vaters lag; von meinem Bett aus hörte ich des Nachts meinen Vater mit meiner Mutter sprechen, und dieses friedliche Geräusch lullte mich wohlig ein; eines Abends stand mir das Herz still; mit gemessener, kaum von Neugier bewegter Stimme stellte Mama meinem Vater die Frage: «Welche von beiden ist dir die liebere?» Ich erwartete, Papa werde meinen Namen aussprechen, aber einen Augenblick lang, der mich ewig dünkte, zögerte er: «Simone ist die Überlegenere, aber Poupette ist so anschmiegsam ...» Sie wogen weiter das Für und das Wider ab und sprachen dabei aus, was ihnen gerade auf dem Herzen lag; schließlich einigten sie sich darauf, daß sie die eine von uns genau wie die andere liebten; das entsprach zwar ganz und gar dem, was man in Büchern liest: Eltern haben alle ihre Kinder gleich lieb. Dennoch empfand ich etwas wie Groll. Ich hätte nicht ertragen, wenn einer von ihnen meine Schwester mehr geliebt hätte als mich; wenn ich mich nun mit einer Teilung zur gleichen Hälfte abfand, so deshalb, weil ich überzeugt war, daß sie trotz allem zu meinem Vorteil ausschlug. Da ich die Ältere, Klügere, Kundigere von uns beiden war, mußten mich meine Eltern ja doch, bei sonst gleicher Liebe zu uns, höher einschätzen und das Gefühl haben, daß ich ihnen an Reife näherstünde.

Ich hielt es für ein außergewöhnliches Glück, daß mir der Himmel ausgerechnet diese Eltern, diese Schwester, dieses Leben zugeteilt hatte. Ohne Zweifel hatte ich viele Gründe, mir wegen des Loses zu gratulieren, das mir zugefallen war. Im übrigen war ich mit dem ausgestattet, was man ein glückliches Naturell nennt; ich hatte immer die Wirklichkeit ergiebiger als alle Trugbilder gefunden; nun aber waren die Dinge, die für mich am evidentesten existierten, die, die ich selbst besaß: der Wert, den ich ihnen beilegte, sicherte mich vor Enttäuschungen, Sehnsucht und Bedauern; meine

Zuneigungsgefühle waren weit stärker als meine Begierden; Blondine war schon alt, nicht mehr ganz frisch, dazu schlecht angezogen; aber nicht gegen die prächtigste aller Puppen, die in den Schaufenstern thronten, hätte ich sie ausgetauscht: meine Liebe zu ihr machte sie einzigartig und vollkommen unersetzlich. Nicht für ein Paradies hätte ich den Park von Meyrignac hergegeben, für keinen Palast unsere Mietwohnung in der Stadt. Die Idee, daß Louise, meine Schwester, meine Eltern hätten anders sein können, als sie waren, kam mir auch nicht von ferne in den Sinn. Mich selbst vermochte ich mich nicht mit einem anderen Gesicht noch in einer anderen Haut vorzustellen, ich gefiel mir in der meinen durchaus.

Von der Zufriedenheit zur Überheblichkeit ist es nicht eben weit. Voller Genugtuung über den Platz, den ich in der Welt einnahm, hielt ich ihn für privilegiert. Meine Eltern waren Ausnahmewesen, unser Heim kam mir mustergültig vor. Papa mokierte sich gern, Mama neigte zur Kritik; wenige Leute fanden Gnade vor ihnen, während ich niemals hörte, daß jemand sich über sie mißbilligend äußerte; ihre Art zu leben galt mir als absolute Norm. Ihre Überlegenheit wirkte auf mich zurück. Im Luxembourggarten war uns verboten, mit fremden kleinen Mädchen zu spielen; offenbar, weil wir selbst aus feinerem Stoff bestanden als sie. Wir durften auch nicht wie das gemeine Volk aus den Metallbechern trinken, die mit einer Kette an öffentlichen Brunnen aufgehängt waren; Großmama hatte mir eine Perlmuttmuschel geschenkt, ein Exemplar, das so einzig in seiner Art war wie unsere horizontblauen Mäntel. Ich erinnere mich an einen Fastnachtsdienstag, an dem unsere Tüten anstatt mit Konfetti mit Rosenblättern angefüllt waren. Mama kaufte nur bei bestimmten Konditoren ein; die Eclairs vom Bäcker schienen mir so wenig eßbar, als seien sie aus Gips gemacht: daß unser Magen so empfindlich war, unterschied uns ebenfalls von der großen Masse. Während die meisten Kinder meiner Umgebung *La Semaine de Suzette* halten durften, war ich auf *L'Étoile noëliste* abonniert, dessen moralisches Niveau Mama für höher hielt. Ich ging zur Schule nicht in ein Lyzeum, sondern in ein privates Institut, das durch zahlreiche Einzelheiten seine Originalität bekundete; die einzelnen Klassen zum Beispiel waren merkwürdig numeriert: Null, Eins, Zwei, Drei A, Drei B, Vier A und so fort. Den Katechismusunterricht absolvierte ich in der Kapelle dieses Instituts, ohne mich unter die Herde der Kinder der Gemeinde zu mischen. Ich gehörte einer Elite an.

Indessen genossen in diesem erlesenen Kreise gewisse Freunde meiner Eltern einen ernstlichen Vorteil: sie waren reich. Als einfacher Soldat verdiente Papa fünf Sous pro Tag, und wir wußten kaum, wie wir auskommen sollten. Es kam vor, daß wir beide, meine Schwester und ich, zu überwältigend luxuriösen Festen eingeladen wurden; in ungeheuer weitläufigen, mit Lüstern, Seide und Samt geschmückten Räumen schwelgte eine Riesenschar von Kindern in Eiskrem und Petits-Fours; wir sahen einem Kasperletheater zu oder bestaunten die Tricks eines Zauberkünstlers oder tanzten um einen Christbaum herum. Die anderen kleinen Mädchen waren in schimmernde Seide, in Spitzen gekleidet, während wir Kleider aus Wollgeweben von trüber Farbe trugen. Ich fühlte mich etwas unbehaglich, aber am Ende des Tages wendete ich, müde, erhitzt und mit überfülltem Magen, meine Unlustgefühle gegen Teppiche, Kristall und Gewänder aus Taft; ich war zufrieden, wieder zu Hause zu sein. Meine gesamte Erziehung war darauf ausgerichtet, daß Tugend und Bildung mehr wert seien als Reichtum; meine eigenen Neigungen kamen dem entgegen; ich fand mich also in heiterer Ruhe mit unserer bescheidenen Lage ab. Treu meinem optimistischen Grundgefühl redete ich mir sogar ein, sie sei beneidenswert. Ich sah in unserer Situation ein goldenes Mittelmaß. Die Armen, die Kinder von der Straße waren für mich Ausgestoßene; aber auch Fürsten und Millionäre waren meiner Meinung nach von der wirklichen Welt getrennt, ihre Sonderstellung hielt sie davon fern. Was mich selbst anbetraf, so glaubte ich, zu den höchsten und niedersten Sphären der Gesellschaft Zugang zu haben; in Wirklichkeit waren die ersteren mir verschlossen, und von der zweiten Gattung war ich vollkommen abgeschnitten.

Weniges nur vermochte meine Ruhe zu stören. Ich sah das Leben an wie ein glückhaftes Abenteuer; gegen den Tod bot der Glaube mir Schutz, ich würde die Augen schließen, und im Handumdrehen würden Engel mit schneeweißen Händen mich zum Himmel emportragen. In einem Buch mit Goldschnitt las ich eine apologetisch gemeinte Geschichte, die mich mit Gewißheit erfüllte: eine kleine Larve, die auf dem Grunde eines Teiches lebte, fing an sich zu beunruhigen; eine nach der anderen verloren sich ihre Gefährtinnen in der Nacht des scheinbaren Firmaments in diesem wassererfüllten Raum: würde auch sie verschwinden? Plötzlich fand sie sich jenseits aller Finsternis wieder; sie hatte Flügel; sie schwebte, vom Sonnenschein umschmeichelt, zwischen wundervollen Blumen dahin. Diese Analogie erschien mir wie ein unwiderleglicher Beweis; eine winzige Schicht von Himmelsbläue trennte mich vom Paradies, in dem das wahre Licht erstrahlte; oft legte ich mich mit geschlossenen Augen und gefalteten Händen auf dem Moquetteteppich nieder und forderte meine Seele auf, meinen Leib zu verlassen. Es war freilich nur ein Spiel; wäre ich wirklich überzeugt gewesen, meine letzte Stunde sei da, so hätte ich vor Grauen geschrien. Der bloße Gedanke an den Tod jedoch erschreckte mich nicht. Eines Abends freilich erstarrte ich angesichts des Nichts. Ich las von einer Seejungfrau, die am Meeresstrande ihren Geist aufgab; aus Liebe zu einem schönen Prinzen hatte sie auf ihre unsterbliche Seele verzichtet, nun verwandelte sie sich in Schaum. Die Stimme, die in ihr unaufhörlich sagte: «Ich bin da», war für immer zum Schweigen gebracht. Es kam mir vor, als ob die ganze Welt sich in schauriger Stille verlor. Aber nein. Gott verhieß mir Ewigkeit: nie würde ich aufhören zu sehen, zu hören, mit mir selbst zu sprechen. Es würde kein Ende geben.

Immerhin hatte es einen Anfang gegeben: das verwirrte mich manchmal. Die Kinder entstanden, so glaubte ich, auf ein göttliches Schöpfungswort hin. Doch entgegen aller Orthodoxie schränkte ich die Fähigkeiten des Allmächtigen ein. Diese Gegenwart in mir, die mir bestätigte, daß ich da war, hing von niemandem ab, nichts kam dagegen auf, es war unmöglich, daß irgend jemand, und wäre es selbst Gott, sie erst erschaffen hatte: er hatte sich darauf beschränkt, ihr eine Hülle zu geben. Im überweltlichen Raume schwebten unsichtbar, ungreifbar, Myriaden kleiner Seelen umher, die darauf warteten, in einen Körper zu schlüpfen. Ich war eine davon gewesen, hatte aber alles vergessen. Sie irrten zwischen Himmel und Erde umher und würden sich ebenfalls späterhin nicht mehr daran erinnern. Angstvoll wurde ich mir klar, daß dieses Fehlen einer Erinnerung eben dem Nichts gleichkam; alles verlief so, als hätte ich, bevor ich in der Wiege erschien, gar nicht existiert. Dem mußte man begegnen: ich würde im Vorübergehen die Irrlichter fassen, deren illusorisches Licht nichts zu erhellen vermochte, ich würde sie mit meinem Blick begaben, ihre Nacht zerstreuen, und die Kinder, die morgen auf die Welt kämen, würden sich erinnern … Ich verlor mich bis zur Bewußtlosigkeit in solchen müßigen Träumereien und versuchte damit vergeblich die ärgerniserregende Spaltung zwischen meinem Bewußtsein und der Zeit abzuleugnen.

Ich jedenfalls hatte mich aus dem Dunkel erhoben, die

Dinge um mich her jedoch blieben darin begraben. Ich liebte die Märchenerzählungen, in denen eine Stopfnadel wirklich stopfnadelhafte Ideen und ein Büfett Gedanken hat wie ein Möbel aus Holz; aber das waren Märchen; die Dinge mit ihren undurchlässigen Herzen ruhten schwer auf der Erde, ohne es zu wissen, ohne murmeln zu können: «Ich bin da!» Ich habe an anderer Stelle erzählt, wie ich in Meyrignac töricht einen alten Männerrock anstarrte, der über einer Stuhllehne hing. Ich versuchte an seiner Stelle zu sagen: «Ich bin ein alter, abgetragener Rock.» Das war unmöglich, und etwas wie Panik befiel mich. In den abgelaufenen Jahrhunderten, im Schweigen der unbelebten Dinge fühlte ich mein eigenes Nichtmehrsein voraus: ich ahnte die nur mit trügerischen Mitteln gebannte Wahrheit meines Todes.

Mein Blick schuf das Licht: in den Ferien zumal berauschte ich mich an Entdeckungen, aber augenblicksweise nagte ein Zweifel an mir: weit davon entfernt, mir die Welt zu enthüllen, entstellte meine Gegenwart sie vielmehr. Gewiß, ich glaubte nicht, daß, während ich schlief, die Blumen im Salon einen Ball besuchten, noch daß sich in der Vitrine zwischen den dort aufgestellten Figuren zarte Beziehungen entwickelten. Aber ich hatte manchmal den Verdacht, daß das so vertraute Land es mache wie die Zauberwälder, die sich verwandeln, wenn ein unerwünschter Gast sie betritt: Spukbilder entstehen unter seinem Schritt, er verirrt sich, Lichtungen und Dickicht geben ihm ihr Geheimnis nicht preis. Hinter einem Baum verborgen, versuchte ich vergebens, einen überraschenden Einblick in die Einsamkeit der Büsche und Gesträuche zu tun. Eine Geschichte, die *Valentin oder der Dämon der Neugier* hieß, machte großen Eindruck auf mich. Eine Fee, die Valentins Patin war, fuhr diesen in ihrer Karosse spazieren; draußen, sagte sie, zögen wundervolle Landschaften an ihnen vorbei, aber die Vorhänge an den Fenstern gestatteten nicht hinauszusehen, fortschieben durfte er sie jedoch nicht; von seinem bösen Geist getrieben, mißachtete Valentin diese Weisung: er sah nur Finsternis, sein Blick hatte die Dinge getötet. Ich interessierte mich nicht für die Fortsetzung der Geschichte: während Valentin gegen seinen bösen Geist ankämpfte, schlug ich selbst mich angstvoll mit dem Dunkel des Nichtwissens herum.

Obwohl meine Ängste manchmal unerhört quälend waren, vergingen sie doch schnell. Die Erwachsenen garantierten mir die Welt, und nur selten versuchte ich, ohne ihre Hilfe in sie einzudringen. Ich zog es vor, ihnen in die fiktiven Bezirke zu folgen, die sie eigens für mich erschaffen hatten.

Ich ließ mich im Vorzimmer gegenüber von dem normannischen Schrank und der geschnitzten Standuhr nieder, die zwei kupferne Tannenzapfen und das Dunkel der Zeit in sich barg; in der Wand tat sich die Heizungsöffnung auf; durch das vergoldete Gitter hindurch atmete ich einen widerwärtigen Geruch ein, der aus den Tiefen kam. Dieser Abgrund, diese Stille, die nur vom rhythmischen Ticktack der Uhr unterbrochen wurde, schüchterten mich ein. Die Bücher jedoch gaben mir meine Sicherheit zurück. Sie sprachen zu mir und verheimlichten nichts; in meiner Abwesenheit schwiegen sie; ich schlug sie auf, und dann besagten sie genau das, was sie sagten; wenn ein Wort mir unbekannt war, erklärte Mama es mir. Auf dem Bauche auf dem Moquetteteppich liegend, las ich Madame de Ségur, Zénaïde Fleuriot, die Märchen von Perrault und von Grimm, von Madame d'Aulnoy, von Christoph von Schmid, die Alben von Töpffer, *Bécassine,* die Abenteuer der Familie Fenouillard und die des Pioniers Camember, *Sans Famille,* Jules Verne, Paul d'Ivoi, André Laurie und die Serie der ‹Livres roses›, die bei Larousse erschienen und in denen die Sagen aller Länder der Welt, während des Krieges auch heroische Begebenheiten wiedergegeben wurden.

Man gab mir nur sorgfältig ausgewählte Kinderbücher in die Hand; sie bekannten sich alle zu den gleichen Wahrheiten und Werten wie meine Eltern und meine Lehrerinnen; die Guten wurden belohnt, die Bösen bestraft; Mißgeschicke stießen nur lächerlichen, dummen Leuten zu. Es genügte mir, daß diese wesentlichen Grundsätze gewahrt wurden, gewöhnlich suchte ich kaum nach einer Beziehung zwischen den Phantasien der Bücher und der Wirklichkeit; ich amüsierte mich darüber, wie ich im Kasperletheater lachte, nämlich etwas distanziert; deswegen haben mich auch, trotz der Hintergründe, welche die Erwachsenen scharfsinnig darin entdecken, die Romane der Madame de Ségur nie in Erstaunen versetzt. Madame Bonbec, General Dourakine, ebenso Herr Cryptogame, der Baron von Crac, Bécassine führten eine nur marionettenhafte Existenz. Eine Erzählung war eine schöne Sache, die in sich selbst genug war wie ein Puppenspiel oder ein Bild; ich war empfänglich für die unerläßlichen Bedingungen dieser Konstruktionen, die einen Anfang, eine bestimmte Ordnung und ein Ende haben mußten, in denen die Sätze einen Eigenglanz entfalteten wie die Farben eines Bildes. Zuweilen jedoch sprach das Buch zu mir mehr oder weniger undeutlich von der Welt, die mich umgab, oder von mir selbst; dann lud es mich zum Träumen oder zum Nachdenken ein, manchmal aber brachte es auch meine Sicherheit ins Wanken. Andersen lehrte mich die Melancholie; in seinen Märchen leiden, zerbrechen, verzehren sich die Dinge, ohne ihr Unglück zu verdienen; die kleine Seejungfer litt, bevor sie unterging, bei jedem ihrer Schritte, als ob sie auf glühenden Kohlen einhergehe, und dennoch hatte sie niemals etwas Böses getan: ihre Qualen und ihr Tod lagen mir schwer auf dem Herzen. Ein Roman, den ich in Meyrignac las und der *Der Dschungelläufer* betitelt war, bestürzte mich aufs tiefste. Der Verfasser erzählte von außergewöhnlichen Abenteuern mit immerhin so großem Geschick, daß ich alles mitzuerleben meinte. Der Held hatte einen Freund mit Namen Bob, der, dicklich, genießerisch und ein guter Kamerad, auf der Stelle meine Sympathie gewann. Als die beiden zusammen in einem indischen Kerker schmachteten, entdeckten sie einen unterirdischen Gang, durch den ein Mensch sich kriechend hindurchschieben konnte. Bob kroch als erster hindurch; plötzlich stieß er einen gräßlichen Schrei aus; er war auf eine Pythonschlange gestoßen. Mit feuchten Händen und pochendem Herzen wohnte ich dem Drama bei: die Schlange fraß ihn auf. Diese Geschichte hat mich lange Zeit hindurch verfolgt. Gewiß, der bloße Gedanke an den Vorgang des Aufgefressenwerdens genügte bereits, um mein Blut in den Adern zum Erstarren zu bringen; aber ich hätte mich doch weniger aufgeregt, wäre das Opfer mir verhaßt gewesen. Bobs grauenhaftes Ende widersprach allen Regeln; demnach konnte ja freilich einfach alles passieren.

Trotz ihrer Ausrichtung auf ein konventionelles Ideal erweiterten diese Bücher doch meinen Horizont; außerdem berauschte ich mich als Neophytin an der Zauberkunst, durch die gedruckte Zeichen in eine Erzählung verwandelt werden; der Wunsch kam in mir auf, diese Magie auch einmal umzukehren. An einem Tischchen sitzend, schrieb ich Sätze, die mir durch den Kopf gingen, auf Papier; das weiße Blatt bedeckte sich mit violetten Flecken, die eine Geschichte erzählten. Um mich her bekam die Stille des Vorzimmers etwas Federleichtes: es kam mir vor, als zelebriere ich. Da ich in der Literatur nicht einen Reflex der Wirklichkeit suchte, kam ich auch niemals auf die Idee, das, was ich erlebt oder geträumt hatte, dem Papier anzuvertrauen; was mich amüsierte, war, mit Worten, wie ich es früher mit Holzwürfeln gemacht hatte, einen Gegenstand zu gestalten; die Bücher allein und nicht die Welt als roher Stoff konnten mir Modelle liefern; die Folge war, daß ich Plagiate beging. Mein erstes Werk benannte sich *Les Malheurs de Marguerite.* Eine heldenhafte Elsässerin, die noch dazu verwaist war, zog mit einer Schar von Brüdern und Schwestern über den Rhein, um nach Frankreich zu gelangen. Mit Bedauern erfuhr ich, daß der Strom nicht da floß, wo es zu diesem Zweck notwendig gewesen wäre, und daher blieb denn mein Roman im Anfangsstadium stecken. Dann plünderte ich *La Famille Fenouillard* aus, ein Buch, das wir zu Hause mit großem Vergnügen lasen. Herr und Frau Fenouillard und ihre beiden Töchter waren ein Negativabklatsch unserer Familie. Mama las eines Abends Papa *La Famille Cornichon* erheitert und voll Anerkennung vor; er lächelte. Großpapa schenkte mir einen broschierten Band mit gelbem Deckel, dessen Seiten unbedruckt waren; Tante Lil bedeckte sie mit einer Kopie meines Manuskripts in ihrer sauberen Klosterschülerinnenschrift; stolz betrachtete ich diese Sache, die beinahe wirklich war und mir ihre Existenz verdankte. Ich verfaßte noch zwei oder drei andere Werke, aber mit weniger Erfolg. Manchmal begnügte ich mich damit, Buchtitel zu erfinden. Auf dem Lande spielte ich Buchhändlerin – das silberne Blatt der Birke nannte ich ‹Königin des Azurs›, das glatte der Magnolie hieß ‹Schneeblume› – und richtete wohldurchdachte Auslagen her. Ich war mir nicht recht klar darüber, ob ich später lieber Bücher schreiben oder verkaufen wollte, aber in meinen Augen gab es jedenfalls nichts Köstlicheres in der Welt. Meine Mutter war bei einer Leihbibliothek in der Rue Saint-Placide abonniert. Unüberschreitbare Schranken trennten die dicht mit Büchern besetzten Gänge ab, die sich im Unendlichen verloren wie die Tunnel der Metro. Ich beneidete die alten Damen mit den hohen Stehkragen, die ihr Leben lang mit den schwarz eingeschlagenen Büchern umgingen, deren Titel auf einem orangefarbenen oder grünen Rechteck standen. Von Schweigen umgeben, durch die düstere Monotonie der Buchhüllen gleichsam maskiert, waren die Worte da und warteten, daß jemand kam und sie entzifferte. Ich träumte davon, ich könne mich ganz insgeheim in die staubigen Alleen hineinbegeben und niemals wieder aus ihnen zum Vorschein kommen.

Einmal im Jahr ungefähr gingen wir ins ‹Châtelet›. Stadtrat Alphonse Deville, dessen Sekretär mein Vater zu der Zeit gewesen war, als beide noch die Advokatenlaufbahn verfolgten, stellte uns die für die Stadtverwaltung von Paris reservierte Loge zur Verfügung. Auf diese Weise sah ich *La Course au bonheur, Die Reise um die Welt in achtzig Tagen* und groß aufgemachte Märchenvorstellungen. Ich bewunderte den roten Vorhang, die Lichter, die Dekorationen, das Ballett der Blumenmächen; aber die Geschehnisse auf der Bühne gewannen mir nur mäßiges Interesse ab. Die Schauspieler waren zu wirklich, und doch wieder nicht wirklich genug. Die prächtigsten Requisiten blitzen weniger als die Karfunkelsteine im Märchen. Ich klatschte in die Hände, ich äußerte laut meinen Beifall, aber das ruhige Tête-à-tête mit dem bedruckten Papier war mir im Grunde lieber.

Was das Kino anbelangt, so hielten es meine Eltern für einen vulgären Zeitvertreib. Charlie Chaplin fanden sie zu kindisch selbst für uns Kinder. Als uns indessen ein Freund von Papa eine Einladung zu einer privaten Vorführung verschafft hatte, sahen wir eines Vormittags in einem Saal an den Boulevards *L'ami Fritz;* alle stimmten überein, daß der Film reizend sei. Einige Wochen später sahen wir unter den gleichen Bedingungen *Le roi de Camargue.* Der Held, der mit einem sanften blonden Landmädchen verlobt war, ritt am Meeresufer entlang; er stieß auf eine nackte Zigeunerin, die mit funkelnden Augen seinem Pferd einen Schlag versetzte; im ersten Moment war er sprachlos; später schloß er sich mit dem schönen dunkeln Mädchen in einem Häuschen inmitten der Sümpfe ein. Ich bemerkte, daß Mama und Großmama einander entsetzte Blicke zuwarfen; ihre Unruhe gab mir zu denken, und ich erriet, daß diese Geschichte nichts für mich war, doch begriff ich nicht recht, warum. Ich war mir nicht darüber klar, daß, während die Blonde verzweifelt die moorige Flußniederung durchstrich und darin versank, die abscheulichste der Sünden begangen zu werden im Begriffe war. Die stolze Schamlosigkeit der Zigeunerin hatte keinerlei Eindruck auf mich gemacht. In der *Legenda aurea*, in den Erzählungen von Schmid war ich auf aufregendere Nuditäten gestoßen. Immerhin wurden wir nicht wieder ins Lichtspieltheater geführt.

Ich bedauerte es weiter nicht; ich hatte meine Bücher, meine Spiele und rings um mich her Objekte der Betrachtung, die mein Interesse mehr verdienten als solche unplastischen Bilder: Männer und Frauen aus Fleisch und Blut. Im Gegensatz zu den stummen Dingen beunruhigten mich mit einem Bewußtsein begabte Menschen nicht: sie waren meinesgleichen. Zu der Stunde, da die Fassaden der Häuser transparent zu werden schienen, versuchte ich in die beleuchteten Fenster zu sehen; es trug sich nichts Besonderes zu; wenn aber ein Kind sich an einen Tisch setzte und las, bewegte es mich tief, mein eigenes Leben vor meinen Augen zu einem Schauspiel werden zu sehen. Eine Frau deckte den Tisch, ein Ehepartner plauderte: wenn solche Familienszenen sich in einer gewissen Entfernung im Lichte von Kronleuchtern oder Hängelampen abspielten, wetteiferten sie an Glanz mit den Märchenbildern des Châtelet. Ich fühlte mich nicht davon ausgeschlossen; ich hatte den Eindruck, ungeachtet der Verschiedenheit von Dekorationen und Schauspielern eine einzige Geschichte in ihrem Ablauf zu verfolgen. Unendlichfach von Haus zu Haus, von einer Stadt zur anderen zurückgestrahlt, nahm meine Existenz an dem Reichtum ihrer zahllosen Reflexe teil; sie schuf sich einen Ausblick auf die ganze Welt.

Am Nachmittag blieb ich lange auf dem Eßzimmerbalkon

in Höhe der Wipfel sitzen, die dem Boulevard Raspail ihren Schatten spendeten, und sah den Vorübergehenden nach. Ich kannte die Gepflogenheiten der Erwachsenen zu wenig, als daß ich möglicherweise hätte erraten können, wohin sie so eilig strebten, welche Sorgen und Hoffnungen sie in ihrem Innern bewegten. Ihre Gesichter, ihre Gestalten, der Ton ihrer Stimmen fesselten mich; tatsächlich kann ich mir heute das Glück, das ich daran fand, gar nicht mehr recht erklären; aber ich erinnere mich noch, wie verzweifelt ich war, als meine Eltern sich entschlossen, in eine Wohnung im fünften Stock der Rue de Rennes zu ziehen: «Da kann ich ja die Leute auf der Straße gar nicht mehr sehen!» Man schnitt mich von der Welt ab, man verdammte mich zum Exil. Auf dem Lande machte es mir wenig aus, zu einem Einsiedlerdasein gezwungen zu sein: die Natur war mir mehr als genug; in Paris hingegen hungerte ich nach menschlicher Gegenwart. Die Wahrheit einer Stadt liegt in ihren Bewohnern: mangels intimer Verbindung mit ihnen mußte ich sie allermindestens sehen. Schon so kam es vor, daß ich gern den Kreis, der mich umschloß, durchbrochen hätte. Ein Gang, eine Gebärde, ein Lächeln sprachen mich derart an, daß ich am liebsten dem Unbekannten nachgelaufen wäre, der um die Straßenecke verschwand und dem ich niemals wieder begegnen würde. Eines Nachmittags ließ im Luxembourggarten ein großes junges Mädchen in apfelgrünem Kostüm ein paar Kinder Seil hüpfen; sie hatte rosige Wangen und lachte auf eine muntere, zärtliche Art. Am Abend erklärte ich meiner Schwester: «Ich weiß jetzt, was Liebe ist!» Ich hatte tatsächlich andeutungsweise etwas Neues erlebt. Mein Vater, meine Mutter, meine Schwester, alle, die ich liebte, gehörten mir. Zum ersten Male ahnte ich, daß man sich am innersten Herzen durch einen Strahl getroffen fühlen kann, der von *anderswoher* kommt.

Solche kurzen Ansätze hinderten mich nicht, mich fest da verankert zu fühlen, wo ich selbst im Leben stand. Obwohl auf andere neugierig, träumte ich nicht von einem Geschick, das nicht das meine war. Insbesondere bedauerte ich nie, ein Mädchen zu sein. Da ich, wie ich schon sagte, immer vermied, mich in eitlen Wünschen zu verlieren, nahm ich heiter hin, was mir beschieden war. Andererseits sah ich keinen greifbaren Grund, weshalb ich schlecht davongekommen sein sollte.

Ich hatte keinen Bruder, also auch keinen Vergleich dafür, daß gewisse Freiheiten mir durch mein Geschlecht versagt bleiben mußten; ich schrieb den Zwang, der mir auferlegt wurde, einzig meiner Jugend zu; ich empfand als Beschränkung, daß ich noch ein Kind, niemals, daß ich ein Mädchen war. Die Jungen, die ich kannte, hatten nichts besonders Imponierendes an sich. Der aufgeweckteste war der kleine René, der ausnahmsweise am Anfangsunterricht des Cours Désir teilnehmen durfte; doch bekam ich meinerseits bessere Noten als er. Auch war ja meine Seele in den Augen Gottes nicht weniger kostbar als die der männlichen Kinder: weshalb also hätte ich sie beneiden sollen?

Wenn ich hingegen die Erwachsenen betrachtete, waren meine Erfahrungen etwas zwiespältiger Natur. Auf gewissen Gebieten kamen mir Papa, Großpapa sowie meine Onkel ihren Frauen überlegen vor. Aber im täglichen Leben spielten Louise, Mama und ‹die Damen› die erste Rolle. Madame de Ségur, Zénaïde Fleuriot wählten Kinder zu Helden und ordneten sie den Erwachsenen unter; die Mütter aber nahmen in ihren Büchern die wichtigste Stelle ein. Die Väter zählten nicht. Ich selbst betrachtete im wesentlichen die Erwachsenen unter dem Gesichtspunkt ihrer Beziehungen zu Kindern: in dieser Hinsicht war mir durch mein Geschlecht der unbedingte Vorrang gewiß. Bei meinen Spielen, Überlegungen, Plänen habe ich mich nie in einen Mann verwandelt; meine ganze Einbildungskraft verwendete ich stets darauf, mir mein Schicksal als Frau vorzustellen.

Dieses Schicksal stutzte ich mir auf meine Weise zurecht. Ich weiß nicht weshalb, aber Tatsache ist, daß organische Phänomene mich bald nicht mehr interessierten. Auf dem Lande half ich Madeleine beim Füttern der Kaninchen und Hühner, doch diese lästigen Pflichten langweilten mich sehr schnell, auch lag mir wenig an der Berührung mit einem weichen Fell oder Flaum. Ich habe Tiere nie geliebt. Rot und runzlig, wie sie waren, fielen mir auch Babys mit ihren wässerigen Augen eher auf die Nerven. Wenn ich mich als Krankenschwester verkleidete, so, um Verwundete auf dem Schlachtfeld aufzusammeln, nicht um sie zu pflegen. Eines Tages machte ich meiner Kusine Jeanne mit einem birnenförmigen Gummiball eine Art von Einlauf: ihre lächelnde Passivität reizte mich zum Sadismus; ich finde in meinem Gedächtnis keine andere analoge Erinnerung. Bei meinen Spielen übernahm ich Mütterrollen nur dann, wenn ich mit der Ernährungsseite nichts zu tun bekam. Voller Verachtung den Kindern gegenüber, die sich nur dann und wann mit ihren Puppen amüsierten, hatten meine Schwester und ich unsere besondere Art, die unseren zu betrachten: sie konnten sprechen und denken, sie lebten in der gleichen Zeit wie wir und wurden im gleichen Rhythmus täglich vierundzwanzig Stunden älter, sie waren ein Abbild unserer selbst. Im Grunde war ich eher neugierig als methodisch, eher eifrig als sorgsam im einzelnen; aber ich gab mich gern schizophrenen Träumereien über Strenge und Sparsamkeit hin und machte Blondine nutzbar für diese Manie. Als vollkommene Mutter einer musterhaften kleinen Tochter, der ich eine ihr denkbar förderliche ideale Erziehung zuteil werden ließ, faßte ich mein tägliches Dasein als eine Notwendigkeit auf. Ich akzeptierte bereitwillig die diskrete Mitarbeit meiner Schwester, der ich mit großer Autorität ihre eigenen Kinder aufziehen half. Aber ich lehnte einen Mann ab, der einen Teil meiner Verantwortung hätte an sich reißen können: unsere Männer waren daher ständig unterwegs. Im Leben, das wußte ich, ging es freilich ganz anders zu: eine Familienmutter hat immer einen Gatten neben sich; tausend mühselige Aufgaben fallen ihr zur Last. Wenn ich mir meine Zukunft ausmalte, schien mir diese Versklavtheit so drückend, daß ich darauf verzichtete, eigene Kinder zu haben; was mir wichtig schien, war nur die Formung ihrer Geister und Seelen. ‹Ich werde Lehrerin›, beschloß ich daraufhin.

Indessen gewährte die Art von Unterricht, wie ‹die Damen› ihn ausübten, dem Lehrenden nicht genügend Einfluß auf den Schüler; dieser müßte mir, so meinte ich, ganz ausschließlich gehören; ich würde seine Tage bis in die kleinsten Einzelheiten im voraus planen und dabei jeden Zufall ausschalten; dank einer idealen Kombination von Beschäftigung und Zerstreuung würde ich, eine Gegnerin aller Vergeudung, jeden Augenblick nutzen. Ich sah nur ein einziges Mittel, um diesen Plan erfolgreich auszuführen: ich würde Hauslehrerin in einer Familie werden. Meine Eltern erhoben heftig Einspruch dagegen. Mir selber war noch nicht bewußt, daß eine Hauslehrerin ein Wesen zweiter Klasse ist. Da ich die Fortschritte meiner Schwester hatte mitansehen können, hatte ich auch die hohe Freude erlebt, Leere in Fülle verwandelt zu haben; ich konnte mir nicht vorstellen, daß die Zukunft mir ein höheres Ziel zu bieten haben würde, als ein menschliches Wesen formend zu bestimmen. Nicht jedes beliebige übrigens. Ich bin mir heute klar darüber, daß ich, genau wie in meine Puppe Blondine, in meine zukünftige Schöpfung bereits mich selbst hineinprojizierte. Das war der Sinn, den ich meiner Berufung gab: wenn ich erwachsen war, würde ich meine eigene Kindheit noch einmal überprüfen und nun ein makelloses Meisterwerk daraus machen. Ich erträumte mich als die absolute Voraussetzung meiner selbst und zugleich als meine Apotheose.

So schmeichelte ich mir, in Gegenwart und Zukunft allein mein Dasein zu beherrschen. Die Religion, die Geschichte, die Mythologien wiesen mir hingegen eine andere Rolle zu. Ich stellte mir oft vor, ich sei Maria Magdalena und trocknete mit meinem langen Haar Christus die Füße ab. Die meisten wirklichen oder Sagenheldinnen – die hl. Blandina, Johanna auf dem Scheiterhaufen, Griseldis, Genoveva von Brabant – erlangten in dieser oder der jenseitigen Welt Ruhm und Glück erst nach schmerzlichen Prüfungen, die ihnen von männlichen Wesen auferlegt worden waren. Ich selbst dachte mich gern in die Rolle des Opfers hinein. Manchmal legte ich den Ton vor allem auf den nachträglichen Triumph: der Henker war nur ein unbedeutender Mittler, der zwischen dem Märtyrer und seiner Palme stand. So veranstalteten wir beide, meine Schwester und ich, Abhärtungswettbewerbe: wir kniffen uns mit der Zukkerzange, wir ritzten uns mit dem Haken unserer Fähnchen; man mußte sterben können, ohne abzuschwören; ich mogelte in schmählicher Weise, denn ich gab meinen Geist bereits bei der kleinsten Verletzung auf, während ich bei meiner Schwester, solange sie nicht nachgegeben hatte, behauptete, sie lebe immer noch. Als Nonne, die in einem Kerker schmachtete, trotzte ich meinem Gefangenenwärter, indem ich geistliche Lieder sang. Die Passivität, zu der mein Geschlecht mich verdammte, verwandelte ich in Widerstand. Oft indessen begann ich mir auch darin zu gefallen: ich genoß die Wonnen des Unglücks und der Demütigung. Meine Frömmigkeit machte mich zum Masochismus geneigt; auf den Knien zu Füßen eines jungen blonden Gottes liegend oder nachts im Beichtstuhl vor dem sanften Abbé Martin erlebte ich ein wonnevolles Dahinschwinden meiner Sinne; Tränen strömten über meine Wangen, ohnmächtig sank ich den Engeln in die Arme. Ich steigerte diese Emotionen bis zum Paroxysmus, wenn ich mich im blutdurchtränkten Hemd der hl. Blandina den Klauen der Löwen oder den Blicken der Menge überließ. Oder aber ich lebte mich vollkommen, durch Griseldis oder Genoveva inspiriert, in die Rolle der verfolgten Gattin ein; meine Schwester, die dazu angelernt war, den Blaubart zu spielen, verjagte mich grausam aus dem Schloß; ich irrte im wilden Walde umher bis zu dem Tag, an dem meine Unschuld sich strahlend offenbarte. Manchmal änderte ich das Libretto ab und träumte davon, eine geheimnisvolle Schuld begangen zu haben, ich schmolz dann in Reue zu Füßen eines schönen, reinen, aber furchtbar dräuenden Mannes dahin. Von meinen Gewissensbissen, meinem Elend, meiner Liebe schließlich dennoch gerührt, legte der Gerichtsherr die Hand auf mein gebeugtes Haupt; ich fühlte, wie die Kräfte mich verließen. Gewisse meiner Phantasien vertrugen das Licht des Tages nicht; nur im geheimen durchlebte ich sie. Ich fühlte mich ungemein tief berührt durch das Los des gefangenen Königs, den ein Tyrann des Ostens als Schemel benutzte, wenn er zu Pferde stieg; es kam vor, daß ich mich zitternd, halb nackt an die Stelle des Sklaven versetzte, dem ein scharfer Sporn den Rücken zerriß.

Mehr oder weniger deutlich begann in diesen Phantasien die Nacktheit eine Rolle zu spielen. Die zerrissene Tunika der hl. Blandina enthüllte die Weiße ihrer Flanken; nur das eigene Haupthaar umhüllte Genoveva von Brabant. Ich hatte Erwachsene stets nur von Kopf bis Fuß bekleidet gesehen; mich selbst hatte man gelehrt, außer bei meinen Bädern – dann aber schrubbte Louise mich so kräftig ab, daß mir alles Behagen verging – nie meinen Körper zu betrachten und die Wäsche zu wechseln, ohne mich zu entblößen. In meinem Universum hatte der nackte Leib keinerlei Existenzberechtigung. Dennoch hatte ich die Süße des Ruhens im Mutterarm kennengelernt; im Ausschnitt gewisser Corsagen entstand eine dunkle Furche, die mir peinlich war, mich aber doch faszinierte. Ich war nicht erfinderisch genug, um den Versuch zu machen, das in der Turnstunde halb erlebte Vergnügen noch einmal herbeizuführen; manchmal aber erbebte ich leicht unter einer ganz zarten Berührung meiner Haut, unter einer Hand, die an meinem Hals entlangstrich. Zu unwissend, um Liebkosungen zu erfinden, nahm ich mit Aus- und Umwegen vorlieb. Unter dem Bilde des Mannes, der als Steigbügel diente, vollzog ich in mir die Metamorphose des Körpers zum Objekt. Ich verwirklichte sie an mir selbst, wenn ich mir vorstellte, wie ich zu Füßen eines Herrn und Meisters zusammenbrach. Um mich von meiner Schuld loszusprechen, ließ er seine richterliche Hand auf meinem Nacken ruhen: während ich noch um Vergebung flehte, wurde mir höchste Lust zuteil. Aber wenn ich mich dieser köstlichen Selbstvernichtung überließ, vergaß ich gleichwohl nie, daß alles nur ein Spiel war. Ernstlich unterwarf ich mich niemandem: ich war und blieb stets mein eigener Herr.

Ich hatte sogar eine gewisse Tendenz, mich wenigstens im Bereich der Kindheit als ‹Einzige› zu betrachten. Da ich gesellig veranlagt war, besuchte ich mit Vergnügen einige von meinen Klassenkameradinnen. Wir spielten Schwarzer Peter und Lotto, wir tauschten Bücher untereinander aus. Aber alles in allem hegte ich keine große Achtung vor meinen kleinen Freunden, ob Buben oder Mädchen. Ich wollte ernsthaft und unter Wahrung der Regeln spielen und dabei auch so, daß man leidenschaftlich einander den Sieg streitig machte; meine kleine Schwester kam diesen Forderungen nach; aber die übliche Oberflächlichkeit meiner sonstigen Partnerinnen machte mich ungeduldig. Ich vermute, daß umgekehrt ich ihnen häufig auf die Nerven fiel. Es gab eine Zeit, in der ich im Cours Désir eine halbe Stunde vor Beginn des Unterrichts erschien; ich mischte mich in der Pause unter die Halbpensionärinnen; als eines der kleinen Mädchen mich über den Hof gehen sah, rieb sie sich mit einer ausdrucksvollen Geste das Kinn: «Da ist sie schon wieder! O Gott, so ein Bart!» Sie war häßlich, unbegabt und Brillenträgerin; ich war ein wenig verwundert, aber ärgerte mich nicht. Eines Tages besuchten wir vor den Toren von Paris Freunde meiner Eltern, deren Kinder ein Krocketspiel besaßen; in La Grillère war das unser Lieblingszeitvertreib gewesen; während des Nachmittagstees und des darauffolgenden Spaziergangs sprach ich unaufhörlich davon. Ich brannte vor Ungeduld. Meine Freunde aber beklagten sich meiner Schwester gegenüber: «Sie ist ja langweilig mit ihrem Krocket!» Als ich mir am Abend diese Worte wieder ins Gedächtnis rief, regten sie mich nicht weiter auf. Kinder, die ihre Minderwertigkeit dadurch bekundeten, daß sie das Krocketspiel nicht ebenso glühend liebten wie ich, konnten mich nicht kränken. Ganz verrannt in unsere Vorlieben, Gewohnheiten, Grundsätze und Rangordnungen, verstanden wir uns immer, meine Schwester und ich, wenn es darum ging, anderen Kindern Dummheit nachzusagen. Durch die Herablassung der Erwachsenen werden alle Kinder als eine Gattung angesehen, deren einzelne Individuen einander vollkommen gleichen: nichts ärgerte mich mehr als das. Als ich in La Grillère Haselnüsse aß, erklärte die alte Jungfer, die die Hauslehrerin für Madeleine abgab, als wisse sie es ganz genau: «Kinder schwärmen immer für Haselnüsse.» Mit Poupette zusammen lachte ich sie insgeheim aus. Meine Neigungen wurden mir nicht durch meine Jahre diktiert; ich war nicht schlechthin ‹ein Kind›: ich war Ich.

In ihrer Eigenschaft als Vasallin hatte meine Schwester an der Souveränität, die ich mir zuerkannte, teil: streitig machte sie sie mir nicht. Ich hatte das Gefühl, daß, wenn ich sie teilen müßte, mein Leben jeden Sinn verlöre. In meiner Klasse waren Zwillinge, die sich vorzüglich miteinander vertrugen. Ich fragte mich, wie man sich damit abfinden kann, mit etwas wie einem Doppelgänger zu leben; ich hätte mich in diesem Fall, so kam es mir vor, nur noch als halbe Person gefühlt; ich hatte sogar den Eindruck, daß meine Erlebnisse dadurch, daß sie sich identisch in einer anderen wiederholten, mir nicht mehr gehören würden. Eine Zwillingsschwester hätte meiner Existenz entzogen, was ihren Wert ausmachte: ihre wundervolle Einzigartigkeit.

Während meiner ersten acht Jahre kannte ich nur ein einziges Kind, an dessen Urteil mir gelegen war. Glücklicherweise verachtete dieses Kind mich nicht. Meine schnurrbärtige Tante wählte oft als Helden für ihre *Poupée modèle* ihre Enkel Titite und Jacques: Titite war drei Jahre, Jacques ein halbes Jahr älter als ich. Sie hatten ihren Vater durch einen Autounfall verloren; ihre Mutter, die wiederverheiratet war, lebte in Châteauvillain. In dem Sommer, nachdem ich acht Jahre alt geworden war, hielten wir uns ziemlich lange bei Tante Alice auf. Die beiden Häuser stießen fast aneinander. Ich nahm an den Unterrichtsstunden teil, die ein sanftes blondes junges Mädchen meinem Vetter und meiner Kusine gab: da ich weniger weit war als Jacques, war ich geblendet von seinen brillanten Niederschriften, seinem Wissen und seiner Sicherheit. Mit seinem rosigen Teint, seinen goldbraunen Augen und seinem Haar, das wie die Schale einer Roßkastanie glänzte, war er ein sehr hübscher kleiner Bursche. Auf dem Treppenflur des ersten Stocks hatte er einen Bücherschrank stehen, aus dem er meine Lektüre auswählte; nebeneinander auf den Treppenstufen sitzend, vertieften wir uns jedes in sein Buch, ich in *Gullivers Reisen* und er in eine *Astronomie für alle*. Wenn wir in den Garten gingen, war er derjenige, der unsere Spiele erfand. Er hatte sich vorgenommen, ein Flugzeug zu bauen, das er im voraus zu Ehren Guynemers ‹Le vieux Charles› getauft hatte; um ihm Material zu liefern, sammelte ich alle Konservenbüchsen, die ich auf der Straße fand.

Das Flugzeug wurde niemals auch nur im einzelnen geplant, aber Jacques' Vorrangstellung litt darunter nicht. In Paris wohnte er nicht in irgendeinem beliebigen Mietshaus, sondern in einem alten Bau am Boulevard Montparnasse, in dem Buntglasfenster hergestellt wurden; unten lagen die Büros, darüber die Privatwohnung, noch höher Werkstätten und unter dem Dach Ausstellungsräume; es war sein Haus, und er empfing mich darin mit der ganzen Würde eines jungen Chefs; er erklärte mir die Kunst der Glasmalerei und wodurch sich ihre Produkte von gewöhnlichem farbigem Glas unterschieden; er sprach zu den Arbeitern in protegierendem Ton; mit offenem Munde hörte ich diesem kleinen Buben zu, der bereits eine Belegschaft von Erwachsenen zu befehligen schien: er imponierte mir. Mit großen Leuten sprach er wie mit seinesgleichen, und es schockierte mich sogar ein wenig, als er seine Großmutter hart anließ. Im allgemeinen sah er auf Mädchen herab, um so mehr war mir daraufhin seine Freundschaft wert. «Simone ist ein frühreifes Kind», hatte er einmal erklärt. Der Ausspruch gefiel mir sehr. Eines Tages stellte er mit eigenen Händen ein Buntglasfenster her, dessen blaue, rote und weiße Rauten in Blei gefaßt waren; in schwarzen Lettern hatte er eine Widmung hineingesetzt: ‹Für Simone›. Niemals wieder habe ich ein Geschenk erhalten, das so schmeichelhaft für mich war. Wir einigten uns auf eine ‹Liebesheirat›, und ich bezeichnete Jacques fortan als meinen ‹Verlobten›. Unsere Hochzeitsreise machten wir auf den Holzpferden des Karussells im Luxembourggarten. Ich nahm unsere Verlobung durchaus ernst, doch in seiner Abwesenheit dachte ich wenig an ihn. Wenn ich ihn sah, war ich froh, aber ich vermißte ihn nie.

Das Bild von mir, das ich demgemäß aus der Zeit in mir trage, in der man zu Verstand zu kommen beginnt, ist das eines ordentlichen, glücklichen und bis zu einem gewissen Grade anmaßenden kleinen Mädchens. Zwei oder drei Erinnerungen widersprechen freilich diesem Porträt und legen mir die Vermutung nahe, daß ein geringer Umstand genügt hätte, um meine Sicherheit gründlich zu erschüttern. Mit acht Jahren war ich nicht mehr so ausgelassen wie in meiner frühen Kindheit, sondern schwächlich und ängstlich. Bei den Turnstunden, von denen ich schon sprach, trug ich ein häßliches enges Trikot, worauf eine meiner Tanten zu meiner Mutter gesagt hatte: «Sie sieht wie ein Äffchen aus.» Gegen Ende meiner Heilbehandlung reihte der Lehrer mich unter die Schüler eines Sammelkurses ein – eine Schar von Buben und Mädchen, die in Begleitung einer Gouvernante erschienen. Die Mädchen trugen blaßblaue Jerseykostüme mit kurzen, anmutigen Faltenröcken; ihre glänzenden Haarflechten, ihre Stimmen, ihre Manieren – alles an ihnen war tadellos. Dennoch liefen, sprangen, tollten und lachten sie mit einer Freiheit und Ungeniertheit, die ich bislang als das Vorrecht der Gassenjungen angesehen hatte. Ich kam mir plötzlich linkisch, feige und häßlich, eben wie ein Äffchen vor; zweifellos mußten diese schönen Kinder wohl auch das in mir sehen; sie verachteten, schlimmer noch, sie ignorierten mich. Hilflos stand ich ihrem Triumph und meiner Nichtigkeit gegenüber.

Einige Monate später nahm mich eine Freundin meiner Eltern, mit deren Kindern ich mich nur mäßig amüsierte, mit nach Villers-sur-Mer. Zum ersten Mal war ich ohne meine Schwester und fühlte mich wie verstümmelt dadurch. Ich fand das Meer uninteressant; die Bäder bedeuteten eine Qual für mich: das Wasser benahm mir den Atem, ich hatte Angst. Eines Morgens lag ich schluchzend in meinem Bett. Madame Rollin zog mich bestürzt auf ihre Knie und fragte mich nach dem Grund meiner Tränen; es kam mir vor, als führten wir beide eine Komödie auf, und ich wußte nicht recht, was ich antworten sollte; nein, niemand hatte mich schlecht behandelt, alle waren nett zu mir. In

Wahrheit wußte ich – von meiner Familie getrennt, der Liebesbezeugungen, die mir wie eine Anerkennung meiner Verdienste schienen, sowie auch der festen Parolen und Anknüpfungspunkte, durch die mein Platz in der Welt bestimmt wurde, beraubt – überhaupt nicht mehr, wo ich hingehörte oder wozu ich eigentlich auf der Erde war. Ich mußte mich in einem festen Rahmen bewegen, dessen genaue Ausmaße mir Existenzberechtigung gaben. Ich war mir dessen selbst bewußt, denn jeder Wechsel schreckte mich. Daß ich weder einen Trauerfall noch einen Ortswechsel erlebte, ist einer der Gründe, die mir gestatteten, ziemlich lange in meinen kindlichen Ansprüchen zu verharren.

Meine natürliche Seelenheiterkeit machte jedoch während des letzten Kriegsjahres eine Krise durch.

Es war in diesem Winter sehr kalt, und es fehlte an Kohlen; in der schlecht erwärmten Wohnung preßte ich meine mit Frostbeulen bedeckten Hände vergeblich an die Heizung. Die Periode der Einschränkungen hatte begonnen. Das Brot war grau oder allzu weiß. An Stelle unserer Morgenschokolade bekamen wir fade Suppen. Meine Mutter stellte Omelettes ohne Eier und Süßspeisen mit Margarine her, bei denen Sacharin den Zucker ersetzen mußte; sie brachte Gefrierfleisch, Pferdebeefsteaks und traurige Gemüse wie japanische Kartoffeln, Topinambur, rote Bete und Jerusalemartischocken auf den Tisch. Um den Wein zu sparen, fabrizierte Tante Lili ein aus Feigen gegorenes abscheuliches Getränk, die ‹Figuette›. Die Mahlzeiten hatten nichts mehr von ihrer früheren Heiterkeit. Oft heulten nachts die Sirenen; draußen erloschen die Straßenlaternen, die Fenster wurden dunkel; man hörte die eiligen Schritte und den ärgerlichen Ruf: «Licht aus!» des Luftschutzwarts, der unseren Häuserblock betreute, es war Monsieur Dardelle. Zwei- oder dreimal verlangte meine Mutter, daß wir in den Keller gingen; da aber mein Vater hartnäckig oben blieb, beschloß sie endlich, sich auch nicht mehr fortzurühren. Bestimmte Mieter aus den oberen Etagen suchten regelmäßig in unserem Vorzimmer Schutz: Sie richteten sich auf Sesseln häuslich ein und versuchten zu schlafen. Manchmal dehnten Freunde, die durch den Alarm bei uns festgehalten wurden, eine Bridgepartie bis zu ungewöhnlichen Morgenstunden aus. Ich genoß diese Aufhebung der Ordnung sowie auch die Totenstille der Stadt hinter den abgedunkelten Fenstern und ihr jähes Erwachen, wenn die Entwarnung einsetzte. Bedauerlicherweise nahmen meine Großeltern, die in der Nähe des ‹Lion de Belfort› eine Wohnung im fünften Stock innehatten, die ‹Tauben› der Deutschen sehr ernst; sie stürzten in den Keller, und am folgenden Tag mußten wir erscheinen und uns überzeugen, daß sie noch einmal heil davongekommen waren. Bei den ersten Einschlägen der ‹dicken Bertha› schickte Großpapa, vom alsbaldigen Einzug der Deutschen überzeugt, seine Frau und seine Tochter nach La Charité-sur-Loire; er selbst wollte zur gegebenen Zeit zu Fuß bis nach Longjumeau fliehen. Erschöpft durch die temperamentvolle Besessenheit ihres Mannes, wurde Großmama krank. Zur ärztlichen Behandlung mußte sie nach Paris zurückgebracht werden, aber da sie im Falle eines Fliegerangriffs nicht mehr imstande gewesen wäre, ihren fünften Stock zu verlassen, fand sie Zuflucht bei uns. Als sie von einer Krankenschwester begleitet ankam, erschreckten mich die Röte ihrer Wangen und ihr leerer Blick; sie konnte nicht mehr sprechen und erkannte mich nicht. Sie erhielt mein Zimmer, während wir drei, Louise, meine Schwester und ich, im Salon kampierten. Tante Lili und Großpapa nahmen ihre Mahlzeiten bei uns im Hause ein. Mit seiner machtvollen Stimme sagte letzterer Katastrophen voraus oder verkündete plötzlich, daß ihm ein Vermögen in den Schoß gefallen sei. Seine Untergangsgefühle wurden in der Tat von einem extravaganten Optimismus begleitet. Als er noch Bankier in Verdun war, hatten seine Spekulationen zu einem Bankrott geführt, der seine Kapitalien sowie die einer großen Zahl von Kunden verschlungen hatte. Nichtsdestoweniger hielt er an dem Vertrauen zu seinem Stern und zu seiner Voraussicht fest. Im Augenblick leitete er eine Schuhfabrik, die auf Grund von Heeresaufträgen ganz gut beschäftigt war; dieses bescheidene Unternehmen aber genügte seinem Tatendurst nicht, er wollte Geschäfte einfädeln, Ideen in die Tat umsetzen und zu Geld gelangen. Zu seinem Unglück konnte er über keinerlei Vermögensbestände mehr ohne Zustimmung seiner Frau und seiner Kinder verfügen; er versuchte daraufhin, Papas Unterstützung zu gewinnen. Eines Tages brachte er ihm einen kleinen Goldbarren, den ein Alchimist vor seinen Augen aus einem Bleiklumpen gewonnen hatte: dieses Geheimverfahren sollte uns zu Millionären machen, sofern wir uns nur auf einen Vorschuß für den Erfinder einließen. Papa lächelte, Großpapa lief rot an, meine Mutter und Tante Lili ergriffen Partei, alles schrie. Diese Art von Szenen wiederholte sich oft. Völlig erschöpft gerieten Louise und Mama häufig aneinander: es kam zu ‹bösen Worten›, ja, manchmal stritt Mama sogar mit Papa; sie schalt uns, meine Schwester und mich, und ohrfeigte uns, wenn ihr die Nerven durchgingen. Ich aber war jetzt nicht mehr fünf Jahre alt. Die Zeit war vorbei, da bei einem Streit meiner Eltern für mich der Himmel einstürzte; ich verwechselte auch nicht mehr momentane Ungeduld mit Ungerechtigkeit. Immerhin, wenn ich nachts durch die Glastür, die das Eßzimmer vom Salon trennte, den gehässigen Aufruhr des Zorns vernahm, verbarg ich mich mit schwerem Herzen unter meinem Bettuch. Ich dachte an die Vergangenheit wie an ein verlorenes Paradies. Würde es wiedererstehen? Die Welt erschien mir nicht mehr unbedingt als ein sehr sicherer Ort.

Was sie verdüsterte, war vor allem der Umstand, daß

mein Geist im Reifen begriffen war. Durch Bücher, Frontberichte und Unterhaltungen, die ich mitangehört hatte, wurde die Wahrheit über den Krieg mir bewußt: Kälte, Schmutz, Grauen, Blutvergießen, Schmerzen, Todesangst. Wir hatten Freunde und Vettern an der Front verloren. Trotz aller Verheißungen des Himmels befiel mich atemlose Beklemmung bei dem Gedanken an den Tod, der auf Erden die Leute, die einander lieben, für immer und ewig trennt. In meiner und meiner Schwester Anwesenheit hieß es manchmal: «Sie haben Glück, daß sie noch Kinder sind! Sie ahnen nicht ...» Im Innern protestierte ich: ‹Offenbar haben die Erwachsenen im Gegenteil keine Ahnung von uns!› Es kam vor, daß ich mich von etwas so Bitterem und dabei Endgültigem überflutet fühlte, daß ich sicher war, niemand könne schlimmere Nöte erleben. ‹Weshalb so viele Leiden?› fragte ich mich. In La Grillère verzehrten deutsche Gefangene und ein junger belgischer Flüchtling, der wegen krankhafter Fettleibigkeit vom Waffendienst zurückgestellt war, zusammen mit französischen Arbeitern in der Küche ihre Suppe: sie verstanden sich sehr gut. Alles in allem waren auch die Deutschen Menschen; auch sie vergossen ihr Blut und starben auf dem Schlachtfeld. Weshalb? Ich begann fieberhaft zu beten, daß dieses Unglück ein Ende nehmen möge. Der Friede wurde mir wichtiger als der Sieg. Einmal auf der Treppe hatte ich ein Gespräch mit Mama; sie sagte mir, der Krieg werde vielleicht bald enden. «Ja», stieß ich heftig hervor, «wenn er nur aufhören würde! Ganz egal, wie! Wenn er nur ein Ende hat!» Mama blieb stehen und sah mich erschrocken an: «So etwas darfst du nicht sagen! Auf alle Fälle muß doch Frankreich siegen!» Ich schämte mich, nicht nur, weil ich etwas so Ungeheuerliches gesagt, sondern auch, weil ich es gedacht hatte. Dennoch fiel mir schwer zu glauben, ein Gedanke könne schuldhaft sein. Unter unserer Wohnung, gegenüber dem friedlichen ‹Dôme›, wo Monsieur Dardelle Domino spielte, war ein lärmendes Café, die ‹Rotonde›, eröffnet worden. Man sah dort geschminkte Frauen mit kurzem Haar und Männer in bizarrer Kleidung verkehren. «Das ist ein richtiger Unterschlupf für Landfremde und Defaitisten», pflegte Papa zu sagen. Ich wollte von ihm wissen, was ein Defaitist sei. «Ein schlechter Franzose, der an Frankreichs Niederlage glaubt», antwortete er mir. Ich konnte das nicht begreifen. Gedanken entstehen und verschwinden ganz eigenmächtig in unserem Kopf, man ist nicht Herr darüber, ob man etwas glaubt oder nicht. Jedenfalls bestärkten mich die empörte Miene meines Vaters und das schockierte Gesicht meiner Mutter in der Idee, daß man nicht vorschnell alle Besorgnisse laut werden lassen darf, die man sich nur selbst ganz leise im Innern zuraunt.

Mein zaudernder Patriotismus hinderte mich nicht daran, auf die Vaterlandsliebe meiner Eltern eher stolz zu sein. Durch deutsche Flieger und die ‹dicke Bertha› eingeschüchtert, verließen die meisten Schülerinnen unseres Instituts Paris vor dem Ende des Schuljahrs. Ich blieb in meiner Klasse mit einem törichten großen Mädchen von etwa zwölf Jahren allein zurück; an dem leer gewordenen großen Tisch saßen wir beide Mademoiselle Gontran gegenüber; sie beschäftigte sich vor allem mit mir. Ich fand ein besonders Vergnügen an diesen Unterrichtsstunden, die feierlich wie Vorlesungen und intim wie Privatstunden waren. Eines Tages, als ich mit Mama und meiner Schwester in der Rue Jacob erschien, fanden wir das ganze Haus leer: alles war in den Keller gegangen. Wir lachten sehr über dieses Erlebnis. Entschieden bewiesen wir durch unseren Mut und unsere Unbeeindruckbarkeit, daß wir etwas Besonderes waren.

Großmama wurde wieder normal und kehrte nach Hause zurück. Während der Ferien und zu Beginn des Schuljahrs hörte ich viel von zwei Verrätern reden, die versucht hatten,

Frankreich an Deutschland zu verkaufen: Malvy und Caillaux. Sie wurden nicht erschossen, wie es sich von Rechts wegen gehört hätte, aber ihre Machenschaften wurden vereitelt. Am 11. November übte ich gerade Klavier unter Aufsicht von Mama, als die Glocken den Waffenstillstand einläuteten. Papa legte wieder Zivilkleidung an. Mamas Bruder starb, als er eben in die Heimat entlassen war, an der spanischen Grippe. Ich hatte ihn jedoch wenig gekannt, und als auch Mama ihre Tränen getrocknet hatte, erstand neu, zumal für mich, das Glück.

Im Hause durfte nichts verlorengehen: Keine Brotkruste, kein Stück Bindfaden, kein Freibillett noch irgendeine Gelegenheit, kostenlos zu speisen. Meine Schwester und ich trugen unsere Kleider ab, bis sie fadenscheinig wurden, und sogar fast noch darüber hinaus. Meine Mutter vergeudete niemals eine Sekunde: wenn sie las, strickte sie auch noch; während sie sich mit meinem Vater oder mit Freunden unterhielt, nähte, stopfte oder stickte sie; in der Metro oder Trambahn stellte sie kilometerweise ‹Frivolitäten› her, mit denen sie unsere Unterröcke verzierte. Abends rechnete sie ab: seit Jahren schon wurde jeder Centime, der durch ihre Hände gegangen war, in einem großen schwarzen Buch vermerkt. Ich glaubte, daß – nicht nur in unserer Familie, sondern überall – Zeit und Geld so knapp zugemessen seien, daß man sie mit größter Sorgfalt verwalten müsse; diese Vorstellung war mir ganz recht, da ich mir eine Welt ohne Extravaganzen wünschte. Poupette und ich spielten oft, wir seien Forschungsreisende, die sich in der Wüste verirrt, oder Schiffbrüchige, die sich auf eine Insel gerettet hätten; wir entfalteten dann alle Künste unserer Einbildungskraft, um aus den winzigsten Hilfsquellen noch möglichst viel Nutzen zu ziehen; es war dieses sogar eines unserer Lieblingsthemen. ‹Alles verwerten!› – diese Parole behielt ich auch in der

Wirklichkeit bei. In den Heften, in die ich von einer Woche zur anderen das Programm unseres Unterrichts eintrug, begann ich mit winzigen Buchstaben zu schreiben, ohne auch nur ein freies Fleckchen zu lassen: verwundert fragten die Damen des Cours Désir meine Mutter, ob ich wohl geizig sei. Ich gab diese fixe Idee allerdings bald wieder auf. Freiwillig Ersparnisse machen ist ein Widerspruch in sich selbst und nicht sehr amüsant. Doch blieb ich gleichwohl überzeugt, daß man alle Dinge und auch sich selbst um und um ausnutzen solle. In La Grillère gab es oft – vor oder nach den Mahlzeiten oder nach der Messe – tote Augenblicke, die mich sehr bald unruhig werden ließen. «Kann dieses Kind denn nicht einen Augenblick existieren, ohne etwas zu tun?» fragte ungeduldig Onkel Maurice; meine Eltern lachten mit mir darüber: auch sie verurteilten den Müßiggang. Ich hielt ihn für um so verdammenswerter, als ich ihn langweilig fand. Pflicht und Vergnügen waren somit ein und dasselbe für mich. Aus diesem Grunde war mein Dasein in jener Periode so glücklich: ich brauchte nur meiner Neigung zu folgen, und alle Welt war entzückt von mir.

Im Institut Adeline Désir gab es Vollpensionärinnen, Halbpensionärinnen, Externe, die ihre Schulaufgaben dort unter Aufsicht machten, und andere, die sich darauf beschränkten, am Unterricht teilzunehmen; zweimal in der Woche fand ein jeweils zweistündiger Kursus in allgemeiner Bildung statt; außerdem nahm ich an englischen Stunden, am Klavier- und Katechismusunterricht teil. Die Gefühle aus meiner ersten in diesem Hause verlebten Zeit hatten sich bei mir niemals abgestumpft: der Augenblick, in dem Mademoiselle das Klassenzimmer betrat, leitete eine Zeit höherer Weihe ein. Unsere Lehrer berichteten uns im Grunde nichts sehr Aufregendes; wir sagten unsere Lektionen auf, und sie korrigierten unsere schriftlichen Arbeiten; doch ich verlangte von ihnen auch weiter nichts, als daß sie öffentlich mein Dasein sanktionierten. Meine Verdienste wurden in ein Register eingetragen, in dem sie für alle Ewigkeit aufbewahrt blieben. Jedes einzelne Mal hatte ich das Bedürfnis, wenn schon mich nicht selbst zu übertreffen, so doch mein Niveau zu wahren. Die Partie begann immer wieder von neuem. Hätte ich sie verloren, wäre ich tief betroffen gewesen, ein Sieg hingegen war jedesmal für mich ein Grund zum Triumph. Mein Schuljahr wurde jeweils durch Glanzpunkte dieser Art markiert. Jeder Tag führte mich irgendwohin. Ich bedauerte die Erwachsenen, deren schale Wochen nur eben durch fade Sonntage etwas Farbe erhielten. Zu leben, ohne auf etwas zu warten, kam mir grauenhaft vor.

Ich wartete auf etwas, und ich wurde erwartet. Unermüdlich kam ich einer Form des Daseins nach, die mir die Frage ersparte: weshalb bin ich da? Wenn ich an Papas Schreibtisch saß, einen englischen Text übersetzte oder einen Aufsatz ins reine schrieb, nahm ich meinen Platz auf Erden ein und tat, was getan werden mußte. Der Bestand an Aschbechern, Tintenfässern, Papiermessern, Bleistiften, Federhaltern, der die rosa Schreibunterlage umsäumte, nahm an dieser Notwendigkeit teil: sie erstreckte ihre Bahn durch die ganze Welt. Von meinem Arbeitsplatz aus vernahm ich die Harmonie der Sphären.

Indessen gab ich mich nicht mit dem gleichen Eifer allen meinen Aufgaben hin. Meine Anpassungsfreudigkeit hatte Wünsche und Abneigungen in mir trotz allem nicht aufgehoben. Wenn in La Grillère Tante Hélène ein Kürbisgericht auf den Tisch brachte, verließ ich eher weinend den Tisch, als daß ich es angerührt hätte; weder Drohungen noch Schläge hätten mich zum Käseessen gebracht. Doch auch noch ernstere Formen des Starrsinns zeigten sich bei mir. So konnte ich keine Langeweile vertragen, sie artete bei mir sofort in Angstzustände aus; deshalb haßte ich, wie ich schon sagte, allen Müßiggang; doch auch Arbeiten, die meinen Körper lähmten, ohne meinen Geist zu fesseln, schufen das gleiche Leeregefühl in mir. Meiner Großmutter war es gelungen, mich für Sticken und Filetarbeiten zu interessieren: hier hieß es Wolle oder Baumwolle mit einem Modell oder dem Stramin in Einklang zu bringen, das war eine Weisung, die nicht ohne Reiz für mich war; ich stellte ein Dutzend Kinderhäubchen her und bekleidete einen der Stühle meines Zimmers mit einer – übrigens häßlichen – Gobelinstickerei. Aber für Rollsäume, überwendliche Nähte, Stopfarbeiten, Languetten, Kreuzstich, Federstickerei und Makramee war ich nicht zu haben. Um meinen Eifer anzustacheln, erzählte Mademoiselle Fayet mir eine Anekdote; einem heiratsfähigen jungen Mann rühmte man die Vorzüge eines musikalischen, gebildeten, mit hundert Talenten ausgestatteten jungen Mädchens. «Kann sie nähen?» hatte er gefragt. Bei allem Respekt vor Mademoiselle Fayet hielt ich es doch für töricht, durch die Launen eines unbekannten jungen Mannes auf mich einwirken zu wollen. Ich besserte mich denn auch nicht. Auf allen Gebieten zeigte ich mich zwar überaus begierig, die Sache selbst zu erlernen, doch die Ausführung langweilte mich. Wenn ich meine englischen Unterrichtsbücher aufschlug, meinte ich zu verreisen und gab mich mit leidenschaftlichem Eifer ihrem Studium hin; um eine korrekte Aussprache hingegen bemühte ich mich nie. Eine Sonatine aus den Noten zu entziffern, machte mir Spaß; sie spielen zu lernen widerstand mir bereits; ich rasselte meine Tonleitern und Fingerübungen nur schlecht und recht herunter, woraufhin ich bei der Klavierprüfung eine der Letzten wurde. Beim Gesang interessierte mich einzig die Theorie; ich sang falsch und versagte kläglich beim Musikdiktat. Meine Schrift war so formlos, daß man vergebens versuchte, durch Privatstunden eine Besserung zu erreichen. Sollte der Lauf eines Flusses oder der Umriß eines

Landes nachgezeichnet werden, so war meine Ungeschicklichkeit derart eklatant, daß sie den Tadel entwaffnete. Dieser Zug sollte mir auch künftighin immer bleiben. Ich widerstrebte jeder praktischen Tätigkeit, und gewissenhafte Kleinarbeit wurde nie meine Stärke.

Nicht ohne Enttäuschung stellte ich solche Mängel an mir fest; ich hätte mich gern auf allen Gebieten ausgezeichnet. Aber die Gründe dafür saßen viel zu tief, als daß eine plötzliche Willensentscheidung sie hätte beeinflussen können. Sobald ich nachzudenken verstand, hatte ich eine unbegrenzte Macht und gleichwohl lächerliche Beschränkungen in mir entdeckt. Wenn ich schlief, verschwand die Welt; sie brauchte mich, um gesehen, erkannt, um verstanden zu werden; ich fühlte mich mit einer Mission betraut, die ich voll Stolz erfüllte; aber ich ging dabei nicht von der Voraussetzung aus, daß mein unvollkommener Körper daran teilhaben könnte: im Gegenteil, wenn er dazwischentrat, kam es vor, daß er alles verdarb. Zweifellos mußte man, um ein Musikstück wirklich existent zu machen, alle Nuancen wiedergeben und es nicht ‹morden›; auf alle Fälle aber würde es unter meinen Händen nie seinen höchsten Vollkommenheitsgrad erreichen; wozu also sollte ich mich erst leidenschaftlich bemühen? Fähigkeiten zu entwickeln, die notwendigerweise begrenzt und relativ bleiben würden, widerstand mir wegen der Resignation, die in diesem Streben lag, da ich doch andererseits nur zu schauen, zu lesen, folgerichtig zu denken brauchte, um an das Absolute zu rühren. Wenn ich einen englischen Text übersetzte, so entdeckte ich in voller Totalität dessen einmaligen universalen Sinn, während das th in meinem Mund nur eine Artikulation unter Millionen anderer war; ich verschmähte es, mich damit zu beschäftigen. Die Dringlichkeit meiner Aufgabe untersagte mir, mich bei solchen Nichtigkeiten aufzuhalten: so viele Dinge verlangten nach meiner Aufmerksamkeit! Es galt die Vergangenheit wiederzuerwecken, fünf Kontinente zu erforschen, in den Mittelpunkt der Erde hinabzusteigen und den Mond zu umkreisen. Wenn ich mich zu müßigen Übungen zwang, litt mein Geist an einer Art von Hungersnot, und ich sagte mir, daß ich damit nur kostbare Zeit verlöre. Ich war beraubt und schuldig zugleich und hatte es daraufhin eilig, damit zu Ende zu kommen. Jeder Befehl von außen brach sich an meiner Ungeduld.

Ich glaube auch, daß ich die Arbeit des Ausführens deshalb für weniger wichtig hielt, weil mir dabei nur Scheinwerk herauszukommen schien. Im Grunde war ich der Meinung, daß die Wahrheit einer Sonate so unverrückbar, so ewig dastand wie die von *Macbeth* in einem gedruckten Buch. Schaffen war etwas anderes. Ich war voller Bewunderung, wenn jemand etwas Wirkliches in der Welt entstehen ließ. Ich selbst konnte mich darin nur auf einem Gebiet versuchen: in der Literatur. Zeichnen war für mich Kopieren, und daran war mir so wenig gelegen, daß ich es zu nichts brachte; ich nahm ein Objekt als Ganzes in mich auf, ohne den Details meiner Wahrnehmung die geringste Aufmerksamkeit zu schenken; ich scheiterte jedesmal an der Aufgabe, auch nur die schlichteste Blume wiederzugeben. Hingegen wußte ich mich der Sprache zu bedienen, und da diese der Substanz der Dinge Ausdruck gab, erhellte sie sie auch. Ich hatte spontan die Tendenz, alles zu erzählen, was mir widerfuhr: ich sprach viel und schrieb gern. Wenn ich eine Episode aus meinem Leben schriftlich niederlegte, so entriß ich sie der Vergessenheit, sie interessierte andere Leute, sie war endgültig gerettet. Ich erfand auch gern Geschichten; insofern sie durch meine Erfahrungen inspiriert waren, waren sie für diese zugleich eine Rechtfertigung; in gewisser Weise freilich dienten sie zu nichts, waren aber dennoch einzig und unersetzlich, sie existierten, und ich war stolz darauf, sie aus dem Nichts gezogen zu haben. Ich verwendete also immer viel Sorgfalt auf meinen ‹französischen Aufsatz›, so daß ich sogar einzelne von ihnen in das ‹goldene Buch› übertrug.

Im Juli machte es mir der Ausblick auf die Ferien möglich, ohne allzu großes Bedauern vom Cours Désir Abschied zu nehmen. Waren wir wieder in Paris, so wartete ich freilich fieberhaft auf den Wiederbeginn des Unterrichts. Ich ließ mich neben dem Bücherschrank aus schwarzem Birnbaumholz in einem Ledersessel nieder und genoß es, wenn ich die neuen Bücher mit einem knackenden Laut auseinanderbiegen, ihren Geruch einatmen, die Bilder, die Karten betrachten und eine Seite Weltgeschichte überfliegen konnte; ich hätte gern mit einem einzigen Blick alle Personen, alle Landschaften, die sich im Dunkel der weißen und schwarzen Seiten verbargen, zum Leben erweckt. Ebensosehr wie ihre stumme Gegenwart hatte meine Macht über sie etwas Berauschendes für mich.

Neben meinen Studien war die große Angelegenheit meines Lebens die Lektüre. Mama bezog die ihre jetzt aus der Bibliotèque Cardinale an der Place Saint-Sulpice. Ein mit Zeitschriften und Magazinen beladener Tisch nahm die Mitte des großen Raumes ein, von dem die mit Büchern dicht besetzten Korridore ausgingen: die Kunden hatten das Recht, in diesen umherzuwandeln! Ich erlebte eine der größten Freuden meiner Kindheit an dem Tage, an dem Mama mir dort ein Abonnement auf meinen Namen schenkte. Ich stellte mich vor die Abteilung, die den ‹Werken für die Jugend› reserviert war und in der allein Hunderte von Bänden aufgereiht standen. ‹Alles das gehört mir!› stellte ich entzückt bei mir fest. Die Wirklichkeit übertraf noch meine kühnsten Träume: vor mir tat sich ein mir bis dahin unbekanntes Paradies des Überflusses auf. Ich nahm einen Katalog mit nach Hause; mit Hilfe meiner Eltern traf ich meine Wahl unter den mit einem J bezeichneten Werken und stellte Listen auf; jede Woche schwankte ich mit wonnevollen Gefühlen zwischen vielfältigen Begierden. Außerdem ging meine Mutter zuweilen mit mir in einen kleinen Laden in der Nähe meiner Unterrichtsstätte, um englische Romane einzukaufen; sie wurden gründlich verschlissen, denn ich brauchte eine gewisse Zeit, um sie zu entziffern. Ich fand ein großes Vergnügen daran, mit Hilfe eines Wörterbuchs den dichten Schleier der Worte aufzuheben: an den Beschreibungen und Erzählungen blieb sogar ein gewisses Maß von Geheimnis haften; so kamen sie mir reizvoller und tiefgründiger vor, als wenn ich sie auf französisch gelesen hätte.

In diesem Jahre schenkte mein Vater mir *L'Abbé Constantin* in einer schönen, von Madeleine Lemaire illustrierten Ausgabe. Eines Sonntags führte er mich in die Comédie Française, wo das nach diesem Roman arrangierte Theaterstück aufgeführt wurde; zum ersten Male war ich in einem richtigen, von Erwachsenen besuchten Theater; ich setzte mich tief bewegt auf meinen roten Parkettsitz und lauschte andachtsvoll den Worten der Schauspieler; sie enttäuschten mich etwas; das gefärbte Haar, die affektierte Redeweise von Cécile Sorel entsprachen nicht dem Bild, das ich mir von Madame Scott gemacht hatte. Zwei oder drei Jahre später gab ich mich, wenn ich beim *Cyrano* weinte, beim *Aiglon* schluchzte und bei *Britannicus* erbebte, mit Leib und Seele dem Zauber der Bühne hin. An diesem Nachmittag jedoch war das, was mich mir selbst entrückte, weniger die Vorstellung an sich als vielmehr dieses Zusammensein zu zweien mit meinem Vater; allein mit ihm ein Stück anzusehen, das er für mich ausgewählt hatte, schuf zwischen uns ein so unverbrüchliches Band, daß ich ein paar Stunden lang den Eindruck hatte, er gehöre nur mir.

Zu jener Zeit neigten meine Gefühle für meinen Vater überhaupt zum Überschwang. Er war häufig bedrückt. Er sagte, Foch habe sich zu Unrecht beeinflussen lassen, man hätte bis nach Berlin weitermarschieren sollen. Er sprach viel von den Bolschewiken – deren Name in ominöser Weise an den der Boches erinnerte –, die ihn zugrunde gerichtet hatten. Seine Prognosen für die Zukunft waren derart schlecht, daß er nicht wagte, sein Rechtsanwaltsbüro wieder aufzumachen. In der Fabrik seines Schwiegervaters nahm er die Stelle eines zweiten Direktors an. Er hatte auch sonst schon Schwierigkeiten erlebt: infolge des Bankrotts, den mein Großvater sich geleistet hatte, war die Mitgift meiner Mutter niemals ausgezahlt worden. Jetzt, nachdem seine Laufbahn zerstört war und die ‹Russen›, die den Hauptbestandteil seines Kapitals gebildet hatten, dahingeschwunden waren, reihte er sich seufzend in die Kategorie der ‹neuen Armen› ein. Er bewahrte jedoch immer noch einen gewissen Gleichmut und stellte lieber die gegenwärtige Welt in Frage, als daß er sich in Selbstbedauern erging; es bewegte mich tief, daß ein so überlegener Mann sich derart selbstverständlich mit seiner bedrängten Lage abfand. Eines Tages sah ich ihn im Rahmen einer Wohltätigkeitsveranstaltung in *La Paix chez soi* von Courteline auftreten. Er spielte den betriebsamen, von Geldsorgen geplagten und durch die kostspieligen Launen seiner kindlich-naiven Frau überforderten Feuilletonisten; die Frau hatte keinerlei Ähnlichkeit mit Mama; dennoch identifizierte ich meinen Vater mit dem Charakter, den er darzustellen hatte; er tat es mit einer illusionslosen Ironie, die mich zu Tränen rührte; es lag Schwermut in seiner Resignation: die verschwiegene Wunde seines Innern, deren Existenz ich erriet, stattete ihn mit einer neuen Höherwertigkeit aus. Ich liebte ihn auf romantische Art.

An schönen Sommertagen machte er manchmal mit uns einen Rundgang durch den Luxembourggarten; auf einer Terrasse an der Place Médicis aßen wir Eis und gingen dann noch einmal durch den Park, dessen Schließung ein Trompetensignal verkündete. Ich neidete den Bewohnern des Senatsgebäudes ihre nächtlichen Träumereien in den verlassenen Alleen. Die feste Einteilung meiner Tage war ebenso zwingend für mich wie der Rhythmus der Jahreszeiten: die geringste Abweichung erschien mir daher als etwas ganz Außergewöhnliches. In der weichen Abenddämmerung, zu der Stunde, zu der gewöhnlich Mama den Riegel vor die Wohnungstür legte, noch draußen umherzustreifen, war etwas ebenso Überraschendes und Poetisches wie mitten im tiefsten Winter ein blühender Weißdornstrauch.

Ein völlig ungewöhnlicher Abend war der, an dem wir auf der Terrasse von ‹Prévost› gegenüber dem Gebäude des *Matin* Schokolade tranken. Nachrichten in Leuchtbuchstaben kündeten die Peripetien des Boxkampfes, der in New York zwischen Charpentier und Dempsey ausgetragen wurde. Der Platz war schwarz von Menschen. Als Charpentier k. o. geschlagen wurde, brachen manche der Männer und Frauen in Tränen aus; voller Stolz, diesem großen Ereignis gleichsam beigewohnt zu haben, kehrte ich nach Hause zurück. Aber unsere gewöhnlichen Abende in dem rundum geschlossenen Arbeitszimmer waren mir nicht weniger lieb; mein Vater las uns *Le voyage de Monsieur Perrichon* vor, oder aber wir lasen, nebeneinander sitzend, jeder in seinem Buch für sich. Ich blickte meine Eltern, meine Schwester an und verspürte ein warmes Gefühl im Herzen. ‹Wir vier!› dachte ich voll Entzücken, und weiter noch: ‹Wie glücklich wir doch sind!›

Eine einzige Sache wirkte von Zeit zu Zeit verdüsternd auf mein Gemüt: eines Tages, das wußte ich, würde dieser Abschnitt meines Lebens zu Ende sein. Es kam mir ganz unfaßbar vor. Wie kann man, wenn man zwanzig Jahre lang seine Eltern liebt, sie dann doch, ohne vor Kummer zu sterben, verlassen, um einem Unbekannten zu folgen? Und wie kann man, nachdem man zwanzig Jahre lang ohne ihn ausgekommen ist, von einem Tage zum andern einen Mann lieben, der einem gar nichts ist? Ich fragte Papa. «Ein Mann, den man heiratet, ist etwas anderes», antwortete er mir; er lächelte dabei ein wenig auf eine Weise, aus der ich nicht klug werden konnte. Ich betrachtete die Ehe bisher immer mit Mißbehagen. Ich sah nicht gerade Knechtschaft darin, denn Mama wirkte nicht unterdrückt; doch die Enge des Zusammenlebens widerstand mir durchaus. ‹Abends im Bett›, sagte ich mir mit Grauen, ‹kann man nicht einmal ruhig weinen, wenn man Lust dazu hat!› Ich weiß nicht, ob mein Glück eben doch von Traurigkeiten unterbrochen war, jedenfalls überließ ich mich oft des Nachts zum puren Vergnügen den Tränen; wenn ich mich hätte zwingen sollen, diese Tränen zurückzuhalten, hätte das für mich die Entziehung jenes Minimums an Freiheit bedeutet, nach dem ich ein unabweisbares Verlangen in mir trug. Den ganzen Tag über fühlte ich, daß Blicke auf mich gerichtet waren; ich liebte meine Umgebung, doch wenn ich abends schlafen ging, empfand ich es als große Erleichterung, daß ich nun endlich einmal ein Weilchen ohne Zeugen leben würde; dann konnte ich mit mir selbst zu Rate gehen, mich erinnern, Gefühlen der Rührung nachgeben, auf jenes zaghafte Raunen lauschen, das die Gegenwart der Erwachsenen unweigerlich erstickt. Es wäre mir verhaßt gewesen, dieser Erholung beraubt zu sein. Wenigstens eine kleine Weile lang mußte ich, jedem Anspruch entrückt, in Frieden mit mir selbst sprechen können, ohne daß irgend jemand mich dabei unterbrach.

Ich war sehr fromm; zweimal im Monat beichtete ich bei Abbé Martin, ich ging wöchentlich zweimal zur hl. Kommunion und las jeden Morgen ein Kapitel der *Imitatio Christi;* zwischen den Unterrichtsstunden schlich ich mich in die Kapelle des Instituts und betete dort lange Zeit mit dem Gesicht in den Händen; oft im Laufe des Tages erhob ich meine Seele zu Gott. Ich interessierte mich nicht mehr für das Jesuskind, betete aber Christus inbrünstig an. Ich hatte aufregende Romane gelesen, die an die Handlung der Evangelien anknüpften und deren Held er war; ich betrachtete wie eine Liebende sein zartes, trauriges Angesicht; über ölbaumbewachsene Hügel hinweg folgte ich dem Schimmer seines weißen Gewandes, ich netzte mit meinen Tränen seine nackten Füße, und er lächelte mir zu, wie er Maria Magdalena zugelächelt hatte. Hatte ich lange genug seine Knie und seinen blutenden Leib umarmt, ließ ich ihn wieder zum Himmel entschweben. Dort wurde er eins mit dem geheimnisvollen Wesen, dem ich mein Leben verdankte und dessen Glanz mich eines Tages für immer beseligen würde.

Welcher Trost, ihn dort oben zu wissen! Man hatte mir gesagt, er liebe jedes seiner Geschöpfe, als sei es das einzige; keinen Augenblick wich sein Blick von mir, alle anderen aber waren von unserer Zweisamkeit ausgeschlossen; ich löschte sie aus, es gab auf der Welt einzig ihn und mich, ich aber fühlte mich notwendig für seinen Ruhm: mein Dasein hatte also einen unendlichen Wert. Er ließ davon nichts verlorengehen: endgültiger als in den Registern der Damen des Cours Désir waren meine Handlungen, Gedanken und Verdienste für alle Ewigkeit in ihm aufbewahrt, offenbar auch mein Versagen, doch so weißgewaschen durch meine Reue, daß es fast ebenso hell erstrahlte wie meine Tugenden. Ich wurde nicht müde, mich in diesem Spiegel ohne Anfang und Ende zu bewundern. Mein Bild, das von der Freude widerstrahlte, die es im Herzen Gottes weckte, tröstete mich über alle Unzulänglichkeiten dieser Welt; es rettete mich vor Gleichgültigkeit, vor Ungerechtigkeit und menschlichem Mißverstehen, denn Gott ergriff immer meine Partei; hatte ich irgendein Unrecht begangen, so hauchte er in dem Augenblick, da ich ihn um Verzeihung bat, über meine Seele nur hin, und auf der Stelle hatte sie wieder ihren vormaligen Schimmer; gewöhnlich aber verflüchtigten sich in seinem Glanz die Missetaten, die mir zur Last gelegt wurden; indem er mich richtete, sprach er mich auch schon frei. Er war die höchste Instanz, bei der ich immer recht bekam. Ich liebte ihn mit der ganzen Leidenschaft, die ich dem Leben entgegenbrachte.

Jedes Jahr machte ich eine Retraite; den ganzen Tag über hörte ich die Weisungen eines Predigers an, ich nahm an jedem Gottesdienst teil, ich betete den Rosenkranz und gab mich frommer Betrachtung hin; ich aß im Rahmen der Kurse zu Mittag, wo während der Mahlzeit eine Aufsicht führende Schwester uns die Lebensgeschichte einer Heiligen vorlas. Am Abend, zu Hause, respektierte Mama meine schweigsame Sammlung. Ich trug meine seelischen Aufschwünge sowie meine Entschlüsse zur Heiligkeit in ein Heftchen ein. Ich wünschte glühend, mich Gott zu nähern, aber ich wußte nicht, wie ich es anstellen sollte. Mein Verhalten ließ tatsächlich wenig zu wünschen übrig, so daß es kaum noch zu verbessern war; im übrigen aber fragte ich mich, in welchem Ausmaß es Gott überhaupt betraf. Die meisten Vergehen, um derentwillen meine Mutter uns, meine Schwester und mich, jemals tadelte, waren Ungeschicklichkeiten oder Unbesonnenheiten. Poupette wurde hart gescholten und bestraft, weil sie einen Zibetkragen verloren hatte. Als ich beim Krebsefischen mit Onkel Gaston im künstlichen Fluß ins Wasser fiel, erschreckte mich vor allem die Standpauke, die ich voraussah, sie blieb mir übrigens dann aber doch erspart. Diese Mißgeschicke hatten nichts mit Sünde gemein: dadurch, daß ich sie vermied, würde ich nicht zu größerer Vollkommenheit gelangen. Mißlich war, daß Gott eine Menge Dinge verbot, aber nichts Positives verlangte außer einigen Gebeten und Verrichtungen, die den Tageslauf nicht wesentlich veränderten. Ich fand sogar bizarr, wie schnell die Leute, nachdem sie soeben zur Kommunion gegangen waren, sich wieder in ihre gewohnte Betriebsamkeit stürzten; ich machte es wie sie, jedoch mit einem gewissen Gefühl der Befangenheit. Im Grunde führten die Gläubigen und Ungläubigen genau die gleiche Existenz; mehr und mehr überzeugte ich mich, daß im Alltagsdasein kein Raum für überweltliches Leben sei. Dennoch zählte nur dieses allein. Eines Morgens kam mir die jähe Erleuchtung, daß ein von der künftigen Seligkeit überzeugter Christ den vergänglichen Dingen nicht den geringsten Wert beimessen dürfe. Wie ertrug es die Mehrzahl von ihnen, in der Welt zu bleiben? Je mehr ich nachdachte, desto mehr staunte ich. Ich kam zu dem Schluß, daß ich ihrem Beispiel auf keinen Fall folgen wollte: ich hatte zwischen Unendlichkeit und Endlichkeit gewählt. ‹Ich werde ins Kloster gehen›, beschloß ich daher. Die Betätigung der Barmherzigen Schwestern kam mir noch allzu nichtig vor; es gab keine andere vernunftgemäße Beschäftigung, als sich ganz der Betrachtung der Glorie Gottes zu weihen. Ich beschloß, Karmeliterin zu werden. Ich eröffnete mich über diesen Plan einstweilen noch nicht, er wäre nicht ernst genommen worden. So begnügte ich mich damit, mit vielsagender Miene zu erklären: «Ich heirate nie.» Mein Vater lächelte. «Wir werden uns wieder sprechen, wenn sie fünfzehn Jahre alt ist.» Im Innern lächelte ich zurück. Ich wußte, daß eine unerbittliche Logik mich ins Kloster führen würde: oder konnte man etwa *nichts* anstelle von *allem* wählen?

Diese Zukunft wurde für mich zu einem bequemen Alibi. Sie gestattete mir, mehrere Jahre hindurch noch bedenkenlos alle Güter der Welt zu genießen.

Mein Glück erreichte seinen Höhepunkt in den zweieinhalb Monaten, die ich auf dem Lande verbrachte. Meine Mutter war dort in ausgeglichenerer Stimmung als zu Hause in Paris; mein Vater widmete sich mir mehr; um zu lesen und mit meiner Schwester zu spielen, verfügte ich über unbegrenzte Muße. Den Cours Désir vermißte ich nicht allzusehr: die Notwendigkeit, die das Lernen meinem Leben auferlegte, strahlte auf meine Ferien zurück. Meine Zeit war dann nicht mehr durch feste Anforderungen geregelt, deren Fehlen aber wurde durch die Unendlichkeit der Horizonte, die sich meiner Neugier eröffneten, reichlich kompensiert. Ich erforschte sie auf eigene Faust, die Erwachsenen standen nicht mehr als Mittler zwischen der Welt und mir. Ich schwelgte nunmehr in Einsamkeit und Freiheit, die mir im sonstigen Jahreslauf nur spärlich zugeteilt waren. Alle meine Instinkte kamen hier gemeinsam zu ihrem Recht: mein treues Festhalten am Vergangenen, mein Vergnügen an allem, was neu für mich war, die Liebe zu meinen Eltern und das Streben nach Unabhängigkeit.

Gewöhnlich hielten wir uns zunächst ein paar Wochen in La Grillère auf. Das Schloß kam mir unendlich groß und alt vor; in Wirklichkeit stand es kaum fünfzig Jahre, aber keiner der Gegenstände, die während dieses halben Jahrhunderts ins Haus gekommen waren, hatte es jemals wieder verlassen. Niemand rührte eine Hand, um die Asche der Zeiten fortzukehren: man atmete noch den Duft alter erloschener Existenzen ein. An den Wänden des mit Fliesen belegten Eingangsraumes hing eine Sammlung von Jagdhörnern aus glänzendem Messing, die – trügerischerweise, glaube ich – den Glanz verflossener Hetzjagden noch einmal heraufbeschwören sollte. Im ‹Billardsaal›, in dem wir uns gewöhnlich aufhielten, setzten ausgestopfte Füchse, Bussarde und Milane diese blutrünstige Tradition ebenfalls fort. Es stand kein Billard in dem Raum, sondern ein monumentaler Kamin, ein sorgfältig abgeschlossener Bücherschrank und ein Tisch, auf dem Nummern einer französischen Jagdzeitschrift lagen; vergilbte Photographien, Bündel von Pfauenfedern, Steine, Terrakotten, Barometer, Standuhren, die nicht gingen, und für immer erloschene Lampen standen und lagen auf kleinen Tischen umher. Alle Räume außer dem Speisezimmer wurden selten benutzt, unter anderem ein naphthalinduftender Salon, ein kleiner Salon, ein Schulzimmer und eine Art von Büro mit immer verschlossen gehaltenen Läden, das als Abstellraum diente. In einem Verschlag, der stark nach Leder roch, ruhten Generationen von Reitstiefeln und von Straßenschuhen aus. Zwei Treppen führten zu den oberen Geschossen, an deren Korridoren mehr als ein Dutzend Schlafzimmer lagen, die meist zweckentfremdet und mit staubigem Krimskrams angefüllt waren. Eines von ihnen bewohnte ich mit meiner Schwester zusammen. Wir schliefen in Betten mit säulengetragenem Baldachin. Bilder, die aus der *Illustration* ausgeschnitten und unter Glas gerahmt waren, schmückten die Wände.

Der lebendigste Ort des Hauses war die Küche, die die Hälfte des Souterrains einnahm. Dort bekam ich mein erstes Frühstück, das aus Milchkaffee und Schwarzbrot bestand. Hinter der Fensterluke sah man Hühner, Perlhühner, Hunde, manchmal auch Menschenbeine vorbeispazieren. Ich liebte den massiven Holztisch darin, die Bänke und die Truhen, den gußeisernen Herd, aus dem die Flammen stoben, das rasselnde Kupfergeschirr: Kasserollen von jeder Größe, Kessel, Schaumlöffel, Wannen und Wärmpfannen; die heitere Buntheit der Fayenceschüsseln mit ihren kindlichen Farben, die Vielheit der Näpfe, Tassen, Gläser, Tiegel, Hors-d'œuvre-Schalen, Töpfe, Kannen und Weinkrüge amüsierten mich. Welche Unzahl von Bouillontöpfen, Pfannen, Schmortöpfen, Milchsiedern, Tiegelchen, Suppenschüsseln, Platten, Schalen, Sieben, Hackmessern, Mühlen, Mühlchen und Mörsern aus Gußstahl, aus Ton, aus Steingut, aus Porzellan, aus Aluminium, aus Zinn gab es da! Auf der anderen Seite des Korridors, da, wo die Tauben gurrten, war die Milchkammer untergebracht. Glasierte Satten und Näpfe, Butterfässer aus poliertem Holz, Butterklumpen, weiße, glattflächige Käse, die mit weißem Mull zugedeckt waren: die hygienische Kahlheit des Raumes und der darin herrschende Säuglingsgeruch schlugen mich in die Flucht. Doch hielt ich mich gern in der Obstkammer auf, wo Äpfel und Birnen auf einer Lehmschicht reiften, sowie in den Kellern zwischen Fässern, Flaschen, Schinken, Würsten, Zwiebelkränzen und getrockneten Pilzen. In diesen unteren Räumen konzentrierte sich aller Luxus von La Grillère. Der Park war ebenso überaltert wie das Innere des Hauses: es gab dort keine Blumenrabatten, keinen Gartenstuhl, kein Eckchen, das einen durch Behaglichkeit oder Freundlichkeit einlud, sich darin aufzuhalten. Gegenüber der großen Freitreppe lag ein Fischteich, in dem mit kräftigen Bleuelschlägen oft Mägde die Wäsche wuschen; eine Rasenfläche senkte sich fast steil bis zu einem Gebäude herab, das älter war als das Schloß; dieses ‹untere Haus› war mit Pferdegeschirren und Spinngeweben angefüllt. Drei oder vier Pferde wieherten in den benachbarten Ställen.

Mein Onkel, meine Tante, mein Vater und meine Kusine führten ein Dasein, das diesem Rahmen angepaßt war. Von sechs Uhr morgens an inspizierte Tante Hélène ihre Schränke. Da sie viele Dienstboten zu ihrer Verfügung hatte, besorgte sie ihren Haushalt nicht selbst, sie kochte selten, nähte oder las nie, beklagte sich aber gleichwohl, sie habe niemals eine Minute für sich; unaufhörlich durchstöberte sie das ganze Haus vom Keller bis zum Speicher. Mein Onkel kam gegen neun Uhr herunter; er putzte seine Ledergamaschen in der Sattlerei und ging fort, um sein Pferd zu zäumen. Madeleine sorgte für ihre Tiere. Robert schlief. Es wurde spät zu Mittag gegessen. Bevor man sich zu Tisch setzte, machte ‹Tonton› Maurice mit größter Sorgfalt den

Salat an, den er mit zwei Holzstäbchen mischte. Zu Anfang der Mahlzeit wurde mit Eifer über die Qualität der Cantaloupemelonen diskutiert; gegen ihr Ende fand eine vergleichende Betrachtung des Wohlgeschmacks der verschiedenen Birnensorten statt. Zwischendurch wurde viel gegessen und nur wenig gesprochen. Meine Tante kehrte darauf zu ihren Wandschränken, mein Onkel reitgertenschwingend in seinen Pferdestall zurück. Madeleine ging mit Poupette und mir zum Krocketspielen. Robert tat gemeinhin nichts; manchmal entschloß er sich zum Forellenfischen; im September ging er zuweilen auf die Jagd. Alte, zu herabgesetzten Bezügen eingestellte Lehrer hatten versucht, ihm die Grundbegriffe der Rechenkunst und Orthographie beizubringen. Dann hatte eine ältliche, unverheiratete Person mit gelblicher Haut sich der weniger widerstrebenden Madeleine angenommen, die als einzige der Familie las. Sie stopfte sich mit Romanen voll und träumte davon, einmal sehr schön zu sein und sehr geliebt zu werden. Am Abend versammelte alles sich im Billardzimmer; Papa verlangte Licht. Meine Tante protestierte: «Es ist doch noch so hell!» Schließlich bequemte sie sich dazu, eine Petroleumlampe auf den Tisch zu stellen. Nach dem Abendessen hörte man sie durch die dunklen Korridore trotten. Unbeweglich in ihren Lehnstühlen sitzend, erwarteten mit starrem Blick Robert und mein Onkel die Stunde des Schlafengehens. Ausnahmsweise kam es vor, daß einer von ihnen ein paar Minuten lang im *Chasseur français* blätterte. Am folgenden Tage begann der gleiche Ablauf von neuem, nur sonntags fuhr man, nachdem alle Türen verbarrikadiert worden waren, im Gig davon, um in Saint-Germain-les-Belles dem Hochamt beizuwohnen. Niemals empfing meine Tante Besuch, und niemals machte sie einen.

Ich selbst fand mich sehr gut mit diesem Lebenszuschnitt ab. Den größten Teil meiner Tage verbrachte ich auf dem

Krocketplatz mit meiner Schwester und meiner Kusine, oder aber ich las. Manchmal begaben wir uns alle drei zum Pilzesuchen in die Kastanienwälder. Wir ließen die faden Wiesenchampignons, die Birkenpilze, den Ziegenbart, die Pfifferlinge stehen; wir hüteten uns, den Satanspilz mit seinem roten Fuß oder den Gallenpilz mitzunehmen, den wir an seiner trüberen Färbung und der Härte seiner Linien erkannten. Wir verachteten die alten Steinpilze, deren Fleisch schon weich zu werden begann und schließlich wie grünlicher Schaum aussah. Wir sammelten nur junge Steinpilze mit schön geformtem Stiel und einem Hut aus bräunlichem oder rotbraunem Samt. Wenn wir durch das Moos schritten und die Farnkräuter auf die Seite schoben, zertraten wir die Eierboviste, die beim Platzen schmutzigen Sporenstaub aus sich entließen. Manchmal gingen wir mit Robert Krebse fangen oder aber wühlten, um Madeleine Futter für ihre Pfauen zu verschaffen, Ameisenhaufen auf und brachten auf einem Karren Wagenladungen von weißlichen Eiern mit.

Der ‹große Break› verließ nur selten die Remise. Wenn wir nach Meyrignac wollten, fuhren wir eine Stunde lang mit einem Zug, der alle zehn Minuten hielt; dann wurden die Koffer auf einen Eselwagen geladen, wir selbst aber gingen zu Fuß durchs Feld bis zum Herrenhaus; ich konnte mir keinen Ort auf Erden denken, an dem es sich angenehmer leben ließ. In gewisser Weise war unser Tageslauf dort sogar dürftiger. Wir selbst, Poupette und ich, besaßen weder ein Krocket noch sonst ein Spiel, mit dem man sich im Freien beschäftigen konnte; meine Mutter war dagegen gewesen, daß mein Vater uns Fahrräder kaufte; wir konnten nicht schwimmen, und im übrigen floß die Vézère auch nicht sehr nahe am Gut vorbei. Wenn man zufällig auf der Allee ein Automobil anrollen hörte, verließen Mama und Tante Marguerite fluchtartig den Park, um Toilette zu machen; unter den Besuchern waren niemals Kinder. Aber ich brauchte hier auch gar keine Zerstreuungen. Lektüre, Spaziergänge, die Spiele, die ich mit meiner Schwester erfand, genügten mir vollauf.

Die erste meiner Freuden war am frühen Morgen schon das Erwachen der Wiesen; mit einem Buch in der Hand verließ ich das schlafende Haus und öffnete das Tor; es war unmöglich, mich in das Gras zu setzen, das von einem weißen Reif überzogen war; ich ging durch die Allee, vorbei an einer mit ausgewählten Bäumen bepflanzten Wiese, die mein Großvater als den ‹Landschaftspark› bezeichnete; ich las beim langsamen Schreiten und fühlte, wie auf meiner Haut die kühle Luft sich erwärmte; der leichte Dunst, der die Erde verschleierte, löste sich allmählich auf: Blutbuchen, Blautannen, Silberpappeln standen dann in so frischem Glanze da wie am ersten Morgen im Paradies: Ich aber war ganz allein, um die Schönheit der Welt und die Glorie Gottes zu tragen, wobei mein Magen bereits ein klein wenig von Schokolade und von Röstbrot zu träumen begann. Wenn die Bienen summten, wenn die grünen Fensterläden sich im durchsonnten Duft der Glyzinien öffneten, teilte ich bereits mit diesem neuen Tag, der für die anderen kaum angefangen hatte, eine lange, geheime Vergangenheit. Nach der lebhaften Begrüßung der Familienmitglieder untereinander und dem ersten Frühstück setzte ich mich unter die Catalpa an einen Eisentisch, an dem ich meine ‹Ferienarbeiten› machte; ich liebte diesen Augenblick, in dem ich, scheinbar mit leichten Aufgaben beschäftigt, mich den Stimmen des Sommers überließ: dem Brummen der Wespen, dem Schrei der Perlhühner, dem angstvollen Ruf der Pfauen und dem Rauschen der Bäume; der Duft des Phloxes vermischte sich mit den Karamel- und Schokoladegerüchen, die aus der Küche in Schwaden zu mir drangen; auf meinem Heft tanzten Sonnenkringel. Jedes Ding und auch ich selbst war hier und für immer an seinem rechten Platz.

Großvater kam mit frisch rasiertem Kinn zwischen den weißen Bartkoteletten gegen Mittag herunter. Bis zum Mittagessen las er das *Écho de Paris*. Er war für kräftige Nahrung: Rebhuhn mit Kraut, Blätterteigpastete mit Hühnerfrikassee, Ente mit Oliven, Hasenrücken, Torten, Pasteten, Mandelbackwerk, ‹Flognarden›, ‹Clafoutis›. Während der Tafeluntersatz mit Musik eine Melodie aus den *Glocken von Corneville* spielte, scherzte er mit Papa; die ganze Mahlzeit über versuchte einer den anderen nicht zu Wort kommen zu lassen; sie lachten, deklamierten und sangen; man schwelgte in Erinnerungen, Anekdoten, Zitaten und allerlei Späßen, die an gemeinsame Familienerinnerungen anknüpften. Darauf ging ich gewöhnlich mit meiner Schwester spazieren; wir zerschunden uns die Beine an Ginstergestrüpp, die Arme an Dorngesträuch, wir erforschten kilometerweise im Umkreis Kastanienwälder, Felder und Heideland. Wir machten große Entdeckungen: Teiche, einen Wasserfall, mitten im Heidekraut graue Granitblöcke, die wir erkletterten, um in der Ferne die blaue Linie der Monédières zu erspähen. Unterwegs naschten wir von den Haselnüssen und Maulbeeren der Hecken, den Baumerdbeeren, den Kornelkirschen oder den herben Früchten des Schlehenstrauchs; wir versuchten die Äpfel von sämtlichen Apfelbäumen, aber wir hüteten uns, an der Wolfsmilch zu lecken und an die schönen mennigroten Ähren zu rühren, die so stolz den geheimnisvollen Namen ‹Salomonssiegel› tragen. Vom Duft des frisch geschnittenen Heues, dem des Geißblatts, des blühenden Buchweizens berauscht, lagerten wir uns im Moos oder Gras und lasen. Manchmal auch verbrachte ich den Nachmittag allein im ‹Landschaftspark› und schwelgte in meiner Lektüre, während ich gleichzeitig die Schmetterlinge umherflattern und die Schatten länger werden sah.

An Regentagen blieben wir zu Hause. Während ich unter dem Zwang durch menschliche Willensbeschlüsse litt, hatte ich gar nichts gegen den, den die Dinge mir auferlegten. Ich hielt mich gern im Salon mit den grünen Plüschsesseln und den vergilbten Mullvorhängen vor den Fenstern auf; eine Menge toter Dinge starben auf dem Marmorsims des Kamins, auf Tischen und Kredenzen vollends dahin; die ausgestopften Vögel verloren ihre Federn, die getrockneten Blumen zerfielen, die Muscheln büßten ihren Schimmer ein. Ich stieg auf einen Hocker und durchforschte die Bibliothek; dort entdeckte ich mehrere Bände Cooper oder irgendein Bildermagazin mit rostfleckigen Gravüren, das ich noch nicht kannte. Ein Klavier war da, doch mehrere Tasten waren stumm und die Saiten verstimmt; Mama schlug auf ihrem Pult die Partitur des *Großmogul* oder von *Jeanettes Hochzeit* auf und sang Großvaters Lieblingsmelodien; er wiederholte dann mit uns zusammen den Refrain.

Wenn schönes Wetter war, ging ich nach dem Abendessen noch ein Weilchen in den Park; unter der Milchstraße atmete ich den pathetischen Duft der Magnolien ein, während ich nach Sternschnuppen Ausschau hielt. Dann stieg ich mit einem Kerzenleuchter in der Hand die Treppe hinauf, um mich schlafen zu legen. Ich hatte ein Zimmer für mich allein. Es ging auf den Hof hinaus und lag dem Holzschuppen, dem Waschhaus, der Remise gegenüber, die eine Viktoria und einen Landauer barg, beide überaltert wirkend wie antike Karossen; die Winzigkeit dieses Zimmers hatte besonderen Reiz für mich; es enthielt ein Bett, eine Kommode und – auf einer Art von Truhe – eine Waschschüssel und einen Krug. Es war eine Zelle, die ganz meinen Maßen entsprach wie einstmals die Nische unter Papas Schreibtisch, in die ich mich verkroch. Obwohl mich die Gegenwart meiner Schwester im allgemeinen nicht störte, entzückte mich doch das Alleinsein sehr. Wenn mir der Sinn nach Heiligkeit stand, benutzte ich die Gelegenheit, die Nacht auf dem bloßen Fußboden zu verbringen. Vor allem aber hielt ich mich, bevor ich zu Bett ging, noch lange an meinem Fenster auf, und oft erhob ich mich, um den friedlichen Atem der Nacht auf mich wirken zu lassen. Ich beugte mich hinaus, ich tauchte meine Hände in die Kühle eines Kirschlorbeerbusches. Das Wasser des Brunnens rann glucksend auf einen grünlichen Stein; manchmal schlug eine Kuh mit dem Huf an die Stalltür: ich konnte mir dann den Geruch von Heu und von Stroh vorstellen. Monoton, eintönig wie das Pochen des Herzens zirpte eine Grille. Unter dem unendlichen Schweigen, der Unendlichkeit des Himmels kam es mir vor, als ob die Erde mit ihrem Echo auf die Stimme in mir antwortete, die unaufhörlich raunte: ‹Ich bin da›; mein Herz zuckte von lebendiger Glut beim kalten Feuer der Sterne. Oben war Gott, er schaute auf mich herab; vom kühlen Winde umschmeichelt, von Düften berauscht, fühlte ich mich durch das Fest meines Blutes mit Ewigkeit beschenkt.

Ein Wort kehrte oft in den Reden der Erwachsenen wieder: ‹Das ist ungehörig.› Der Inhalt dieses Adjektivs blieb etwas in der Schwebe. Zuerst hatte ich ihm einen mehr oder weniger skatologischen Sinn beigelegt. In *Les Vacances* von Madame de Ségur erzählte eine der darin auftretenden Personen eine Geschichte von einem Gespenst, einem Nachtmahr, einem schmutzigen Bettuch, die mich ebensosehr wie meine Eltern schockierte; damals verband sich für mich der Begriff der Unanständigkeit mit den niedrigen Funktionen des Körpers; später erfuhr ich, daß dieser in seiner Gesamtheit durch deren Roheit gezeichnet war: man hatte ihn zu verbergen; seine Unterkleidung oder seine Haut sehen zu lassen – außer an einigen genau festgelegten Stellen –, wurde als höchst unpassend angesehen. Gewisse Einzelheiten der Kleidung, gewisse Stellungen waren ebenso tadelnswert wie indiskrete Entblößung. Diese Verbote betrafen besonders das weibliche Geschlecht; eine Dame, die wußte, was sich gehört, durfte weder zu weit dekolletiert noch mit zu kurzen Röckchen erscheinen, ihr Haar weder färben noch kurz schneiden, sich nicht schminken, sich nicht auf einem Diwan rekeln noch ihren Mann in den Schächten der Metro küssen; überschritt sie diese Regeln, so war sie eine ‹gewöhnliche› Person. Ungehörigkeit war nicht ganz dasselbe wie Sünde, rief aber strengeren Tadel hervor als bloße Lächerlichkeit. Wir verspürten beide, meine Schwester und ich, daß sich unter ihrer harmlosen Außenseite etwas Wichtiges verbarg, und um uns gegen dieses Geheimnis zu schützen, waren wir eifrig bestrebt, es ins Lächerliche zu wenden. Im Luxembourggarten stießen wir beide einander mit dem Ellbogen an, wenn wir an einem verliebten Paar vorübergingen. Die Ungehörigkeit hatte in meinem Bewußtsein einen – wenn auch äußerst vagen – Zusammenhang mit einem andern Geheimnis: den verbotenen Büchern. Manchmal steckte Mama, bevor sie mir ein Werk übergab, ein paar Blätter zusammen; in Wells' *The War of the Worlds* stieß ich so auf ein ganzes Kapitel, dessen Lektüre mir verboten war. Niemals zog ich die Nadeln heraus, aber ich fragte mich oft: wovon ist da die Rede? Es war sonderbar. Die Erwachsenen redeten frei in meiner Gegenwart; ich bewegte mich in der Welt, ohne auf irgendwelche Hindernisse zu stoßen; dennoch verbarg sich etwas hinter all dieser Transparenz; aber was? und wo steckte es? Vergebens durchforschte mein Blick den Horizont auf der Suche nach der geheimen Zone, die durch keine Zwischenwand vor mir verborgen wurde, aber gleichwohl unsichtbar blieb.

Eines Tages, als ich an Papas Schreibtisch saß und arbeitete, lag in Reichweite ein Buch mit gelbem Umschlag: *Cosmopolis*. Müde, mit leerem Kopf, schlug ich es mechanisch auf; ich hatte nicht die Absicht, darin zu lesen, aber es kam mir vor, als würde ein Blick ins Innere dieses Bandes, selbst wenn ich nicht einmal so weit kam, daß aus den Wörtern sich Sätze gestalteten, mir etwas von seinem Geheimnis preisgeben. Auf einmal stand Mama hinter mir. «Was tust du da?» Ich stotterte irgend etwas. «Das darfst du nicht!» sagte sie. «Nie darfst du Bücher anrühren, die nicht für dich bestimmt sind.» Ihre Stimme hatte etwas Beschwörendes, und ihr Gesicht trug den Ausdruck einer Beunruhigung, die überzeugender als ein Vorwurf war; zwischen den Seiten von *Cosmopolis* schien auf mich eine große Gefahr zu lauern. Ich erging mich in Versprechungen. In meinem Gedächtnis ist diese Episode unauflöslich mit einem noch älteren Vorgang verknüpft: als ich noch ganz klein war, hatte ich, auf einem Sessel sitzend, meinen Finger in das schwarze Loch einer elektrischen Steckdose gebohrt; der Schlag, den ich erhielt, bewirkte, daß ich vor Schreck und Schmerz laut schrie. Habe ich, während meine Mutter sprach, auf das schwarze Rund in der Porzellanplatte geblickt, oder haben sich die beiden Dinge erst später in meinem Bewußtsein so eng zusammengeschoben? Auf alle Fälle hatte ich den Eindruck, daß ein Kontakt mit den Zola- oder Bourgetbänden des Bücherschranks in mir einen unvorhersehbaren, zu Boden schmetternden Schlag hervorbringen würde. Und wie das Schienensystem der Metro, das mich faszinierte, weil das Auge über seine blanke Oberfläche hinglitt, ohne die darin ruhende mörderische Kraft zu entdecken, flößten diese alten Bände mit den lose gewordenen Rücken mir um so ärgere Furcht ein, als nichts ihre unheilvolle Macht nach außen hin spürbar machte.

Während der Anleitungen zur Sammlung, die meiner feierlichen ersten Kommunion vorausgingen, erzählte uns der Pfarrer, um uns gegen die Versuchung der Neugier zu wappnen, eine Geschichte, durch die die Spannung auf die Spitze getrieben wurde. Ein erstaunlich gescheites, frühreifes kleines Mädchen, das jedoch von wenig wachsamen Eltern erzogen worden war, hatte sich ihm eines Tages anvertraut: sie hatte so viele schlechte Bücher gelesen, daß sie den Glauben verloren hatte und vor dem Leben Grauen empfand. Er versuchte, ihr die Hoffnung zurückzugeben, aber die Verheerung in ihrem Innern war schon zu weit vorgeschritten; kurze Zeit darauf hörte er, daß sie sich umgebracht habe. Meine erste Regung war eifersüchtige Bewunderung für das kleine Mädchen, das nur ein Jahr älter als ich und doch schon so viel besser unterrichtet gewesen war. Dann versank ich in Ratlosigkeit. Der Glaube war meine Versicherung gegen die Hölle: ich fürchtete sie zu sehr, um eine Todsünde zu begehen; wenn man aber zu glauben aufhörte, taten sich alle Abgründe auf; konnte einen unverdient so furchtbares Unglück treffen? Die kleine Selbstmörderin hatte nicht einmal durch Ungehorsam gesündigt; sie hatte sich nur durch Mangel an Vorsicht den dunklen Mächten anheimgegeben, die ihre Seele verwüsteten; weshalb hatte Gott ihr denn da nicht geholfen? Und wie können von Menschen zusammengefügte Worte die Wahrheiten aus dem Jenseits zunichte machen? Am wenigsten vermochte ich zu begreifen, daß Erkenntnis zur Verzweiflung führen kann. Der Pfarrer hatte nicht gesagt, daß schlechte Bücher das Leben falsch darstellten; in diesem Falle hätte er sie ja leichthin als verlogen abtun können; das Drama des Kindes, das er nicht hatte retten können, bestand darin, daß es das wahre Antlitz der Wirklichkeit vor der Zeit aufgedeckt hatte. Auf alle Fälle, sagte ich mir, würde ich es eines Tages selbst erblicken und daran nicht sterben: die Vorstellung, daß es ein Alter gibt, in dem die Wahrheit tötet, widerstand meiner rationalistischen Art.

Das Alter im übrigen spielte nicht allein eine Rolle; Tante Lili durfte nur Bücher ‹für junge Mädchen› lesen; Mama hatte Louise *Claudine à l'École* aus den Händen gerissen und am Abend zu Papa darüber folgende Bemerkung gemacht: «Zum Glück hat sie nichts verstanden!» Die Heirat war das Gegengift, das einem gestattete, gefahrlos die Früchte vom Baum des Wissens zu kosten: ich konnte mir nicht erklären, wieso. Ich kam nie auf den Gedanken, diese Probleme mit meinen Kameradinnen zu erörtern. Eine Schülerin war aus dem Unterricht verwiesen worden, weil sie ‹häßliche Gespräche› geführt hatte; ich sagte mir mit gutem Gewissen, daß ich, hätte sie versucht, mich als Partnerin zu wählen, darauf nicht eingegangen wäre.

Meine Kusine Madeleine hingegen las, was ihr in die Hände fiel. Papa war empört gewesen, sie im Alter von zwölf Jahren in die *Drei Musketiere* vertieft zu sehen; Tante Hélène hatte nur die Achseln gezuckt. Mit Romanlektüre angefüllt, die ‹für ihr Alter noch nichts war›, schien Madeleine gleichwohl nicht an Selbstmord zu denken. Im Jahre 1919 hatten meine Eltern in der Rue de Rennes eine Wohnung gefunden, die weniger kostspielig war als die am Boulevard Montparnasse; sie ließen meine Schwester und mich während der ersten Oktoberhälfte in La Grillère, um in Ruhe den Umzug besorgen zu können. Wir waren von morgens bis abends allein mit Madeleine. Eines Tages fragte ich sie ganz spontan zwischen zwei Partien Krocket, um was es sich in den verbotenen Büchern denn eigentlich handle; ich hatte nicht vor, mir den Inhalt erzählen zu lassen, ich wollte nur wissen, aus welchen Gründen man sie uns vorenthielt.

Wir hatten unsere Hämmer auf die Seite gelegt und saßen neben dem Platz, auf dem die Drahtbogen aufgestellt waren. Madeleine zögerte, lachte verlegen und begann dann zu sprechen. Sie zeigte uns ihren Hund und machte uns auf zwei Kugeln aufmerksam, die er zwischen den Beinen trug. «Na also», sagte sie, «die Männer haben so etwas auch.» In einer ‹Romane und Novellen› benannten Sammlung hatte sie eine melodramatische Geschichte gelesen: eine Marquise, die ihren Mann mit Eifersucht verfolgte, ließ ihm, während er schlief, diese Gebilde entfernen. Er starb an der

Operation. Ich fand eine solche anatomische Betrachtung völlig unergiebig und drängte, ohne daran zu denken, daß ich jetzt selbst ‹häßliche Gespräche› führte, Madeleine, sich eingehender zu äußern. Sie erklärte mir darauf, was die Ausdrücke ‹Liebhaber› und ‹Geliebte› bedeuteten; wenn Mama und ‹Tonton› Maurice einander liebten, so würde sie seine ‹Geliebte› und er ihr ‹Liebhaber› sein. Sie ließ sich aber nicht deutlich über den Sinn des Wortes ‹lieben› aus, so daß ihre Unterweisung mich stutzig machte, ohne mich tatsächlich zu belehren. Ihre Reden begannen mich erst zu interessieren, als sie mich darüber aufklärte, wie die Kinder auf die Welt kommen. Das bloße Zurückgreifen auf den göttlichen Willen befriedigte mich nicht mehr, denn ich wußte, daß Gott, wenn man von Wundern absieht, immer mit der natürlichen Folge von Ursache und Wirkung operiert: was sich auf Erden zuträgt, verlangt auch nach einer irdischen Erklärung. Madeleine bestätigte meinen Argwohn, daß die Kinder sich im Innern der Mutter bildeten; ein paar Tage zuvor hatte die Köchin, als sie eine Häsin ausnahm, in ihrem Innern sechs kleine Häschen gefunden. Wenn eine Frau ein Kind erwartet, sagt man, sie sei schwanger, und ihr Leib wird stärker. Weitere Einzelheiten teilte Madeleine uns eigentlich nicht mit. Sie setzte nur noch hinzu, daß in ein oder zwei Jahren Veränderungen in meinem Körper eintreten würden; ich würde erst einen ‹weißen Fluß› bekommen und dann allmonatlich Blut verlieren, woraufhin ich eine Art von Bandagen würde tragen müssen. Ich fragte sie, ob man diesen Vorgang dann als ‹roten Fluß› bezeichne, und meine Schwester beunruhigte sich wegen der Bandagen: wie konnte man denn dann sein kleines Geschäft besorgen? Diese Frage ärgerte Madeleine; sie bemerkte, wir seien dumme Dinger, zuckte die Achseln und begab sich zu ihren Hühnern zurück. Vielleicht war sie sich klargeworden, wie kindisch wir noch waren, und hielt uns weiterer Weihen fortan noch nicht für würdig. Ich war vor allem tief erstaunt: ich hatte mir eingebildet, die Geheimnisse, die die Erwachsenen so sorgfältig vor uns verbargen, seien weit wichtigerer Natur. Andererseits paßte der vertrauliche und amüsierte Ton Madeleines nur schlecht zu der absonderlichen Belanglosigkeit dieser Enthüllungen; irgend etwas stimmte da nicht, aber ich wußte nicht, was es war. Sie hatte das Problem der Empfängnis nicht berührt; in den folgenden Tagen dachte ich darüber nach; da ich begriff, daß Ursache und Wirkung zusammenhängen müssen, konnte ich mir nicht vorstellen, daß allein die Heiratszeremonie im Leib der Frau ein neues Wesen entstehen lassen solle; es mußte zwischen den Eltern irgend etwas Organisches sich vollziehen. Das Verhalten der Tiere freilich hätte mich aufklären können: ich hatte Criquette, Madeleines kleine Foxterrierhündin, in merkwürdig enger Verbindung mit einem großen Wolfshund gesehen, worauf Madeleine unter Tränen die beiden zu trennen suchte. «Seine Jungen sind zu groß, Criquette stirbt daran!» Ich aber brachte diese Vergnügungen – so wenig wie das Verhalten von Vögeln oder Insekten – nicht in Zusammenhang mit den Gepflogenheiten der Menschen. Die Ausdrücke ‹Bande des Blutes›, ‹Kinder gleichen Blutes› oder ‹die Stimme des Blutes› legten mir den Gedanken nahe, ein wenig von dem Blut des Ehemannes werde der Gattin eingeführt; ich malte mir aus, die beiden ständen da, und das rechte Handgelenk des Mannes sei dicht mit dem linken der Frau verbunden: das ergab eine feierliche Operation, der der Priester und ein paar Zeugen beizuwohnen hätten.

Obwohl das Gerede Madeleines eher enttäuschend war, sollte es doch recht anregend auf uns wirken, denn wir beide, meine Schwester und ich, schwelgten nunmehr in verfänglichen Redensarten. Freundlich und moralisch wenig bedenklich, dazu in Gedanken stets anderswo, schüchterte Tante Hélène uns nicht besonders ein. Wir begannen in ihrer Gegenwart eine Menge ‹ungehöriger› Reden zu führen. Im Salon mit den unter Schutzkappen verborgenen Möbeln ließ sich Tante Hélène zuweilen am Klavier nieder, um uns Lieder von 1900 vorzusingen; sie besaß eine ganze Sammlung davon; wir wählten die verfänglichsten aus und summten mit Behagen mit: ‹Tes seins blancs sont meilleurs à ma bouche gourmande – que la fraise des bois – et le lait que j'y bois ...› Dieser Anfang eines Liedes gab uns viel zu raten auf: mußte man ihn wörtlich verstehen? Kommt es wirklich vor, daß ein Mann von der Milch der Frau trinkt? Handelte es sich dabei um einen rituellen Vorgang unter Liebenden? Auf alle Fälle war zweifellos dieses Lied ‹ungehörig›. Wir schrieben es mit dem Finger auf beschlagene Fensterscheiben, wir rezitierten es mit lauter Stimme vor den Ohren von Tante Hélène; wir überhäuften diese mit naseweisen Fragen, wobei wir ihr zu verstehen gaben, daß man uns nichts mehr vormachen könne. Ich glaube allerdings, daß hinter unserer planlosen Fragenfülle gleichwohl eine Absicht stand; wir waren Heimlichkeit nicht gewöhnt und wollten den Erwachsenen zu verstehen geben, daß ihre Geheimnisse keine mehr für uns waren; aber wir waren dennoch eigentlich nicht kühn genug und mußten uns selbst erst Mut machen; unser Freimut nahm die Form der Herausforderung an. Wir erreichten denn auch unsern Zweck. Als wir wieder in Paris waren, wagte meine Schwester, die weniger befangen war als ich, sich an Mama zu wenden; sie fragte sie, ob die Kinder durch den Nabel auf die Welt kämen. «Wozu diese Frage?» fragte Mama eher kurz ngebunden. «Wo ihr ja doch alles wißt!» Tante Hélène hatte sie offenbar fortlaufend orientiert. Erleichtert darüber, daß der erste Schritt getan war, bohrten wir immer weiter; Mama gab uns zu verstehen, daß die Kinder schmerzlos aus der Darmöffnung kämen. Sie sprach in unbefangenem Ton;

aber diese Unterhaltung wurde nicht fortgesetzt; niemals kam ich mit ihr auf diese Probleme zu sprechen, und sie selbst fing nie wieder davon an.

Ich erinnere mich nicht, daß ich mich mit den Phänomenen der Schwangerschaft und Niederkunft je eingehend befaßt oder sie mit meiner Zukunft in Zusammenhang gebracht habe; ich war der Ehe und Mutterschaft abgeneigt und fühlte mich von alledem nicht berührt. In anderer Hinsicht freilich verwirrte mich diese unvollständig gebliebene Aufklärung. Welche Beziehung bestand zwischen einer so ernsthaften Angelegenheit wie der Geburt eines Kindes und ‹ungehörigen› Dingen? Wenn keiner bestand, weshalb ließ dann Madeleines Ton und Mamas Reserviertheit dennoch einen vermuten? Mama hatte sich nur auf unsere Anregung hin und nur summarisch darüber geäußert, ohne uns die Ehe zu erklären. Die physiologischen Tatsachen beruhen auf wissenschaftlicher Erkenntnis wie etwa die Drehung der Erde: was hinderte sie daran, uns darüber ganz einfach zu unterrichten? Wenn aber andererseits die verbotenen Bücher nur, wie meine Kusine uns nahegelegt hatte, kecke Unanständigkeiten enthielten, woraus zogen sie dann ihr Gift? Ich stellte mir zwar nicht ausdrücklich diese Fragen, aber sie quälten mich gleichwohl. Offenbar war der Körper an sich ein gefährliches Objekt, da ja jede – ob ernsthafte, ob frivole – Anspielung auf ihn bereits gewagt zu sein schien.

Wenn ich annahm, daß sich hinter dem Schweigen der Erwachsenen irgend etwas verberge, so behauptete ich nicht, sie machten Schwierigkeiten um nichts und wieder nichts. Über die Natur ihrer Geheimnisse jedoch hatte ich alle Illusionen verloren; sie besaßen keinen Zugang zu okkulten Sphären, in denen ein helleres Licht erstrahlte und der Horizont sich mächtiger weitete als in meiner eigenen Welt. Durch das Maß meiner Enttäuschung wurden eher das All und die Menschen auf ihre alltägliche Trivialität zurückgeführt. Ich wurde mir zwar nicht gleich darüber klar, doch das Ansehen der ‹Großen› bei mir war erheblich gesunken.

Ich war gelehrt worden, Eitelkeit sei eitel und Oberflächlichkeit aller Tiefe bar: ich hätte mich geschämt, Wert auf Äußerlichkeiten meiner Kleidung zu legen und mich lange Zeit im Spiegel zu bewundern; immerhin betrachtete ich, als die Umstände mir dazu Anlaß boten, mein Bild nicht mit Unbehagen. Trotz meiner Schüchternheit strebte ich wie früher danach, eine Rolle zu spielen. Am Tage meiner feierlichen Erstkommunion war ich in Ekstase; seit langem schon mit dem heiligen Tisch vertraut, kostete ich bedenkenlos die profanen Reize dieses Festes aus. Mein Kleid, das von einer Kusine entliehen war, hatte nichts Bemerkenswertes; jedoch anstelle der klassischen Tüllhaube trug man im Cours Désir einen Kranz aus Rosen; dieses Detail wies darauf hin, daß ich nicht zur banalen Schar der Kinder der Pfarrgemeinde gehörte. Abbé Martin teilte die Hostie einer sorglich gesiebten Elite aus. Unter anderem war ich auserwählt, im Namen meiner Gefährtinnen die feierlichen Gelübde zu wiederholen, mit denen wir am Tage der Taufe dem Teufel, aller seiner Hoffart und allen seinen bösen Werken entsagt hatten. Tante Marguerite gab mir zu Ehren ein großes Mittagessen, bei dem ich den Ehrenplatz einnahm; am Nachmittag hatten wir zu Hause noch eine Teegesellschaft; ich selbst stellte auf dem Flügel meine Geschenke zur Schau. Ich wurde beglückwünscht und gebührend bewundert. Am Abend trennte ich mich mit Bedauern von meinem Staat: um mich zu trösten, bekehrte ich mich einen Augenblick lang zur Ehe; ein Tag würde kommen, da ich mich in weißer Seide bei rauschendem Orgelspiel und im Glanz der Kerzen von neuem in eine Königin verwandeln würde.

Im folgenden Jahre spielte ich mit großem Vergnügen die bescheidenere Rolle einer Brautjungfer. Tante Lili heiratete. Die Zeremonie vollzog sich ohne Prunk, doch meine Toilette entzückte mich. Ich liebte die seidige Schmiegsamkeit meines blauen Foulardkleides; ein schwarzes Samtband hielt meine Locken zurück, und ich trug einen weichen Hut aus ungebleichtem Stroh, mit Mohnblumen und Kornblumen darauf. Mein Partner war ein hübscher Bursche von neunzehn Jahren, der mit mir wie mit einer Erwachsenen sprach: ich war davon überzeugt, daß er mich reizend fand.

Ich begann mich dafür zu interessieren, wie ich künftig sein würde. Außer ernsthaften Werken und den Abenteuergeschichten, die ich aus der Leihbibliothek entlehnte, las ich auch die Romane der ‹Bibliothèque de ma fille›, mit denen sich schon meine Mutter in ihrer Jugend unterhalten hatte und die ein ganzes Fach in meinem Schrank einnahmen; in La Grillère standen mir die *Veillées des Chaumières* und die Bände der Sammlung ‹Stella› zur Verfügung, an denen Madeleine sich ergötzte; Delly, Guy Chantepleure, *La Neuvaine de Colette, Mon oncle et mon curé,* solche und ähnliche tugendhaften Idyllen unterhielten mich freilich nur mit Maßen; ich fand die Heldinnen dumm, ihre Anbeter fade. Aber es gab ein Buch, in dem ich mich selbst und mein Geschick zu erkennen glaubte: *Little Women* von Louisa Alcott. Die kleinen Marchschwestern waren Protestantinnen, ihr Vater war Pastor, und als Lektüre vor dem Schlafengehen hatte ihnen ihre Mutter nicht die *Nachfolge Christi* gegeben, sondern Bunyans *Pilgerreise zur seligen Ewigkeit;* an diesem Abstand ermaß ich nur um so besser die Züge, die uns gemeinsam waren. Ich war tief gerührt, wenn ich las, wie Meg und Jo ihre armseligen, haselnußbraunen Popelinekleider anzogen, um eine Matinee zu besuchen, bei der alle anderen Kinder in Seide gekleidet waren; man lehrte sie wie mich, daß Bildung und gute Sitten mehr wert seien als Reichtum; ihr bescheidenes Heim hatte wie das meine irgend etwas Besonderes. Ich identifizierte mich leidenschaftlich mit Jo, der Intellektuellen. Jäh in ihren Bewegungen, anmutlos, suchte Jo zum Lesen die Wipfel der Bäume auf; sie war fast bubenhafter und unternehmender als ich selbst; aber ich teilte ihr Grauen vor Nähen und Hausarbeit sowie ihre Liebe zu Büchern. Sie schrieb: um es ihr nachzutun, knüpfte ich von neuem an meine Vergangenheit an und verfaßte zwei oder drei Novellen. Ich weiß nicht, ob ich davon träumte, meine alte Freundschaft mit Jacques wiederzubeleben, oder ob ich mir in unbestimmterer Weise nur wünschte, daß die Schranke fiele, die mir die Welt der Buben verschloß, jedenfalls sprachen die Beziehungen zwischen Jo und Laurie mich ganz besonders an. Ich zweifelte nicht daran, daß sie später einander heiraten würden; es war also möglich, daß die Zeit der Reife die Versprechungen der Kindheit hielt, anstatt sie zu verleugnen: diese Idee ließ mich hoffen. Was mich aber besonders entzückte, war die entschiedene Voreingenommenheit Louisa Alcotts für Jo. Ich haßte, wie ich schon früher sagte, das herablassende Getue der Erwachsenen, mit dem sie die Kindheit nivellierten. Die Vorzüge und Fehler, welche die Schriftsteller ihren jungen Helden zuerkannten, schienen gewöhnlich Beiwerk ohne weitere Folgen zu sein; wenn sie erst groß wären, würden sie alle einmal rechtschaffene Leute werden; im übrigen unterschieden sie sich voneinander nur durch ihr moralisches Verhalten, nicht durch ihre Intelligenz; man hätte immer meinen können, daß unter diesem Gesichtspunkt das Alter sie alle einander gleichmachte. Jo hingegen war ihren Schwestern, die ihrerseits tugendhafter oder hübscher waren, durch ihren Wissensdrang und ihren scharfen Verstand weit voraus; diese Überlegenheit, die ebenso hervorstechend war wie die gewisser Erwachsener, sicherte ihr ein außergewöhnliches Geschick;

sie war gleichsam gezeichnet. Auch ich glaubte berechtigt zu sein, meine Neigung zu Büchern, meine Schulerfolge als Unterpfand einer Höherwertigkeit zu betrachten, die durch meine Zukunft Bestätigung finden würde. Ich wurde in meinen eigenen Augen eine Romanfigur. Da jede Romanintrige Schwierigkeiten und Niederlagen erfordert, erfand ich solche für mich. Eines Nachmittags spielte ich Krocket mit Poupette, Jeanne und Madeleine. Wir trugen Überschürzen aus beigefarbenem Leinen, die rot auslanguettiert und mit Kirschen bestickt waren. Die Lorbeerbüsche glänzten in der Sonne, die Erde roch gut. Plötzlich stutzte ich: ich war gerade dabei, das erste Kapitel eines Buches zu leben, dessen Heldin ich war; diese hatte noch kaum ihre Kindheit hinter sich gebracht; aber wir würden wachsen; hübscher, anmutiger und sanfter als ich, würden meine Schwester und meine Kusinen besser als ich gefallen; sie würden Männer finden, ich nicht. Ich aber würde deswegen keine Bitterkeit verspüren, sondern ganz richtig finden, daß man ihnen vor mir den Vorzug gab; etwas jedoch würde kommen, was mich über jede Bevorzugung hinaus erhöbe; ich wußte noch nicht, in welcher Gestalt und durch wen, aber eines Tages würde ich anerkannt werden. Ich bildete mir ein, daß ein Blick bereits auf diesem Krocketplatz auf den vier Mädchen in Leinenschürzen ruhte; er machte bei mir halt, und eine Stimme raunte: «Diese ist den anderen nicht gleich.» Es war geradezu lachhaft, mich allen Ernstes mit einer Schwester oder Kusinen zu vergleichen, die gar nichts Höheres im Sinne hatten. Mit ihnen hatte ich gewissermaßen alle meinesgleichen vor Augen; das bestärkte mich darin, daß ich ein Ausnahmegeschöpf sein würde.

Übrigens gab ich mich diesem stolzen Anspruch nur ziemlich selten hin: die Beachtung, die ich ohnehin fand, machte es überflüssig. Und wenn ich mich zuweilen als etwas Exzeptionelles erachtete, ging ich doch niemals mehr so weit, mich für einzigartig zu halten. Fortan war meine Arroganz durch die Gefühle gemildert, die eine andere in mir weckte. Ich hatte das Glück gehabt, der Freundschaft zu begegnen.

An dem Tage, als ich in die Vier A eintrat – ich war damals fast zehn Jahre alt –, hatte eine Neue den Platz neben meinem eingenommen, ein dunkles kleines Mädchen mit kurzgeschnittenem Haar. Als wir am Ende des Unterrichts auf Mademoiselle warteten, kamen wir ins Gespräch. Sie hieß Elizabeth Mabille und war so alt wie ich. Der Unterricht, den sie zuerst im Elternhause erhalten hatte, war durch einen schweren Unfall unterbrochen worden; auf dem Lande war beim Kartoffelrösten ihr Kleid vom Feuer erfaßt worden; ihr Schenkel trug eine Verbrennung dritten Grades davon, sie hatte nächtelang geschrien vor Schmerz. Ein Jahr lang hatte sie liegen müssen; unter ihrem Faltenrock war das Fleisch noch wulstig aufgeschwollen. Etwas derart Außergewöhnliches war mir nie zugestoßen: sie kam mir daraufhin sofort wie eine Persönlichkeit von Bedeutung vor. Ich war erstaunt, wie sie mit den Lehrerinnen sprach; ihre natürliche Art stand im Gegensatz zu den stereotypen Stimmen der anderen Schülerinnen; sie machte wundervoll Mademoiselle Bodet nach; alles, was sie sagte, war interessant oder amüsant.

Trotz der Lücken, die sich aus ihrer erzwungenen Muße ergaben, reihte Elizabeth sich bald unter die Ersten der Klasse ein; im Aufsatz allerdings blieb ich ihr überlegen. Unser Wetteifer gefiel unseren Lehrmeisterinnen, sie förderten unsere Freundschaft daraufhin. Bei der kleinen Festlichkeit, die alljährlich um Weihnachten herum stattfand, ließen sie uns zusammen ein kleines Lustspiel aufführen. In einem rosa Kleid, das Gesicht von langen Locken umgeben, stellte ich Madame de Sévigné als Kind dar; Elizabeths Rolle war die eines turbulenten jungen Vetters; ihr Kostüm stand ihr reizend, sie entzückte die Zuhörerschaft durch ihre Lebhaftigkeit und Natürlichkeit. Die Proben, unser gemeinsames Auftreten im Rampenlicht führten uns noch näher zusammen; wir hießen seitdem ‹die beiden Unzertrennlichen›.

Mein Vater und meine Mutter fragten sich lange Zeit, welchem Zweig der verschiedenen Familien Mabille Elizabeths Eltern angehören könnten; sie kamen schließlich zu dem Ergebnis, daß sie mit ihnen wahrscheinlich entfernte gemeinsame Bekannte hätten. Ihr Vater war Eisenbahningenieur in ziemlich hoher Stellung; ihre Mutter, eine geborene Larivière, gehörte einer Dynastie von kämpferisch hervorgetretenen Katholiken an; sie hatte neun Kinder und war bei allen Werken der Nächstenhilfe von Saint-Thomas-d Aquin mitbeteiligt. Manchmal erschien sie in der Rue Jacob. Sie war eine schöne Vierzigerin, dunkel, mit feurigen Augen und einem weichen Lächeln; um den Hals trug sie ein schwarzes Samtband mit einem antiken Schmuckstück als Verschluß. Durch ihre distinguierte Liebenswürdigkeit wurde ihre natürliche königliche Würde ein wenig gemildert. Sie gewann Mama für sich, indem sie sie ‹Kleine Frau› nannte und ihr sagte, sie sehe aus, als ob sie meine ältere Schwester sei. Jedenfalls erhielten wir beide, Elizabeth und ich, die Erlaubnis, miteinander zu spielen.

Das erste Mal begleitete mich meine Schwester in die Rue de Varennes; wir waren beide recht aufgeregt. Elizabeth – die im Familienkreise Zaza genannt wurde – hatte eine große Schwester, einen großen Bruder, sechs Brüder und Schwestern, die jünger waren als sie, und einen Haufen von Vettern und kleinen Freunden. Sie liefen, sprangen, schlugen sich, stiegen auf die Tische, stießen die Möbel um und vollführten ein großes Geschrei. Als gegen Ende des Nachmittags Madame Mabille ins Zimmer trat, hob sie einen Stuhl auf und trocknete lächelnd eine heiße Kinderstirn; ich staunte über ihre Gleichgültigkeit gegen Beulen, Flecke und zerbrochene Teller; sie wurde niemals böse. Ich selbst mochte diese kleinen Unbande nicht besonders gern, und sehr häufig hatte auch Zaza genug von ihnen. Wir flüchteten uns dann in Herrn Mabilles Büro, fern von allem Tumult, und unterhielten uns. Das war ein ganz neues Vergnügen. Meine Eltern sprachen zu mir, und ich sprach zu ihnen, aber nie führten wir miteinander ein Gespräch; zwischen meiner Schwester und mir bestand nicht die Distanz, die für einen Austausch unerläßlich ist. Mit Zaza führte ich richtige Unterhaltungen wie am Abend Papa mit Mama. Wir sprachen von unseren Schulaufgaben, unserer Lektüre, unseren Kameradinnen, unseren Lehrern, von dem also, was wir von der Welt kannten, nicht aber von uns selbst. Niemals arteten unsere Gespräche in Vertraulichkeit aus. Wir erlaubten uns keine allzu große Annäherung. Wir sagten einander förmlich ‹vous›, und außer am Schluß von Briefen gaben wir uns keinen Kuß.

Zaza liebte wie ich die Bücher und das Lernen; außerdem war sie mit vielen Talenten begabt, die mir fehlten. Manchmal fand ich sie, wenn ich in der Rue de Varennes schellte, damit beschäftigt, Rahmbonbons oder Karamellen herzustellen; sie steckte Orangenviertel, Datteln oder Backpflaumen auf eine Stricknadel und tauchte sie in eine Kasserolle, in der ein sirupartiges Gemenge kochte, das nach heißem Essig roch; die so zubereiteten Früchte sahen ebensogut aus wie die beim Konditor. In einem Dutzend Exemplaren stellte sie durch Polykopie eine ‹Familienchronik› her, die sie jede Woche zu Nutz und Frommen ihrer nicht in Paris lebenden Großmütter, Onkel und Tanten herausgab; ebensosehr wie ihre lebendige Art des Erzählens bewunderte ich ihre Geschicklichkeit, eine Sache herzustellen, die aussah wie eine wirkliche Zeitung. Sie nahm mit mir zusammen ein paar Klavierstunden, wurde aber schnell in eine höhere Abteilung eingestuft. Obwohl sie schwächlich und mit dürftigen Beinen ausgestattet war, vollführte sie nichtsdestoweniger tausend körperliche Heldenstücke; in den ersten Frühlingstagen suchte Madame Mabille mit uns einen blühenden Platz der Umgegend auf, es war Nanterre, glaube ich. Zaza schlug auf dem Grase Rad, sie machte eine Grätsche und versuchte sich in allen möglichen Arten von Purzelbäumen; sie kletterte auf die Bäume und hängte sich mit den Füßen an den Zweigen auf. In allem, was sie tat, bewies sie eine Leichtigkeit, die mich mit staunender Bewunderung erfüllte. Mit zehn Jahren lief sie mutterseelenallein auf den Straßen umher; nie nahm sie im Cours Désir meine gespreizten Manieren an; sie sprach zu den Damen dort in einem höflichen, aber unbefangenen Ton, fast von gleich zu gleich. Eines Tages erlaubte sie sich bei einem Klaviervorspiel eine Kühnheit, die als Skandal empfunden wurde. Der Festsaal war mit Gästen gefüllt. In der ersten Reihe erwarteten die Schülerinnen in ihren besten Kleidern, schön gelockt und frisiert, mit Schleifen im Haar, den Augenblick, in dem sie ihre Talente vorführen sollten. Hinter ihnen saßen die Lehrerinnen und Aufsichtspersonen in seidenen Taillen und weißen Handschuhen. Im Hintergrund hielten sich Eltern und Eingeladene auf. Zaza, in blauen Taft gekleidet, spielte ein Stück, das nach der Meinung ihrer Mutter zu schwer für sie war und bei dem sie gewöhnlich ein paar Takte hingehudelt hatte; diesmal führte sie sie fehlerlos aus, worauf sie Madame Mabille einen triumphierenden Blick zuwarf und ihr die Zunge herausstreckte. Die kleinen Mädchen erbebten unter ihren Locken, und strenge Ablehnung ließ das Antlitz der Damen erstarren. Als Zaza das Podium verließ, gab ihr ihre Mutter einen so vergnügten Kuß, daß niemand die Tochter zu schelten wagte. In meinen Augen wob diese kühne Tat einen Nimbus um ihr Haupt. Obwohl ich selbst mich den Gesetzen, den Klischees, den Vorurteilen unterwarf, liebte ich doch, was neu, was spontan war und von Herzen kam. Die Lebhaftigkeit und Unabhängigkeit Zazas sicherten ihr meine Ergebenheit.

Ich war mir nicht sofort darüber klar, welche Stelle diese Freundschaft in meinem Leben einnahm, da ich noch kaum geschickter als in meiner frühen Kindheit war, alles, was in mir vorging, auch deutlich zu benennen. Man hatte mich dazu erzogen, das, was sein soll, mit dem zu verwechseln, was ist; daraufhin prüfte ich nicht, was sich hinter der Konvention der Worte verbarg. Es war ausgemacht, daß ich zu meiner ganzen Familie, meine entferntesten Vettern mit einbegriffen, zärtliche Zuneigung hegte. Meine Eltern, meine Schwester liebte ich; dieses Wort enthielt alles. Die Nuancen meiner Gefühle, ihre Schwankungen, hatten kein Recht auf Existenz. Zaza war meine beste Freundin, weiter gab es da nichts. In einem wohlgeordneten Herzen nimmt die Freundschaft einen ehrenvollen Platz ein, doch hat sie nicht den Glanz und das Geheimnis der Liebe noch die geheiligte Würde kindlicher Anhänglichkeit. Ich stellte diese Hierarchie keineswegs in Frage.

In diesem Jahre wie in den anderen bescherte mir der Monat Oktober die fieberhafte Freude des neuen Schulanfangs. Die frisch gekauften Bücher knackten in meinen Händen und rochen gut. Auf meinem Ledersessel sitzend, berauschte ich mich an Zukunftsverheißungen.

Keine davon traf ein. In den Anlagen des Luxembourggartens fand ich den Duft und die Farben des Herbstes zwar wieder, doch sie berührten mich nicht mehr; das Blau des Himmels hatte sich getrübt. Der Unterricht langweilte mich; ich lernte meine Lektionen, freudlos erledigte ich meine Schulaufgaben und betrat morgens mit Gleichgültigkeit die Räume des Cours Désir. Wohl stand die Vergangenheit von neuem vor mir auf, aber ich erkannte sie nicht: sie hatte alle Farbe eingebüßt; meine Tage verliefen ohne Reiz.

Alles wurde mir gegeben, doch meine Hände blieben leer. Neben Mama schritt ich den Boulevard Raspail entlang und fragte mich plötzlich voller Angst: ‹Was ist denn geschehen? Ist das mein Leben? War es immer nur das? Wird es so weitergehen?› Bei dem Gedanken, bis in alle Unendlichkeit Wochen, Monate, Jahre zu durchleben, die von keiner Erwartung, keiner Verheißung her Licht empfangen würden, stockte mir der Atem: man hätte meinen können, daß ohne jede vorherige Ankündigung die Welt gestorben wäre. Sogar diese Angst und Not wußte ich nicht zu benennen.

Vierzehn Tage lang schleppte ich mich von Stunde zu Stunde, von einem Tage zum anderen mit gleichsam wankenden Knien hin. Eines Nachmittags legte ich in der Garderobe des Instituts meine Sachen ab, als Zaza erschien. Wir fingen an, miteinander zu reden, uns Dinge zu erzählen und mit Kommentar zu versehen; die Worte auf meinen Lippen überstürzten sich, und in meiner Brust kreisten tausend Sonnen; in einem Freudentaumel sagte ich mir: ‹*Sie* hat mir gefehlt!› So radikal war noch meine Unkenntnis aller wahren Erlebnisse des Herzens, daß ich niemals auf den Gedanken gekommen war, mir zu sagen: ‹Ich leide unter ihrer Abwesenheit.› Ich brauchte ihre Gegenwart, um mir klarzumachen, wie notwendig sie mir geworden war. Es war eine blitzartige Offenbarung. Jäh lösten sich Konventionen, festgewordene Gewohnheiten, Klischees vor meinen Augen in Nebel auf, eine tiefe Bewegung, die in keiner Satzung vorgesehen war, überflutete mich. Ich ließ mich ganz von dieser Freude tragen, die stark und frisch in mir strömte wie das Wasser der Kaskaden und nackt und offenbar dalag wie ein schöner Granit. Ein paar Tage darauf erschien ich etwas zu früh im Institut und starrte ungläubig auf Zazas Sitz: ‹Wenn sie dort niemals wieder säße – was würde dann aus mir?› Und von neuem ging mir blendend eine Enthüllung auf: ‹Ich kann nicht mehr leben ohne sie.› Es war erschreckend für mich: sie kam und ging, auch wenn sie ferne von mir war, und dennoch ruhte mein Glück, mein Dasein ausschließlich in ihren Händen. Ich stellte mir vor, wie etwa Mademoiselle Gontran mit ihrem langen Rock über den Boden fegend hereinkommen und uns sagen würde: ‹Betet, liebe Kinder! Eure kleine Gefährtin Elizabeth Mabille ist gestern nacht zu unserem Herrgott gerufen worden.› Ganz sicher, so sagte ich mir, würde ich daraufhin im gleichen Augenblick sterben! Ich würde von meinem Schulsitz sinken und tot auf den Boden fallen. Diese Lösung beruhigte mich. Ich glaubte nicht, daß ernstlich die göttliche Gnade mir das Leben zu rauben vorhätte; aber ich fürchtete auch nicht mehr wirklich, daß Zaza sterben könnte. Ich hatte mir nur einmal klargemacht, wie weit die Abhängigkeit ging, die meine Zuneigung mir auferlegte: allen Folgen davon jedoch wagte ich nicht ins Auge zu sehen.

Ich erhob nicht den Anspruch, daß Zaza für mich ein ebenso eindeutiges Gefühl hegen müsse; es genügte mir, ihre bevorzugte Kameradin zu sein. Die Bewunderung, die ich ihr entgegenbrachte, setzte meinen eigenen Wert in meinen Augen nicht herab. Liebe ist nicht Neid. Ich konnte mir auf der Welt nichts Besseres denken, als ich selbst zu sein und Zaza zu lieben.

# Zweiter Teil

# II

*Wir waren umgezogen* Die neue Wohnung stimmte in der Anordnung zwar mit der alten überein und war auch in ganz der gleichen Weise möbliert, aber doch enger und weniger komfortabel. Es gab kein Badezimmer, nur ein einziges Waschkabinett ohne fließendes Wasser; mein Vater leerte alle Tage den schweren Zuber aus, der unter dem Waschbecken stand. Wir hatten keine Heizung: im Winter war die Wohnung eisig, abgesehen von dem Arbeitszimmer, in dem Mama einen kleinen Gaskamin anzündete; sogar im Sommer arbeitete ich stets dort. Das Zimmer, das ich mit meiner Schwester teilte – Louise wohnte im sechsten Stock –, war allzu winzig, als daß man sich darin hätte aufhalten können. Anstatt der geräumigen Diele, in die ich mich so gern geflüchtet hatte, war nur ein Korridor vorhanden. Wenn ich das Bett verlassen hatte, gab es für mich kein Eckchen, das ich als mein eigen empfand; ich besaß nicht einmal ein Pult, in dem meine Sachen Platz gefunden hätten. Im Arbeitszimmer empfing Mama häufig ihre Besuche; dort plauderte sie auch des Abends mit Papa. Ich mußte lernen, bei Stimmengewirr meine Schulaufgaben zu machen und meine Lektion zu lernen. Aber besonders schmerzlich war mir, nie allein sein zu können. Wir, meine Schwester und ich, beneideten glühend die kleinen Mädchen, die ein eigenes Zimmer hatten; das unsere stellte nicht mehr als eine Schlafstelle vor.

Louise verlobte sich mit einem Dachdecker. Ich überraschte sie eines Tages in der Küche, als sie gerade einem rothaarigen jungen Mann ungeschickt auf dem Schoße saß; sie hatte eine weiße Haut, er kräftigrote Wangen; ohne daß ich wußte, weshalb, stimmte der Anblick mich traurig; man billigte jedoch ihre Wahl: obwohl ihr Zukünftiger Arbeiter war, erwies er sich als ein ‹rechtdenkender› Mann. Sie verließ uns. Catherine, ein junges, frisches Bauernmädchen, mit dem ich in Meyrignac gespielt hatte, trat an ihre Stelle; sie war fast eine Kameradin für mich, aber abends ging sie mit den Feuerwehrleuten von der Kaserne gegenüber aus. Sie war eine ‹Herumtreiberin›. Meine Mutter redete ihr ins Gewissen, entließ sie dann jedoch und beschloß, ohne Hilfe auszukommen, denn mit Papas Geschäften ging es nicht gut. Die Schuhfabrik stand ausgesprochen schlecht. Dank der Protektion eines einflußreichen entfernten Vetters trat Papa in die ‹Finanzberichterstattung› ein; er arbeitete zunächst am *Gaulois*, dann an verschiedenen anderen Zeitungen; die Tätigkeit brachte wenig ein und langweilte ihn. Zum Ausgleich ging er abends häufiger als früher zu Freunden oder Verwandten oder zum Bridgespielen ins Café; im Sommer verbrachte er seine Sonntage beim Rennen. Mama blieb oft allein. Sie klagte nicht, aber sie verabscheute Hausarbeit und empfand die Armut als drückend; sie wurde überaus nervös. Allmählich büßte mein Vater seinen schönen Gleichmut ein. Sie stritten sich nicht wirklich, aber sie schrien sich wegen geringfügiger Dinge an und ließen oft ihre schlechte Laune an mir und meiner Schwester aus.

Den Großen gegenüber hielten wir fest zusammen; wenn die eine von uns ein Tintenfaß umstieß, waren wir beide gemeinsam schuld und wollten auch gemeinsam die Folgen tragen. Indessen hatten sich unsere Beziehungen etwas gewandelt, seitdem ich Zaza kannte; ich schwor einzig und allein auf meine neue Freundin. Zaza machte sich über alle Welt lustig; sie verschonte auch Poupette nicht und behandelte sie als ‹die Kleine›; ich tat es ihr nach. Meine Schwester war darüber so unglücklich, daß sie versuchte, sich ganz von mir loszulösen. Eines Nachmittags, als wir allein im Arbeitszimmer saßen und uns gerade gezankt hatten, sagte sie in dramatischem Ton zu mir: «Ich muß dir etwas gestehen!» Ich hatte auf der rosa Schreibunterlage ein englisches Buch aufgeschlagen und mit meiner Arbeit begonnen; ich wendete kaum den Kopf. «Es ist folgendes», sagte meine Schwester, «ich glaube, ich liebe dich nicht mehr so sehr wie bisher.» Mit gesetzter Stimme erklärte sie mir diese neue Gleichgültigkeit ihres Herzens; ich hörte schweigend zu, und Tränen rannen mir über die Wangen; sie sprang auf: «Es ist ja nicht wahr, es ist ja nicht wahr!» rief sie und küßte mich. Wir umarmten uns, und ich trocknete meine Tränen. «Du mußt wissen», sagte ich, «ich habe es natürlich nicht geglaubt!» Dennoch hatte sie nicht ganz gelogen; sie begann sich gegen ihre Situation als Jüngere aufzulehnen, und da ich sie im Stich ließ, bezog sie mich in ihre Revolte mit ein. Sie war in der gleichen Klasse wie unsere Kusine Jeanne, die sie zwar sehr liebte, deren Geschmack sie jedoch nicht teilte; sie sah sich aber gezwungen, Jeannes Freundinnen zu besuchen, törichte, anmaßende kleine Mädchen, die sie nicht ausstehen konnte; sie war innerlich wütend, daß man diese Geschöpfe ihrer Freundschaft für würdig hielt; aber es kam noch schlimmer. Im Cours Désir sah man auch weiterhin Poupette als einen notwendigermaßen unvollkommenen Abklatsch ihrer älteren Schwester an; sie fühlte sich oft gedemütigt, woraufhin sie als hochmütig galt; als gute Erzieherinnen hatten die Damen nichts anderes im Sinn, als sie noch mehr zu demütigen. Da ich in allem schon weiter fortgeschritten war, beschäftigte mein Vater sich vor allem mit mir; ohne für ihn die gleiche Verehrung zu hegen wie ich, litt meine Schwester unter dieser Parteilichkeit; den einen Sommer in Meyrignac lernte sie, um zu beweisen, daß ihr Gedächtnis besser als meines sei, die Liste sämtlicher Marschälle Napoleons mit allen Namen und Titeln auswendig; sie sagte sie in einem Zuge auf; meine Eltern lächelten nur.

In ihrer Verzweiflung betrachtete sie mich mit ganz neuen Augen: sie suchte nach Schwächen bei mir. Mich aber reizte es, daß sie jetzt – wenn auch nur ganz schüchtern – darauf Anspruch erhob, mit mir zu rivalisieren, mich zu kritisieren und sich von mir unabhängig zu machen. Schon immer waren wir aneinandergeraten, weil ich heftig war und sie leicht weinte; sie weinte jetzt weniger, doch unsere Zwietracht nahm einen ernsthaften Charakter an: wir setzten unsere Eigenliebe darein; jede suchte das letzte Wort zu haben. Indessen söhnten wir uns immer schließlich wieder aus, wir brauchten eins das andere. Wir hatten die gleiche Art, unsere Kameradinnen, die Damen des Cours Désir, die Familienmitglieder zu beurteilen; wir verbargen einander nichts und fanden noch immer das gleiche Vergnügen am gemeinsamen Spiel. Wenn unsere Eltern abends ausgingen, machten wir uns ein Fest daraus; wir bereiteten uns Omelette soufflée, das wir in der Küche aßen, wir stellten die Wohnung mit viel Lärm auf den Kopf. Jetzt, da wir im gleichen Zimmer schliefen, setzten wir noch lange im Bett unsere Spiele und Gespräche fort.

In dem Jahr, in dem wir in die Rue de Rennes umzogen, fing ich an, schlechter zu schlafen. Hatte ich wohl die Enthüllungen Madeleines schlecht verdaut? Nur eine dünne Wand trennte jetzt mein Bett von dem meiner Eltern, in dem ich meinen Vater schnarchen hörte; war ich empfindlich gegen dies nahe Zusammenhausen? Ich wurde von Alpdrücken heimgesucht. Ein Mann sprang auf mein Bett, er drückte mir das Knie in den Magen, mir war, als müßte ich ersticken; ich träumte angestrengt, daß ich aufwachte, doch das Gewicht meines Angreifers lastete nur noch mehr auf mir. Zur gleichen Zeit ungefähr wurde das Aufstehen für mich ein so schmerzhaft dramatischer Vorgang, daß meine Kehle schon am Abend vorher, wenn ich nur daran dachte, wie zugeschnürt war und meine Hände sich mit Schweiß bedeckten. Wenn ich am Morgen die Stimme meiner Mutter hörte, wünschte ich mir, ich würde krank, ein solches Grauen empfand ich, sobald ich mich, dem einlullenden Dunkel wieder entziehen mußte. Am Tage hatte ich Schwindelanfälle, ich bekam die Bleichsucht. Mama und der Arzt stellten fest: «Das ist das Entwicklungsalter.» Ich haßte dieses Wort ebensosehr wie die unmerklich sich vollziehende Veränderung in meinem Körper. Ich beneidete die ‹erwachsenen jungen Mädchen› um ihre Freiheit, aber großes Unbehagen befiel mich bei der Vorstellung, daß mein Körper sich stärker ausprägen würde; ich hatte früher einmal erwachsene Frauen geräuschvoll ihre Blase entleeren hören; wenn ich an die wassergefüllten Schläuche dachte, die sie in ihrem Innern bergen mußten, erfaßte mich ein Grauen, wie Gulliver es verspürte, als eines Tages junge Riesinnen vor ihm ihre Brust entblößten.

Seitdem ich das Geheimnis der verbotenen Bücher gelüftet hatte, erschreckten sie mich weit weniger als zuvor; oft ließ ich meinen Blick auf den Stücken Zeitungspapier ruhen, die im WC aufgehängt waren. Auf diese Weise geriet ich an einen Feuilletonroman, in dem der Held seine glühenden Lippen auf die weiße Brust der Heldin drückte. Dieser Kuß brannte in mir fort; gleichzeitig Mann, Frau und begieriger Zuschauer, gab, ertrug und erschaute ich ihn. Sicherlich konnte er mich nur so tief erregen, weil mein Körper schon wach geworden war, aber jedenfalls kristallisierten sich meine Träumereien seitdem um dieses Bild; ich weiß nicht, wie oft ich es vor dem Einschlafen in mir heraufbeschwor. Ich erfand auch noch andere: ich frage mich, woher ich sie nahm. Die Tatsache, daß Ehegatten wenig bekleidet im gleichen Bett schlafen, hatte bislang nicht genügt, mir Umarmung und Liebkosung zu verdeutlichen; ich vermute, daß ich sie aus meinem eigenen Verlangen heraus erschuf. Eine gewisse Zeit hindurch wurde ich von quälenden Wünschen verfolgt, ich wälzte mich mit trockener Kehle auf meinem Lager umher, sehnte mich nach dem Leib eines Mannes, der sich dicht an meinen preßte, nach Händen auf meiner Haut. Verzweifelt rechnete ich mir aus: ‹Man kann erst mit fünfzehn Jahren heiraten!› Noch dazu war das die äußerste Grenze, ich würde also noch Jahre warten müssen, bis meine Qual ein Ende nahm! Es fing immer ganz angenehm an: unter der warmen Bettdecke begann mein Blut zu kribbeln, meine Phantasien ließen mein Herz wonnevoll höher schlagen; ich glaubte fast, sie würden Gestalt annehmen, doch nein, sie verloren sich wieder; keine Hand, kein Mund beschwichtigte mein aufgeregtes Blut; mein Madapolamhemd wurde zum Nessusgewand. Erst der Schlaf erlöste mich. Niemals brachte ich diese Verwirrung meines Innern mit Sünde in Verbindung: die Brutalität des Vorgangs übertraf meine Wünsche, und ich fühlte mich eher als Opfer denn als Sünderin. Ich fragte mich auch nicht, ob alle kleinen Mädchen das gleiche Martyrium an sich erfuhren, da ich nicht gewöhnt war, mich mit anderen zu vergleichen.

Wir hielten uns während der erstickenden Hitze der Julimitte bei Freunden auf, als ich am Morgen erwachte und mein Hemd beschmutzt vorfand; ich wusch mich; aber wiederum war meine Wäsche befleckt. Da ich Madeleines vage Prophezeiungen vergessen hatte, fragte ich mich, was für eine schmähliche Krankheit mich befallen hatte. Beunruhigt, halb und halb von Schuldgefühlen erfaßt, wendete ich mich an meine Mutter; sie erklärte mir, ich sei jetzt ‹ein großes Mädchen›, und verpackte mich auf unbequeme Weise. Ich fühlte mich sehr erleichtert, als ich erfuhr, daß mich selbst keine Schuld traf, ja, ich verspürte sogar wie jedesmal, wenn etwas Wichtiges mir widerfuhr, eine Art von Stolz. Ohne ein allzu großes Gefühl von Verlegenheit nahm ich hin, daß meine Mutter mit ihren Freundinnen tuschelte. Als hingegen am Abend des Tages, an dem wir zum erstenmal wieder mit meinem Vater zusammen in der Rue de Rennes waren, dieser eine scherzhafte Anspielung auf meinen Zustand wagte, kam ich fast um vor Scham. Ich hatte mir vorgestellt, daß die gesamte Weiblichkeit solidarisch den Männern diesen geheimen Makel verschwieg. Meinem Vater gegenüber hatte ich mich immer als reines Geistwesen gefühlt; es graute mir davor, daß er mich nun plötzlich als organisches Geschöpf betrachtete. Ich kam mir gesunken vor.

Ich wurde häßlicher, meine Nase rötete sich; auf Gesicht und Nacken bekam ich Pickel, an denen ich nervös herumkratzte. Da Mama die Arbeit über den Kopf wuchs, ging ich schlecht gekleidet; die formlosen Sachen, die ich trug, betonten mein linkisches Benehmen. Da mein Körper mich behinderte, entwickelten sich bei mir verschiedene krankhafte Aversionen; so ertrug ich zum Beispiel nicht, aus einem Glas zu trinken, aus dem schon jemand getrunken hatte. Ich bekam auch Ticks: unaufhörlich zuckte ich mit den Schultern oder drehte an meiner Nase. «Kratz nicht an deinen Pickeln, dreh nicht an deiner Nase», sagte mein Vater immer wieder zu mir. Ohne böse Absicht, aber auch ohne Schonung, machte er über meinen Teint, meine Akne, meine Tolpatschigkeit Bemerkungen, durch die mein Unbehagen und meine Manien auf die Spitze getrieben wurden.

Der reiche Vetter, dem Papa seine Stellung verdankte, arrangierte ein Fest für seine Kinder und deren Freunde. Dazu verfaßte er eine Revue in Versen. Meine Schwester bekam eine Art Feenrolle. In einem sternenbesäten Tüllkleid und mit ihrem schönen, offen über den Rücken fallenden Haar stellte sie die ‹Königin der Nacht› dar. Nachdem sie mit einem nachtwandelnden Pierrot einen poetischen Dialog geführt hatte, stellte sie in gereimten Strophen die jungen Gäste vor, die in ihren Kostümen auf einer Estrade vorüberzogen. Als Spanierin kostümiert, sollte ich mit dem Fächer spielend vorbeistolzieren, während sie nach einer Melodie aus *Funiculu-funicula* sang:

Vor Stolz weiß sich die Schöne kaum zu fassen,
Die hier vor uns erscheint.
Ganz Barcelona muß vor Neid erblassen,
Denn alles ist vereint:
Die spanische Grandezza, holder Blick,
Der kühn uns anblitzt ...

Als alles mich anstarrte, fühlte ich, wie meine Wangen glühten; ich stand buchstäblich Qualen aus. Etwas später nahm ich an der Hochzeit einer Kusine aus dem Norden teil; während mich jedoch meine Erscheinung bei Tante Lilis Hochzeit entzückt hatte, war ich diesmal über mein Aussehen verzweifelt. Mama kam erst am Morgen, als wir bereits in Arras waren, auf die Idee, daß mein neues Kleid aus beigefarbenem Crêpe de Chine meine Brust, die nichts Kindliches mehr hatte, in ungehöriger Weise betonte. Daraufhin wurde ich förmlich bandagiert, so daß ich den ganzen Tag das Gefühl hatte, einen krankhaften Auswuchs in meinem Mieder zu verstecken. Während der langweiligen Hochzeitszeremonie und des endlosen Festessens war ich mir nur traurig der Tatsache bewußt, die durch die Photographien von damals bestätigt wird: daß ich nämlich – schlecht angezogen und linkisch in meinen Bewegungen – ein höchst unglückseliges Mittelding zwischen einem kleinen Mädchen und einer Frau darstellte.

Meine Nächte wurden wieder ruhiger, dafür aber verwirrte sich auf eine unerklärliche Weise die Welt. Dieser Wandel berührte Zaza nicht: sie war eine Person und kein Objekt. In der Klasse über der meinen jedoch gab es eine Schülerin, die mir als ein schönes, blondes, rosiges Idol erschien; sie hieß Marguerite de Théricourt, und ihr Vater war der Besitzer eines der größten Vermögen von Frankreich; eine Erzieherin begleitete sie zum Unterricht in einem großen schwarzen Auto mit Chauffeur; schon als sie erst zehn Jahre alt war, kam sie mir mit ihren tadellos gelegten Locken, ihren schön gepflegten Kleidern und ihren Handschuhen wie eine kleine Prinzessin vor. Sie wurde ein hübsches junges Mädchen mit langem, blaßblondem, glatt anliegendem Haar, porzellanenen Augen und einem anmutigen Lächeln; ich war sehr beeindruckt durch ihre Leichtigkeit im Umgang, ihre Zurückhaltung, ihre maßvolle, gleichsam singende Stimme. Da sie eine gute Schülerin war und es den ‹Damen› gegenüber an Ehrerbietung nicht fehlen ließ, schwärmten diese für sie, zumal der Glanz des väterlichen Vermögens sie blendete. Zu mir war sie immer sehr freundlich. Es hieß, ihre Mutter sei leidend: diese ihr auferlegte Prüfung stattete Marguerite mit einem romantischen Nimbus aus. Ich sagte mir manchmal, daß ich, wenn sie mich einmal zu sich nach Hause einlüde, vor Freude sicher außer mir sein würde, dennoch wagte ich es nicht einmal zu wünschen. Sie wohnte für mich in Sphären, die den meinen so fern lagen wie etwa der englische Königshof. Im übrigen wünschte ich mir nicht, intim mit ihr zu verkehren, sondern sie nur aus noch größerer Nähe bewundern zu können.

Als ich die Pubertät erreicht hatte, zeichnete sich mein Gefühl für sie noch deutlicher ab. Nach Absolvierung der dritten Klasse – die bei uns Sechs A hieß – nahm ich an der feierlichen Prüfung teil, die innerhalb des Instituts die Schülerinnen der zweiten abzulegen hatten, um als Belohnung das ‹Diplom Adeline Désir› zu erlangen. Marguerite trug ein elegantes Kleid aus grauem Crêpe de Chine, dessen durchbrochene Ärmel hübsche runde Arme durchschimmern ließen. Diese schamhaft verborgene Nacktheit machte tiefen Eindruck auf mich. Ich war zu ahnungslos und zu sehr durch Ehrfurcht gebannt, um etwa an irgendwelche

Wünsche zu denken; ich stellte mir nicht einmal vor, jemand könne eine profane Berührung dieser weißen Schultern wagen; doch während der ganzen Zeit der Prüfungen ließ ich keinen Blick von ihnen, und etwas Unbekanntes würgte mich in der Kehle.

Mein Körper veränderte sich, und ebenso meine Existenz; die Vergangenheit fiel von mir ab. Schon waren wir umgezogen, und Louise hatte uns verlassen. Ich sah gerade mit meiner Schwester zusammen alte Photographien an, als mir plötzlich klar wurde, daß ich Meyrignac einmal verlieren müsse. Großvater war sehr alt, er würde sterben; wenn der Besitz erst Onkel Gaston gehörte – der schon jetzt nominell der Besitzer war –, würde ich mich dort nicht mehr zu Hause fühlen; ich würde daselbst erst als Fremde, dann gar nicht mehr erscheinen. Ich war tief bestürzt. Meine Eltern sagten immer wieder – und ihr eigenes Beispiel schien das zu bestätigen –, Kinderfreundschaften hielten dem Leben nicht stand: würde ich auch Zaza vergessen? Auch wir beide, Poupette und ich, fragten uns, ob unsere Zuneigung bis ins Alter andauern würde. Die Großen hatten an unseren Spielen und unseren Vergnügungen nicht teil. Ich kannte keine Erwachsenen, die sich auf Erden sehr zu vergnügen schienen. «Das Leben ist nicht heiter, das Leben ist kein Roman», erklärten sie allesamt.

Die Einförmigkeit der Existenz der Erwachsenen war mir immer schon bemitleidenswert erschienen; wenn ich mir klarmachte, daß sie in Kürze auch mein Los sein würde, wurde ich von Angst gepackt. Eines Nachmittags half ich Mama beim Geschirrspülen; sie wusch die Teller, ich trocknete ab; durchs Fenster sah ich die Feuerwehrkaserne und andere Küchen, in denen Frauen Kochtöpfe scheuerten oder Gemüse putzten. Jeden Tag Mittagessen, Abendessen, jeden Tag schmutziges Geschirr! Unaufhörlich neu begonnene Stunden, die zu gar nichts führten – würde das auch mein

Leben sein? Ein Bild entstand in meinem Kopf und zeichnete sich mit so trostloser Klarheit ab, daß ich mich noch heute daran erinnere: eine Reihe von grauen Vierecken erstreckte sich, nur nach den Gesetzen der Perspektive verkleinert, bis zum Horizont, alle identisch, alle eben und platt; das waren die Tage, die Wochen und die Jahre. Ich für meine Person war bislang jeden Abend reicher eingeschlafen, als ich am Vortag gewesen war; von Stufe zu Stufe erhob ich mich; wenn ich aber da oben nur eine triste Hochebene antraf, ohne ein Ziel, auf das man zustreben konnte, wozu dann das Ganze?

Nein, sagte ich mir, während ich einen Tellerstapel in den Wandschrank schob; mein eigenes Leben wird zu etwas führen. Glücklicherweise war ich nicht für das Dasein einer Hausfrau gemacht. Mein Vater war nicht für Frauenemanzipation; er bewunderte die Weisheit der Romane von Colette Yver, in denen immer die Advokatin oder Ärztin schließlich ihre Karriere zugunsten der Harmonie des häuslichen Herdes aufgab; aber Not kennt kein Gebot: «Heiraten, meine Kleinen», sagte er oft, «werdet ihr freilich nicht. Ich habt keine Mitgift, da heißt es arbeiten.» Ich zog bei weitem die Aussicht auf einen Beruf der auf Verheiratung vor; das berechtigte doch noch zu Hoffnungen. Viele Leute hatten große Dinge vollbracht, ich würde eben das gleiche tun. Astronomie, Archäologie, Paläontologie hatten mich nacheinander verlockt, und immer noch spielte ich mit dem Gedanken an eine Schriftstellerlaufbahn. Aber allen diesen Plänen fehlte es an Konsistenz; ich glaubte nicht fest genug daran, um zur Zukunft Vertrauen zu haben. Im voraus trauerte ich um meine Vergangenheit.

Diese mangelnde letzte Loslösung zeigte sich in voller Deutlichkeit aus Anlaß meiner Begegnung mit *Good Wives*, dem Roman von Louisa Alcott, der die Fortsetzung zu *Little Women* bildet. Ein Jahr oder mehr war vergangen, seitdem ich Jo und Laurie, gemeinsam der Zukunft entgegenlächelnd, verlassen hatte. Sobald ich den kleinen broschierten Tauchnitzband in Händen hielt, in dem sich ihre Geschichte vollendet, schlug ich ihn an beliebiger Stelle auf. Ich stieß gerade auf die Seite, die mir brutal eröffnete, daß Laurie eine jüngere Schwester Jos, die törichte blonde Amy, heiratet. Ich warf das Buch zur Seite, als habe ich mir die Finger daran verbrannt. Tagelang war ich niedergedrückt von dem Unglück, das mich betroffen hatte: der Mann, den ich liebte und von dem ich mich bislang geliebt geglaubt hatte, ließ mich wegen einer Törin im Stich. Ich haßte Louisa Alcott. Später erst entdeckte ich, daß Jo ihrerseits Laurie abgewiesen hatte. Nach langem Zölibat, nach Irrtümern und nach Prüfungen begegnete sie einem Professor, der älter war als sie und sich durch hohe Qualitäten auszeichnete: er verstand sie, tröstete sie, beriet sie, und schließlich heirateten sie. Weit besser als der junge Laurie verkörperte dieser von außen her in Jos Lebensgeschichte eingetretene Mann einer höheren Ordnung jenen obersten Richter, von dem ich eines Tages entdeckt zu werden träumte; nichtsdestoweniger erregte sein Eindringen meine Unzufriedenheit. Früher, als ich *Les Vacances* von Madame de Ségur las, hatte ich bedauert, daß Sophie nicht Paul, den Freund ihrer Kindertage, sondern einen unbekannten jungen Schloßherrn heiratete. Freundschaft und Liebe waren in meinen Augen etwas Endgültiges, Ewiges, nicht jedoch ein bedingtes Abenteuer. Ich wollte nichts davon wissen, daß die Zukunft mich zum Bruch mit etwas zwingen könnte: sie sollte unbedingt meine gesamte Vergangenheit in sich aufnehmen.

Ich hatte die Sicherheit meiner Kindheit verloren und nichts dafür eingetauscht. Die Autorität meiner Eltern war durchaus nicht geschwächt, aber meine Kritik wurde wach; ich ertrug sie daher mit ständig wachsender Ungeduld. Besuche, Familienessen, alle die lästigen Einrichtungen, die meine Eltern für unausweichlich notwendig hielten, leuchteten mir nicht als irgendwie nützlich ein. Ihre Antwort, die stets lautete: «Das gehört sich so» oder «das tut man nicht», befriedigte mich keineswegs. Die Fürsorge meiner Mutter wirkte bedrückend auf mich. Sie hatte ihre ‹Ideen›, die sie nicht einmal zu rechtfertigen bemüht war, daher kamen mir ihre Entscheidungen häufig willkürlich vor. Wir stritten uns heftig wegen eines Meßbuches, das ich meiner Schwester zur Erstkommunion zu schenken gedachte; ich wollte ein in Wildleder gebundenes, wie die meisten meiner Kameradinnen es hatten; Mama aber war der Meinung, ein blauer Leinwanddeckel sei schön genug; ich hielt ihr entgegen, daß doch schließlich das Geld aus meiner Sparbüchse mir gehöre; sie aber entgegnete, man dürfe nicht zwanzig Francs für etwas ausgeben, was man für vierzehn haben könne. Nach dem Gang zum Bäcker, bei dem wir Brot geholt hatten, verfocht ich auf der Treppe und auch noch zu Hause hartnäckig meine Meinung. Mit Ingrimm im Herzen gab ich dann doch schließlich nach, schwur mir jedoch, diesen Einspruch, den ich als Mißbrauch der Macht ansah, niemals zu verzeihen. Wenn meine Mutter mir oft in dieser Weise entgegengetreten wäre, hätte sie mich, glaube ich, zu offener Rebellion getrieben. In wichtigen Dingen jedoch – meinen Studien, der Wahl meiner Freundinnen – intervenierte sie kaum; sie respektierte meine Arbeit und sogar meine Muße, insofern sie von mir nur kleine Dienste verlangte, etwa den Kaffee zu mahlen oder den Mülleimer hinunterzutragen. Ich war an Gefügigkeit gewöhnt und glaubte, daß alles in allem Gott sie von mir fordere; der Konflikt zwischen mir und meiner Mutter brach nicht eigentlich aus, ich war mir seiner nur dunkel bewußt. Auf Grund ihrer Erziehung und des Milieus ihrer Kindheit war sie überzeugt, daß für eine Frau die Mutterschaft die schönste aller Rollen ist; sie konnte sie aber nur spielen, wenn ich die meine übernahm, ich jedoch lehnte noch immer so leidenschaftlich wie mit fünf Jahren ab, in der Komödie der Erwachsenen mitzutun. Im Cours Désir wurden wir am Tage vor unserer ersten Kommunion ermahnt, uns unseren Müttern zu Füßen zu werfen und sie für alle unsere Vergehen um Verzeihung zu bitten; ich unterließ das nicht nur, sondern stiftete zur gleichen Unterlassung auch noch meine Schwester an, als die Reihe an ihr war. Meine Mutter wurde böse. Sie erriet in mir einen inneren Widerstand, der sie sehr verdroß; sie schalt mich daher oft. Ich grollte ihr, weil sie mich in Abhängigkeit halten und Rechte auf mich geltend machen wollte. Im übrigen war ich eifersüchtig auf die Stelle, die sie im Herzen meines Vaters einnahm, denn meine Leidenschaft für ihn war nur noch gewachsen.

Je unerfreulicher das Leben für Papa wurde, desto mehr blendete mich seine Überlegenheit; diese aber hing nicht von Glück und Erfolg ab, daher neigte ich zu der Überzeugung, er habe auf diese gar keinen Wert gelegt; das hinderte mich aber nicht, sein Geschick zu beklagen: ich hielt ihn für verkannt, für unverstanden, sah in ihm ein Opfer dunkler Kataklysmen. Um so dankbarer war ich ihm für seine noch immer ziemlich häufigen Anfälle von Heiterkeit. Er erzählte dann alte Geschichten, mokierte sich über diesen und jenen und erfand witzige Aussprüche. Wenn er zu Hause blieb, las er uns Victor Hugo und Rostand vor; er sprach von den Schriftstellern, die er liebte, vom Theater, von großen Ereignissen der Vergangenheit und sonst noch vielerlei Themen eines gehobenen Genres, so daß ich mich weit über die tägliche Misere erhoben fühlte. Ich konnte mir nicht vorstellen, daß es noch einen ebenso klugen Mann geben könne wie ihn. Bei allen Diskussionen, die ich mitanhörte, hatte er das letzte Wort, und wenn er sich gegen Abwesende wendete, vernichtete er sie in Grund und Boden. Er trat mit Feuer für gewisse große Männer ein; diese aber gehörten

Sphären an, die mir so fern lagen, daß sie mythisch für mich blieben, und im übrigen waren sie niemals durchaus einwandfrei; sie erlagen dem Hochmut und verloren schließlich jedes Maß. Das war auch bei Victor Hugo der Fall, dessen Gedichte mir mein Vater enthusiastisch deklamierte, den aber schließlich Eitelkeit zugrunde gerichtet hatte; dasselbe auch bei Zola, bei Anatole France, bei vielen anderen. Selbst diejenigen, die er ohne Vorbehalt hochschätzte, zeigten sich in ihrem Werke begrenzt: mein Vater jedoch sprach mit lebendiger Stimme, sein Denken war ungreifbar und unumschränkt. Menschen und Dinge erschienen vor seinem Richterstuhl: er fällte souverän sein Urteil über sie.

Sobald er guthieß, was ich tat, war ich meiner sicher. Jahrelang hatte er mir nur Lob erteilt. Als ich in das ‹undankbare Alter› kam, enttäuschte ich ihn jedoch; an Frauen schätzte er Eleganz und Schönheit. Nicht nur machte er kein Hehl aus seiner Enttäuschung, sondern er zeigte auch mehr Interesse als früher für meine Schwester, die ein hübsches Kind geblieben war. Er strahlte vor Stolz, als sie im Kostüm der ‹Königin der Nacht› paradierte. Er nahm manchmal an Aufführungen teil, die ein Freund von ihm, Monsieur Jeannot – ein eifriger Förderer des christlichen Theaters –, bei Wohltätigkeitsfesten in den Vororten veranstaltete; er ließ Poupette an seiner Seite auftreten. Das Gesicht von langen blonden Zöpfen umrahmt, spielte sie die Rolle des kleinen Mädchens in Max Maureys *Apotheker.* Er brachte ihr bei, Fabeln mit geschickten Pausen und bestimmten Effekten aufzusagen. Ohne es mir einzugestehen, litt ich unter dem guten Einvernehmen der beiden und hegte einen unbestimmten Groll gegen meine Schwester.

Meine wirkliche Rivalin jedoch war meine Mutter. Ich träumte davon, zu meinem Vater eine richtige persönliche Beziehung zu haben; aber selbst bei den seltenen Gelegenheiten, wo wir beide allein waren, sprachen wir, als ob

Mama anwesend sei. Wenn ich im Falle eines Konflikts bei meinem Vater Hilfe suchte, würde er geantwortet haben: «Tu, was deine Mutter dir sagt!» Er hatte uns zu den Rennen in Auteuil mitgenommen; der Turf war schwarz von Menschen, es war heiß, nichts geschah, und ich langweilte mich; endlich wurde das Zeichen zum Start gegeben: die Leute stürzten an die Schranken, und ihre Rücken verdeckten für mich die Bahn. Mein Vater hatte uns Klappstühle gemietet, ich wollte auf meinen steigen. «Nein», sagte Mama, die Menschenmengen haßte und von dem vielen Gedränge nervös geworden war. Ich bestand auf meinem Willen. «Nein, auf keinen Fall», wiederholte sie. Da sie gerade mit meiner Schwester beschäftigt war, wandte ich mich an Papa und bemerkte wütend: «Mama ist ja lächerlich! Weshalb darf ich nicht auf meinen Stuhl steigen?» Er zuckte verlegen die Achseln und ergriff nicht Partei.

Wenigstens ließ diese etwas zweifelnde Geste für mich die Vermutung zu, daß Papa seinerseits manchmal Mama etwas zu herrisch fand; ich redete mir ein, daß gleichwohl zwischen uns ein geheimes Einverständnis bestehe. Diese Illusion jedoch mußte ich fallenlassen. Beim Mittagessen war von einem vergnügungssüchtigen erwachsenen Vetter die Rede, der seine Mutter als Idiotin traktierte: wie sogar mein Vater zugestand, war sie es in der Tat. Er erklärte indessen mit aller Leidenschaft: «Ein Kind, das sich ein Urteil über seine Mutter erlaubt, benimmt sich ganz unmöglich.» Ich wurde scharlachrot und erhob mich unter dem Vorwand, ich fühlte mich nicht wohl, vom Tisch. Ich selbst erlaubte mir ja ein Urteil über meine Mutter. Mein Vater hatte mir einen zweifachen Schlag versetzt, einmal, indem er die Solidarität mit meiner Mutter bekräftigte, und ein zweites Mal, indem er mein Verhalten indirekt als unmöglich bezeichnete. Was mich noch mehr erschütterte, war, daß ich mir ein Urteil auch über die Bemerkung bildete, die er soeben gemacht hatte. Wenn die Dummheit meiner Tante in die Augen sprang, weshalb sollte ihr Sohn sie nicht auch erkannt haben? Es war nicht schlecht, sich selbst die Wahrheit einzugestehen, und sehr oft im übrigen tat man es unwillkürlich; in diesem Augenblick zum Beispiel konnte ich nicht anders als denken, was ich dachte: war das meine Schuld? In einem gewissen Sinne sicherlich nicht, und dennoch quälten mich die Worte meines Vaters so, daß ich mich gleichzeitig frei von Schuld und wie ein Monstrum fühlte. In der Folge und vielleicht wegen dieses Zwischenfalls gestand ich meinem Vater keine absolute Unfehlbarkeit mehr zu. Dennoch behielten meine Eltern die Macht, mich zur Schuldigen zu stempeln; ich nahm ihre Verdikte hin, während ich mich gleichzeitig mit andern Augen betrachtete als sie. Die Wahrheit meines Wesens gehörte ihnen noch ebensosehr wie mir: aber paradoxerweise konnte meine Wahrheit, wie sie in ihnen festgelegt war, nur eine Täuschung, eine Fälschung sein. Es gab nur ein Mittel, dieser seltsamen Verwirrung zu begegnen: ich mußte ihnen den trügerischen Schein verhehlen. Ich hatte mich gewöhnt, auf meine Worte zu achten: nun verdoppelte ich meine Vorsicht und ging noch einen Schritt weiter. Wenn ich schon nicht alles eingestand, weshalb sollte ich nicht auch wagen, uneingestehbare Handlungen zu begehen? Ich lernte das Heimlichtun.

Meine Lektüre wurde mit der gleichen Strenge wie früher überwacht; außerhalb der speziell für Kinder bestimmten oder im Hinblick auf sie gereinigten Literatur bekam ich nur eine kleine Zahl von ausgewählten Werken in die Hände; noch dazu übten sehr häufig meine Eltern eine Zensur über gewisse Stellen aus. Sogar in *L'Aiglon* glaubte mein Vater so manches streichen zu müssen. Im Vertrauen jedoch auf meine Loyalität schlossen meine Eltern den Bücherschrank nicht ab; in La Grillère durfte ich die gebundenen Bände der

*Petite Illustration* mit mir nehmen, nachdem darin die Stücke bezeichnet waren, die für mich ‹geeignet› schienen. In den Ferien hatte ich immer zu wenig zu lesen; als ich *Primerose* und *Les Bouffons* beendet hatte, betrachtete ich gierig die Menge von bedrucktem Papier, die in Reichweite im Gras lag. Seit langem schon gestattete ich mir kleinere Akte des Ungehorsams; meine Mutter hatte mir verboten, zwischen den Mahlzeiten zu essen; auf dem Lande aber trug ich jedesmal in meiner Schürze ein Dutzend Äpfel mit mir fort: keinerlei gesundheitliche Nachteile hatten mich für diesen Übergriff bestraft. Seit meinen Gesprächen mit Madeleine zweifelte ich, daß Sacha Guitry, Flers und Caillavet, Capus oder Tristan Bernard schädlicher für mich sein würden. Ich wagte mich auf verbotenes Terrain. Ich erkühnte mich sogar, mich an Bernstein und Bataille zu wagen, und trug keinerlei Schaden davon. Unter dem Vorwand, ich werde mich ganz auf die *Nächte* von Musset beschränken, setzte ich mich in Paris mit einem dicken Band seiner vollständigen Werke zur Lektüre nieder und las das ganze Theater, *Rolla*, die *Confession d'un enfant du siècle*. Von nun an bediente ich mich jedesmal, wenn ich allein im Haus war, ganz nach Belieben aus dem Bücherschrank. In dem Ledersessel verbrachte ich wundervolle Stunden damit, die ganze Sammlung der Neunzig-Centimes-Romane zu verschlingen, die Papa in seiner Jugend entzückt hatten: Bourget, Alphonse Daudet, Marcel Prévost, Maupassant, die Brüder Goncourt. Sie vervollständigten meine sexuelle Erziehung, wenn diese auch immer noch etwas lückenhaft blieb. Der Liebesakt dauerte manchmal eine ganze Nacht, manchmal ein paar Minuten, zuweilen schien er eine ganz dumme Sache zu sein und manchmal überaus genußreich; er war von Raffinements und Variationen begleitet, die mir ein Buch mit sieben Siegeln blieben. Die offensichtlich fragwürdigen Beziehungen der ‹Civilisés› von Farrère zu ihren Boys oder die zwischen

Claudine und ihrer Freundin Rézi verwirrten die Frage noch mehr. Ob es nun aus Mangel an Talent oder auf Grund der Tatsache war, daß ich gleichzeitig zu viel und zu wenig wußte: jedenfalls gelang es keinem dieser Schriftsteller, mich so tief im Innern zu bewegen wie einst Christoph von Schmid. Alles in allem setzte ich diese Erzählungen kaum zu meinem eigenen Erleben in Beziehung; ich war mir klar darüber, daß sie größtenteils eine bereits untergegangene Gesellschaft schilderten; abgesehen von Claudine und Mademoiselle Dax von Farrère interessierten mich die Heldinnen – alberne junge Mädchen oder oberflächliche Damen von Welt – nur wenig; die Männer kamen mir höchst mittelmäßig vor. Keines dieser Werke vermittelte mir ein Bild der Liebe oder eine Vorstellung von meinem Frauenlos, das befriedigend für mich gewesen wäre; ich suchte in ihnen nicht eine Vorahnung meiner Zukunft; aber sie schenkten mir, was ich bei ihnen suchte: sie entführten mich in andere Bereiche. Dank ihnen überschritt ich die Grenzen meiner Kindheit, ich trat in eine komplizierte, abenteuerreiche, unvorhergesehene Welt ein. Wenn meine Eltern abends ausgingen, dehnte ich oft die Freuden dieses Entrinnens bis tief in die Nachtstunden aus; während meine Schwester schlief, lehnte ich in meinem Kopfkissen und las; sobald ich den Schlüssel im Schloß sich umdrehen hörte, löschte ich das Licht; am Morgen, nachdem ich mein Bett gemacht hatte, schob ich das Buch unter die Matratze und wartete den Augenblick ab, wo ich es wieder an seinen Platz stellen konnte. Es war unmöglich, daß Mama von diesen Manövern ahnen konnte; zuweilen aber schauderte ich bei dem bloßen Gedanken, daß die *Demi-vierges* oder *La Femme et le Pantin* versteckt auf meinem Lager ruhten. Von meinem Standpunkt aus hatte mein Verhalten nichts Tadelnswertes: ich zerstreute und belehrte mich; insofern meine Eltern mein Bestes wollten, handelte ich ihnen nicht entgegen; da ja meine Lektüre mir nicht schlecht bekam. Wäre jedoch mein Tun offenkundig geworden, wäre es mit einem Schlage verbrecherisch gewesen.

Paradoxerweise stürzte mich gerade eine erlaubte Lektüre in alle Schrecknisse der Schuld. Wir hatten im Unterricht *Silas Marner* gelesen und übersetzt. Bevor wir in die Ferien reisten, kaufte mir meine Mutter auch noch *Adam Bede*. Unter den Pappeln des ‹Landschaftsparks› sitzend, verfolgte ich Tage hindurch geduldig die Entwicklung einer langwierigen, ein klein wenig faden Handlung. Plötzlich entdeckte nach einem Waldspaziergang die – unverheiratete! – Heldin, daß sie schwanger war. Mein Herz begann heftig zu schlagen: wenn nur Mama dieses Buch nicht las, denn dann würde sie wissen, daß ich ebenfalls ‹wußte›: diesen Gedanken vermochte ich einfach nicht zu ertragen. Nicht, daß ich einen Tadel fürchtete, ich selber konnte ja nichts dafür. Aber ich hatte panische Furcht vor dem, was in ihrem Kopf vorgehen würde. Vielleicht würde sie sich gezwungen glauben, ein Gespräch mit mir zu führen: diese Perspektive entsetzte mich, weil ich an dem Stillschweigen, mit dem sie bisher allen Problemen dieser Art begegnet war, ihre Abneigung ermaß, das Thema mir gegenüber freiwillig anzuschneiden. Für mich war das Vorhandensein von ledigen Müttern eine objektive Tatsache, die mich nicht stärker beunruhigte als die Existenz der Antipoden. Aber sobald meine Mutter davon wußte, würde meine Kenntnis sich zu einem Skandal auswachsen, der uns beiden zur Schande gereichen mußte.

Trotz meiner Angst kam ich nicht auf die allereinfachste Ausflucht, nämlich so zu tun, als hätte ich mein Buch bei meinen Waldspaziergängen verloren. Irgendeinen Gegenstand verlieren, und wenn es eine Zahnbürste war, entfesselte in unserem Hause solche Zornesstürme, daß mich das Hilfsmittel ebenso schreckte wie das Übel selbst. Wenn ich mir übrigens bedenkenlos einen solchen Gewissensvorbehalt erlaubte, so hätte ich doch nicht die Stirn gehabt, meiner Mutter eine positive Lüge ins Gesicht zu schleudern; mein Erröten, mein Stammeln hätten mich verraten. So nahm ich mich einfach in acht, *Adam Bede* in ihre Hände fallen zu lassen. Sie kam nicht auf den Gedanken, das Buch zu lesen, und ihre Verwirrung blieb mir erspart.

So hatten sich also die Beziehungen zu meiner Familie weit weniger einfach gestaltet, als sie bisher gewesen waren. Meine Schwester betete mich nicht mehr vorbehaltlos an, mein Vater fand mich häßlich und grollte mir deswegen, meine Mutter mißtraute dem nicht klar ersichtlichen Wandel, den sie gleichwohl in mir erriet. Wenn meine Eltern hinter meiner Stirn gelesen hätten, würden sie mich aufs schärfste verurteilt haben; anstatt wie früher schützend auf mir zu ruhen, bedeutete ihr Blick nunmehr eine Gefahr für mich. Sie selbst waren aus ihren Himmelshöhen herabgestiegen; ich bediente mich dieser Tatsache jedoch nicht, um daraufhin ihr Urteil abzulehnen. Im Gegenteil fühlte ich mich nur in doppelter Hinsicht unsicher gemacht; ich selbst bewohnte keine bevorrechtete Stätte mehr, und meine Vollkommenheit hatte Schäden davongetragen; ich war meiner selbst nicht mehr gewiß und überaus verletzbar. Meine Beziehungen zu den anderen mußten unweigerlich dadurch beeinflußt werden.

Zazas Begabung stellte sich immer klarer heraus, sie spielte für ihr Alter recht bemerkenswert Klavier und begann Geige zu lernen. Während meine Handschrift derb kindlich war, wirkte die ihre erstaunlich elegant. Mein Vater schätzte wie ich den Stil ihrer Briefe, die Lebhaftigkeit ihrer Konversation; er machte sich einen Spaß daraus, sie sehr förmlich zu behandeln, und sie gab sich mit Grazie dafür her; das undankbare Alter machte sie nicht häßlich; noch kunstlos gekleidet und frisiert, hatte sie die gewandten Manieren eines jungen Mädchens; indessen hatte sie ihre bubenhafte Unternehmungslust nicht eingebüßt: in den Ferien galoppierte sie durch die Wälder der ‹Landes›, ohne sich darum zu kümmern, daß die Äste sie streiften. Sie machte eine Italienreise; nach ihrer Rückkehr sprach sie von Bauwerken, Statuen und Bildern, die ihr besonders gefallen hatten; ich beneidete sie um die Freuden, die sie in einem so legendären Lande gekostet hatte, und schaute achtungsvoll zu dem dunklen Köpfchen auf, in dem so wundervolle Bilder wohnten. Ich war geblendet von ihrer originellen Art. Da ich weniger darauf aus war, mir Urteile zu bilden, als Kenntnisse zu erwerben, interessierte mich alles; Zaza hingegen wählte aus; von Griechenland war sie entzückt, die Römer langweilten sie; unempfindlich gegen die Schicksale der königlichen Familie, begeisterte sie sich für die Sendung Napoleons. Sie bewunderte Racine, Corneille ging ihr auf die Nerven. Sie verabscheute *Horace, Polyeucte* und war von glühender Sympathie für den *Misanthrope* erfüllt. Ich hatte sie immer leicht spöttisch gekannt; im Alter zwischen zwölf und fünfzehn Jahren wurde bei ihr die Ironie zum System; sie machte nicht nur die meisten Menschen lächerlich, sondern auch feststehende Bräuche und allgemein akzeptierte Ideen; Die *Maximen* La Rochefoucaulds hatte sie zu ihrem Lieblingsbuch erhoben und wiederholte unaufhörlich, daß allein Eigennutz das Handeln der Menschen bestimmt. Ich hatte keine allgemeine Meinung über die Menschheit, ihr beharrlicher Pessimismus jedoch imponierte mir. Viele ihrer Meinungen waren umstürzlerisch; sie erregte Empörung im Cours Désir, als sie in einem französischen Aufsatz Alceste gegen Philinte in Schutz nahm und ein anderes Mal Napoleon über Pasteur stellte. Manche unserer Lehrer verdachten ihr ihre Kühnheit; andere setzten sie auf das Konto ihrer Jugend und fanden sie eher amüsant: sie war für die einen das schwarze Schaf und der Liebling der anderen. Gewöhnlich rangierte ich mit meinen Leistungen vor ihr, sogar im Französischen, wo ich meist die Bessere in Bezug auf den ‹Inhalt› war; aber ich stellte mir vor, daß sie wahrscheinlich den ersten Platz verschmähte; obwohl sie für ihre Schularbeiten weniger gute Noten erhielt als ich, verdankte sie doch ihrem natürlichen Schwung ein gewisses Etwas, das ich bei allem zähen Bemühen nie zu erlangen vermochte. Es hieß, sie besitze Persönlichkeit: das war ihr größter Vorzug. Dank meiner vagen Nachgiebigkeit mir selbst gegenüber hatte ich keinen festen Umriß bekommen; in meinem Innern war ich schwankend und unbedeutend geblieben; in Zaza ahnte ich eine Gegenwart, die frisch wie eine Quelle sprudelte und, robust wie ein Marmorblock, mit so klaren Linien festgelegt wie ein Porträt von Dürer war. Ich verglich sie mit meiner inneren Leere und verachtete mich. Zaza nötigte mich zu dieser Konfrontation, denn sie zog oft eine Parallele zwischen ihrer Lässigkeit und meinem Arbeitseifer, zwischen ihren Fehlern und meiner Vollkommenheit, über die sie sich gern mokierte. Ich war vor ihren Sarkasmen nie sicher.

«Ich habe keine Persönlichkeit», gestand ich mir traurig ein. Meine Neugier gab sich allem hin; ich glaubte an die Absolutheit des Wahren und an die Notwendigkeit des Sittengesetzes; meine Gedanken formten sich je nach ihrem Objekt; wenn manchmal einer von ihnen mich überraschte, so deshalb, weil er etwas Überraschendes widerspiegelte. Ich zog das Bessere dem Guten, das Schlechte dem Schlimmeren vor, ich verachtete, was verachtenswert war. Ich entdeckte keine Spur einer subjektiven Haltung in mir. Ich hätte mich gern grenzenlos gewollt, aber ich war nur gestaltlos wie das Unendliche. Das Paradoxe dabei war, daß ich diesen Mangel in dem Augenblick bei mir feststellte, als ich meine Individualität entdeckte: mein Anspruch auf Universalität war mir bis dahin selbstverständlich erschienen, nun wurde er ein Charakterzug. «Simone interessiert sich für alles.» Ich fand mich begrenzt gerade durch die Ablehnung irgendwelcher Grenzen. Verhaltungsweisen, Ideen, die sich mir ganz natürlich aufgedrängt hatten, wurden in Wirklichkeit zum Ausdruck meiner Passivität und meines Mangels an kritischem Sinn. Anstatt das im Mittelpunkt des Alls fest verhaftete reine Bewußtsein zu bleiben, wurde ich körperhaft: das bedeutete einen schmerzhaften Sturz von meiner Höhe herab. Das Antlitz, das man mir aufprägte, mußte mich notwendigerweise enttäuschen, da ich bislang wie Gott selbst ohne Antlitz gelebt hatte. Deshalb war ich so bereit, mich in die Demut zu flüchten. Wenn ich nur ein Individuum unter anderen war, konnte möglicherweise jeder Unterschied, anstatt meine Souveränität zu bekräftigen, zur Unterlegenheit werden. Meine Eltern hatten aufgehört, für mich zuverlässige Bürgen zu sein; Zaza aber liebte ich so sehr, daß sie mir wirklicher vorkam als ich selbst: ich war nur ihr Negativ; anstatt meine Eigenheit für mich in Anspruch zu nehmen, fand ich mich widerwillig mit ihr ab.

Ein Buch, das ich las, als ich etwa dreizehn Jahre alt war, lieferte mir einen Mythos, an den ich lange Zeit glaubte. Es war *L'Écolier d'Athènes* von André Laurie. Theagen, ein ernsthafter, fleißiger, vernunftbegabter Schüler, war ganz unter die Macht des schönen Euphorion geraten; dieser elegante, zarte, verfeinerte, künstlerische, geistreiche, anmaßende junge Aristokrat blendete Gefährten und Lehrer, obwohl ihm oft seine Lässigkeit und sein Ungestüm vorgeworfen wurden. Er starb in der Blüte der Jahre, und Theagen blieb es vorbehalten, fünfzig Jahre später ihre gemeinsame Geschichte zu erzählen. Ich identifizierte Zaza mit dem schönen blonden Epheben und mich selbst mit Theagen. Es gab begabte Wesen und verdienstliche, unwiderruflich aber reihte ich selbst mich in die zweite dieser Kategorien ein.

Meine Bescheidenheit hatte indessen etwas Zweischneidiges; diejenigen, die nur Verdienste hatten, schuldeten den Begabten Bewunderung und Ergebenheit. Aber schließlich war es eben doch der seinen Freund überlebende Theagen, der von jenem sprach: er war das Gedächtnis und das Bewußtsein, er war das wesentliche Subjekt. Wenn man mir vorgeschlagen hätte, Zaza zu sein, hätte ich abgelehnt; ich wollte lieber das Universum besitzen als eine nach außen wirksame Gestalt. Ich war noch immer der Überzeugung, daß ich als einzige fertigbringen würde, die Wirklichkeit zu enthüllen, ohne sie zu entstellen oder zu verkleinern. Einzig wenn ich mich mit Zaza maß, beklagte ich bitter meine Banalität.

In gewisser Weise war ich das Opfer eines Selbstbetrugs; mich spürte ich vom Innern her, sie aber sah ich von außen: es war also keine Partie mit gleichen Voraussetzungen. Ich fand ungemein interessant, daß sie keinen Pfirsich berühren oder auch nur sehen konnte, ohne eine Gänsehaut zu bekommen; mein Grauen vor Austern hingegen fand ich ganz selbstverständlich. Keine andere meiner Kameradinnen jedoch setzte mich in Erstaunen. Zaza war tatsächlich etwas Außergewöhnliches.

Von den neun Kindern Mabille war sie das dritte und von den Töchtern die zweite; ihre Mutter hatte keine Muße gehabt, sie hegend zu beschützen; so hatte Zaza ganz und gar an dem Treiben ihrer Brüder, ihrer Vettern und Freunde und an deren bubenhaftem Gehaben teilgenommen; früh schon war sie als ‹Große› angesehen und mit der Verantwortung betraut worden, die den Älteren zufällt. Madame Mabille, die mit fünfundzwanzig Jahren einen praktizierenden Katholiken geheiratet hatte, der noch dazu ihr Vetter war, hatte sich vollkommen auf ihre Rolle als Matrone zurückgezogen; als ein vollendetes Musterbeispiel der rechtdenkenden Bourgeoisie ging sie ihren Weg mit der Sicherheit jener großen Damen, die ihre Kenntnis der Etikette dazu benutzen, sie gelegentlich auch zu übertreten; so duldete sie bei ihren Kindern harmlosen Übermut. Diese Spontaneität Zazas, ihr natürliches Wesen spiegelten den stolzen Gleichmut ihrer Mutter wider. Ich war ungemein erstaunt gewesen, daß sie mitten in einem Klaviervorspiel ihr die Zunge herausstreckte; sie konnte aber auf ihr Verständnis offenbar unbedingt zählen. Über den Kopf des Publikums hinweg machten sich beide über die Konventionen lustig. Wenn ich irgend etwas Unangemessenes getan hätte, so hätte meine Mutter es mit tiefer Beschämung gespürt; mein Bedürfnis, mich anzupassen, war eine andere Form ihrer Schüchternheit.

Monsieur Mabille gefiel mir nur bedingt; er war zu verschieden von meinem Vater, der im übrigen nicht mit ihm sympathisierte. Er hatte einen langen Bart und trug einen Kneifer. Jeden Sonntag ging er zur Kommunion und widmete einen großen Teil seiner Zeit wohltätigen Zwecken. Sein seidiges Haar und seine christlichen Tugenden gaben ihm in meinen Augen etwas Feminines und setzten ihn ein wenig herab. Zu Beginn unserer Freundschaft erzählte mir Zaza, daß er seine Kinder zum Tränenlachen brachte, wenn er ihnen laut und mit mimischer Begleitung den *Eingebildeten Kranken* vorlas. Ein wenig später lauschte sie ihm mit achtungsvollem Interesse, wenn er uns in der großen Galerie des Louvre die Schönheiten eines Bildes von Correggio erklärte oder beim Verlassen einer Filmaufführung der *Drei Musketiere* vorhersagte, das Kino werde die Kunst umbringen. Mit Rührung malte sie mir den Abend aus, an dem ihre Eltern, eben frisch verheiratet, Hand in Hand am Ufer eines Sees die Barcarole: *Schöne Nacht, o Liebesnacht* angehört hätten ... Allmählich aber begann sie, sich anders zu äußern. «Papa nimmt alles so ernst!» bemerkte sie eines Tages verstimmt. Die Ältere, Lili, kam ganz auf Monsieur Mabille heraus; methodisch, genau, kategorisch wie er, glänzte sie in

Mathematik: die beiden verstanden einander ganz wundervoll. Zaza liebte die sehr positive und gern moralpredigende Schwester hingegen nicht besonders. Madame Mabille legte die größte Hochachtung für dieses Musterexemplar an den Tag, aber es bestand zwischen ihnen eine dumpfe Rivalität, und oft brach etwas wie Feindseligkeit sogar spürbar durch; Madame Mabille machte kein Geheimnis aus ihrer Vorliebe für Zaza: «Sie ist ganz und gar mein Abbild», erklärte sie in enthusiastischem Ton. Zaza ihrerseits zog ihre Mutter leidenschaftlich vor. Sie erzählte mir, Monsieur Mabille habe um die Hand seiner Kusine mehrfach vergeblich angehalten; Guite Larivière, die ihrerseits schön, feurig und lebhaft war, hatte Angst vor dem strengen Polytechniker gehabt. Indessen führte sie im Baskenlande eine sehr zurückgezogene Existenz; es boten sich dort nicht gerade sehr viele Partien für sie; mit fünfundzwanzig Jahren hatte sie sich unter dem energischen Druck ihrer Mutter darein ergeben, endlich Ja zu sagen. Zaza vertraute mir an, daß Madame Mabille – der sie wahre Schätze an Charme, Gefühl und Phantasie nachsagte – unter dem Unverständnis eines Gatten gelitten habe, der langweilig wie ein Algebrabuch war. Sie sagte dabei wohl längst nicht alles, was sie dachte. Heute bin ich mir darüber klar, daß sie gegen ihren Vater eine physische Abneigung hegte. Ihre Mutter klärte sie sehr früh mit fast boshafter Schonungslosigkeit über die Realitäten des Sexuallebens auf: Zaza erfuhr noch reichlich jung, daß Madame Mabille von der ersten Nacht an und für alle Zeiten den ehelichen Verkehr gründlich verabscheut hatte. Die Abneigung, die ihr Vater ihr einflößte, erstreckte sich bei Zaza auf dessen ganze Familie. Hingegen schwärmte sie für ihre Großmutter mütterlicherseits, die immer, wenn sie nach Paris kam, das Bett mit ihr teilte. Monsieur Larivière hatte seinerzeit in Zeitungen und Provinzzeitschriften an der Seite von Louis Veuillot gekämpft; er hatte einige Artikel und eine umfangreiche Bibliothek hinterlassen; gegen ihren Vater, gegen die Mathematik optierte Zaza für die Literatur; als aber ihr Großvater gestorben war, gab es, da weder Madame Larivière noch Madame Mabille auf geistige Kultur bedacht waren, niemanden, der Zaza irgendwelche Prinzipien oder Geschmacksregeln hätte einprägen können; so kam sie notgedrungen dazu, auf eigene Faust zu denken. Im Grunde genommen war der Rahmen ihrer Originalität ziemlich eng. Eigentlich drückte Zaza, wie ich, nur aus, was sie aus ihrem Milieu entnahm. Aber im Cours Désir und in unseren Häuslichkeiten waren wir so sehr auf Vorurteile und Gemeinplätze beschränkt, daß der geringste Anlauf zur Aufrichtigkeit und jedes Minimum an Erfindungsgabe bereits überraschend wirkte.

Was mir bei Zaza den größten Eindruck machte, war ihr Zynismus. Ich fiel aus allen Wolken, als sie mir – das geschah Jahre später – die Gründe dafür bekanntgab. Sie war weit davon entfernt, die hohe Meinung zu teilen, die ich selbst von ihr hatte. Madame Mabille hatte eine zu zahlreiche Nachkommenschaft, sie erfüllte zu viele soziale und gesellschaftliche Verpflichtungen, um sich irgendeinem ihrer Kinder besonders zu widmen: ihre Geduld, ihr Lächeln überdeckten, glaube ich, eine große Kälte des Herzens; als Zaza noch ganz klein war, fühlte sie sich im Grunde verlassen; dann widmete ihre Mutter ihr eine spezielle, aber doch sehr eng bemessene Zuneigung: die leidenschaftliche Liebe, die Zaza ihrerseits ihr entgegenbrachte, war sicherlich mehr eifersuchtbedingt als glücklich. Ich weiß nicht, ob nicht bei ihrem Groll gegen ihren Vater auch ein gewisses Maß an Liebesenttäuschung eine Rolle spielte: offenbar war sie nicht gleichgültig gegen Herrn Mabilles Vorliebe für ihre Schwester Lili. Auf alle Fälle kann der dritte Sproß einer Familie von neun Kindern sich eigentlich nur als eine Nummer unter anderen empfinden; er hat teil an einer gewissen

Kollektivbeachtung, die nicht dazu ermuntert, sich für etwas Besonderes zu halten. Die kleinen Mabilles waren alle recht unverfroren; sie stellten ihre Familie zu hoch, um Fremden gegenüber schüchtern zu sein; wenn aber Zaza, anstatt sich als Glied ihrer Sippe zu empfinden, mit sich selbst allein war, entdeckte sie an sich eine Unmenge Fehler: sie war häßlich, steif, wenig liebenswürdig und nicht beliebt: Durch Spott kompensierte sie solche Minderwertigkeitsgefühle. Ich merkte es damals nicht, aber niemals machte sie sich über meine Fehler lustig, sondern nur über meine Tugenden; niemals stellte sie ihre eigenen Gaben und Erfolge in den Vordergrund, sie wies nur auf ihre Schwächen hin. In dem Jahr, als wir vierzehn Jahre alt wurden, schrieb sie mir in den Osterferien, sie habe noch keinen Mut, ihre Physikprüfung zu machen, doch sei sie unglücklich bei dem Gedanken, daß sie den nächsten Aufsatz verpatzen könnte. ‹Sie können mich nicht verstehen›, schrieb sie, ‹weil Sie, wenn Sie das Aufsatzschreiben lernen müßten, es eben lernen würden, anstatt sich damit zu quälen, daß Sie es nicht können.› Ich war betrübt, als ich diese Zeilen las, die meine Eigenheiten einer guten Schülerin ins Lächerliche zogen; aber ihre versteckte Aggressivität bedeutete auch gleichzeitig, daß Zaza ihre eigene Indolenz mißbilligte. Wenn ich aufreizend auf sie wirkte, so deswegen, weil sie mir zugleich Recht und Unrecht gab; freudlos verteidigte sie gegen meine Vollkommenheiten das benachteiligte Kind, das sie in ihren eigenen Augen war.

Ressentiment lag auch in ihrer Verachtung der Menschheit: sie schätzte sich nicht sehr hoch ein, aber auch die übrige Menschheit kam ihr nicht eben achtunggebietend vor. Sie suchte im Himmel die Liebe, die ihr auf Erden versagt war; sie war sehr fromm. Sie lebte in einem einheitlicheren Milieu, als das meine es war, da in dem ihren religiöse Werte einstimmig und mit Emphase hochgehalten wurden: das

Dementi, das die Praxis der Theorie entgegensetzte, fiel ihr dadurch nur auf eine um so skandalösere Weise in die Augen. Die Mabilles gaben Geld für wohltätige Zwecke. Jedes Jahr nahmen sie an der nationalen Pilgerfahrt nach Lourdes teil; die Buben dienten dort als Krankenträger, die Mädchen wuschen in den Hospitalküchen das Geschirr. In ihrer Umgebung sprach man viel von Gott, von Mildtätigkeit, von Idealen; aber Zaza überzeugte sich schnell, daß alle diese Leute nur Sinn für Geld und soziale Würden hatten. Diese Heuchelei empörte sie; sie schützte sich dagegen durch einen vorgefaßten Zynismus. Niemals bemerkte ich, wieviel Zerrissenheit und Disharmonie in dem lag, was man im Cours Désir ihre ‹Paradoxen› nannte.

Zaza duzte ihre anderen Freundinnen; in den Tuilerien spielte sie mit jeder beliebigen Gefährtin, sie hatte sehr freie und sogar etwas dreiste Manieren. Indessen waren meine Beziehungen zu ihr eher steif; wir küßten uns weder, noch pufften wir uns; wir sagten immer weiter ‹Sie› zueinander und unterhielten uns in einer eher distanzierten Art. Ich wußte, daß sie an mir weit weniger hing als ich an ihr; sie zog mich unseren anderen Schulkameradinnen vor, aber das Schulleben spielte bei ihr keine so große Rolle wie bei mir; ganz auf ihre Familie, ihren Umgangskreis, ihr Klavier und ihre Ferien bedacht, gestand sie mir einen Platz in ihrer Existenz zu, der für mich nur unklar umrissen blieb; anfangs hatte ich mich deswegen nicht gesorgt; jetzt aber fragte ich mich danach; ich war mir bewußt, daß mein Lerneifer und meine Fügsamkeit sie langweilten; bis zu welchem Punkt schätzte sie mich? Es kam gar nicht in Frage, daß ich ihr meine Gefühle offenbarte oder etwa versuchte, die ihren kennenzulernen. Es war mir gelungen, mich innerlich von den Klischees freizumachen, mit denen die Erwachsenen die Kindheit zu belasten pflegen. Ich hatte den Mut zu meinen Ergriffenheiten, meinen Träumen, meinen Wünschen und sogar zu gewissen Wörtern. Aber ich stellte mir nicht vor, daß man in aufrichtiger Weise mit einem anderen Wesen einen wirklichen Austausch haben könne. In den Büchern erklären die Leute einander ihre Liebe und ihren Haß, sie legen ihr Herz in irgendwelche Phrasen; im Leben spricht man niemals so gewichtige Worte aus. Das, was ‹man sagt›, ist ebenso geregelt wie das, was ‹man tut›. Man kann sich nichts Konventionelleres denken als die Briefe, die wir austauschten. Zaza wendete die Gemeinplätze allerdings etwas eleganter an als ich; aber keine von uns beiden gab dem Ausdruck, was sie wirklich bewegte. Unsere Mütter lasen unsere Korrespondenz: diese Zensur war freien Herzensergießungen naturgemäß nicht günstig. Aber selbst in unseren Unterhaltungen beobachteten wir unausgesprochene Regeln der Konvenienz; wir fühlten uns immer ängstlich durch ein gewisses Schamgefühl beschränkt, da wir beide überzeugt waren, daß wir die Wahrheit unseres Innern nicht einfach kundgeben dürften. Ich sah mich also gezwungen, höchst vage Indizien zu interpretieren; das geringste Lob aus Zazas Mund bereitete mir überschwengliche Freude; ihr spöttisches Lächeln, mit dem sie nicht eben kargte, wirkte vernichtend auf mich. Das Glück, das unsere Freundschaft mir schenkte, wurde während dieser undankbaren Jahre von der ständigen Sorge, ihr zu mißfallen, getrübt.

In dem einen Jahr litt ich in den Ferien furchtbare Qualen durch ihre Ironie. Ich hatte zusammen mit meiner Familie die Wasserfälle von Gimel bewundert; auf ihren allgemein anerkannten malerischen Reiz reagierte ich mit einer Begeisterung gleichsam auf Bestellung: Da meine Briefe ein Ausfluß meines Lebens mit anderen waren, verschwieg ich selbstverständlich sorgfältig die einsamen Freuden, die mir das Landleben schenkte; hingegen verlegte ich mich darauf, Zaza diesen Familienausflug, seine Schönheiten und mein

Entzücken darüber zu beschreiben. Die Plattheit meines Stils unterstrich in jämmerlicher Weise die Unaufrichtigkeit meiner Empfindungen. In ihrer Antwort deutete Zaza spöttisch an, daß ich ihr wohl aus Versehen eine meiner schriftlichen Ferienaufgaben geschickt habe: ich weinte vor Zorn. Ich spürte, daß sie mir etwas Ernsteres vorwarf als die ungeschickte Prätention meiner Phrasen: ich legte eben nie das Gewand der guten Schülerin ab. Das war gewissermaßen wahr, aber es stimmte auch, daß ich Zaza mit einer Hingebung liebte, die ganz unabhängig von Gebräuchen und klischeehaften Vorstellungen war. Ich stimmte nicht ganz mit dem Bild überein, das Zaza sich von mir machte; aber ich fand auch nicht den Weg, diese Vorstellung auszumerzen und Zaza mein Herz zu eröffnen, wie es wirklich war. Dieses Mißverständnis brachte mich zur Verzweiflung. In meiner Antwort tat ich so, als werfe ich Zaza scherzend ihre Bosheit vor; sie fühlte, daß sie mir Kummer gemacht hatte, denn sie entschuldigte sich sofort. Ich sei, sagte sie zu mir, das Opfer einer momentanen schlechten Laune geworden. Auf der Stelle gewann ich mein seelisches Gleichgewicht zurück.

Zaza ahnte nicht, wie sehr ich sie verehrte, noch daß ich mich ihr zuliebe jeden Hochmuts begab. Bei einem Wohltätigkeitsbasar des Cours Désir prüfte eine Graphologin unsere Handschriften. Die Zazas schien ihr auf Frühreife, starke Gefühlsfähigkeit, geistige Kultur und erstaunliche künstlerische Begabung hinzuweisen; in der meinen entdeckte sie einzig infantile Züge. Ich nahm dieses Verdikt ruhig hin: ja, ich war eine fleißige Schülerin, ein braves Kind und sonst nichts. Zaza protestierte mit einer Heftigkeit, die mir einen gewissen Trost gewährte. In einem Brief, in dem sie sich gegen eine andere, ebenfalls ungünstige Analyse wendete, die ich ihr geschickt hatte, entwarf sie mein Porträt: ‹Ein wenig Reserve, ein gewisses Maß an geistiger Unterordnung unter Doktrinen und Gepflogenheiten; ich möchte hinzufügen: viel Herz und eine nachsichtige Verblendung ohnegleichen Ihren Freundinnen gegenüber.›

Es kam nicht häufig vor, daß wir so ausdrücklich von uns sprachen. Lag es an mir? Tatsache ist, daß Zaza in freundlicher Weise auf meine ‹Reserve› anspielte: wünschte sie von meiner Seite vielleicht größere Freimütigkeit? Die Zuneigung, die ich ihr entgegenbrachte, war fanatisch, die ihre mir gegenüber voller Vorbehalte; aber zweifellos war ich für dieses Übermaß an Zurückhaltung verantwortlich.

Diese Reserve lastete besonders auf mir. Obwohl Zaza ausfällig und ironisch sein konnte, hatte sie doch viel Gefühl; eines Tages war sie im Cours Désir mit ganz verstörter Miene erschienen, weil sie am Tage zuvor die Nachricht vom Tode eines entfernten kleinen Vetters bekommen hatte. Sie wäre über den Kult gerührt gewesen, den ich mit ihr trieb; es wurde mir unerträglich, daß sie nichts davon ahnte. Da mir Worte unmöglich schienen, erfand ich eine Geste. Freilich barg dieser Vorstoß ein großes Risiko in sich; Mama würde meine Initiative lächerlich finden oder Zaza selbst sie möglicherweise mit Befremden aufnehmen. Aber ich hatte ein solches Bedürfnis danach, meinen Gefühlen Ausdruck zu geben, daß ich einmal tatsächlich meine Grenzen überschritt. Ich teilte meinen Plan meiner Mutter mit, die ihn billigte. Ich hatte vor, Zaza zu ihrem Namenstage ein Täschchen zu schenken, das ich mit eigener Hand herstellen wollte. Ich kaufte rote und blaue golddurchwirkte Seide, die mir die Höhe des Luxus schien; nach einem Muster aus der *Praktischen Mode* brachte ich den Stoff auf eine Grundform aus Rohrgeflecht und fütterte das Täschchen mit kirschroter Seide ab; endlich umhüllte ich mein Werk mit Seidenpapier. An dem bewußten Tag paßte ich Zaza in der Garderobe ab; als ich ihr mein Geschenk überreichte, sah sie mich voll Staunen an, dann stieg ihr das Blut in die Wangen, und ihr Gesicht veränderte sich; einen Augenblick lang standen wir einander stumm gegenüber, befangen durch unsere innere Bewegung und unfähig, in unserem Repertoire ein geeignetes Wort oder eine passende Gebärde zu finden. Am folgenden Tage trafen sich unsere Mütter. «Du mußt dich bei Madame de Beauvoir bedanken», sagte Madame Mabille mit ihrer höflichen Stimme, «sie hat sich deinetwegen so viel Mühe gemacht.» Sie versuchte also, meine Handlungsweise in den Rahmen des Höflichkeitsaustausches unter Erwachsenen einzubeziehen. Ich stellte in diesem Augenblick fest, daß ich sie nicht ausstehen konnte. Im übrigen erlitt sie Schiffbruch. Zwischen uns hatte sich etwas zugetragen, was nicht mehr auszulöschen war.

Dennoch blieb ich auf der Hut. Selbst wenn Zaza sich durchaus freundschaftlich zeigte, selbst wenn sie sich in meiner Gesellschaft wohlzufühlen schien, hatte sie noch immer Angst, ich könne ihr lästig fallen. Jene geheimnisvolle ‹Persönlichkeit›, die in ihr wohnte, gab sie mir immer nur auf ganz kurze Augenblicke zu erkennen: ich machte mir eine fast religiöse Vorstellung von ihrer eigenen Konfrontation mit sich selbst. Eines Tages ging ich in die Rue de Varennes, um mir bei ihr ein Buch abzuholen, das sie mir leihen wollte; sie war nicht zu Hause; man ließ mich in ihr Zimmer eintreten, ich solle dort warten, sie sei bestimmt sehr bald wieder zurück. Ich betrachtete die hellblau tapezierten Wände, die *Heilige Anna selbdritt* von Leonardo da Vinci, das Kruzifix; auf ihrem Schreibtisch hatte Zaza eines ihrer Lieblingsbücher, die *Essais* von Montaigne, aufgeschlagen zurückgelassen. Ich las die Seite, bei der sie gerade stehengeblieben war und an der sie später weiterlesen würde: was stand dort geschrieben? Die gedruckten Zeichen schienen mir schwerer zu entziffern als in den Zeiten, da ich das Alphabet noch nicht kannte. Ich versuchte das Zimmer mit Zazas Augen zu sehen, mich in den Monolog ihres Innern hineinzuversetzen: umsonst. Ich konnte alle die Gegenstände berühren, in die ihre Gegenwart sich eingezeichnet hatte, aber sie gaben sie mir nicht preis; indem sie mir kündeten, verbargen sie sie mir auch. Man hätte meinen können, daß sie sich gegen jeden Versuch einer Annäherung von meiner Seite verwahrten. Zazas Existenz schien mir so hermetisch abgeschlossen, daß ich darin nicht den geringsten Platz für mich fand. Ich ergriff mein Buch und flüchtete. Als ich ihr am folgenden Tage begegnete, schien sie sehr verwundert: weshalb war ich so eilig wieder gegangen? Ich konnte ihr dafür keine Erklärung geben. Ich gestand sogar mir selbst die fieberhafte Qual nicht ein, mit der ich das Glück bezahlte, das sie mir spendete.

Die meisten Jungen, die ich kannte, fand ich steif und borniert; dennoch wußte ich, daß sie einer bevorrechtigten Kategorie angehörten. Ich war bereit, sobald sie nur ein wenig Charme oder Lebendigkeit zeigten, ihren Vorrang anzuerkennen. Mein Vetter Jacques hatte den seinen für mich nie verloren. Er bewohnte allein mit seiner Schwester und einem alten Dienstmädchen das Haus am Boulevard Montparnasse und kam oft abends zu uns. Mit dreizehn Jahren hatte er bereits die Umgangsformen eines jungen Mannes. Die Selbständigkeit seines Lebens, seine Autorität in allen Diskussionen hatten aus ihm vorzeitig einen Erwachsenen gemacht, und ich fand ganz normal, daß er mich als kleine Kusine behandelte. Wir freuten uns sehr, meine Schwester und ich, wenn wir sein Klingelzeichen erkannten. Eines Abends kam er so spät, daß wir bereits zu Bett gegangen waren. Im Nachthemd stürzten wir ins Arbeitszimmer. «Aber Kinder!» sagte meine Mutter, «so könnt ihr doch nicht erscheinen! Dafür seid ihr doch schon zu groß!» Ich war erstaunt. Immer hatte ich Jacques als eine Art von Bruder angesehen. Er half mir bei meinen lateinischen Übersetzungen, kritisierte die Auswahl meiner Lektüre und sagte mir Gedichte auf. Eines Abends rezitierte er auf dem Balkon *La Tristesse d'Olympio*, und ich erinnerte mich mit einem leisen Weh im Herzen, daß wir verlobt gewesen waren. Jetzt führte er richtige Gespräche nur mit meinem Vater.

Er war Externer im Collège Stanislas, wo er sich sehr hervortat; zwischen seinem vierzehnten und fünfzehnten Jahr schwärmte er lebhaft für einen Literaturprofessor, der ihn darüber belehrte, daß Mallarmé Rostand vorzuziehen sei. Mein Vater zuckte die Achseln, dann wurde er ärgerlich. Da Jacques *Cyrano* herabsetzte, ohne mir die Schwächen dieses Stücks erklären zu können, und mit genießerischer Miene unverständliche Verse rezitierte, ohne mich für ihre Schönheiten empfänglich zu machen, stimmte ich mit meinen Eltern überein, daß er ein Poseur sei. Aber obwohl ich seinen Geschmack ablehnte, bewunderte ich doch, daß er ihn mit einer solchen hochmütigen Sicherheit vertrat. Er kannte eine Menge Dichter und Schriftsteller, von denen ich keine Ahnung hatte; mit ihm kam in das Haus ein Raunen aus einer Welt, die mir bislang verschlossen geblieben war: wie gerne hätte ich in sie eindringen mögen! Papa erklärte gern: «Simone hat das Gehirn eines Mannes, Simone ist ein Mann.» Dennoch wurde ich als junges Mädchen behandelt. Jacques und seine Kameraden lasen wirkliche Bücher. Sie waren auf dem laufenden über die wahren Probleme; sie lebten unter freiem Himmel, während man mich noch ins Kinderzimmer sperrte. Aber ich verzweifelte nicht, sondern vertraute auf meine Zukunft. Durch Wissen oder Talente hatten sich Frauen bereits eine Stellung in der Welt der Männer verschafft. Ich aber war ungeduldig über die Verzögerung, die mir auferlegt war. Wenn ich zuweilen am Collège Stanislas vorbeikam, zog sich mein Herz zusammen; ich malte mir die Mysterien aus, die hinter diesen Wänden gefeiert wurden; ich sah eine Klasse von Knaben vor mir, während ich selbst mich in der Verbannung fühlte. Sie hatten als Lehrer Männer von glänzender Intelligenz, die ihnen das Wissen in seinem ungetrübten Glanz vermittelten. Meine alten Lehrerinnen teilten es mir nur in gereinigter, verwässerter, abgelagerter Form mit. Man nährte mich mit Ersatz und hielt mich im Käfig gefangen.

Tatsächlich betrachtete ich die Damen des Cours Désir nicht mehr als erhabene Priesterinnen des Wissens, sondern als eher lächerliche Betschwestern. Mehr oder weniger an den Jesuitenorden angeschlossen, trugen sie das Haar auf der Seite gescheitelt, solange sie noch Novizinnen waren, und in der Mitte, sobald sie das Gelübde abgelegt hatten. Sie glaubten ihre Frömmigkeit durch die Extravaganz ihrer Kleidung bekunden zu müssen; sie trugen Taillen aus changierendem Taft mit Keulenärmeln und fischbeingesteiften Kragen: mit ihren Röcken fegten sie den Fußboden auf. Sie waren reicher an Tugenden als an Diplomen. Man fand bemerkenswert, daß Mademoiselle Dubois, eine brünette, schnurrbartgezierte Person, ihr Staatsexamen in Englisch ablegte; Mademoiselle Billon, die ungefähr dreißig Jahre alt war, wurde in der Sorbonne gesehen, wie sie errötend und mit Handschuhen an den Händen die mündliche Prüfung des Abituriums ablegte. Mein Vater machte kein Hehl daraus, daß er die frommen Frauen etwas zurückgeblieben fand. Er ärgerte sich, daß man mich, wenn ich in einer Niederschrift einen Spaziergang oder ein Fest schilderte, zwang, meine Erzählung mit einem ‹Dank an Gott für den schönen Tag› zu beenden. Er schätzte Voltaire, Beaumarchais und konnte Victor Hugo auswendig; er fand unvernünftig, daß man die französische Literatur mit dem siebzehnten Jahrhundert enden ließ. Er ging sogar so weit, Mama vorzuschlagen, sie solle uns, meine Schwester und mich, ins Lyzeum schicken: wir würden mehr und das sogar für geringeres Schulgeld lernen. Mit Eifer wies ich diese Zumutung von mir. Ich hätte alle Lebensfreude verloren, wenn ich mich von Zaza hätte trennen müssen. Meine Mutter ergriff meine Partei. Auch in diesem Punkte waren meine Gefühle geteilt. Ich wollte im Cours Désir bleiben, und trotzdem war ich nicht mehr gern dort. Ich fuhr fort, mit Eifer zu arbeiten, doch mein Verhalten änderte sich. Die Direktorin der Oberklassen, Mademoiselle Lejeune, eine große, dürre, lebhafte, sehr redegewandte Person, imponierte mir; aber mit Zaza und einigen Kameradinnen machte ich mich über die lächerlichen Seiten unserer übrigen Lehrer lustig. Den Aufseherinnen gelang es nicht mehr, uns in Ruhe zu halten. Die Zwischenstunden, die den Unterricht unterteilten, verbrachten wir in einem großen Raum, der als ‹Studiensaal› bezeichnet wurde. Wir schwatzten, wir lachten und reizten die ‹Pionne›, die damit beauftragt war, Ordnung zu halten, und die bei uns nur ‹die Vogelscheuche› hieß. Meine Schwester, die von allem genug hatte, war ganz ungeniert entschlossen, ungezogen zu sein. Zusammen mit einer Freundin, die sie sich selbst ausgesucht hatte, Anne-Marie Gendron, gründete sie das *Echo du Cours Désir*; Zaza lieh ihr Kopiermasse, und von Zeit zu Zeit arbeitete ich mit; wir verfaßten blutige Pamphlete. Betragensnoten bekamen wir nicht mehr, aber die ‹Damen› hielten uns Strafpredigten und beklagten sich bei Mama. Sie sorgte sich entsprechend, aber da Papa mit uns lachte, ging sie darüber hinweg. Niemals kam mir auch nur von fern der Gedanke, diesen Ausfällen irgendeine moralische Bedeutung beizulegen; die Damen besaßen in meinen Augen nicht mehr die Schlüssel über die Bereiche des Guten und Bösen, seitdem ich entdeckt hatte, daß sie einfach dumm waren.

Dummheit war das, was wir beide, meine Schwester und ich, früher den Kindern vorwarfen, die wir langweilig fanden; jetzt legten wir sie vielen erwachsenen Personen zur Last, besonders unseren Damen. Ihre salbungsvollen Reden, ihr feierliches Wiederkäuen von immer denselben Dingen, die großen Worte, die sie im Munde führten, ihre Heuchelei – das alles war in unseren Augen Dummheit; dumm war es, albernen Kleinigkeiten Wichtigkeit beizumessen, sich auf Hergebrachtes zu versteifen; Gemeinplätze, Vorurteile, Platitüden im Munde zu führen, der Gipfel der Dummheit jedoch, zu glauben, daß wir die tugendhaften Lügen schluckten, die uns vorgesetzt wurden. Die Dummheit gab uns Anlaß zum Lachen, sie war ein nie versiegender Quell der Erheiterung für uns. Unter ihrem Joch hätten wir nicht mehr das Recht gehabt zu denken, uns zu mokieren, wirkliche Wünsche zu hegen und zu wahren Freuden zu gelangen. Wir mußten sie entweder bekämpfen oder darauf verzichten, überhaupt zu leben.

Die Damen nahmen uns unsere Auflehnung sichtlich übel und machten auch kein Hehl daraus. Das Institut Adeline Désir legte großen Wert darauf, sich von Laieninstitutionen zu unterscheiden, in denen der Geist bereichert, die Seelen jedoch nicht gefördert wurden. Statt daß wir am Ende des Schuljahres Preise erhielten, die unseren Schulerfolgen entsprachen – was uns möglicherweise zu weltlichem Wettbewerb angereizt haben würde! –, wurden uns im Monat März unter dem Vorsitz des Bischofs Zertifikate und Medaillen ausgeteilt, durch die besonders unser Eifer, unsere Sittsamkeit und auch unsere mehr oder weniger lange Zugehörigkeit zum Hause diplomiert wurden. Die Veranstaltung ging in der ‹Salle Wagram› mit enormem Pomp vonstatten. Die höchste Auszeichnung war das ‹Ehrenzeugnis›, das alljährlich ganz wenigen Auserwählten in jeder Klasse, die sich auf allen Gebieten ausgezeichnet hatten, zuerkannt wurde. Die anderen erhielten nur Einzelanerkennungen. Als in diesem Jahre mein Name unter allgemeinem Schweigen feierlich aufgerufen worden war, hörte ich zu meinem Staunen Mademoiselle Lejeune verkünden: «Anerkennung in Mathematik, Geschichte und Geographie.» Unter meinen Klassenkameradinnen erhob sich ein teils erstauntes, teils befriedigtes Murmeln, denn ich hatte unter ihnen nicht nur Freundinnen. Mit Würde steckte ich diese Ohrfeige ein. Am Ende der Veranstaltung sprach unser Geschichtslehrer meine Mutter an: der Einfluß Zazas auf mich sei unheilvoll; man dürfe uns während des Unterrichts nicht mehr nebeneinander sitzen lassen. Wie sehr ich mich auch zusammennahm, schossen mir doch die Tränen in die Augen – zum großen Vergnügen von Mademoiselle Gontran, die der Meinung war, ich weine über den Verlust meines ‹Ehrenzeugnisses›; ich glaubte, vor Zorn ersticken zu müssen, weil man mich von Zaza trennen wollte. Aber mein Gram saß noch tiefer. Hier, in diesem trübseligen Korridor, wurde mir dunkel bewußt, daß meine Kindheit zu Ende ging. Die Erwachsenen bevormundeten mich zwar noch, vermochten mir aber nicht mehr den Frieden des Herzens zu sichern. Ich war von ihnen durch die Freiheit getrennt, aus der ich freilich keine stolze Genugtuung zog, sondern die ich nur einsam erlitt.

Ich herrschte nicht mehr über die Welt. Die Fassaden der Häuser, die gleichgültigen Blicke der Vorübergehenden verwiesen mich ins Exil. Deshalb nahm meine Liebe zum Lande mystische Ausmaße an. Sobald ich in Meyrignac war, sanken die Mauern rings um mich nieder, der Horizont wich weiter zurück. Ich verlor mich im Unendlichen und blieb dennoch ich selbst. Unter den Lidern verspürte ich die Hitze der Sonne, die für alle strahlt und die hier, in diesem Augenblick, mich umschmeichelte. Der Wind umwogte die Pappeln, er kam aus der Ferne, von überall her, er brauste durch den Raum, und ich wehte und webte mit ihm bis an die Grenzen der Erde. Wenn der Mond sich am Himmel hob, fühlte ich mich mit fernen Städten, mit Wüsten, Meeren, Dörfern verbunden, die im gleichen Augenblick von seinem

Licht überflutet wurden. Ich war nicht mehr ein leeres Bewußtsein, ein abstrakter Blick, sondern das Wogen der Buchweizenähren, der intime Duft des Heidekrauts, die dichte Wärme des Mittags und das leise Schauern der Dämmerung; ich wog schwer, und dennoch verflüchtigte ich mich im Himmelsblau, ich hatte keine Grenzen.

Meine Kenntnis der Menschen bestand noch nicht lange, mangels rechter Einsicht und geeigneter Formulierungen erfaßte ich ihr Wesen nicht ganz. Die Natur enthüllte mir in sichtbarer und greifbarer Gestalt eine Menge von Formen des Lebens, denen ich sonst nie nähergekommen wäre. Ich bestaunte die großartige Einsamkeit der Eiche, die den ‹Landschaftspark› beherrschte; ich fühlte mich wehmütig gestimmt durch die kollektive Verlassenheit, in der die Grashalme lebten. Ich lernte die Unschuld des Morgens kennen, die Schwermut der Dämmerung, Triumph und Niedergang, frühlingshaftes Werden und Todesgrauen. Etwas in mir würde eines Tages mit dem Duft des Geißblatts harmonisch zusammenstimmen. Jeden Abend saß ich an der gleichen Stelle im Heidekraut und betrachtete die blaue Wellenlinie der Monédières: jeden Abend ging die Sonne hinter dem gelben Hügel unter, aber die Tönungen: Rot, Rosa, Karmin, Purpur und Violett waren nie die gleichen. In den ruhig daliegenden Wiesen summte es vom Morgen bis in die Nacht von immer neuem Leben. Unter dem ewig wechselnden Himmel bedeutete Treue nicht bloße Routine und Altern nicht unbedingt Verzicht.

Von neuem war ich einzig und fühlte, daß alles nach mir verlangte: mein Blick war nötig, damit das Rot der Buche sich vom Blau der Zeder und dem Silberton der Pappel unterschied. Wenn ich fortging, zerfiel die Landschaft, sie existierte für niemanden, sie war überhaupt nicht mehr da.

Dennoch verspürte ich weit lebhafter als in Paris die Gegenwart Gottes rings um mich her; in Paris blieb er mir hinter den Menschen und ihren Werken verborgen; hier sah ich Gräser und Wolken so, wie er sie dem Chaos abgewonnen hatte, sie trugen seine Spur. Je mehr ich mich an den Boden heftete, desto näher kam ich ihm, so daß jeder Spaziergang zu einem Akt der Anbetung wurde. Seine Souveränität nahm mir die meine jedoch nicht. Er kannte alle Dinge auf seine Art, das heißt absolut. Aber es kam mir doch vor, als brauche er gewissermaßen meine Augen, damit die Bäume Farbe bekämen. Der brennende Sonnenglast, die kühle Frische des Taus – wie konnten sie von einem reinen Geist verspürt werden außer durch das Mittel meines Körpers? Er hatte diese Erde für die Menschen geschaffen, die Menschen aber, damit sie Zeugnis von ihrer Schönheit ablegten: die Mission, mit der ich mich immer schon auf unbestimmte Weise betraut gefühlt hatte, war mir von ihm zugewiesen worden. Weit davon entfernt, mich zu entthronen, befestigte er meine Herrschaft vielmehr. Wenn der Schöpfung meine Gegenwart fehlte, glitt sie in dumpfen Schlummer zurück; indem ich sie weckte, oblag ich meinen heiligsten Pflichten, während die Erwachsenen die Pläne Gottes verrieten. Sobald ich morgens die weißen Gatter hinter mir gelassen hatte, um mich ins Waldesdickicht zu flüchten, rief er mich ganz persönlich an. Er sah mich wohlgefällig die Welt betrachten, die er geschaffen hatte, auf daß ich sie erschaue.

Selbst wenn mich Hunger peinigte, wenn ich vom Lesen und Grübeln müde war, widerstrebte es mir, mich in den abgesperrten Raum und die verknöcherte Zeit der Erwachsenen zurückzubegeben und in sie einzuordnen. Eines Abends vergaß ich Ort und Stunde. Es war in La Grillère. Ich hatte lange, am Ufer eines Teiches sitzend, eine Geschichte des hl. Franziskus von Assisi gelesen: als es dämmrig wurde, hatte ich das Buch zugeklappt; im Grase liegend, betrachtete ich den Mond; er glänzte über einem vom ersten Tau der Nacht betränten Umbrien: die Süße der Stunde überwältigte mich.

Ich hätte sie in all ihrer Flüchtigkeit festhalten, sie mit Worten für immer aufs Papier bannen mögen; es wird andere Stunden geben, sagte ich mir, und ich werde lernen, wie man sie festhalten kann. Ich blieb auf dem Boden liegen, den Blick unbeweglich zum Himmel gewandt. Als ich die Tür des Billardzimmers öffnete, hatten sie drinnen bereits fast fertig zur Nacht gegessen. Es gab einen riesengroßen Krach, an dem auch Papa sich stimmstark beteiligte. Mama verfügte als Gegenmaßnahme, ich dürfe am nächsten Tag keinen Fuß aus dem Park hinaussetzen. Einfach ungehorsam zu sein, wagte ich freilich nicht. Ich verbrachte den Tag damit, auf dem Rasen zu sitzen oder, ein Buch in der Hand und Zorn im Herzen, in den Alleen spazierenzugehen. Da drüben schlug das Wasser im Teiche Wellen und glättete sich wieder ohne mich, ohne einen Zeugen; es war unerträglich. ‹Wenn es noch regnete›, sagte ich mir, ‹wenn ein wirklicher Grund bestände, würde ich es ertragen.› So fand ich in unveränderter Form die Revolte in mir wieder vor, die früher schon in mir wütete; ein beiläufig hingeworfenes Wort genügte, mich um eine Freude, eine Erfüllung zu bringen; diese Beraubung der Welt und meiner selbst aber war für nichts und für niemanden nützlich. Glücklicherweise wiederholte diese Zwangsmaßnahme sich nicht. Alles in allem verfügte ich, wofern ich pünktlich zu den Mahlzeiten erschien, frei über meine Tage.

Meine Ferien bewahrten mich davor, die Freuden der Betrachtung mit Langeweile zu verwechseln. In Paris, in den Museen, kam es vor, daß ich mich selbst betrog; aber ich kannte doch den Unterschied zwischen erzwungener Bewunderung und aufrichtiger Ergriffenheit. Ich lernte auch, daß man, um in das Geheimnis der Dinge einzudringen, sich ihnen zuvor hingeben muß. Im allgemeinen trug meine Neugier die Züge der Gier schlechthin; ich glaubte schon zu besitzen, was ich nur kannte, und es bereits beim bloßen

Überfliegen zu kennen. Um aber ein Eckchen der Landschaft mir wirklich zu eigen zu machen, streifte ich Tag für Tag durch die Hohlwege hin und stand stundenlang unbeweglich am Fuße eines Baumes: dann rührte wirklich jede Schwingung der Luft, jede Nuance des Herbstes mich an.

Ich fand mich schlecht damit ab, wieder in Paris zu sein. Ich setzte mich auf den Balkon: überall sah ich nur Dächer; der Himmel war nichts weiter als ein geometrischer Ort, die Luft war nicht mehr Duft und Schmeichelei, sondern wurde eins mit dem leeren Raum. Die Geräusche der Straße sprachen nicht zu mir. Mit leerem Herzen und tränenfeuchten Augen saß ich da.

In Paris geriet ich wieder unter die Macht der Erwachsenen. Auch weiterhin fand ich mich ohne Kritik mit ihrer Weltsicht ab. Man kann sich keine Unterweisung vorstellen, die sektiererischer wäre als die, welche ich erhielt. Nachschlagewerke für den Unterricht, Bücher, Lehrstunden, Unterhaltungen, alles diente dem gleichen Ziel. Niemals ließ man mich auch nur von ferne oder ganz gedämpft einen anderen Ton vernehmen.

Ich lernte Geschichte ebenso gefügig wie Geographie, ohne zu ahnen, daß sie etwas war, was mehr Anlaß zu Diskussionen bot. Als ich noch ganz klein war, fühlte ich mich im Musée Grévin tief ergriffen angesichts der den Löwen ausgelieferten Märtyrer oder beim Anblick der edlen Gestalt von Marie-Antoinette. Die Kaiser, die die Christen verfolgt hatten, die strickenden Frauen und die Sansculotten kamen mir wie die abscheulichsten Verkörperungen des Bösen vor. Das Gute war die Kirche und Frankreich. In der Schule lernte ich Einzelheiten über Päpste und Konzilien; weit mehr aber interessierte ich mich für die Geschicke meines eigenen Landes; seine Vergangenheit, seine Gegenwart, seine Zukunft gaben zu Hause den Stoff für zahlreiche

Gespräche ab; Papa las mit Entzücken die Werke von Madelin, Lenôtre oder Funck-Brentano; man gab mir viele historische Romane und Erzählungen sowie die ganze, von Madame Carette gereinigte Memoirenliteratur zu lesen. Gegen mein neuntes Jahr hin hatte ich über das Unglück Ludwigs XVII. und den Heroismus der Chouans geweint. Frühzeitig jedoch verzichtete ich auf die Monarchie; ich fand es sinnlos, daß die Macht von der Erblichkeit abhängen und meistenteils Dummköpfen zufallen sollte. Es kam mir normaler vor, daß man die Herrschaft den kompetentesten Leuten anvertraute. Bei uns, das wußte ich, war das leider nicht der Fall. Ein Fluch verdammte uns dazu, als leitende Männer stets nur Lumpen zu haben; daher nahm denn auch Frankreich, obwohl es wesensmäßig allen anderen Nationen überlegen war, in der Welt nicht die Stelle ein, die ihm eigentlich zukam. Manche von Papas Freunden verfochten gegen ihn, man habe in England und nicht in Deutschland unseren Erbfeind zu sehen; aber ihre Unstimmigkeiten gingen nie sehr weit. Sie einigten sich darauf, daß im Grunde jegliches Ausland in seiner Existenz lächerlich und gefährlich sei. Als ein Opfer des Wilsonschen Idealismus, durch den brutalen Realismus der Boches und der Bolschewiken in seiner Zukunft bedroht, eilte Frankreich mangels einer Führung durch eine starke Hand seinem Ruin entgegen. Im übrigen war die gesamte Zivilisation zum Schiffbruch verurteilt. Mein Vater, der auf dem besten Wege war, sein Kapital zu verzehren, gab die ganze Menschheit bereits dem Untergang preis; Mama stimmte in seine Klagen ein. Es gab die rote Gefahr und die gelbe Gefahr: bald würde aus den fernsten Bereichen der Erde und den tiefsten Niederungen der Gesellschaft eine neue Barbarei hervorquellen und eine Revolution die Welt in das Chaos stürzen. Mein Vater prophezeite diese Katastrophen mit einer leidenschaftlichen Verve, die mich aufs tiefste bestürzte; diese Zukunft, die er in so grausigen Farben malte, war ja doch die meine; ich liebte das Leben und vermochte mich nicht damit abzufinden, daß es morgen nur noch ein einziges hoffnungsloses Lamentieren geben solle. Eines Tages ging ich so weit, anstatt einfach die Flut der alles zerstörenden Worte und Bilder über mein Haupt dahinbrausen zu lassen, dem etwas entgegenzuhalten: ‹Auf alle Fälle›, sagte ich mir, ‹siegen ja immer Menschen.› Wenn man meinen Vater hörte, so hätte man meinen können, daß mißgebildete Ungeheuer auf dem Wege waren, die Menschheit in Stücke zu zerreißen; aber so war es ja doch nicht: in beiden Lagern standen Menschen einander gegenüber. Schließlich, dachte ich, wird die Mehrheit eben den Sieg davontragen; die Unzufriedenen werden in der Minderheit sein. Wenn das Glück den Besitzer wechselt, ist das an sich noch keine Katastrophe. Das Andere hatte plötzlich aufgehört, mir als das unbedingt Schlechte zu erscheinen: ich sah nicht ein, weshalb man von vornherein den Interessen der anderen diejenigen vorziehen sollte, die angeblich meine waren. Ich atmete wieder auf. Die Erde war nicht mehr in Gefahr. Die Angst hatte mir zu dieser Erleuchtung verholfen; um der Verzweiflung zu begegnen, hatte ich einen Ausweg entdeckt, als ich nach ihm mit aller Leidenschaft suchte. Jedoch mein Sicherheitsbedürfnis und meine bequemen Illusionen machten mich unempfänglich für soziale Probleme. Ich war noch hundert Meilen davon entfernt, die bestehende Ordnung etwa in Frage zu stellen.

Es wäre noch zu wenig gesagt, wenn ich nur behauptete, daß das Eigentum mir als ein geheiligtes Recht erschien. Wie früher zwischen dem Wort und der Sache, die es bezeichnete, setzte ich auch zwischen dem Besitzer und seinen Gütern eine konsubstantielle Verbindung voraus. Zu sagen: *Mein* Geld, *meine* Schwester, *meine* Nase bedeutete in allen drei Fällen, daß man ein Band bestätigte, das kein Wille je zerstören konnte, weil es jenseits von jeder Übereinkunft bestand. Als mir erzählt wurde, der Staat habe, um die Eisenbahnlinie zu erbauen, die an Uzerche vorbeiführte, eine Anzahl von Bauern und Grundbesitzern enteignet, war ich kaum weniger empört, als wenn es sich um Blutvergießen gehandelt hätte. Meyrignac gehörte meinem Großvater so unbedingt wie sein eigenes Leben.

Hingegen gestand ich nicht zu, daß eine einfache nackte Tatsache wie der Reichtum irgendein Recht begründen oder ein Verdienst übermitteln könne. Das Evangelium predigt die Armut. Ich hatte viel mehr Hochachtung vor Louise als vor einer großen Zahl wohlhabender Damen. Ich war empört, daß meine Kusine Madeleine den Bäckern nicht guten Tag sagen wollte, die mit ihren Wagen nach La Grillère kamen, um das Brot abzuliefern. «Es ist an ihnen, mich zuerst zu grüßen», erklärte sie. Ich glaubte an die abstrakte Gleichheit der menschlichen Personen. In Meyrignac las ich ein geschichtliches Werk, in dem das Klassenwahlrecht befürwortet wurde. Ich warf den Kopf zurück: «Es ist schamlos, die Armen an der Abstimmung zu hindern!» Papa lächelte nur. Er erklärte mir, daß eine Nation eine Gesamtheit von Gütern ist; denjenigen, die diese Güter innehaben, kommt normalerweise auch die Sorge für ihre Verwaltung zu. Er schloß, indem er mir das Wort von Guizot: ‹Bereichert euch!› zitierte. Seine Darlegung bestürzte mich. Papa war es nicht gelungen, sich zu bereichern: hätte er daraufhin richtig gefunden, daß man ihm seine Rechte vorenthielt? Wenn ich Einspruch erhob, so geschah es im Namen des Wertsystems, das anzuerkennen er selbst mich gelehrt hatte. Er seinerseits schätzte es nicht, wenn man den Wert eines Menschen nach seinem Bankkonto bemaß, und machte sich gern über die ‹Neureichen› lustig. Die Elite erhielt ihren Charakter als solche seiner Meinung nach durch Intelligenz, Kultur, korrekte Orthographie, eine gute Erziehung und gesunde Ideen. Es fiel mir leicht, seinen Gedankengängen zu folgen, wenn er gegen das allgemeine Stimmrecht die Dummheit und Unwissenheit der Mehrzahl der Wähler ins Feld führte: allein die ‹aufgeklärten› Leute hatten Recht auf eine Stimme im Rat. Ich beugte mich dieser Logik, die noch durch die empirische Wahrheit bekräftigt wurde: Die ‹Aufklärung› ist ein Vorrecht der Bourgeoisie. Manche Individuen der unteren Schichten bringen es zwar zu intellektuellen Leistungen, aber sie bewahren doch immer etwas Volksschülerhaftes und bleiben meist halbgebildet. Jeder Mann aus guter Familie hingegen hat ein gewisses Etwas, das ihn vom gemeinen Volk unterscheidet. Ich war nicht einmal so sehr schockiert, daß das Verdienst mit dem Zufall der Geburt verknüpft sein sollte, da ja schließlich der Wille Gottes über die Chancen eines jeden entschied. Auf alle Fälle schien mir die Tatsache vollkommen klar zu sein: moralisch gesehen und also absolut stand die Klasse, der ich angehörte, turmhoch über der übrigen Gesellschaft. Wenn ich mit Mama Großpapas Pächter besuchte, so schien mir der Jauchegeruch, der Schmutz der Wohnräume, in dem die Hühner umherliefen, die Derbheit der Möbel ein Ausdruck ihrer plumpen Seelen zu sein; ich sah sie lehmbeschmiert und nach Schweiß und Erde riechend auf den Feldern arbeiten, niemals widmeten sie sich dem Anblick der Harmonie der Landschaft. Von der Schönheit des Sonnenuntergangs wußten sie schlechterdings nichts. Sie lasen keine Bücher, sie hatten keine Ideale. Papa erklärte, übrigens ohne jede Animosität, sie seien eben ‹Kloben›. Wenn er mir Gobineaus *Essai über die Ungleichheit der menschlichen Rassen* vorlas, machte ich mir bereitwillig die Idee zu eigen, daß das Hirn dieser Leute anders geartet sei als das unsere.

Ich liebte so sehr das Land, daß das Leben der Bauern mir glücklich erschien. Hätte ich das der Arbeiter sehen können, hätte ich wohl kaum anders gekonnt, als mir Fragen zu stellen, doch ich wußte überhaupt nichts davon. Nach ihrer Verheiratung beschäftigte sich Tante Lili, weil sie nichts mit sich anzufangen wußte, viel mit Wohltätigkeit; sie nahm mich manchmal mit, wenn hierfür ausgewählten Kindern Spielzeug ins Haus gebracht werden sollte; diese Armen kamen mir nicht unglücklich vor. Eine Anzahl von guten Seelen betreute sie, und die Schwierigkeiten von Saint-Vincent-de-Paul widmeten sich ganz speziell ihrem Dienst. Es gab gewiß Unzufriedene unter ihnen: das waren falsche Arme, die sich nur am Weihnachtsabend mit gebratenem Truthahn vollstopfen ließen, oder schlechte, die tranken. Einige Bücher – die von Dickens, *Sans famille* von Hector Malot – beschrieben ihre harte Existenz; ich fand das Schicksal der Bergleute furchtbar, die den ganzen Tag in düsteren Schächten eingeschlossen und vom Schlagwetter bedroht ihre Arbeit verrichteten. Man versicherte mir jedoch, die Zeiten hätten sich geändert. Die Arbeiter arbeiteten sehr viel weniger und verdienten sehr viel mehr; seit der Schaffung der Gewerkschaften seien die wahren Unterdrückten vielmehr die Arbeitgeber. Die Arbeiter, hierin weit besser daran als wir, brauchten nicht zu repräsentieren und könnten sich daher allsonntäglich ein Huhn im Topf leisten. Auf dem Markt kauften ihre Frauen die besten Stücke und hatten außerdem noch Geld für Seidenstrümpfe. Die Härte der Arbeit, der mangelnde Komfort ihrer Wohnungen war für sie etwas Gewohntes; sie litten nicht darunter, wie wir darunter gelitten hätten. Ihre Beschwerden hatten nicht die Entschuldigung der wirklichen Not. «Im übrigen», erklärte mein Vater achselzuckend, «stirbt man nicht an Hunger!» Nein, wenn die Arbeiter das Bürgertum haßten, so deswegen, weil sie sich der Überlegenheit dieser Klasse bewußt waren. Kommunismus und Sozialismus erklärten sich einzig durch den Neid. «Der Neid aber», pflegte mein Vater zu sagen, «ist eine häßliche Regung.»

Ein einziges Mal bekam ich eine Ahnung davon, was

Elend bedeutet. Louise bewohnte mit ihrem Mann, dem Dachdecker, ein Zimmer unter dem Dach in der Rue Madame; sie hatte ein Baby, und ich besuchte sie in Mamas Begleitung. Noch niemals hatte ich die Füße in einen sechsten Stock gesetzt. Der trübselige Gang, auf den sich ein Dutzend ganz gleicher Türen öffneten, wirkte bedrückend auf mich. Louises winziges Zimmer enthielt ein Eisenbett, eine Wiege und einen Tisch, auf dem ein Spirituskocher stand; sie schlief, kochte, aß und lebte mit ihrem Mann zusammen innerhalb dieser vier Wände; überall längs des Korridors hausten Menschen in gleicher erstickender Enge in ebensolchen Löchern; schon das enge Zusammenleben bei uns zu Hause und die Einförmigkeit der Tage des bürgerlichen Daseins bedrückten mich. Hier ahnte ich eine Welt, in der die Luft, die man atmete, einen Geruch nach Kohlenruß hatte und die von einer Schmutzschicht bedeckt war, durch die kein Lichtstrahl drang: das Dasein hier kam mir vor wie eine langsame Agonie. Kurze Zeit darauf verlor Louise ihr Kind. Ich schluchzte stundenlang: es war das erste Mal, daß ich das Unglück greifbar nahe vor mir sah. Ich stellte mir Louise in ihrem freudlosen Zimmer, ihres Kindes beraubt, ohne alles, vor: eine solche Not hätte den Erdkreis erschüttern müssen. ‹Das ist doch zu ungerecht!› sagte ich mir und dachte dabei nicht nur an das tote Kind, sondern auch an den Korridor im sechsten Stock. Schließlich aber trocknete ich meine Tränen, ohne die Gesellschaft ernstlich in Frage gestellt zu haben.

Es war sehr schwer für mich, aus eigenem Vermögen zu denken, denn das System, das man mich lehrte, war gleichzeitig vollkommen einheitlich und dennoch zusammenhanglos. Wenn meine Eltern sich gestritten hätten, so hätte ich sie zueinander in Opposition setzen können. Eine wirklich einzigartige strenge Doktrin hätte meiner jungen Logik solide Angriffspunkte geboten. Da ich aber gleichzeitig mit der Moral von ‹Les Oiseaux› und auf der Basis des väterlichen Nationalismus erzogen wurde, geriet ich tief in Widersprüche hinein. Weder meine Mutter noch die Damen des Cours Désir zweifelten daran, daß der Papst vom Heiligen Geist erwählt worden sei; indessen wollte mein Vater nicht, daß er sich mit weltlichen Angelegenheiten befaßte, und Mama dachte wie er; als Leo XIII. Enzykliken über soziale Fragen erließ, verstieß er gegen seine Sendung. Pius X., der kein Wort in dieser Richtung geäußert hatte, war ein Heiliger. Ich mußte also mit dem paradoxen Standpunkt fertig werden, daß der Mann, den Gott zu seinem Stellvertreter auf Erden gewählt hatte, sich nicht mit irdischen Dingen abgeben dürfe. Frankreich war die älteste Tochter der Kirche; es schuldete seiner Mutter Gehorsam. Nichtsdestoweniger gingen die nationalen Werte den katholischen voran. Wenn in Saint-Sulpice für ‹die hungernden Kinder in Mitteldeutschland› gesammelt wurde, war meine Mutter empört und wollte ‹für die Boches› nichts geben. Unter allen Umständen hatten Patriotismus und Sorge um die bestehende Ordnung den Vorrang vor der christlichen Caritas. Lügen hieß Gott beleidigen; indessen behauptete Papa, daß Oberst Henry, indem er eine Fälschung beging, als Ehrenmann gehandelt habe. Töten war ein Verbrechen, aber die Todesstrafe durfte nicht abgeschafft werden. Man lehrte mich schon frühzeitig den Kompromiß der Kasuistik, Gott vollkommen von Cäsar zu trennen und jedem das Seine zu geben; immerhin blieb es bestürzend, daß Cäsar über Gott jeweils den Sieg davontrug. Wenn man die Welt gleichzeitig nach den Bibelversen und den Spalten des *Matin* betrachten muß, so trübt sich naturgemäß die Sicht. Es blieb mir nichts anderes übrig, als mich mit geschlossenen Augen der Autorität anheimzugeben.

Ich unterwarf mich ihr tatsächlich blind. Ein Konflikt war zwischen der ‹Action Française› und der ‹Démocratie Nouvelle› ausgebrochen. Da die ‹Camelots du roi› sich den Vorteil der Zahl gesichert hatten, griffen sie die Parteigänger Marc Sangniers an und gossen ihnen Flaschen voll Rizinusöl in den Hals. Papa und seine Freunde amüsierten sich sehr darüber. Ich hatte in früher Kindheit gelernt, die Leiden der Bösen zu verlachen; ohne mir selbst ein Urteil zu bilden, behauptete auch ich im Vertrauen auf Papa, es sei dies ein sehr komischer Spaß. Als ich mit Zaza die Rue Saint-Benoît entlangging, spielte ich vergnügt auf die Situation an. Zazas Züge verhärteten sich. «Das ist infam!» sagte sie in empörtem Ton. Ich wußte nicht, was ich antworten sollte. In tiefer Zerknirschung wurde mir klar, daß ich blindlings die Haltung Papas angenommen hatte, ohne mir selbst im geringsten Gedanken zu machen. Auch Zaza drückte die Meinung ihrer Familie aus. Ihr Vater hatte dem ‹Sillon› angehört, bevor die Kirche diesen in den Bann getan hatte. Er war auch weiterhin der Meinung, daß die Katholiken soziale Verpflichtungen hätten und verwarf die Theorie von Maurras; diese Haltung war so folgerichtig, daß ein kleines Mädchen von vierzehn Jahren sich ihr aus voller Überzeugung anschließen konnte; Zazas Empörung, ihr Grauen vor Gewalt waren aufrichtig empfunden. Ich aber hatte wie ein Papagei nachgeplappert und fand in mir keinerlei entsprechende Regungen vor. Ich litt unter Zazas Verachtung, aber was mich noch tiefer beunruhigte, war der Meinungszwiespalt, der sich zwischen ihr und meinem Vater auftat: ich wollte keinem von beiden Unrecht geben. Ich sprach darüber mit Papa; er zuckte die Achseln und sagte, Zaza sei noch ein Kind; diese Antwort befriedigte mich nicht. Zum ersten Male war ich in die Enge getrieben und mußte Partei ergreifen: aber ich verstand nichts davon und faßte keinen Entschluß. Die einzige Folgerung, die ich aus diesem Zwischenfall zog, bestand in der Einsicht, daß man auch eine andere Meinung haben könne als mein Vater. Selbst die Wahrheit stand nicht mehr unbedingt fest.

Die Lektüre der *Histoire des deux Restaurations* von Vaulabelle machte mich zum Liberalismus geneigt; zwei Sommer hindurch hatte ich die sieben Bände aus dem Bücherschrank meines Großvaters gelesen. Ich weinte über Napoleons Niederlage; ich haßte Monarchie, Konservatismus und Obskurantismus. Ich wünschte mir, daß die Vernunft über die Menschen herrschte, und begeisterte mich für die Demokratie, die allein, so glaubte ich, gleiche Rechte und Freiheit garantierte. Darüber hinaus ging ich nicht.

Ich interessierte mich weit weniger für fernliegende soziale Fragen als für die Probleme, die mich selbst betrafen: die Moral, das Leben meines Inneren, meine Beziehungen zu Gott. Über diese Dinge begann ich jetzt nachzudenken.

Die Natur sprach zu mir von Gott. Aber in ganz entscheidender Weise schien er der Welt völlig fremd zu sein, in der die Menschen ihr Treiben entfalteten. Ebenso wie der Papst in seinem Vatikan sich nicht um das zu bekümmern hatte, was in der Welt vorgeht, interessierte sich Gott in der Unendlichkeit des Himmels wohl kaum für die Einzelheiten des irdischen Geschehens. Seit langem schon hatte ich sein Gesetz von der weltlichen Autorität zu unterscheiden gelernt. Meine Ungezogenheiten im Unterricht, meine heimliche Lektüre hatten mit ihm nichts zu tun. Von Jahr zu Jahr stärkte und reinigte sich meine Frömmigkeit, und ich verschmähte die Fadheiten der Moral zugunsten der Mystik. Ich betete, meditierte und versuchte meinem Herzen die göttliche Gegenwart spürbar zu machen. Als ich etwa zwölf Jahre alt war, erfand ich Bußübungen für mich: ins WC eingeschlossen – es war meine einzige Zuflucht –, rieb ich mich bis aufs Blut mit einem Bimsstein und geißelte mich mit der goldenen Kette, die ich am Hals trug. Mein Eifer trug wenig Früchte. In meinen Erbauungsbüchern war viel von Fortschritten und von Aufstieg die Rede; die Seelen klommen auf steilen Pfaden empor, sie überwanden Hindernisse; zuweilen durchmaßen sie öde Wüsten, dann aber letzte sie himmlischer Tau; es war eine an Abenteuern reiche Wanderung; tatsächlich aber hatte ich, obwohl ich mich in geistiger Hinsicht täglich zu höherem Wissen erhob, niemals den Eindruck, mich Gott stärker genähert zu haben. Ich wünschte mir Erscheinungen, Ekstasen, ich hoffte, daß sich in mir oder außerhalb von mir irgend etwas zutragen möchte, aber nichts geschah, und meine Exerzitien kamen mir wie Komödienspiel vor. Ich ermunterte mich zur Geduld in Erwartung eines Tages, an dem ich mich, im Herzen der Ewigkeit heimisch geworden, auf wunderbare Weise von der Erde losgelöst fühlen würde. Inzwischen lebte ich auf ihr ohne Zwang, denn meine Bemühungen bewegten sich auf geistigen Höhen, deren erhabene Heiterkeit durch irgendwelche Trivialitäten nicht gestört werden konnte.

Mein System erfuhr jedoch eine Widerlegung. Seitdem ich sieben Jahre alt war, ging ich zweimal im Monat zu Abbé Martin zur Beichte; ich unterhielt ihn über meine Seelenzustände; ich beschuldigte mich, ohne wahren Eifer kommuniziert, Lippengebete gesprochen, zu selten an Gott gedacht zu haben; auf diese ätherischen Formen des Vergehens reagierte er mit einer Predigt in gehobenem Stil. Eines Tages aber begann er, anstatt sich an dieses Ritual zu halten, einen vertraulicheren Ton anzuschlagen. «Es ist mir zu Ohren gekommen, daß meine kleine Simone sich verändert hat ... daß sie ungehorsam, ungebärdig ist und Widerworte im Munde führt, wenn sie gescholten wird ... Von nun an wollen wir einmal auf diese Dinge achten.» Meine Wangen wurden feuerrot, schaudernd betrachtete ich den Betrüger, den ich alle diese Jahre hindurch für den Vertreter Gottes auf Erden gehalten hatte: plötzlich hatte er seine Soutane gelüftet und darunter das Gewand einer alten Betschwester aufgedeckt; sein Priestergewand war nur eine Verkleidung gewesen; es umhüllte eine alte Gevatterin, die am Geschwätz ihre Freude hatte. Mit brennenden Wangen verließ ich den Beichtstuhl, entschlossen, nie mehr einen Fuß dorthin zu setzen: fortan würde es für mich ebenso grauenhaft sein, vor dem Abbé Martin wie etwa vor der ‹Vogelscheuche› niederzuknien. Wenn ich zufällig in den Korridoren des Instituts sein schwarzes Gewand auftauchen sah, entfloh ich mit kopfendem Herzen. Sein Anblick flößte mir physisches Unbehagen ein, ganz als ob die Heuchelei des Abbé mich zur Mitwisserin eines obszönen Sachverhaltes gemacht hätte.

Ich vermute, er wird sehr erstaunt gewesen sein, aber sicher hat er das Beichtgeheimnis respektiert; es ist mir nicht zu Ohren gekommen, daß er jemanden von meinem Abfall unterrichtet hätte; er machte auch keinen Versuch, sich mit mir selbst auseinanderzusetzen. Von einem Tag auf den anderen war der Bruch vollzogen.

Gott ging aus diesem Erlebnis ohne Schaden hervor, freilich nur mit knapper Not. Wenn ich es so eilig hatte, mich von meinem geistlichen Berater loszusagen, so vor allem deswegen, weil mir daran lag, den furchtbaren Verdacht zu bannen, der einen Augenblick lang meinen Himmel verdüsterte. War am Ende Gott selbst kleinlich und zänkisch wie eine alte Vettel, war er am Ende dumm? Während der Abbé mit mir sprach, war es gewesen, als ob eine Hand ohne Sinn und Verstand auf meinen Nacken herniedergefahren wäre, meinen Kopf hinuntergedrückt und mein Gesicht auf die Erde gestoßen hätte; bis zu meinem Tode, so schien mir, würde sie mich nun zwingen, am Boden dahinzukriechen, geblendet durch Dunkel und Erdenstaub, für immer mußte ich der Wahrheit, der Freiheit, jeder Freude entsagen und in Schmach und Elend leben.

Ich riß mich los von diesem bleiernen Druck und konzentrierte mein ganzes Grauen einzig auf den Verräter, der sich die Rolle des göttlichen Mittlers nur angemaßt hatte. Als ich die Kapelle verließ, war Gott in seine allwissende Majestät wieder eingesetzt, ich hatte mir den Himmel noch einmal zurechtgeflickt. Unter der Wölbung von Saint-Sulpice irrte ich auf der Suche nach einem neuen Beichtvater umher, der nicht durch unreine menschliche Worte die Botschaft von oben entstellte. Ich versuchte es mit einem Rothaarigen, dann mit einem Dunklen, dem ich Interesse für meine Seele abgewann. Er wies mich auf Themen zur Betrachtung hin und lieh mir einen *Abriß der asketischen und mystischen Theologie*. Aber in der großen, kahlen Kirche fühlte ich mich nicht wohlig erwärmt wie vordem in der Kapelle des Cours Désir. Mein neuer Beichtvater war mir auch nicht von Kindheit an zugeteilt worden, ich hatte ihn mir selbst gewählt, und zwar eher aufs Geratewohl: er war kein wirklicher ‹Vater›, und ich vermochte auch nicht, mich ihm ganz anheimzugeben. Ich hatte einen Priester verurteilt und mit Verachtung bedacht, kein Priester würde mir künftighin mehr als der oberste Richter erscheinen. Niemand auf Erden verkörperte wirklich Gott: so stand ich ganz allein vor seinem Angesicht. In meinem tiefsten Herzen hielt die Unruhe an: Wer war er? Was wollte er von mir? In welchem Lager stand er?

Mein Vater glaubte nicht; die größten Schriftsteller, die besten Denker teilten seinen Skeptizismus; alles in allem gingen vornehmlich Frauen zur Kirche; es kam mir allmählich paradox vor, daß die Wahrheit ihr privilegierter Besitz sein sollte, während doch die Männer ihnen andererseits unumstritten übergeordnet waren. Gleichzeitig dachte ich, daß es keine größere Katastrophe geben könnte, als den Glauben zu verlieren, und ich versuchte oft, mich gegen diese Gefahr zu sichern. Ich hatte mir meine religiöse Unterweisung ernstlich angelegen sein lassen und auch an Kursen über Apologetik teilgenommen; jedem Einwand gegen die Offenbarungswahrheiten wußte ich mit einem scharfsinnigen Argument zu begegnen, aber ich kannte keines, das sie wirklich bewies. Die Allegorie von der Uhr und dem Uhrmacher überzeugte mich nicht. Ich befand mich noch in einer zu radikalen Unkenntnis des Leidens, um es als Argument gegen die Vorsehung zu verwenden, aber die Harmonie der Welt war mir nicht evident. Christus und viele Heilige hatten auf Erden das Vorhandensein des Übernatürlichen dargetan, aber schließlich, sagte ich mir, waren ja die Bibel, die Evangelien, die Wunder, die Visionen nur durch die Autorität der Kirche bezeugt. «Das größte Wunder von Lourdes ist Lourdes selbst», pflegte mein Vater zu sagen. Die religiösen Tatsachen waren überzeugend einzig für die bereits Überzeugten. Noch zweifelte ich freilich nicht, daß die hl. Jungfrau im weißen und blauen Gewande dem Mädchen Bernadette erschienen sei: vielleicht aber würde ich schon morgen daran zweifeln. Die Gläubigen erkannten diesen Circulus vitiosus an, da sie ja selbst zugaben, daß der Glaube die Gnade zur Voraussetzung habe. Ich stellte mir nicht vor, daß Gott mir antun könnte, mir diese zu versagen, aber ich hätte mir doch gewünscht, mich an etwas Greifbareres halten zu können; ich fand nur einen einzigen Beweis: die Stimmen der hl. Johanna. Jeanne d'Arc gehörte der Geschichte an; sie wurde von meinem Vater sowohl wie von meiner Mutter verehrt. Wie sollte man, da sie weder eine Lügnerin noch Schwärmerin gewesen war, ihr Zeugnis von sich weisen? Ihr ganzes außerordentliches Erleben bestätigte es: die Stimmen hatten zu ihr gesprochen; das war wissenschaftlich erwiesen, und ich verstand nicht recht, wie mein Vater darum herumkommen wollte.

Eines Abends in Meyrignac stützte ich mich wie so oft schon mit den Ellbogen auf mein Fensterbrett; Stallgeruch stieg zum dunstigen Himmel auf; mein Gebet erhob sich kraftlos und sank dann wieder in sich zusammen. Ich hatte eine Stunde damit zugebracht, die verbotenen Äpfel zu verspeisen und in einem ebenfalls verbotenen Balzac-Band von dem seltsamen Liebesidyll eines Mannes mit einer Pantherkatze zu lesen; vor dem Einschlafen gedachte ich, mir selbst noch sonderbare Geschichten zu erzählen, die mich in sonderbare Zustände versetzen würden. ‹Das ist Sünde›, sagte ich mir. Es war mir unmöglich, mich länger selbst zu betrügen: systematischer beständiger Ungehorsam, Lüge, unreine Träumereien waren kein Verhalten, das man als harmlos bezeichnen konnte. Ich versenkte meine Hände in die Kühle der Kirschlorbeerbüsche und hörte dem Glucksen des Wassers zu. Mit einem Male war ich mir klar darüber, daß nichts mich zum Verzicht auf die irdischen Freuden vermögen würde. ‹Ich glaube nicht mehr an Gott›, sagte ich mir ohne allzu großes Erstaunen. Es war vollkommen klar: wenn ich an ihn geglaubt hätte, wäre ich nicht freudigen Herzens bereit gewesen, ihn zu beleidigen. Ich hatte immer gedacht, daß im Vergleich zur Ewigkeit diese Welt nicht zähle; sie zählte jedoch, denn ich liebte sie ja; statt dessen wog auf einmal Gott nicht mehr schwer genug: offenbar deckte sein Name nur eine Fata Morgana. Seit langem schon hatte meine Vorstellung von ihm sich derart gereinigt und sublimiert, daß er sein Antlitz, jede konkrete Bindung zur Erde und schließlich folgerichtig sein Wesen verloren hatte. Seine Vollkommenheit gerade schloß seine Wirklichkeit aus. Deswegen war ich so wenig überrascht, als ich seine Abwesenheit in meinem Herzen und im Himmel verspürte. Ich leugnete ihn nicht, um mich von jemandem zu befreien, der mir Hemmungen auferlegte: ich stellte im Gegenteil fest, daß er in mein Leben nicht mehr eingriff, und ich schloß daraus, daß er für mich zu existieren aufgehört habe.

Unausweichlich mußte es bei mir zu dieser Bereinigung kommen. Ich war zu extremistisch, um unter Gottes Augen zu leben und dabei zur Welt in einem Atem Ja und Nein zu sagen. Andererseits hätte es mir widerstrebt, in unaufrichtiger Weise vom Profanen zum Heiligen überzuschwenken und Gott zu bekennen, indem ich zugleich dennoch ohne ihn lebte. Ich konnte mir keinen Kompromiß mit dem Himmel vorstellen. Wenn man Gott auch nur das geringste vorenthielt, war es immer noch zuviel, wofern er existierte; ihm aber auch nur das geringste zuzugestehen war zuviel, wenn es ihn nicht gab. Mit dem Gewissen kleinlich zu rechten, mit dem Vergnügen spitzfindig zu argumentieren, solches Markten widerstrebte mir. Deswegen wollte ich keine List anwenden. Sobald mir die Erleuchtung gekommen war, zog ich einen reinlichen Strich.

Die Skepsis meines Vaters hatte mir den Weg schon eröffnet; ich ließ mich nicht einsam und verlassen auf dieses gefährliche Abenteuer ein, vielmehr verspürte ich eine gewisse Erleichterung, mich nunmehr, von den Fesseln meiner Kindheit und meines Geschlechtes befreit, in Übereinstimmung mit den freien Geistern zu finden, die ich bewunderte. Die Stimmen der heiligen Johanna verwirrten mich dabei nicht mehr sehr; andere Rätsel beschäftigten mich, doch hatte die Religion mich an Mysterien gewöhnt, und es war mir leichter, eine Welt ohne Schöpfer zu denken, als einen Schöpfer, der mit allen Widersprüchen der Welt beladen war. In meinem Unglauben wurde ich niemals schwankend.

Indessen verwandelte sich das Antlitz der Welt. Mehr als einmal verspürte ich in den folgenden Tagen, wenn ich unter der Blutbuche oder den Silberpappeln saß, mit Angst die Leere des Himmels über mir. Vordem befand ich mich im Mittelpunkt eines lebenden Bildes, dessen Farbe und Lichter Gott selbst ausgewählt hatte; alle Dinge stimmten in sanften Tönen einen Lobgesang zu seinem Ruhme an. Plötzlich war alles still. Welch ein Schweigen! Die Erde rollte durch einen Raum, den kein Blick durchdrang, ich aber war allein, verloren auf ihrer unendlichen Fläche, inmitten des blinden Äthers. Allein: ohne Zeugen, ohne verstehende Gegenwart, ohne seelische Zuflucht. Der lebendige Hauch in meiner Brust, das Blut in meinen Adern, die ganze Unrast in meinem Kopf waren für niemanden da. Ich stand auf und lief in den Park, wo ich mich zwischen Mama und Tante Marguerite unter den Catalpabaum setzte; so stark war mein Bedürfnis, menschliche Stimmen zu hören.

Noch eine andere Entdeckung machte ich. Eines Nachmittags in Paris wurde mir mit einem Male klar, daß ich zum Tode verurteilt sei. Niemand außer mir befand sich in der Wohnung, ich gab mich meiner Verzweiflung ohne alle Hemmung hin. Ich schrie, ich krallte die Finger in den roten Moquette. Als ich verstört wieder aufstand, fragte ich mich: ‹Wie machen es die anderen? Und wie werde ich es machen?› Es schien mir unmöglich, mein ganzes Leben lang mit einem von Grauen verkrampften Herzen zu leben. Wenn der Tag der Fälligkeit naht, sagte ich mir, und man ist schon dreißig oder vierzig Jahre alt und denkt: ‹Morgen ist es so weit› – wie erträgt man das nur? Mehr als den Tod selbst noch fürchtete ich das Entsetzen, das nun sehr bald und für immer mein Los sein würde.

Glücklicherweise fanden im Laufe des Schuljahres solche metaphysischen Eruptionen nur ziemlich selten statt. Es fehlten mir dafür die Muße und die Einsamkeit. Die Praxis meines Lebens änderte sich durch meine Bekehrung nicht. Ich hatte zu glauben aufgehört, als ich entdeckte, daß Gott auf mein Verhalten keinerlei Einfluß nahm; infolgedessen wandelte dieses sich nicht, als ich ihm entsagte. Ich hatte mir eingebildet, das Sittengesetz entnehme seine Grundlage aus ihm, aber es war so tief in mich eingeschrieben, daß es auch nach seinem Fortfall vollkommen erhalten blieb. Wenn Mama jetzt zwar keineswegs mehr ihre Autorität einer übernatürlichen Macht verdankte, so gab doch mein Respekt vor ihr ihren Weisungen den Charakter des Unantastbaren. Ich fügte mich auch weiterhin. Pflichtgefühl, Anerkennung des Verdienstes, sexuelle Tabus, alles blieb erhalten.

Ich kam nicht ernstlich auf den Gedanken, mich meinem Vater zu eröffnen: ich hätte ihn in fürchterliche Verlegenheit gestürzt. Also trug ich mein Geheimnis allein mit mir herum und fand es allerdings schwer. Zum ersten Male in meinem Leben hatte ich den Eindruck, das Gute falle nicht mit der Wahrheit zusammen. Ich konnte nicht hindern, daß ich mich mit den Augen der anderen – meiner Mutter, Zazas, meiner Schulgefährtinnen, ja, sogar der ‹Damen› – und auch mit den Augen des Mädchens sah, das ich vordem gewesen war. Im vorhergehenden Jahre gab es in der Obersekunda eine große Schülerin, von der man sich zuraunte, sie ‹glaube nicht›; sie arbeitete gut, machte keine ungehörigen Bemerkungen und wurde auch nicht aus der Anstalt verwiesen; aber ich verspürte doch eine Art von Grauen, wenn ich auf den Korridoren ihr Gesicht vor mir sah, das durch ein Glasauge noch etwas besonders Beunruhigendes bekam. Jetzt war es an mir, mich als räudiges Schaf zu fühlen. Was meinen Fall noch schlimmer machte, war, daß ich heuchelte: ich ging zur Messe und zur Kommunion. Ich schluckte die Hostie mit Gleichgültigkeit im Herzen, obwohl ich wußte, daß ich nach Meinung der Gläubigen ein Sakrileg beging. Wenn ich mein Verbrechen verbarg, so vermehrte ich es dadurch noch, aber wie hätte ich es eingestehen sollen? Man hätte mit Fingern auf mich gewiesen, mich aus dem Unterricht gejagt, ich hätte Zazas Freundschaft verloren; und was für einen Aufruhr hätte ich in Mamas Herzen angerichtet! Ich war zur Lüge verurteilt. Es war keine harmlose Lüge: sie befleckte mein ganzes Dasein, und in manchem Augenblick – besonders unter den Augen Zazas, deren Geradheit ich bewunderte – lag sie wie ein Makel auf mir. Von neuem unterlag ich einem Zauber, den nichts zu bannen vermochte: ich hatte nichts Böses getan und fühlte mich dennoch schuldig. Wenn die Erwachsenen befunden hätten, ich sei eine Heuchlerin, ein gottloses Geschöpf, ein hinterhältiges, unnatürliches Kind, so wäre mir ihr Urteil zugleich grauenhaft ungerecht und völlig begründet erschienen. Man hätte meinen können, ich führte ein Doppelleben; zwischen dem, was ich für mich selbst, und dem, was ich für die anderen war, bestand keine Beziehung.

Augenblicksweise litt ich so sehr darunter, gezeichnet, verflucht, ausgewiesen zu sein, daß ich mir wünschte, ich könnte in den früheren Irrtum zurückfallen. Ich mußte Abbé Roullin den *Abriß der asketischen und mystischen Theologie* wiedergeben, den er mir geliehen hatte. Ich kehrte zur Kirche Saint-Sulpice zurück und kniete im Beichtstuhl nieder; ich sagte, ich sei monatelang den Sakramenten ferngeblieben, weil ich nicht mehr glaubte. Als der Geistliche in meinen Händen den *Abriß* und damit auch erkannte, aus welchen Höhen ich herabgestürzt war, staunte er und fragte mich mit wohlerwogener krasser Offenheit: «Welche schwere Sünde haben Sie begangen?» Ich protestierte. Er glaubte mir nicht und riet mir, viel zu beten. Ich ergab mich darein, als Verbannte zu leben.

Ich las zu dieser Zeit einen Roman, der mir wie ein Spiegelbild mein eigenes Exil wiederzugeben schien, es war *The Mill on the Floss* von George Eliot, ein Buch, das einen noch tieferen Eindruck auf mich machte als *Little Women*. Ich las es auf englisch in Meyrignac, auf dem Moose im Kastanienwäldchen liegend. Dunkel, naturliebend, der Lektüre, dem Leben zugeneigt, zu spontan, um die Konventionen zu beachten, die ihre Umgebung respektierte, aber sehr empfindlich gegen den Tadel eines Bruders, den sie anbetete, war Maggie Tulliver wie ich zwischen den anderen und sich selbst aufgespalten: ich erkannte mich in ihr. Ihre Freundschaft mit dem jungen Buckligen, der ihr Bücher lieh, rührte mich ebensosehr wie die zwischen Jo und Laurie: ich wünschte mir, daß sie ihn heiratete. Aber auch diesmal fand die Liebe mit der Kindheit ein Ende. Maggie verliebte sich in Stephen, den Verlobten einer Kusine, den sie erobert hatte, ohne es zu wollen. Obwohl sie durch ihn kompromittiert war, lehnte sie aus Loyalität gegen Lucy eine Heirat mit ihm ab; das Dorf hätte die durch eine Hochzeit sanktionierte Untreue verziehen, es verzieh Maggie aber nicht, daß sie die äußere Wohlanständigkeit der Stimme ihres Gewissens opferte. Ihr Bruder sogar sagte sich von ihr los. Ich kannte damals nur eine Liebe, die zugleich Freundschaft war; in meinen Augen schuf die Tatsache, daß man Bücher austauschte und über sie sprach, zwischen einem Burschen und einem Mädchen Bande für alle Ewigkeit; ich verstand nicht recht, was Maggie an Stephen so anziehend finden konnte. Dennoch hätte sie, da sie ihn liebte, auf ihn nicht verzichten dürfen. In dem Augenblick erst, als sie sich, verkannt, verleumdet, von allen verlassen in die alte Mühle zurückzog, entbrannte mein Herz in Zärtlichkeit für sie. Ihren Tod beweinte ich ganze Stunden hindurch. Die andern verurteilten sie, weil sie ihnen an Wert überlegen war. Ich war ihr ähnlich und sah daraufhin in meiner Isolierung nicht mehr ein Zeichen der Schmach, sondern der Erwähltheit. Ich hatte nicht vor, an ihr zu sterben. Durch die Person der Heldin hindurch identifizierte ich mich mit der Autorin: eines Tages würde eine junge Person, ein anderes Ich gewissermaßen, Tränen über einen Roman vergießen, in dem ich meine eigene Geschichte dargestellt haben würde.

Seit langem hatte ich beschlossen, mein Dasein geistiger Arbeit zu weihen. Ich war empört, als Zaza mir in herausforderndem Ton erklärte: «Neun Kinder in die Welt setzen, wie Mama es getan hat, ist ebensoviel wert wie Bücherschreiben.» Ich konnte nichts Gemeinsames in diesen beiden Formen der Existenz erkennen. Kinder zu haben, die ihrerseits wieder Kinder bekämen, hieß nur bis ins Unendliche das ewige alte Lied wiederholen; der Gelehrte, der Künstler, der Schriftsteller, der Denker schufen eine andere, leuchtende, frohe Welt, in der alles seine Daseinsberechtigung erhielt. In ihr wollte ich meine Tage verbringen; ich war fest entschlossen, mir darin einen Platz zu verschaffen! Als ich auf den Himmel verzichtete, hatte mein irdischer Ehrgeiz sich deutlicher abgezeichnet: man mußte sich herausheben aus der Menge. Auf einer Wiese ausgestreckt, betrachtete ich in Augenhöhe das Wimmeln der Grashalme, die alle miteinander identisch waren und von denen jeder in dem Miniaturdschungel unterging, das ihm den Blick auf die andern benahm. Jede unendliche Wiederholung der Unwissenheit, der Indifferenz kam dem Tode gleich. Ich hob den Blick zu der Eiche empor; sie beherrschte die Landschaft und hatte nicht ihresgleichen. Ihr gedachte ich ähnlich zu sein.

Weshalb wollte ich schreiben? Als Kind hatte ich meine Kritzeleien noch kaum ernst genommen; mein wahres Bestreben ging auf Kenntnisse aus; ich gefiel mir darin, meine französischen Aufsätze niederzuschreiben, aber die Damen tadelten meinen gespreizten Stil; ich fühlte mich demgemäß nicht ‹begabt›. Als ich indessen mit fünfzehn Jahren in das Album einer Freundin die Neigungen und Pläne eintragen sollte, aus denen sich meine Persönlichkeit ergab, antwortete ich auf die Frage: ‹Was wollen Sie später werden?› ohne zu zögern: ‹Eine berühmte Schriftstellerin.› Auf die Fragen nach dem Lieblingskomponisten und der Lieblingsblume hatte ich mir die Antwort eher künstlich zurechtgelegt. Aber in diesem Punkte gab es kein Zaudern bei mir: unter Ausschluß aller sonstigen Möglichkeiten verlangte ich nur nach dieser.

Zunächst lag das an der Bewunderung, die ich für alle Schriftsteller hegte; mein Vater stellte sie durchaus noch über Naturwissenschaftler, Gelehrte oder Professoren.

Auch ich war von ihrem Prestige überzeugt; selbst wenn ein Spezialist weit und breit bekannt war, so sprach sein Werk doch nur zu wenigen; Bücher aber las jeder: sie rührten an die Einbildungskraft, an das Herz; sie trugen ihrem Autor den zugleich universalsten und persönlichsten Ruhm ein. Mir als Frau schienen außerdem diese Gipfel zugänglicher als einsame Hochebenen; die berühmtesten meiner Schwestern hatten sich in der Literatur hervorgetan.

Außerdem hatte ich immer in mir die Neigung verspürt, mich anderen mitzuteilen. In dem Album meiner Freundin hatte ich als meine Lieblingsbeschäftigungen Lektüre und Gespräch aufgeführt. Ich war mitteilsam von Natur. Alles, was mir im Laufe des Tages auffiel, pflegte ich zu erzählen, oder mindestens versuchte ich, es in Worte zu kleiden. Ich hatte Angst vor der Nacht, dem Vergessen; das, was ich gesehen, gefühlt, geliebt hatte, dem Schweigen überantworten zu müssen, zerriß mir fast das Herz. Wenn ich mich vom Mondschein ergriffen fühlte, wünschte ich mir eine Feder und Papier herbei und dazu die Fähigkeit, mich ihrer zu bedienen. Mit fünfzehn Jahren schwärmte ich für Briefwechsel und Tagebücher – zum Beispiel das der Eugénie de Guérin –, die aus dem Bemühen geboren sind, den Ablauf der Zeit festzuhalten. Es war mir jetzt auch klar, daß Romane, Novellen und Erzählungen nicht außerhalb des Lebens stehende Schöpfungen sind, sondern es jeweils auf ihre Weise auszudrücken suchen.

Wenn ich früher den Wunsch gehabt hatte, Lehrerin zu werden, so deshalb, weil ich davon träumte, Ursache und Zweck in einem zu sein; jetzt meinte ich, daß die Literatur mir erlauben würde, mir diesen Wunsch zu erfüllen. Sie würde mir eine Unsterblichkeit sichern, die mir ein Ausgleich für die verlorene ewige Seligkeit wäre; es gab keinen Gott mehr, der mich liebte, aber ich würde in Millionen von Herzen wie eine Flamme weiterbrennen. Indem ich ein aus meinem eigenen Erleben genährtes Werk verfaßte, würde ich mich selber wiedererschaffen und mein Dasein rechtfertigen. Zugleich würde ich der Menschheit dienen: Mit welchem schöneren Geschenk als Büchern konnte man sie bedenken? Ich interessierte mich zugleich für mich und für die anderen; ich fand mich mit einer ‹Fleischwerdung› ab, aber ich wollte dennoch nicht auf universales Sein verzichten; dieser Plan kam allem entgegen; er schmeichelte allen Bestrebungen, die sich in mir im Laufe dieser fünfzehn Jahre ausgebildet hatten.

Stets hatte ich der Liebe hohen Wert beigemessen. Als ich nahezu dreizehn Jahre alt war, hatte ich in der Wochenzeitschrift *Le Noël*, die ich jetzt anstelle von *L'Étoile noëliste* geliefert bekam, einen kleinen Roman gelesen, der *Ninon-Rose* betitelt war. Die fromme Ninon liebte André, der sie auch seinerseits liebte; aber in Tränen, mit aufgelöstem Haar, das in voller Schönheit über ihr Nachtgewand fiel, vertraute ihr ihre Kusine Thérèse an, daß sie sich in Leidenschaft für André verzehre; nach einem inneren Kampf und einigen Gebeten opferte Ninon sich auf; sie wies André ab, der aus verschmähter Liebe Thérèse heiratete. Ninon wurde belohnt; sie vermählte sich mit einem anderen höchst verdienstlichen Burschen, der Bernard hieß. Diese Geschichte weckte bei mir heftigen Widerspruch. Ein Romanheld hatte wohl das Recht, sich über den Gegenstand seiner Neigung oder über seine Gefühle zu täuschen; auf eine fehlgeleitete oder unvollständig gebliebene Liebe – wie etwa die von David Copperfield zu seinem ‹child-wife› – konnte die wahre Liebe folgen; war aber diese erst einmal im Herzen erwacht, so war sie unersetzbar; kein Edelmut, keine Selbstverleugnung gab einem das Recht dazu, sie von sich wegzuweisen. Zaza und ich waren alle beide sehr aufgewühlt worden durch einen Roman von Fogazzaro, *Daniele Cortis*. Daniele war ein bedeutender katholischer Politiker; die Frau, die er liebte und die ihn liebte, war die Frau eines anderen; es bestand zwischen ihnen ein außergewöhnliches Einvernehmen; ihre Herzen schlugen in tiefster Harmonie, alle ihre Gedanken waren vollkommen aufeinander abgestimmt, die beiden waren füreinander gemacht. Indessen hätte selbst eine platonische Freundschaft Gerede hervorgerufen und dadurch Danieles Karriere ebensowohl ruiniert wie der Sache, der er diente, geschadet; nachdem sie einander Treue ‹bis zum Tode und noch darüber hinaus› geschworen hatten, trennten sie sich. Ich war zugleich untröstlich und von Unmut erfüllt. Die Karriere, die ‹Sache›, das waren abstrakte Dinge. Ich fand es absurd und verbrecherisch, sie dem Glück, dem Leben vorzuziehen. Zweifellos lag es an meiner Freundschaft für Zaza, daß ich so großen Wert auf die enge Verbindung zweier Wesen legte; indem sie zusammen die Welt entdeckten und einander darboten, nahmen sie davon, so dachte ich, auf eine bevorrechtete Weise Besitz; gleichzeitig aber fand jeder von beiden seinen letztlichen Daseinsgrund in dem Bedürfnis des anderen nach ihm. Auf die Liebe verzichten kam mir genauso sinnlos vor, als wenn man, obwohl man an die Ewigkeit glaubt, sich für sein Seelenheil nicht interessiert.

Ich hatte nicht vor, mir irgendeines der Güter der Welt entgehen zu lassen. Als ich auf das Klosterleben verzichtet hatte, fing ich an, auch für meine Person an Liebe zu denken; ich träumte nun auch ohne Widerwillen von einer möglichen Heirat. Die Idee der Mutterschaft blieb mir fremd, ich wunderte mich, daß Zaza angesichts von zerknitterten Neugeborenen in Ekstase geriet, aber es kam mir nicht mehr undenkbar vor, daß ich an der Seite eines Mannes lebte, den ich mir selber ausgesucht hätte. Das Vaterhaus war für mich kein Gefängnis, und hätte ich es auf der Stelle verlassen müssen, so hätte mich Panik erfaßt; aber ich sah doch einem eventuellen Auszug nicht mehr wie einer grausamen Loslösung entgegen. Der Kreis der Familie hatte leicht für mich etwas Erstickendes. Deshalb machte mir ein Film so lebhaften Eindruck, der nach *Le Bercail* von Bataille gestaltet worden war und den ich dank einer Einladung zu sehen bekam. Die Heldin langweilte sich zwischen ihren Kindern und einem Gatten, der ebenso widerborstig war wie Monsieur Mabille; eine dicke Kette, die um ihre Hände geschlungen war, versinnbildlichte ihre Sklaverei. Ein schöner, stürmischer junger Mann entführte sie vom heimischen Herd. Im Leinenkleid, mit nackten Armen und im Winde flatterndem Haar tollte nun die junge Frau Hand in Hand mit ihrem Geliebten durch die Wiesen; sie warfen sich Hände voll Heu ins Gesicht – ich glaubte den Duft zu verspüren –, und ihre Augen lachten: niemals hatte ich solche Delirien der Heiterkeit geahnt, gesehen oder mir vorgestellt. Ich weiß nicht mehr, auf Grund welcher Peripetien die Frau als ein schwer versehrtes Geschöpf wieder in die Geborgenheit der heimischen Hürde zurückfand. Ihr Gatte nahm die Entlaufene voller Güte wieder auf. Reuevoll erlebte sie jetzt die Vision, daß die schwere Eisenkette sich in eine Rosengirlande verwandelte. Dieses Wunder allerdings stieß auf Skepsis bei mir. Doch blieb ich auch weiter geblendet von der Offenbarung unbekannter Wonnen, die ich noch nicht zu benennen wußte, die eines Tages aber verschwenderisch auch mir zuteil werden würden: es waren Freiheit und Liebeslust. Das düstere Fronen der Erwachsenen flößte mir Grauen ein; nichts trug sich bei ihnen zu, was nicht bereits im voraus zu erwarten gewesen war; seufzend ließen sie eine Existenz über sich ergehen, in der alles entschieden war, ohne daß jemand etwas entschied. Die Heldin bei Bataille hatte etwas gewagt, und die Sonne hatte ihr gestrahlt. Lange Zeit hindurch ließ mich, wenn ich meinen Blick den ungewissen Jahren der Reifezeit zuwendete, das

Bild eines durch die Wiesen tollenden Paares vor Hoffnung innerlich erbeben.

In dem Sommer, in dem ich fünfzehn Jahre alt war, ging ich zu Ende des Schuljahrs zwei- oder dreimal mit Zaza und anderen Kameradinnen in den Bois zum Bootfahren. In einer Allee sah ich ein junges Paar vor mir hergehen; der junge Mann stützte leicht seine Hand auf die Schulter der Frau. In plötzlicher Ergriffenheit sagte ich mir, es müsse ein süßes Gefühl sein, durch das Leben zu gehen und dabei auf der Schulter eine Hand zu fühlen, die so vertraut war, daß man kaum ihr Gewicht verspürte, und doch so gegenwärtig, daß durch sie die Einsamkeit für alle Zeiten gebannt war. ‹Zwei miteinander vereinte Wesen› – diese Worte riefen viele Träumereien in mir wach. Weder meine Schwester, die mir zu nah, noch Zaza, die mir zu fern stand, hatten mir eine Ahnung von ihrem wahren Sinn geschenkt. Oft kam es in der Folge vor, daß ich, wenn ich lesend in meines Vaters Arbeitszimmer saß, den Kopf hob und mich fragte: ‹Werde ich einem Mann begegnen, der für mich geschaffen ist?› Meine Lektüre hatte mir für ihn kein Modell geliefert. Innerlich sehr nahe hatte ich mich Hellé, der Heldin Marcelle Tinayres, gefühlt. «Mädchen wie du, Hellé», hatte ihr Vater gesagt, «sind dafür gemacht, Gefährtinnen von Helden zu werden.» Diese Prophezeiung hatte mich beeindruckt, doch fand ich den rothaarigen, bärtigen Apostel eher abstoßend, den Hellé schließlich heiratete. Ich stattete meinen künftigen Gatten mit keinen bestimmten Zügen aus. Um so deutlicher war die Vorstellung, die ich mir von unseren Beziehungen zueinander machte: ich würde leidenschaftliche Bewunderung für ihn hegen. Auf diesem Gebiet wie auf allen anderen dürstete ich nach Notwendigkeit. Der Erwählte müßte wie einst Zaza einfach zwingend da, seine Überlegenheit vollkommen evident für mich sein, sonst würde ich mich fragen: ‹Warum er und kein anderer?› Dieser Zweifel war unvereinbar mit wahrer Liebe. Ich würde an dem Tage lieben, an dem ein Mann durch seine Klugheit, seine Kultur, seine Autorität mir unbegrenzt imponierte.

In diesem Punkte war Zaza nicht derselben Meinung wie ich: auch für sie schloß Liebe Achtung und Verstehen ein, aber sie meinte, wenn ein Mann über Gefühl und Einbildungskraft verfüge, wenn er Künstler oder Dichter sei, so mache es ihr wenig aus, wenn er nicht sehr gebildet oder sogar nur von mittelmäßiger Intelligenz sein würde. «Dann kann man einander nicht alles sagen!» wendete ich dagegen ein. Ein Maler, ein Musiker hätte mich nicht völlig verstanden und wäre auch für mich zum Teil undurchsichtig geblieben. Ich aber wollte, daß zwischen Mann und Frau alles gemeinsam sei; jeder sollte dem anderen gegenüber die Rolle des unablässigen Zeugen spielen, die ich einstmals Gott zugeschrieben hatte. Das aber schloß aus, daß man jemanden liebte, der *verschieden* von einem war. Ich würde mich nicht verheiraten, es sei denn, ich stieße auf jemanden, der, wenn auch schon weiter vervollkommnet als ich, doch meinesgleichen, eine Art Doppelgänger von mir wäre.

Weshalb verlangte ich, daß er mir überlegen sei? Ich glaube durchaus nicht, daß ich in ihm etwas wie einen Vaterersatz gesucht habe; ich legte Wert auf meine Unabhängigkeit. Ich würde einen Beruf ausüben, schreiben, ich würde ein persönliches Leben haben; niemals faßte ich mich nur als die künftige Gefährtin eines Mannes auf: wir würden wie zwei Compagnons sein. Indessen wurde die Vorstellung, die ich mir von dem Paar machte, das wir bilden würden, dennoch indirekt von den Gefühlen beeinflußt, die ich meinem Vater entgegengebracht hatte. Meine Erziehung, meine Bildung und mein Bild von der gegenwärtig bestehenden Gesellschaft, alles das überzeugte mich, daß die Frauen einer niedrigeren Kaste angehörten; Zaza zweifelte daran, weil sie bei weitem ihrer Mutter vor Herrn Mabille den Vorzug gab; in meinem Falle hatte hingegen das Prestige meines Vaters mich in meiner Meinung bestärkt; auf sie zum Teil gründete ich meine Forderungen. Wenn ein Mann, der ja als solcher von Natur einer bevorzugten Klasse angehörte und von vornherein einen beträchtlichen Vorsprung vor mir hatte, nicht mir überlegen war, würde ich zu dem Urteil kommen, daß er dementsprechend weniger sei als ich; damit ich ihn als meinesgleichen anerkennen könnte, müßte er mich übertreffen.

Andererseits dachte ich an mich selbst wie an jemanden, aus dem erst noch etwas werden sollte, und hatte dabei den Ehrgeiz, unendlich weit vorzudringen; den Erwählten sah ich von außen her als eine fertige Person; damit er immer auf meiner Höhe bliebe, wies ich ihm von Anbeginn an Vollkommenheiten zu, die zunächst für mich nur als Hoffnung bestanden; er war von vornherein die Idealform dessen, was ich werden wollte, also war er mir voraus. Im übrigen war ich darauf bedacht, keine zu große Distenz zwischen uns zu legen. Ich hätte nicht gern gesehen, daß sein Denken, seine Arbeit für mich unbegreiflich wären; dann hätte ich unter meiner Minderwertigkeit gelitten; die Liebe, so dachte ich mir, sollte mich rechtfertigen, ohne mich zu begrenzen. Das Bild, das ich mir vorstellte, war das eines steilen Aufstiegs, bei dem mein Partner, der beweglicher und robuster sein müßte als ich, mir behilflich wäre, mich von Stufe zu Stufe zu erheben. Ich war eher habgierig als gebefreudig, ich wollte empfangen, nicht schenken. Hätte ich einen Schleppzug hinter mir herziehen müssen, so hätte ich mich vor Ungeduld verzehrt. In diesem Falle wäre Junggesellentum der Ehe bei weitem vorzuziehen. Das gemeinsame Leben sollte mein Grundunterfangen, nämlich mir die Welt anzueignen, begünstigen, nicht jedoch ihm im Wege stehen. Weder mir unterlegen, noch anders als ich, noch beschämend über mir stehend, sollte der mir vorbestimmte Mann mir meine Existenz garantieren, ohne ihr ihre Selbstherrlichkeit zu nehmen.

Zwei oder drei Jahre lang betimmte dieses Schema meine Träumereien. Ich maß ihnen eine gewisse Wichtigkeit bei. Eines Tages drang ich angstvoll in meine Schwester mit der Frage, ob ich hoffnungslos häßlich sei. Hatte ich Aussicht, als Frau hübsch genug zu werden, daß man mich lieben könnte? Da Poupette daran gewöhnt war, von Papa zu hören, ich sei im Grunde ein Mann, verstand sie meine Frage nicht. Sie liebte mich, Zaza liebte mich, warum machte ich mir Sorgen? Tatsächlich beschäftigte mich das alles auch nur mit Maßen. Meine Studien, die Literatur, die Dinge, die von mir selbst abhingen, standen auch weiterhin im Mittelpunkt meines Interesses. Dieses galt weniger meinem Erwachsenenschicksal als meiner unmittelbaren Zukunft.

Nach Abschluß der zweiten Klasse – ich war damals fünfzehneinhalb Jahre alt – verlebte ich mit meinen Eltern die Sommerferien in Châteauvillain. Tante Alice war gestorben, wir wohnten bei Tante Germaine, der Mutter von Titite und Jacques. Dieser war gerade dabei, in Paris die mündliche Prüfung für sein Abiturium abzulegen. Ich mochte Titite sehr gern; sie strahlte von Frische und hatte schöne, volle Lippen; unter ihrer Haut erriet man das Pulsieren ihres Blutes. Mit einem Kindheitsfreund verlobt, einem bezaubernden jungen Mann mit enorm langen Wimpern, erwartete sie die Heirat mit einer Ungeduld, aus der sie kein Hehl zu machen versuchte; gewisse Tanten tuschelten darüber, daß sie sich, wenn sie mit ihrem Verlobten allein sei, schlecht benähme: *sehr* schlecht sogar. Am Abend nach meiner Ankunft unternahmen wir beide noch einen Gang nach dem Essen über die ‹Promenade›, die an den Garten stieß. Wir setzten uns auf eine Steinbank und schwiegen, denn wir hatten einander nicht sehr viel zu sagen. Einen Augenblick dachte sie nach, dann sah sie mich neugierig an: «Genügt dir das wirklich, deine Studien?» fragte sie mich. «Bist du glücklich damit? Wünschst du dir nicht manchmal etwas anderes?» Ich schüttelte den Kopf. «Es genügt mir», sagte ich. Es stimmte; am Ende eines Schuljahres sah ich kaum weiter als bis zum nächsten und zu der Reifeprüfung, die ich erfolgreich ablegen wollte. Titite seufzte und versank wieder in bräutliche Träumereien, die ich a priori für etwas albern hielt trotz aller Sympathie, die ich für meine Kusine empfand. Am folgenden Tage traf Jacques ein, er hatte bestanden und strahlte vor Selbstgefälligkeit. Er ging mit mir auf den Tennisplatz, fragte mich, ob ich mit ihm ein paar Bälle wechseln wolle, schlug mich gründlich und entschuldigte sich unbefangen, daß er mich als ‹punchingball› benutzt habe. Ich interessierte ihn nicht besonders, das wußte ich. Ich hatte ihn mit Hochachtung von jungen Mädchen sprechen hören, die, während sie sich auf ihr Staatsexamen vorbereiteten, dennoch Tennis spielten, ausgingen und sich gut kleideten. Indessen glitt seine Nichtachtung an mir ab: nicht einen Augenblick bedauerte ich meine Ungeschicklichkeit beim Spiel oder den mehr als einfachen Schnitt meines Kleides aus rosa Pongéseide. Ich war mehr wert als die sorglich behüteten Studentinnen, denen Jacques den Vorzug vor mir gab: er würde es selbst gewiß eines Tages merken.

Ich kam jetzt aus dem unvorteilhaften Alter heraus; anstatt mit Bedauern auf meine Kindheit zurückzublicken, wendete ich mich der Zukunft zu; sie war noch fern genug, um mich nicht zu erschrecken, aber sie faszinierte mich schon. Dieser Sommer vor allen anderen berauschte mich mit seinem Glanz. Auf einem grauen Granitblock saß ich an den Ufern des Teiches, den ich im Vorjahr in La Grillère entdeckt hatte. Eine Mühle spiegelte sich in dem Wasser, über das die Wolken dahinzogen. Ich las die *Promenades archéologiques* von Gaston Boissier und malte mir aus, wie ich eines Tages auf dem Palatin spazierengehen würde. Die

Wolken auf dem Grunde des Teiches nahmen rosa Tönungen an: ich stand auf und konnte mich doch noch nicht zum Aufbruch entschließen; ich lehnte mich an die Haselnußhecke, der Abendwind umschmeichelte die Spindelbäume, strich über mich hin, peitschte mich, und ich vertraute mich ganz seiner Süße und seiner Heftigkeit an. Die Haselnußsträucher erhoben raunend ihre Stimmen, und ich verstand ihr Orakel: ich wurde erwartet, erwartet von mir selbst. Von Licht überströmt, die Welt zu Füßen wie ein großes vertrautes Tier, lächelte ich dem jungen Kinde zu, das morgen sterben und in neuer Glorie auferstehen würde: kein Leben, kein Augenblick irgendeines Lebens hätte all die Verheißungen erfüllen können, mit denen ich damals mein gläubiges Herz betörte.

Ende September wurde ich mit meiner Schwester nach Meulan eingeladen, wo die Eltern ihrer besten Freundin ein Haus besaßen; Anne-Marie Gendron gehörte einer zahlreichen, wohlbegüterten und sehr harmonischen Familie an; nie gab es dort Streit, nie ein Erheben der Stimme, sondern immer nur Lächeln und Zuvorkommenheit; ich fand mich wieder in einem Paradies, an das ich keine Erinnerung mehr in mir bewahrt hatte. Die Söhne fuhren uns auf der Seine im Kahn spazieren; die älteste der Töchter, die zwanzig Jahre alt war, nahm uns in einem Taxi nach Vernon mit. Von da aus wanderten wir auf dem hohen Flußufer entlang; ich war sehr empfänglich für die Landschaft, aber mehr noch für Clotildes Anmut; sie forderte mich auf, am Abend in ihr Zimmer zu kommen, wo wir plauderten. Sie hatte ihr Abitur gemacht, sie las ein wenig und übte fleißig Klavier; sie sprach von ihrer Liebe zur Musik, von Madame Swetchine, von ihren Angehörigen. Ihr Sekretär war mit Andenken angefüllt: Briefbündeln, die von Bändern zusammengehalten wurden, Heften – zweifellos Tagebüchern –, Konzertprogrammen, Photographien, einem Aquarell, das ihre Mutter ihr zu ihrem achtzehnten Geburtstag geschenkt hatte. Es kam mir ungewöhnlich beneidenswert vor, eine Vergangenheit ganz für sich allein zu besitzen, fast so sehr, wie eine Persönlichkeit zu haben. Sie lieh mir ein paar Bücher, behandelte mich als ihresgleichen und erteilte mir Rat mit der ganzen Beflissenheit der Älteren. Ich war sehr von ihr eingenommen. Ich bewunderte sie nicht wie Zaza, und sie war zu ätherisch, um in mir wie Marguerite unklare Wünsche zu wecken. Aber ich fand sie romantisch; sie stellte mir ein anziehendes Bild des jungen Mädchens vor Augen, das ich morgen sein würde. Sie brachte uns zu unseren Eltern zurück; die Tür war noch nicht hinter ihr zugefallen, als eine Szene ausbrach: wir hatten in Meulan eine Zahnbürste vergessen! Durch den Kontrast mit den heiteren Tagen, die ich eben durchlebt hatte, kam mir jetzt die grämlich gereizte Atmosphäre, in die ich zurückkehrte, vor, als ob man in ihr überhaupt nicht atmen könne. Den Kopf auf die Kommode im Vestibül gelehnt, brach ich in Schluchzen aus; meine Schwester tat das gleiche. «Das ist wirklich reizend! Kaum sind sie zu Hause, da weinen sie auch schon», stellten meine Eltern indigniert fest. Ich gestand mir zum erstenmal ein, wie schwer erträglich mir die Schreie, die Scheltworte, die tadelnden Bemerkungen waren, die ich gewöhnlich schweigend über mich ergehen ließ; alle Tränen, die ich seit Monaten zurückgedrängt hatte, brachen jetzt aus mir hervor. Ich weiß nicht, ob meine Mutter erriet, daß ich ihr innerlich zu entgleiten begann; aber ich reizte sie durch mein Verhalten, und sie wurde oft böse auf mich: deswegen suchte ich in Clotilde eine tröstende große Schwester. Ich besuchte sie oft; ihre hübschen Toiletten, die raffinierte Ausstattung ihres Zimmers, ihre Liebenswürdigkeit und Selbständigkeit hatten es mir angetan; wenn sie mich in ein Konzert mitnahm, erlebte ich voller Bewunderung, daß sie ein Taxi mietete – in meinen Augen die Höhe der Großartigkeit – und mit Entschiedenheit auf dem Programm ihre Lieblingsstücke bezeichnete. Meine Beziehungen zu ihr setzten Zaza und mehr noch Clotildes Freundinnen in Erstaunen: es war Brauch, daß man nur unter jungen Mädchen des gleichen Alters – höchstens mit einem Jahr Abstand – verkehrte. Eines Tages war ich bei Clotilde mit Lili Mabille und anderen ‹Großen› zum Tee eingeladen; ich fühlte mich fehl am Platz, und die Fadheit der Gespräche ödete mich an. Außerdem war Clotilde sehr fromm, sie konnte mir kaum als Führerin dienen, da ich ja nicht mehr glaubte. Ich nehme an, daß sie mich ihrerseits im Grunde doch zu jung fand, jedenfalls wurden unsere Begegnungen allmählich seltener, ich selbst drang auch weiter nicht darauf. Nach einigen Wochen hörten wir auf, uns zu sehen. Kurze Zeit darauf ging sie mit viel Sentimentalität eine ‹arrangierte› Ehe ein.

Zu Beginn des neuen Schuljahrs wurde Großpapa krank. Mit all seinen Unternehmungen hatte er Schiffbruch erlitten. Sein Sohn hatte früher einmal das Modell einer Konservendose erdacht, die sich mit einem Zweisou-Stück öffnen ließ: Großpapa wollte diese Erfindung verwenden, doch das Patent wurde ihm gestohlen; er strengte einen Prozeß gegen seinen Rivalen an – und verlor ihn. In seinen Gesprächen kehrten unaufhörlich die beunruhigenden Worte ‹Schuldner›, ‹Wechsel›, ‹Hypotheken› wieder. Manchmal, wenn ich bei ihm zu Mittag aß, läutete es an der Eingangstür: er legte den Finger auf die Lippen, und wir hielten den Atem an. Sein Gesicht war rotviolett geworden und der Blick darin wie erstarrt. Eines Nachmittags im Hause, als er aufstand und ausgehen wollte, fragte er nach seinem Regenschirm, konnte aber nur stammeln. Als ich ihn wiedersah, saß er unbeweglich, mit geschlossenen Augen, in einem Lehnstuhl; er konnte nur noch mit Mühe seinen Platz verändern und schlief fast den ganzen Tag. Von Zeit zu Zeit hob er die Lider. «Ich habe eine Idee», sagte er zu Großmama. «Eine gute Idee, wir werden sicher reich.» Schließlich war er völlig gelähmt und verließ sein Bett mit den großen gedrehten Säulen nicht mehr; sein Körper bedeckte sich mit Schwären, die abscheulich rochen. Großmama pflegte ihn und strickte den ganzen Tag über Kindersachen. Großpapa war immer für Katastrophen ausersehen gewesen; Großmama nahm ihr Los mit so viel Ergebenheit hin, und beide waren so alt, daß ihr Unglück mich kaum berührte.

Ich arbeitete mit mehr Eifer als je. Die unmittelbar bevorstehenden Examen, die Hoffnung, bald Studentin zu sein, spornten mich mächtig an. Es war ein glückliches Jahr für mich. Mein Gesicht bekam festere Züge, mein Körper behinderte mich nicht mehr; meine Geheimnisse lasteten weniger schwer auf mir. Ich hatte wieder Vertrauen zu mir selbst gewonnen; andererseits wurde Zaza eine andere; ich fragte mich nicht, wieso, aber sie, die immer ironisch gewesen war, wurde träumerisch. Sie begann Musset, Lacordaire, Chopin zu lieben. Sie tadelte noch den Pharisäergeist ihres Milieus, verdammte jedoch nicht mehr die ganze Menschheit. Mir gegenüber war sie jetzt weniger verschwenderisch mit Sarkasmen.

Im Cours Désir sonderten wir uns ab. Das Institut bereitete nur auf die geisteswissenschaftlichen Fächer vor. Herr Mabille wünschte, daß seine Tochter eine Ausbildung in den Naturwissenschaften erhielte. Mich selbst reizte stets das, wobei ich auf Widerstände stieß: Mathematik machte mir Vergnügen. Man ließ eine Fachlehrerin für uns kommen, die uns von der zweiten Klasse an Algebra, Trigonometrie und Physik beibrachte. Jung, lebhaft und tüchtig, verlor Mademoiselle Chassin keine Zeit mit moralischen Betrachtungen; es wurde ernsthaft gearbeitet. Sie hatte uns beide sehr gern. Wenn Zaza sich allzulange in unsichtbaren Bereichen verlor, fragte sie sie in ihrer netten Art: «Wo sind Sie mit Ihren Gedanken, Elizabeth?» Zaza fuhr zusammen und lächelte. Außer uns nahmen an den Stunden nur noch Zwillinge teil, die immer Trauer trugen und fast nie ein Wort von sich gaben. Die Intimität des Unterrichts hatte für mich großen Reiz. Im Lateinischen hatten wir erreicht, daß wir eine Klasse überspringen und von der zweiten aus gleich am Unterricht der höheren teilnehmen durften: der Wettbewerb mit den Schülerinnen dieses Oberkurses hielt mich gehörig in Atem. Als ich im Jahr meines Abiturs wieder bei meinen früheren Mitschülerinnen landete und nun der Reiz der Neuheit fehlte, kam mir das Wissen des Abbé Trécourt eher dürftig vor. Manchmal machte er Fehler; aber immerhin war dieser dicke Mann mit dem geröteten Gesicht aufgeschlossener und jovialer als die Damen, und wir hegten für ihn eine Sympathie, die er sichtlich erwiderte. Da unsere Eltern ganz erfreulich fanden, wenn wir uns auch auf die philologischen Fächer vorbereiteten, begannen wir Anfang Januar Italienisch zu lernen und konnten sehr schnell ‹Cuore› und ‹Le mie prigioni› entziffern. Zaza lernte Deutsch; dennoch nahm ich persönlich, da mein Englischlehrer nicht dem Orden angehörte und mir freundschaftlich gegenübertrat, lieber an dessen Kursen teil. Hingegen ertrugen wir nur mit Ungeduld die patriotischen Reden von Mademoiselle Gontran, unserer Geschichtslehrerin, und Mademoiselle Lejeune reizte uns durch die Enge ihrer literarischen Voreingenommenheiten. Um unsern Horizont zu erweitern, lasen wir viel und diskutierten lebhaft untereinander. Oft verteidigten wir im Unterricht hartnäckig unsere Gesichtspunkte; ich weiß nicht, ob Mademoiselle Lejeune scharfblickend genug war, um mich zu durchschauen, jedenfalls schien sie jetzt mir weit mehr zu mißtrauen als Zaza.

Wir schlossen engere Freundschaft mit ein paar Kameradinnen, mit denen wir zusammenkamen, um Karten zu spielen und zu schwatzen; im Sommer trafen wir uns samstags vormittags auf einem Tennisplatz im Freien an der Rue Boulard. Aus keiner von ihnen machten weder Zaza noch ich uns sehr viel. Die großen Schülerinnen des Cours Désir hatten in der Tat nichts besonders Anziehendes. Da elf Jahre treuer Zugehörigkeit mir eine Goldmedaille eingetragen hatten, willigte mein Vater ohne große Begeisterung ein, bei der Preisverteilung zugegen zu sein; am Abend beklagte er sich darüber, daß er nur kleine Scheusale zu Gesicht bekommen habe. Manche von meinen Gefährtinnen hatten dabei ganz angenehme Züge; aber man zog uns ‹gut› an, indem man uns sonntäglich ausstaffierte; die Strenge der Haarfrisuren, die grellen oder süßlichen Farben der Atlas- und Taftkleider, die wir trugen, ließen unsere Gesichter unvorteilhaft blaß erscheinen. Was meinem Vater besonders auffallen mußte, war die trübselige, bedrückte Miene dieser jungen Wesen. Ich selbst war so sehr daran gewöhnt, daß ich große Augen machte, als ich bei uns eine Neue auftauchen sah, die noch unbefangen fröhlich zu lachen verstand. Sie war internationale Golfmeisterin und schon viel gereist; ihr kurzgehaltenes Haar, ihre gutgeschnittene Hemdbluse, ihr weiter, in tiefe Falten gelegter Rock, ihre sportliche Haltung und ihre unbefangene Stimme verrieten deutlich, daß sie weit weg von Saint-Thomas-d'Aquin aufgewachsen war; sie sprach vollendet Englisch und konnte genug Latein, um sich mit fünfzehneinhalb Jahren zum ersten Abschnitt des Abituriums zu melden. Corneille und Racine fand sie zum Gähnen trostlos. «Literatur langweilt mich fürchterlich», sagte sie zu mir. – «Oh, sagen Sie das nur nicht!» – «Warum denn nicht, wenn es doch so ist?» Ihre Gegenwart erhellte das Düster des ‹Studiensaals›. Gewisse Dinge langweilten sie, andere hatte sie gern, in ihrem Leben gab es Vergnügungen, und man erriet, daß sie von der Zukunft etwas erwartete. Die Traurigkeit, die von meinen anderen Kameradinnen ausging, entströmte weniger ihrem trübseligen Äußeren als ihrer Resignation. Wenn sie das Abitur gemacht hätten, würden sie ein paar Geschichts- oder Literaturvorlesungen hören, die ‹École du Louvre› besuchen, sich beim Roten Kreuz betätigen, Porzellanmalerei, Batik, Buchbinderei treiben oder sich der Wohltätigkeit widmen. Von Zeit zu Zeit würde man sie zu einer *Carmen*-Aufführung oder zu einer Besichtigung des Invalidendoms führen, damit sie bei dieser Gelegenheit einem jungen Mann begegneten; mit ein wenig Glück würden sie es zu einer Heirat bringen. So lebte auch die älteste Tochter Mabille: sie lernte kochen, tanzte, half ihrem Vater als Sekretärin und ihren Schwestern als Schneiderin. Ihre Mutter schleppte sie von einer Begegnung zur anderen. Zaza erzählte mir, eine ihrer Tanten bekenne sich zu der Theorie des ‹Coup de foudre› durch das Sakrament: in dem Augenblick, in dem die Verlobten vor dem Priester das ‹Ja› austauschen, das sie für immer vereint, senkt sich die Gnade auf sie herab, und sie lieben einander. Diese Anschauungen brachten Zaza in Wallung: sie erklärte eines Tages, sie sehe keinen Unterschied zwischen einer Frau, die aus Vernunftgründen heirate, und einer Prostituierten; man habe sie gelehrt, eine Christin müsse ihren Körper respektieren, sie respektiere ihn aber nicht, wenn sie sich ohne Liebe aus Gründen der Konvenienz oder um des Geldes willen hingebe. Ihre Heftigkeit setzte mich in Erstaunen; man konnte meinen, sie fühle am eigenen Leib die Schmählichkeit solchen Schachers. Für mich stellte die Frage sich nicht. Ich würde meinen Lebensunterhalt verdienen und unabhängig sein. In Zazas Milieu jedoch mußte man sich verheiraten oder ins Kloster gehen. «Das Zölibat», sagte man dort, «ist kein Beruf.» Sie begann sich vor der Zukunft zu fürchten; war das der Grund ihrer schlechten Nächte? Sie schlief nicht mehr gut; oft stand sie nachts auf und frottierte sich von Kopf bis Fuß mit Eau de

Cologne; am Morgen schluckte sie, um sich aufzufrischen, eine Mischung aus Kaffee und Weißwein. Wenn sie mir von diesen Exzessen erzählte, wurde ich mir darüber klar, daß mir vieles in ihr entging. Doch ermutigte ich sie zum Widerstand, und sie wußte mir Dank dafür: ich war ihre einzige Verbündete. Viele Abneigungen und ein großes Verlangen nach Glück waren uns beiden gemeinsam.

Trotz unserer Verschiedenheit reagierten wir oft auf die gleiche Weise. Mein Vater hatte von einem Freund, der Schauspieler war, Freikarten für eine Nachmittagsvorstellung im Odéon erhalten; er schenkte sie Zaza und mir; es wurde ein Stück von Paul Fort, *Charles VI.*, gespielt. Als ich allein mit Zaza in der Loge saß, war ich außer mir vor Vergnügen. Dann wurde dreimal geklopft, und wir wohnten einem düsteren Schauspiel bei; Karl VI. verlor den Verstand; am Ende des ersten Aktes irrte er hohläugig und verworren stammelnd auf der Bühne umher; ich verging vor einer Angst, die so einsam wie sein Irrsinn war. Ich sah von der Seite Zaza an, sie war totenblaß. «Wenn das so weitergeht, verlassen wir das Theater», schlug ich vor. Sie stimmte zu. Als der Vorhang sich hob, versuchte Karl VI. im Hemd sich aus den Händen maskierter, mit Kapuzen verkleideter Männer zu befreien. Wir gingen. Die Logenschließerin hielt uns an: «Weshalb gehen Sie denn?» – «Es ist zu grausig», antwortete ich. Sie lachte: «Aber, Kinderchen, das ist doch nicht wahr, es ist doch nur Theater.» Wir wußten es wohl, es war nicht wahr, aber wir hatten doch etwas Schauriges miterlebt.

Mein Einvernehmen mit Zaza, ihre Schätzung für mich halfen mir, mich von den Erwachsenen frei zu machen und mit eigenen Augen zu sehen. Ein Vorfall erinnerte mich jedoch, wie sehr ich noch von ihrem Urteil abhängig war. Unerwartet kam es in einem Augenblick dazu, als ich gerade begann, mich etwas sorgloser zu fühlen.

Wie jede Woche verfaßte ich gewissenhaft die zunächst wörtliche Übersetzung eines lateinischen Textes und schrieb die beiden Versionen in zwei Kolonnen nebeneinander. Es handelte sich nun darum, die wörtliche Wiedergabe in ‹gutes Französisch› zu bringen. Es stellte sich heraus, daß der Text übersetzt in meinem Handbuch der lateinischen Literatur wiedergegeben war, und zwar mit einer Eleganz, die ich für unerreichbar hielt: im Vergleich dazu kamen mir alle Wendungen, die mir selbst einfielen, beschämend ungeschickt vor. Ich hatte nicht falsch übersetzt und glaubte einer guten Note sicher zu sein, ich hatte keinerlei Berechnung angestellt, aber die Sache selbst, der Text, erhob bestimmte Ansprüche auf Vollkommenheit; es widerstrebte mir, an die Stelle des von dem Lehrbuch gebotenen idealen Vorbilds meine plumpen Erfindungen zu setzen. In der Folge davon schrieb ich das Gedruckte einfach ab.

Niemals wurden wir mit Abbé Trécourt allein gelassen: an einem kleinen Tisch am Fenster saß eine der Aufseherinnen und überwachte uns; bevor er uns unsere Arbeiten zurückgab, stellte sie die Noten in einem Register fest. Diese Funktion lag an jenem Tage Mademoiselle Dubois ob, der Dame mit Staatsexamen, bei der ich normalerweise im vorigen Jahr den Lateinkurs hätte absolvieren sollen, auf den Zaza und ich zugunsten des Abbés jedoch verzichtet hatten; sie hatte nicht viel für uns übrig. Ich hörte, wie sie in meinem Rücken unruhig wurde; sie stieß einen zwar gedämpften, aber empörten Ausruf aus. Schließlich schrieb sie ein Zettelchen, das sie auf den Stapel Hefte legte, bevor sie ihn dem Abbé hinüberreichte. Er putzte seinen Kneifer ab, las die Botschaft und lächelte: «Ja», erklärte er mit freundlichem Gleichmut, «diese Stelle aus Cicero steht übersetzt in Ihrem Handbuch, und viele von Ihnen haben es auch bemerkt. Ich habe die besseren Noten den Schülerinnen gegeben, die am meisten Originalität bewahrt haben.» Trotz der

Nachsicht in seiner Stimme erfüllten mich doch Mademoiselle Dubois' gereizte Miene und das besorgte Schweigen meiner Mitschülerinnen mit Schrecken. Sei es aus Gewohnheit, sei es aus Zerstreutheit, sei es aus Freundlichkeit, hatte Abbé Trécourt mich als Erste rangieren lassen: ich erhielt eine Siebzehn. Niemand übrigens hatte weniger als eine Zwölf bekommen. Wahrscheinlich um seine Parteilichkeit zu rechtfertigen, rief er mich auf, damit ich den Text wortweise interpretierte; ich festigte meine Stimme und erledigte meine Aufgabe ohne Wank. Er gratulierte mir, und die Atmosphäre entspannte sich. Mademoiselle Dubois wagte nicht zu verlangen, daß ich laut meinen Text in ‹gutem Französisch› vorlas; Zaza, die neben mir saß, warf keinen Blick in mein Heft; sie war selbst gewissenhaft ehrlich und lehnte vermutlich ab, mich zu verdächtigen. Aber andere meiner Klassenkameradinnen tuschelten beim Verlassen des Unterrichts, und Mademoiselle Dubois nahm mich auf die Seite: sie werde, sagte sie, Mademoiselle Lejeune von meiner Unredlichkeit in Kenntnis setzen. So wurde schließlich Wirklichkeit, was ich immer gefürchtet hatte: eine in der Unschuld der Verborgenheit begangene Handlung gereichte mir zur Unehre, sobald sie offenbar geworden war. Ich hatte noch Respekt vor Mademoiselle Lejeune: die Vorstellung, sie könne mich verachten, wirkte quälend auf mich. Aber es war unmöglich, das Geschehene ungeschehen zu machen: ich war für immer gezeichnet! Ich hatte es ja geahnt: die Wahrheit kann ungerecht sein. Den ganzen Abend und einen Teil der Nacht versuchte ich, aus der Falle wieder herauszukommen, in die ich kopflos geraten war und die mich nicht wieder freigab. Im allgemeinen ging ich Schwierigkeiten durch Flucht, durch Schweigen, durch Vergessen aus dem Wege; selten ergriff ich die Initiative, aber dieses Mal entschloß ich mich zum Kampf. Um den äußeren Schein zu zerstreuen, der mich als schuldig brandmarkte, hieß es zur Lüge greifen: also würde ich lügen. Ich suchte Mademoiselle Lejeune in ihrem Sprechzimmer auf und schwor ihr mit Tränen in den Augen, ich hätte nicht abgeschrieben, sondern in meinen französischen Text hätten sich nur unbewußte Reminiszenzen eingeschlichen. In meiner Überzeugung, nichts Böses getan zu haben, verteidigte ich mich mit dem Eifer vollendeter Redlichkeit. Doch mein Unterfangen war absurd: wäre ich unschuldig gewesen, so hätte ich meinen Text als Beweisstück bei mir geführt; so begnügte ich mich, mein Wort zu geben. Die Direktorin glaubte mir nicht, sagte es mir auch und setzte ungeduldig hinzu, für sie sei die Sache erledigt. Sie hielt mir keine Moralpredigt und machte mir auch keine Vorwürfe; gerade diese Gleichgültigkeit aber sowie die Unfreundlichkeit ihres Tons offenbarten mir, daß sie nicht die geringste Zuneigung für mich empfand. Ich hatte gefürchtet, mein Vergehen werde mich bei ihr moralisch unmöglich machen; aber seit langem schon hatte ich nichts zu verlieren. Ich gewann meine Seelenruhe zurück. Sie verweigerte mir derart kategorisch ihre Achtung, daß diese mir nicht mehr erstrebenswert schien.

Während der Wochen, die der Abiturientenprüfung vorausgingen, lernte ich ungetrübte Freuden kennen. Es war schön, und meine Mutter erlaubte mir, im Luxembourggarten zu arbeiten. Ich ließ mich in dem englischen Teil nahe einem Rasenstück oder beim Medicibrunnen nieder. Ich trug noch die Haare auf den Rücken hinunterhängend in einem Netz, aber meine Kusine Annie, die mir oft ihre abgelegten Sachen überließ, hatte mir in diesem Sommer einen weißen Faltenrock und eine Bluse aus blauer Kretonne geschenkt; mit meinem Matrosenhut auf dem Kopf glaubte ich auszusehen wie ein erwachsenes junges Mädchen. Ich las Faguet, Brunetière, Jules Lemaître, ich atmete den Duft des Rasens ein und fühlte mich so frei wie die Studenten, die lässig durch den Garten bummelten. Ich verließ die Umzäunung und strich unter den Arkaden des Odéons umher; noch einmal erlebte ich die gleichen Entzückungen wie mit zehn Jahren in den Büchergängen der Bibliothèque Cardinale. Hier waren Reihen von gebundenen, mit Goldschnitt versehenen Büchern ausgelegt, die bereits aufgeschnitten waren; ich las im Stehen zwei oder drei Stunden lang, ohne daß je ein Verkäufer mich störte. Ich las Anatole France, die Brüder Goncourt, Colette und alles, was mir sonst noch in die Hände fiel. Ich sagte mir, daß, solange es Bücher gebe, das Glück mir sicher sei.

Ich hatte mir das Recht erwirkt, abends ziemlich lange aufzubleiben; nachdem Papa ins ‹Versailles› gegangen war, wo er fast jeden Abend Bridge spielte, und Mama und meine Schwester sich schlafen gelegt hatten, blieb ich allein im Arbeitszimmer zurück. Ich beugte mich aus dem Fenster; der Wind trug stoßweise den Duft von Laub zu mir herüber: in der Ferne sah man erleuchtete Fenster. Ich holte den Feldstecher meines Vaters hervor, zog ihn aus dem Etui und studierte wie früher mir unbekannte Existenzen; daß es ein eher banales Schauspiel war, machte mir nichts aus; ich war stets – und bin immer noch – empfänglich für den Reiz solch eines kleinen Schattentheaters, eines im Dunkel der Nacht hell erleuchteten Fensters. Mein Blick wanderte von einer Fassade zur anderen, und von der lauen Feuchte der Nacht bewegt, sagte ich mir: ‹Bald werde ich selbst richtig leben.›

Mit großem Vergnügen machte ich meine Examen. In den amphitheatralisch angelegten Hörsälen der Sorbonne saß ich dicht neben jungen Burschen und Mädchen, die sich in unbekannten Kursen und geistlichen Schulen oder auch in Lyzeen vorbereitet hatten: ich entrann jetzt dem Cours Désir, ich sah mich der wirklichen Welt gegenüber. Da meine Lehrer mir die Versicherung gegeben hatten, meine schriftlichen Arbeiten seien gut gelungen, trat ich an das

Mündliche mit so viel Vertrauen heran, daß ich mich sogar in meinem zu langen Kleid aus blauem Voile für eine anziehende Erscheinung hielt. Angesichts der bedeutenden Männer, die hier vereint waren, um mein Können abzuwägen, fand ich zu meiner Kindereitelkeit zurück. Der Examinator in Literatur besonders schmeichelte ihr, indem er mit mir im Konversationston sprach und mich fragte, ob ich eine Verwandte von Roger de Beauvoir sei: ich entgegnete, dieser Name sei ein Pseudonym; er fragte mich nach Ronsard; während ich mein Wissen vor ihm ausbreitete, bewunderte ich dennoch das schöne Denkerhaupt, das sich mir entgegenneigte: endlich sah ich von Angesicht zu Angesicht einen der hervorragenden Männer vor mir, an deren Billigung mir so sehr gelegen war! Bei den Philologieprüfungen jedoch empfing mich der Prüfende mit den ironischen Worten: «Ich sehe, Mademoiselle, Sie sammeln Diplome!» Verstört wurde ich mir plötzlich darüber klar, daß mein Vorgehen lächerlich erscheinen mochte; doch setzte ich mich darüber hinweg. Ich bestand mit ‹Gut›, und die Damen, die befriedigt waren, diesen Erfolg auf ihre Ruhmestafeln einschreiben zu dürfen, gratulierten mir. Meine Eltern strahlten. Jacques, der immer kategorische Urteile fällte, erklärte: «Man muß mindestens mit ‹Gut› bestehen oder überhaupt nicht bestehen.» Er sprach mir eifrig seine Glückwünsche aus. Zaza kam ebenfalls durch, aber in dieser ganzen Zeit sorgte ich mich weniger um sie als um mich.

Clotilde und Marguerite schickten mir liebevolle Briefe; meine Mutter verdarb mir ein wenig die Freude, indem sie sie mir geöffnet übergab und mir den Inhalt angeregt erzählte; doch war der Brauch so fest verankert, daß ich keinen Einspruch erhob. Wir befanden uns damals in Valleuse in der Normandie bei ungemein rechtdenkenden Vettern. Ich mochte den allzu geleckten Besitz nicht sehr gern: es gab keine Hohlwege, keine Wälder; Stacheldraht war rings um die Wiesen gezogen; eines Abends schlich ich mich unter der Einfriedung hindurch und streckte mich auf dem Grase aus: eine Frau trat heran und fragte mich, ob ich krank sei. Ich begab mich zurück in den Park, aber ich erstickte darin. Da mein Vater nicht bei uns war, fanden Mama und meine Vettern sich in gleicher Frömmigkeit, sie bekannten sich zu identischen Prinzipien, ohne daß je eine Stimme diesen vollkommenen Einklang durchbrach; da sie sich mit Selbstverständlichkeit vor mir äußerten, zwangen sie mir eine Zugehörigkeit auf, gegen die ich mich nicht zu verwahren wagte, aber ich hatte den Eindruck, daß man mir Gewalt antat. Wir fuhren im Auto nach Rouen; der Nachmittag verging mit dem Besuch von Kirchen, es gab deren viele, und jede einzelne entfesselte ekstatische Begeisterung; vor den steinernen Spitzen von Saint-Maclou stieg das Entzücken zum Paroxysmus an: Welche Arbeit! Welche Feinheit! Ich schwieg. «Wie? Findest du das etwa nicht schön?» wurde ich mit Entrüstung in der Stimme gefragt. Ich fand es weder schön noch häßlich, ich empfand gar nichts dabei. Sie drangen weiter in mich, ich biß die Zähne zusammen; ich lehnte es unbedingt ab, mir mit Gewalt Worte in den Mund legen zu lassen. Aller Blicke richteten sich tadelnd auf meine widerspenstigen Lippen; Zorn und Jammer trieben mir fast Tränen in die Augen. Mein Vetter erklärte schließlich in versöhnlichem Ton, in meinem Alter neige man zum Widerspruch, und meine Qual nahm daraufhin ein Ende.

Im Limousin fand ich wieder die Freiheit, die mir so notwendig war. Wenn ich den Tag allein oder mit meiner Schwester verbracht hatte, spielte ich gern am Abend in der Familie Mah-Jong. Ich tat die ersten Schritte in die Philosophie, indem ich *La Vie intellectuelle* von Pater Sertillangers und *La Certitude morale* von Ollé-Laprune las, die ich beide furchtbar langweilig fand.

Mein Vater hatte nie Gefallen an Philosophie gefunden.

In meiner Umgebung so gut wie in der von Zaza stand man ihr argwöhnisch gegenüber. «Wie schade! Du hast so einen netten klaren Geist, jetzt wird man dich lehren, unvernünftig zu denken!» sagte ein Onkel zu ihr. Jacques indessen hatte sich dafür interessiert. Bei mir erweckte alles Neue stets Hoffnung. Voller Ungeduld erwartete ich den Wiederbeginn des Unterrichts.

Psychologie, Logik, Ethik, Methaphysik: Abbé Trécourt schaffte dieses Pensum in je vier Wochenstunden. Er beschränkte sich darauf, uns unsere Arbeiten wiederzugeben, uns ein ‹Corrigé› zu diktieren und uns die aus unserem Handbuch auswendig gelernten Lektionen aufsagen zu lassen. Bei jedem Problem stellte der Verfasser, der hochwürdige Pater Lahr, ein knappes Inventar der menschlichen Irrtümer auf und lehrte uns die Wahrheit nach dem hl. Thomas von Aquino. Auch der Abbé gab sich nicht mit Spitzfindigkeiten ab. Um den Idealismus zu widerlegen, hielt er den Augenschein des Berührens den möglichen Täuschungen des Gesichtssinns entgegen; er schlug auf den Tisch und erklärte: «Was ist, ist.» Die Bücher, die er uns zur Lektüre empfahl, waren nicht besonders anregend; es war *L'Attention* von Ribot, *La Psychologie des Foules* von Gustave Lebon und *Les Idées-forces* von Fouillée. Dennoch stürzte ich mich leidenschaftlich auf sie. Es waren, nunmehr von ernsthaften Leuten behandelt, Probleme, die mich seit meiner Kindheit beschäftigt hatten und die ich hier nun wiederfand; auf einmal war die Welt der Erwachsenen nichts Selbstverständliches mehr, es gab eine Kehrseite, eine Unterseite, und Zweifel schlich sich ein; wenn man noch weiter vorstieß, was blieb dann? Man stieß jedoch nicht weiter vor, aber es war ja schon etwas Außerordentliches, daß uns hier nach zwölf Jahren des Dogmatismus eine Disziplin vorgestellt wurde, die Fragen aufwarf und sie unmittelbar an mich richtete. Denn ich selbst, das Ich, von dem man mir bislang immer nur in allgemeinen Redensarten gesprochen hatte, war jetzt plötzlich in Aktion getreten. Woher kam mein Bewußtsein? Von woher erhielt es seine Macht? Das Standbild Condillacs zog mich jetzt in die gleichen unergründlichen Wirbel des Grübelns hinein wie der alte Rock damals, als ich sieben Jahre alt war. Ich sah auch mit Staunen, wie das Grundgerüst des Alls zu schwanken begann: die Spekulationen Henri Poincarés über die Relativität des Raumes, der Zeit und des Maßes versenkten mich in tiefes Meditieren. Ich war ergriffen von den Seiten, auf denen er den Weg des Menschen durch das blinde Weltall beschreibt: er fährt hindurch wie ein Blitz, doch wie ein Blitz, der alles ist! Das Bild dieses großen Feuerschweifes in der Finsternis ließ mich lange nicht los.

An der Philosophie zog mich vor allem an, daß sie meiner Meinung nach unmittelbar auf das Wesentliche ging. Ich hatte mich nie für Einzelheiten interessiert; ich nahm den globalen Sinn der Dinge weit eher als ihre Besonderheiten in mich auf; ich begriff lieber, als daß ich sah: immer hatte ich *alles* erkennen wollen: die Philosophie würde mir möglich machen, dieses mein Verlangen zu erfüllen, denn die Gesamtheit des Wirklichen war das Ziel, das ich im Auge hatte; sie begab sich sofort ins Innerste der Dinge hinein und entdeckte mir anstelle einer trügerischen Wirrnis an Tatsachen oder empirischer Gesetzmäßigkeiten eine Ordnung, eine Vernunft, eine Notwendigkeit. Naturwissenschaften, Literatur, alle anderen Disziplinen kamen mir dagegen wie arme Verwandte vor.

Im Laufe dieser kurzen Zeit jedoch lernten wir nicht eben viel. Doch entgingen wir der Langeweile durch das zähe Bemühen, das wir, Zaza und ich, an unsere Diskussionen wendeten. Eine besonders bewegte Debatte fand über die Liebe statt, die man platonisch nennt, sowie auch über die andere, die man gar nicht nennt. Eine unserer Schulkameradinnen hatte Tristan und Isolde unter die platonisch Liebenden eingereiht. Zaza brach in helles Lachen aus: «Platonisch! Tristan und Isolde! Haha, nein so etwas!» sagte sie mit einer wissenden Miene, die die ganze Klasse in Verwirrung setzte. Der Abbé schloß die Diskussion, indem er uns zur Vernunftheirat ermahnte: «Man heiratet nicht einen jungen Mann, weil einem seine Krawatte gefällt.» Wir sahen ihm diese törichte Bemerkung nach. Aber nicht immer waren wir derart gefällig; wenn ein Gegenstand uns interessierte, diskutierten wir leidenschaftlich. Wir respektierten viele Dinge, wir meinten, daß die Wörter Vaterland, Pflicht, Gut und Böse einen Sinn haben müßten; nur suchten wir nach ihrer Definition; wir hatten nicht vor, etwas zu zerstören, aber wir argumentierten gern. Das genügte, um uns des ‹schlechten Geistes› zu bezichtigen. Mademoiselle Lejeune, die allen unseren Unterrichtsstunden beiwohnte, erklärte, wir begäben uns da auf ein gefährliches Terrain. In der Mitte des Schuljahres nahm uns der Abbé auf die Seite und beschwor uns, nicht zu ‹verdorren›, sonst würden wir schließlich den ‹Damen› ähnlich werden: sie seien zwar fromme Frauen, aber besser sei, nicht auf ihren Spuren zu wandeln. Ich war über seinen guten Willen gerührt, aber auch verwundert über die Verirrung seines Geistes: ich versicherte ihm, daß ich bestimmt niemals in den Orden eintreten würde. Dieser flößte mir einen Abscheu ein, über den sogar Zaza sich wunderte: ungeachtet aller ihrer Spöttereien bewahrte sie Zuneigung zu unseren Lehrerinnen, und ich schockierte sie nicht wenig, als ich behauptete, ich werde mich von ihnen ohne Bedauern trennen.

Mein Leben als Schülerin ging seinem Ende entgegen, etwas anderes begann: was eigentlich? In den *Annales* las ich den Abdruck eines Vortrags, der mir zu denken gab; eine ehemalige Schülerin der ‹École Normale de Sèvres› frischte darin ihre Erinnerungen auf; sie beschrieb Gärten, in denen schöne, wissensdurstige junge Mädchen im Mondschein spazierengingen: ihre Stimmen vermischten sich mit dem Geplätscher der Springbrunnen. Meine Mutter aber hegte ein Mißtrauen gegen Sèvres, und nach reiflicher Überlegung hatte auch ich selbst keine Lust, außerhalb von Paris nur mit Frauen in einer Art Klausur zu leben. Wofür jedoch sollte ich mich entscheiden? Ich fürchtete mich vor dem gewissen Maß an Willkür, das jede Wahl in sich schließt. Mein Vater, der darunter litt, sich mit fünfzig Jahren noch einer ungewissen Zukunft gegenüber zu sehen, wünschte für mich vor allem Sicherheit; er bestimmte mich für den Staatsdienst, der mir ein festes Gehalt und eine Pension garantierte. Jemand rief ihm zur ‹École des Chartes›. Ich holte mit meiner Mutter zusammen Rat bei einer Dame ein, die hinter den Kulissen der Sorbonne lebte und wirkte. Wir gingen durch mit Büchern vollgestellte Gänge, auf die sich Büros voller Aktenschränke öffneten. Als Kind hatte ich davon geträumt, in solchem Staub der Wissenschaft zu leben, und ich hatte den Eindruck, heute ins Allerheiligste vorzudringen. Die Dame stellte uns die Schönheiten, aber auch die Schwierigkeiten der Bibliothekarinnenlaufbahn vor Augen: die Vorstellung, daß ich Sanskrit lernen müsse, stieß mich gründlich ab: Gelehrsamkeit reizte mich an sich nicht. Am liebsten wäre mir gewesen, ich hätte meine philosophischen Studien fortsetzen können. Ich hatte in einer Zeitschrift einen Artikel über eine Philosophin gelesen, die Mademoiselle Zanta hieß: sie hatte den Doktor gemacht. Auf der Photographie sah man sie mit ernstem, ruhevollem Antlitz an ihrem Schreibtisch sitzen; sie lebte mit einer jungen Nichte zusammen, die durch Adoption ihre Tochter geworden war; auf diese Weise war es ihr gelungen, das rein zerebrale Dasein mit den Forderungen des weiblichen Gefühlslebens in Einklang zu bringen. Wie gern hätte ich gesehen, man würde eines Tages über mich dergleichen ehrenvolle Dinge veröffentlichen! Damals konnte man die Frauen, die den Doktor oder das Staatsexamen für das höhere Lehramt gemacht hatten, noch an den Fingern der Hand aufzählen; ich wünschte mir, eine dieser Pionierinnen zu sein. Praktisch gesehen war die einzige Laufbahn, zu der mich meine Diplome berechtigten, die der Lehrtätigkeit; ich hatte nichts dagegen. Mein Vater lehnte einen solchen Plan ebenfalls nicht ab, er weigerte sich nur zuzulassen, daß ich Privatstunden gab. Dann würde ich also eine Stelle in einem staatlichen Lyzeum annehmen. Warum nicht? Diese Lösung kam meinen Neigungen und seinem Vorsichtssinn entgegen. Meine Mutter verständigte schüchtern die Damen, die eisige Mienen aufsetzten. Sie hatten ihr ganzes Dasein in den Dienst des Kampfes gegen die laizistische Schule gestellt und machten keinen großen Unterschied zwischen einer staatlichen Lehranstalt und einem öffentlichen Haus. Sie erklärten außerdem meiner Mutter, daß die Philosophie den Seelen unauslöschlichen Schaden zufüge: nach einem Jahr Sorbonne würde ich meinen Glauben und meine Moral verlieren. Mama wurde daraufhin unruhig. Da das Staatsexamen in den alten Sprachen nach Papas Meinung mehr Möglichkeiten bot und auch Zaza vielleicht die Erlaubnis bekommen würde, es ebenfalls abzulegen, willigte ich ein, die Philosophie dem philologischen Studium zum Opfer zu bringen. Aber ich hielt meinen Entschluß aufrecht, in einem weltlichen Lyzeum zu lehren. Welch ein Skandal! Elf Jahre der Bemühungen, der Predigten, der unermüdlichen Belehrung: ich aber stieß roh die Hand zurück, die mir so lange meine geistige Nahrung verabfolgt hatte! Ungerührt las ich in den Blicken meiner Erzieherinnen Kritik an meiner Undankbarkeit, meiner Unwürdigkeit, meinem Verrat: Satan hatte mich in seinen Klauen.

Im Juli bestand ich meine Prüfung in elementarer Mathematik und in Philosophie. Bei dem Abbé hatte ich so wenig gelernt, daß meine Prüfungsarbeit, die er mit Sechzehn zensiert haben würde, nur eben eine Elf erhielt. Durch die Naturwissenschaften konnte ich kompensieren. Am Abend meines Mündlichen nahm mich mein Vater mit ins ‹Théâtre de Dix-Heures›, wo ich Dorin, Colline und Noël-Noël sah; ich amüsierte mich sehr. Wie glücklich war ich, mit dem Cours Désir nun endgültig fertig zu sein! Als ich mich aber zwei oder drei Tage darauf allein in der Wohnung befand, wurde ich von einem seltsamen Unbehagen erfaßt; ich stand mitten im Vorzimmer, so verloren, als sei ich auf einen fremden Planeten versetzt. Mein Herz war tot, meine Welt völlig leer: würde sich eine solche Leere jemals ausfüllen lassen? Ich hatte Angst. Dann aber kam die Zeit jäh wieder in Bewegung.

Es gab einen Punkt, an dem meine Erziehung mich nachhaltig gezeichnet hatte: ungeachtet meiner Lektüre blieb ich ein Unschuldsgänschen. Ich war ungefähr sechzehn Jahre alt, als eine Tante mich und meine Schwester in den Pleyel-Saal zu der Vorführung eines Reisefilms mitnahm. Da alle Sitzplätze schon vergeben waren, mußten wir im Gang stehen. Mit Staunen spürte ich, wie Hände mich durch meinen Wollmantel hindurch abtasteten; ich glaubte zunächst, jemand wolle mir meine Handtasche stehlen, und klemmte sie fester unter den Arm; die Hände fuhren fort, mich in absurder Weise zu kneten. Ich wußte nicht, was sagen oder tun, rührte mich aber jedenfalls nicht. Als der Film zu Ende war, zeigte ein Mann mit braunem Hut mich lachend einem Freund, der ebenfalls zu lachen begann. Sie machten sich über mich lustig: weshalb? Ich hatte keine Ahnung.

Etwas später hatte mich jemand – ich weiß nicht mehr, wer – gebeten, in einer frommen Buchhandlung in der Nähe von Saint-Sulpice ein Stück für eine Aufführung zu einem Patronatsfest zu besorgen. Ein blonder, schüchterner, mit einem langen schwarzen Kittel bekleideter Angestellter erkundigte sich höflich nach meinen Wünschen. Er ging in den Hintergrund des Ladens und machte mir ein Zeichen, daß ich ihm folgen solle: als ich nahe bei ihm stand, schlug er seinen Kittel auseinander und deckte dabei etwas Rosiges auf; sein Gesicht blieb vollkommen ausdruckslos; einen Augenblick lang war ich nur verdutzt; dann aber machte ich kehrt und lief schnell davon. Seine schamlose Geste verstörte mich weniger als die Wahnsinnsszene des falschen Karl VI. im Odéontheater, aber ich behielt doch den Eindruck davon, daß unvermutet seltsame Dinge sich ereignen könnten. Wenn ich mich mit einem unbekannten Mann – in einem Laden oder auf dem Bahnsteig der Metro – allein befand, wurde ich von Angst gepackt.

Zu Beginn meines vorletzten Schuljahrs überredete Madame Mabille Mama, mich Tanzstunden nehmen zu lassen. Einmal in der Woche traf ich mit Zaza in einem Salon zusammen, in dem sich Mädchen und Burschen darin übten, unter Anleitung einer reiferen Dame sich im Takt zu bewegen. Ich legte für diese Tage ein blaues Kleid aus Seidenjersey an, das meine Kusine Annie mir vermacht hatte und das sich schlecht und recht meiner Gestalt anpaßte. Pudern und Schminken war mir untersagt. In der Familie übertrat einzig meine Kusine Madeleine dieses Verbot. Als sie etwa sechzehn war, hatte sie angefangen, sich kokett herzurichten. Papa, Mama und Tante Marguerite wiesen mit dem Finger auf sie: «Du hast dich gepudert, Madeleine!» – «Aber nein, Tante, ganz bestimmt nicht!» antwortete sie etwas lispelnd. Ich lachte mit den Erwachsenen: alles, was künstlich war, war immer ‹lächerlich›. Jeden Morgen ging es von neuem los: «Widersprich nicht, Madeleine, du hast Puder aufgelegt, man sieht es ja.» Eines Tages – sie war damals achtzehn oder neunzehn Jahre alt – verlor sie die Nerven und antwortete: «Und wenn schon, warum denn nicht?» Sie hatte gestanden, alles triumphierte. Mir aber hatte ihre Antwort eher zu denken gegeben. Auf alle Fälle lebten wir ja sehr weit von der Natur entfernt. In der Familie wurde behauptet: «Schminke verdirbt den Teint.» Wir beide aber, meine Schwester und ich, sagten uns, wenn wir die knittrige Haut unserer Tanten betrachteten, daß ihre Vorsicht sich schlecht bezahlt gemacht habe. Indessen versuchte ich nicht, weiter zu diskutieren. Ich erschien also zu den Tanzstunden schlecht angezogen, mit stumpfem Haar, glänzenden Wangen und blanker Nasenspitze. Ich wußte mit meinem Körper nichts anzufangen, nicht einmal Schwimmen oder Radfahren hatte ich gelernt; ich kam mir ebenso unbeholfen vor wie an dem Tage, an dem ich mich als Spanierin den Blicken präsentieren mußte. Aber aus einem anderen Grunde faßte ich eine Abneigung gegen diese Stunden. Wenn mein Tanzherr mich in den Arm nahm und an seine Brust drückte, hatte ich ein bizarres Gefühl, das einem Ziehen im Magen glich, doch länger spürbar blieb. Kam ich dann nach Hause, warf ich mich in den Ledersessel, benommen von einer Schlaffheit, die keinen Namen hatte und die mich fast bis zu Tränen verdroß. Ich benutzte meine Arbeit als Vorwand, um nicht mehr hinzugehen.

Zaza war gewitzter als ich. «Wenn ich denke, daß unsere Mütter, diese harmlosen Gemüter, uns in aller Seelenruhe tanzen sehen», sagte sie einmal zu mir. Ihrer Schwester Lili und unseren großen Kusinen hielt sie neckend vor: «Ach, geht! Ihr werdet mir doch nicht erzählen wollen, daß ihr euch ebensogut amüsieren würdet, wenn wir untereinander oder mit unseren Brüdern tanzten.» Ich glaubte, daß sie das Vergnügen des Tanzes mit dem für mich äußerst vagen des Flirts in Verbindung bringe. Als ich zwölf Jahre alt war, hatte ich, noch unwissend, Lust und Liebkosung schon vorausgeahnt: mit siebzehn Jahren wußte ich, wiewohl theoretisch aufgeklärt, nicht einmal die Regungen meines Körpers zu deuten.

Ich weiß nicht, ob diese Naivität vielleicht auch etwas auf Selbstbetrug beruhte, jedenfalls erschreckte mich alles, was das sexuelle Leben betraf. Eine einzige Person, Titite, hatte mir eine Ahnung davon vermittelt, daß physische Liebe ganz natürlich und mit Freuden erlebt werden kann; ihr üppiger Körper kannte keine Scham, und wenn sie von ihrer Hochzeit sprach, wurde sie durch das Verlangen verschönt, das in ihren Augen aufleuchtete. Tante Simone machte Andeutungen, sie sei mit ihrem Verlobten ‹zu weit› gegangen; Mama nahm sie in Schutz; ich selbst hielt diese Debatte für müßig; ob verheiratet oder nicht, die mögliche Umarmung dieser beiden schönen Wesen schockierte mich keineswegs: sie liebten sich ja. Doch genügte diese eine Erfahrung nicht, um die um mich aufgerichteten Tabus einfach fortzuräumen. Niemals hatte ich – seit Villers – einen Fuß an einen Badestrand, in ein Schwimmbad oder in einen Gymnastiksaal gesetzt, so daß Nacktheit für mich mit Indezenz gleichbedeutend war; außerdem aber durchbrach auch in dem Milieu, in dem ich lebte, niemals das offene Bekenntnis zu einem Bedürfnis oder einer einfach nicht unterdrückbaren Handlung das Netz der Konventionen und eingefahrenen Gewohnheiten. Wie sollte man sich bei diesen körperlosen Erwachsenen, die immer nur maßvolle Worte und Gebärden miteinander tauschten, die animalische Roheit des Instinktes, der Lust vorstellen? Im Laufe meines Obersekundajahres teilte Marguerite de Théricourt Mademoiselle Lejeune ihre bevorstehende Vermählung mit; sie heiratete einen Sozius ihres Vaters, der reich, adlig und sehr viel älter war als sie und den sie bereits seit ihrer Kindheit kannte. Alle gratulierten ihr, sie strahlte von unschuldsvollem Glück. Das Wort ‹Heirat› aber verursachte eine Art von Explosion in meinem Kopf; ich war so überwältigt von der Vorstellung wie eines Tages, als eine Schulkameradin mitten im Unterricht zu bellen angefangen hatte. Wie sollte man sich unter dieser ernsthaften, behandschuhten, hutgeschmückten jungen Dame mit dem einstudierten Lächeln einen rosigen, zärtlichen Körper denken, der in den Armen eines Mannes dahinschmolz? Ich ging nicht so weit, Marguerite sozusagen auszuziehen, aber unter ihrem langen Hemd und dem lang herabwallenden Haar würde sie eben doch ihren Leib darbieten! Dieses unvermittelte Ablegen jeden Schamgefühls kam mir wie Wahnsinn vor. Entweder war die Sexualität ein kurzer Anfall von Sinnesstörung, oder Marguerite war eben doch nicht mit der wohlerzogenen jungen Dame identisch, die überallhin von einer Gouvernante begleitet wurde: der Schein trog, die Welt, die man mir als die wirkliche hingestellt hatte, war nur eine künstliche Konstruktion. Ich neigte zu dieser Hypothese, aber zu lange bereits war ich der Täuschung erlegen: die Illusion hielt dem Zweifel stand. Die wahre Marguerite trug für mich auch weiterhin beharrlich Handschuhe und Hut. Wenn ich sie mir halb entschleiert dem Blick eines Mannes ausgesetzt vorstellte, fühlte ich mich wie von einem Sturmwind davongetragen, der alle Normen der Moral und der Vernunft über den Haufen warf und zu Nichts zerstäubte.

Ende Juli reiste ich in die Ferien. Dort tat sich mir ein neuer Aspekt des Sexuallebens auf, durch den es mir weder als eine ruhige Freude der Sinne noch als beunruhigende Verirrung erschien, vielmehr nur als ein übermütiger Spaß.

Mein Onkel Maurice war, nachdem er sich zwei oder drei Jahre lang ausschließlich von Salat ernährt hatte, unter schrecklichen Leiden an Magenkrebs gestorben. Meine Tante und Madeleine hatten ihn lange beweint. Doch als sie sich getröstet hatten, wurde das Leben in La Grillère sehr viel lustiger als in der Vergangenheit. Robert konnte jetzt ungehemmt seine Freunde einladen. Die Söhne der Landbesitzer des Limousin hatten soeben das Automobil entdeckt und trafen auf fünfzig Kilometer im Umkreis zusammen, um gemeinsam zu jagen oder zu tanzen. In diesem Jahr machte Robert einer jungen Schönheit von ungefähr fünfundzwanzig Jahren den Hof, die ihre Ferien in einem benachbarten ländlichen Ort in der offenbaren Absicht verbrachte, einen Mann zu finden; fast jedes Jahr kam Yvonne nach La Grillère; sie führte eine reichhaltige Garderobe, üppiges Haar und ein so beständiges Lächeln ins Feld, daß ich niemals habe entscheiden können, ob sie taub, ob sie idiotisch war. Eines Nachmittags setzte sich ihre Mutter in dem von Schutzbezügen befreiten Salon ans Klavier, und im Gewand einer Andalusierin, mit Fächer und Augendeckeln klappend, führte Yvonne inmitten eines Kreises mokant grinsender junger Leute spanische Tänze vor. Aus Anlaß dieses Idylls fanden immer mehr ‹Parties› in La Grillère und Umgegend statt. Ich amüsierte mich herrlich dabei. Unsere Eltern mischten sich nicht ein: man konnte ungehemmt lachen und sich bewegen. Zwischen Polonaisen, Reigen und der ‹Reise nach Jerusalem› wurde der Tanz ein Gesellschaftsspiel unter anderen und befremdete mich nicht mehr. Ich fand sogar einen meiner Tänzer, der gerade sein Medizinstudium beendete, recht hübsch. Eines Tages blieben wir auf einem benachbarten Landsitz bis in die frühen Morgenstunden zusammen; eine Zwiebelsuppe wurde in der Küche gemeinsam hergestellt: wir fuhren im Auto bis an den Fuß des Mont Gargan und bestiegen ihn, um den Sonnenaufgang zu genießen: in einem Gasthaus tranken wir unseren Morgenkaffee; es war meine erste durchtollte Nacht. In einem meiner Briefe erzählte ich Zaza von diesen Extravaganzen; sie schien etwas schockiert, daß ich so großes Vergnügen daran fand und daß Mama dergleichen duldete. Weder meine Tugend noch die meiner Schwester waren übrigens in Gefahr; wir hießen ‹die beiden Kleinen›; da wir offenbar noch zu ungewitzt waren, war der ‹Sex-Appeal› nicht unsere starke Seite. Indessen wimmelten die Gespräche von

Anspielungen und Zweideutigkeiten, deren Unverblümtheit mir oft peinlich war. Madeleine vertraute mir an, daß sich abends in den Bosketten, den Autos alles mögliche zutrug. Die jungen Mädchen nahmen sich nur so weit in acht, daß sie eben noch junge Mädchen blieben. Yvonne hatte diese Vorsichtsmaßnahme mißachtet, die Freunde Roberts, die sich abwechselnd mit ihr amüsiert hatten, waren so aufmerksam, meinen Vetter davon in Kenntnis zu setzen, und die Heirat zerschlug sich. Die andern Mädchen kannten die Spielregeln und respektierten sie; diese Vorsicht beraubte sie jedoch nicht angenehmer kleiner Vergnügungen. Zweifellos gingen diese über das Maß des Erlaubten hinaus: diejenigen, die zu Gewissensskrupeln neigten, liefen am nächsten Tag zur Beichte und kehrten mit befreiter Seele zurück. Ich hätte gern gewußt, durch welchen Mechanismus die Berührung zweier Münder Lust erzeugt: oft, wenn ich die Lippen eines Burschen oder eines Mädchens betrachtete, verspürte ich das gleiche Staunen wie einst angesichts der Metro oder eines gefährlichen Buches. Die Belehrung durch Madeleine hatte stets etwas Bizarres; sie erklärte mir, die Lust hänge von den Neigungen jedes einzelnen ab: ihre Freundin Nini verlange, daß ihr Partner ihr die Fußsohlen küßte oder kitzelte. Voller Neugier, aber doch mit einem Gefühl des Unbehagens fragte ich mich, ob mein eigener Körper auch verborgene Quellen enthielte, aus denen eines Tages ungeahnte Empfindungen hervorbrechen würden.

Um nichts in der Welt hätte ich mich zu dem bescheidensten Versuch auf diesem Gebiete hergegeben. Die Sitten, die Madeleine mir beschrieb, fand ich durchaus empörend. Die Liebe, so wie ich sie sah, bezog den Körper kaum in ihre Bereiche mit ein; dennoch lehnte ich ab, daß der Körper Befriedigung für sich ohne Liebe suchte. Ich trieb die Intransigenz nicht so weit wie Antoine Redier, der Herausgeber der *Revue française*, an der mein Vater arbeitete: in einem Roman hatte er das rührende Porträt eines ‹wirklichen› jungen Mädchens gezeichnet: sie hatte einmal einem jungen Mann erlaubt, ihr einen Kuß zu rauben; ehe sie aber diese Schmach ihrem Verlobten eingestand, entsagte sie ihm lieber. Ich fand die Geschichte einfach grotesk. Als aber eine meiner Kameradinnen, die Tochter eines Generals, mir nicht ohne Melancholie in der Stimme erzählte, daß bei jedem ihrer Ausgänge mindestens einer ihrer Tänzer sie küßte, fand ich tadelnde Worte für sie, daß sie sich darauf einließ. Es schien mir traurig, unangemessen und schließlich sogar unrecht, einem Gleichgültigen die Lippen darzubieten. Einer der Gründe meiner Prüderie lag zweifellos in der mit Grauen gemischten Abneigung, die ein Mann gemeinhin Jungfrauen einflößt; ich fürchtete vor allem meine eigenen Sinne und ihre möglichen Launen: das Unbehagen, das ich in der Tanzstunde verspürt hatte, ärgerte mich, weil ich es ungewollt über mich hatte ergehen lassen; ich wollte nicht zugestehen, daß durch eine bloße Berührung, einen Druck oder eine Umarmung der erste beste einen zum Straucheln bringen konnte. Ein Tag würde kommen, an dem ich selber in den Armen eines Mannes die Lust kennenlernen würde: ich wollte meine Stunde wählen, und meine Entscheidung sollte durch die Heftigkeit meiner Liebe gerechtfertigt sein. Zu diesem rationalistischen Hochmut traten noch durch meine Erziehung geschaffene Stilisierungen hinzu. Ich hatte diese unbefleckte Hostie, meine Seele, geliebt; in meiner Erinnerung spielten noch Bilder wie besudelter Hermelin oder entweihte Lilie eine Rolle; wenn die Lust nicht durch das Feuer der Leidenschaft reingeglüht war, blieb sie etwas Beschmutzendes. Zudem neigte ich zu Extremen: ich wollte alles oder nichts. Wenn ich liebte, würde es fürs Leben sein, ich würde ganz und gar, mit Körper, Herz, Kopf und Vergangenheit, in meiner Neigung aufgehen. Ich lehnte es ab, Emotionen, meinem Vorsatz nicht dienende Formen der Lust im einzelnen zu verzetteln. Um die Wahrheit zu sagen, hatte ich nie Gelegenheit, diese Prinzipien auf die Probe zu stellen, denn kein Verführer versuchte je, sie ins Wanken zu bringen.

Mein Verhalten richtete sich nach der in meinen Kreisen geltenden Moral; dennoch nahm ich diese nicht ohne wichtige Einschränkung hin; ich wollte die Männer dem gleichen Gesetz unterstellt sehen wie die Frauen. Tante Germaine hatte in verhüllten Worten meinen Eltern gegenüber ihr Bedauern ausgedrückt, daß ihr Sohn Jacques allzu zahm sei. Mein Vater, die meisten Schriftsteller und der allgemeine Konsens der Gesellschaft ermunterten die jungen Leute, sich die Hörner abzulaufen. Im gegebenen Moment würden sie dann ein junges Mädchen ihres Milieus heiraten; inzwischen aber fand man in der Ordnung, daß sie sich mit Mädchen von geringem Stand amüsierten, ob es nun Loretten, Grisetten, Midinetten oder Cousetten waren. Dieser Brauch widerte mich an. Oft war mir gesagt worden, die unteren Stände hätten keine Moral; das ungehörige Verhalten einer Wäscherin oder eines Blumenmädchens kam mir demgemäß so natürlich vor, daß ich deswegen nicht in Wallung geriet; ich hatte Sympathie für diese besitzlosen jungen Frauen, die die Romanschriftsteller gern mit den rührendsten Vorzügen ausstatteten. Indessen war ihre Liebe von vornherein dem Untergang geweiht; eines Tages, je nach Laune oder Gelegenheit, würde ihr Liebhaber sie um einer jungen Dame willen versetzen. Ich war demokratisch und romantisch zugleich: ich fand es empörend, daß ein Mann, weil er ein Mann war und Geld hatte, berechtigt sein sollte, mit einem Herzen zu spielen. Andererseits lehnte ich mich dagegen auch im Namen der Braut in ihrer Unschuldsweiße auf, mit der ich mich identifizierte. Ich sah keinen einzigen Grund, weshalb ich meinem Partner Rechte zuerkennen sollte, die ich für mich selbst nicht in Anspruch nahm. Unsere Liebe würde nur zwingend und alles umfassend sein, wenn er sich ebenso für mich aufbewahrte, wie ich bereit war, es für ihn zu tun. Zudem mußte unbedingt das sexuelle Leben seinem Wesen nach und demnach für alle eine ernste Angelegenheit sein, denn sonst hätte ich meine eigene Haltung revidieren müssen, und da ich im Augenblick außerstande war, etwas an ihr zu ändern, hätte mich das in die größte Verlegenheit gebracht. Im Gegensatz zur öffentlichen Meinung versteifte ich mich also darauf, für beide Geschlechter gleiche Keuschheit zu fordern.

Ende September verbrachte ich eine Woche bei einer Klassenkameradin. Zaza hatte mich mehrmals nach Laubardon eingeladen; die Schwierigkeiten der Reise, mein zartes Alter hatten dieses Projekt immer zum Scheitern gebracht. Jetzt war ich siebzehn Jahre alt, und Mama willigte ein, mich in einen Zug zu setzen, der mich direkt von Paris nach Joigny bringen würde, wo meine Gastgeber mich abzuholen gedachten. Es war das erste Mal, daß ich allein eine Reise unternahm; ich hatte mein Haar hochgesteckt, ich trug einen kleinen grauen Filzhut, ich war stolz auf meine Freiheit und leicht beunruhigt zugleich: auf den Stationen spähte ich nach den Reisenden aus; ich hätte mich nicht gern allein mit einem Unbekannten in ein Abteil eingeschlossen gesehen. Thérèse erwartete mich auf dem Bahnsteig. Sie war ein melancholisches, vaterloses junges Mädchen, das eine ganz der Trauer geweihte Existenz zwischen ihrer Mutter und einem halben Dutzend älterer Schwestern führte. Fromm und sentimental, hatte sie ihr Zimmer mit Fluten von weißem Mull dekoriert, die Zaza belächelt hatte. Sie beneidete mich um meine relative Freiheit, und ich glaube, daß ich für sie alle Fröhlichkeit der Welt verkörperte. Sie brachte den Sommer in einem großen, recht schönen, aber düsteren Backsteinschloß zu, das von herrlichen Wäldern umgeben war. In den hohen Tannenforsten, am Hange der Weinberge entdeckte ich einen neuen Herbst aus violetten, orangefarbenen und roten Tönen, das Ganze von Gold überstäubt. Während wir Spaziergänge machten, sprachen wir viel vom Semesterbeginn. Thérèse hatte für sich erwirkt, daß sie mit mir an einigen Vorlesungen über Literatur und Latein teilnehmen durfte. Ich nahm mir vor, sehr fleißig zu sein. Papa hätte gern gesehen, wenn ich Literatur und Jura gleichzeitig belegte, weil das ‹immer von Nutzen› sein könne: aber ich hatte in Meyrignac den *Code civil* überflogen, und die Lektüre hatte mich abgestoßen. Hingegen riet einer meiner naturwissenschaftlichen Lehrer mir an, es mit allgemeiner Mathematik zu versuchen, und der Gedanke verlockte mich; ich nahm mir vor, mich am ‹Institut catholique› darauf vorzubereiten. Was die Literatur anbetraf, war auf Monsieur Mabilles Rat hin beschlossen worden, daß wir Kurse in dem in Neuilly von Madame Daniélou geleiteten Institut belegten: unsere Beziehungen zur Sorbonne würden sich demgemäß auf ein Minimum beschränken. Mama hatte sich mit Mademoiselle Lambert, der Hauptmitarbeiterin von Madame Daniélou, unterhalten: wenn ich eifrig weiterarbeitete, würde ich es sehr wohl zur Befähigung für das höhere Lehramt bringen können. Ich bekam einen Brief von Zaza: Mademoiselle Lejeune hatte an ihre Mutter geschrieben, um sie auf die abscheuliche Deutlichkeit der griechischen und lateinischen Klassiker hinzuweisen; Madame Mabille hatte geantwortet, sie fürchte für eine jugendliche Phantasie eher die Fallstricke der Romantik als zuviel Realismus. Robert Garric, unser künftiger Literaturprofessor, ein glühender Katholik von einer über jeden Verdacht erhabenen Geistigkeit, hatte Herrn Mabille die Versicherung gegeben, daß man sein Staatsexamen machen könne, ohne sein Seelenheil zu gefährden. So wurden alle meine Wünsche wahr:

ich würde das Leben, das sich mir auftat, wieder mit Zaza teilen.

Ein neues Leben, ein anderes Leben: ich war bewegter als am Tage vor meinem Eintritt in den Kursus Null. Auf dürre Blätter gelagert, den Blick von den leidenschaftlich flammenden Farben der Weinberge erfüllt, sprach ich mir immer wieder die großen Worte ‹Staatsexamen›, ‹Lehrbefähigung› vor. Alle Schranken, alle Mauern schienen niederzusinken. Die Zukunft war nur noch Hoffnung, und ich rührte bereits an sie. Vier oder fünf Studienjahre und dann eine Existenz, die ich mir selbst gestalten würde. Mein Leben würde eine schöne Geschichte sein, die in dem Maße zur Wahrheit wurde, wie ich sie mir selbst erzählte.

# Dritter Teil

# III

*Ich eröffnete meine neue Existenz* damit, daß ich die Treppen der Bibliothek Sainte-Geneviève erstieg. Dort setzte ich mich in den für Leserinnen reservierten Teil an einen großen, gleich denen des Cours Désir mit schwarzem Moleskin bedeckten Tisch und vertiefte mich in die *Comédie humaine* oder in die *Mémoires d'un homme de qualité.* Mir gegenüber blätterte im Schatten eines großen mit Vögeln beladenen Hutes eine Dame reiferen Alters in verjährten Bänden des *Journal officiel*: sie sprach halblaut mit sich selbst und lachte vor sich hin. Zu jener Zeit war der Eintritt in den Lesesaal frei; viele Verrückte und bessere Pennbrüder flüchteten sich dorthin; sie hielten Selbstgespräche, summten vor sich hin und kauten an Brotkrusten herum; es gab einen, der mit einem Papierhut auf dem Kopf unaufhörlich auf und ab ging. Ich fühlte mich sehr weit dem Studiensaal des Cours Désir entrückt: endlich hatte ich mich in das Gewühl der Menschheit hineingestürzt. ‹Es ist so weit: ich bin Studentin!› sagte ich fröhlich zu mir selbst. Ich trug ein schottisches Kleid, das ich zwar selbst gesäumt hatte, aber es war neu und nach meinen Maßen gemacht; während ich Kataloge wälzte und geschäftig hin und her ging, glaubte ich ein sehr reizvoller Anblick zu sein.

In jenem Jahr standen auf dem Programm Lukrez, Juvenal, das *Heptameron* und Diderot. Wäre ich so unwissend geblieben, wie meine Eltern es immer gewünscht hatten, hätte der Schock für mich überwältigend sein müssen; offenbar ahnten sie etwas davon. Eines Nachmittags, als ich mich allein im Arbeitszimmer befand, setzte sich meine Mutter mir gegenüber; sie zögerte und errötete: «Es gibt da gewisse Dinge, die du wissen mußt», sagte sie. Ich errötete ebenfalls: «Ich weiß sie», gab ich eilig zurück. Sie war nicht so neugierig, sich nach meinen Quellen zu erkundigen; zu unser beider Erleichterung endete dieses Gespräch hiermit. Einige Tage später rief sie mich in ihr Zimmer; etwas befangen fragte sie mich, wie es mit der Religion bei mir sei. Mein Herz begann heftig zu klopfen: «Um die Wahrheit zu sagen», erwiderte ich, «glaube ich schon seit einiger Zeit nicht mehr.» Ihre Züge verfielen. «Meine arme Kleine!» sagte sie. Sie schloß die Tür, damit meine Schwester die Fortsetzung unserer Unterhaltung nicht hörte; mit flehender Stimme malte sie mir ein Dasein ohne Gott aus, dann verstummte sie mit einer Gebärde der Ohnmacht und mit Tränen in den Augen. Es tat mir leid, daß ich ihr Kummer bereitet hatte, aber ich fühlte mich sehr erleichtert. Endlich würde ich mit offenem Visier leben können.

Eines Abends, als ich aus dem S-Autobus stieg, sah ich Jacques' Auto vor dem Hause stehen: seit einigen Monaten besaß er einen kleinen Wagen. Ich stürmte die Treppe hinauf. Jacques besuchte uns jetzt weniger oft als früher; meine Eltern verziehen ihm seine literarischen Neigungen nicht, er aber fühlte sich zweifellos durch ihren Spott gereizt. Mein Vater behielt das Monopol des Talents den Abgöttern seiner Jugend vor; seiner Meinung nach erklärte sich der Erfolg der ausländischen und modernen Autoren einzig durch den Snobismus. Er stellte Alphonse Daudet himmelhoch über Dickens; sprach jemand zu ihm vom russischen Roman, so zuckte er die Achseln. Ein Schüler des Conservatoire, der mit ihm ein Stück von Monsieur Jeannot mit dem Titel *Le Retour à la terre* probte, erklärte eines Abends in leidenschaftlichem Ton: «Vor Ibsen kann man nur sehr tief den Hut abnehmen!» Mein Vater lachte schallend auf: «Nun schön», sagte er, «ich jedenfalls nehme ihn nicht vor ihm ab!» Ob englisch, slawisch oder nordisch, alle Werke von jenseits der Grenze kamen ihm todlangweilig, nebelhaft und kindisch vor. Was die avantgardistischen Schriftsteller und Maler betraf, so spekulierten sie zynisch auf die menschliche Dummheit. Mein Vater schätzte die Natürlichkeit gewisser junger Schauspieler: Gaby Morlay, Fresnay, Blanchard, Charles Boyer. Aber die Bestrebungen von Copeau, von Dullin, von Jouvet hielt er für müßig, und er verabscheute Leute à la Pitoëff, diese ‹Metöken›. Diejenigen, die seine Meinung nicht teilten, hielt er für schlechte Franzosen. Daher vermied auch Jacques solche Diskussionen; wortreich und zu Scherzen aufgelegt, plauderte er mit meinem Vater, machte meiner Mutter auf heitere Weise den Hof und hütete sich, von irgend etwas Ernstlichem zu reden. Ich bedauerte es, denn wenn er sich je einmal aussprach, sagte er Dinge, die mir sehr zu denken gaben und mich interessierten; ich fand ihn gar nicht mehr anmaßend; über Welt und Menschen, Malerei und Literatur wußte er sehr viel mehr als ich. Ich hätte gern gesehen, er hätte mich von seiner Erfahrung profitieren lassen. An diesem Abend behandelte er mich wie gewöhnlich als ‹kleine Kusine›; aber in seiner Stimme, seinem Lächeln lag so viel Nettigkeit, daß ich mich ganz glücklich fühlte, einfach, weil ich ihn wiedersah. Als ich mein Haupt auf mein Kopfkissen bettete, kamen mir Tränen in die Augen. ‹Ich weine, also liebe ich›, sagte ich entzückt zu mir selbst. Ich war siebzehn Jahre alt: gerade das richtige Alter.

Ich glaubte eine Möglichkeit zu sehen, Jacques' Achtung zu erzwingen. Er kannte Robert Garric, der im Institut Sainte-Marie die Vorlesungen über französische Literatur hielt. Garric hatte die Bewegung der ‹Équipes sociales› gegründet, die darauf ausging, in den unteren Volksschichten Bildung zu verbreiten; er stand dieser Bewegung auch weiter vor; Jacques war einer seiner Mitarbeiter und bewunderte ihn. Wenn es mir gelang, mich bei meinem neuen

Lehrer auszuzeichnen, wenn er sich bei Jacques vorteilhaft über meine Leistungen äußerte, würde mich dieser vielleicht nicht mehr als ein unbedeutendes kleines Schulmädchen betrachten. Garric war etwas über dreißig Jahre alt; blond, mit leicht gelichtetem Haar, sprach er mit einer beschwingten Stimme, die ein klein wenig durch einen auvergnatischen Akzent gefärbt war. Seine Erklärungen über Ronsard blendeten mich förmlich. Ich verwendete die größte Sorgfalt auf meine erste schriftliche Arbeit, aber nur eine Dominikanerin, die in Zivil an den Vorlesungen teilnahm, erhielt eine spezielle Belobigung; wir beide, Zaza und ich, hoben uns aus der übrigen Klasse nur mit einer nachsichtig gewährten Elf heraus. Thérèse kam weit hinter uns.

Das geistige Niveau von Sainte-Marie war sehr viel gehobener als das des Cours Désir. Mademoiselle Lambert, die den Oberkurs leitete, flößte mir Respekt ein. Im Besitz des Staatsexamens für Philosophie, ungefähr fünfunddreißig Jahre alt, trug sie eine schwarze Ponyfranse über einem Gesicht, in dem blaue Augen hell und durchdringend leuchteten. Aber ich sah sie nie. Ich fing mit Griechisch an und mußte feststellen, daß ich in Latein nichts konnte: meine Lehrer ignorierten mich. Was meine neuen Mitschülerinnen anbelangte, so kamen sie mir kaum lustiger vor als die früheren. Sie hatten gratis Logis und Unterricht; dafür mußten sie in den Mittelklassen den Unterricht und die Aufsicht übernehmen. Die meisten von ihnen, die schon recht erwachsen waren, dachten mit Bitterkeit daran, daß sie sich nie verheiraten würden; ihre einzige Möglichkeit, eines Tages ein erträgliches Leben zu führen, setzte voraus, daß sie erfolgreich ihre Examen bestanden: diese Sorge verließ sie nie. Ich versuchte, mit einigen von ihnen ins Gespräch zu kommen, fand aber keinen Kontakt.

Im November fing ich an, mich auf die allgemeine Mathematik im Katholischen Institut vorzubereiten; die Weiblichkeit saß in den ersten Reihen, die jungen Männer in den letzten. Ich fand, sie hatten alle das gleiche bornierte Gesicht. In der Sorbonne langweilten mich die Literaturvorlesungen; die Professoren begnügten sich damit, mit matter Stimme zu wiederholen, was sie in ihren Doktorarbeiten schon früher niedergelegt hatten. Fortunat Strowski erzählte uns den Inhalt der Theaterstücke, die er im Laufe der Woche gesehen hatte: seine müde Verve amüsierte mich nur kurze Zeit. Um mich zu trösten, beobachtete ich die Studenten und Studentinnen, die rings um mich her auf den Bänken der Hörsäle saßen: manche beschäftigten meine Gedanken oder zogen mich auch an; beim Verlassen des Hörsaals folgte ich manchmal noch lange mit den Augen einer Unbekannten, deren Eleganz und Anmut mich in Erstaunen setzten: wem trug sie wohl das aufgemalte Lächeln ihrer Lippen entgegen? Wenn ich in dieser Weise ganz dicht von lauter fremden Leben umgeben war, fand ich das unbestimmte Glück in meinem Innern wieder, das ich als Kind auf dem Balkon des Boulevard Raspail erfahren hatte. Nur wagte ich mit niemandem zu sprechen, und niemand sprach mit mir.

Großpapa starb Ende des Herbstes nach einer endlosen Agonie. Meine Mutter hüllte sich in Krepp und ließ meine Kleider schwarz färben. Diese Friedhofslivree machte mich häßlich, isolierte mich und gab mir das Gefühl, endgültig zu einer strengen Lebensweise verpflichtet zu sein, die auf mich zu drücken begann. Am Boulevard Saint-Michel promenierten die Burschen und Mädchen in Scharen und lachten zusammen: sie gingen ins Café, ins Theater, ins Kino. Wenn ich den ganzen Tag über wissenschaftlichen Arbeiten gesessen und Catull übersetzt hatte, löste ich am Abend mathematische Aufgaben. Meine Eltern brachen mit allen Gewohnheiten, indem sie mich nicht auf eine Heirat, sondern auf eine berufliche Laufbahn hin mein Leben einrichten ließen; nichtsdestoweniger fuhren sie unmerklich fort, mich auch weiterhin ihren Zwecken unterzuordnen; es war keine Rede davon, daß ich etwa ohne sie hätte ausgehen können, noch daß mir die lästigen Familienverpflichtungen erspart geblieben wären.

Im vorhergehenden Jahr hatte meine hauptsächliche Zerstreuung in Begegnungen mit meinen Freundinnen, in unseren oberflächlichen Gesprächen bestanden; jetzt kamen sie mir alle außer Zaza todlangweilig vor. Drei- oder viermal nahm ich am ‹Studienzirkel› teil, zu dem sie sich unter dem Vorsitz von Abbé Trécourt zusammenfanden, aber das kümmerliche Niveau der Diskussionen schlug mich in die Flucht. Meine Kameradinnen hatten sich nicht einmal so sehr verändert, ebensowenig ich selbst. Aber was uns gestern noch verbunden hatte, war unser gemeinsames Ziel, das Lernen, gewesen; heute gingen unsere Daseinszwecke weit auseinander; ich schritt weiter voran, ich entwickelte mich, während sie, um sich ja der Existenz heiratsfähiger junger Mädchen anzubequemen, zu verdummen begannen. Die Verschiedenheit unserer Zukunftserwartung trennte mich von vornherein von ihnen.

Bald mußte ich es mir eingestehen: dieses Jahr brachte mir nicht, was ich davon erhoffte. Gleichsam heimatlos, von meiner Vergangenheit abgeschnitten, in gewisser Weise aus dem Gleichgewicht gebracht, hatte ich gleichwohl keinen neuen wirklichen Horizont entdeckt. Bis dahin hatte ich mich dem Leben im Käfig angepaßt, denn ich wußte, daß eines Tages, der täglich näherrückte, die Tür sich öffnen würde; jetzt aber hatte ich sie durchschritten und fühlte mich noch immer eingesperrt. Welche Enttäuschung für mich! Keine deutlich umrissene Hoffnung hielt mich mehr aufrecht: dieses Gefängnis hatte keine Gitterstäbe, ich sah nicht, wo und wie ich mir daraus einen Ausweg verschaffen konnte. Vielleicht gab es einen; aber wo? Und wann würde ich ihn finden? Jeden Abend trug ich den Mülleimer hinunter; während ich Gemüsereste, Asche und altes Papier in den Kasten leerte, befragte ich das Himmelsviereck über dem Hof; ich blieb vor dem Eingang des Hauses stehen. Schaufenster leuchteten, Autos flitzten auf der Fahrbahn vorbei; Passanten gingen vorüber; draußen war die Nacht von Leben erfüllt. Ich stieg die Treppe wieder hinauf, während ich widerstrebend meine Finger um den ein wenig fettigen Griff des Mülleimers schloß. Wenn meine Eltern außerhalb zu Abend aßen, stürzte ich mit meiner Schwester alsbald auf die Straße; wir streiften ziellos umher und versuchten ein Echo, einen Widerschein der großen Feste einzufangen, von denen wir ausgeschlossen waren.

Ich ertrug meine Gefangenschaft um so schlechter, als es mir zu Hause gar nicht mehr gefiel. Mit zum Himmel erhobenen Augen betete meine Mutter für meine Seele; hienieden stöhnte sie unter meinen Verirrungen: jede innere Verbindung zwischen uns war abgeschnitten. Wenigstens aber kannte ich die Gründe ihrer Verstörtheit. Die Zurückhaltung meines Vaters erstaunte und verletzte mich weit mehr. Er hätte sich für meine Bestrebungen, meine Fortschritte interessieren und mit mir freundschaftlich von den Autoren sprechen sollen, die ich studierte: er bezeigte mir nur Gleichgültigkeit und sogar eine unbestimmte Feindseligkeit. Meine Kusine Jeanne war wenig für das Lernen begabt, trat aber stets lächelnd und sehr liebenswürdig auf; mein Vater sagte unaufhörlich jedem, der es hören wollte, sein Bruder habe eine bezaubernde Tochter, und seufzte dabei. Ich war von trotzigem Groll erfüllt. Ich ahnte nichts von dem Mißverständnis, das uns trennte und das schwer auf meiner Jugend lasten sollte.

In meinen Kreisen fand man es unangemessen, daß ein junges Mädchen ernsthafte Studien betrieb. Einen Beruf ergreifen bedeutete Abstieg. Es versteht sich von selbst, daß mein Vater leidenschaftlich gegen die Frauenbewegung war: er war entzückt, wie ich schon sagte, von den Romanen Colette Yvers; seiner Meinung nach war der Platz der Frau in den Salons und am häuslichen Herd. Gewiß bewunderte er den Stil Colettes und das Spiel Simones; aber doch nur in der Weise, wie er die Schönheit der großen Kurtisanen schätzte: ‹par distance›; er würde sie niemals in sein Haus eingeladen haben. Nach dem Kriege lächelte ihm die Zukunft; er hoffte auf eine erfolgreiche Karriere, auf glückliche Spekulationen und darauf, meine Schwester und mich in die gute Gesellschaft einheiraten zu sehen. Um in ihr zu glänzen, mußte eine Frau seiner Meinung nach nicht nur über Schönheit und Eleganz verfügen, sondern auch Konversation machen können und eine gewisse Belesenheit haben, daher freute er sich zunächst über meine Schulmädchenerfolge; in körperlicher Hinsicht ließen sich einige Erwartungen auf mich setzen; wenn ich dazu noch klug und gebildet wäre, würde ich mit Glanz einen Platz in der besten Gesellschaft ausfüllen können. Wenn aber mein Vater geistreiche Frauen liebte, so hatte er doch keinerlei Sinn für Blaustrümpfe. Wenn er erklärte: «Ihr, meine Kleinen, werdet euch nicht verheiraten, ihr müßt arbeiten», so lag Bitterkeit in seiner Stimme. Ich glaubte dann, er bedaure uns; aber nein, in dieser unserer arbeitsamen Zukunft las er nur die Bestätigung seines eigenen Versagens; er haderte mit dem ungerechten Geschick, das ihn dazu verdammte, Deklassierte zu Töchtern zu haben.

Er fügte sich nur der Notwendigkeit. Der Krieg war vorüber und hatte ihn ruiniert, seine Träume, seine mythischen Vorstellungen, seine Rechtfertigungen, seine Hoffnungen hinweggefegt. Ich täuschte mich, wenn ich ihn für resigniert hielt; er hatte es nicht aufgegeben, gegen seine neue Lage zu protestieren. Über alles schätzte er gute Erziehung und gepflegte Manieren; dennoch fühlte ich mich, wenn ich mich mit ihm zusammen in einem Restaurant, in der Metro, in einem Eisenbahnzug befand, durch sein lautes Reden, sein lebhaftes Gestikulieren, seine brutale Gleichgültigkeit gegen seine Nachbarn geniert; durch dieses aggressive Auftreten bekundete er, daß er nicht zu ihresgleichen gehörte. In den Zeiten, als er in der ersten Klasse reiste, zeigte er durch seine übertriebene Höflichkeit an, daß er ein Mann von hohem Rang sei; in der dritten wollte er es dadurch dartun, daß er die elementaren Regeln der Höflichkeit verleugnete. Fast überall trug er eine gleichzeitig erstaunte und provokante Miene zur Schau, die andeuten sollte, daß hier nicht der richtige Platz für ihn sei. In den Schützengräben hatte er ganz naturgemäß die gleiche Sprache gesprochen wie seine Kameraden; er erzählte uns amüsiert, daß einer von ihnen erklärt habe: «Wenn Beauvoir ‹Dreck› sagt, klingt das Wort fein.» Um sich diese Feinheit zu beweisen, begann er, immer häufiger ‹Dreck› zu sagen. Er verkehrte jetzt fast nur noch mit Leuten, die er selbst als ‹gewöhnlich› bezeichnete; er selbst bemühte sich, sie an Gewöhnlichkeit sogar noch zu übertreffen; da er bei seinesgleichen nicht anerkannt war, fand er ein bitteres Vergnügen darin, sich von unter ihm Stehenden nunmehr verkennen zu lassen. Bei seltenen Gelegenheiten – wenn wir ins Theater gingen und sein Freund vom ‹Odéon› ihn einer bekannten Schauspielerin vorstellte – fand er seinen ganzen gesellschaftlichen Charme alsbald wieder. In der übrigen Zeit bemühte er sich so erfolgreich, trivial zu erscheinen, daß schließlich niemand außer ihm selbst mehr annehmen konnte, daß er es nicht war.

Zu Hause stöhnte er über die Härte der Zeiten; jedesmal, wenn meine Mutter von ihm Haushaltsgeld verlangte, gab es Krach; ganz besonders klagte er über die Opfer, die ihm seine Töchter auferlegten. Wir bekamen den Eindruck, als hätten wir uns in unbescheidener Weise seiner Wohltätigkeit aufgedrängt. Wenn er mir so ungeduldig die wenig vorteilhaften Züge meiner Übergangsjahre vorwarf, so deswegen, weil er bereits anfing, Groll gegen mich zu hegen. Ich war jetzt nicht mehr nur eine Last für ihn: ich war auch im Begriff, die lebendige Verkörperung seines Versagens zu werden. Die Töchter seiner Freunde, seines Bruders, seiner Schwester würden einmal Damen sein: ich nicht. Gewiß, wenn ich meine Prüfungen bestand, freute er sich über meine Erfolge; sie schmeichelten ihm und ersparten ihm viele Sorgen: ich würde einmal keine Mühe haben, meinen Lebensunterhalt zu verdienen. Ich begriff nicht, daß in seiner Befriedigung auch bitterer Groll mitschwang.

«Wie schade, daß Simone nicht ein junger Mann ist: sie hätte auf die École Polytechnique gehen können!» Ich hatte oft meine Eltern ihr Bedauern darüber mit Seufzen ausdrücken hören. Ein Polytechniker war in ihren Augen etwas Besonderes. Aber mein Geschlecht verbot einen so hohen Ehrgeiz für mich, und mein Vater ersah mich klüglich für den Staatsdienst: indessen haßte er die Beamten, ‹diese Budgetfresser›, und nicht ohne Ressentiment pflegte er zu mir zu sagen: «Du wirst wenigstens einmal eine Pension bekommen!» Ich verschlimmerte meinen Fall noch, indem ich mich für den Schuldienst entschied; in der Praxis billigte er zwar meine Wahl, aber er war weit davon entfernt, sich auch mit dem Herzen dafür zu entscheiden. Alle Professoren waren für ihn Pedanten. Einer seiner Mitschüler im Collège Stanislas war Marcel Bouteron gewesen, der große Balzac-Kenner; mein Vater sprach mitleidig von ihm: er fand es lächerlich, daß man sein Leben mit verstaubter Gelehrtenarbeit verbrachte. Gegen die Professoren hegte er außerdem noch einen tiefer liegenden Groll; sie gehörten alle der gefährlichen Sekte an, die sich für Dreyfus eingesetzt hatte: der der Intellektuellen. Von ihrem Bücherwissen berauscht, in ihrem abstrakten Hochmut und in ihren eitlen Ansprüchen auf Universalismus verrannt, opferten diese die konkreten Wirklichkeiten – Vaterland, Rasse, Klasse, Familie – den Hirngespinsten, an denen Frankreich samt der ganzen Zivilisation zugrunde zu gehen im Begriffe war: den Menschenrechten, dem Pazifismus, dem Internationalismus, dem Sozialismus. Wenn ich erst ihrem Stande angehörte, würde ich da nicht auch ihren Ideen huldigen? Mein Vater war scharfblickend geworden: auf der Stelle wurde ich ihm suspekt. Später wunderte ich mich darüber, daß er es vorzog, meine Schwester, anstatt sie vorsichtig auf denselben Weg zu bringen wie mich, den Wechselfällen einer Künstlerinnenlaufbahn auszuliefern: er ertrug es nicht, zwei Töchter ins feindliche Lager zu treiben.

Morgen würde ich meine Klasse verraten, und schon verleugnete ich mein Geschlecht; auch damit fand mein Vater sich nicht ab: er hing dem Kultus des wirklichen jungen Mädchens an. Meine Kusine Jeanne verkörperte dieses Ideal: sie glaubte noch, daß die Kinder in Kohlköpfen auf die Welt kämen. Mein Vater hatte versucht, mich in meiner Unwissenheit zu erhalten; er pflegte früher zu sagen, daß er mir noch, wenn ich achtzehn Jahre alt wäre, die Erzählungen von François Coppée zu lesen untersagen würde; jetzt fand er sich damit ab, daß ich was auch immer las: aber er machte keinen großen Unterschied zwischen einem aufgeklärten Mädchen und der ‹Garçonne›, deren Porträt Victor Margueritte in einem schamlosen Buch gezeichnet hatte. Hätte ich wenigstens noch den Schein gewahrt! Er würde sich mit einer Tochter, die die gewohnten Bahnen verließ, unter der Bedingung abgefunden haben, daß sie es strikt vermied, auch nach außen hin ungewöhnlich zu wirken: gerade das gelang mir nicht. Ich war jetzt dem unvorteilhaften Alter entwachsen, ich betrachtete mich von neuem im Spiegel nicht ohne Wohlgefallen; aber in der Gesellschaft machte ich eine kümmerliche Figur. Meine Freundinnen und sogar Zaza spielten mit Leichtigkeit ihre Rolle in der Welt; sie erschienen beim ‹Jour› ihrer Mutter, sie reichten den Tee, sie lächelten und wußten auf angenehme Weise Nichtigkeiten zu sagen; ich lächelte nur mühsam und verstand es nicht, charmant oder geistreich zu sein oder auch nur Konzessionen zu machen. Meine Eltern hielten mir als Beispiel häufig ‹hervorragend kluge› junge Mädchen vor, die gleichwohl in den Salons zu glänzen verstanden. Ich wurde ärgerlich, denn ich wußte, daß ihr Fall mit dem meinen nichts gemeinsam hatte: sie arbeiteten aus Liebhaberei, während ich berufliche Zwecke verfolgte. In diesem Jahr bereitete ich mich auf die Prüfungen in Literatur, in Latein, in höherer Mathematik vor und lernte zudem noch Griechisch; ich hatte mir selbst dieses Programm aufgestellt; gerade daß es so schwer zu erfüllen war, machte mir Vergnügen; aber damit ich mir fröhlichen Herzens eine solche Anstrengung auferlegen konnte, erwies es sich als unbedingt notwendig, daß Lernen für mich nicht ein Nebenzweck meines Lebens, sondern das Leben selbst war. Die Dinge, von denen rings um mich her die Rede war, interessierten mich nicht. Ich hatte keine umstürzlerischen Ideen; tatsächlich hatte ich überhaupt kaum Ideen; aber den ganzen Tag trainierte ich mich darauf, nachzudenken, zu begreifen. Kritik zu üben, mich ernsthaft selbst zu befragen; ich versuchte der Wahrheit auf den Grund zu gehen: diese Gewissenhaftigkeit machte mich unfähig zu gesellschaftlicher Konversation.

Alles in allem machte ich, abgesehen von den Augenblikken, in denen ich ein Examen bestanden hatte, meinem Vater keine Ehre; daher legte er denn auch äußersten Wert auf meine Diplome und ermunterte mich, deren recht viele zu erwerben. Sein Zureden schuf in mir die Überzeugung, er sei stolz darauf, eine Frau mit Verstand zur Tochter zu haben; aber im Gegenteil: nur außergewöhnlicher Erfolg vermochte das peinliche Gefühl zu bannen, das er dieserhalb empfand. Wenn ich gleichzeitig mein Staatsexamen in drei Fächern bestand, wurde ich eine Art von Inaudi, ein Phänomen, das sich aus allen gewohnten Normen heraushob; mein Geschick spiegelte dann nicht mehr den Niedergang der Familie wider, sondern erklärte sich durch die seltsame Schicksalhaftigkeit einer Begabung.

Offenbar machte ich mir den Widerspruch, der meinen Vater zwischen zwei Haltungen schwanken ließ, nicht klar: aber ich begriff schnell den meiner eigenen Situation. Ich paßte mich sehr genau seinen Willensäußerungen an: er schien darüber fast böse; er hatte mich für das Studium bestimmt und warf mir dennoch vor, daß ich die ganze Zeit meine Nase in die Bücher steckte. Wenn man ihn so mißgestimmt sah, hätte man glauben können, ich hätte mich gegen seinen Willen in eine Laufbahn begeben, die er ja doch in Wahrheit selbst für mich ausgewählt hatte. Ich fragte mich, worin ich schuldig sei; ich fühlte mich nicht wohl in meiner Haut und spürte Groll im Herzen.

Der beste Augenblick der Woche war die Vorlesung von Garric. Ich bewunderte ihn immer mehr. In Sainte-Marie hieß es, er hätte an der Universität eine glanzvolle Laufbahn haben können; aber er hegte keinerlei persönlichen Ehrgeiz; er unterließ es, seine Doktorarbeit zu beenden, und widmete sich nur mit Leib und Seele seiner Sozialarbeit; er lebte als Asket in einem proletarischen Mietshaus in Belleville. Ziemlich häufig hielt er Propagandavorträge, und durch Jacques' Vermittlung durfte ich mit meiner Mutter zusammen einem von ihnen lauschen; Jacques führte uns in eine Flucht von prunkvollen Salons, in denen rote Stühle mit vergoldeten Rückenlehnen aufgestellt waren; er besorgte uns Plätze und entfernte sich dann, um vielen Leuten die Hände zu drücken; er schien einfach alle zu kennen: wie sehr ich ihn beneidete! Es war heiß, ich erstickte in meinen

Trauerkleidern und kannte keinen Menschen. Garric erschien; ich vergaß alles übrige und sogar mich selbst; die Autorität seiner Stimme beherrschte mich im Nu. Mit zwanzig Jahren, erklärte er uns, habe er in den Schützengräben das Glück einer Kameradschaft entdeckt, die alle sozialen Schranken überflutet habe; er gedachte nicht, darauf zu verzichten, nachdem der Waffenstillstand ihn seinen Studien zurückgegeben hatte; die Trennung, die im bürgerlichen Leben zwischen den jungen Angehörigen der besitzenden Schicht und den jungen Arbeitern besteht, empfand er wie eine Verstümmelung. Andererseits war er der Meinung, daß jedermann Recht auf Bildung habe. Er glaubte an die Wahrheit, die Marschall Lyautey in einer seiner marokkanischen Reden geäußert hatte: über alle Verschiedenheiten hinweg gibt es immer zwischen den Menschen einen gemeinsamen Nenner. Auf dieser Basis beschloß er zwischen Studenten und Söhnen des Volkes ein Austauschsystem zu schaffen, das die ersteren ihrer egoistischen Abgeschiedenheit, die anderen ihrer Unwissenheit enthöbe. Wenn sie sich kennen und lieben lernten, würden sie gemeinsam an der Versöhnung der Klassen tätig sein. Denn es ist nicht möglich, behauptete Garric unter lebhaftem Beifallklatschen, daß der soziale Fortschritt aus einem Kampf hervorgeht, dessen Ferment der Haß ist: er kann sich nur durch das Mittel der Freundschaft vollziehen. Er hatte für sein Programm Kameraden gewonnen, die ihm behilflich waren, in Neuilly ein erstes kulturelles Zentrum zu schaffen. Sie erlangten Unterstützung und Hilfskräfte, die Bewegung weitete sich aus: jetzt schon standen ihm über ganz Frankreich hin ungefähr zehntausend Anhänger, sowohl junge Männer wie Frauen, und zwölfhundert Lehrkräfte zur Verfügung. Garric war persönlich ein überzeugter Katholik, aber er hatte in sein Programm keinerlei religiöses Apostolat aufgenommen; es gab Ungläubige unter seinen Mitarbeitern; er war der Meinung, daß die Menschen auf einer rein menschlichen Ebene einander helfen sollen. Er schloß mit bebender Stimme, das Volk sei gut, sobald man es gut behandle; wenn die Bourgeoisie sich weiter weigerte, ihm die Hand zu reichen, würde sie einen schweren Fehler begehen, dessen Konsequenzen sie selbst zu tragen habe.

Ich trank seine Worte in mich ein; sie störten mein Weltbild nicht, sie stellten meine Person nicht in Frage, und dennoch hatten sie in meinen Ohren einen absolut neuen Klang. Gewiß, rings um mich her predigte man Aufopferung, aber man setzte ihr den Familienkreis als Grenze; darüber hinaus wurde niemand als Nächster angesehen. Die Arbeiter im besonderen gehörten einer auf ebenso gefährliche Weise fremden Gattung an wie die Boches und die Bolschewiken. Garric hatte diese Schranken niedergerissen: es existierte auf Erden nur eine unermeßliche Gemeinschaft, deren sämtliche Glieder meine Brüder waren. Alle Grenzen und alle Trennungsstriche vereinen, aus der Enge meiner Klasse entrinnen, aus meiner Haut herausschlüpfen: diese Parole elektrisierte mich. Ich konnte mir auch nicht vorstellen, daß man wirksamer der Menschheit dienen könne, als indem man ihr geistige Erleuchtung und Schönheit spendete. Ich nahm mir vor, mich in die ‹Équipes sociales› einzureihen. Besonders aber bewunderte ich das Beispiel, das Garric mir gab. Endlich begegnete ich einem Mann, der, anstatt sich einfach einem gegebenen Los zu fügen, sein Leben selber wählte; mit einem Zweck, einem Sinn begabt, verkörperte sein Dasein eine Idee und bezog daraus die hochgemute Gewißheit seiner Notwendigkeit. Dieses bescheidene Antlitz mit dem lebendigen, aber zurückhaltenden Lächeln war das eines Helden, eines Übermenschen.

Ich kehrte hochgestimmt nach Hause zurück; im Vorzimmer legte ich meinen schwarzen Hut und Mantel ab, als ich mit einem Male unbeweglich stehenblieb; während ich die

Augen auf den abgewetzten Moquetteteppich heftete, hörte ich in mir eine gebieterische Stimme: ‹Es ist absolut nötig, daß mein Leben zu etwas dient! Es ist nötig, daß in meinem Leben alles zu etwas dient!› Eine Art von Offenbarung ließ mich zu Stein erstarren: unendliche Aufgaben lagen vor mir, ich wurde mit meiner ganzen Person für sie angefordert; wenn ich mir die geringste Vergeudung gestattete, so verriet ich meine Mission und tat der Menschheit Schaden. ‹Alles in mir soll dienen›, sagte ich mir mit einem Würgen in der Kehle; es war ein feierlicher Schwur, und ich sprach ihn ergriffen aus, als habe ich unwiderruflich meine Zukunft im Angesicht des Himmels und der Erde verpfändet.

Ich hatte niemals gern meine Zeit verloren; trotzdem warf ich mir vor, planlos darauflosgelebt zu haben, und nutzte von nun an genauestens jeden Augenblick aus. Ich schlief weniger; ich machte nur flüchtig Toilette; es war keine Rede mehr davon, daß ich in den Spiegel schaute; kaum putzte ich mir die Zähne; meine Nägel reinigte ich nie. Ich verbot mir oberflächliche Lektüre, überflüssiges Geschwätz sowie alle Zerstreuungen; ohne den Widerspruch meiner Mutter hätte ich auch die Tennispartien am Samstagvormittag abgesagt. An den Eßtisch kam ich mit einem Buch; ich lernte meine griechischen Verben oder suchte die Lösung einer mathematischen Aufgabe. Mein Vater zeigte sich darüber gereizt, ich versteifte mich, worauf er mich widerwillig tun ließ, was ich wollte. Wenn meine Mutter Freundinnen zu Besuch hatte, weigerte ich mich, in den Salon zu gehen. Manchmal wurde sie böse, und ich fügte mich: aber ich saß dann mit zusammengebissenen Zähnen und einer so wütenden Miene auf der Ecke meines Stuhls, daß sie mich sehr bald wieder gehen ließ. In der Familie und unter meinen engeren Bekannten staunte man über meine Ungepflegtheit, meine Stummheit, meine Unhöflichkeit; ich wurde bald als eine Art Monstrum angesehen.

Ohne jeden Zweifel nahm ich diese Haltung weitgehend aus Ressentiment ein; meine Eltern fanden mich nicht nach ihrem Geschmack, somit wollte ich ihnen wenigstens wirklich zuwider sein. Meine Mutter kleidete mich schlecht, und mein Vater warf mir vor, schlecht gekleidet zu sein. Daraufhin wurde ich vollends zum Aschenbrödel. Sie versuchten nicht, mich zu begreifen: ich versank in Schweigen und Eigenbrödelei, ich wollte völlig undurchsichtig sein. Gleichzeitig wehrte ich mich gegen die Langeweile. Ich war schlecht begabt dafür, einfach zu resignieren: indem ich die Strenge, die mein Los war, bis zum Paroxysmus steigerte, machte ich eine Berufung daraus; von den Freuden des Daseins getrennt, wählte ich die Askese; anstatt mich mit leidender Miene durch die Monotonie meiner Tage zu schleppen, ging ich stumm, mit starrem Blick einem unsichtbaren Ziel entgegen. Ich betäubte mich mit Arbeit und erzielte kraft der Ermüdung durch sie einen Eindruck von Fülle. Meine Exzesse hatten auch einen positiven Sinn. Seit langem schon hatte ich mir vorgenommen, der abscheulichen Banalität des Alltags zu entrinnen. Das Beispiel Garrics verwandelte diese Hoffnung in einen Willensbeschluß. Ich weigerte mich, noch länger in Geduld zu verharren; ohne noch auf irgend etwas zu warten, schlug ich die Bahn des Heroismus ein.

Jedesmal, wenn ich Garric sah, erneuerte ich mein Gelübde. Zwischen Thérèse und Zaza sitzend, wartete ich mit vor Erregung trockenem Mund auf den Augenblick seines Erscheinens. Die Gleichgültigkeit meiner Gefährtinnen war mir unverständlich: man hätte, so schien es mir, den Schlag aller Herzen vernehmen müssen. Zaza schätzte Garric nicht ohne Vorbehalt; sie ärgerte sich, daß er immer zu spät erschien. ‹Pünktlichkeit ist die Höflichkeit der Könige›, schrieb sie eines Tages an die Tafel. Er setzte sich, kreuzte die Beine unter dem Tisch und ließ dabei graurosa Strumpfhalter sehen: sie kritisierte diese Nachlässigkeit. Ich begriff zwar nicht, daß sie solche Bagatellen zur Kenntnis nahm, beglückwünschte mich jedoch dazu; ich hätte nur schlecht ertragen, daß eine andere mit der gleichen Hingebung wie ich die Worte und das Lächeln meines Helden entgegennahm. Ich hätte gern alles von ihm kennen mögen. Durch meine Kindheit war ich an die Technik der Meditation gewöhnt; ich wendete sie an, um mir möglichst das vorzustellen, was ich mit einem Ausdruck, den ich von ihm hatte, seine ‹innere Landschaft› nannte; aber ich mußte mit sehr mageren Hinweisen arbeiten: seinen Vorlesungen und den etwas hastig niedergeschriebenen Kritiken, die er in der *Revue des Jeunes* veröffentlichte; im übrigen war ich oft zu unwissend, um aus ihnen Nutzen zu ziehen. Es gab einen Schriftsteller, den Garric gern zitierte: Péguy; wer war das? Wer war dieser Gide, dessen Namen er eines Nachmittags fast heimlich und als wolle er sich mit einem Lächeln für seine Kühnheit entschuldigen ausgesprochen hatte? Nach dem Unterricht ging er in das Arbeitszimmer von Mademoiselle Lambert: was hatten die beiden einander zu sagen? Würde ich eines Tages würdig sein, mit Garric von gleich zu gleich zu sprechen? Ein- oder zweimal verfiel ich in Träumerei. ‹Mädchen wie du, Hellé, sind dazu gemacht, die Gefährtinnen von Helden zu werden.› Ich überschritt die Place Saint-Sulpice, als diese entlegene Prophezeiung mich in dem feuchten Abend jäh wie ein Blitz durchfuhr. Hatte Marcelle Tinayre mein Horoskop gestellt? Nachdem Hellé zuerst für einen müßigen reichen jungen Dichter etwas empfunden hatte, erlag sie den Tugenden eines Apostels mit großem Herzen, der sehr viel älter war als sie. Die Verdienste Garrics stellten heute in meinen Augen den Charme von Jacques in den Schatten. War ich meinem Geschick begegnet? Ich wagte nur schüchtern mit solchen Vorzeichen zu spielen. Ein verheirateter Garric war etwas Unvorstellbares.

Ich wünschte mir einzig, ein wenig für ihn zu existieren. Ich verdoppelte meine Bemühungen, seine Achtung zu erringen, und hatte Erfolg damit. Eine Arbeit über Ronsard, die Interpretation des *Sonnet à Hélène*, ein Vortrag über D'Alembert trugen mir berauschende Lobsprüche ein. Von Zaza gefolgt, nahm ich jetzt den ersten Platz in seinem Kursus ein, und Garric forderte uns auf, uns gleich beim nächsten Märztermin für die Literaturprüfung anzumelden.

Obwohl Zaza sie nicht in ihrer ganzen Heftigkeit kannte, fand sie meine Bewunderung für Garric doch übertrieben; sie arbeitete mit Maßen, ging hin und wieder aus und widmete ihrer Familie eine Menge Zeit; sie verließ die alten, gewohnten Bahnen nicht; den Ruf, auf den ich mit so großem Fanatismus antwortete, hatte sie nicht vernommen: ich löste mich innerlich ein wenig von ihr los. Nach den Weihnachtsferien, die sie im Baskenlande verbracht hatte, verfiel sie in seltsame Apathie. Sie nahm mit erloschenem Blick an den Vorlesungen teil, lachte und redete kaum; da sie ihrem eigenen Leben gleichgültig gegenüberstand, fand auch das große Interesse, das ich dem meinen entgegenbrachte, keinerlei Echo bei ihr. «Alles, was ich wünschte, wäre einzuschlafen und nie wieder aufzuwachen», sagte sie eines Tages zu mir. Ich maß dem keine Wichtigkeit bei. Zaza hatte immer von Zeit zu Zeit Anfälle von Pessimismus gehabt; ich schrieb sie ihrer Furcht vor der Zukunft zu. Dieses Studienjahr bedeutete nur einen Aufschub für sie, das Geschick, das sie fürchtete, rückte immer näher heran, und wahrscheinlich fühlte sie in sich weder die Kraft, ihm zu widerstehen, noch, sich darein zu ergeben: darum sehnte sie sich nach dem Frieden des Schlafes. Ich machte ihr insgeheim ihren Defaitismus zum Vorwurf: er schloß bereits, meinte ich, eine Abdankung ein. Sie ihrerseits sah in meinem Optimismus einen Beweis, daß ich mich leicht der bestehenden Ordnung füge. Alle beide von der Welt abgeschnitten, Zaza durch ihre Verzweiflung und ich durch eine wahnwitzige Hoffnung, lebten wir in Einsamkeiten, die eine wirkliche Verbundenheit zwischen uns verhinderten; im Gegenteil, wir begannen in unbestimmter Weise einander zu mißtrauen, und immer tieferes Schweigen breitete sich zwischen uns aus.

Was meine Schwester anbetraf, so war sie in diesem Jahr glücklich; sie bereitete sich mit Glanz auf ihr Abiturium vor: im Cours Désir war man zufrieden mit ihr. Sie hatte eine neue Freundin, die sie sehr liebte; dann und wann machte sie sich Sorgen um mich, und ich vermutete, daß auch sie in naher Zukunft eine friedliche kleine Bourgeoise werden würde. «Für Poupette wird sich ein Mann finden lassen», äußerten meine Eltern vertrauensvoll. Ich war noch gern mit ihr zusammen, aber auf alle Fälle war sie eben doch nur ein Kind: ich sprach über nichts mit ihr.

Jemand hätte mir helfen können: Jacques. Ich verleugnete die Tränen, die ich eines Nachts allzu eilig vergossen hatte; nein, ich liebte ihn nicht. Wenn ich liebte, so doch nicht ihn. Aber mir hätte sehr viel an seiner Freundschaft gelegen. Eines Abends, als ich bei seinen Eltern zum Essen eingeladen war, verweilten wir uns, als schon zu Tisch gegangen wurde, einen Augenblick im Salon bei einem Gespräch über nichtige Dinge. Meine Mutter rief mich mit strenger Stimme zur Ordnung. «Entschuldige», sagte Jacques mit einem unmerklichen Lächeln, «wir sprachen gerade über *La Musique intérieure* von Charles Maurras ...» Ich löffelte traurig meine Suppe. Wie sollte ich ihm begreiflich machen, daß ich längst nicht mehr die Dinge ins Lächerliche zog, die ich nicht verstand? Hätte er mir die Gedichte, die Bücher, die er liebte, erklärt, hätte ich ihm gelauscht. ‹Wir sprachen von *La Musique intérieure* ...› Oft wiederholte ich mir diesen Satz und genoß seine Bitterkeit, in der mir doch etwas wie Hoffnung mitzuschwingen schien.

Im Herbst bestand ich glänzend meine Literaturprüfung.

Garric beglückwünschte mich. Mademoiselle Lambert ließ mich in ihr Büro kommen, nahm mich abwägend unter die Lupe und stellte mir eine glänzende Zukunft in Aussicht. Einige Tage darauf aß Jacques bei uns zu Abend: vor seinem Aufbruch nahm er mich auf die Seite: «Ich habe vorgestern Garric gesehen, wir sprachen viel von dir.» In lebhaft interessiertem Ton fragte er mich nach meinen Studien und nach meinen Plänen. «Morgen machen wir eine Autofahrt durch den Bois», schloß er unerwartet. Welch ein Aufruhr in meinem Herzen! Ich hatte es erreicht, Jacques interessierte sich für mich! Es war ein schöner Frühlingsmorgen, und ich fuhr allein mit Jacques um die Seen herum. Er sah mir lachend ins Gesicht: «Hast du gern, wenn man plötzlich bremst?» und schon stieß ich fast mit der Nase an die Windschutzscheibe. Man konnte also in unserem Alter noch ausgelassen wie die Kinder sein! Wir riefen uns unsere erste Jugend in die Erinnerung zurück: Châteauvillain, die *Astronomie für alle*, den *Vieux Charles* und die Blechbüchsen, die ich für ihn aufsammelte: «Wie ich dich angeführt habe, meine arme Sim!» stellte er erheitert fest. Ich versuchte auch, in stockenden Worten von meinen Schwierigkeiten, meinen Problemen zu sprechen: er schüttelte ernst den Kopf. Gegen elf Uhr setzte er mich am Tennisplatz in der Rue Boulard ab und zwinkerte mir neckend zu: «Du weißt», sagte er, «man kann durchaus in Ordnung sein, wenn man sein Examen in Literatur abgelegt hat.» ‹In Ordnung›: wenn man für ihn zu diesen Erwählten gehörte, so war das die schönste Promotion; etwas war geschehen, etwas hatte begonnen. «Ich komme eben aus dem Bois de Boulogne», kündigte ich stolz meinen Kameradinnen an. Ich erzählte so heiter und so verworren von unserer Autofahrt, daß Zaza mich argwöhnisch prüfend ansah: «Was ist denn heute früh mit Ihnen los?» Ich war glücklich.

Als Jacques in der folgenden Woche an unserer Wohnungstür schellte, waren meine Eltern nicht da; in solchen Fällen pflegte er sonst ein paar Minuten lang mit meiner Schwester und mir zu scherzen und dann wieder fortzugehen: diesmal blieb er da. Er sagte uns ein Gedicht von Cocteau auf und gab mir Ratschläge für meine Lektüre; er zählte eine Reihe von Namen auf, die ich noch nie gehört hatte, und empfahl mir im besonderen einen Roman, der – wie ich zu verstehen glaubte – *Le Grand Môle* betitelt war. «Komm doch morgen nachmittag bei mir vorbei, ich werde dir Bücher borgen», sagte er, als er mich verließ.

Elise, das alte Hausfaktotum, nahm mich in Empfang: «Monsieur Jacques ist nicht da, aber er hat in seinem Zimmer Sachen für Sie bereitgelegt.» Er hatte ein paar Worte auf einen Zettel gekritzelt: ‹Verzeih, meine gute Sim, und nimm Deine Bücher mit.› Ich fand auf einem Tisch etwa zehn Bände in frischen Fruchtbonbonfarben: pistaziengrüne Montherlants, einen himbeerroten Cocteau, einen zitronengelben Barrès, verschiedene Claudels und Paul Valérys in scharlachverbrämtem schneeigem Weiß. Durch die durchsichtigen Umschläge hindurch las ich immer wieder die Titel: *Le Potomak, Le Nourritures terrestres, L'Annonce faite à Marie, Le Paradis à l'Ombre des Epées, Du sang, de la volupté et de la mort.* Viele Bücher schon waren mir durch die Hände gegangen, aber diese gehörten nicht zu der landläufigen Sorte: ich erwartete von ihnen außergewöhnliche Offenbarungen. Ich war fast erstaunt, als ich sie aufschlug und darin mühelos vertraute Wörter zu entziffern vermochte.

Aber sie enttäuschten mich nicht: ich war verwirrt, geblendet und entrückt. Abgesehen von seltenen Ausnahmen, die ich erwähnt habe, hielt ich literarische Werke für Monumente, die ich mit mehr oder weniger Interesse durchforschte, zuweilen sogar bewunderte, die mich selbst jedoch in keiner Weise betrafen. Plötzlich sprachen Menschen von

Fleisch und Blut unmittelbar zu mir von sich selbst und von mir; sie drückten Bestrebungen und Gefühle der Auflehnung aus, die ich mir selbst nicht hatte formulieren können, in denen ich jedoch die meinen wiedererkannte. Ich schöpfte nun den Rahm von der Bibliothek Sainte-Geneviève ab: ich las Gide, Claudel, Jammes mit heißen Wangen, pochenden Schläfen und atemlos vor Erregung. Ich graste Jacques' Bibliothek ab, solange sie nur etwas hergab; ich nahm ein Abonnement bei der ‹Maison des amis des Livres›, wo in einer langen grauen Kutte Adrienne Monnier thronte; ich war so gierig, daß ich mich nicht mit den zwei Bänden begnügte, auf die ich Anspruch hatte: heimlich ließ ich mehr als ein halbes Dutzend in meiner Tasche verschwinden; schwierig war nur, sie hinterher wieder einzustellen, und ich fürchte sehr, daß ich nicht alle zurückgegeben habe. Wenn es schön war, setzte ich mich im Luxembourggarten in die Sonne und las oder ging hochgestimmt um das Wasserbecken herum und wiederholte mir Sätze, die mir gefallen hatten. Oft ließ ich mich im Arbeitsraum des ‹Institut catholique› nieder, der mir, nur ein paar Schritte von zu Hause entfernt, eine ruhige Zuflucht bot. Dort, an einem schwarzen Pult sitzend, las ich in der Umgebung von frommen Studenten und Seminaristen in langen Soutanen mit Tränen in den Augen den Roman, den Jacques vor allen anderen liebte und der nicht *Le Grand Môle* hieß, sondern *Le Grand Meaulnes*. Ich versenkte mich in die Lektüre wie ehedem ins Gebet. Die Literatur begann in meinem Leben die Stelle einzunehmen, die früher die Religion für sich beansprucht hatte: sie überflutete mein Dasein ganz und gar und verklärte es. Die Bücher, die ich liebte, wurden eine Bibel für mich, aus der ich Rat und Hilfe schöpfte; ich schrieb mir lange Stellen daraus ab; ich lernte neue Hymnen auswendig, neue Litaneien, Psalmen, Sprüche, Prophezeiungen und gab allen Begebenheiten meiner Existenz eine höhere

Weihe, indem ich sie durch Aufsagen dieser heiligen Texte gleichsam sanktifizierte. Meine Ergriffenheit, Tränen, Hoffnungen waren deswegen aber nicht weniger ehrlich gemeint; die Worte und Kadenzen, die Verse, die Zeilen dienten mir nicht zum Zweck der Heuchelei, sondern retteten alle die Erlebnisse meines Innersten, von denen ich zu niemandem zu sprechen wagte, vor dem ewigen Schweigen; zwischen mir und den verschwisterten Seelen, die irgendwo – wenn auch unerreichbar – sicherlich existierten, schufen sie eine Art von Gemeinschaft: anstatt daß ich meine kleine private Geschichte durchlebte, hatte ich Teil an einem großen Epos der Seelen. Monatelang ernährte ich mich dergestalt von Literatur: aber sie war eben damals auch die einzige Wirklichkeit, zu der ich vorzudringen vermochte.

Meine Eltern runzelten die Stirn. Meine Mutter teilte die Bücher in zwei Kategorien ein: ernsthafte Werke und Romane; letztere hielt sie für eine wenn auch nicht gerade tadelnswerte, so doch oberflächliche Zerstreuung, und sie mißbilligte, daß ich mit Mauriac, Radiguet, Giraudoux, Larbaud und Proust kostbare Stunden verbrachte, die ich darauf hätte verwenden können, mich über Belutschistan, die Prinzessin von Lamballe, die Gepflogenheiten der Aale, die Seele der Frau oder das Geheimnis der Pyramiden nutzbringend zu unterrichten. Nachdem mein Vater meine Lieblingsautoren mit einem Blick gestreift hatte, erklärte er sie sämtlich für prätentiös, manieriert, barock, dekadent und zudem unmoralisch; er machte Jacques lebhafte Vorwürfe, daß er mir unter anderem *Etienne* von Marcel Arland geliehen hatte. Meine Eltern hatten zwar keine Möglichkeit mehr, meine Lektüre ihrer Zensur zu unterwerfen, äußerten aber häufig ihr Mißfallen, ohne dabei ein Blatt vor den Mund zu nehmen. Ich war über diese Angriffe sehr verstimmt. Der Konflikt, der unterirdisch zwischen uns schwelte, drohte zum offenen Brand zu werden.

Meine Kindheit, meine Jugend hatten sich ohne Störung vollzogen; von einem Jahr zum anderen hielt ich an meiner Einheit fest. Jetzt schien es mir mit einemmal, daß ein entscheidender Bruch in meinem Dasein stattgefunden habe; ich erinnerte mich an den Cours Désir, den Abbé, meine Kameradinnen, aber ich vermochte mich nicht mehr in die gelassen Lernende zurückzuversetzen, die ich vor einigen Monaten noch gewesen war: jetzt interessierte ich mich für meine Seelenzustände weit mehr als für die Außenwelt. Ich begann ein Tagebuch zu führen; ich setzte ihm die Worte voran: ‹Wenn irgend jemand diese Seiten liest, verzeihe ich es ihm nie. Er würde eine häßliche, schlechte Tat begehen!› Ich trug in dieses Buch Stellen aus meinen Lieblingsbüchern ein, ich richtete Fragen an mich selbst, ich analysierte mich und gratulierte mir zu der Wandlung, die sich in mir vollzogen hatte. Worin bestand sie eigentlich? Mein Tagebuch erklärt sie nur mangelhaft; ich übergehe dort viele Dinge mit Schweigen, es fehlte mir wohl auch an Abstand dazu. Doch wenn ich es wiederlese, springen mir trotzdem ein paar Tatsachen in die Augen.

‹Ich bin allein. Man ist immer allein. Ich werde immer allein sein.› Dieses Leitmotiv zieht sich durch das ganze Heft. Niemals hatte ich das gedacht. ‹Ich bin anders›, hatte ich mir zuweilen wohl nicht ohne Stolz gesagt; aber ich sah in meiner Verschiedenheit von den anderen das Unterpfand einer Überlegenheit, die eines Tages die ganze Welt anerkennen würde. Ich hatte nichts von einer Empörerin; ich wollte es zu etwas bringen, etwas tun, den mit meiner Geburt eingeleiteten Aufstieg bis ins Unendliche fortzuführen suchen; ich mußte also die ausgefahrenen Bahnen, die abgenutzten Gewohnheiten überwinden, aber ich hielt für möglich, die bürgerliche Mittelmäßigkeit hinter mir zu lassen, ohne mich von der bürgerlichen Gesinnung selbst zu trennen. Die Verehrung der Bourgeoisie für universale Werte war, so glaubte ich damals, ehrlich; ich hielt mich für autorisiert, Traditionen, Gewohnheiten, Vorurteile, alle privaten Vorbehalte zum Besten der Vernunft, des Schönen, des Fortschritts zu liquidieren. Wenn es mir gelänge, ein Dasein, ein Werk zu gestalten, das der Menschheit Ehre machte, würde man mir dazu gratulieren, daß ich den Konformismus mit Füßen getreten hatte: wie Mademoiselle Zanta würde man mich akzeptieren, mir Bewunderung zollen. Jäh entdeckte ich, daß ich damit einer Täuschung erlegen war; weit davon entfernt, mich zu bewundern, akzeptierte man mich nicht einmal; anstatt mir Kränze zu winden, tat man mich in Acht und Bann. Angst erfaßte mich, denn es wurde mir klar, daß man mehr noch als meine gegenwärtige Haltung in mir die Zukunft mißbilligte, die ich als Ziel vor mir sah: diese Art von Ostrazismus aber würde nie enden. Ich stellte mir nicht vor, daß es von den meinen grundverschiedene Kreise gab; einige Individuen hoben sich hier und da aus der Masse heraus; aber ich hatte wenig Aussicht, einem davon zu begegnen; selbst wenn ich eine oder zwei Freundschaften schloß, würden sie mich dennoch über die Ächtung nicht trösten, unter der ich jetzt schon litt; ich war immer verwöhnt, umhegt und beachtet worden; ich liebte es, daß man mich liebte; die Härte meines Geschicks erschreckte mich.

Durch meinen Vater besonders wurde sie mir kundgetan; ich hatte auf seine Unterstützung, seine Sympathie, seine Billigung gezählt und wurde aufs tiefste enttäuscht, denn er versagte sie mir! Eine Kluft lag zwischen meinen ehrgeizigen Perspektiven und seiner morosen Skepsis; seine Moral drang auf Achtung vor den bestehenden Institutionen; die Einzelwesen hatten seiner Meinung nach nichts anderes zu tun auf Erden, als Verdruß zu vermeiden und so gut wie möglich ihr Dasein zu genießen. Mein Vater wiederholte oft, man müsse Ideale haben, und obwohl er die Italiener nicht leiden konnte, beneidete er sie doch, weil Mussolini sie mit solchen versorgte: mir indessen versuchte er keines zu bieten. So weit aber gingen auch meine Ansprüche ihm gegenüber nicht. In Anbetracht seines Alters und der Lage, in der er sich befand, fand ich seine Haltung normal; ich hätte mir nur gewünscht, daß er auch die meine achtete. Über viele Punkte – den Völkerbund, den Linksblock, den Krieg in Marokko – hatte ich gar keine Meinung und stimmte allem bei, was er mir darüber sagte. Unsere Meinungsverschiedenheiten kamen mir derart harmlos vor, daß ich zunächst nichts unternahm, um sie zu verhindern.

Mein Vater hielt Anatole France für den größten Schriftsteller des Jahrhunderts: in den Ferien hatte er mir *Les dieux ont soif* und *Le Lys rouge* zu lesen gegeben. Ich hatte mich nur wenig dafür begeistern können. Er aber ließ nicht locker und schenkte mir zu meinem achtzehnten Geburtstag die vier Bände der *Vie littéraire*. Der Hedonismus von France empörte mich. Er suchte in der Kunst nichts weiter als egoistisches Vergnügen. ‹Wie niedrig!› dachte ich. Im gleichen Maße verachtete ich die Plattheit der Romane Maupassants, die mein Vater für Meisterwerke hielt. Ich gab dem höflich Ausdruck, es verstimmte ihn gleichwohl. Er spürte zu deutlich, daß meine Ablehnung noch viele andere Dinge einschloß. Ernstlich böse wurde er, als ich gewisse Traditionen in Frage zu stellen begann. Ungeduldig ließ ich die Mittag- und Abendessen über mich ergehen, die mehrmals im Jahr meine gesamte Verwandtschaft bei der einen oder anderen Kusine zusammenführten, Gefühle allein seien wichtig, behauptete ich, nicht aber die Zufälle der Zusammengehörigkeit durch Bande des Blutes oder der Versippung; mein Vater hatte einen sehr starken Familiensinn und begann jetzt zu denken, es fehle mir an Herz. Ich fand mich mit seiner Auffassung der Ehe nicht ab; weniger streng als das Ehepaar Mabille, gewährte er innerhalb von ihr der Liebe ziemlich großen Raum, ich aber vermochte Liebe und Freundschaft nicht voneinander zu trennen; er seinerseits wollte zwischen diesen beiden Gefühlen nichts Gemeinsames sehen. Ich lehnte strikt ab, daß einer der beiden Ehegatten den anderen ‹betrog›: wenn sie einander nicht mehr gefielen, sollten sie sich trennen. Ich regte mich darüber auf, daß mein Vater den Ehemann dazu autorisierte, den Vertrag ‹hier und da zu durchlöchern›. In politischer Hinsicht war ich nicht frauenrechtlerisch; die Frage des Stimmrechts ließ mich eher kalt. Aber in meinen Augen waren Männer und Frauen in gleicher Weise selbständige Personen, und ich forderte daher für beide absolute Gegenseitigkeit. Die Haltung meines Vaters dem ‹schönen Geschlecht› gegenüber verletzte mich. Alles in allem genommen war mir die in bürgerlichen Kreisen übliche leichtfertige Auffassung von ‹Verhältnissen›, Amouren, Ehebrüchen äußerst widerwärtig. Mein Onkel Gaston führte mich zusammen mit meiner Schwester und meiner Kusine in eine harmlose Operette von Mirande, *Passionnément*; beim Nachhausekommen gab ich meiner Ablehnung mit einer Leidenschaft Ausdruck, die meine Eltern ungemein überraschte, las ich doch, ohne mit der Wimper zu zucken, Autoren wie Gide und Proust. Die gängige sexuelle Moral schockierte mich gleichzeitig durch ihre Nachsicht und durch ihre Strenge. Mit Staunen ersah ich aus einer Notiz unter Vermischten Nachrichten, daß Abtreibung ein Verbrechen sei: was sich in meinem Körper zutrug, ging doch niemanden außer mir etwas an; kein Gegenargument brachte mich von meinem Standpunkt ab.

Unsere Meinungsverschiedenheiten spitzten sich zusehends zu; hätte sich mein Vater etwas toleranter gezeigt, wäre ich in der Lage gewesen, ihn so zu nehmen, wie er war; ich aber war noch nichts, traf jedoch Entscheidungen darüber, was ich werden wollte: es kam ihm vor, als ob ich dadurch, daß ich mir Meinungen und Geschmacksneigungen, die den seinen zuwiderliefen, zu eigen machte, ihn ausdrücklich verleugnete. Andererseits erkannte er sehr viel deutlicher als ich, in welcher Richtung ich mich treiben ließ. Ich lehnte die Hierarchien, die Werte, die Zeremonien ab, durch welche die Elite sich auszeichnete: ich selbst war der Meinung, daß meine Kritik einzig darauf gerichtet sei, sie von eiteln Überlebtheiten zu befreien, tatsächlich aber zielte sie auf ihre Entthronung ab. Nur das Einzelwesen kam mir wirklich und wichtig vor, zwangsläufig aber würde ich dazu kommen, der Gesellschaft in ihrer Gesamtheit vor meiner Klasse den Vorrang einzuräumen. Alles in allem war ich diejenige, die die Feindseligkeiten eröffnet hatte, doch ich wußte es nicht; ich begriff nicht, weshalb mein Vater und meine gesamte Umgebung mir ablehnend gegenüberstanden. Ich war in eine Falle gegangen: die Bourgeoisie hatte mir die Überzeugung beigebracht, ihre Interessen seien mit denen der Menschheit identisch; ich glaubte im Zusammengehen mit ihr zu Wahrheiten gelangen zu können, die für alle galten: kaum aber näherte ich mich diesen, so stellte sie sich gegen mich. Ich fühlte mich schmerzlich bestürzt und verstört. Wer hatte mich in die Irre geleitet? Warum? Und mit welchen Mitteln? Jedenfalls war ich das Opfer einer Ungerechtigkeit, und allmählich wandelte sich mein Groll in offene Rebellion.

Niemand nahm mich so, wie ich war, niemand liebte mich: ich selbst werde mich genügend lieben, beschloß ich, um diese Verlassenheit wieder auszugleichen. Früher fühlte ich mich zwar im Einklang mit mir, doch ich war wenig darum bemüht, mich selber kennenzulernen; jetzt war ich darauf aus, mich zu spalten, mich von außen zu sehen. Ich erforschte mich: in meinem Tagebuch unterhielt ich mich mit mir selbst. Ich trat in eine Welt ein, deren Neuheit mich überwältigte. Ich lernte, wodurch innere Not sich von Melancholie unterscheidet und was Verdorren von Abgeklärtheit trennt; ich lernte das Zagen des Herzens kennen, seine

Entzückungen, den Glanz der großen Verzichte und die unterirdisch raunende Stimme der Hoffnung. Ich genoß noch einmal einen Rausch wie an jenen Abenden, an denen ich hinter den blauen Hügeln den verfließenden Himmel betrachtete; ich war die Landschaft und der Blick, ich existierte nur durch mich und für mich. Ich beglückwünschte mich zu einem Exil, das mich so hohen Freuden entgegengetrieben hatte; ich verachtete diejenigen, die von ihnen nichts wußten, und staunte, daß ich so lange ohne sie hatte leben können.

Indessen beharrte ich bei meinem Vorsatz zu dienen. Gegen Renan wendete ich in meinem Tagebuch ein, daß auch der große Mensch nicht ein Zweck an sich ist: er erhält seine Daseinsberechtigung nur dadurch, daß er beiträgt, das geistige und moralische Niveau der Menschheit im Ganzen zu heben. Der Katholizismus hatte mir die Überzeugung eingeimpft, daß man kein Einzelwesen, und wäre es noch so elend, übersehen darf: alle hatten das gleiche Recht, das, was ich ihre ewige Essenz nannte, zu verwirklichen. Mein Weg war klar vorgezeichnet: mich vervollkommnen, mich innerlich bereichern und mich in einem Werk ausdrücken, das den anderen zu leben helfen würde.

Schon kam es mir so vor, als sollte ich das Erlebnis der Einsamkeit, das ich durchzumachen im Begriff war, mitzuteilen versuchen. Im April schrieb ich die ersten Seiten eines Romans nieder. Unter dem Namen Eliane ging ich in einem Park mit Vettern und Kusinen spazieren: ich las im Grase einen Käfer auf. «Zeig», sagten die andern zu mir. Ich schloß eifersüchtig die Hand. Sie drangen in mich, ich wehrte mich, flüchtete; sie liefen hinter mir her; keuchend, mit klopfendem Herzen lief ich in den Wald hinein; ich entkam ihnen und begann, sacht vor mich hinzuweinen. Bald trocknete ich meine Tränen und murmelte: «Nie wird es jemand erfahren»; ich kehrte langsam nach Hause zurück. ‹Sie fühlte sich stark genug›, schloß ich, ‹ihr einziges Gut gegen Schläge und Schmeichelei zu verteidigen und stets die Hand fest geschlossen zu halten.›

Diese Selbstverteidigung gab derjenigen meiner Bestrebungen Ausdruck, von der ich am meisten besessen war: mich gegen die anderen verwahren; denn wenn meine Eltern mir ihre Vorwürfe nicht ersparten, so verlangten sie doch Vertrauen von mir. Meine Mutter hatte mir oft gesagt, sie habe unter Großmamas Kälte gelitten und möchte für ihre Person ihren Töchtern eine Freundin sein: aber wie hätte sie je mit mir vertraulich reden können? Ich war in ihren Augen eine gefährdete Seele, die es zu retten galt: ein Objekt. Die Starrheit ihrer Überzeugungen verbot ihr das kleinste Zugeständnis. Wenn sie mich nach etwas fragte, so nicht, um zwischen uns eine Verständigungsbasis zu suchen; sie sondierte nur. Ich hatte immer den Eindruck, daß sie, wenn sie mir eine solche Frage stellte, gleichsam durchs Schlüsselloch sah. Die bloße Tatsache, daß sie Rechte auf mich in Anspruch nahm, bewirkte, daß ich mich vollends verkrampfte. Sie nahm mir ihren Mißerfolg übel und bemühte sich, meinen Widerstand durch ein Maß an Fürsorge zu überwinden, das mich erst recht bis aufs äußerste reizte. «Simone würde sich eher nackt ausziehen als sagen, was in ihrem Kopf vorgeht», pflegte sie in bitterem Ton zu bemerken. Tatsächlich, mein Schweigen war abgrundtief. Selbst meinem Vater gegenüber verzichtete ich auf jegliche Diskussion; ich hatte nicht die leiseste Aussicht, auf seine Meinungen Einfluß zu nehmen, meine Argumente prallten an einer Mauer ab: ein für allemal und ebenso radikal wie meine Mutter hatte er mir unrecht gegeben: er versuchte nicht einmal mehr, mich zu überzeugen, sondern nur, mich bei einem Fehler zu ertappen. Die harmlosesten Gespräche verbargen irgendwelche Fallen: meine Eltern übersetzten alles, was ich äußerte, in ihre Sprache und unterstellten mir

Ideen, die nicht die meinen waren. Ich hatte mich immer gegen den Zwang der Sprache gewehrt; jetzt wiederholte ich mir häufig den Satz von Barrès: ‹Warum Worte, diese brutale Festlegung, die unserem komplizierten Empfinden Gewalt antut?› Sobald ich den Mund auftat, gab ich ihnen eine Handhabe gegen mich und wurde wieder in die Welt zurückgeschleudert, aus der ich nach jahrelangem Bemühen endlich entwichen war, die Welt, in der jedes Ding unwiderruflich seinen Namen, seinen Platz, seine Funktion besaß, wo Haß und Liebe, Gut und Böse so scharf geschieden waren wie Schwarz und Weiß, wo im voraus alles klassifiziert, katalogisiert, bekannt, begriffen und ohne die Möglichkeit einer Berufung verurteilt war, diese Welt mit den messerscharfen Graten, die unter einem gnadenlosen Himmel lag und die nie der Schatten eines Zweifels streifte. Demgemäß zog ich vor, Schweigen zu bewahren. Nur fanden sich meine Eltern damit nicht ab, sondern behandelten mich als undankbare Tochter. Ich hatte ein viel weniger hartes Herz, als mein Vater meinte, und war sehr betrübt; abends im Bett weinte ich; es kam sogar vor, daß ich vor ihren Augen mich plötzlichem Schluchzen überließ; sie vermerkten es übel und warfen mir erst recht meine Undankbarkeit vor. Ich zog einen Ausweg in Betracht: beschwichtigende Antworten geben, lügen; ich entschloß mich nur schwer dazu, denn ich glaubte, dadurch an mir selbst Verrat zu üben. Ich beschloß, die Wahrheit zu sagen, ganz brüsk, ohne jeden Kommentar: dadurch würde ich zugleich vermeiden, meine Gedanken zu verschleiern und sie preiszugeben. Es war nicht gerade geschickt. Denn nun reizte ich meine Eltern, ohne wenigstens ihre Neugier zu befriedigen. Tatsächlich gab es keine Lösung, ich war in die Enge getrieben: meine Eltern konnten weder das, was ich ihnen zu sagen hatte, noch mein Verstummen ertragen; wenn ich es wagte, ihnen Erklärungen zu geben, so gerieten sie erst vollends außer sich. «Du hast eine schiefe Ansicht vom Leben, so kompliziert ist es nicht», sagte meine Mutter zu mir. Zog ich mich aber in mein Schneckenhaus zurück, so lamentierte mein Vater: ich verdorre, ich sei nur noch Gehirn. Es war die Rede davon, mich ins Ausland zu schicken, sie holten rundum Rat ein, sie wußten nicht mehr, was tun. Ich versuchte, mich zu verschanzen; ich ermahnte mich innerlich, vor Tadel, Lächerlichkeit und Mißverständnissen keine Angst zu haben: was konnte mir ausmachen, welche Meinung die anderen von mir hatten, noch ob sie berechtigt war oder nicht? Wenn ich zu dieser Gleichgültigkeit gelangte, konnte ich lachen, auch wenn ich dazu keine Lust verspürte, und alles gutheißen, was um mich her an Behauptungen aufgestellt wurde. Dann aber würde ich mich radikal von allem anderen abgeschnitten fühlen; ich sah mir die im Spiegel an, die ich in ihren Augen war: das war nicht ich; ich selbst war anderswo, nirgends; wo aber sollte ich mich wiederfinden? Ich war vollkommen ratlos. ‹Leben ist lügen›, stellte ich bedrückt bei mir fest; im Prinzip hatte ich nichts gegen die Lüge; praktisch jedoch war es zermürbend, sich unaufhörlich hinter neuen Masken zu verbergen. Manchmal glaubte ich, die Kräfte würden mir versagen und ich müsse mich darein ergeben, zu werden wie die anderen.

Diese Vorstellung erschreckte mich um so mehr, als ich ihnen jetzt die Feindseligkeit zurückgab, mit der sie mich bedachten. Solange ich mir früher vorgenommen hatte, ihnen nicht ähnlich zu werden, hegte ich ihnen gegenüber Mitleid und keine Animosität; jetzt aber haßten sie in mir, was mich von ihnen unterschied und mir selbst das Allerwichtigste war: aus Mitleid wurde bei mir Zorn. Wie sicher sie sich fühlten, immer im Recht zu sein! Sie lehnten jeden Wandel und jedes Infragestellen ab, sie leugneten alle Probleme. Um die Welt zu verstehen, um mich selbst zu finden, mußte ich mich vor ihnen in Sicherheit bringen.

Es war schmerzlich verwirrend für mich, während ich glaubte, von Triumph zu Triumph zu schreiten, entdecken zu müssen, daß ich mich in einen Kampf eingelassen hatte; es bedeutete für mich einen Schock, von dem ich mich nur sehr langsam zu erholen vermochte; wenigstens aber verhalf mir die Literatur dazu, von tiefster Niedergeschlagenheit doch zu meinem Stolz zurückzufinden. ‹Familien, ich hasse euch! Engumgrenzte Heime, abgeschlossene Türen.› Diese Anrufung Ménalques gab mir die Sicherheit, daß ich, indem ich mich zu Hause langweilte, einer geheiligten Sache diente. Ich erfuhr bei der Lektüre der ersten Bücher von Barrès, daß der ‹freie Mensch› schicksalsmäßig den Haß der ‹Barbaren› erregt und daß es seine vornehmste Pflicht ist, diesem standzuhalten. Ich nahm nicht ein obskures Unglück duldend hin, sondern kämpfte einen guten Kampf.

Barrès, Gide, Valéry, Claudel: ich teilte alle Ergriffenheiten der Schriftsteller dieser neuen Generation und vertiefte mich fieberhaft in alle Romane, alle Essays der ‹Jungen›, die gleichwohl älter waren als ich. Es war normal, daß ich mich in ihnen wiedererkannte, denn wir saßen im gleichen Boot. Von bürgerlicher Herkunft wie ich, fühlten sie sich wie ich in ihrer Haut nicht wohl. Der Krieg hatte ihnen die Sicherheit geraubt, ohne sie aus ihrer Klasse zu entführen; sie lehnten sich auf, doch nicht allein gegen ihre Eltern, ihre Familie und die Tradition. Angewidert von allem, was man ihnen während des Krieges ‹eingeredet› hatte, forderten sie für sich das Recht, den Dingen ins Auge zu sehen und sie als das zu bezeichnen, was sie in Wirklichkeit waren; nur beschränkten sie sich, da sie gar nicht die Absicht hatten, die Gesellschaft umzustürzen, auf das eingehende Studium ihrer Seelenzustände: sie predigten ‹Aufrichtigkeit gegen sich selbst›. Indem sie Klischees und Gemeinplätze von sich wiesen, lehnten sie auch verachtungsvoll die alten Weisheiten ab, deren Bankrott sie hätten konstatieren können; aber sie versuchten nicht, neue Weisheiten zu schaffen; sie zogen es vor, einzig zu behaupten, man dürfe sich nie mit etwas begnügen: sie hoben die Unruhe auf den Schild. Jeder junge Mann, der auf sich hielt, war von Unruhe gezeichnet; während der Fastenzeit hatte im Jahre 1925 Père Sanson in Notre-Dame gegen die ‹Unruhe der Menschen› gepredigt. Aus Widerwillen gegen die alten Regeln der Moral gingen die Kühnsten so weit, Gut und Böse in Frage zu stellen: sie bewunderten die ‹Dämonen› von Dostojewski, der einer ihrer Abgötter wurde. Einige bekannten sich zu einem verachtungsvollen Ästhetizismus; andere hoben den Immoralismus auf den Schild.

Ich war in genau der gleichen Situation wie diese aus der Bahn geratenen Söhne aus gutem Hause; ich entfernte mich von der Klasse, der ich angehörte: wohin aber sollte ich gehen? Zu den ‹unteren Schichten› hinabzusteigen, kam keinesfalls in Frage; man konnte, man mußte ihnen helfen, sich emporzuheben, aber im Augenblick jedenfalls überschüttete ich in meinem Tagebuch wahllos mit dem gleichen Abscheu den Epikurismus eines Anatole France und den Materialismus der Arbeiter, die ‹sich in den Kinos herumdrücken›. Da ich auf Erden keinen mir zusagenden Platz zu entdecken vermochte, nahm ich mir mit Freuden vor, nirgendwo zu verweilen. Auch ich gab mich der Unruhe anheim. Was die Aufrichtigkeit anbetraf, so strebte ich bereits seit meiner Kindheit nach ihr. In meiner Umgebung mißbilligte man die Lüge, ging aber doch der Wahrheit sorgfältig aus dem Weg; wenn mich heute das Reden so schwer ankam, so deswegen, weil es mir widerstrebte, die falsche Scheidemünze der Umgangssprache zu benutzen, die rings um mich her im Kurs war. Ich zeigte einen besonderen Eifer, dem Immoralismus zu frönen. Gewiß, ich billigte nicht, daß man aus Eigennutz stahl oder zum bloßen Zweck der Lust sich auf Lagern wälzte; aber soweit Lastern ohne eigennützigen Zweck, aus Verzweiflung, aus Auflehnung – und wohlgemerkt nur in Romanen – gehuldigt wurde, nahm ich sie alle einschließlich Mord und Vergewaltigung hin. Das Böse tun, war die radikalste Art, jedes Zusammengehen mit den wohlanständigen Leuten abzulehnen.

Ablehnung der hohlen Worte, der heuchlerischen Moral und der Annehmlichkeit, die sie bot: eine solche negative Haltung wurde von der Literatur als positive Ethik hingestellt. Aus unserem Unbehagen machte sie etwas Erstrebenswertes: wir aber suchten ein Heil. Wenn wir unsere Klasse verleugnet hatten, so zu dem Zweck, im Absoluten zu leben. ‹Die Sünde ist die Stelle, die für Gott freigehalten ist›, schrieb Stanislas Fumet in *Notre Baudelaire*. So war der Immoralismus nicht nur ein Protest gegen die Gesellschaft, sondern er ermöglichte auch, den Weg zu Gott zu finden; Gläubige und Ungläubige gebrauchten gern diesen Namen; für die einen bezeichnete er eine unerreichbare Gegenwart, für die anderen angsterregende Abwesenheit: es bestand kaum ein Unterschied, und es fiel mir nicht schwer, Claudel und Gide unter einen Hut zu bringen. Im Hinblick auf die bürgerliche Welt definierte Gott sich als das *Andere*, und alles, was anders war, gab bereits von etwas Göttlichem Kunde; die Leere im Herzen der Jeanne d'Arc bei Péguy, der Aussatz, der Violaine heimsuchte – in beiden erkannte ich das Dürsten Nathanaëls wieder; von einem übermenschlichen Opfer zu einem Verbrechen um seiner selbst willen war der Weg nicht so weit: ich erkannte in Sygne die Schwester Lafcadios. Wichtig war nur, sich von der Erde zu lösen, denn damit rührte man schon an das Ewige.

Eine kleine Zahl von jungen Schriftstellern – Ramon Fernandez, Jean Prévost – verließ diese mystischen Bahnen, um den Versuch zu machen, einen neuen Humanismus zu schaffen: ich folgte ihnen nicht. Im vorhergehenden Jahre hatte ich mich gleichwohl mit dem Schweigen des Himmels abgefunden und mit Ergriffenheit Henri Poincaré gelesen; ich fühlte mich wohl auf Erden; aber der Humanismus – wofern er nicht revolutionär war – derjenige aber, von dem die *Nouvelle Revue française* redete, war es nicht –, schließt ein, daß man zum Universalen vorstoßen und dabei ein Bourgeois bleiben kann: ich aber stellte einwandfrei fest, daß eine solche Hoffnung Selbstbetrug ist. Künftighin maß ich meinem intellektuellen Dasein nur noch relative Bedeutung bei, da ihm nicht gelungen war, mir die Achtung der anderen einzutragen. Ich wendete mich an eine höhere Instanz, die mir auf fremde Urteile zu verzichten gestattete; ich flüchtete mich in ‹mein tiefes Ich› und beschloß, mein ganzes Dasein ihm allein unterzuordnen.

Diese Wandlung führte mich dazu, die Zukunft in neuem Licht zu sehen. ‹Ich werde ein glückliches, fruchtbares, ruhmvolles Leben haben›, hatte ich mir oft, als ich fünfzehn Jahre alt war, gesagt. Jetzt faßte ich einen Entschluß: ‹Ich werde mich mit dem fruchtbaren Leben begnügen.› Es schien mir immer noch wichtig, der Menschheit zu dienen, aber ich wartete nicht darauf, daß sie mich anerkannte, da ja die Meinung der anderen für mich nicht mehr zählen sollte. Dieser Verzicht fiel mir nicht schwer, denn der Ruhm war im unbekannten Schoße der Zukunft auf alle Fälle nur etwas Ungewisses gewesen. Das Glück hingegen hatte ich gekannt, ich hatte es immer gewollt; ich ergab mich nicht leichten Herzens darein, mich von ihm trennen zu müssen. Wenn ich mich dennoch dazu entschloß, so deshalb, weil ich glaubte, daß es mir doch auf immer versagt bleiben werde. Es war mir nicht möglich, es von Liebe, von Freundschaft, von Zärtlichkeit zu trennen, nun aber ließ ich mich ja auf ein ‹unwiderruflich einsames› Unternehmen ein. Um das Glück noch einmal zurückzuerobern, hätte ich den Rückweg antreten, also versagen müssen: ich dekretierte daraufhin, daß alles Glück in sich ein Versagen sei. Wie sollte man es mit Unruhe denn in Einklang bringen? Ich liebte den Grand Meaulnes, Alissa, Violaine, die Monique von Marcel Arland. Auf ihren Spuren gedachte ich weiterzuschreiten. Nicht untersagt war hingegen, der Freude Einlaß zu gewähren; häufig begegnete sie mir. Ich vergoß in diesem Semester viele Tränen, aber ich erlebte auch große Entzückungen.

Obwohl ich meine Literaturprüfung bestanden hatte, gedachte ich auf die Vorlesungen von Garric nicht zu verzichten: ich saß also weiterhin jeden Samstagnachmittag ihm gegenüber. Mein Eifer ließ nicht nach: es kam mir vor, als müsse die Erde für mich unbewohnbar sein, wofern ich nicht jemanden zum Bewundern hätte. Wenn ich einmal ohne Zaza und Thérèse von Neuilly zurückkam, ging ich zu Fuß nach Hause; ich ging die Avenue de la Grande Armée hinunter und amüsierte mich mit einem Spiel, das zu jener Zeit erst bedingt ein Risiko bedeutete, nämlich ganz geradeaus, ohne anzuhalten, die Place de l'Étoile zu überqueren; ich bewegte mich mit großen Schritten durch die Menge hindurch, die auf der Avenue des Champs-Elysées auf und nieder wogte. Ich dachte dabei an den Mann, der, verschieden von allen anderen, in einem unbekannten, beinahe exotischen Viertel in Belleville wohnte. Er war nicht ‹unruhig›, aber er schlief auch nicht: er hatte seinen Weg gefunden; kein Heim, kein Handwerk, keine Routine wurde ihm hinderlich; in seinen Tagen gab es kein einziges Abweichen von seinem Ziel; er war allein, er war frei, von morgens bis abends handelte, leuchtete, glühte er. Wie gern hätte ich es ihm nachgetan! Ich versuchte in meinem Herzen den Geist der ‹Équipe› zu wecken, ich sah alle Vorübergehenden mit Augen der Liebe an. Wenn ich mit einem Buch im Luxembourggarten saß und jemand eine Unterhaltung mit mir begann, ging ich voll Eifer darauf ein. Früher war mir verboten, mit kleinen Mädchen zu spielen, die ich gar nicht kannte; jetzt machte es mir Vergnügen, die alten Tabus zu mißachten. Ich war besonders erfreut, wenn ich es mit ‹Leuten aus dem Volke› zu tun hatte: ich meinte dann, die Lehren Garrics in die Tat umzusetzen. Seine Existenz war das Licht meiner Tage.

Indessen wurden die Freuden, die ich daraus zog, bald durch Angst getrübt. Ich hörte ihn noch immer von Balzac und Victor Hugo reden: tatsächlich mußte ich mir jedoch eingestehen, daß ich mir Mühe gab, eine tote Vergangenheit lebendig zu erhalten; ich war seine Hörerin, doch seine Schülerin war ich nicht mehr: ich hatte aufgehört, sein Leben mitzuleben. ‹Und in ein paar Wochen sehe ich ihn nicht mehr!› mußte ich mir sagen. Schon hatte ich ihn verloren. Niemals aber hatte ich etwas verloren, was mir noch kostbar war: wenn die Dinge mich verließen, hatte ich stets im voraus aufgehört, auf sie Wert zu legen; diesmal glaubte ich, es werde mir Gewalt angetan, und ich lehnte mich dagegen auf. Nein, sagte ich mir, ich will nicht. Mein Wille galt also nichts. Wie aber sollte ich kämpfen? Ich teilte Garric mit, ich wolle den ‹Équipes› beitreten, er gratulierte mir dazu; tatsächlich beschäftigte er sich aber fast gar nicht mit der weiblichen Sektion. Zweifellos würde ich ihm also nächstes Jahr gar nicht mehr begegnen. Der Gedanke war mir so unerträglich, daß ich mich den verschiedensten Phantasien überließ; würde ich wohl den Mut haben, ihn zu sprechen, ihm zu schreiben, ihm zu sagen, daß ich nicht leben konnte, ohne ihn zu sehen? Und was würde geschehen, fragte ich mich, wenn ich es wirklich wagte? Ich wagte es nicht. ‹Beim Semesterbeginn werde ich ihn schon finden?› Diese Hoffnung schenkte mir etwas Beruhigung. Dann aber ließ ich Garric, während ich gleichzeitig zäh bemüht war, ihn in meinem Leben festzuhalten, in den Hintergrund gleiten. Jacques bekam mehr und mehr Bedeutung für mich. Garric war ein fernes Idol, Jacques aber sorgte sich mit mir um meine Probleme; es war so schön, mit ihm alles zu besprechen. Bald wurde ich mir klar darüber, daß er in meinem Herzen wieder die erste Stelle einnahm.

In jener Zeit genoß ich es mehr, zu staunen als zu verstehen; ich machte keinen Versuch, Jacques' Situation zu bestimmen, ihn mir zu erklären. Erst heute rekonstruiere ich seine Geschichte mit einiger Folgerichtigkeit.

Jacques' Großvater väterlicherseits war mit Großpapas Schwester verheiratet gewesen – jener schnurrbartgezierten Großtante, die in *La Poupée modèle* schrieb. Da er ehrgeizig und ein Spieler war, hatte er sein Vermögen durch gewagte Spekulationen großenteils ruiniert. Die beiden Schwäger hatten sich aus geschäftlichen Gründen leidenschaftlich verstritten, und obwohl Großpapa selbst mit Vehemenz von einem Bankrott in den anderen getaumelt war, erklärte er zu der Zeit, als ich Jacques als meinen Verlobten bezeichnete, im Vollgefühl seiner Tugend: «Niemals wird eine meiner Enkelinnen einen Laiguillon heiraten.» Als Ernest Laiguillon starb, ging die Glasmalereimanufaktur noch einigermaßen gut; aber es hieß in der Familie, daß es dem armen Charlot, hätte er nicht bei jenem grausigen Unfall vorzeitig den Tod gefunden, gewiß gelungen wäre, sie zugrunde zu richten: er war wie sein Vater sehr unternehmend und von unvernünftigem Vertrauen auf seinen guten Stern beseelt. Der Bruder meiner Tante Germaine übernahm darauf die Leitung der Firma bis zur Volljährigkeit seines Neffen; er führte das Geschäft mit ausgesuchter Vorsicht, denn im Gegensatz zu den Laiguillons waren die Flandins Provinzler mit engen Ideen und dazu geneigt, sich mit bescheidensten Gewinnen zu begnügen.

Jacques war zwei Jahre alt, als er seinen Vater verlor; er hatte Ähnlichkeit mit ihm; von ihm hatte er die goldenen Fünkchen in den Augen, den genüßlichen Mund, die aufgeweckte Miene; seine Großmutter Laiguillon betete ihn förmlich an und behandelte ihn, als er noch kaum sprechen konnte, bereits als kleines Familienoberhaupt: er sollte der Beschützer von Titite und seiner ‹petite maman› sein. Er nahm seine Rolle ernst; Schwester und Mutter blickten zu ihm auf. Aber nach fünf Jahren der Witwenschaft ging Tante Germaine eine zweite Heirat mit einem Beamten ein, der seinen Wohnsitz in Châteauvillain hatte; sie ließ sich selber ganz dort nieder und gebar einen Sohn. Zunächst behielt sie die älteren Kinder noch bei sich. Dann aber wurde Titite im Interesse ihrer Schulausbildung Halbpensionärin im Cours Valton, Jacques im Collège Stanislas; unter der Obhut der alten Elise hausten sie in der Wohnung am Boulevard Montparnasse. Wie wurde Jacques mit dieser Enterbung fertig? Wenige Kinder haben sich wohl derart gezwungen gesehen, ihre Gefühle zu verbergen, wie dieser entthronte, exilierte, im Stich gelassene ‹junge Herr›. Nach außen hin trug er lächelnd die gleichen Gefühle wie für Mutter und Schwester auch für seinen Stiefvater und den kleinen Halbbruder zur Schau; das Schicksal sollte – sehr viel später – erweisen, daß einzig seine Zuneigung für Titite aufrichtig war; zweifellos gestand er sich selbst seine Unmutregungen nicht ein; aber es war kein Zufall, wenn er die Großmutter Flandin barsch anfuhr und immer seiner Familie von Mutterseite her eine Nichtachtung zeigte, die an Feindseligkeit grenzte. Auf einer Hausfassade im Lichte schöner vielfarbig schimmernder Kirchenfenster erstrahlend, hatte der Name Laiguillon in seinen Augen den Glanz eines Wappenschildes; doch wenn er ihn ostentativ betonte, so rächte er sich an seiner Mutter, indem er sich ausschließlich zu der Familie seines Vaters bekannte.

Es war ihm nicht gelungen, im Elternhaus den Frühverstorbenen zu ersetzen; dafür nahm er um so energischer die Nachfolge im Geschäft für sich in Anspruch: im Alter von acht Jahren, als er noch voller Verachtung die provisorische Vormundschaft seines Onkels über sich ergehen ließ, warf er sich bereits zum alleinigen Chef der Firma Laiguillon auf. Dadurch erklärt sich, daß er, so jung noch, sich seiner Bedeutung bewußt war. Niemand kann ermessen, wieviel innere Not, wieviel Eifersucht, Groll und Grauen er vielleicht durch die einsamen Speicherräume geschleppt hat, in denen der Staub der Vergangenheit ihm seine Zukunft kündete. Sicher verbarg sich hinter seinem bestimmten Auftreten, seinem Aplomb, seiner Großsprecherei eine große innere Ratlosigkeit.

Ein Kind ist ein Aufrührer von Natur. Er nun verlangte von sich, bereits vernünftig zu sein wie ein Mann. Er brauchte nicht erst die Freiheit zu erobern, er mußte sie sich nur wahren; er selbst legte sich die Normen und Verbote auf, die sonst sein Vater ihm zudiktiert haben würde. Überströmend, ungezwungen bis zur Ungezogenheit, äußerte er manchmal im Collège Stanislas höchst unbefangen seine Kritik. Lachend zeigte er mir in seinem Zensurenheft eine Eintragung, die besagte, er habe im Unterricht verschiedentlich ‹mißbilligend gepfiffen›. Er spielte nicht den Musterknaben, sondern glich eher einem Erwachsenen, dem seine Reife erlaubte, eine Zucht zu durchbrechen, die ihm allzu kindisch schien. Als er zu Hause mit zwölf Jahren eine Scharade improvisierte, setzte er seine Zuhörerschaft dadurch in Erstaunen, daß er darin zur Vernunftehe riet; er spielte einen jungen Mann, der sich weigert, ein armes Mädchen zu ehelichen. «Wenn ich einen Hausstand gründe», erklärte er, «so will ich auch meinen Kindern behaglichen Wohlstand sichern.» Als junger Mann stellte er nie die bestehende Ordnung in Frage. Wie hätte er sich gegen das Phantom erheben sollen, das ihn allein aus dem Nichts hinaushob? Als guter Sohn und aufmerksamer Bruder blieb er der Linie treu, die ihm von jenseits des Grabes her vorgezeichnet wurde. Er bekundete große Achtung vor den bürgerlichen Institutionen. Eines Tages, als er von Garric sprach, machte er die Bemerkung: «Er ist sehr ordentlich: aber er sollte verheiratet sein und einen Beruf ausüben.» – «Weshalb?» – «Ein Mann muß einen Beruf haben.» Er ließ sich seine künftigen Funktionen sehr ernsthaft angelegen sein. Er hörte Vorlesungen über Kunstgewerbe und Jura und machte sich in den muffigen Büros im Erdgeschoß des Hauses mit dem Betrieb vertraut. Geschäft und Jura langweilten ihn; hingegen zeichnete er gern; er erlernte die Kunst des Holzschnitts und interessierte sich lebhaft für Malerei. Nur kam für ihn gar nicht in Frage, sich ihr etwa zu widmen; sein Onkel, der von Kunst nichts verstand, führte das Geschäft sehr gut; Jacques' Aufgaben würden sich kaum wesentlich von denjenigen irgendeines kleinen Geschäftsmannes unterscheiden. Er tröstete sich darüber hinweg, indem er die kühnen Zukunftspläne seines Vaters und Großvaters wieder aufgriff: er nahm sich sehr viel vor; er für seine Person würde sich nicht mehr mit einer bescheidenen Kundschaft von Landpfarrern begnügen; die Laiguillonfenster sollten durch ihre künsterischen Qualitäten die Welt in Erstaunen setzen und die Fabrik ein schwungvolles Unternehmen werden. Seine Mutter, meine Eltern beunruhigten sich nicht wenig: «Er sollte lieber die Führung der Geschäfte seinem Onkel überlassen», sagte mein Vater. «Er wird die Firma ruinieren.» Tatsächlich lag in seinem Eifer etwas Bedenkliches; der Ernst seiner achtzehn Jahre glich allzusehr dem seiner Kinderzeit, um nicht ebenfalls etwas gespielt zu scheinen. Er übertrieb den Konformismus, als habe er nicht schon von Geburt an der Kaste zugehört, die er als Rahmen beanspruchte. Das kam daher, daß er tatsächlich kein Glück damit gehabt hatte, seinen Vater wirksam zu ersetzen: er hörte nur seine eigene Stimme, dieser aber fehlte es an Autorität. Er vermied es um so sorgfältiger, die Weisheit, die er sich anmaßte, je in Frage zu stellen, als er sich niemals wirklich mit ihr eins gefühlt hatte. Niemals war er ganz der, den er so geräuschvoll darzustellen bemüht war: der junge Laiguillon.

Ich bemerkte diesen Riß und schloß daraus, daß Jacques sich die einzige Haltung zu eigen machte, die mir wertvoll schien: unter Qualen zu *suchen*. Sein Ungestüm überzeugte mich nicht von seinem Ehrgeiz, noch seine maßvolle Stimme von seiner Resignation. Weit davon entfernt, seinen Platz unter den gesetzten Leuten einnehmen zu wollen, ging er sogar so weit, sich auch die Bequemlichkeit bloßer Auflehnung zu versagen. Seine blasierte Miene, sein unsicher schweifender Blick, die Bücher, die er mir lieh, seine versteckten Bemerkungen, das alles bot mir die Gewähr, daß er einem ungewissen Jenseits zugewandt lebte. Er liebte den *Grand Meaulnes*, er hatte auch mich ihn lieben gelehrt: für mich waren beide identisch. Ich sah eine besonders raffinierte Spielart der Unruhe in Jacques.

Oft nahm ich am Boulevard Montparnasse an Familienessen teil. Ich verabscheute diese Abende nicht. Entgegen meiner sonstigen Umgebung waren Tante Germaine und Titite nicht der Meinung, daß ich mich in ein Monstrum verwandelt hätte; bei ihnen, in der großen, halb hellen, halb dunklen Wohnung, die mir seit meiner Kindheit vertraut war, knüpften sich die Fäden meines Lebens wieder an: ich fühlte mich nicht länger gezeichnet oder im Exil. Mit Jacques führte ich kurze Privatgespräche, in denen unsere Gleichgesinntheit sich bestätigte. Meine Eltern hatten nicht einmal etwas dagegen. Jacques gegenüber waren ihre Gefühle geteilt: sie waren ihm böse, weil er kaum noch je zu ihnen kam und weil er sich mehr mit mir als mit ihnen beschäftigte: auch ihn beschuldigten sie der Undankbarkeit. Indessen befand sich Jacques in gesicherter, angenehmer Position: welch Glücksfall wäre es für ein vermögensloses

Mädchen wie mich, wenn er mich heiratete! Jedesmal, wenn meine Mutter seinen Namen aussprach, setzte sie ein betont diskretes Lächeln auf; ich war wütend, daß man ein bürgerliches Unternehmen aus einem Einverständnis machen wollte, das sich gerade auf gemeinsame Ablehnung bürgerlicher Sehweisen gründete; nichtsdestoweniger fand ich sehr bequem, daß unsere Freundschaft genehmigt war und ich die Erlaubnis erhielt, Jacques allein zu sehen.

Im allgemeinen schellte ich gegen Ende des Nachmittags unten am Haus; ich ging in die Wohnung hinauf, wo Jacques mich mit einem gewinnenden Lächeln empfing. «Ich störe doch nicht?» – «Du störst mich nie.» – «Wie geht es dir?» – «Immer gut, wenn ich dich sehe.» Seine Freundlichkeit war herzerwärmend für mich. Er führte mich in die lange mittelalterliche Galerie, in der er seinen Arbeitstisch aufgestellt hatte; es war dort niemals sehr hell: ein Buntglasfenster filtrierte das Licht; ich liebte dieses Halbdunkel, die Truhen und sonstigen Behältnisse aus massivem Holz. Auf einem mit karmesinrotem Samt bezogenen Sofa nahm ich Platz; er selbst ging mit einer Zigarette in der Hand und, während er seine Gedanken in den Rauchwölkchen zu fixieren versuchte, leicht augenzwinkernd auf und ab. Ich gab ihm die entliehenen Bücher zurück, er borgte mir andere; er las mir aus Mallarmé, Laforgue, Francis Jammes, Max Jacob vor. «Du willst sie wohl in die moderne Literatur einführen?» hatte mein Vater ihn in halb ironischem, halb irritiertem Ton gefragt. «Nichts könnte mir größeres Vergnügen machen», hatte Jacques erwidert. Er nahm seine Aufgabe ernst. «Immerhin hast du durch mich viele schöne Dinge kennengelernt», sagte er manchmal nicht ohne Stolz. Er beriet mich übrigens mit viel Diskretion. «Das ist fein, daß *Aimée* dir gefällt!» sagte er, als ich ihm den Roman von Jacques Rivière zurückbrachte; selten ließen wir uns auf weitere Kommentare ein; er hatte es nicht gern, wenn man sich zu breit über etwas äußerte. Oft, wenn ich ihn um eine Erklärung bat, lächelte er und zitierte Cocteau: «Das ist wie mit Eisenbahnunfällen: man muß es spüren, erklären kann man es nicht.» Wenn er mich ins ‹Studio des Ursulines› schickte, um dort – nachmittags, mit meiner Mutter zusammen – einen avantgardistischen Film anzuschauen, oder ins ‹Atelier›, um die letzte Inszenierung von Dullin zu sehen, sagte er gewöhnlich nur: «Das sollte man sich nicht entgehen lassen.» Manchmal beschrieb er mir eingehend ein Detail: ein von der Ecke her einfallendes gelbes Licht auf einem Bild oder auf der Leinwand im Kino eine Hand, die sich auftut; gleichzeitig ehrfurchtsvoll und amüsiert, konnte er einen nur durch seinen Tonfall Unendliches ahnen lassen. Er gab mir gleichwohl wertvolle Hinweise, wie man ein Bild von Picasso zu sehen hätte; er setzte mich in höchstes Staunen, weil er einen Braque oder Matisse identifizieren konnte, ohne nach der Signatur zu sehen: das kam mir vor wie Zauberei. Ich war von so viel Neuem überwältigt, daß er mir offenbarte, daß ich immer halb und halb den Eindruck hatte, er selbst habe alles hervorgebracht. Mehr oder weniger sah ich in ihm den Schöpfer von Cocteaus *Orphée,* Picassos *Harlekinen* und René Clairs *Entracte*.

Was tat er in Wirklichkeit? Welche Pläne, welche Sorgen bewegten ihn? Er arbeitete nicht eben viel. Gern raste er des Nachts mit dem Auto durch Paris; er besuchte gelegentlich die Bierlokale im Quartier Latin, die Bars in Montparnasse; er stellte mir diese Bars als fabelhafte Stätten hin, in denen sich stets etwas zuträgt. Aber er war nicht sehr zufrieden mit seiner Existenz. Während er in der Galerie seines Hauses auf und ab ging und in seinen schönen goldbraunen Locken wühlte, vertraute er mir lächelnd an: «Es ist schrecklich, daß ich so kompliziert bin! Ich verliere mich in meiner eigenen Kompliziertheit!» Einmal bemerkte er ohne jeden Versuch zur Heiterkeit: «Weißt du, was mir not täte, wäre, an irgend etwas zu glauben!» – «Genügt es nicht zu leben?» fragte ich; ich selbst glaubte an das Leben. Er schüttelte den Kopf: «Es ist nicht leicht zu leben, wenn man an nichts glaubt.» Dann gab er dem Gespräch eine andere Wendung; er enthüllte sich immer nur augenblicksweise, und ich insistierte auch nicht. Wenn ich mit Zaza sprach, rührten unsere Unterhaltungen nie an das Wesentliche; wenn ich ihm mit Jacques zusammen schon eher einmal näherkam, schien es mir doch normal, daß es nur auf die allerdiskreteste Weise geschah. Ich wußte, daß er einen Freund hatte, Lucien Riaucourt, den Sohn eines bedeutenden Lyoner Bankiers, mit dem er ganze Nächte im Gespräch verbrachte; sie begleiteten einander vom Boulevard Montparnasse zur Rue de Beaune immer wieder hin und zurück, und manchmal blieb Riaucourt schließlich da und kampierte auf dem roten Sofa. Dieser junge Mann war Cocteau begegnet und hatte Dullin den Entwurf eines Stükkes anvertraut. Er hatte eine Gedichtsammlung veröffentlicht, zu der Jacques einen Holzschnitt als Illustration beigesteuert hatte. Ich beugte mich vor so viel Überlegenheit. Ich selbst schätzte mich schon sehr glücklich, daß Jacques mir einen Platz am Rande seines Daseins gönnte. Im allgemeinen hatte er nicht sehr viel Sympathie für Frauen, sagte er; er liebte seine Schwester, fand sie aber zu sentimental; es war wirklich ungewöhnlich, daß Mann und Frau so miteinander reden konnten, wie wir beide es taten.

Von Zeit zu Zeit sprach ich mit ihm von mir selbst, und er erteilte mir Rat. «Versuche, nach außen glasklar zu erscheinen», sagte er. Er meinte auch, man müsse sich mit den alltäglichen Dingen des Lebens abfinden, und zitierte Verlaine: ‹La vie humble, aux travaux ennuyeux et faciles.› Ich war darin nicht ganz der gleichen Meinung wie er: worauf es mir aber ankam, war, daß er mich anhörte, mich verstand und mich aus meinen gelegentlichen Verlassenheitskrisen rettete.

Ich glaube, er hätte sich nichts Besseres gewünscht, als mich noch enger mit seinem Leben zu verknüpfen. Er zeigte mir Briefe seiner Freunde und hätte sie gern mit mir bekannt gemacht. Eines Nachmittags begleitete ich ihn nach Longchamp zu den Rennen. Ein andermal schlug er mir vor, zusammen mit ihm das Russische Ballett anzusehen. Meine Mutter lehnte entschieden ab: «Simone geht abends nicht allein aus.» Nicht, daß sie an meiner Tugend zweifelte; vor dem Abendessen konnte ich ganze Stunden allein in Jacques' Wohnung verbringen; aber hinterher war jede Stätte, wofern sie nicht durch die Anwesenheit meiner Eltern gleichsam exorzisiert wurde, ein verrufener Ort. Unsere Freundschaft beschränkte sich also auf den Austausch unvollendeter, von langen Pausen durchsetzter Betrachtungen und gelegentliches Vorlesen.

Das Semester ging zu Ende. Ich machte mein Examen in Mathematik, darauf in Latein. Es war angenehm, rasch voranzukommen und erfolgreich zu sein: aber entschieden verspürte ich keine Leidenschaft für die exakten Wissenschaften noch für tote Sprachen. Mademoiselle Lambert riet mir, auf meinen ersten Plan zurückzugreifen; sie selbst hielt in Sainte-Marie die Philosophievorlesungen ab: sie werde glücklich sein, mich dort zur Schülerin zu haben; sie versicherte mir, daß ich ohne Mühe das Staatsexamen machen werde. Meine Eltern legten mir nichts in den Weg. Ich war sehr befriedigt von diesem Entschluß.

Obwohl Garrics Gestalt während der letzten Wochen etwas verblaßt war, fühlte ich mich doch todtraurig, als ich in einem tristen Korridor des Instituts Sainte-Marie von ihm Abschied nahm. Einmal würde ich ihn noch anhören: in einem Saal am Boulevard Saint-Germain hielt er einen Vortrag, an dem Henri Massis und Monsieur Mabille teilnahmen. Dieser sprach als letzter: die Worte drangen nur gehemmt unter seinem Bart hervor, und Zazas Wangen waren rot vor Verlegenheit, solange er redete. Ich verschlang Garric mit den Augen; obwohl ich den erstaunten Blick meiner Mutter auf mir ruhen fühlte, machte ich keinen Versuch, mich etwa zu beherrschen. Ich lernte dieses Gesicht auswendig, das für mich auf immer verlöschen sollte. Eine Gegenwart ist etwas so unerhört Umfassendes, Abwesenheit etwas derart Radikales: zwischen diesen beiden ist kein Übergang denkbar. Monsieur Mabille schwieg, die Redner verließen die Tribüne: es war aus.

Ich klammerte mich noch immer an das Gewesene an. Eines Morgens nahm ich die Metro und fuhr in eine unbekannte, derart entlegene Gegend, daß es mir vorkam, als hätte ich unversehens eine Grenze überschritten: nach Belleville. Ich ging die große Straße hinauf, in der Garric wohnte; seine Hausnummer war mir bekannt; ich drückte mich das letzte Ende an den Häusern entlang, denn ich war sicher, falls er mich plötzlich entdeckte, vor Scham in Ohnmacht zu sinken. Einen Augenblick blieb ich vor seinem Hause stehen, ich betrachtete die trübselige Ziegelsteinfassade und die Tür, die er täglich morgens und abends durchschritt; ich sah mir die Kaufhäuser, die Cafés, den Platz, der dazwischen lag, an; er kannte sicher das alles so gut, daß er es gar nicht mehr sah. Was suchte ich eigentlich hier? Auf alle Fälle kehrte ich ohne Ertrag zurück.

Jacques würde ich sicherlich im Oktober wieder treffen, ich sagte ihm daher ohne Kummer Lebewohl. Er war in seinem juristischen Examen durchgefallen und daraufhin etwas niedergeschlagen. In seinen letzten Händedruck, sein letztes Lächeln legte er eine solche Wärme, daß ich ganz ergriffen war. Nachdem ich ihn verlassen hatte, fragte ich mich ängstlich, ob er meine Gelassenheit nicht für Gleichgültigkeit halte. Diese Vorstellung schmerzte mich. Er hatte mir so viel gegeben! Ich dachte dabei weniger an Bücher,

Bilder und Filme als vielmehr an den zärtlichen Schimmer in seinen Augen, wenn ich zu ihm von mir sprach. Ich hatte plötzlich das Bedürfnis, ihm dafür zu danken, und schrieb ihm in einem Zuge einen kleinen Brief. Aber meine Feder stockte, als ich ihn adressieren wollte. Jacques schätzte Zurückhaltung mehr als alles. Mit seinem Lächeln, das so oft einen geheimnisvollen Nebensinn zu verbergen schien, hatte er mir in der Fassung, die Cocteau ihm gegeben hat, das Goethewort zitiert: «Wenn ich dich lieb habe, was geht's dich an?» Würde er meine wenn auch sehr maßvollen Auslassungen schon als indiskret empfinden? Würde er selbst verstimmt bei sich murmeln: ‹Was geht's mich an?› Sollte hingegen mein Brief für ihn ein wenig Trost bedeuten, wäre es feige gewesen, ihn nicht abzuschicken. Durch die lächerliche Furcht zurückgehalten, die mich in meiner Kinderzeit so oft entscheidend gehemmt hatte, zögerte ich noch immer; aber ich wollte mich ja nicht mehr wie ein Kind aufführen. Rasch setzte ich ein Postskriptum hinzu: ‹Vielleicht findest Du mich lächerlich, aber ich würde mich verachten, wenn ich es nie zu sein wagte.› Dann ging ich und warf meinen Brief in den Kasten.

Meine Tante Marguerite und mein Onkel Gaston, die mit ihren Kindern einen Sommer in Cauterets verbrachten, luden meine Schwester und mich ein, ebenfalls hinzukommen. Ein Jahr früher würde ich mit Entzücken das Gebirge entdeckt haben: jetzt hatte ich mich in mich selbst vergraben, und die äußere Welt berührte mich nicht mehr. Außerdem hatte ich zur Natur zu intime Beziehungen gehabt, um mitansehen zu können, wie sie hier auf das Niveau einer Zerstreuung für Sommerfrischler herabgewürdigt wurde; sie wurde mir in kleinen Portionen vorgeschnitten, ohne daß ich die nötige Muße oder Einsamkeit gehabt hätte, mich ihr wirklich zu nähern: da ich mich ihr selbst nicht hingab, hatte ich auch nichts von ihr. Tannen und Gießbäche schwiegen. Wir machten einen Ausflug zum Cirque de Gavarnie, zum Lac de Gaube; meine Kusine Jeanne photographierte alles: ich selbst sah ringsum nur trübselige Panoramabilder. Ebensowenig wie die häßlichen Hotels an den Straßen lenkten mich diese zwecklos pompösen Dekorationen von meinem Kummer ab.

Denn Tatsache war, daß ich mich unglücklich fühlte. Garric war mir für immer entschwunden. Und wie stand ich mit Jacques? In meinem Brief hatte ich ihm meine Adresse in Cauterets angegeben; da er bestimmt nicht wünschte, daß seine Antwort in andere Hände als die meinen fiele, würde er mir hierher oder gar nicht schreiben: er schrieb nicht. Zehnmal am Tage inspizierte ich im Hotel das Fach Nummer sechsundvierzig: nichts. Weshalb? Ich hatte unsere Freundschaft vertrauensvoll und sorglos hingenommen; jetzt aber fragte ich mich: Was bin ich für ihn? Hatte er meinen Brief wohl kindisch gefunden oder unangebracht? Hatte er mich ganz einfach nur vergessen? Welche Qual für mich! Und wie sehr hätte ich gewünscht, sie wenigstens in der Stille allein mit mir abmachen zu können! Aber ich hatte keinen Augenblick Ruhe. Ich schlief im gleichen Zimmer mit Poupette und Jeanne; wir gingen nur in Gruppen aus; den ganzen Tag mußte ich mich zusammennehmen, und unaufhörlich drangen fremde Stimmen an mein Ohr. In La Railliere schwatzten die Damen und Herren bei einer Tasse Schokolade des Abends im Hotelsalon; es waren Ferien, sie lasen Bücher und sprachen über ihre Lektüre. Da hieß es dann: «Es ist gut geschrieben, aber es sind doch Längen darin.» Oder aber: «Es sind Längen darin, aber es ist so gut geschrieben.» Manchmal wurde mit geistvoll nuancierter Stimme und träumerischem Blick ein differenzierteres Urteil verkündet: «Ein merkwürdiges Buch», oder in etwas strengem Ton: «Eigenartig, wirklich sehr eigenartig.» Ich wartete die Nacht ab, um zu weinen; am folgenden Tage war der Brief noch nicht da;

von neuem sah ich dem Abend mit gespannten Nerven und einem Stachel im Herzen entgegen. Eines Morgens brach ich in meinem Zimmer in Tränen aus; ich weiß nicht mehr, wie ich meine arme Tante beruhigt habe; sie war völlig ratlos.

Bevor wir nach Meyrignac zurückkehrten, blieben wir zwei Tage in Lourdes. Es war ein Schock für mich. Sterbende, Kranke, Kropfgeplagte: angesichts dieser Parade des Grauens wurde mir jäh bewußt, daß die Welt kein bloßer Seelenzustand ist. Die Menschen hatten Körper und litten in ihnen. Während ich unempfindlich gegen das Plappern der Litaneien und den säuerlichen Geruch der verzückten Frommen an einer Prozession teilnahm, schämte ich mich meiner Nachgiebigkeit mir selbst gegenüber. Wahr blieb allein das dichtgehäufte Elend hier. Ich beneidete fast Zaza, die während der Pilgersaison das Geschirr der Kranken wusch. Sich aufopfern, sich vergessen! Aber wie? Und wofür? Das Unglück, das mit grotesken Hoffnungen getarnte Unglück hier war allzu sinnlos, um mir darüber Einsichten zu schenken. Ich schmachtete ein paar Tage in Grauen dahin; dann nahm ich den alten Faden meiner Sorgen wieder auf.

Ich verbrachte qualvolle Ferien. Ich schleppte mich durch die Kastanienwälder und weinte. Ich fühlte mich absolut allein auf der Welt. In diesem Jahr war meine Schwester mir fremd. Meine Eltern hatte ich durch meine provozierend strenge Haltung zur Verzweiflung gebracht; mißtrauisch beobachteten sie mich. Sie lasen die Romane, die ich mitgebracht hatte, und tauschten mit Tante Marguerite ihre Ansichten aus: «So etwas ist krankhaft, ist abwegig, solche Bücher sind nicht das Richtige», sagten sie oft; sie verletzten mich dadurch ebensosehr, wie wenn sie meine Launen kommentierten oder Vermutungen anstellten, was wohl in meinem Kopfe vorging. Da sie mehr Zeit hatten als in Paris, ertrugen sie mein Schweigen mit mehr Ungeduld als je, ich aber machte es nicht besser dadurch, daß ich mich ein- oder zweimal zu heftigen Ausfällen verleiten ließ. Trotz aller Bemühungen fühlte ich mich sehr leicht verletzt. Wenn meine Mutter kopfschüttelnd sagte: «Wirklich, so geht es nicht», raste ich innerlich; dennoch gelang mir irgendein Täuschungsmanöver, so daß sie befriedigt seufzte: «So ist es freilich besser!» Ich aber war auch dann außer mir. Ich hing an meinen Eltern, und hier an dieser Stätte, an der wir früher so harmonisch gelebt hatten, waren mir unsere Mißverständnisse noch schmerzlicher als in Paris. Außerdem hatte ich nichts zu tun, da ich mir nur eine kleine Zahl von Büchern hatte beschaffen können. Dank einer Studie über Kant begeisterte ich mich für den kritischen Idealismus, der mich in meiner Absage an Gott bestärkte. In den Theorien Bergsons über das ‹moi social› und das ‹moi profond› erkannte ich voller Enthusiasmus meine eigene Erfahrung wieder. Aber die unpersönlichen Stimmen der Philosophen brachten mir nicht den gleichen Trost wie meine Lieblingsautoren. Ich verspürte um mich her keine brüderliche Gegenwart mehr. Meine einzige Zuflucht war mein Tagebuch; hatte ich aber dort die Öde meines Daseins, meine Traurigkeit noch einmal gründlich durchlebt, fing ich von neuem an, schmerzliche Langeweile zu verspüren.

Eines Nachts, als ich mich in La Grillère gerade in dem riesigen ländlichen Bett zur Ruhe begeben hatte, überfiel mich jähe Angst: es war schon vorgekommen, daß ich mich bis zu Tränen und lautem Schreien vor dem Tod gefürchtet hatte; doch diesmal war es noch schlimmer: auch das Leben drohte bereits ins Nichts zu versinken; nichts existierte eigentlich mehr als nur in diesem Augenblick noch ein derartiges Entsetzen, daß ich nahe daran war, an die Schlafzimmertür meiner Mutter zu klopfen und so zu tun, als sei ich krank, und das nur, um eine Stimme zu hören. Schließlich schlief ich dennoch ein, aber ich behielt von diesem Anfall eine grauenhafte Erinnerung zurück.

Als ich wieder in Meyrignac war, dachte ich ans Schreiben; ich gab der Literatur den Vorzug vor der Philosophie; es hätte mich keineswegs befriedigt, wenn man mir vorausgesagt hätte, ich werde so etwas wie ein Bergson werden; ich wollte nicht mit einer solchen abstrakten Stimme sprechen, die mich, wenn ich sie hörte, dennoch nicht wirklich berührte. Was ich einmal zu schreiben erträumte, war ein ‹Roman des inneren Lebens›; ich wollte meine eigene Erfahrung weitergeben. Aber ich zögerte noch. Es kam mir vor, als spürte ich in mir eine ‹Menge Dinge, die man sagen müßte›; doch ich war mir darüber klar, daß Schreiben eine Kunst ist und daß ich noch nicht genug davon verstand. Dennoch notierte ich mir mehrere Themen für einen Roman und faßte schließlich einen Entschluß. Ich schrieb mein erstes Werk nieder. Es war die Geschichte einer mißglückten Flucht. Die Heldin war so alt wie ich, nämlich achtzehn Jahre; sie verbrachte ihre Ferien unter den Ihren in einem Landhaus, wo noch ein Verlobter erwartet wurde, dem sie auf konventionelle Weise zugetan war. Bis dahin hatte sie sich mit der Banalität des Daseins zufriedengegeben. Plötzlich entdeckte sie ‹etwas anderes›. Ein begabter Musiker offenbarte ihr die wahren Werte: Kunst, Aufrichtigkeit, Unruhe. Sie bemerkte mit einemmal, daß sie in der Lüge gelebt hatte; ein Fieber brach in ihr aus, ein unbekanntes Verlangen. Der Musiker ging fort. Der Verlobte kam. Zu ihrem Zimmer im ersten Stock drang das vergnügte Stimmengewirr bei seiner Ankunft herauf; sie zögerte: würde sie retten, was ihr einen Augenblick lang ahnend aufgegangen war? Oder es wieder verlieren? Sie fand keinen Mut. Sie ging die Treppe hinab und trat lächelnd in den Salon, wo die anderen sie erwarteten. Ich machte mir über den Wert der Erzählung keine Illusionen; immerhin war es das erste Mal, daß ich mich daran begab, mein eigenes Leben in Worten auszudrücken; ich fand Vergnügen am Schreiben.

Ich hatte Garric ein Briefchen geschickt, wie es eine Schülerin an ihren Lehrer schreibt; er antwortete mir mit einer kleinen Karte eines Professors an seine Schülerin; ich dachte nicht mehr viel an ihn. Durch sein Beispiel hatte er mich dazu angereizt, mich von meinem Milieu, von meiner Vergangenheit loszulösen: zur Einsamkeit verdammt, hatte ich mich in seiner Nachfolge in den Heroismus gestürzt. Aber es war ein steiler Weg, und ich hätte sicherlich vorgezogen, das Verdammungsurteil würde wieder aufgehoben; die Freundschaft Jacques' schien mir ein Recht auf Hoffnung zu geben. Im Heidekraut ruhend oder durch Hohlwege streifend, beschwor ich sein Bild herauf. Er hatte auf meinen Brief keine Antwort gegeben; aber mit der Zeit ließ meine Enttäuschung nach; Erinnerungen an sein Lächeln bei der Begrüßung, an unsere innige Harmonie, die weichen, guten Stunden, die ich bei ihm verbracht hatte, überdeckten sie ganz. Ich würde die Lampe anzünden, mich auf das rote Sofa setzen und dort zu Hause sein. Ich würde Jacques anschauen: er würde mir gehören. Ohne jeden Zweifel liebte ich ihn: weshalb auch sollte ich ihn nicht lieben? Ich begann Pläne des Glücks zu schmieden. Wenn ich so lange darauf verzichtet hatte, so deshalb, weil ich glaubte, er weise mich zurück; sobald es mir aber möglich schien, fing ich wieder an, das alte Verlangen nach ihm zu verspüren.

Jacques war schön, von einer zugleich kindlichen und sinnlichen Schönheit; dennoch teilte mir sein Anblick nicht die geringste Verwirrung und keinen Schatten von irgendwelchen etwaigen Wünschen mit; vielleicht täuschte ich mich, als ich, selber etwas verwundert, in meinem Tagebuch notierte, es habe sich, wenn er jemals eine Bewegung der Zärtlichkeit angedeutet habe, in mir etwas verkrampft: das würde bedeuten, daß ich mindestens in der Phantasie einen gewissen Abstand zu wahren gewillt war. Ich hatte Jacques immer als einen etwas fernen großen Bruder betrachtet; ob in feindseliger oder wohlwollender Haltung, immer war die Familie um uns her; zweifellos wendeten sich deshalb meine Gefühle für ihn gleichsam an einen Engel.

Unserer engen Verwandtschaft hingegen verdankten sie den Charakter der Unlösbarkeit, den ich ihnen von Anfang an zugeschrieben hatte. Ich hatte Jo und ebenso Maggie leidenschaftlich vorgeworfen, sie hätten ihre Kindheit verraten: indem ich Jacques liebte, meinte ich mein Geschick zu erfüllen. Ich bewegte mich in der Erinnerung an unsere einstige Verlobung und an das Glasfenster, das er mir zum Geschenk gemacht hatte; ich beglückwünschte mich, daß das Leben uns in unserer Jugend getrennt und mir damit die strahlende Freude des Wiederfindens beschieden hatte. Offenbar stand diese Idyllle in den Sternen geschrieben.

Wenn ich jedoch an ihre Schicksalhaftigkeit glaubte, so in Wirklichkeit deshalb, weil ich, ohne es mir selbst deutlich einzugestehen, in ihr die ideale Lösung für alle meine Schwierigkeiten sah. Obwohl ich die Routine des bürgerlichen Lebens verabscheute, war mir doch ein Gefühl der Sehnsucht an die Abende in dem roten und schwarzen Arbeitszimmer und an die Zeit geblieben, in der ich mir noch nicht vorstellen konnte, daß ich meine Eltern jemals verlassen würde. Das Haus Laiguillon – die schöne Wohnung mit dem dicken Monquettebelag, der helle Salon, die schattenverhängte Galerie – war für mich bereits wie ein Heim; ich würde an Jacques' Seite sitzen und lesen und ‹wir beide› denken, wie ich früher ‹wir vier› vor mich hinflüsterte; seine Mutter, seine Schwester würden mich mit ihrer Liebe umgeben, meine Eltern zu größerer Milde neigen: ich würde wieder ein von allen geliebtes Geschöpf sein und meinen Platz in jener Gesellschaft einnehmen, ohne deren hegenden Schutz ich nur Verbannung vor mir sah. Dennoch würde ich nichts aufgeben; bei Jacques würde das Glück niemals eine Art von beruhigtem Schlummer sein; unsere Tage würden einander wohl in ständiger Wiederkehr der Zärtlichkeit folgen, aber vom einen zum anderen würden wir uns stets strebend bemühen; wir würden uns Seite an Seite verirren, ohne uns zu verlieren, da die Unruhe, die in uns lebte, uns beide zusammenhielt; so aber würde ich mein Heil im Frieden des Herzens und nicht in Zerrissenheit erreichen. Erschöpft von Tränen und innerer Öde, setzte ich jetzt mit kühnem Schwung mein Leben auf diese Chance. Ich erwartete fieberhaft die Heimkehr nach Paris, und im Zuge pochte mir ungeduldig das Herz.

Als ich mich aber in der Wohnung mit dem angeblichen Moquette befand, kam ich jäh wieder zu mir. Ich war nicht bei Jacques gelandet, sondern zu Hause; zwischen diesen Wänden würde ich ein weiteres Jahr verbringen. Mit einem Blick erfaßte ich die Folge der Tage und der Monate: welche Einöde lag vor mir! Mit den alten Freundschaften, Kameraderien und Vergnügungen hatte ich aufgeräumt; Garric war mir verloren; Jacques würde ich bestenfalls zwei- oder dreimal jeden Monat sehen, und nichts berechtigte mich dazu, von ihm mehr zu erwarten, als er mir gegeben hatte. Ich würde also von neuem das trostlose Erwachen an jedem Morgen erleben, der keine Freude kündete; am Abend würde dann der Mülleimer folgen, den es auszuleeren galt; Müdigkeit und Langeweile, sonst nichts. In der Stille der Kastanienwälder war der Rausch des Fanatismus, der mich im letzten Jahr noch aufrechterhalten hatte, vollends untergegangen; alles würde von neuem anfangen außer dieser Art von Wahn, der mir immerhin ermöglicht hatte, alles zu ertragen.

Ich war so erschreckt, daß ich auf der Stelle zu Jacques eilen wollte: er allein konnte mir helfen. Die Gefühle meiner Eltern ihm gegenüber waren, wie ich bereits sagte, eher zwiespältiger Natur. An diesem Vormittag nun verbot mir meine Mutter einen Besuch bei ihm; sie zog dabei heftig gegen ihn und den Einfluß zu Felde, den er auf mich gewonnen habe. Ich wagte noch nicht, ernstlich ungehorsam zu sein noch ausgesprochen zu lügen. Noch immer zeigte ich meiner Mutter jeweils meine Pläne an; am Abend erstattete ich ihr über den Verlauf meiner Tage Bericht. Ich begab mich also wieder ins Joch, doch ich erstickte vor Zorn und vor allem vor Kummer. Wochenlang hatte ich leidenschaftlich auf diese Begegnung gewartet, nun aber genügte eine Laune meiner Mutter, um mich darum zu bringen. Mit Grauen wurde ich mir meiner Abhängigkeit bewußt. Nicht nur war ich zum Exil verdammt, sondern man gewährte mir auch nicht die Freiheit, gegen die Unfruchtbarkeit meines Geschickes zu kämpfen; meine Handlungen, meine Gebärden, meine Worte, alles wurde kontrolliert; man spionierte meinen Gedanken nach, und ein einziges Wort konnte die Pläne zum Scheitern bringen, an denen mir mehr als an allem lag: Einspruch dagegen gab es nicht. Im vorigen Jahre hatte ich mich, so gut es ging, meinem Schicksal anbequemt, weil ich mit Staunen die großen Wandlungen konstatierte, die sich in mir vollzogen; jetzt aber, da dieses Erlebnis hinter mir lag, sank ich in die alte innere Not zurück. Ich war anders geworden und hätte rings um mich her auch eine andere Welt gebraucht. Aber was für eine Welt? Was wünschte ich mir im Grunde? Ich vermochte sie mir nicht einmal in der Phantasie auszumalen. Diese Passivität brachte mich zur Verzweiflung. Ich konnte nur warten. Wie lange aber? Drei Jahre, vier Jahre? Das ist lange, wenn man achtzehn Jahre alt ist. Und wenn ich sie geknebelt im Gefängnis verbrachte, so würde ich mich, wenn ich wieder herauskam, immer noch ebenso einsam, liebelos, ohne Glut, ohne alles fühlen. Ich würde in der Provinz Philosophiekurse halten: was aber kam für mich dabei heraus? Schreiben? Meine Versuche aus Meyrignac taugten nicht eben viel. Wenn ich dieselbe bliebe, immer weiter dem gleichen

Trott, derselben Routine überlassen, käme ich niemals voran; niemals würde ein Werk mir gelingen können. Nein, von keiner Seite her schien ein Lichtlein zu kommen. Zum ersten Mal in meinem Dasein dachte ich allen Ernstes, daß ich lieber tot als lebendig wäre.

Nachdem eine Woche vergangen war, bekam ich die Erlaubnis, Jacques zu besuchen. Als ich vor seiner Tür stand, wurde ich von Panik erfaßt: er war meine einzige Hoffnung, und ich wußte nichts weiter von ihm, als daß er auf meinen Brief keine Antwort gegeben hatte. War er über ihn gerührt oder verärgert gewesen? Wie würde er mich empfangen? Ich kreiste einmal, zweimal vollkommen ratlos um den Häuserblock. Die in die Wand eingelassene Schelle hatte etwas Erschreckendes für mich: sie schien mir die gleiche falsche Harmlosigkeit an sich zu haben wie das schwarze Loch, in das ich als Kind unvorsichtigerweise meinen Finger steckte. Endlich drückte ich auf den Knopf. Wie gewöhnlich ging die Tür automatisch auf, und ich stieg die Treppe empor. Jacques begrüßte mich lachend, ich nahm auf dem roten Sofa Platz. Er reichte mir einen Briefumschlag, auf dem mein Name stand. «Sieh hier», sagte er, «ich habe es dir nicht geschickt, weil ich besser fand, es bliebe ganz unter uns.» Er war bis unter die Augen rot geworden. Ich öffnete den Brief. Als Motto stand darüber: ‹Geht dies hier Dich an?› Er beglückwünschte mich dazu, daß ich keine Angst vor Lächerlichkeit hatte, er habe es mir schon oft gesagt; ‹an heißen, einsamen Nachmittagen› habe er an mich gedacht. Er erteilte mir Ratschläge. ‹Du würdest Deine Umgebung weniger schockieren, wenn Du menschlicher wärest; außerdem ist es die stärkere Haltung, ich möchte fast sagen, die stolzere ...›. ‹Das Geheimnis des Glücks und der Gipfel der Kunst besteht darin, zu leben wie alle Welt und doch wie kein anderer zu sein.› Er schloß mit dem folgenden Satz: ‹Bist Du bereit, in mir Deinen Freund zu sehen?› Eine riesige Sonne ging gleichsam in meinem Herzen auf. Doch dann begann Jacques in kleinen, abgehackten Sätzen zu sprechen, und die Dämmerung sank wieder herab. So gehe es nicht, sagte er mir, so gehe es einfach nicht. Er sei in der Patsche, er wisse nicht mehr, was tun; er hatte geglaubt, wirklich Jemand zu sein: er glaubte es nicht mehr; er verachtete sich selbst; er wußte nicht mehr, was er mit sich anfangen sollte. Ich hörte ihn an, durch seine Demut gerührt, entzückt durch sein Vertrauen, bedrückt durch seine Niedergeschlagenheit. Mit brennendem Herzen verließ ich ihn. Ich setzte mich auf eine Bank, um das Geschenk, das er mir gemacht hatte, zu berühren, es nochmals anzusehen: ein Blatt eines schönen, starken Papiers mit spitzen Ecken, auf dem violette Schriftzeichen standen. Einige seiner Ratschläge setzten mich in Erstaunen: ich kam mir nicht unmenschlich vor; ich legte es nie darauf an, andere zu schokkieren; wie alle Welt zu leben, verlockte mich nicht; aber ich war tief gerührt, daß er für mich diese schön ausgewogenen Sätze niedergeschrieben hatte. Wieder und wieder las ich die Eingangsworte: ‹Geht dies hier Dich an?› Sie legten deutlich Zeugnis davon ab, daß Jacques mehr an mir hing, als er es mich bisher hatte merken lassen; doch auch noch etwas anderes wurde mir offenbar: Jacques liebte mich nicht; sonst hätte er nicht in einen solchen Sumpf der Ratlosigkeit versinken können. Ich fand mich schnell damit ab; mein Irrtum wurde mir sonnenklar: es war ganz unmöglich, Liebe mit Unruhe zu vereinen. Jacques selbst rief mich zur Wahrheit zurück; das trauliche Nebeneinander unter der Lampe, Flieder und Rosen waren nicht für uns. Wir waren zu hellsichtig und zu anspruchsvoll, um uns in der falschen Sicherheit der Liebe auszuruhen. Niemals würde Jacques sein angstvolles Suchen beenden. Er hatte die Verzweiflung bis zum Ende ausgekostet, so weit, daß sie bei ihm beinahe zum Abscheu gegen sich selber wurde: ich mußte ihm folgen auf diesem rauhen Pfad. Ich rief Alissa und Violaine zu Hilfe und versenkte mich tief in das Gefühl des Verzichts. ‹Ich werde niemals jemand anderen lieben, aber zwischen uns kann Liebe nicht sein›, entschied ich bei mir. Ich verleugnete die Überzeugung nicht, die sich mir während der Ferien aufgedrängt hatte: Jacques war mein Schicksal. Aber die Gründe, weshalb ich mein Los mit dem seinen verknüpfte, schlossen aus, daß er mir das Glück entgegentrug. Ich hatte eine Rolle in seinem Leben: sie bestand aber nicht darin, ihn zur Ruhe einzuladen; ich mußte seine Mutlosigkeit bekämpfen und ihm dabei helfen, sein Streben weiter zu verfolgen. Ich machte mich auf der Stelle ans Werk. Ich schrieb ihm einen neuen Brief, in dem ich ihm Gründe zum Leben aufzeigte, die ich den besten Autoren entnahm.

Es war normal, daß er mir nicht antwortete, da wir ja beide wünschten, daß unsere Freundschaft ‹unter uns› bliebe. Dennoch verzehrte ich mich in Ungeduld. Als wir in der Familie bei ihm zu Abend aßen, spähte ich den ganzen Abend nach einem verständnisvollen Aufblitzen in seinen Augen: umsonst. Er gab auf extravagantere Art als sonst den Spaßmacher für uns ab: «Du hörst wohl niemals auf, den Clown zu spielen!» sagte seine Mutter lachend zu ihm. Er wirkte so sorglos und, wie mir schien, so gleichgültig, daß ich gewiß sein zu können glaubte, ich hätte diesmal nicht das Richtige getroffen: offenbar hatte er mit gereizten Gefühlen die Abhandlung gelesen, die ich ihm so formlos zugemutet hatte. ‹Ein überaus schmerzlicher Abend, an dem seine Maske sein Antlitz allzu hermetisch abschloß ... Ich möchte mein Herz aus mir herausreißen können›, schrieb ich am folgenden Tage. Ich beschloß mich zu vergraben und ihn zu vergessen. Acht Tage darauf aber teilte mir meine Mutter, die es durch seine Familie erfahren hatte, mit, Jacques sei wiederum durchs Examen gefallen. Er schien davon sehr mitgenommen zu sein; es wäre nett, wenn man ihn besuchte. Auf der Stelle bereitete ich meine heilenden Verbände, meinen Balsam vor und eilte zu ihm hin. Er sah in der Tat vollkommen vernichtet aus; schlaff in seinem Sessel lehnend, unrasiert, mit offenem Kragen, beinahe verkommen in seinem Äußeren, zwang er sich nicht einmal ein Lächeln ab. Er dankte mir für meinen Brief, ohne große Überzeugung, wollte mir freilich erscheinen. Er sagte immer wieder, er tauge eben zu nichts, es sei nichts an ihm. Den ganzen Sommer hatte er ein törichtes Leben geführt, er verdarb alles, er war sich selbst zuwider. Ich versuchte ihn zu trösten, aber ich war nicht mit dem Herzen dabei. Als ich ging, flüsterte er: «Hab Dank, daß du gekommen bist», in einem so dringlichen Ton, daß es mich tief bewegte; doch kehrte ich deshalb nicht weniger niedergeschlagen nach Hause zurück. Diesmal gelang es mir nicht, mir Jacques' Ratlosigkeit in erhabenen Farben zu malen; ich wußte nicht recht, was er eigentlich in diesem Sommer gemacht hatte, vermutete aber das Schlimmste: Spiel und Alkohol und das, was ich mir etwas unbestimmt unter ‹Bummeln› vorstellte. Es gab sicher Entschuldigungen für ihn: aber ich fand es enttäuschend, daß ich Veranlassung hatte, für ihn danach zu suchen. Ich dachte an den Traum von liebender Bewunderung zurück, den ich mir mit fünfzehn Jahren zurechtgelegt hatte und nun mit Trauer im Herzen mit meiner Zuneigung für Jacques verglich: Nein, ich bewunderte ihn nicht. Vielleicht war alle Bewunderung Selbstbetrug; vielleicht würde ich auf dem Grunde aller Herzen nur den gleichen unklaren Tumult vorfinden; vielleicht war Mitleid das einzige mögliche Band zwischen zwei Seelen. Solcher Pessimismus reichte nicht aus, um mir Trost zu gewähren.

Unsere nächste Begegnung setzte mich neuen Schwierigkeiten aus. Er hatte sich wieder gefaßt, er lachte und machte in nachdenklichem Ton ganz vernünftige Pläne. «Eines Tages werde ich heiraten», warf er nebenbei hin. Dieser kurze

Satz wirkte verheerend auf mich. Hatte er ihn beiläufig oder mit Absicht ausgesprochen? Es schien mir unmöglich zu ertragen, daß eine andere als ich seine Frau würde: dennoch stellte ich fest, daß mir der Gedanke an eine Heirat mit ihm unbedingt widerstand. Den ganzen Sommer hatte ich es mir liebevoll ausgemalt; wenn ich aber jetzt eine solche Heirat ins Auge faßte, die meine Eltern glühend wünschten, wäre ich am liebsten sofort davongelaufen. Ich sah darin nicht länger mein Heil, sondern meinen Untergang. Noch tagelang blieb ich von etwas wie Grauen erfaßt.

Als ich Jacques wiedersah, waren Freunde bei ihm; er stellte sie mir vor, und sie fuhren fort, untereinander von Bars und Barmixern, Geldschwierigkeiten, belanglosen kleinen Verwicklungen zu sprechen; es gefiel mir zwar, daß meine Anwesenheit ihre Unterredung nicht störte; dennoch deprimierte mich ihr Ton. Jacques bat mich, bei ihm zu warten, während er seine Freunde mit dem Wagen nach Hause brächte; am Ende meiner Nervenkraft warf ich mich auf das rote Sofa und brach in Schluchzen aus. Als er zurückkehrte, hatte ich mich so weit wieder beruhigt. Sein Gesicht sah jetzt ganz anders aus, und von neuem schien aus seinen Worten aufmerksame Zärtlichkeit zu sprechen. «Du weißt, solch eine Freundschaft wie die unsrige ist etwas sehr Außergewöhnliches», sagte er zu mir. Er ging mit mir den Boulevard Raspail hinauf, und wir standen lange vor einem Schaufenster, in dem ein weißes Bild von Foujita ausgestellt war. Am folgenden Tage fuhr er nach Châteauvillain, wo er drei Wochen verbringen sollte. Mit Erleichterung dachte ich daran, daß während dieser ganzen Zeit die Süße dieses dämmrigen Abends meine letzte Erinnerung an ihn bleiben würde.

Indessen ließ meine Erregung nicht nach: ich verstand mich selbst nicht mehr. Zuweilen war Jacques alles für mich, dann wieder absolut nichts. Ich staunte darüber, daß ich manchmal beinahe Haß gegen ihn empfand. Ich fragte mich: ‹Warum verspüre ich große Zärtlichkeitsregungen immer nur in Zeiten der Erwartung, der Sehnsucht oder des Mitleids mit ihm?› Bei der Vorstellung von einer Liebe, die auch er erwiderte, stieß ich auf Eisesstarre bei mir. Sobald mein Verlangen nach ihm zu schwinden begann, fühlte ich mich vermindert, doch ich schrieb in mein Tagebuch: ‹Ich habe ihn nötig – aber doch nicht nötig, ihn zu *sehen*!› Anstatt mich wie im vorigen Jahr anzuregen, ermüdeten mich jetzt die Gespräche mit ihm. Ich dachte lieber aus der Entfernung an ihn, als daß ich mich unmittelbar ihm gegenüber befand.

Als ich drei Wochen nach seiner Abreise die Place de la Sorbonne überquerte, sah ich vor dem ‹Harcourt› seinen Wagen stehen. Welch ein Schlag für mich! Ich wußte, daß er sein Leben nicht einzig mit mir verbrachte: wir sprachen in versteckten Worten darüber, ich bewegte mich nur in einem Teil davon. Aber ich hing doch an dem Gedanken, daß er in unsere Unterhaltungen das Wahrste seiner selbst hineinlegte; dieser kleine Wagen am Rande des Bürgersteigs zeigte mir das Gegenteil an. In diesem Augenblick, in jedem Augenblick existierte Jacques in Fleisch und Blut für andere und nicht für mich; welches Gewicht hatten in der Dichte der Wochen und der Monate unsere schüchternen Begegnungen? Eines Abends kam er zu uns ins Haus; er war reizend; dennoch fühlte ich mich grausam enttäuscht. Weshalb? Ich sah immer weniger klar. Seine Mutter, seine Schwester waren zur Zeit in Paris, ich traf ihn nicht mehr allein. Es kam mir vor, als spielten wir miteinander Verstekken, und vielleicht würden wir uns schließlich niemals wiederfinden. Liebte ich ihn denn, oder nicht? Würde er mich lieben? Meine Mutter hinterbrachte mir mit etwas süßsäuerlicher Miene eine Bemerkung, die er der seinigen gegenüber gemacht hatte: «Simone ist sehr hübsch; es ist nur schade, daß Tante Françoise sie so schlecht anzieht.» Der kritische Teil ging mich nichts an: ich behielt nur davon zurück, daß mein Gesicht ihm gefiel. Er war erst neunzehn Jahre alt, er mußte sein Studium beenden, den Militärdienst ableisten; es war normal, daß er von Heirat nur in vagen Anspielungen sprach; diese Zurückhaltung stand nicht im Widerspruch zu der Wärme seiner Begrüßung, seinem Lächeln, seinem Händedruck. Er hatte mir geschrieben: ‹Geht dies hier Dich an?› In der Zuneigung, die mir Tante Germaine und Titite bewiesen, lag in diesem Jahr etwas von Mitwissertum: seine Familie wie die meinige betrachtete uns offenbar als Verlobte. Was aber dachte im Grunde er selbst? Er sah manchmal so gleichgültig aus! Ende November aßen wir mit seinen und meinen Eltern in einem Restaurant zu Abend. Er schwatzte, er machte Scherze; seine Gegenwart maskierte nur allzu vollkommen seine innere Abwesenheit: ich wußte nicht aus noch ein bei diesem Mummenschanz. Die Hälfte der Nacht verbrachte ich in Tränen.

Einige Tage darauf sah ich zum ersten Male in meinem Leben jemanden sterben: meinen Onkel Gaston, der sehr schnell an einem Darmverschluß verschied. Er lag eine ganze Nacht in Agonie. Tante Marguerite hielt seine Hand und sagte Worte zu ihm, die er nicht mehr hörte. Seine Kinder, meine Eltern, meine Schwester und ich, wir alle waren an seinem Sterbebett versammelt. Er röchelte und spie etwas Schwarzes aus. Als sein Atem stockte, sank sein Unterkiefer herab; eine Binde wurde um seinen Kopf gelegt. Mein Vater, den ich nie hatte weinen sehen, brach in Schluchzen aus. Die Heftigkeit meiner Verzweiflung überraschte alle und auch mich selbst. Ich hatte meinen Onkel sehr geliebt, und ebenso die Erinnerung an unsere Jagdpartien in Meyrignac im Morgengrauen; ich mochte meine Kusine Jeanne sehr gern, und es war mir schrecklich zu denken, daß sie jetzt eine Waise war. Aber weder mein Bedauern noch mein

Mitleid rechtfertigten den Sturm, der mich zwei Tage lang durchtobte: ich konnte den verschwimmenden Blick nicht ertragen, den mein Onkel kurz vor dem Todeskampf seiner Frau zugeworfen hatte; es war ein Blick, in dem das Unwiderrufliche schon vollzogen war. Unwiderruflich, unlösbar: diese Worte bohrten in meinem Kopf, so daß er mir zu zerspringen drohte; ein anderes trat noch hinzu: unentrinnbar. Vielleicht würde auch ich einmal diesem Blick in den Augen eines Mannes begegnen, den ich lange geliebt hatte.

Jacques war derjenige, der mich tröstete. Er schien so beeindruckt von meinen verstörten Augen, er zeigte sich so liebevoll, daß ich meine Tränen trocknete. Während eines Mittagessens bei seiner Großmutter Flandin machte diese beiläufig die Bemerkung: «Du würdest gar nicht mehr du sein, wenn du nicht arbeitetest.» Jacques blickte mich zärtlich an. «Ich hoffe, sie würde es auch dann noch sein.» Ich aber dachte: ‹Ich habe unrecht zu zweifeln: er liebt mich.› In der nächsten Woche, als ich bei ihm zu Abend aß und wir gerade einen Augenblick allein waren, teilte er mir in einer kurzen Nebenbemerkung mit, daß er aus seinen Schwierigkeiten heraus sei, aber auf dem besten Wege zu sein fürchte, ein richtiger Bourgeois zu werden. Dann, gleich nach dem Essen, ging er fort. Ich erfand Entschuldigungen für ihn, doch keine überzeugte mich: er würde nicht fortgegangen sein, wenn er Wert auf mich legte. Legte er ernstlich auf etwas Wert? Entschieden kam er mir unbeständig, wetterwendisch vor; er verlor sich in kleinen Freundschaften und kleinen Ärgerlichkeiten; er sorgte sich nicht um Probleme, die mich ernsthaft quälten; er war von geistigen Dingen zu wenig überzeugt. Von neuem verfiel ich in meine Zweifel: ‹Werde ich mich niemals von ihm loslösen können, wo ich mich doch so oft in Auflehnung gegen ihn befinde? Ich liebe ihn, ich liebe ihn unvernünftigerweise: und weiß doch nicht einmal, ob er für mich geschaffen ist.›

Tatsache ist, daß zwischen Jacques und mir sehr viele Verschiedenheiten bestanden. Als ich Mitte des Herbstes mein Porträt entwarf, hielt ich als erstes fest, was ich als meinen Ernst bezeichnete: ‹Ein strenger, kompromißloser Ernst, für den ich den Grund nicht recht weiß, dem ich mich aber wie einer überwältigenden Notwendigkeit unterwerfe.› Von Kindheit an hatte ich mich immer als ein Ganzes, als ein zum Extremen neigendes Wesen gezeigt und war stolz darauf. Die anderen blieben in ihrem Glauben oder ihrer Skepsis, in ihren Wünschen, ihren Plänen auf halbem Wege stehen. Ihre Lauheit schien mir verachtenswert. Ich selbst verfolgte meine Gefühle, meine Ideen und Unternehmungen bis zum äußersten; es gab nichts, was ich leichtnahm; und wie schon in früher Jugend wollte ich, daß mein ganzes Leben durch eine Art von Notwendigkeit sich gerechtfertigt fände. Dieser Eigensinn beraubte mich, darüber war ich mir klar, gewisser Vorzüge, aber es war keine Rede davon, daß ich mich je von ihm trennte; mein Ernst war ‹ganz und gar ich›, und ich legte sehr großen Wert auf ihn.

Ich machte Jacques aus seiner Ungezwungenheit, seiner Neigung zu Paradoxen, den elliptischen Bahnen, die er einzuschlagen liebte, keinen wirklichen Vorwurf; ich hielt ihn für künstlerischer, empfindsamer, spontaner und begabter als mich selbst; augenblicksweise ließ ich in mir den Mythos von Theagen und Euphorion wiederaufleben und war durchaus bereit, die ihm innewohnende Grazie meinen Verdiensten durchaus überzuordnen. Während ich aber einstmals an Zaza nichts zu kritisieren fand, störten mich bei Jacques bestimmte Züge: ‹Seine Neigung zu Formeln; Begeisterungsstürme, die für ihr Objekt zu gewaltig sind; seine gelegentlich etwas affektierte Verachtung.› Es fehlte ihm an Tiefe, an Beharrlichkeit und manchmal – was mir schwerer zu wiegen schien – auch an Aufrichtigkeit. Es kam vor, daß mich seine Art, sich zu entziehen, reizte; außerdem hatte ich manchmal den Verdacht, daß er seine Skepsis als Vorwand benutzte, um auch noch der kleinsten Anstrengung zu entkommen. Er klagte darüber, daß er an nichts glaubte; ich bemühte mich eisern, ihm Ziele vorzustellen; es kam mir begeisternd vor, wenn man an seiner eigenen Entwicklung und Bereicherung tätig war; in diesem Sinne verstand ich die Lehre Gides: ‹Aus sich ein unersetzliches Wesen machen›; wenn ich sie aber Jacques ins Gedächtnis rief, zuckte er die Achseln: «Dazu braucht man sich nur zu Bett zu legen und zu schlafen.» Ich drängte ihn zu schreiben; ich war sicher, er könne, wenn er nur wolle, schöne Bücher verfassen. «Wozu?» antwortete er mir. Allen meinen Vorschlägen setzte er dies kleine Wort entgegen. ‹Jacques versteift sich darauf, im Absoluten zu bauen; er sollte Kant praktizieren; in seiner bisherigen Richtung kommt er zu nichts›, notierte ich eines Tages naiv. Dennoch ahnte ich wohl, daß Jacques' Haltung nichts mit Metaphysik zu tun hatte, und beurteilte sie gemeinhin streng; Trägheit, Planlosigkeit, Wankelmütigkeit waren mir verhaßt. Bei ihm hingegen verspürte ich, daß ihn machmal meine Redlichkeit reizte. Eine Freundschaft konnte mit diesen Unstimmigkeiten freilich fertig werden, doch teilten sie der Aussicht auf ein gemeinsames Leben etwas Beänstigendes mit.

Ich hätte mich nicht so sehr beunruhigt, wenn ich bei uns nur einen Gegensatz der Charaktere festgestelllt hätte; aber ich war mir klar darüber, daß etwas anderes dabei im Spiele war: die ganze Orientierung unserer Existenz. An dem Tage, an dem er das Wort Heirat aussprach, dachte ich lange darüber nach, was uns eigentlich trennte: ‹Schöne Dinge zu genießen genügt ihm; er findet an Luxus und leichtem Leben hinlängliches Gefallen, er liebt das Glück. Ich aber brauche ein Leben, das mich verzehrt. Ich habe das Bedürfnis zu handeln, mich auszugeben, mich zu verwirklichen; ich muß ein Ziel haben, das ich erreichen will, Schwierigkeiten, die es zu überwinden, ein Werk, das es zu vollenden gibt. Ich bin nicht für den Luxus gemacht. Niemals kann ich an dem Genüge finden, was ihm genügt.›

Der Luxus des Hauses Laiguillon hatte nichts Überwältigendes; was ich tatsächlich ablehnte und worauf gefügig einzugehen ich Jacques zum Vorwurf machte, war die bürgerliche Lebensform. Unser Einverständnis beruhte auf einem Mißverständnis, aus dem sich auch die ungleichmäßigen Reaktionen meines Herzens erklären. In meinen Augen hob sich Jacques dadurch aus seiner Klasse heraus, daß er zu den ‹Unruhevollen› gehörte: ich machte mir nicht klar, daß die Unruhe eben die Art und Weise vorstellte, wie diese Bourgeoisgeneration sich selbst zu finden versuchte; jedoch empfand ich, daß Jacques an dem Tage, an dem eine Heirat ihn von solchen Bemühungen dispensierte, mit seiner Rolle eines jungen Firmenchefs und Familienoberhauptes genau identisch sein würde. In Wirklichkeit wünschte er sich nichts anderes, als eines Tages mit Überzeugung den Part zu übernehmen, der ihm durch seine Geburt zugewiesen war; er zählte dabei auf die Ehe wie Pascal auf das Weihwasser, um den Glauben zu erwerben, der ihm bislang noch fehlte. Das alles sagte ich mir noch nicht ganz klar, aber ich begriff, daß er die Ehe als eine Lösung und nicht als einen Ausgangspunkt betrachtete. Bei ihm war keine Rede davon, daß man sich gemeinsam zu Gipfeln erheben sollte; wäre ich erst Madame Laiguillon, würde ich mich der Erhaltung eines ‹eng umgrenzten Heims› widmen müssen. Vielleicht war das nicht unbedingt unvereinbar mit meinen persönlichen Bestrebungen? Ich mißtraute allen Kompromissen, und dieser kam mir besonders gefahrenreich vor. Teilte ich erst einmal Jacques' Existenz, würde es sehr schwer für mich sein, mich ihm gegenüber zu behaupten, da ja jetzt schon sein Nihilismus ansteckend auf mich wirkte. Ich versuchte zwar, ihn von mir abzuwehren, indem ich mich auf den Augenschein meiner Leidenschaft, meines Willens stützte; oft gelang es mir auch. In Augenblicken der Mutlosigkeit neigte ich indessen dazu, ihm vollkommen recht zu geben. Würde ich mich nicht unter seinem Einfluß und aus Gefälligkeit gegen ihn dazu hinreißen lassen, alles das zu opfern, was ‹meinen Wert› ausmachte? Ich lehnte mich gegen diese Verstümmelung auf. Deswegen war diesen ganzen Winter hindurch meine Liebe zu Jacques eine so schmerzhafte Sache. Entweder verzettelte er sich und verlor sich in weiter Ferne von mir, und ich litt darunter; oder er suchte sein Gleichgewicht in einem ‹Embourgeoisement›, das ihn mir zwar hätte näherbringen können, in dem ich aber einen Abfall sah; ich konnte ihm nicht in seine Verwirrung hinein folgen, wollte aber auch nicht mit ihm zusammen in einer Ordnung leben, die ich verachtete. Keiner von uns beiden glaubte an traditionelle Werte; ich jedoch war bereits entschlossen, andere zu entdecken oder zu erfinden; er sah noch nichts, was jenseits davon lag; er schwankte zwischen Ausschweifung und vollkommenem Erschlaffen, und die Weisheit, die er akzeptierte, war die des Sichbefriedens; er dachte nicht daran, das Leben zu verändern, sondern sich selbst ihm ausreichend anzupassen. Ich aber wollte höher hinaus.

Sehr oft ahnte ich zwischen uns beiden eine tiefe Unvereinbarkeit und war betrübt darüber. ‹Das Glück, das Leben ist er! Oh! Und das Glück, das Leben sollten doch alles sein!› Dennoch entschloß ich mich nicht, meine Gefühle für Jacques aus meinem Herzen zu reißen. Er begab sich auf eine vierwöchige Rundfahrt durch Frankreich, auf der er Pfarrer und Kirchenbehörden aufsuchen wollte, um Laiguillonfenster an den Mann zu bringen. Es war Winter, es war kalt: wieder erlebte ich an mir, daß ich die Wärme seiner Gegenwart, eine friedliche Liebe, ein gemeinsames Heim für uns, für mich, im stillen ersehnte. Ich stellte mir keine Fragen mehr. Ich las *L'Adieu à l'adolescence* von Mauriac, lernte lange, gefühlvolle Stellen daraus auswendig und sagte sie mir her, während ich durch die Straßen ging.

Wenn ich mich auf diese Liebe versteifte, so zunächst deswegen, weil ich durch alle Bedenken hindurch immer eine gerührte Freundschaft für Jacques in mir erhalten hatte; er war charmant, ein Charmeur, und seine etwas launenhafte, aber reale Nettigkeit hatte auf mehr als ein Herz stark gewirkt; meines aber war spezifisch unbewehrt: ein Tonfall, ein Blick genügte, um ungestüme Dankbarkeit darin zu entfesseln. Jacques hatte aufgehört, mich zu blenden; um Bücher und Bilder zu verstehen, brauchte ich ihn nicht mehr; aber ich war gerührt über sein Vertrauen und seine Anfälle von Bescheidenheit. Alle anderen, die bornierten jungen Leute, die satt in sich ruhenden Erwachsenen, wußten über alle Dinge Bescheid, und wenn sie je einmal sagten: «Das verstehe ich nicht!», so kamen sie niemals auf den Gedanken, sie selbst könnten im Unrecht sein. Wie dankbar war ich Jacques für seine Unsicherheiten! Ich wollte ihm helfen, wie er mir einstmals geholfen hatte. Mehr noch als durch unsere Vergangenheit fühlte ich mich durch eine Art von Pakt an ihn gebunden, durch den sein ‹Heil› mir dringlicher erschien als das meinige. Ich glaubte um so fester an diese Vorbestimmung, als mir kein Mann, ob jung oder alt, bekannt war, mit dem es mir möglich war, auch nur ein paar Worte zu wechseln. Wenn Jacques nicht für mich gemacht war, so war es eben keiner, und ich würde zu einer Einsamkeit zurückkehren müssen, die ich als sehr bitter empfand.

In den Augenblicken, in denen ich mich von neuem Jacques widmete, richtete ich wieder sein Bild in meinem Herzen auf: ‹Alles, was mir von Jacques kommt, erscheint mir wie Spiel, Mangel an Mut, wie Feigheit – und dann erkenne ich die Wahrheit dessen, was er mir eben gesagt hat.› In seiner Skepsis bekundete sich seine Hellsichtigkeit; im Grunde war ich diejenige, die es an Mut fehlen ließ; wenn ich mir die traurige Relativität der menschlichen Zwecke zu vertuschen suchte; er hingegen wagte sich einzugestehen, daß kein Zweck ein Bemühen lohnte. Er verlor seine Zeit in den Bars? Er floh dorthin vor seiner Verzweiflung, und es kam hier und da vor, daß er an diesen Stätten der Poesie begegnete. Anstatt ihm sinnloses Verschleudern vorzuwerfen, mußte man seine Verschwendungsfreudigkeit bewundern, er glich jenem König von Thule, den er so gern zitierte, jenem König, der nicht zauderte, seinen schönsten goldenen Becher um eines Seufzers willen in das Meer zu werfen. Ich selbst war unfähig zu solchen Raffinements, aber das gab mir nicht das Recht, ihren Wert zu verkennen. Ich redete mir ein, Jacques werde sie eines Tages in einem Werk ausdrücken. Er entmutigte mich nicht ganz: von Zeit zu Zeit kündigte er mir an, er habe einen fabelhaften Titel gefunden. Man müßte sich gedulden, ihm Kredit gewähren. So wußte ich von der Enttäuschung zum Enthusiasmus immer wieder in glühendem Hoffen eine Brücke zu bauen.

Der Hauptgrund meines zähen Beharrens lag darin, daß mein Leben außerhalb dieser Liebe mir zum Verzweifeln leer und eitel erschien. Jacques war nur er selbst; aus der Entfernung gesehen aber wurde er alles für mich: alles, was ich nicht besaß. Ich verdankte ihm Freuden und Schmerzen, deren Heftigkeit mich als einziges vor der trostlosen Langeweile rettete, in der ich zu versinken begann.

Zaza kehrte Anfang Oktober nach Paris zurück. Sie hatte ihre schönen schwarzen Haare abschneiden lassen; ihre neue Frisur legte in gefälliger Weise ihr etwas schmales Antlitz frei. Noch ganz im Stil von Saint-Thomas d'Aquin gekleidet, opulent, wenn auch ohne Eleganz, trug sie immer kleine Glockenhüte, die sie bis über die Augenbrauen zog; sehr oft hatte sie auch Handschuhe an. An dem Tage, an dem ich sie wiedersah, verbrachten wir den Nachmittag an den Seinequais und in den Tuilerien; sie zeigte ihre in letzter Zeit gewohnte ernste, ja sogar ein wenig traurige Miene. Sie erzählte mir, daß ihr Vater die Stellung gewechselt habe; Raoul Dautry hatte den Posten eines Chefingenieurs der Staatsbahn erhalten, auf den Monsieur Mabille gerechnet hatte; aus Groll darüber hatte er die Angebote angenommen, die ihm schon seit längerer Zeti von Citroën gemacht worden waren: er würde dort enorm viel Geld verdienen. Die Mabilles hatten vor, in eine luxuriöse Wohnung in der Rue de Berri zu ziehen; sie hatten ein Auto gekauft und würden künftig Veranlassung haben, sehr viel mehr als früher auszugehen und Gäste bei sich zu sehen. Zaza schien von der Aussicht nicht sehr entzückt; sie äußerte sich mir gegenüber voller Ungeduld über das mondäne Leben, zu dem man sie neuerdings zwang; ich konnte mir allerdings vorstellen, daß sie, wenn sie dauernd zu irgendeiner Hochzeit, einer Beerdigung, einer Taufe, einer Erstkommunion, einem Tee, einem Lunch, einem Wohltätigkeitsbasar, zu irgendwelchen Familienfesten, Verlobungsfeiern oder Tanzveranstaltungen gehen mußte, das nicht gerade frohen Herzens tat; sie beurteilte ihr Milieu ebenso streng wie schon in der Vergangenheit, aber es schien sogar noch mehr auf ihr zu lasten. Vor den Ferien hatte ich ihr einige Bücher geliehen; sie sagte mir, sie habe viel über sie nachgedacht; *Le Grand Meaulnes* hatte sie dreimal gelesen: niemals hatte ein Roman sie so tief bewegt. Sie schien mir plötzlich sehr nahe, und ich sprach auch zu ihr ein wenig über mich selbst: in sehr vielen Punkten war sie ganz der gleichen Meinung wie ich. ‹Ich habe Zaza wiedergefunden!› sagte ich mir voll Freude, als ich sie gegen Abend verließ.

Wir nahmen die Gewohnheit an, alle Sonntagnachmittage zusammen spazierenzugehen. Weder unter ihrem Dach noch unter dem meinigen wäre ein intimes Gespräch für uns möglich gewesen; der Gebrauch von Cafés aber lag uns vollkommen fern. «Was machen nur alle die Leute dort? Haben sie kein Zuhause?» fragte mich Zaza einmal, als wir am ‹Café de la Régence› vorübergingen.

Wir wanderten also in den Alleen des Luxembourggartens und in den Champs-Elysées auf und ab. Wenn es schön war, setzten wir uns auf die Eisenstühle am Rande einer Rasenfläche. Bei Adrienne Monnier liehen wir uns die gleichen Bücher aus; wir lasen mit Leidenschaft den Briefwechsel zwischen Alain-Fournier und Jacques Rivière. Sie selbst zog Fournier bei weitem vor; mich jedoch gewann Rivière durch sein methodisches Streben, alles an sich zu bringen. Wir diskutierten, wir kommentierten unser Alltagsdasein. Zaza hatte ernste Schwierigkeiten mit Madame Mabille, die ihr vorwarf, sie widme dem Lernen, der Lektüre, der Musik zu viel Zeit und vernachlässige ihre ‹gesellschaftlichen Verpflichtungen›; die Bücher, die Zaza liebte, erschienen ihr höchst bedenklich; sie machte sich Sorgen deswegen. Zaza hegte für ihre Mutter die gleiche Ergebenheit wie früher und konnte nicht ertragen, ihr Kummer zu bereiten. «Dennoch gibt es Dinge, auf die ich nicht verzichten will!» teilte sie mir mit angstvoll bebender Stimme mit. Sie fürchtete für die Zukunft noch schwerere Konflikte. Dadurch, daß sie von einer Begegnung mit jungen Leuten zur anderen geschleppt wurde, würde wohl Lili, die bereits dreiundzwanzig Jahre alt war, schließlich unter die Haube kommen; dann aber würde man daran denken, Zaza zu verheiraten. «Ich lasse nicht einfach über mich bestimmen», sagte sie zu mir. «Sicher werde ich aber gezwungen sein, mich mit Mama zu streiten!» Ohne zu ihr von Jacques oder von meiner religiösen Entwicklung zu sprechen, sagte auch ich ihr eine Menge Dinge. An dem Tage nach der Nacht, die ich im Anschluß an ein Abendessen mit Jacques in Tränen verbracht hatte, fühlte ich mich außerstande, mich bis zum Abend allein hinzuschleppen; ich ging und schellte bei Zaza; sobald ich ihr gegenübersaß, brach ich in Schluchzen aus. Sie war so bestürzt, daß ich ihr alles erzählte.

Den größten Teil meiner Tage brachte ich wie gewöhnlich über meiner Arbeit zu. Mademoiselle Lambert hielt in diesem Jahre Vorlesungen über Logik und Philosophie, und ich begann mich auf Prüfungen in beiden Fächern vorzubereiten. Ich war zufrieden, zur Philosophie zurückzukehren. Ich erlag noch immer so sehr wie in meiner Kindheit einem Gefühl der Fremdheit auf dieser Erde, von der ich nicht wußte, woher sie kam oder wohin sie ging. Ich dachte oft mit dumpfem Staunen daran, und in meinem Tagebuch stellte ich mir Fragen; es kam mir vor, als sei man das Opfer ‹eines an sich kindlichen Taschenspielertricks, den man gleichwohl absolut nicht errät›. Ich hoffe, wo nicht ihn zu durchschauen, so doch wenigstens der Lösung näher zu kommen. Da ich als einziges Gepäck bei mir führte, was Abbé Trécourt uns gelehrt hatte, begann ich mich mühsam durch die Systeme von Descartes und Spinoza hindurchzuarbeiten. Manchmal führten sie mich sehr hoch ins Unendliche hinauf; ich sah dann die Erde wie einen Ameisenhaufen zu meinen Füßen liegen, und selbst die Literatur kam mir wie ein eitles Strohfeuer vor; manchmal erblickte ich in ihr nur ungeschickte Konstruktionen, die keinerlei Beziehung zur Wirklichkeit besaßen. Ich las Kant, und er überzeugte mich, daß niemand die Kehrseite der Karten jemals aufdecken würde. Seine Kritik erschien mir so treffend, ich hatte so viel Vergnügen daran, sie zu verstehen, daß in mir im Augenblick kein Platz für Traurigkeit blieb. Wenn Kant indessen daran scheiterte, mir das Weltall und mich selbst zu erklären, wußte ich nicht mehr, was man von der Philosophie noch erwarten sollte; ich interessierte mich nur mit Maßen für Lehren, denen ich im voraus ablehnend gegenüberstand. Über den ontologischen Beweis bei Descartes verfaßte ich eine Arbeit, die Mademoiselle Lambert nur mittelmäßig fand. Indessen hatte sie sich entschlossen, sich für mich zu interessieren, was mir schmeichelte. Während ihrer Vorlesungen über Logik unterhielt ich mich damit, sie genauer zu betrachten. Sie trug immer blaue, gesucht einfache Kleider; ich fand das kühle Feuer ihres Blicks ein wenig monoton, war aber dann und wann überrascht von einer Art des Lächelns, das jeweils ihre strenge Maske in ein Gesicht von Fleisch und Blut verwandelte. Es hieß, sie habe ihren Verlobten im Kriege verloren und aus Trauer darüber der Welt entsagt. Sie flößte auch jetzt noch Leidenschaften ein: es wurde sogar an ihr gerügt, daß sie mit ihrem Einfluß Mißbrauch treibe; manche Studentinnen schlossen sich aus Liebe zur ihr dem dritten Orden an, dem sie zusammen mit Madame Daniélou vorstand; hatte sie dann aber diese jungen Seelen angelockt, so entzog sie sich gleich darauf ihrer Verehrung. Mir machte das nichts aus. Meiner Meinung nach genügte es nicht, nur zu denken oder nur zu leben; wirkliche Achtung hatte ich allein für die Leute, die ‹ihr Leben dachten›; Mademoiselle Lambert aber ‹lebte› nicht. Sie hielt Vorlesungen ab und arbeitete an einer Doktorthese: ich fand ein solches Dasein reichlich unfruchtbar. Dennoch hatte ich Vergnügen daran, in ihrem Arbeitszimmer zu sitzen, das blau wie ihre Kleider und ihre Augen war; immer stand auf ihrem Tisch in einer Kristallvase eine Teerose. Sie empfahl mir Bücher; sie lieh mir *La Tentation d'Occident* von einem jungen Unbekannten, der André Malraux hieß. Sie fragte mich nach mir selbst mit einer gewissen Intensität, aber doch nicht so, daß ich mich in mich selbst zurückzog. Sie ging leicht darüber hinweg, daß ich den Glauben verloren hatte.

Ich sprach zu ihr von vielen Dingen, auch von meinem Herzen: meinte sie wohl, daß man zur Liebe und zum Glück ja sagen müsse? Sie blickte mich beinahe angstvoll an: «Glauben Sie, Simone, daß eine Frau außerhalb der Liebe und der Ehe Erfüllung finden kann?» Ohne allen Zweifel hatte auch sie ihre Probleme; dies aber war das einzige Mal, daß sie darauf anspielte; ihre Rolle bestand darin, mir bei der Lösung der meinen behilflich zu sein. Ich hörte ihr ohne große Überzeugung zu; trotz ihrer Diskretion konnte ich nicht vergessen, daß sie auf den Himmel gesetzt hatte; aber ich war ihr dankbar, daß sie sich mit so viel Eifer um mich sorgte, und ihr Vertrauen war tröstlich für mich.

Im Juli hatte ich mich in die ‹Équipes sociales› eingereiht. Die Leiterin der weiblichen Abteilung, eine dicke Person mit violettem Gesicht, betraute mich mit der Führung der Équipe von Belleville. Anfang Oktober berief sie eine Zusammenkunft von ‹Verantwortlichen›, um uns unsere Instruktionen zu erteilen. Die jungen Mädchen, denen ich bei dieser Zusammenkunft begegnete, glichen auf betrübliche Weise meinen ehemaligen Gefährtinnen aus dem Cours Désir. Ich hatte zwei Mitarbeiterinnen, von denen die eine beauftragt war, Englisch, die andere, Gymnastik zu unterrichten; sie waren beide nahe an Dreißig, gingen aber niemals abends ohne ihre Eltern aus. Unsere Gruppe war in einer Art von sozialem Hilfsbüro untergebracht, das von einer großen, dunklen, recht anziehenden Person von etwa fünfundzwanzig Jahren verwaltet wurde; sie hieß Suzanne Boigue und war mir sympathisch. Meine neue Tätigkeit hingegen befriedigte mich nicht durchaus. Einen Abend in der Woche versuchte ich zwei Stunden lang, kleinen Angestellten Balzac oder Victor Hugo näherzubringen; ich borgte ihnen Bücher, und wir sprachen darüber. Sie kamen in ziemlich großer Zahl und auch ganz regelmäßig; aber sie taten es doch mehr, um sich untereinander zu treffen und gute Beziehungen zu dem Büro zu unterhalten, das ihnen daneben auch noch substantielle Dienste erwies. Es gab dort auch eine männliche Équipe; Unterhaltungs- und Tanzabende führten ziemlich oft Burschen und Mädchen zusammen; Tanz, Flirt und alles, was daraus folgte, zogen sie weit mehr an als die Studienzirkel. Ich fand das durchaus normal. Meine Schülerinnen arbeiteten den ganzen Tag über in Schneiderei- oder Modeateliers; die – im übrigen recht lückenhaften – Kenntnisse, die ihnen vermittelt wurden, hatten keinerlei Beziehung zu ihrem Erfahrungskreis und dienten ihnen zu nichts. Ich fand nichts dabei, wenn man ihnen *Les Misérables* oder *Le Père Goriot* zu lesen gab; aber Garric täuschte sich durchaus, wenn er sich vorstellte, daß ich ihnen damit Bildung brachte; mir selbst jedoch widerstrebte es, Instruktionen zu befolgen, die von mir verlangten, daß ich zu ihnen von der menschlichen Größe oder dem Wert des Leidens sprach: ich hätte den Eindruck gehabt, mich über sie lustig zu machen. Auch in bezug auf die Freundschaft hatte Garric mir zu viel in Aussicht gestellt. Die Atmosphäre des Hilfsbüros war zwar eher heiter; aber zwischen den jungen Leuten aus Belleville und denen, die wie ich zu ihnen kamen, gab es weder Intimität noch Gegenseitigkeit. Man schlug gemeinsam die Zeit tot, weiter nichts. Meine Enttäuschung dehnte sich auch auf Garric aus. Er kam, um einen Vortrag zu halten, und ich verbrachte einen guten Teil des Abends mit Suzanne Boigue und ihm. Ich hatte mir leidenschaftlich gewünscht, eines Tages als Erwachsene gewissermaßen auf gleicher Ebene mit ihm sprechen zu können; aber die Unterhaltung kam mir einfach langweilig vor. Er wiederholte unaufhörlich die gleichen Ideen: Freundschaft muß den Haß ersetzen; anstatt nach Parteien, Gewerkschaften, Revolutionen zu urteilen, muß man in den Kategorien Beruf, Familie, Landschaft denken. Das Problem besteht darin, in jedem Menschen den menschlichen Wert zu retten. Ich hörte nur zerstreut auf seine Worte. Meine Bewunderung für ihn war zu gleicher Zeit erloschen wie mein Glaube an sein Werk. Ein wenig später forderte Suzanne Boigue mich auf, den Kranken von Berck Brieflektionen zu erteilen: Ich erklärte mich bereit. Diese Arbeit schien mir wirksam in ihrer Bescheidenheit. Dennoch kam ich zu dem Schluß, daß die ganze ‹Aktion› eine enttäuschende Lösung sei; man verschaffte sich ein trügerisches Alibi, indem man vorgab, sich den anderen zu widmen. Ich hatte keine Vorstellung davon, daß die Aktion auch weit andere Formen annehmen konnte als diejenige, über die ich jetzt mein Verdammungsurteil fällte. Wenn ich auch dunkel ahnte, daß die ‹Équipes› einer Illusion entsprangen, so erlag ich ihr dennoch selbst. Ich glaubte wirklichen Kontakt mit ‹dem Volke› zu haben; es kam mir aufgeschlossen, ehrerbietig vor und durchaus geneigt, mit dem Bevorrechteten zusammenzuwirken. Diese künstlich erzeugte Erfahrung vermehrte im Grunde nur meine Unwissenheit.

Was ich persönlich am meisten an der Einrichtung ‹Équipes› schätzte, war, daß sie mir gestatteten, jeweils einen Abend außerhalb des Hauses zu verbringen. Ich hatte zu der alten Intimität mit meiner Schwester zurückgefunden. Ich sprach zu ihr von Liebe, Freundschaft, vom Glück und von seinen Fallstricken, von der Freude, den Schönheiten des inneren Lebens; sie las Francis Jammes und Alain-Fournier. Auf der anderen Seite verbesserte sich meine Beziehung zu meinen Eltern nicht. Sie wären aufrichtig erschüttert gewesen, hätten sie geahnt, wie sehr ihre Haltung mich betrübte: sie ahnten es aber nicht. Sie hielten meine Neigungen und Meinungen für ein bloßes trotziges Ablehnen der gesunden Vernunft sowie ihrer selbst und unternahmen bei jeder Gelegenheit Gegenangriffe auf mich. Oft riefen sie ihre Freunde zu Zeugen auf; im Chor prangerten sie dann den Scharlatanismus der moderneren Künstler, den Snobismus des Publikums an und beklagten den Niedergang Frankreichs und der Zivilisation; während dieser Anklagereden hefteten sich alle Blicke auf mich. Monsieur Franchot, ein brillanter Plauderer, der in der Literatur wohlbeschlagen und der Verfasser zweier Romane war, die er auf eigene Kosten hatte drucken lassen, fragte mich eines Abends in sarkastischem Tone, was für Schönheiten ich an dem *Cornet à dés* von Max Jacob zu entdecken vermöchte. «Oh!» gab ich trocken zurück, «das kann man nicht auf den ersten Blick erkennen.» Alles war entsetzt, und ich mußte zugeben, daß ich mir eine Blöße gegeben hatte: aber in solchen Fällen gab es keine andere Alternative als Pedanterie oder Grobheit. Ich gab mir Mühe, auf derartige Herausforderungen nicht einzugehen, aber meine Eltern wollten sich mit einem solchen Totstellen nicht zufriedengeben. Überzeugt davon, daß ich verhängnisvollen Einflüssen ausgesetzt sei, fragten sie mich argwöhnisch aus. «Was ist denn so Besonderes an deiner Mademoiselle Lambert?» wollte mein Vater wissen. Er warf mir vor, ich hätte keinen Familiensinn und zöge Fremde den Meinen vor. Meine Mutter erkannte im Prinzip an, daß man Freunde, die man sich selbst aussucht, mehr lieben kann als entfernte Verwandte, aber meine Gefühle für Zaza empfand sie als übertrieben. An dem Tage, an dem ich mich bei dieser ausgeweint hatte, berichtete ich von meinem Besuch bei ihr. «Ich bin noch bei Zaza gewesen.» – «Du hast sie doch erst Sonntag gesehen!» bemerkte meine Mutter. «Du brauchst doch schließlich nicht ewig bei ihr zu stekken!» Eine lange Szene war die Folge davon. Einen anderen Konfliktstoff bildete meine Lektüre. Meine Mutter nahm nicht Stellung dazu; sie erbleichte jedoch, als sie *La Nuit kurde* von Jean-Richard Bloch durchblätterte. Zu allen Bekannten sprach sie sich darüber aus, welche Sorgen ich ihr bereitete: zu meinem Vater, Madame Mabille, meinen Tanten, meinen Kusinen, zu ihren Freundinnen. Es gelang mir nicht, das Mißtrauen, das ich rings um mich her verspürte, ruhig zu ertragen. Wie lang kamen mir die Abende vor, und die Sonntage erst! Meine Mutter erklärte, man könne in dem Kamin in meinem Zimmer kein Feuer anzünden; ich stellte mir also einen Bridgetisch in den Salon, in dem ein Gaskamin brannte und dessen Tür traditionsgemäß immer weit offen blieb. Meine Mutter blieb in einem unaufhörlichen Kommen und Gehen, neigte sich über meine Schulter und fragte: «Was machst du denn? Was für ein Buch liest du da?» Selber mit einer unverwüstlichen Vitalität begabt, für die sie nur wenig Verwendung fand, glaubte sie an die gute Wirkung der Heiterkeit. Singend, lachend, scherzend versuchte sie ganz für sich allein die fröhliche Stimmung wiederzubeleben, die das Haus zu der Zeit erfüllt hatte, als mein Vater uns noch nicht jeden Abend allein ließ und noch Heiterkeit herrschte. Sie erwartete von mir, daß ich dabei mittat, und wenn ich es an Schwung fehlen ließ, beunruhigte sie sich: «Woran denkst du denn? Was hast du? Warum machst du so ein Gesicht? Natürlich, deiner Mutter willst du es nicht sagen ...» Wenn sie dann endlich schlafen ging, war ich zu müde, um die erholende Stille noch recht wahrzunehmen. Wie gern hätte ich nur ganz einfach ins Kino gehen dürfen! Ich streckte mich mit einem Buch in der Hand auf dem Teppich aus, aber der Kopf war mir so schwer, daß ich häufig einschlief. Verstört ging ich endlich zu Bett. In trüber Stimmung wachte ich morgens auf, und meine Tage schleppten sich traurig hin. Von den Büchern hatte ich bis zum Überdruß genug: ich hatte zu viele gelesen, die alle unaufhörlich den gleichen Refrain wiederholten; neue Hoffnung vermochten sie mir nicht zu geben. Lieber noch schlug ich die Zeit in den Galerien der Rue de Seine oder der Rue de la Boétie tot: die Malerei lenkte mich von mir selber ab. Ich versuchte es oft. Manchmal verlor ich mich in den Aschentönen des Sonnenuntergangs; ich betrachtete die blassen Chrysanthemen, die vor einer fahlgrünen Rasenfläche goldgelb schimmerten: zu der Stunde, da das Licht der Straßenlaternen die Laubmassive der Place du Carrousel in eine Operndekoration verwandelte, hörte ich den Springbrunnen zu. An gutem Willen fehlte es mir nicht; ein Sonnenstrahl genügte, damit mein Blut rascher zu strömen begann. Aber es war Herbst, es nieselte; meine Freuden waren rar und verflüchtigten sich rasch. Langeweile und Verzweiflung kehrten schnell zurück. Auch das vorige Jahr hatte schlecht angefangen; ich hatte darauf gerechnet, mich fröhlich ins Leben zu stürzen, aber man hatte mich im Käfig festgehalten und in Acht und Bann getan. Durch ein rein negatives Beginnen hatte ich mir zu helfen versucht: durch den Bruch mit meiner Vergangenheit und mit meinem Milieu; ich hatte auch große Entdeckungen gemacht: Garric, die Freundschaft mit Jacques, die Bücher. Ich hatte wieder Vertrauen zur Zukunft gefaßt und war in Himmelshöhen einem heroischen Geschick entgegengeschwebt. Welch ein Sturz war dann aber erfolgt! Jetzt war wiederum die Zukunft herangerückt, sie war heute, und alle Versprechungen müßten unverzüglich eingelöst werden. Man müßte dienen. Doch wem? Wozu? Ich hatte viel gelesen, viel nachgedacht, viel gelernt, ich war bereit, ich war reich, sagte ich mir, aber niemand schickte sich an, etwas von mir zu verlangen. Das Leben war mir so überströmend von Fülle erschienen, daß ich, um seinem unendlichen Appell zu entsprechen, fanatisch bemüht gewesen war, alles an mir nutzbringend dafür dienstbar zu machen: nun aber war es leer; keine Stimme rief nach mir. Ich verspürte in mir die Kraft, die Welt aus den Angeln zu heben, und fand doch nicht den kleinsten Kieselstein, den ich hätte umwenden können. Meine Enttäuschung brach brutal über mich herein: ‹Ich *bin* so viel mehr, als ich *tun* kann!› Es genügte nicht, auf Ruhm, auf Glück verzichtet zu haben; ich verlangte sogar nicht einmal mehr, daß mein Dasein fruchtbarer wäre, ich verlangte nichts mehr; schmerzvoll erfuhr ich an mir die ‹die Unfruchtbarkeit des Seins›. Ich arbeitete, um später einmal einen Beruf zu haben; ein Beruf aber war ein Mittel: zu welchem Zweck? Eine Heirat, wozu? Kinder erziehen oder Hefte korrigieren, alles war der gleiche, völlig sinnlose Trott. Jacques hatte recht: wozu? Die Leute fanden sich damit ab, nutzlos zu existieren, ich nicht. Mademoiselle Lambert so gut wie meine Mutter ließen tote Tage verrinnen, sie begnügten sich damit, nur irgendwie beschäftigt zu sein. ‹Ich wünsche mir einen an mich gerichteten Anspruch, der mir keine Zeit mehr läßt, mich mit irgend etwas zu beschäftigen!› Aber ich traf auf diesen Anspruch nicht, und in meiner Ungeduld verallgemeinerte ich meinen speziellen Fall: ‹Nichts stellt einen Anspruch an mich oder an irgend jemanden sonst, weil eben nichts dazusein braucht.›

So fand ich in mir selbst jenes neue ‹mal du siècle›, auf das Marcel Arland in einem vielbeachteten Artikel der *Nouvelle Revue française* hingewiesen hatte. Unsere Generation, erklärte er, konnte sich über das Fehlen Gottes nicht trösten; kummervoll stellte sie fest, daß es außerhalb von ihm nur Beschäftigungen gab. Ich hatte diesen Aufsatz ein paar Monate zuvor mit Interesse, aber ohne ein Gefühl der Beunruhigung gelesen: damals kam ich sehr gut aus ohne Gott, und wenn ich seinen Namen brauchte, so nur, um eine leere Stelle zu bezeichnen, die in meinen Augen den Glanz der Fülle besaß. Auch jetzt noch wünschte ich keineswegs, daß er existierte, und es schien mir sogar, daß ich, hätte er existiert, ihn verabscheut hätte. Wenn meine Existenz sich tastend in Bahnen bewegte, deren Umwege er sämtlich aufs genaueste kannte, dem Zufall seiner Gnade und unsicher schwankend anheimgegeben, erstarrt durch sein unfehlbares Gericht über sie, wäre sie nur eine törichte, eitle Prüfung gewesen. Kein Sophismus hätte mich davon überzeugen können, daß der Allmächtige mein Elend nötig hatte: oder aber alles wäre nur ein Spiel gewesen. Als die amüsierte Herablassung der Erwachsenen früher mein Leben in eine kindische Komödie verwandelte, bekam ich Krämpfe vor

Wut: heute hätte ich nicht minder wütend abgelehnt, den Affen Gottes zu spielen. Wenn ich im Himmel die gleiche, ins Unendliche vergrößerte monströse Verbindung von Hinfälligkeit und Strenge, von Laune und falscher Notwendigkeit vorgefunden hätte, die mich seit meiner Geburt bedrückte, so hätte ich lieber, als ihn anzubeten, die Verdammnis auf mich genommen. Mit von boshafter Güte strahlendem Blick hätte Gott mir die Erde, das Leben, die anderen, mich selbst geraubt. Ich hielt es für ein großes Glück, ihm entronnen zu sein.

Warum aber wiederholte ich mir dann mit so viel Trostlosigkeit im Herzen, daß ‹alles eitel› sei? Das Übel, an dem ich litt, bestand in Wahrheit darin, daß ich aus dem Paradies der Kindheit vertrieben war und meinen Platz unter den Menschen nicht wiedergefunden hatte. Ich hatte meinen Ort im Absoluten gesucht, um von oben herab die Welt zu betrachten, die mich von sich wies; wenn ich aber handeln, ein Werk schaffen, mich ausdrücken wollte, müßte ich wiederum auf sie herniedersteigen: meine Verachtung aber hatte sie zunichte gemacht, ich sah nichts als Leere rings um mich her. Tatsache war, daß ich noch auf nichts die Hand hatte legen können. Liebe, Handeln, literarisches Werk – alles blieb bei mir im Zustande einer ersten hirnlichen Konzeption; ich setzte mich in abstrakter Weise mit abstrakten Möglichkeiten auseinander und schloß daraus auf die erschütternde Belanglosigkeit alles Wirklichen. Ich wünschte mir, etwas fest in der Hand zu halten, und getäuscht durch die Heftigkeit dieses ziellosen Verlangens, verwechselte ich es mit einem Verlangen nach dem Unendlichen.

Meine Dürftigkeit, meine Ohnmacht hätten mir weniger zugesetzt, hätte ich selbst geahnt, wie beschränkt, wie ahnungslos ich noch war; eine einzige Aufgabe schon hätte mich sehr in Anspruch genommen, nämlich die, mich selbst zu belehren; andere hätten sich dann gewiß sehr bald eingestellt. Das Schlimmste aber, wenn man ein Gefängnis mit unsichtbaren Mauern bewohnt, ist, daß man sich der Schranken nicht bewußt wird, die den Horizont versperren; ich irrte in einem dichten Nebel umher, den ich für durchscheinend hielt. Von dem, was mir entging, ahnte ich nicht einmal, daß es vorhanden war.

Geschichte interessierte mich nicht. Abgesehen von dem Werke Vaulabelles über die beiden Restaurationen waren mir alle Memoiren, Berichte, Chroniken, die man mir zu lesen gegeben hatte, ebenso wie die Vorlesungen von Mademoiselle Gontran als ein Haufen bedeutungsloser Anekdoten erschienen. Was in diesem Augenblick geschah, zog ebensowenig meine Aufmerksamkeit auf sich. Mein Vater und seine Freunde sprachen unaufhörlich von Politik, und ich wußte, daß alles völlig verkehrt gemacht wurde; ich hatte keine Lust, mich auch noch mit diesem wilden Durcheinander abzugeben. Die Probleme, die sie bewegten – die Hebung des Franc, Aufhebung der Rheinlandbesetzung, die Utopien des Völkerbundes –, schienen mir der gleichen Ordnung anzugehören wie Familiengeschichten und Geldschwierigkeiten; sie gingen mich nichts an. Weder Jacques noch Zaza beschäftigten sich damit; Mademoiselle Lambert sprach niemals von dergleichen; die Autoren der *Nouvelle Revue française* – andere las ich kaum – rührten an diese Dinge nicht, außer zuweilen Drieu La Rochelle, dieser jedoch in Wendungen, die für mich ein Buch mit sieben Siegeln blieben. In Rußland vielleicht trug sich etwas zu: aber das war so weit fort. In bezug auf soziale Fragen war mein Kopf mit den Ideen der ‹Équipes› vollgepfropft, die Philosophie gab sich überhaupt nicht damit ab. Unsere Lehrer an der Sorbonne machten ein System daraus, Hegel und Marx zu ignorieren: in einem dicken Buch über *Le Progrès de la conscience en Occident* hatte Brunschvicg Marx kaum drei Seiten gewidmet, in denen er ihn mit einem ganz obskuren reaktionären Denker in eine Reihe stellte. Er lehrte uns die Geschichte des naturwissenschaftlichen Denkens, niemand aber berichtete uns das Abenteuer der Menschheit. Der sinnlose Hexensabbat, den die Menschen auf der Erde aufführten, mochte Spezialisten interessieren, aber er war nicht würdig, den Philosophen zu beschäftigen. Wenn alles in allem dieser begriffen hatte, daß er nichts wußte und daß es nichts zu wissen gab, wußte er bereits alles. So erklärt es sich, daß ich im Januar schreiben konnte: ‹Ich weiß alles, ich habe alle Dinge von allen Seiten betrachtet.› Der subjektivistische Idealismus, dem ich mich angeschlossen hatte, beraubte die Welt ihrer Stofflichkeit und ihres besonderen Wesens: es ist nicht erstaunlich, daß ich selbst in der Phantasie nichts Festes gefunden hatte, woran ich mich halten konnte.

Alles wirkte also zusammen, um mich von der Unzulänglichkeit aller menschlichen Dinge zu überzeugen: meine eigene Lage, der Einfluß Jacques', die Ideologien, die man mich lehrte, und die Literatur der Zeit. Die meisten Schriftsteller griffen immer wieder ‹unsere Unruhe› auf und suchten mich in eine hellsichtige Verzweiflung hineinzutreiben. Ich gab mich diesem Nihilismus bis zum äußersten hin. Jede Religion, jede Moral einschließlich des ‹Ichkultes› war ein Verdummungsmanöver. Ich erachtete – nicht ohne Grund – alle Fieber für künstlich, die ich früher mit Vergnügen in mir unterhalten hatte. Ich wendete mich ab von Gide und Barrès. In jedem Plan sah ich eine Flucht, in der Arbeit bloße Zerstreuung, die ebenso oberflächlich war wie jede andere. Ein junger Held bei Mauriac betrachtete seine Freundschaften und Vergnügungen als ‹Äste›, an denen er sich schwebend über dem Abgrund festhalten konnte; ich entlehnte ihm dieses Bild. Man hatte das Recht, sich an solchen Ästen festzuhalten, jedoch unter der Bedingung, daß man das Relative nicht mit dem Absoluten, den ungeordneten Rückzug nicht mit Sieg verwechselte. Ich beurteilte die anderen nach diesen Richtlinien; für mich existierten ausschließlich die Menschen, die geradeaus blickten, ohne sich selbst oder andere zu betrügen, denn dadurch wird alles unterhöhlt; die übrigen waren für mich nicht da. Von vornherein hielt ich Minister, Mitglieder der Akademien, ordengeschmückte Herren, alle Tagesgrößen für Barbaren. Ein Schriftsteller war es sich schuldig, zu den Verfemten zu gehören; jeder Erfolg gab Anlaß zum Verdacht, und ich fragte mich sogar, ob nicht das bloße Schreiben bereits ein Abfall sei: einzig das Schweigen von Monsieur Teste schien mir in würdiger Weise die absolute menschliche Verzweiflung auszudrükken. So also, im Namen der Abwesenheit Gottes, ließ ich das Ideal des Verzichts auf die Welt wiederaufleben, das mir einst mein Dasein hatte nahelegen wollen. Aber diese Askese war nun nicht mehr der Weg zu irgendeinem Heil. Die freimütigste Haltung war zweifellos die, daß man seinem Leben selbst ein Ende bereitete; ich stimmte dem zu und bewunderte Selbstmorde aus metaphysischer Einsicht; jedoch lehnte ich für meine Person eine solche Ausflucht ab: ich hatte zu große Furcht vor dem Tode. Wenn ich allein im Hause war, sträubte ich mich gegen ihn noch so wie damals, als ich fünfzehn Jahre alt war; zitternd, mit feuchten Händen schrie ich wie eine Wahnsinnige: «Ich will nicht sterben!»

Schon aber wohnte ja der Tod in mir. Da ich mit keinem Unternehmen verbunden war, zerfiel die Zeit in Augenblicke, die in unendlicher Folge ihr Nichts bekundeten: ich konnte mich nicht in diesen ‹vielfältigen partiellen Tod› ergeben. Ich schrieb Seiten aus Schopenhauer, aus Barrès, Verse von Madame de Noailles ab. Ich fand es um so schrecklicher, sterben zu müssen, als ich keine Gründe zum Leben sah.

Dennoch liebte ich das Leben mit aller Leidenschaft. Wenig genügte schon, um mein Selbstvertrauen wiederherzustellen: ein Brief eines meiner Schüler aus Berck, das Lächeln einer Angestellten aus Belleville, die vertrauensvollen Mitteilungen einer Kameradin aus Neuilly, ein Blick von Zaza, ein Dank, ein liebevolles Wort. Sobald ich mich nützlich oder geliebt fühlte, hellte der Horizont sich auf, und von neuem sprach ich mir selbst wie eine Verheißung vor: ‹Geliebt, bewundert werden, notwendig sein, jemand sein!» Ich wurde immer sicherer, daß ich ‹eine Menge Dinge zu sagen› habe, und ich würde sie sagen. An dem Tage, an dem ich neunzehn Jahre alt wurde, schrieb ich im Lesesaal der Sorbonne einen langen Dialog mit zwei einander ablösenden Stimmen, die beide die meinen waren: die eine kündete die Eitelkeit aller Dinge, den Überdruß und die Müdigkeit; die andere sagte aus, es sei schön, dazusein, und sei es auch in der Unfruchtbarkeit. Von einem Tag zum anderen, von einer Stunde zur anderen wechselte ich zwischen Niedergeschlagenheit und stolzem Selbstgefühl. Aber was den ganzen Herbst und Winter über in mir vorherrschte, war die Angst, mich eines Tages wiederum ‹vom Leben besiegt› zu sehen.

Dieses Schwanken, dieser Zweifel brachten mich halb um den Verstand; Langeweile erstickte mich und schuf eine Leere in meinem Herzen. Wenn ich mich dem Unglück überließ, so tat ich es mit der ganzen Heftigkeit meiner Jugend, meiner Gesundheit, und der seelische Schmerz konnte mich so wild durchtoben wie ein physisches Leiden. Mit einem vom Gehen hungrig gewordenen Magen lief ich in eine Konditorei, aß dort eine Brioche und zitierte mir ironisch das Wort von Heine, daß man, ganz gleich, was für Tränen man weint, sich zum Schluß doch immer schneuzen muß. An den Seinequais lullte ich mich schluchzend mit Laforgues Versen ein:

O bien-aimé, il n'est plus temps, mon cœur se crève,
Et trop pour t'en vouloir, mai j'ai tant sanglоté …

Ich spürte gern, daß mir die Augen brannten. Aber zuweilen verfiel ich in äußerste Wehrlosigkeit. Ich flüchtete mich in das Seitenschiff einer Kirche, um in Frieden weinen zu können; ich saß da, vernichtet, das Gesicht in den Händen verborgen, und quälendes Dunkel erstickte mich.

Jacques kam Ende Januar nach Paris zurück. Gleich am Tage nach seiner Heimkehr schellte er bei uns. Zu meinem neunzehnten Geburtstag hatten meine Eltern von mir Photographien machen lassen; er bat mich um eine davon. Niemals hatte seine Stimme einen so zärtlich schmeichelnden Klang gehabt. Ich zitterte, als ich acht Tage darauf an seiner Pforte stand, so sehr fürchtete ich mich vor einem verletzenden Rückschlag. Unsere Begegnung entzückte mich. Er hatte einen Roman begonnen, der *Les Jeunes Bourgeois* hieß, und sagte zu mir: «Zum großen Teil schreibe ich ihn für dich.» Er erklärte mir auch gleich, daß er ihn mir widmen wolle: «Ich betrachte das als eine Schuldigkeit.» Ein paar Tage lang lebte ich in einem Zustand von Hochgestimmtheit dahin. In der darauffolgenden Woche sprach ich zu ihm von mir selbst; ich erzählte ihm von dem Gefühl der Leere, das ich oft hätte, und daß ich dem Leben keinen Sinn abgewinnen könne. «Da brauchst du nicht lange zu suchen», gab er mir ernst zur Antwort. «Man muß einfach sein Tagewerk verrichten.» Etwas später setzte er noch hinzu: «Man muß die Demut besitzen, einzusehen, daß man sich allein nicht heraushelfen kann; es ist leichter, für einen anderen zu leben.» Er lächelte mir zu: «Die Lösung beruht darin, daß man zu zweit egoistisch ist.»

Ich wiederholte mir diesen Satz, dieses Lächeln; ich zweifelte nicht mehr: Jacques liebte mich; wir würden einander heiraten. Aber irgend etwas stimmte ganz entschieden nicht: mein Glück hielt nur drei Tage lang an. Jacques kam wieder zu uns; ich verbrachte mit ihm einen sehr heiteren Abend, doch nachdem er gegangen war, blieb ich niedergeschlagen zurück: ‹Ich habe alles, um glücklich zu sein, und möchte dennoch sterben! Das Leben liegt vor mir, es blickt mich an, es will sich unser beider bemächtigen. Ich habe Angst: ich bin allein, ich werde immer allein sein ... Wenn ich fliehen könnte – aber wohin? Ganz gleich, wohin. Es müßte eine große Katastrophe kommen, die uns weit weg von hier entführt.› Für Jacques bedeutete die Heirat offenbar ein Ende, ich aber wollte nicht – nicht so schnell – zu diesem Ende kommen. Einen Monat noch rang ich mit mir. Für Augenblicke überzeugte ich mich, ich könne an Jacques' Seite leben, ohne mich als beeinträchtigt zu empfinden; dann aber war das ganze Grauen wieder da: ‹Mich einschließen in die Grenzen eines anderen? Grauen vor dieser Liebe, die eine Kette für mich bedeutet, die mir keine Freiheit läßt.› ‹Verlangen, diese Fessel zu zerbrechen, zu vergessen, ein anderes Leben zu beginnen ...› ‹Noch nicht, ich will noch nicht diese Selbstaufgabe.› Dennoch brandete meine Liebe zu Jacques manchmal heftig auf, und nur sekundenlang gestand ich mir ein: ‹Er ist nicht für mich gemacht.› Lieber behauptete ich, ich selbst sei für die Liebe und das Glück nicht geschaffen. In meinem Tagebuch äußerte ich mich darüber in bizarrer Weise als über eine ein für allemal feststehende Gegebenheit, die ich ablehnen oder hinnehmen, deren Inhalt ich aber keinesfalls modifizieren könne. Anstatt mir zu sagen: ‹Ich glaube immer weniger, daß ich mit Jacques je glücklich werden kann›, schrieb ich nieder: ‹Ich fürchte mich immer mehr vor dem Glück› oder: ‹Tiefe Scheu davor, zum Glück Ja oder Nein zu sagen.› ‹Wenn ich ihn am meisten liebe, verabscheue ich um so mehr meine Liebe zu ihm.› Ich fürchtete, meine Zuneigung könne mich dazu bringen, seine Frau zu werden, das Leben aber, das die zukünftige Madame Laiguillon erwartete, lehnte ich leidenschaftlich ab.

Jacques seinerseits hatte seine Launen. Er lächelte mich manchmal unaufrichtig an; er sagte: «Es gibt Wesen, die unersetzlich sind», und umhüllte mich mit einem tiefen, gerührten Blick; er bat mich, bald wiederzukommen, empfing mich dann aber mit Kälte. Anfang März wurde er krank. Ich machte ihm mehrere Besuche: immer waren irgendwelche Onkel, Tanten, Großmütter an seinem Krankenbett. «Komm morgen, da können wir ruhig reden», sagte er einmal zu mir. Ich war noch aufgeregter als sonst, als ich mich an jenem Nachmittag zum Boulevard Montparnasse begab. Ich kaufte einen Veilchenstrauß und befestigte ihn am Ausschnitt meines Kleides; ich hatte Schwierigkeiten beim Anstecken, und in meiner Ungeduld verlor ich meine Handtasche. Es war nicht viel darin, doch immerhin kam ich sehr nervös in Jacques' Wohnung an. Lange hatte ich vorher an unser inniges Beieinander im Halbdunkel seines Schlafzimmers gedacht. Aber ich fand ihn nicht allein. Lucien Riaucourt saß an seinem Bett. Ich war ihm schon vorher begegnet, er war ein eleganter junger Mann von ungezwungenem Auftreten, der viel sprach. Sie setzten ihre Unterhaltung zu zweien fort, sprachen über die Bars, die sie besuchten, Leute, die sie dort regelmäßig trafen, sie planten Unternehmungen für die nächste Woche. Ich fühlte mich mehr als überflüssig: ich hatte kein Geld, ich ging abends nicht aus, ich war nur eine kleine Studentin, die nicht in der Lage war, an Jacques' wirklichem Dasein teilzunehmen. Im übrigen war er schlecht gelaunt; er wurde ironisch, fast aggressiv; ich zog mich sehr bald zurück, er aber verabschiedete mich mit sichtlicher Befriedigung. Zorn erfaßte mich, ich haßte ihn. Was war an ihm schon Außerordentliches? Es gab eine Menge anderer, die ebensoviel wert waren wie er. Ich hatte mich sehr getäuscht, als ich eine Art von ‹Grand Meaulnes› in ihm sah. Er war unbeständig, egoistisch und dachte nur daran, sich zu amüsieren. Wütend schritt ich die großen Boulevards entlang und nahm mir vor, mein Leben von dem seinen loszulösen. Am folgenden Tage war ich zwar etwas milder gestimmt, aber doch entschlossen, auf längere Zeit keinen Fuß in seine Wohnung zu setzen. Ich hielt Wort und sah ihn die nächsten sechs Wochen nicht wieder.

Die Philosophie hatte mir weder den Himmel eröffnet noch mich fester auf der Erde verankert; dennoch begann ich im Januar, nachdem die ersten Schwierigkeiten überwunden waren, mich ernsthaft für sie zu interessieren. Ich las Bergson, Platon, Schopenhauer, Leibniz, Hamelin und mit großer Hingabe Nietzsche. Eine Menge Probleme beschäftigten mich leidenschaftlich: der Wert der Naturwissenschaft, das Leben, die Materie, die Zeit, die Kunst. Ich neigte zu keiner bestimmten Doktrin; immerhin wußte ich aber, daß ich Aristoteles, Thomas von Aquino, Maritain sowie allen Empirismen und Materialismen ablehnend gegenüberstand. Alles in allem neigte ich zum kritischen Idealismus, so wie Brunschvicg ihn uns auseinandersetzte, obwohl er mich in vielen Punkten unbefriedigt ließ. Ich fand auch wieder Geschmack an der Literatur. Am Boulevard Saint-Michel stand die Buchhandlung Picart den Studenten großzügig offen: ich blätterte in avantgardistischen Revuen, die damals wie die Fliegen das Licht der Welt erblickten und auch wieder starben; ich las Breton und Aragon: der Surrealismus nahm mich für sich ein. Die Unruhe war mir auf die Dauer eher fade geworden; ich zog jetzt die äußersten Formen der reinen Verneinung vor. Zerstörung der Kunst, der Moral, der Sprache, systematische Auflösung, Verzweiflung, die bis zum Selbstmord ging: diese Exzesse berauschten mich.

Ich hatte Lust, von diesen Dingen zu sprechen; ich hatte

Lust, von allen Dingen mit Leuten zu sprechen, die, anders als Jacques, ihre Sätze zu Ende führten. Ich trachtete begierig, Leute kennenzulernen. In Sainte-Marie suchte ich das Vertrauen meiner Gefährtinnen zu gewinnen, aber entschieden gab es dort keine, die mich interessierte. Sehr viel mehr Vergnügen fand ich daran, in Belleville mit Suzanne Boigue zu sprechen. Sie hatte kastanienbraunes, gerade geschnittenes Haar, eine breite Stirn, sehr helle blaue Augen und im ganzen etwas Unerschrockenes. Sie verdiente ihren Lebensunterhalt als Leiterin des sozialen Hilfsbüros, von dem ich schon gesprochen habe; ihr Alter, ihre Selbständigkeit, die Menge der Verantwortung, die auf ihr lastete, ihre Autorität verschafften ihr einen gewissen Einfluß. Sie war gläubig, deutete mir aber an, daß ihre Beziehungen zu Gott nicht ganz reibungslos seien. In der Literatur hatten wir ungefähr dieselben Neigungen. Mit Befriedigung stellte ich fest, daß auch sie sich über den Wert der ‹Équipes› und der ‹Aktion› im allgemeinen nicht täuschte. Auch sie, vertraute sie mir an, wolle leben und nicht schlafen: auch sie hatte die Hoffnung aufgegeben, daß sie auf Erden etwas anderes als Betäubungsmittel finden würde. Da wir beide über Gesundheit und Appetit verfügten, gaben mir unseres Gespräche, weit davon entfernt, mich zu deprimieren, eher wieder neue Kraft. Nachdem ich sie verlassen hatte, überquerte ich mit großen Schritten die Buttes-Chaumont. Sie wünschte wie ich, ihren richtigen Platz in dieser Welt zu finden. Sie ging nach Berck, um dort eine Quasi-Heilige zu treffen, die ihr Leben den ‹Liegenden› weihte. Bei ihrer Rückkehr erklärte sie mir energisch: «Heiligkeit ist nichts für mich.» Zu Beginn des Frühlings verliebte sie sich von einem Augenblick auf den anderen in einen jungen, frommen Mitarbeiter der ‹Équipes›; sie beschlossen, ein Paar zu werden. Durch die Umstände wurde ihnen eine Wartezeit von zwei Jahren auferlegt: aber wenn man einander liebt, spielt die Zeit keine

Rolle, erklärte mir Suzanne Boigue. Sie strahlte. Ich war höchlich erstaunt, als sie mir einige Wochen später ankündigte, sie habe mit ihrem Verlobten gebrochen. Es hatte zwischen ihnen eine zu heftige physische Anziehung bestanden, und der junge Mann hatte sich über die Intensität der Küsse, die sie sich gaben, entsetzt. Er hatte Suzanne darum gebeten, sie wollten sich ihrer Keuschheit durch vorläufige Trennung versichern und lieber aus der Entfernung aufeinander warten. Da hatte sie vorgezogen, einen Schlußstrich zu ziehen. Ich fand diese Geschichte, zu der ich niemals so recht den Schlüssel erhielt, ganz einfach absurd. Doch Suzannes Enttäuschung rührte mich tief, und ihr Bemühen, darüber hinwegzukommen, hatte für mich etwas Pathetisches.

Die Studenten beiderlei Geschlechts, mit denen ich in der Sorbonne in Berührung kam, schienen mir recht unbedeutend zu sein: sie zogen in Banden umher, lachten übermäßig laut, interessierten sich für nichts und waren mit dieser Indifferenz ganz zufrieden. Indessen fiel mir in den Vorlesungen über Geschichte der Philosophie ein junger Mann mit blauen, ernsten Augen auf, der viel älter war als ich; er war schwarz gekleidet, trug einen schwarzen Filzhut und sprach mit niemandem außer mit einer kleinen Dunklen, der er sehr oft zulächelte. Eines Tages übersetzte er in der Bibliothek Briefe von Engels, als an seinem Tisch ein paar Studenten zu randalieren begannen; seine Augen funkelten, und in schroffem Tone verlangte er Ruhe mit so viel Autorität, daß ihm sofort Folge geleistet wurde. Ich war stark beeindruckt; das ist wirklich ‹Jemand›, sagte ich mir. Es gelang mir, mit ihm ins Gespräch zu kommen, und in der Folge plauderten wir miteinander, sobald die kleine Dunkle gerade nicht anwesend war. Eines Tages ging ich mit ihm ein Stück zusammen den Boulevard Saint-Michel entlang: am Abend fragte ich meine Schwester, ob sie mein Verhalten auch wohl inkorrekt fände; sie beruhigte mich, und daraufhin tat ich es mehrere Male. Pierre Nodier gehörte zu einer Gruppe ‹Philosophies›, der auch Mohrange, Friedmann, Henri Lefebvre und Politzer angehörten; dank der Unterstützung, die ihnen der Vater des einen von ihnen, ein reicher Bankier, gewährte, hatten sie eine Revue gegründet; aber entrüstet über einen Artikel gegen den Krieg in Marokko, hatte ihr Geldgeber ihnen die Mittel aufgesagt. Kurz darauf war die Zeitschrift unter einem anderen Titel, *L'Esprit*, wiedererstanden. Pierre brachte mir zwei Nummern davon: es war das erste Mal, daß ich Kontakt mit Intellektuellen der Linken bekam. Indessen fühlte ich mich dort nicht fremd: ich erkannte die Sprache wieder, an die ich durch die Literatur der Epoche gewöhnt war; auch diese jungen Leute sprachen von Seele, von Heil, von Freude, von Ewigkeit; sie sagten, das Denken solle ‹sinnlich und konkret› sein, aber sie sagten es in abstrakten Wendungen. Ihres Erachtens unterschied die Philosophie sich nicht von der Revolution, auf dieser aber beruhte für sie die einzige Hoffnung der Menschheit; in jener Zeit jedoch war Politzer der Meinung, daß ‹auf der Ebene der Wahrheit der historische Materialismus von der Revolution nicht untrennbar› sei; er glaubte an den Wert der Idee des Idealismus, wofern man sie in ihrer konkreten Totalität erfaßte, ohne sich bei dem Studium der Abstraktion aufzuhalten. Sie interessierten sich vor allem für die Wandlungen des Geistes; Wirtschaft und Politik spielten in ihren Augen nur eine beiläufige Rolle. Sie verurteilten den Kapitalismus, weil er im Menschen den ‹Sinn für das Sein› zerstört habe; sie waren der Meinung, daß ‹in Gestalt der Erhebung der Völker Asiens und Afrikas die Geschichte sich in den Dienst der Weisheit stellt›. Friedmann zerpflückte die Ideologie der jungen Bourgeoisie, ihre Neigung zu Unruhe und Bereitsein. Er tat das aber nur, um an ihre Stelle eine Mystik zu setzen. Es ging für ihn darum, den Menschen den ‹ewigen Teil ihrer selbst› zurückzugeben. Sie betrachteten das Leben nicht unter dem Gesichtspunkt des Bedürfnisses oder der Arbeit, sondern machten daraus einen romantischen Wert. ‹Es gibt ein Leben, und unsere Liebe wendet sich ihm zu›, schrieb Friedmann. Politzer definierte dieses Leben in einem Satz, der großes Aufsehen machte: ‹Das triumphierende, brutale Leben des Matrosen, der seine Zigarette an den Gobelins des Kreml löscht, erschreckt euch, und ihr wollt nichts davon wissen: doch das gerade ist Leben!› Sie waren nicht weit von den Surrealisten entfernt, von denen viele im Begriff standen, sich zur Revolution zu bekehren. Auch mich verlockte sie, doch nur unter ihrem negativen Aspekt. Auch ich begann zu wünschen, daß die Gesellschaft einer radikalen Umwälzung unterzogen würde; jedoch begriff ich sie nicht besser als zuvor. Ich blieb auch gleichgültig gegen die Ereignisse, die sich in der Welt abspielten. Alle Zeitungen, sogar *Candide,* widmeten der Revolution in China ganze Spalten: ich zuckte nicht mit der Wimper.

Indessen begannen meine Gespräche mit Nodier, mir den Geist aufzulockern. Ich stellte ihm viele Fragen. Er gab mir bereitwillig Antwort, und ich fand so großen Nutzen in diesen Unterhaltungen, daß ich mich manchmal traurig fragte: ‹Weshalb ist es nicht mein Los, einen Mann wie diesen zu lieben, der meine Neigung für Ideen und für das Studium teilt und an dem ich mit dem Verstand ebensosehr hängen würde wie mit dem Herzen?› Ich bedauerte sehr, als er sich Ende Mai auf dem Hofe der Sorbonne von mir verabschiedete. Er ging nach Australien, wo er eine Stelle bekommen hatte und wohin ihm die kleine Dunkle folgte. Als er mir die Hand drückte, sagte er mit tiefbewegter Miene: «Ich wünsche Ihnen viel Gutes.»

Anfang März bestand ich mit ‹Sehr gut› meine Prüfung in Geschichte der Philosophie, und bei dieser Gelegenheit machte ich die Bekanntschaft einer Studentengruppe der Linken. Sie forderten mich auf, eine Petition zu unterzeichnen: Paul Boncour hatte den Plan einer Militärgesetzgebung eingereicht, durch die der Wehrdienst der Frauen verhängt werden sollte, und die Zeitschrift *Europe* eröffnete einen Protestfeldzug. Ich war recht verlegen. Was die Gleichheit der Geschlechter anbetraf, so war ich dafür; und mußte man nicht im Falle der Gefahr alles tun, um sein Vaterland zu verteidigen? «Immerhin», sagte ich, als ich den Text des Projektes gelesen hatte, «handelt es sich doch um guten Nationalismus.» Der dicke junge Mann mit wenig Haar auf dem Kopf, der die Petition herumtrug, hohnlachte nur: «Da müßte man erst einmal wissen, ob der Nationalismus etwas Gutes ist!» Das war eine Frage, die ich mir niemals gestellt hatte: ich wußte nicht, was ich darauf antworten sollte. Man erklärte mir aber, daß das Gesetz zu einer allgemeinen Mobilisierung der Gewissen führen würde, und das gab den Ausschlag für mich: die Freiheit des Denkens war mir auf alle Fälle heilig; außerdem unterschrieben alle anderen, also tat ich es auch. Weniger lange ließ ich mich bitten, als es sich um das Gnadengesuch für Sacco und Vanzetti handelte; ihre Namen sagten mir nichts, aber man versicherte mir, daß sie unschuldig seien; auf alle Fälle war ich zudem gegen die Todesstrafe.

Damit hatte meine politische Tätigkeit auch schon wieder ein Ende, und meine Vorstellungen blieben nach wie vor nebelhaft. Ich wußte nur eines: ich haßte die äußerste Rechte. Eines Nachmittags war eine Schar von Schreiern in den Lesesaal der Sorbonne mit den Rufen eingedrungen: «Fremde und Juden raus!» Sie trugen große Stöcke in der Hand und hatten rasch ein paar Studenten mit dunklem Teint hinausbefördert. Dieser Triumph der Roheit und der Dummheit hatte mich in Schrecken und Zorn versetzt. Ich verabscheute den Konformismus und alle Obskurantismen, ich hätte gewünscht, daß die Vernunft alle Menschen regiere; aus diesem Grunde interessierte mich die Linke. Doch alle Etiketten mißfielen mir, ich hatte nicht gern, wenn man die Leute katalogisierte. Mehrere meiner Mitstudenten waren Sozialisten; in meinen Ohren klang dieses Wort nicht gut; ein Sozialist konnte niemals ein Suchender sein; er verfolgte gleichzeitig profane und begrenzte objektive Zwecke: von vornherein war diese Mäßigung mir gründlich unsympathisch. Weit mehr zog der Extremismus der Kommunisten mich an. Aber ich hatte den Verdacht, daß sie ebenso dogmatisch und stereotyp sein möchten wie die Seminaristen. Gegen den Mai hin befreundete ich mich immerhin mit einem ehemaligen Schüler von Alain, der Kommunist war: in jener Zeit hatte diese Verbindung nichts Verblüffendes. Er rühmte mir die Vorlesungen Alains, setzte mir seine Ideen auseinander und borgte mir seine Bücher. Er machte mich auch mit Romain Rolland bekannt, und entschlossen bekannte ich mich nunmehr zum Pazifismus. Mallet interessierte sich auch noch für viele andere Dinge: für Malerei, für Kino, für Theater und sogar für die Music-hall. Es lag Feuer in seinem Blick, seiner Stimme, und ich fand Vergnügen an den Gesprächen mit ihm. Über mich selbst verwundert, notierte ich: ‹Ich habe entdeckt, daß man gescheit sein und sich doch für Politik interessieren kann.› Theoretisch verstand er allerdings nicht viel davon, und ich lernte im Grunde nichts. Auch weiterhin ordnete ich soziale Fragen der Metaphysik und Moral unter: wozu sich um das Glück der Menschheit sorgen, wenn sie keine Daseinsberechtigung hat?

Dieser eigensinnige Standpunkt hinderte mich nicht daran, aus meiner Begegnung mit Simone Weil Nutzen zu ziehen. Obwohl sie sich auf die École Normale vorbereitete, unterzog sie sich an der Sorbonne den gleichen Prüfungen wie ich. Sie interessierte mich wegen des großen Rufes der Gescheitheit, den sie genoß, und wegen ihrer bizarren Aufmachung; auf dem Hofe der Sorbonne zog sie immer von einer Schar alter Alain-Schüler umgeben umher; in der einen Tasche ihres Kittels trug sie stets eine Nummer der *Libres Propos* und in der anderen ein Exemplar der *Humanité*. Eine große Hungersnot hatte China heimgesucht, und man hatte mir erzählt, daß sie bei Bekanntgabe dieser Nachricht in Schluchzen ausgebrochen sei: diese Tränen zwangen mir noch mehr Achtung für sie ab als ihre Begabung für Philosophie. Ich beneidete sie um ein Herz, das imstande war, für den ganzen Erdkreis zu schlagen. Eines Tages gelang es mir, ihre Bekanntschaft zu machen. Ich weiß nicht, wie wir damals ins Gespräch gekommen sind; sie erklärte in schneidendem Tone, daß eine einzige Sache heute auf Erden zähle: eine Revolution, die allen Menschen zu essen geben würde. In nicht weniger peremptorischer Weise wendete ich dagegen ein, das Problem bestehe nicht darin, die Menschen glücklich zu machen, sondern für ihre Existenz einen Sinn zu finden. Sie blickte mich fest an. «Man sieht, daß Sie noch niemals Hunger gelitten haben», sagte sie. Damit waren unsere Beziehungen auch schon wieder zu Ende. Ich begriff, daß sie mich unter die Rubrik ‹geistig ehrgeizige kleine Bourgeoise› eingereiht hatte, und ich ärgerte mich darüber, wie ich mich früher geärgert hatte, wenn Mademoiselle Litt meine Geschmacksneigungen aus meinem kindlichen Alter erklärte; ich glaubte, ich hätte mich von meiner Klasse freigemacht: ich wollte nichts anderes sein als ich selbst.

Ich weiß nicht recht, weshalb ich mit Blanchette Weiß verkehrte. Sie war klein und dicklich, und in ihrem vor Selbstgefälligkeit glänzenden Gesicht huschten boshafte Augen umher; aber ich war förmlich hypnotisiert von ihrem philosophischen Wortschwall; sie verquickte metaphysische Spekulationen mit allerlei Tratsch, und das mit einem Wortreichtum, den ich für Klugheit hielt. Da begrenzte Wesen nicht ohne das Mittel des Unendlichen miteinander in Verbindung treten könnten, sei jede Liebe unter Menschen schuldhaft, erklärte sie mir; aus den Forderungen des Unendlichen entnahm sie für sich das Recht, alle ihr unbekannten Leute anzuschwärzen. Amüsiert erfuhr ich von ihr, welchem Ehrgeiz, welchen Manien, Schwächen oder Lastern unsere Professoren oder die irgendwie hervorstechenden Studenten huldigten. ‹Ich habe die Seele einer proustischen Hausmeisterin», pflegte sie nicht ohne Behagen zu erklären. Mit einer gewissen Inkonsequenz warf sie mir vor, noch immer der Sehnsucht nach dem Absoluten nachzuhängen. «Ich», sagte sie, «schaffe mir meine eigenen Werte.» Welche waren das? Darüber äußerte sie sich nur sehr unbestimmt. Sie legte größten Wert auf ihr Innenleben: das war auch mein Fall; sie verachtete den Reichtum: ich auch; sie setzte mir aber auseinander, daß man, um nicht an Geld denken zu müssen, genug davon haben sollte und daß sie selbst ohne allen Zweifel in eine Vernunftheirat willigen würde: ich war außer mir. Ich stellte bei ihr einen merkwürdigen Narzißmus fest: mit ihren Löckchen und Schleifchen hielt sie sich für eine Schwester der Clara d'Ellébeuse. Trotz allem hatte ich derartige Sehnsucht nach ‹Gedankenaustausch›, daß ich sie ziemlich oft sah.

Meine einzige wirkliche Freundin blieb hingegen Zaza. Ihre Mutter begann mich leider mit unfreundlichen Augen anzusehen. Unter meinem Einfluß offenbar zog Zaza ihre Studien dem häuslichen Leben vor, außerdem borgte ich ihr skandalöse Bücher. Madame Mabille war förmlich erbost auf Mauriac: sie empfand seine Darstellungen des bürgerlichen Heims als eine persönliche Beleidigung. Sie mißtraute Claudel, den Zaza liebte, weil er ihr dazu verhalf, Himmel und Erde miteinander zu versöhnen. «Du würdest besser daran tun, die Kirchenväter zu lesen», sagte Madame Mabille verstimmt. Sie kam mehrmals zu uns, um sich bei meiner Mutter zu beklagen, und verbarg vor Zaza nicht ihren Wunsch, daß wir beide einander seltener sähen. Zaza aber wankte nicht; unsere Freundschaft war eines von jenen Dingen, auf die sie nicht verzichten wollte. Wir sahen uns sogar sehr oft. Wir arbeiteten Griechisch zusammen, wir gingen ins Konzert und besuchten gemeinsam Ausstellungen. Manchmal spielte sie mir auf dem Klavier Chopin oder Debussy vor. Wir gingen viel zusammen spazieren. Eines Nachmittags führte sie mich, nachdem ich meiner Mutter ihre ungern gegebene Einwilligung abgerungen hatte, zu einem Friseur, der mir einen ‹Bubikopf› schnitt. Ich gewann freilich nicht viel dabei, denn, ärgerlich darüber, daß sie sich hatte überreden lassen, versagte mir meine Mutter den Luxus einer Wasserwelle. Aus Laubardon, wo sie ihre Osterferien verbrachte, sandte Zaza mir einen Brief, der mich bis auf den Grund meiner Seele bewegte: ‹Ich hatte seit meinem fünfzehnten Jahr in großer seelischer Einsamkeit gelebt, ich litt darunter, isoliert und verloren zu sein: Sie haben meine Einsamkeit durchbrochen.› Das hinderte sie aber nicht, gerade in diesem Augenblick in einen Zustand ‹schrecklicher Erschlaffung› zu versinken. ‹Niemals bin ich mir selbst so sehr zuviel gewesen›, schrieb sie mir. Sie setzte auch noch hinzu: ‹Ich habe zu sehr mit dem Blick auf die Vergangenheit gelebt und mich nie ganz von dem Glanz meiner Kindheitserinnerungen losreißen können.› Auch diesmal stellte ich mir weiter keine Fragen. Ich hielt es für natürlich, daß man sich in den Wandel zum Dasein einer Erwachsenen nur mit Schwierigkeiten fand.

Es war sehr ausruhend für mich, daß ich Jacques nicht mehr sah. Meine Selbstquälereien hatten aufgehört. Die ersten Sonnenstrahlen erwärmten mich innerlich. Obwohl ich rechtschaffen weiterarbeitete, beschloß ich, mich zu zerstreuen. Ich ging des Nachmittags ziemlich oft ins Kino; besonders häufig besuchte ich das ‹Studio des Ursulines›, das «Vieux-Colombier› und das ‹Ciné-Latin›; das war hinter dem Panthéon ein kleiner Saal mit Holzsitzen, dessen Orchester sich auf ein Klavier beschränkte; die Plätze waren nicht teuer, und es fanden dort Wiederaufführungen der besten Filme der letzten Jahre statt; ich sah dort *Goldrausch* und viele andere Chaplin-Filme. An manchen Abenden ging meine Mutter mit mir und meiner Schwester ins Theater. Ich sah Jouvet in *Le grand Large*, wo Michel Simon zum ersten Male auftrat, Dullin in *La Comédie du bonheur* und Madame Pitoëff als heilige Johanna. Ich dachte tagelang vorher schon an diese Ausgänge, sie verklärten die ganze Woche für mich; an der Wichtigkeit, die sie für mich hatten, ermesse ich, wie schwer die Strenge der beiden ersten Semester auf mir gelastet hatte. Am Tage besuchte ich Ausstellungen und streifte lange durch die Galerien des Louvre. Ich ging, diesmal ohne Tränen, in Paris umher und sah mir alles an. Ich liebte die Abende, an denen ich nach dem Nachtmahl allein in die Metro hinabstieg, die ich am anderen Ende von Paris in der Nähe der Buttes-Chaumont wieder verließ, wo es nach Grün und Feuchtigkeit roch. Oft ging ich zu Fuß nach Hause zurück. Am Boulevard de la Chapelle spähten hinter den Stahlbögen der Hochbahn Frauen nach Kunden aus; an den Fassaden der Kinos hingen Plakate in leuchtenden Farben. Die Welt rings um mich her entfaltete ihre unermeßliche, verwirrende Gegenwart. Ich durchwanderte sie mit großen Schritten, von ihrem schwülen Atem gestreift. Ich sagte mir, daß es alles in allem doch äußerst interessant sei, zu leben.

Mein Ehrgeiz erwachte von neuem. Trotz meiner Freundschaften und meiner ungewissen Liebe fühlte ich mich sehr allein; niemand kannte, niemand liebte mich ganz, so wie ich wirklich war; niemand, dachte ich, war und würde jemals für mich ‹etwas Definitives und Vollständiges› sein. Ehe ich aber immer weiter nur litt, stürzte ich mich lieber von neuem in das Gefühl meines Stolzes. Meine

Isolierung war ein Beweis meiner Überlegenheit; ich zweifelte jetzt nicht mehr daran: ich war ein besonderes Wesen und würde etwas tun. Ich überlegte mir Themen für einen Roman. Eines Morgens begann ich in der Bibliothek der Sorbonne, anstatt Griechisch zu übersetzen, ‹mein Buch›. Ich mußte mich für die Prüfungen im Juni vorbereiten und hatte keine Zeit; aber ich rechnete mir aus, daß ich im nächsten Jahr über Muße verfügen würde, und nahm mir vor, dann ohne Verzug mein Werk in Angriff zu nehmen: ein Werk, beschloß ich, in dem ich alles, aber auch *alles* sagen würde – was einen sonderbaren Kontrast zu der Dürftigkeit meiner Erfahrung bildete! Die Philosophie hatte mich in meiner Neigung bestärkt, die Dinge in ihrem Wesen, an der Wurzel, von dem Gesichtspunkt der Totalität aus anzugehen, und da ich mich in lauter Abstraktionen bewegte, glaubte ich, auf entscheidende Art die Wahrheit der Welt entdeckt zu haben. Von vornherein kam mir zwar zuweilen der Verdacht, daß sie über das noch hinausreichte, was ich von ihr kannte, doch geschah das nur selten. Mein Überlegenheitsgefühl über die anderen Leute bezog ich gerade daher, daß ich mir nichts entgehen ließ: mein Werk würde seinen Wert von diesem außergewöhnlichen Privileg her erhalten.

Von Zeit zu Zeit kam mir ein Bedenken: ich erinnerte mich dann daran, daß alles eitel ist: ich ging darüber hinweg. In Phantasiedialogen mit Jacques wies ich sein ewiges ‹Wozu› zurück. Ich hatte nur ein Leben zu leben, ich wollte, daß es ein Erfolg würde, niemand sollte mich daran hindern, nicht einmal er. Ich gab den Gesichtspunkt des Absoluten nicht auf, da aber jedenfalls von dieser Seite her alles verloren war, beschloß ich, mich nicht mehr darum zu kümmern. Ich liebte sehr das Wort von Lagneau: ‹Meine einzige Stütze ist meine unbedingte Verzweiflung.› Da ich nach Feststellung dieser Verzweiflung doch weiter existierte, mußte ich mich auf der Erde so gut wie möglich zurechtfinden, das heißt tun, was mir gefiel.

Ich war etwas erstaunt darüber, wie leicht ich ohne Jacques auskam, aber Tatsache ist, daß er mir gar nicht mehr fehlte. Meine Mutter berichtete mir Ende April, er sei erstaunt, mich gar nicht mehr zu sehen. Ich ging und schellte bei ihm: es trug sich eigentlich gar nichts zu. Es kam mir vor, als sei diese Zuneigung keine Liebe mehr, sie bedrückte mich sogar in gewisser Weise. ‹Ich habe nicht mehr den Wunsch, ihn zu sehen. Ich kann es nicht ändern, daß er mich ermüdet, selbst wenn er sich noch so einfach gibt.› Er schrieb nicht mehr an seinem Buch; er würde es niemals schreiben. «Es würde mir vorkommen, als prostituierte ich mich», gab er mir hochmütig zu verstehen. Eine Autofahrt, eine Unterhaltung, die ihn ernstlich mit sich selber uneinig zeigte, brachte mich ihm wieder näher. Alles in allem, sagte ich mir, habe ich nicht das Recht, ihm eine Inkonsequenz vorzuwerfen, die im Leben selbst begründet ist: es treibt uns zugleich auf Zwecke hin und deckt uns doch ihre Nichtigkeit auf. Ich hielt mir tadelnd meine Strenge vor. ‹Er ist besser als sein Leben›, stellte ich bei mir fest. Aber ich fürchtete, sein Leben könne auf sein Wesen abfärben. Manchmal durchzuckte mich eine Ahnung: ‹Ich habe ein schlechtes Gefühl, sobald ich an dich denke; ich weiß nicht, weshalb dein Leben tragisch ist.›

Der Junitermin kam näher, ich war bereit dafür und des Arbeitens müde; so spannte ich ein wenig aus. Ich unternahm meine erste Eskapade. Unter dem Vorwand einer Wohltätigkeitsveranstaltung in Belleville rang ich meiner Mutter Ausgang bis Mitternacht und zwanzig Francs ab. Ich erstand mir einen Galerieplatz für eine Vorführung des Russischen Balletts. Als ich zwanzig Jahre später plötzlich um zwei Uhr nachts allein mitten auf dem Times Square stand, war ich nicht geblendeter als an jenem Abend dicht unter dem Dach des ‹Théâtre Sarah-Bernhardt›. Seide, Pelze, Diamanten, Wohlgerüche, und rings um mich her ein grellbuntes, schwatzendes Publikum. Wenn ich mit meinen Eltern oder Mabilles ausging, lag immer eine unsichtbare Trennungsschicht zwischen der Welt und mir: hier aber war ich rings von einem der großen nächtlichen Feste umspült, deren Widerschein ich so oft am Himmel wahrgenommen hatte. Ich hatte mich ohne Wissen aller mir bekannten Leute dort eingeschlichen, und von denen, die mich dicht am Ellbogen streiften, kannte mich kein einziger. Ich fühlte mich gleichzeitig unsichtbar und allgegenwärtig: eine Elfe! An jenem Abend wurde *La Chatte* von Saguet, *Le Pas d'acier* von Prokofieff und *Le Triomphe de Neptune* von ich weiß nicht mehr wem aufgeführt. Dekorationen, Kostüme, Musik und Tanz – alles erstaunte mich. Ich glaube, seitdem ich fünf Jahre alt war, hatte ich den Eindruck eines solchen Glanzes nicht mehr gehabt.

Ich unternahm solche Ausflüge wieder und wieder. Ich weiß nicht, durch welche Mogelei ich mir ein bißchen Geld verschaffte, auf alle Fälle mußten wieder die ‹Équipes› als Alibi herhalten. Zweimal noch ging ich zum Russischen Ballett; ich hörte mit Staunen Herren in schwarzem Frack den *König Ödipus* von Strawinsky auf den Text von Cocteau singen. Mallet hatte mir von den weißen Armen Damias und von ihrer Stimme erzählt: ich ging ins ‹Bobino›, um sie zu sehen und zu hören. Fantaisisten, Chansonniers, Equilibristen, alles war mir neu, und allem applaudierte ich.

An den letzten Tagen vor den Prüfungen, zwischen den schriftlichen Arbeiten, während man auf die Resultate wartete, schlugen manche meiner Kameraden – darunter Jean Mallet, Blanchette Weiß – die Zeit im Hof der Sorbonne irgendwie tot. Man spielte Ball, beschäftigte sich mit Scharaden oder Schattenspielen, man tauschte den letzten Klatsch aus, man diskutierte. Ich mischte mich unter diese Schar, fühlte mich aber doch der Mehrzahl der Studierenden, mit denen ich mich abgeben mußte, recht fern: die Freiheit ihrer Sitten stieß mich ab. Theoretisch mit allen Perversitäten vertraut, betätigte ich in Wirklichkeit eine extreme Prüderie. Wenn man mir sagte, der und jene ‹gehörten zusammen›, verschloß sich etwas in mir. Als Blanchette Weiß mir einen berühmten ‹Normalien›, einen Zögling des Lehrerseminars, zeigte und mir anvertraute, er sei leider ‹anders›, schauderte es mich. Studentinnen, die sich außerhalb der Sitten stellten und besonders diejenigen, die ‹leider anders› waren, flößten mir Grauen ein. Ich gestand mir ein, daß diese Reaktionen sich nur durch meine Erziehung erklärten, aber ich lehnte ab, sie ernstlich zu bekämpfen. Derbe Späße, rohe Wendungen widerten mich an. Indessen verspürte ich auch keine größere Sympathie für die kleine Gruppe, in die Blanchette Weiß mich einführte; sie war sehr gesellig und kannte ein paar ‹Normaliens› aus guter Familie, die aus Protest gegen den verwahrlosten Stil der Zöglinge ihres Instituts besonders steife Manieren pflegten. Sie luden mich ein, mit ihnen in den Hinterstuben von Bäckereien Tee zu trinken: in Cafés gingen sie nicht und hätten dorthin jedenfalls niemals junge Mädchen mitgenommen. Ich fand es schmeichelhaft, daß ich sie interessierte, warf mir aber selbst diese Regung der Eitelkeit vor, denn für mich zählten sie zu den ‹Barbaren›: sie interessierten sich allein für Politik, gesellschaftlichen Erfolg und ihre künftige Karriere.

Eines Nachmittags widersprach ich auf dem Hof der Sorbonne – ich weiß nicht mehr, in welchem Punkte – einem jungen Mann mit langem, düsterem Gesicht: er sah mich überrascht an und erklärte, er finde nichts mehr, was er mir entgegenhalten könne. Von da an kam er jeden Tag an die Porte Dauphine, um unseren Dialog fortzusetzen. Er hieß Michel Riesmann und beendete sein zweites Jahr als ‹khâgne›. Sein Vater war eine wichtige Persönlichkeit in der Sphäre der großen offiziellen Kunst. Michel bezeichnete sich als Schüler von Gide und huldigte dem Kultus der Schönheit. Er glaubte an die Literatur und war gerade dabei, einen kleinen Roman zu beenden. Er war schockiert, als ich ihm meine Bewunderung für den Surrealismus bekannte. Er kam mir veraltet und langweilig in seinen Ansichten vor, aber vielleicht verbarg sich eine Seele hinter seiner gedankenvollen Häßlichkeit; außerdem ermunterte er mich zum Schreiben, und ich brauchte Ermutigung. Er schickte mir einen zeremoniellen, künstlerisch kalligraphierten Brief, um mir den Vorschlag zu machen, wir wollten während der Ferien miteinander korrespondieren. Ich ging darauf ein. Auch Blanchette Weiß und ich kamen überein, einander zu schreiben. Sie lud mich zum Tee zu sich ein. Ich aß Erdbeertorte in einer luxuriösen kleinen Wohnung an der Avenue Kléber, und sie lieh mir prächtig in Ganzleder gebundene Gedichtbände von Verhaeren und Francis Jammes.

Ich hatte mein Jahr damit verbracht, über die Eitelkeit aller Ziele zu jammern; dennoch hatte ich die meinen mit Zähigkeit verfolgt. Ich bestand meine Prüfung in allgemeiner Philosophie. Simone Weil war die erste auf der Liste, ich kam gleich hinterher, unmittelbar vor einem ‹Normalien›, der Jean Pradelle hieß. Auch im Griechischen kam ich durch. Mademoiselle Lambert triumphierte, und zu Hause gratulierten sie mir. Ich freute mich sehr. Diese Erfolge bestärkten mich in der guten Meinung, die ich von mir hatte, sie sicherten meine Zukunft; ich legte ihnen große Bedeutung bei und hätte um nichts auf der Welt darauf verzichten mögen. Trotz allem vergaß ich nicht, daß sich hinter jedem Erfolg auch ein Verzicht verbirgt, und war affektiert genug, in Schluchzen auszubrechen. Zornig wiederholte ich mir ein Wort, das Roger Martin du Gard Jacques Thibault in den Mund legt: ‹Dahin haben sie mich gebracht!› Man drängte mich in die Rolle einer begabten Studentin, einer Glanznummer, mich, die ich die pathetische Abwesenheit des Absoluten war! Meine Tränen waren sicher etwas unaufrichtig; dennoch glaube ich nicht, daß sie nur Komödie gewesen sind. Im Trubel des zu Ende gehenden – wohlausgefüllten – Jahres spürte ich mit Bitterkeit die Leere in meinem Herzen. Auch weiterhin wünschte ich leidenschaftlich etwas anderes, das ich nicht zu definieren wußte, da ich den einzig passenden Namen ‹Glück› ihm nicht zu geben gewillt war.

Jean Pradelle, ärgerlich darüber, wie er lachend behauptete, daß er von zwei Mädchen überrundet worden war, wollte mich kennenlernen. Er ließ sich durch einen Kameraden vorstellen, der wiederum mich mit Blanchette Weiß bekannt gemacht hatte. Er war etwas jünger als ich und seit einem Jahr als Externer Zögling der École Normale. Auch er hatte das Benehmen eines jungen Mannes aus guter Familie, aber gar nichts Steifes, ein offenes, recht hübsches Gesicht, eine unmittelbare und heitere Art, sich zu geben; er war mir sofort sympathisch. Ich begegnete ihm vierzehn Tage darauf in der Rue d'Ulm, als ich mich gerade nach den Ergebnissen des Aufnahmewettbewerbs erkundigen wollte: ich hatte Kameraden, darunter Riesmann, die sich gemeldet hatten. Er führte mich in den Garten des Internats. Für eine Sorbonne-Studentin war das ein märchenhafter Ort, und während wir uns unterhielten, sah ich mir diese Weihestätte aufmerksam an. Am nächsten Vormittag traf ich Pradelle dort wieder. Wir hörten ein paar mündliche Prüfungen mit an; dann ging ich mit ihm im Luxembourggarten spazieren. Wir hatten Ferien; alle meine Freunde und auch fast alle die seinen hatten Paris verlassen; wir nahmen die Gewohnheit an, uns jeden Tag zu Füßen einer Königin aus Stein zu treffen. Ich war immer gewissenhaft pünktlich bei meinen Verabredungen: ich hatte solchen Spaß daran, ihn atemlos und

Verwirrung heuchelnd heraneilen zu sehen, daß ich ihm für seine Verspätung beinahe dankbar war.

Pradelle hörte gut, mit nachdenklicher Miene, zu und gab ernsthaft Antwort: welche Wohltat war das! Ich beeilte mich, mein Seelenleben vor ihm auszubreiten. Ich sprach aggressiv von den ‹Barbaren›, zu meiner Überraschung aber stimmte er mir nicht einfach zu; er selbst war vaterlos, verstand sich ausgezeichnet mit Mutter und Schwester und teilte mein Grauen vor den ‹engumgrenzten Heimen› nicht. Er hatte auch keinen Abscheu vor gesellschaftlichen Unternehmungen und tanzte gelegentlich. «Warum nicht?» fragte er mich mit einer entwaffnend unbefangenen Miene. Ich in meinem Manichäismus sah nur eine winzige Elite, ihr gegenüber jedoch eine ungeheure Masse, die des Daseins unwürdig war; seiner Meinung nach aber gab es in jedem Menschen etwas Gutes und etwas Schlechtes, er sah keine so sehr großen Unterschiede zwischen den Menschen. Er tadelte meine Strenge, während seine Nachsicht auf mich verstimmend wirkte. Davon abgesehen aber gab es viel Gemeinsames zwischen uns. Wie ich war er fromm erzogen worden, wenn auch jetzt glaubenslos; aber die christliche Moral hatte ihn für sein Leben gezeichnet. In der École Normale rangierte er unter den ‹talas›. Er mißbilligte die groben Manieren seiner Kameraden, die obszönen Lieder, die zweideutigen Scherze, die Brutalität, das Bummeln, die Ausschweifungen des Herzens und der Sinne. Er liebte ungefähr die gleichen Bücher wie ich, wobei er eine besondere Vorliebe für Claudel bekundete, neben einer gewissen Verachtung für Proust, den er nicht ‹wesentlich› fand. Er lieh mir *Ubu-Roi,* ein Buch, das ich nur mit Einschränkung schätzte, weil ich darin auch nicht im entferntesten die Dinge wiederfand, von denen ich persönlich besessen war. Was mir vor allem wichtig schien, war, daß auch er angstvoll die Wahrheit suchte; er glaubte, die Philosophie werde sie ihm eines Tages entdecken. Darüber diskutierten wir vierzehn Tage lang mit aller Leidenschaft. Er sagte, ich hätte mich allzu überstürzt der Verzweiflung in die Arme geworfen, und ich hielt ihm vor, er klammere sich an vergebliche Hoffnungen: alle Systeme hinkten. Eines nach dem andern zerpflückte ich ihm; er gab bei jedem einzelnen nach, vertraute aber dennoch auf die menschliche Vernunft.

Im Grunde war er gar nicht ein solcher Rationalist. Viel stärker als ich sehnte er sich noch immer nach dem verlorenen Glauben zurück. Er war der Meinung, wir hätten den Katholizismus nicht gründlich genug erforscht, um uns das Recht anzumaßen, ihn einfach zu verwerfen: man müßte die Prüfung noch einmal von neuem vornehmen. Ich wendete ein, daß wir den Buddhismus ja noch weit weniger kannten: weshalb waren wir für die Religion unserer Mütter derart voreingenommen? Er sah mich kritisch und durchdringend an und beschuldigte mich, die Suche nach Wahrheit der Wahrheit vorzuziehen. Da ich im tiefsten Grunde eigensinnig, auf der Oberfläche aber sehr beeinflußbar war, lieferten mir diese Bezichtigungen zusammen mit denen, die andeutungsweise Mademoiselle Lambert und Suzanne Boigue gegen mich vorgebracht hatten, einen Vorwand zur Beunruhigung. Ich suchte einen gewissen Abbé Beaudin auf, von dem sogar Jacques mit Achtung gesprochen hatte und der auf das Wiederflottmachen festgefahrener Intellektueller spezialisiert war. Zufällig hatte ich ein Buch von Benda in der Hand, und der Abbé begann damit, diesen mit Brillanz zu attackieren, was mir nicht gerade weiterhalf. Dann tauschten wir ein paar nicht sonderlich gehaltvolle Ideen aus. Ich verließ ihn voller Beschämung über diesen Schritt, dessen Vergeblichkeit ich vorausgesehen hatte, denn ich wußte, daß mein Unglaube felsenfest verankert war.

Ich bemerkte rasch, daß trotz aller verwandten Züge zwischen Pradelle und mir dennoch eine Kluft bestand. In seiner rein zerebralen Unruhe erkannte ich meine eigenen inneren Zerrissenheiten nicht wieder. Ich hielt ihn für einen ‹braven Scholaren ohne Komplikation und ohne Geheimnis›. Wegen seines Ernstes und seiner philosophischen Veranlagung schätzte ich ihn höher ein als Jacques; aber Jacques verfügte über etwas, was Pradelle nicht hatte. Wenn ich in den Alleen des Luxembourggartens umherwandelte, sagte ich mir, daß alles in allem, wenn einer von ihnen mich zur Frau gewollt hätte, keiner von beiden mir recht gewesen wäre. Was mich noch immer mit Jacques verband, war die Tatsache, daß Jacques von seinem Milieu durch einen klaffenden Riß getrennt war; aber man baut nicht auf einem Riß im Gestein, ich jedoch wollte ja das Gebäude meines Denkens, meines Werkes errichten. Pradelle war wie ich durch den Intellekt bestimmt, aber blieb doch im Einvernehmen mit seiner Klasse, seinem Leben, er akzeptierte durchaus die bürgerliche Gesellschaft: ich konnte mich mit seinem lächelnden Optimismus ebensowenig befreunden wie mit dem Nihilismus Jacques'. Im übrigen wirkte ich auf beide eher erschreckend, wiewohl aus verschiedenen Gründen. ‹Heiratet man wohl eine Frau wie mich?› fragte ich mich nicht ohne Melancholie, denn ich trennte damals die Begriffe Liebe und Heirat noch nicht. ‹Ich bin sicher, daß ein Mann, der mir wirklich alles, der im tiefsten mein Bruder und meinesgleichen wäre und alles verstände, gar nicht existiert.› Was mich von allen anderen trennte, war eine gewisse Heftigkeit, die ich nur bei mir selber antraf. Ein Vergleich mit Pradelle bestärkte mich in der Überzeugung, ich sei zur Einsamkeit bestimmt.

Soweit tatsächlich nur von Freundschaft die Rede war, verstanden wir uns jedoch gut. Ich schätzte seine Wahrheitsliebe, seine Strenge; er wußte Gefühle und Gedanken auseinanderzuhalten; unter seinem unbestechlichen Blick wurde ich mir darüber klar, daß mir oft meine Seelenzustände den Ersatz für Ideen geliefert hatten. Er zwang mich nachzudenken, die Dinge ganz genau klarzustellen: ich rühmte mich nicht mehr, alles zu wissen, ganz im Gegenteil. ‹Ich weiß nichts, nichts; ich habe nicht nur keine Antwort bereit, sondern weiß nicht einmal eine Frage zu stellen.› Ich nahm mir vor, keiner Selbsttäuschung mehr zu erliegen, und ich bat Pradelle, mir dabei zu helfen, daß ich mich vor allen Lügen bewahrte: er solle mein ‹lebendes Gewissen› sein. Ich beschloß, die nächsten Jahre darauf zu verwenden, mit zähem Bemühen nach der Wahrheit zu suchen. ‹Ich werde arbeiten und mich unermüdlich plagen, um sie schließlich zu finden.› Pradelle erwies mir einen großen Dienst, indem er meine Neigung zur Philosophie aufs neue belebte, und einen sogar noch größeren vielleicht, indem er mich meine Heiterkeit wiederfinden ließ: ich kannte niemanden mehr, der fröhlich war. Er trug so leicht an der Last der Welt, daß sie auch mich nicht mehr niederzudrücken vermochte; im Luxembourggarten strahlten morgens der blaue Himmel, der grüne Rasen, die Sonne, wie an den schönsten Tagen. ‹Es gibt so viele neu ergrünende Äste in diesem Augenblick, sie verdecken vollkommen den Abgrund, der unter ihnen gähnt.› Das bedeutete, daß ich begann, Vergnügen am Leben zu finden, und meine metaphysischen Ängste vergaß. Als Pradelle mich eines Tages bis nach Hause begleitete, begegnete uns meine Mutter, und ich stellte ihn ihr vor; er gefiel ihr: er gefiel immer. Diese Freundschaft wurde mir erlaubt.

Zaza hatte im Griechischen bestanden. Sie ging nach Laubardon. Ende Juli bekam ich von ihr einen Brief, der mir den Atem benahm. Sie war zum Verzweifeln unglücklich und sagte mir auch, weshalb. Sie erzählte mir endlich die Geschichte jener Jugendtage, die sie an meiner Seite verlebt hatte und von denen ich überhaupt nichts wußte. Fünfundzwanzig Jahre zuvor hatte ein Vetter ihres Vaters, der baskischen Tradition getreu, sein Glück in Argentinien zu machen versucht. Er war dort reich geworden. Zaza war elf Jahre alt, als er ins Elternhaus zurückgekehrt war, das etwa fünfhundert Meter von Laubardon entfernt lag; er war verheiratet und hatte einen Sohn in Zazas Alter; dieser war ein ‹einsamer, trauriger, scheuer› kleiner Bursche, der sich sehr mit ihr anfreundete. Seine Eltern brachten ihn als Internen in einer geistlichen Schule in Spanien unter; in den Ferien aber sahen die beiden Kinder einander wieder und unternahmen zu zweit jene Ausflüge zu Pferde, von denen Zaza damals mit blitzenden Augen sprach. Als beide fünfzehn Jahre alt waren, merkten sie, daß sie sich liebten; verlassen, verbannt, besaß André einzig sie auf der Welt; Zaza aber, die sich für häßlich, anmutlos und verschmäht hielt, warf sich ihm in die Arme; sie erlaubten sich Küsse, durch die sie sich leidenschaftlich aneinander geheftet fühlten. Von da an schrieben sie sich allwöchentlich, und sie träumte von ihm während des Physikunterrichts und unter dem jovialen Blick von Abbé Trécourt. Die Eltern Zazas und die von André – die sehr viel reicher waren – hatten sich verfeindet; sie hatten die Kameradschaft der beiden nicht gestört, solange sie Kinder waren, aber als sie feststellen mußten, daß beide groß geworden waren, schritten sie ein. Es kam gar nicht in Frage, daß man André und Zaza jemals gestatten würde, Mann und Frau zu werden. Madame Mabille entschied also, daß sie einander nicht mehr sehen dürften. ‹In den Weihnachtsferien 1926 habe ich hier einen einzigen Tag verbracht, nur um André wiederzusehen und ihm zu sagen, daß zwischen uns alles aus sein müsse. Aber wenn ich ihm auch die grausamsten Dinge ins Gesicht sagen mußte, konnte ich doch nicht hindern, daß er sah, wie lieb er mir war, und gerade diese Begegnung, die den Bruch besiegeln sollte, hat uns mehr denn je zueinander geführt.› Etwas später schrieb sie noch: ‹Als man mich gezwungen hat, mit André zu brechen, habe ich so sehr gelitten, daß ich mehrmals dicht am Selbstmord war. Ich erinnere mich an einen Abend, an dem ich, als ich die Metro herankommen sah, mich fast darunter geworfen habe. Ich hatte nicht den geringsten Lebenswillen mehr.› Seitdem waren anderthalb Jahre vergangen: sie hatte André nicht wiedergesehen, sie hatten einander nicht geschrieben. Plötzlich, bei ihrer Ankunft in Laubardon, war sie ihm begegnet. ‹Zwanzig Monate lang hatten wir nichts voneinander gewußt und uns auf so verschiedenen Bahnen bewegt, daß unsere plötzliche Begegnung etwas Verstörendes, beinahe Schmerzliches hatte. Ich sehe jetzt mit großer Klarheit, von welchen Leiden, von welchen Opfern ein Gefühl zwischen zwei Wesen, die so wenig zueinander passen wie er und ich, begleitet sein muß, aber ich kann nicht anders handeln, als ich es jetzt tue: ich kann nicht auf den Traum meiner ganzen Jugend, auf so viele liebe Erinnerungen verzichten, ich kann nicht jemanden im Stich lassen, der mich so nötig braucht. Andrés sowohl wie meine Familie halten eine Annäherung dieser Art für durchaus unerwünscht. Er selbst geht im Oktober auf ein Jahr nach Argentinien, von wo er zurückkehren wird, um in Frankreich zu dienen. Es liegen also noch viele Schwierigkeiten und eine lange Trennung vor uns: wenn unsere Pläne dann zum Ziel kommen sollten, werden wir schließlich auch noch etwa zehn Jahre in Südamerika leben müssen. Sie sehen, daß alles eigentlich ziemlich düster aussieht. Ich werde noch heute abend mit Mama sprechen müssen; vor zwei Jahren hat sie denkbar entschieden Nein gesagt, und ich bin schon im voraus ganz vernichtet von der Unterredung, die ich mit ihr haben werde. Ich liebe sie eben so sehr, wissen Sie, daß es mir ärger als alles ist, ihr Kummer zu bereiten und ihren Willen zu mißachten. Als ich klein war, habe ich immer gebetet, daß nur ja niemand meinetwegen leiden soll! Ach! Das ist leider ein Wunsch, der sich nicht erfüllen läßt!›

Ich las diesen Brief wohl zehnmal mit stockendem Atem durch. Ich begriff jetzt die Veränderung, die sich in Zaza vollzogen hatte, als sie fünfzehn Jahre alt war, ihre abwesende Miene, ihre romantischen Neigungen und auch ihre seltsam frühe Ahnung von Liebe: sie hatte schon mit Leib und Seele zu lieben gelernt, deswegen lachte sie, wenn jemand die Liebe zwischen Tristan und Isolde als platonisch hinstellen wollte, und deshalb flößte ihr die Vorstellung einer Vernunftheirat solches Grauen ein. Wie wenig hatte ich sie gekannt! «Ich möchte einschlafen und niemals wieder aufwachen», hatte sie gesagt, und ich war darüber einfach hinweggegangen; gleichwohl wußte ich, wie schwarz es in einem Herzen aussehen kann. Es war mir unerträglich, mir Zaza vorzustellen, wie sie mit ihrem dezenten Hütchen und mit Handschuhen an den Händen am Rande eines Metrogleises stand und fasziniert auf die Schienen starrte.

Ein paar Tage darauf erhielt ich einen zweiten Brief. Das Gespräch mit Madame Mabille war sehr schlecht verlaufen. Sie hatte von neuem Zaza verboten, ihren Vetter zu sehen. Zaza war eine zu gute Christin, als daß sie ernstlich an Ungehorsam hätte denken können; niemals aber war ihr dieses Verbot so schrecklich erschienen wie in diesem Augenblick, da kaum fünfhundert Meter sie von dem jungen Mann trennten, den sie liebte. Was sie mehr als alles andere quälte, war die Vorstellung, daß er ihretwegen litt, während sie Tag und Nacht einzig an ihn dachte. Ich war tief bestürzt über dieses Unglück, das alles übertraf, was ich jemals an mir selbst erfahren hatte. Es war ausgemacht, daß ich in diesem Jahr drei Wochen mit Zaza im Baskenland verleben sollte, und ich hatte große Eile, in ihre Nähe zu kommen.

Als ich in Meyrignac ankam, fühlte ich mich ‹so friedevoll, wie ich es anderthalb Jahre lang nicht gewesen war›. Gleichwohl fiel der Vergleich mit Pradelle für Jacques nicht günstig aus, ich erinnerte mich ohne Nachsicht an ihn. ‹Wenn ich so denke, dieser Mangel an Ernst, immer diese Geschichten mit Bars, mit Bridge und mit Geld! ... Es gibt in ihm erlesenere Dinge als in irgendeinem anderen, aber auch etwas, was mir traurig verfehlt erscheint.› Ich hatte mich von ihm etwas losgelöst und gerade genügend an Pradelle attachiert, damit sein Vorhandensein meine Tage in höherem Maße erhellte, als Jacques' Abwesenheit sie verdunkelte. Wir schrieben einander viel. Ich schrieb auch an Riesmann, an Blanchette Weiß, an Mademoiselle Lambert, an Suzanne Boigue, an Zaza. Ich hatte mir im Speicher unter einer Dachluke einen Tisch aufgestellt, und abends, beim Schein eines Windlichts, ergoß ich mein Herz auf unzähligen Seiten. Dank den Briefen, die ich erhielt – besonders dank denen von Pradelle –, fühlte ich mich nicht mehr allein. Ich hatte auch lange Gespräche mit meiner Schwester; sie hatte ihr Abiturium gemacht, und dieses ganze letzte Jahr hatten wir uns einander sehr nahe gefühlt. Abgesehen von meiner Stellung zur Religion verheimlichte ich ihr nichts. Jacques besaß in ihren Augen ein ebenso großes Prestige wie in den meinigen, sie hatte sich meine Mythologien durchaus zu eigen gemacht. Da sie ebenso wie ich den Cours Désir und die meisten ihrer Kameradinnen verabscheute, nahm sie fröhlich am Krieg gegen die ‹Barbaren› teil. Vielleicht weil sie eine weit weniger glückliche Kindheit gehabt hatte als ich, lehnte sie sich viel kühner als ich gegen die Formen der Versklavung auf, die auf uns lasteten. «Es ist dumm», sagte sie eines Abends mit verlegener Miene zu mir, «aber es ist mir unangenehm, daß Mama meine Briefe öffnet; es macht mir hinterher keinen Spaß mehr, sie selbst zu lesen.» Ich sagte ihr, daß es auch mich sehr verdrieße. Wir machten uns gegenseitig Mut, sagten uns, daß wir immerhin siebzehn und neunzehn Jahre alt seien, und baten demgemäß Mama, unsere Korrespondenz nicht länger ihrer Zensur zu unterziehen. Sie antwortete zunächst, daß es ihre Pflicht sei, über unsere Seelen zu wachen, gab aber schließlich nach. Es war ein bedeutsamer Sieg.

Im ganzen hatten sich meine Beziehungen zu meinen Eltern eher etwas entspannt. Ich verbrachte friedliche Tage. Ich trieb Philosophie und dachte ans Schreiben. Ich zögerte noch, bevor ich mich endgültig entschied. Pradelle hatte mich davon überzeugt, daß die vornehmste Aufgabe immer sei, nach der Wahrheit zu suchen: würde die Literatur mich nicht diesem Ziel entfremden? Und lag nicht auch ein Widerspruch in meinem Unterfangen? Ich wollte von der Eitelkeit aller Dinge reden; der Schriftsteller begeht jedoch bereits Verrat an seiner Verzweiflung, wenn er sie zum Gegenstand eines Buches macht: besser wäre, das Schweigen von Valérys Monsieur Teste sich zum Vorbild zu nehmen. Ich fürchtete auch, wenn ich schriebe, dazu verleitet zu werden, mir Erfolg und Berühmtheit zu wünschen, Dinge, die ich verachtete. Diese abstrakten Bedenken wogen schwer genug und wirkten hemmend auf mich ein. Brieflich konsultierte ich mehrere meiner Freunde; wie ich im stillen hoffte, fand ich bei ihnen Ermutigung. Ich begann einen breit angelegten Roman: die Heldin ging durch alle meine Erfahrungen hindurch; sie erwachte zum ‹wahren Leben›, geriet in Konflikt mit ihrer Umgebung und schöpfte die Bitternis aller Dinge – Handeln, Liebe, Wissen – aus. Ich habe nie erfahren, wie die Geschichte ausgegangen ist, denn es fehlte mir an Zeit; ich blieb mittendrin stecken.

Briefe von Zaza, die ich damals bekam, schlugen einen anderen Ton als die vom Juli an. Sie stellte fest, berichtete sie mir, daß sie sich im Laufe der beiden letzten Jahre in intellektueller Hinsicht viel weiter entwickelt habe; sie war gereift, sie hatte sich verändert. Bei ihrer kurzen Begegnung mit André hatte sie den Eindruck gehabt, daß er nicht entsprechend vorangekommen war; er habe sehr jugendlich und etwas zurückgeblieben in seinen Anschauungen auf sie gewirkt. Sie begann sich zu fragen, ob ihre Treue nicht ein ‹eigensinniges Festhalten an Träumen sei, die man nicht zerrinnen sehen möchte, ein Mangel an Aufrichtigkeit und an Mut›. Sie hatte sich zweifellos eine Zeitlang in übertriebener Weise dem Einfluß von *Le Grand Meaulnes* hingegeben. ‹Ich habe aus diesem Buch eine Liebe zum Traum, ja einen Kultus des Traums geschöpft, dem keine Wirklichkeit zugrunde liegt und der mich am Ende weit von mir weggeführt hat.› Sicherlich bedauerte sie die Liebe zu ihrem Vetter nicht: ‹Dieses Gefühl, das ich mit fünfzehn Jahren erlebte, ist mein wirkliches Erwachen zum Dasein gewesen; an dem Tage, an dem ich zuerst geliebt habe, sind mir unendlich viele Dinge aufgegangen; ich habe beinahe nichts mehr lächerlich gefunden.› Aber sie mußte sich doch eingestehen, daß sie seit dem Bruch vom Januar 1926 diese Vergangenheit ‹durch die Kraft ihres Willens und ihrer Phantasie› künstlich verlängert habe. Auf alle Fälle mußte André jetzt auf ein Jahr nach Argentinien gehen; bei seiner Rückkehr würde es Zeit sein, feste Entschlüsse zu fassen. Im Augenblick war sie es müde, sich weiter zu erforschen; sie verbrachte gesellschaftlich stark bewegte Ferien; anfangs war es ihr viel zuviel gewesen; ‹aber jetzt›, schrieb sie mir, ‹will ich nur noch daran denken, wie ich mich amüsiere›.

Diese Bemerkung erstaunte mich, und in meiner Antwort griff ich sie leise tadelnd wieder auf. Zaza verteidigte sich mit aller Lebhaftigkeit: sie wisse sehr wohl, daß Amüsieren keine Fragen löse: ‹Letzthin›, schrieb sie mir, ‹wurde hier ein großer Ausflug mit Freunden ins Baskenland veranstaltet; ich hatte ein solches Verlangen nach Einsamkeit, daß ich mir einen kräftigen Axthieb in den Fuß versetzt habe, um nicht teilnehmen zu müssen. Ich wurde dafür mit acht Tagen Chaiselongue und unaufhörlichen mitleidigen Bemerkungen bestraft, aber wenigstens hatte ich ein gewisses Maß an Alleinsein für mich erreicht, vor allem das Recht, nicht zu sprechen und mich nicht amüsieren zu müssen!›

Ich war tief gerührt. Ich wußte, wie verzweifelt man sich nach Alleinsein und dem ‹Recht, nicht zu sprechen› sehnen kann. Niemals aber hätte ich den Mut aufgebracht, mir den Fuß zu zerhacken. Nein, Zaza war nicht lau und nicht resigniert: sie trug in sich eine dumpfe Heftigkeit, die mir sogar Angst für sie machte. Man durfte keines ihrer Worte leichtnehmen, denn sie ging damit sehr viel sparsamer um als ich. Wenn ich sie nicht dazu angereizt hätte, würde sie mir diesen Zwischenfall niemals mitgeteilt haben.

Ich wollte ihr nichts mehr verschweigen: ich gestand ihr also ein, daß ich den Glauben verloren hätte; sie habe es geahnt, antwortete sie mir; auch sie habe im Laufe des Jahres eine religiöse Krise durchgemacht. ‹Als ich den Glauben mit den Praktiken meiner Kindheit und das katholische Dogma mit allen meinen neuen Ideen verglich, ergab sich ein solches Mißverhältnis, eine derartige Unvereinbarkeit zwischen den beiden Ideenordnungen, daß eine Art von Schwindel mich befiel. Claudel ist eine sehr große Hilfe für mich gewesen, ich kann gar nicht sagen, wieviel ich ihm verdanke. Ich glaube jetzt wieder wie zu der Zeit, als ich sechs Jahre alt war, sehr viel mehr mit dem Herzen als mit dem Verstand und unter absolutem Verzicht auf meine Vernunft. Theologische Diskussionen erscheinen mir immer absurd und grotesk. Ich glaube vor allem, daß Gott für uns völlig unbegreiflich ist und uns gänzlich verborgen bleibt und daß der Glaube an ihn eine übernatürliche Gabe, eine Gnade ist, mit der er uns beschenkt. Deshalb kann ich nur von ganzem Herzen diejenigen beklagen, die dieser Gnade nicht teilhaftig geworden sind, und ich glaube, daß sich, wenn sie aufrichtig nach Wahrheit dürsten, diese Wahrheit eines Tages auch ihnen enthüllen wird ... Im übrigen›, setzte sie hinzu, ‹bedeutet der Glaube nicht eine Beschwichtigung; es ist ebenso schwierig, zum Frieden des Herzens zu gelangen, wenn man glaubt, als wenn man nicht glaubt: man hat nur die Hoffnung, in einem anderen Leben dennoch Frieden zu finden.› In dieser Weise nahm sie mich nicht nur hin, wie ich war, sondern war auch sehr darauf bedacht, sich nicht den kleinsten Schatten von Überlegenheit anzumaßen; wenn für sie ein Lichtblick am Himmel aufflimmerte, so hinderte das nicht, daß sie auf Erden in der gleichen Finsternis umhertappte wie ich und daß wir auch weiter gemeinsam dahinwanderten.

Am 10. September fuhr ich vergnügt nach Laubardon. Ich stieg in Uzerche im Morgengrauen in den Zug und verließ ihn in Bordeaux, ‹denn›, hatte ich Zaza geschrieben, ‹ich möchte nicht die Heimat Mauriacs durchreisen, ohne haltzumachen›. Zum erstenmal in meinem Leben ging ich allein in einer unbekannten Stadt spazieren. Da war ein großer Strom, da waren neblige Quais, und die Platanen rochen schon nach Herbst. In den engen Gassen kämpften Schatten und Licht miteinander; dann aber erstreckten sich breite Prachtstraßen auf die Esplanaden zu. Träumend und verzaubert schwebte ich leicht wie eine Seifenblase dahin. In den Anlagen hing ich zwischen Gruppen von scharlachroten Cannas den Träumen rastloser Jugend nach. Man hatte mir Ratschläge mitgegeben: ich trank eine Schokolade an den Alleen von Tourny; zu Mittag aß ich nahe beim Bahnhof in einem Restaurant, das ‹Le petit Marguery› hieß: niemals war ich ohne meine Eltern in einem Restaurant gewesen. Dann trug mich der Zug an einer schwindelnd geraden Straße entlang, die endlos von Pinien gesäumt war. Ich liebte die Eisenbahn. Aus dem Abteilfenster geneigt, bot ich mein Gesicht dem Winde und dem Kohlenstaub dar und schwor mir, niemals den blind in der Hitze der Waggons zusammengepferchten Reisenden zu gleichen.

Gegen Abend kam ich an. Der Park von Laubardon war sehr viel weniger schön als der von Meyrignac, aber ich fand das von wildem Wein umrankte Haus mit dem Ziegeldach doch sehr hübsch. Zaza führte mich in ein Zimmer, das ich mit Geneviève de Bréville, einem frischen, braven jungen Mädchen, von dem Madame Mabille riesig eingenommen war, teilen sollte. Ich blieb dort einen Augenblick allein, um meinen Koffer auszupacken und mich herzurichten. Geschirrgeklapper und Kinderlärm drangen aus dem Parterre zu mir herauf. Im Gefühl einer gewissen Fremdheit ging ich rundum im Zimmer umher. Auf einem Tisch entdeckte ich ein mit schwarzem Moleskin bezogenes Heft, das ich aufs Geratewohl aufschlug, und las: ‹Morgen kommt Simone de Beauvoir. Ich gebe zu, daß ich mich nicht besonders darauf freue, denn offengestanden mag ich sie nicht.› Ich war sprachlos: dies war eine neue, unangenehme Erfahrung; niemals hatte ich vermutet, daß jemand eine ausgesprochene Antipathie gegen mich verspüren könnte; ich erschrak beinahe vor dem feindlichen Antlitz, das ich in Genevièves Augen an mir trug. Ich konnte dem Gedanken aber nicht lange nachhängen, denn jemand klopfte an die Tür: es war Madame Mabille. «Ich möchte mit Ihnen sprechen, meine liebe Simone», sagte sie zu mir; die Sanftheit ihrer Stimme überraschte mich, denn seit langem schon hatte sie kein Lächeln mehr für mich übrig gehabt. Mit verlegener Miene befingerte sie die Kamee, mit der das Samtband an ihrem Hals geschlossen war, und fragte mich, ob Zaza mir ‹alles berichtet› habe. Ich bejahte. Sie schien nicht zu wissen, daß die Gefühle ihrer Tochter sowieso schwächer zu werden begannen, und verlegte sich darauf, mir zu erklären, weshalb sie sie bekämpfte. Andrés Eltern widersetzten sich dieser Heirat, im übrigen gehörten sie zu einem sehr reichen, sittenlosen, derben Milieu, das gar nicht zu Zaza paßte; es war absolut nötig, daß sie ihren Vetter vergaß, und Madame Mabille rechnete dabei auf meine Hilfe. Die Komplizität, die sie mir damit aufzwang, war mir höchst unangenehm; indessen rührte es mich, daß sie sich an mich wendete, denn es hatte sie sicher große Selbstüberwindung gekostet, mich um meinen Beistand zu bitten. Ich versprach ihr in etwas vager Weise, ich würde mein Bestes tun.

Wie mir Zaza vorausgesagt hatte, folgten Picknicks, Tees, Tanzereien pausenlos aufeinander; das Haus war allen geöffnet: Schwärme von Vettern und Freunden erschienen zum Mittagessen, zum Tee, zum Tennis und zum Bridge. Wir wurden zum Tanz bei Grundbesitzern der Umgegend mitgenommen. Oft fanden im Nachbarort irgendwelche Feste statt; ich sah mir das baskische Pelotaspiel an und schaute zu, wie junge Bauern, grünlich vor Angst, ihre Kokarden in das Fell von ausgemergelten Kühen steckten: manchmal schlitzte ein scharfes Horn ihre schönen weißen Hosen auf, und alles lachte. Nach dem Abendessen setzte jemand sich ans Klavier, und die Familie sang im Chor; es wurden auch Spiele gespielt: Scharaden und ‹Bouts-rimés›. Der Vormittag war mit Hausarbeit ausgefüllt. Es wurden Blumen gepflückt, Sträuße gewunden, und vor allem wurde gekocht. Lili, Zaza, Bébelle stellten englische Kuchen, Maultaschen, Sandtorten und Gugelhupfe für den Nachmittagstee her; sie halfen ihrer Mutter und Großmutter, Tonnen von Früchten und Gemüsen in Gläser zu füllen; es gab immer Erbsen auszuhülsen, grüne Bohnen abzuziehen, Nüsse zu schälen und Pflaumen zu entkernen. Die Ernährung war eine von langer Hand vorbereitete, anstrengende Angelegenheit.

Zaza sah ich kaum und langweilte mich daraufhin. Obwohl ich über wenig psychologischen Sinn verfügte, war mir doch klar, daß Mabilles und ihre Freunde mir mißtrauten. Schlecht angezogen, wenig gepflegt, verstand ich weder alte Damen mit ehrerbietigen Reverenzen zu begrüßen, noch meine Bewegungen und mein Lachen immer maßvoll zu zügeln. Ich hatte keinen Pfennig Geld und bereitete mich auf Berufsarbeit vor. Schon das war eher schockierend; um allem die Krone aufzusetzen, hatte ich auch noch vor, später an einem staatlichen Lyzeum zu unterrichten; durch Generationen hindurch hatten alle diese Leute die laizistische Schulerziehung bekämpft: in ihren Augen bereitete ich mich auf eine Zukunft vor, die mich tief degradierte. Ich schwieg soviel wie möglich, ich gab acht auf mich; aber was ich auch tat, jedes meiner Worte und sogar mein Schweigen schien fehl am Platz. Madame Mabille zwang sich zur Liebenswürdigkeit. Monsieur Mabille und die alte Madame Larivière übersahen mich, soweit sie es ohne Unhöflichkeit konnten. Der älteste der Söhne war gerade ins Priesterseminar eingetreten; Bébelle fühlte sich möglicherweise zur Ordensschwester berufen, sie gaben sich wenig mit mir ab. Die jüngeren Kinder wunderten sich über mich, das heißt, sie schüttelten mißbilligend den Kopf. Lili verbarg ihren Tadel nicht. Vollkommen dem Milieu des Hauses angepaßt, wußte dieser Ausbund aller Tugenden auf alles eine Antwort: es genügte, daß ich ihr eine Frage stellte: schon war sie gereizt. Mit fünfzehn oder sechzehn Jahren hatte ich mich während eines Mittagessens bei den Mabilles gewundert, wieso, wenn die Menschen doch alle gleich erschaffen sind, Tomate oder Hering für jeden einen anderen Geschmack haben; Lili hatte mich ausgelacht. Jetzt gab ich mich nicht mehr derart naiv der allgemeinen Heiterkeit preis, aber meine Reserve genügte bereits, um auf sie verstimmend zu wirken. Eines Nachmittags wurde im Garten über das Frauenstimmrecht debattiert: allen erschien es logisch, daß Madame Mabille eher eine Stimme zukam als einem Handlanger, der ein Trunkenbold war. Lili aber hatte aus sicherer Quelle, daß in den Elendsvierteln die Frauen noch ‹röter› als die Männer seien; wenn man sie zur Urne gehen ließe, würde die gute Sache darunter leiden. Das Argument schien entscheidend. Ich sagte nichts, aber im Chor der Zustimmung wirkte dieses Verstummen bereits subversiv.

Mabilles sahen fast täglich ihre Vettern Du Moulin de Labarthète. Die Tochter, Didine, war sehr mit Lili befreundet. Es waren drei Söhne da, Henri, ein Finanzinspektor mit dem fülligen Gesicht eines ehrgeizigen Lebemannes, Edgar, ein Kavallerieoffizier, und Xavier, ein zwanzigjähriger Seminarist: er war der einzige, der mir interessant schien; er hatte zartlinige Züge, nachdenkliche Augen und beunruhigte seine Familienangehörigen durch das, was sie als seine ‹Willenlosigkeit› bezeichneten; sonntags überlegte er, in einem Sessel ausgestreckt, so lange, ob er zur Messe gehen sollte oder nicht, daß er sie häufig versäumte. Er las, er dachte nach, er stach sehr stark von seiner Umgebung ab. Ich fragte einmal Zaza, weshalb zwischen ihr und ihm so gar keine Intimität bestehe. Sie war sehr verlegen: «Ich habe niemals darüber nachgedacht. Bei uns ist das nicht möglich. Die Familie würde es nicht verstehen.» Doch hatte sie Sympathie für ihn. Im Laufe eines Gesprächs fragten sich Lili und Didine mit offenbar absichtlich betonter Verblüffung, wie nur vernunftbegabte Leute das Dasein Gottes in Frage stellen könnten. Lili sprach von dem Uhrmacher und der Uhr, wobei sie mich scharf ansah; wiewohl mit schlechten Gefühlen, entschloß ich mich, den Namen Kant auszusprechen. Xavier unterstützte mich: «Ja», sagte er, «das ist der Vorteil, wenn man keine Philosophie getrieben hat: da ist man imstande, sich mit solchen Argumenten zu begnügen.» Lili und Didine wurden sichtlich kleinlaut.

Das Thema, über das in Laubardon am meisten debattiert wurde, war der damals ausgebrochene Konflikt zwischen der ‹Action française› und der Kirche. Mabilles vertraten energisch den Standpunkt, daß alle Katholiken sich dem Papst zu unterwerfen hätten; die Labarthètes – mit Ausnahme von Xavier, der nicht Stellung nahm – waren für Maurras und Daudet. Ich hörte ihre leidenschaftlichen Stimmen und kam mir wie in der Verbannung vor. Ich litt darunter. In meinem Tagebuch behauptete ich, daß in meinen Augen eine Menge Leute ‹nicht existierten›; in Wirklichkeit zählte jede Person, sobald sie anwesend war. Die folgende Eintragung findet sich in meinem Heft: ‹Verzweiflungsanfall in Gegenwart von Xavier Du Moulin. Ich habe allzusehr die Kluft zwischen ihnen und mir gespürt und erkannt, in welchen Sophismus sie mich hineinzwingen möchten.› Ich erinnere mich nicht mehr, was den Anlaß zu diesem Ausbruch gegeben hatte, der offenbar nicht ruchbar geworden ist; doch sein Sinn ist mir klar: ich nahm nicht leichten Herzens hin, daß ich mich so stark von den anderen unterschied und von ihnen mehr oder weniger unverblümt als räudiges Schaf behandelt wurde. Zaza verspürte Zuneigung zu ihrer Familie, auch ich hatte sie früher gemocht, und meine Vergangenheit hatte noch viel Gewicht bei mir. Im übrigen war ich ein zu glückliches Kind gewesen, als daß ich mit Leichtigkeit in mir Haß oder Feindseligkeit hätte züchten können: gegen Übelwollen war ich vollkommen wehrlos.

Zazas Freundschaft wäre eine Stütze für mich gewesen, wenn wir miteinander hätten reden können, doch sogar des Nachts stand eine Dritte zwischen uns; sobald ich mich zu Bett gelegt hatte, versuchte ich zu schlafen. Wenn Geneviève glaubte, ich sei eingeschlummert, zog sie Zaza noch sehr lange ins Gespräch. Sie fragte sich, ob sie nett genug zu ihrer Mutter sei; manchmal hatte sie ihr gegenüber Ausbrüche von Ungeduld: war das schlimm? Zaza antwortete sehr zurückhaltend. Aber sowenig sie sich auch preisgab, dieses Geplausche setzte sie doch eher herab, sie wurde mir fremder dadurch; mit bedrücktem Herzen sagte ich mir, daß sie eben trotz allem an Gott, an ihre Mutter, an ihre Pflichten glaube, und fühlte mich sehr allein.

Glücklicherweise richtete Zaza es so ein, daß wir bald einmal ungestört sprechen konnten. Sie erklärte mir in aller Heimlichkeit, aber doch ohne Umschweife, daß ihr Geneviève nur sehr bedingt sympathisch sei: diese halte sie zwar für ihre intime Freundin, aber das beruhe nicht auf Gegenseitigkeit. Ich war sehr erleichtert. Im übrigen reiste Geneviève ab, und da die Jahreszeit fortschritt, ließ auch das gesellschaftliche Treiben nun allmählich nach. Ich hatte Zaza für mich. Eines Nachts, als das ganze Haus im Schlafe lag, gingen wir mit einem Umschlagetuch über unseren langen Madapolamnachthemden in den Garten; unter einer Pinie sitzend, führten wir lange Gespräche. Zaza war jetzt sicher, daß sie ihren Vetter nicht mehr liebte; sie erzählte mir nunmehr alle Einzelheiten dieser Idylle. Da erst erfuhr ich, wie ihre Kindheit verlaufen und wie groß ihre Verlassenheit gewesen war, von der ich damals nichts ahnte. «Ich habe Sie geliebt», sagte ich; sie fiel aus allen Wolken; sie gestand mir, daß ich nur einen nicht genau fixierten Platz in der Rangordnung ihrer Freundschaften eingenommen hätte, deren keine übrigens großes Gewicht gehabt habe. Am Himmel endete der sterbende Mond in träger Agonie, wir sprachen von früher, und die Hilflosigkeit unserer Kinderherzen von damals stimmte uns traurig; sie war tief bestürzt, daß sie mir Kummer gemacht und so wenig von mir gewußt habe; ich fand es bitter, ihr diese Dinge erst heute sagen zu können, wo sie schon aufgehört hatten, wahr zu sein: es war nicht mehr so, daß sie mir mehr bedeutete als alles andere. Immerhin lag ein gewisser weicher Zauber in dieser späten Wehmut. Nie waren wir einander so nahe gewesen, und das Ende meines Aufenthalts schenkte mir noch viel Glück. Wir saßen zusammen in der Bibliothek, wir plauderten, rings von den gesammelten Werken Veuillots, Montalemberts und sämtlichen Jahrgängen der *Revue des Deux Mondes* umgeben; wir unterhielten uns auf den staubigen Wegen, über denen der herbe Duft der Feigenbäume lag; wir sprachen von Francis Jammes, von Laforgue, von Radiguet, von uns selbst. Ich las Zaza ein paar Seiten meines Romans vor: die Dialoge bestürzten sie, aber sie ermutigte mich, damit fortzufahren. Auch sie, sagte sie, würde später gern schreiben; ich redete ihr zu. Als der Tag meiner Abreise kam, begleitete sie mich bis Mont-de-Marsan zum Zuge. Auf einer Bank sitzend, aßen wir kleine trockene Pfannkuchen und trennten uns ohne Wehmut, denn wir würden uns ja bald danach in Paris wiedersehen.

Ich war in dem Alter, in dem man noch an die Wirksamkeit brieflicher Auseinandersetzungen glaubt. Von Laubardon aus schrieb ich an meine Mutter und bat sie um ihr Vertrauen; es werde später bestimmt einmal etwas aus mir werden. Sie antwortete mir sehr freundlich. Als ich die Wohnung in der Rue de Rennes wieder betreten hatte, sank mir jedoch der Mut: noch drei Jahre würde ich zwischen diesen Wänden verbringen müssen! Doch mein letztes Semester hatte mir gute Erinnerungen hinterlassen, und ich ermahnte mich zum Optimismus. Mademoiselle Lambert wünschte, daß ich sie zum Teil von ihrer Abiturientenklasse in Sainte-Marie entlastete; sie hatte vor, mir die Psychologiestunden zu überlassen; ich hatte zugesagt, um etwas Geld zu verdienen und mich im Unterrichten zu üben. Ich rechnete damit, im April meine Prüfung in Philosophie und im Juni die in Literatur zu machen; diese letzten Zeugnisse würden mich nicht allzuviel Arbeit kosten, ich würde Zeit behalten, zu schreiben, zu lesen und die großen Probleme zu studieren. Ich stellte einen umfassenden Studienplan auf und teilte mir die Zeit stundenweise ganz genau ein; ich fand ein kindliches Vergnügen daran, die Zukunft derart in

Fächer zu verteilen; fast lebte der brave Eifer meiner früheren Oktobermonate wieder in mir auf. Ich hatte es eilig, meine Kameraden in der Sorbonne wiederzusehen. Ich durchquerte Paris von Neuilly bis in die Rue de Rennes, von der Rue de Rennes bis Belleville und betrachtete mit heiterem Blick die kleinen Haufen von dürren Blättern am Rande des Bürgersteigs.

Ich ging zu Jacques und setzte ihm mein System auseinander; man mußte sein Leben ganz an die Suche danach wenden, weshalb man eigentlich lebte: inzwischen durfte man von nichts annehmen, es sei einem ein für allemal gewährt, sondern seine Werte durch unaufhörlich wiederholte Akte der Liebe und des Willens unterbauen. Er hörte mir gutwillig zu, schüttelte jedoch den Kopf. «So könnte man nicht leben», sagte er. Als ich auf meiner Meinung beharrte, lächelte er. «Du findest nicht, daß das für junge Leute von zwanzig Jahren denn doch reichlich abstrakt ist?» fragte er mich. Er selbst hatte den Wunsch, sein Dasein möchte eine Zeitlang noch ein großes Glücksspiel bleiben. Abwechselnd, wie die Tage einander folgten, gab ich ihm recht und unrecht. Ich entschied mich dafür, daß ich ihn liebte, dann aber fand ich wiederum, ich liebte ihn entschieden nicht. Ich war voller Trotz und verlebte zwei Monate, ohne ihn zu sehen.

Mit Jean Pradelle ging ich rund um den See im Bois de Boulogne spazieren; wir bewunderten den Herbst, die Schwäne und sahen den bootfahrenden Leuten zu; wir griffen den Faden unserer Diskussionen, jedoch mit minderem Eifer, wieder auf. Ich hing sehr an Pradelle, aber wie wenig ernsthaft von den Dingen bewegt er doch war! Seine Ruhe verletzte mich. Riesmann gab mir seinen Roman zu lesen, den ich kindisch fand, und ich las ihm ein paar Seiten des meinen vor, der ihn beträchtlich zu langweilen schien. Jean Mallet sprach immer zu mir von Alain, Suzanne Boigue von ihrem Herzen, Mademoiselle Lambert von Gott. Meine

Schwester war in eine Kunstgewerbeschule eingetreten, in der es ihr gar nicht gefiel, sie weinte mir etwas vor. Zaza übte sich in Gehorsam und verbrachte ganze Stunden damit, in den Warenhäusern Stoffmuster auszuwählen. Von neuem senkten sich Langeweile und Einsamkeit auf mich herab. Als ich mir einst im Luxembourggarten gesagt hatte, Verlassenheit werde eben nun einmal mein Los sein, lag so viel Heiterkeit in der Luft, daß ich nicht sehr bewegt davon gewesen war, aber jetzt im Herbstnebel erschreckte mich die Zukunft. Ich würde niemanden lieben, niemand war groß genug, damit man ihn lieben könnte; ich würde die Wärme eines Heims nie finden, sondern meine Tage in einem Zimmer in der Provinz verbringen, das ich nur verlassen würde, um meinen Unterricht zu erteilen: welche Öde erwartete mich! Ich hoffte nicht einmal mehr, bei irgendeinem menschlichen Wesen wahres Verstehen zu finden. Nicht einer meiner Freunde akzeptierte mich ohne Vorbehalt, weder Zaza, die für mich betete, noch Jacques, der mich zu abstrakt fand, noch Pradelle, der meine ewige Umgetriebenheit und meine Vorurteile beklagte. Was sie alle kopfscheu machte, war das, was in mir am allerhartnäckigsten bestand: meine Ablehnung jener mittelmäßigen Existenz, in die sie alle auf die eine oder andere Art einwilligten, und meine regellosen Bemühungen, aus ihr hinauszugelangen. Ich versuchte mir diesen Zustand selber zu begründen. ‹Ich bin nicht wie die anderen, damit muß ich mich abfinden›, behauptete ich mir selbst gegenüber; aber ich fand mich nicht ab. Wenn ich von den anderen getrennt war, verband mich nichts mehr mit der Welt: sie wurde zu einem Schauspiel, das mich überhaupt nichts anging. Ich hatte nacheinander auf Ruhm, auf Glück, auf das Dienen verzichtet; jetzt interessierte mich sogar das bloße Leben nicht mehr. Augenblicksweise verlor ich vollkommen den Sinn für die Wirklichkeit: Straßen, Autos, Vorübergehende waren nur ein

Ablauf von Erscheinungen, von dem meine namenlose Gegenwart sich einfach mitnehmen ließ. Es kam vor, daß ich mir voll Stolz und Furcht einredete, daß ich wahnsinnig sei: der Abstand zwischen hartnäckiger Einsamkeit und Wahnsinn ist nicht sehr groß. Ich hatte viele Gründe, in geistige Verwirrung zu geraten. Seit zwei Jahren schon war ich verzweifelt bemüht, einer Falle zu entrinnen, fand aber keinen Ausweg daraus: unaufhörlich stieß ich an unsichtbare Hindernisse an; das konnte nur damit enden, daß eine Art von Schwindel mich erfaßte. Meine Hände blieben leer; ich half mir über meine Enttäuschung hinweg, indem ich mich gleichzeitig darin bestärkte, daß ich eines Tages alles besitzen würde und daß nichts etwas wert sei: ich verstrickte mich in diesen Widerspruch. Vor allem aber lebte in mir ein Übermaß an Gesundheit und Jugend, dennoch aber blieb ich ganz auf das Haus und die Bibliotheken beschränkt: diese nicht ausgelebte Vitalität entfesselte ziellose Stürme in meinem Kopf und in meinem Herzen.

Die Erde war nichts mehr für mich, ich stand ‹außerhalb des Lebens›, ich wünschte nicht einmal mehr zu schreiben; die furchtbare Eitelkeit aller Dinge würgte mich an der Kehle; aber ich hatte genug vom Leiden, im vorhergehenden Winter hatte ich zuviel geweint; ich erfand eine Hoffnung für mich. In Augenblicken vollkommener Unbeteiligtheit, in denen sich das Weltall in ein Spiel der Illusionen aufzulösen schien und mein eigenes Ich sich vernichtigte, blieb etwas noch bestehen: etwas Unzerstörbares, Ewiges; meine Gleichgültigkeit schien mir gleichsam die negative Form einer Gegenwart zu sein, zu der es am Ende doch möglich sein werde, einmal hinzugelangen. Ich dachte dabei nicht an den Gott der Christen: der Katholizismus mißfiel mir mehr und mehr. Gleichwohl war ich beeinflußt durch Mademoiselle Lambert, durch Pradelle, die behaupteten, es sei möglich, zum wahren Sein vorzudringen: ich las Plotin und Studien über mystische Psychologie. Ich fragte mich, ob nicht jenseits der Grenzen der Vernunft gewisse Erfahrungen die Möglichkeit in sich bergen könnten, mich des Absoluten teilhaftig werden zu lassen; an dem gleichen abstrakten Ort, von dem aus ich die unwirtliche Welt in Staub und Asche legte, suchte ich die Fülle. Weshalb sollte eine Mystik nicht möglich sein? ‹Ich will an Gott rühren oder Gott werden›, erklärte ich. Das ganze Jahr hindurch überließ ich mich immer wieder diesem Wahn.

Indessen war ich meiner selbst müde geworden. Ich hörte beinahe vollkommen auf, mein Tagebuch zu führen. Ich beschäftigte mich. In Neuilly wie in Belleville verstand ich mich gut mit meinen Schülern, der Lehrberuf amüsierte mich. An der Sorbonne nahm niemand an den Vorlesungen über Soziologie oder Psychologie teil, so einfältig kamen sie uns vor. Ich wohnte einzig den Vorstellungen bei, die am Sonntag- und Dienstagvormittag Georges Dumas uns in Sainte-Anne mit Hilfe einiger Geisteskranker gab. Manisch Besessene, Paranoiker, Fälle von Dementia praecox zogen auf der Estrade an uns vorüber, ohne daß er uns jemals über ihre Geschichte oder ihre Konflikte aufklärte, ja, ohne daß er auch nur zu ahnen schien, daß irgend etwas in ihren Köpfen vorging. Er beschränkte sich darauf, uns zu beweisen, daß ihre Anomalien sich genau in das Schema einordneten, das er in seinem Abriß aufgestellt hatte. Er war geschickt darin, die gewünschten Reaktionen zu provozieren, und die schlaue Bosheit in seinem alten wächsernen Gesicht war so ausdrucksvoll, daß wir Mühe hatten, nicht laut herauszulachen: man hätte meinen können, der Irrsinn sei ein ganz großartiger Spaß. Selbst in diesem Lichte faszinierte er mich. An Delirien oder Halluzinationen Leidende, Schwachsinnige, heitere, gequälte, besessene Kranke – alle diese Leute waren unter sich ganz und gar verschieden.

Ich hörte Vorlesungen auch bei Jean Baruzi, dem Verfasser einer mit Achtung genannten Dissertation über den heiligen Johannes vom Kreuz, der alle Kapitalfragen der Menschheit in wahllosem Durcheinander behandelte. Aus einer Physis mit dunkler Haut und kohlschwarzem Haar durchbohrten seine Augen die finstere Nacht düster lodernder Feuer. Allwöchentlich riß sich seine Stimme bebend aus den Abgründen des Schweigens los und verhieß uns für die folgende Woche fulminante Erleuchtungen. Die ‹Normaliens› verschmähten diese Vorlesungen, die nur von gewissen Außenseitern aufgesucht wurden – unter diesen sah man René Daumal und Roger Vailland. Sie schrieben in avantgardistischen Zeitschriften. Der erstere galt für einen tiefen Geist, der zweite für eine lebhafte Intelligenz. Vailland gefiel sich darin, andere vor den Kopf zu stoßen, und sogar seine äußere Erscheinung hatte etwas Bestürzendes. Seine glatte Haut war bis zum Zerreißen straff über ein Gesicht gespannt, das ganz aus Profilen bestand: von vorne sah man nur einen Adamsapfel. Sein blasierter Gesichtsausdruck stand im Widerspruch zu dieser Frische: man hätte meinen können, es handle sich bei ihm um einen durch teuflische Zaubertränke verjüngten Greis. Man sah ihn oft in Gesellschaft einer jungen Frau, der er den Arm nachlässig um den Hals legte. «Mein Weibchen», erklärte er, wenn er sie einem bekannt zu machen gedachte. Ich las von ihm in *Le Grand Jeu* einen lebhaften Ausfall gegen einen Sergeanten, der einen Soldaten mit einem Straßenmädchen getroffen und ihn daraufhin bestraft hatte. Vailland nahm für alle Menschen, ob Zivilpersonen oder Militärs, das Recht in Anspruch, ihren animalischen Instinkten zu folgen. Ich war sehr nachdenklich gestimmt. Ich hatte eine unerschrockene Phantasie, aber, wie ich schon sagte: die Wirklichkeit verschüchterte mich leicht. Ich machte keinen Versuch, Daumal oder Vailland näherzukommen; sie ihrerseits ignorierten mich.

Ich knüpfte nur eine einzige neue Freundschaft an, die mit Lisa Quermadec, einer Pensionärin von Sainte-Marie, die sich auf die Lizentiatur in Philosophie vorbereitete. Sie war eine schmächtige kleine Bretonin mit aufgewecktem, etwas männlichem Gesicht unter sehr kurzgeschnittenem Haar. Sie verabscheute sowohl das Haus in Neuilly wie auch den Mystizismus von Mademoiselle Lambert. Sie glaubte an Gott, hielt aber alle, die ihn zu lieben behaupteten, für Großsprecher oder Snobs. «Wie könnte man jemanden lieben, den man gar nicht kennt?» Sie gefiel mir, aber ihr etwas bitterer Skeptizismus wirkte nicht gerade erheiternd auf mich. Ich schrieb weiter an meinem Roman. Für Baruzi begann ich, eine umfangreiche Abhandlung über ‹Die Persönlichkeit› zu verfassen, aus der ich eine Summa meines Wissens und meiner Unwissenheit machte. Einmal in der Woche ging ich allein oder mit Zaza ins Konzert: zweimal schöpfte ich Entzückung aus *Le Sacre du Printemps*. Im großen und ganzen aber begeisterte ich mich kaum je für irgend etwas. Bekümmert las ich den zweiten Band der Korrespondenz zwischen Rivière und Alain-Fournier: die Fieberräusche ihrer Jugend verloren sich in kleinlichen Sorgen, in mesquiner Feindseligkeit und Schärfe. Ich fragte mich, ob ein gleicher Abstieg auch mich erwartete.

Ich kehrte zu Jacques zurück. Mit seinen Bewegungen und seinem Lächeln von ehemals wanderte er in der Galerie auf und ab, und die Vergangenheit lebte wieder auf. Ich ging oft zu ihm: er sprach, er sprach viel; das Halbdunkel füllte sich mit Rauch, und in den bläulichen Ringen kreisten schillernde Worte; irgendwo, an unbekannten Orten, begegnete man Menschen, die von den anderen verschieden waren, und es trugen sich Dinge zu: komische, ein wenig tragische, manchmal sehr schöne Dinge. Wieso? Wenn die Tür geschlossen war, versiegten allmählich die Worte. Aber acht Tage darauf erkannte ich in der goldflimmernden Iris seiner

Augen wiederum die Spur des Abenteuers. Abenteuer, Flucht, der große Aufbruch: vielleicht lag in ihnen das Heil! Das war es jedenfalls, was Marc Chadourne in *Vasco* behauptete, einem Buch, das in diesem Winter beachtliche Erfolge erzielte und das ich fast ebenso entflammt verschlang wie früher *Le Grand Meaulnes*. Jacques hatte die Ozeane nicht überquert; aber viele junge Romanschriftsteller – unter ihnen Soupault – behaupteten, daß man auch, ohne Paris zu verlassen, erstaunliche Reisen unternehmen könne; sie beriefen sich auf die überwältigende Poesie jener Bars, in denen Jacques seine Nächte verbrachte. Ich liebte ihn von neuem. Ich war zuvor schon so tief in Gleichgültigkeit und sogar Verachtung versunken gewesen, daß diese Rückkehr zur Leidenschaft mich noch jetzt erstaunt. Dennoch glaube ich, daß ich sie mir erklären kann. Zunächst wog das Vergangene schwer; ich liebte Jacques zum großen Teil, weil ich ihn geliebt hatte. Außerdem war ich der Herzensdürre und der Verzweiflung müde: ein Verlangen nach Zärtlichkeit und Sicherheit kehrte in mich zurück. Jacques bewies mir gegenüber eine Freundlichkeit, die er nicht mehr verleugnete; er gab sich Mühe, er amüsierte mich. Alles das hätte nicht genügt, ihn zu mir zurückzuführen; viel entscheidender war, daß er sich auch weiter unbehaglich in seiner Haut, dem Leben schlecht adaptiert und völlig im Ungewissen fühlte; ich hatte in seiner Gegenwart ein weniger fremdes Gefühl als bei allen den Leuten, die sich mit dem Leben abzufinden verstanden; nichts aber schien mir wichtiger, als mich einer solchen Haltung zu verschließen; ich folgerte daraus, daß wir beide, er und ich, zur gleichen Gattung gehörten, und von neuem verknüpfte ich mein Geschick mit dem seinen. Im übrigen brachte mir das nur geringen Trost; ich wußte, wie verschieden wir waren, und rechnete nicht mehr damit, daß die Liebe mich von der Einsamkeit je erlösen würde. Ich hatte mehr den Eindruck, einer Schicksalhaftigkeit nachzugeben, als dem Glück frei entgegenzuschreiten. Meinen zwanzigsten Geburtstag leitete ich mit einem melancholischen Singsang ein. ‹Ich werde nicht nach Ozeanien reisen. Ich werde es nicht noch einmal mit dem hl. Johannes vom Kreuz versuchen. Nichts ist traurig, alles ist vorhergesehen. Dementia praecox wäre eine Lösung. Und wenn ich zu leben versuchte? Aber ich habe meine Erziehung im Cours Désir erhalten.›

Gern hätte ich jene ‹zufallhafte und unnütze› Existenz gekostet, deren Anziehungskraft Jacques und die jungen Romanschriftsteller mir rühmten. Wie aber sollte ich etwas Unvorhergesehenes in meine Tage einfügen? Es gelang uns, meiner Schwester und mir, in großen Abständen immer einmal einen Abend der mütterlichen Wachsamkeit zu entfliehen: meine Schwester zeichnete oft am Abend in der ‹Grande Chaumière›, das war ein bequemer Vorwand, wenn ich selbst mir meinerseits ein Alibi verschaffte. Mit dem Geld, das ich in Neuilly verdiente, gingen wir in das ‹Studio des Champs-Elysées›, um uns ein ultramodernes Stück anzusehen, oder hörten im Promenoir des ‹Casino de Paris› Maurice Chevalier. Wir wanderten durch die Straßen und sprachen von unserem Leben oder dem Leben an sich; unsichtbar, aber überall gegenwärtig, streifte uns das Abenteuer. Durch solche Streiche wurden wir in heitere Stimmung versetzt; aber nicht allzuoft konnten wir sie wiederholen. Die tägliche Monotonie bedrückte uns schließlich doch: ‹O trübes Erwachen, Leben ohne Verlangen und Liebe, schon und so schnell erschöpft, grauenhafte *Öde*. So kann es nicht weitergehen! Was will ich? Was vermag ich? Nichts und wieder nichts. Mein Buch? Nur Eitelkeit. Die Philosophie? Ich habe sie satt. Die Liebe? Ich bin zu müde dazu. Und doch bin ich zwanzig Jahre alt und will leben!›

So konnte es nicht weitergehen: und es ging auch nicht weiter. Ich kehrte zu meinem Buch, zur Philosophie, zur

Liebe zurück. Und dann war es dennoch wieder da: ‹Immer dieser Konflikt, der so ausweglos scheint! Ein glühendes Bewußtsein meiner Kräfte, meiner Überlegenheit über sie alle und dessen, was ich tun könnte! Nein, so kann es nicht weitergehen.›

Aber es ging weiter. Und vielleicht würde es schließlich immer so weitergehen. Wie ein verrücktgewordenes Pendel schlug ich frenetisch einmal nach der Seite der Apathie und dann wiederum nach der der irregeleiteten Freude aus. Des Nachts stieg ich die Stufen von Sacré-Cœur hinauf und sah in der Wüste des endlosen Raums Paris aufblitzen, eine eitle Oase. Ich weinte, weil es so schön und weil es so sinnlos war. Durch die kleinen Straßen der ‹Butte› ging ich wieder hinab und lachte allen Lichtern entgegen. Ich strandete in Dürre und schwang mich wieder in den Frieden empor. Ich erschöpfte mich.

Meine Freundschaften enttäuschten mich mehr und mehr. Blanchette Weiß brach mit mir; ich habe niemals begriffen, weshalb: von einem Tage zum anderen kehrte sie mir den Rücken und gab keine Antwort auf den Brief, in dem ich sie um eine Erklärung bat. Ich erfuhr, daß sie mich überall als Intrigantin behandelte und mich beschuldigte, ich hätte aus rasender Eifersucht auf sie den Einband von Büchern, die sie mir geliehen hatte, mit den Zähnen zerbissen. Meine Beziehungen zu Riesmann waren kühl. Er hatte mich zu sich eingeladen. In einem riesigen, mit Kunstgegenständen angefüllten Salon hatte ich Jean Baruzi und seinen Bruder, den Verfasser eines esoterischen Buches, angetroffen; auch ein berühmter Bildhauer war da, dessen Werke Paris verschandelten, und ein paar andere Persönlichkeiten der akademischen Welt: die Unterhaltung wirkte bestürzend auf mich. Riesmann selbst fiel mir durch seinen Ästhetizismus und seine Sentimentalität auf die Nerven. Die anderen, diejenigen, die ich sehr liebte, die, die ich liebte, und der, den ich liebte, verstanden mich nicht, sie genügten mir nicht; ihr Dasein, ihre Gegenwart sogar brachten für mich keine Lösung.

Lange war es her, daß die Einsamkeit mich in den Stolz gedrängt hatte. Jetzt verdrehte sie mir vollends den Kopf. Baruzi gab mir meine Arbeit mit großen Lobsprüchen zurück; er ließ mich nach der Vorlesung zu sich kommen und drückte mir mit seiner ersterbenden Stimme die Hoffnung aus, daß hier der Ansatzpunkt eines gewichtigen Werkes geschaffen sei. Ich war ganz Feuer und Flamme. ‹Ich bin sicher, daß ich höher aufsteigen werde als sie alle. Hochmut? Wenn ich kein Genie habe, ja; aber wenn ich es habe – wie ich manchmal glaube, wie ich manchmal fast *sicher* bin –, so ist es nur Hellsichtigkeit›, schrieb ich ganz friedlich in mein Tagebuch. Am folgenden Tage sah ich Chaplin als ‹Vagabunden›; als ich aus dem Kino kam, ging ich in den Tuilerien spazieren; eine orangefarbene Sonne rollte am blaßblauen Himmel dahin und tauchte die Fensterscheiben des Louvre in strahlende Glut. Ich rief mir die alten Wanderungen in der Dämmerung ins Gedächtnis zurück und fühlte mich plötzlich wie vom Blitze getroffen von jener Forderung, die ich so lange schon mit lauter Stimme verkündete: ich mußte mein Werk verfassen. Dieses Projekt war nicht neu. Da ich aber Lust verspürte, daß irgend etwas geschah, sich jedoch nie etwas zutrug, machte ich aus meiner eigenen Ergriffenheit ein Ereignis. Noch einmal sprach ich im Angesicht des Himmels und der Erde feierliche Gelübde aus. Nichts würde mich jemals in irgendeinem Fall daran hindern, mein Buch nunmehr zu schreiben. Tatsache ist, daß ich diesen Entschluß seither nicht mehr in Frage stellte. Ich gelobte mir auch, daß ich von nun an die Freude wolle und zu ihr gelangen würde.

Ein neuer Frühling begann. Ich errang meine Zeugnisse in Moral und Psychologie. Die Idee, mich in die Philologie zu stürzen, widerstand mir so sehr, daß ich es lieber aufgab. Mein Vater war betrübt, er hätte elegant gefunden, wenn ich zwei Lizentiaturen kombiniert hätte; doch ich war nicht mehr sechzehn Jahre alt: ich blieb fest. Da kam mir eine Erleuchtung. Mein letztes Semester war unausgefüllt: weshalb sollte ich nicht sofort mein Diplom vorbereiten? Es war in jener Zeit nicht verboten, sich im selben Jahre sowohl dazu wie zur ‹Agrégation› zu melden; wenn ich schnell damit vorankam, würde nichts mich hindern, mich gleich nach Beginn des Wintersemesters auf den ‹Concours› vorzubereiten, während ich die Diplomprüfung beendete: auf diese Weise würde ich ein Jahr gewinnen! Dann aber würde ich in anderthalb Jahren mit der Sorbonne, mit zu Hause fertig sein, wäre frei, und etwas anderes könnte seinen Anfang nehmen! Ich zögerte nicht, sondern fragte Brunschvicg um Rat, der keinen Hinderungsgrund sah, der gegen diesen Plan hätte sprechen können, da ich ja ein Zeugnis in Naturwissenschaft und ausreichende Kenntnisse in Griechisch und Latein besaß. Er riet mir, über den ‹Begriff bei Leibniz› zu arbeiten, und ich willigte ein.

Die Einsamkeit indessen wühlte weiter in mir. Sie verschlimmerte sich Anfang April. Jean Pradelle verbrachte ein paar Tage mit Kameraden in Solesmes. Am Tage seiner Rückkehr traf ich ihn in der ‹Maison des amis des livres›, in der wir beide Abonnenten waren. In dem Hauptraum empfing Adrienne Monnier in ihrem Mönchsgewand bekannte Schriftsteller: Fargue, Jean Prévost, Joyce; die kleinen Säle im Hintergrund waren immer leer. Wir setzten uns auf Hocker und plauderten. Mit etwas zögernder Stimme vertraute Pradelle mir an, er habe in Solesmes kommuniziert: als er seine Kameraden zum Heiligen Tisch habe gehen sehen, habe er sich verbannt, ausgeschlossen, verlassen gefühlt; am folgenden Tage habe er gebeichtet und sie dorthin begleitet; er hatte sich für den Glauben entschieden. Mit einem Würgen in der Kehle hörte ich ihn an: nun fühlte ich mich meinerseits verlassen, verbannt, verraten. Jacques fand eine Zuflucht in den Bars von Montparnasse, Pradelle am Fuße des Tabernakels: neben mir gab es absolut niemanden mehr. Ich weinte die ganze Nacht über so viel Verrat.

Zwei Tage darauf fuhr mein Vater nach La Grillère; er wollte, ich weiß nicht mehr weshalb, seine Schwester besuchen. Das Stöhnen der Lokomotiven, der rötliche Schein des Dampfes in der kohlschwarzen Nacht weckten in mir die Vorstellung von herzzerreißenden großen Abschieden. «Ich fahre mit dir», erklärte ich. Man wendete ein, daß ich nicht einmal eine Zahnbürste bei mir hätte, schließlich aber ließ man mir diese Marotte durchgehen. Während der ganzen Reise berauschte ich mich, am Wagenfenster stehend, an Dunkelheit und Wind. Ich hatte das Land niemals im Frühling gesehen: nun ging ich zwischen Kuckucksnelken, Primeln und Glockenblumen einher; ich dachte gerührt an meine Kindheit, an das Leben, an meinen Tod. Die Furcht vor dem Tode hatte mich nie verlassen, ich gewöhnte mich nicht daran; es kam noch jetzt vor, daß ich vor Grauen zitterte und weinte. Im Gegensatz dazu bekam die Tatsache, hier, in diesem Augenblick zu existieren, einen übermenschlichen Glanz. Oft versetzte mich in diesen paar Tagen die Stille der Natur in Schrecken oder Freude, ja, ich ging in dieser Hinsicht noch weiter. Auf diesen Wiesen, in diesen Wäldern fand ich die Spur der Menschen nicht mehr; ich glaubte an jene übermenschliche Wirklichkeit zu rühren, nach der ich im Innersten strebte. Ich kniete nieder, um eine Blume zu pflücken, und fühlte mich plötzlich fest an die Erde gepreßt; niedergedrückt vom Gewicht des Himmels, konnte ich mich nicht rühren: es war eine Angst in mir und daneben eine Ekstase, die mir Ewigkeit gab. In der Überzeugung, mystische Erfahrungen durchgemacht zu haben, die ich zu erneuern versuchte, kehrte ich nach Paris zurück. Ich hatte den hl. Johannes vom Kreuz gelesen: ‹Um dahin zu gehen, wohin du nicht weißt, daß du gehst, mußt du durch das hindurchgehen, wovon du nicht weißt, daß du hindurchgehst.› Wenn ich diesen Satz umkehrte, sah ich in der Dunkelheit meiner Wege das Zeichen, daß ich einer Erfüllung entgegenging. Ich stieg ins tiefste Innere meiner selbst hinab, ich schwang mich ganz und gar zu einem Zenit empor, von welchem aus ich alles überblickte. In diesen Sonderzuständen lag sicher ein gewisses Maß an Aufrichtigkeit. Ich hatte mich in solche Einsamkeit versenkt, daß ich in manchen Augenblicken der Welt vollkommen entfremdet war und daß sie mich durch ihre Fremdheit bestürzte; die Objekte hatten keinen Sinn mehr, ebensowenig wie die Gesichter oder ich selbst; da ich nichts mehr wiedererkannte, war es verlockend für mich, mir vorzustellen, ich rühre bereits an das Unbekannte. Ich kultivierte diese Zustände nur allzu bereitwillig; gleichwohl hatte ich keine Lust, einer Selbsttäuschung zu erliegen; ich fragte Pradelle und Mademoiselle Lambert, was sie davon hielten. Pradelle war kategorisch: «Das ist uninteressant.» Mademoiselle Lambert spezifizierte etwas mehr: «Es handelt sich dabei um etwas wie eine metaphysische Intuition.» Ich kam zu dem Schluß, daß man sein Leben nicht auf solchen rauschartigen Zuständen aufbauen könne, und suchte sie nicht mehr.

Ich fuhr fort, mich zu beschäftigen. Jetzt, wo ich im Besitz meiner ‹Lizenz› war, hatte ich Zugang zu der in einer entlegenen Ecke der Sorbonne untergebrachten Bibliothek Victor Cousin. Sie enthielt eine umfängliche Sammlung philosophischer Werke, und fast niemand benutzte sie. Dort verbrachte ich meine Tage. Ich schrieb beharrlich an meinem Roman. Ich las Leibniz sowie Bücher, die mir für die Vorbereitung auf den ‹Concours› nützlich waren. Am Abend, wenn ich mich dumm und stumpf gearbeitet hatte, litt ich darunter, in meinem Zimmer zu sitzen. Ich hätte mich sehr gut darüber getröstet, daß ich die Erde nicht verlassen konnte, hätte ich nur die Erlaubnis gehabt, nach Belieben darauf herumzuwandern. Wie gern wäre ich ins Dunkel hineingetaucht, hätte Jazz gehört, mich unter die Menschenmenge gemischt! Aber nein, ich war von hohen Mauern umgeben! Ich erstickte, ich verzehrte mich, ich wäre am liebsten mit dem Kopf gegen die Wände gerannt.

Jacques war im Begriff, sich nach Algerien einzuschiffen, wo er seine achtzehn Monate beim Militär abdienen würde. Ich sah ihn häufig, er war zu mir herzlicher denn je. Er sprach viel von seinen Freunden zu mir. Ich wußte, daß Riaucourt eine Liaison mit einer jungen Frau hatte, die Olga hieß; Jacques malte mir die Liebe der beiden in so romanhaften Farben aus, daß ich zum erstenmal eine illegitime Verbindung mit einer gewissen Sympathie betrachtete. Er machte auch andeutende Bemerkungen über eine andere – sehr schöne – Person, die Magda hieß und mit der er mich gern einmal bekannt machen wollte. «Das ist eine Geschichte, die uns teuer zu stehen gekommen ist», sagte er zu mir. Magda gehörte zu jenen aufregenden Gestalten, die man nachts in den Bars trifft. Ich fragte nicht danach, welche Rolle sie in Jacques' Leben gespielt haben mochte. Ich fragte mich überhaupt nach nichts. Ich war jetzt sicher, daß Jacques an mir hing und daß ich neben ihm in der Freude würde leben können. Ich fürchtete unsere Trennung, aber ich dachte kaum daran, so glücklich war ich, daß sie diese Annäherung zwischen uns bewirkte.

Acht Tage vor Jacques' Aufbruch aß ich mit ihm im Familienkreis zusammen zu Abend. Sein Freund Riquet Bresson holte ihn nach dem Essen ab: Jacques schlug vor, ich solle zusammen mit ihnen einen Film, *L'Équipage*, ansehen. Verstimmt darüber, daß das Wort Heirat nie ausgesprochen worden war, hatte meine Mutter für unsere Freundschaft überhaupt nichts mehr übrig; sie lehnte für mich ab; ich drang weiter in sie, meine Tante trat für mich ein; schließlich ließ meine Mutter in Ansehung der Umstände sich dann doch erweichen.

Wir gingen ins Kino. Darauf führte Jacques mich ins ‹Stryx› in der Rue Huyghens, wo er Gewohnheitsgast war, und ich ließ mich zwischen Riquet und ihm auf einem Hokker nieder. Er nannte den Barmixer mit seinem Namen Michel und bestellte für mich einen Dry Martini. Nie noch hatte ich einen Fuß in ein Café gesetzt, und hier nun fand ich mich abends spät mit zwei jungen Leuten in einer Bar; für mich war das wirklich etwas ganz Außergewöhnliches. Die Flaschen mit ihren zurückhaltenden oder schreienden Tönen, die Schalen mit Oliven oder Salzmandeln, die kleinen Tische, alles erstaunte mich; das Überraschendste aber war, daß für Jacques dieses ganze Dekor etwas derart Vertrautes war. Ich goß schnell meinen Cocktail hinunter, und da ich noch niemals einen Tropfen Alkohol getrunken hatte, nicht einmal Wein, den ich nicht mochte, war ich schnell im siebenten Himmel angelangt. Ich nannte Michel bei seinem Vornamen und trieb allerlei Faxen. Jacques und Riquet setzten sich an einen Tisch, um eine Partie Poker Dice zu spielen, und taten so, als kennten sie mich nicht. Ich sprach andere Kunden an, junge, sehr ruhige Leute aus den nordischen Ländern. Der eine von ihnen spendierte mir einen zweiten Martini, den ich auf ein Zeichen von Jacques hinter die Theke leerte. Um ganz auf der Höhe zu sein, zerschlug ich ein paar Gläser; Jacques lachte, ich war selig. Wir gingen in die ‹Vikings›. Auf der Straße gab ich Jacques meinen rechten, Riquet meinen linken Arm: der linke existierte nicht für mich, und ich erlebte staunend mit Jacques eine körperliche Intimität, die ein Symbol für die Verschmelzung unserer Seelen war. Er lehrte mich Poker Dice und ließ mir einen Gin Fizz mit sehr wenig Gin darin bringen; verliebt vertraute ich mich seiner Aufsicht an. Die Zeit existierte nicht mehr für mich: es war bereits zwei Uhr morgens, als ich an der Theke der ‹Rotonde› einen grünen Pfefferminzlikör trank. Rings um mich her verschwammen aus einer anderen Welt auftauchende Gesichter; wundersame Geschehnisse spielten sich an allen Straßenecken ab. Durch eine unlösliche Gemeinsamkeit fühlte ich mich mit Jacques verbunden, ganz als hätten wir zusammen einen Mord begangen oder zu Fuß die Sahara durchquert.

Vor der Rue de Rennes 71 verließ er mich. Ich hatte den Schlüssel zur Wohnung. Doch meine Eltern erwarteten mich, meine Mutter in Tränen, mein Vater mit seinem offiziellsten Gesicht. Sie kamen vom Boulevard Montparnasse zurück, wo meine Mutter so lange geschellt hatte, bis meine Tante an einem Fenster erschien: laut schreiend hatte meine Mutter verlangt, man solle ihr ihre Tochter herausgeben, und Jacques beschuldigt, er träte meiner Ehre zu nahe. Ich erklärte ihr, wir hätten *L'Équipage* angesehen und dann noch einen Kaffee in der ‹Rotonde› getrunken. Aber meine Eltern beruhigten sich nicht, und obwohl ich schon etwas abgebrühter als früher war, vergoß ich hektische Tränen. Jacques hatte sich mit mir für den folgenden Tag ins ‹Café Sélect› verabredet. Bestürzt über meine geröteten Augen und den Bericht, den ihm seine Mutter gegeben hatte, legte er in seinen Blick mehr Zärtlichkeit denn je; er verwahrte sich dagegen, daß er mich unehrerbietig behandelt habe. «Es gibt eben auch diffizilere Formen der Hochachtung», sagte er zu mir. Ich fühlte mich mit ihm noch enger verbunden als während unserer Orgie. Vier Tage später nahmen wir Abschied voneinander. Ich fragte ihn, ob er sehr traurig sei, Paris zu verlassen. «Ich sage vor allem dir nicht gern adieu», antwortete er mir. Er begleitete mich im Auto bis zur Sorbonne. Ich stieg aus. Lange sahen wir einander in die Augen. «Also», sagte er mit einer Stimme, die mich tief bewegte, «jetzt soll ich dich nicht mehr sehen?» Er fuhr an, und ich stand ratlos am Rande des Trottoirs. Aber meine letzten Erinnerungen gaben mir die Kraft, der Zeit zu trotzen. Ich dachte: ‹Nächstes Jahr!› und ging Leibniz lesen.

«Wenn du jemals Lust auf eine kleine Extratour hast, wende dich an Riquet», hatte Jacques zu mir gesagt. Ich schrieb dem jungen Bresson ein Briefchen und traf ihn eines Abends gegen sechs Uhr im ‹Stryx›; wir sprachen von Jacques, den er bewunderte; aber die Bar war öde, und es trug sich gar nichts zu. Wenig trug sich auch an einem anderen Abend zu, an dem ich in der ‹Rotonde› einen Aperitif zu mir nahm; ein paar junge Leute plauderten vertraulich miteinander; die Tische aus Tannenholz, die normannischen Bauernstühle, die roten und weißen Vorhänge schienen nicht mehr an Geheimnis zu bergen als die Hinterstube einer Bäckerei. Als ich indessen meinen Sherry Cobbler begleichen wollte, lehnte der dicke, rothaarige Barmixer meine Zahlung ab; dieser Zwischenfall – den ich niemals aufzuklären vermocht habe – rührte in diskreter Weise ans Wunderbare und machte mir erst recht Mut. Dadurch, daß ich schon früh von zu Hause fortging und verspätet bei meinem Arbeitskreis erschien, konnte ich mich so einrichten, daß ich jeweils an den Abenden, an denen ich nach Belleville mußte, eine Stunde in den ‹Vikings› verbrachte. Einmal trank ich zwei Gin Fizz, das war zuviel; ich übergab mich in der Metro, und als ich in Belleville die Tür zum Studienraum öffnete, versagten mir die Beine den Dienst, meine Stirn war mit kaltem Schweiß bedeckt: man hielt mich für krank, bettete mich auf einen Diwan und bewunderte meine Selbstüberwindung. Meine Kusine Madeleine verbrachte ein paar Tage in Paris: ich nutzte eifrig die Gelegenheit. Sie war dreiundzwanzig Jahre alt, und meine Mutter erlaubte, daß wir eines Abends ganz allein ins Theater gingen: in Wirklichkeit waren wir übereingekommen, ‹schlimme› Orte zu besuchen. Die Sache wäre beinahe noch gescheitert, denn in dem Augenblick, als wir das Haus verließen, kam Madeleine auf den Gedanken, mir etwas Rouge aufzulegen; ich fand das hübsch, und als meine Mutter mich beschwor, es sofort zu entfernen, erhob ich Einspruch dagegen. Zweifellos meinte sie, auf meiner Wange die Fingerspur Satans zu erkennen; mit einer Ohrfeige exorzisierte sie mich. Zähneknirschend gab ich nach. Sie ließ mich dann aber doch gehen, und wir beide, meine Kusine und ich, begaben uns nach Montmartre hinauf. Lange trieben wir uns im Schein der Neonreklamen umher; wir konnten uns nicht entscheiden. Wir verirrten uns zunächst in zwei Bars, die trist wie Milchstuben waren, und landeten schließlich Rue Lepic in einer schaurigen kleinen Kaschemme, wo junge Burschen mit zweifelhaften Sitten auf Kundschaft warteten. Zwei von ihnen setzten sich an unseren Tisch, etwas erstaunt über diesen ungewohnten Besuch, denn wir waren ja offensichtlich keine Konkurrenz für sie. Eine ganze Weile gähnten wir zu zweit: ein Ekelgefühl würgte mich in der Kehle.

Indessen gab ich nicht auf. Ich erzählte meinen Eltern, das Studienzentrum in Belleville bereite für den 14. Juli einen Unterhaltungsabend vor und ich müsse mit meinen Schülerinnen ein Lustspiel einstudieren, was mich mehrere Abende in der Woche in Anspruch nehmen werde; desgleichen behauptete ich, im Dienste der ‹Equipes› das Geld auszugeben, das ich in Wirklichkeit in so manchem Gin Fizz anlegte. Gewöhnlich ging ich ins ‹Jockey› am Boulevard Montparnasse. Jacques hatte mir davon erzählt, und ich liebte dort die bunten Wandmalereien, auf denen sich Chevaliers Strohhut mit Chaplins Schuhen und dem Lächeln Greta Garbos zusammenfand: ich liebte die schimmernden Flaschen, die bunten Fähnchen, den Geruch nach Tabak und Alkohol, die Stimmen, das Lachen, das Saxophon. Die Frauen versetzten mich in bewunderndes Staunen: mein

Wortschatz reichte nicht aus, um das Gewebe ihrer Kleider, die Farbe ihres Haars zu bezeichnen; ich konnte mir nicht vorstellen, daß man in irgendeinem Geschäft ihre hauchdünnen Strümpfe, ihre ausgeschnittenen Schuhe, ihr Lippenrot zu kaufen bekäme. Ich hörte, wie sie mit den Männern den Tarif für ihre Nächte und die Gefälligkeiten aushandelten, mit denen sie sie bedachten. Meine Einbildungskraft versagte; ich selbst hatte sie sozusagen blockiert. In der ersten Zeit besonders hatte ich das Gefühl, nicht von Menschen mit Fleisch und Blut, sondern von Allegorien umgeben zu sein: die Unruhe, die Nichtigkeit, die Stumpfheit, die Verzweiflung, vielleicht sogar das Genie, ganz bestimmt aber das Laster sahen mich mit vielfältigen Gesichtern an. Ich war noch immer überzeugt, daß das Laster die für Gott vorgesehene Stelle im Menschen sei, und schwang mich mit dem gleichen Eifer auf den Barhocker, mit dem ich als Kind vor dem Allerheiligsten in die Knie gesunken war: ich rührte an die gleiche Gegenwart; der Jazz war an die Stelle der Orgel getreten, und ich spähte nach dem Abenteuer in der gleichen Weise aus, wie ich früher auf die Verzückung wartete. «In den Bars», hatte Jacques mir früher einmal gesagt, «genügt es, was auch immer zu tun, und schon geschieht irgend etwas.» Ich tat also ‹was auch immer›. Betrat ein Besucher mit dem Hut auf dem Kopf den Raum, rief ich: «Hut ab!» und schleuderte seine Kopfbedeckung in die Luft. Ich zerschlug hin und wieder ein Glas. Ich hielt laute Reden, sprach die allabendlichen Gäste an und versuchte sie naiverweise irrezuführen, indem ich behauptete, Modell oder Straßenmädchen zu sein. Mit meinem abgetragenen Kleid, derben Strümpfen, niederen Absätzen und meinem überhaupt nicht hergerichteten Gesicht konnte ich niemanden täuschen. «Da müßten Sie anders aussehen», sagte ein Hinkender mit schildpattbewehrten Augen zu mir. «Sie sind ein braves Mädchen aus gutbürgerlichem Haus, das einmal Bohème spielen will», war das Resultat, zu dem ein Mann mit Hakennase gelangte, der Feuilletonromane schrieb. Ich protestierte; der Hinkende zeichnete etwas auf ein Stück Papier. «Das muß man tun und mit sich geschehen lassen, wenn man die Kurtisane spielen will.» Ich ließ mich nicht verblüffen. «Das ist aber schlecht gezeichnet», sagte ich. «Immerhin ist es ähnlich.» Er öffnete seinen Hosenschlitz, aber diesmal schaute ich weg. «Das interessiert mich nicht.» Sie lachten. «Da sehen Sie!» sagte der Feuilletonist. «Eine richtige Hure hätte hingeschaut und gesagt: ‹Darauf brauchen Sie sich aber nichts einzubilden!›» Mit Hilfe des Alkohols gelang es mir, kaltblütig alle Obszönitäten mitanzuhören. Es kam vor, daß jemand mir einen Cocktail zahlte oder mit mir tanzte, weiter ging es jedoch nicht; offenbar wirkte ich eher dämpfend auf irgendwelche Gelüste.

Meine Schwester nahm mehrmals an diesen Eskapaden teil; um möglichst verkommen zu wirken, setzte sie den Hut schief auf und kreuzte sehr hoch die Beine. Wir sprachen laut und lachten geräuschvoll dazu. Oder aber wir betraten beide nacheinander die Bar, taten, als kennten wir uns nicht, und gerieten zum Schein in Streit: wir packten einander an den Haaren, schleuderten uns kreischend Beleidigungen ins Gesicht und waren glücklich, wenn das Publikum einen Augenblick lang auf die Komödie hereinfiel.

An den Abenden, die ich zu Hause verbrachte, vermochte ich die Stille meines Zimmers kaum noch zu ertragen; ich suchte von neuem nach Auswegen in die Mystik. Eines Nachts verlangte ich von Gott, wenn er existierte, solle er sich erklären. Er schwieg, und niemals wieder richtete ich das Wort an ihn. Im Grunde war ich recht froh, daß er nicht existierte. Ich hätte abscheulich gefunden, wenn für die Partie, die hier unten im Gange war, schon jetzt in der Ewigkeit eine Lösung bestanden hätte.

Auf alle Fälle gab es nunmehr auf Erden einen Ort, an

dem ich mich gern aufhielt; das ‹Jockey› wurde mir vertraut: ich fand dort Bekannte vor, ich fühlte mich mehr und mehr wohl. Ein Gin Fizz genügte, damit meine Einsamkeit schwand: alle Menschen waren Brüder, wir verstanden uns, und alle liebten einander. Es gab keine Probleme, keine Wehmut, keine Erwartung mehr: die Gegenwart füllte mich vollständig aus. Ich tanzte, Arme umschlangen mich, und mein Körper ahnte Formen des Entrinnens, des Sichgehenlassens, die leichter zu finden und beschwichtigender waren als meine Verzückungen; weit davon entfernt, wie damals mit sechzehn Jahren daran Anstoß zu nehmen, fand ich es jetzt eher tröstlich, wenn die Hand eines Unbekannten auf meinem Nacken mit einer Wärme und Zartheit ruhte, die echter Zärtlichkeit ähnlich war. Ich hatte keine Ahnung von den Leuten ringsum, aber das machte mir nichts aus: ich fühlte mich anderswohin versetzt und hatte den Eindruck, daß die Freiheit endlich in Reichweite vor mir lag. Seit der Zeit, da ich noch Bedenken trug, mit einem jungen Mann die Straße entlangzugehen, hatte ich Fortschritte gemacht; jetzt bot ich leichten Sinnes den Konventionen und Autoritäten Trotz. Der Anreiz, den für mich Bars und Dancings besaßen, leitete sich zum großen Teil aus ihrem Charakter der Unerlaubtheit her. Niemals hätte meine Mutter sich bereit gefunden, einen Fuß an solche Stätten zu setzen: mein Vater wäre außer sich gewesen, wenn er mich dort gesehen hätte, Pradelle sicherlich betrübt; ich verspürte große Genugtuung bei dem Gedanken, daß ich mich vollkommen außerhalb des Gesetzes befand.

Allmählich wurde ich kühner. Ich ließ mich auf der Straße ansprechen und gab mich dazu her, in Bistros mit irgendwelchen Unbekannten zu trinken. Eines Abends stieg ich in ein Auto ein, das die großen Boulevards entlang hinter mir her gefahren war. «Wie wäre es mit einem Zug durch Robinson?» schlug der Fahrer vor. Er wirkte nicht sehr angenehm, und was würde aus mir, wenn er mich zehn Kilometer von Paris entfernt einfach stehenließ? Aber ich hatte Grundsätze: ‹Gefährlich leben, nichts von sich weisen›, sagten Gide, Rivière, die Surrealisten und Jacques. «Gut», erklärte ich. An der Place de la Bastille saßen wir vor einem Café und tranken lustlos Cocktails. Als wir wieder im Auto waren, strich der Mann mir über das Knie; ich zuckte lebhaft zurück. «Ja, was denn? Sie lassen sich hier im Wagen spazierenfahren und wollen sich nicht einmal anrühren lassen?» Seine Stimme wirkte jetzt sehr verändert. Er hielt und versuchte, mir einen Kuß zu geben. Ich rannte, von seinen Schimpfreden verfolgt, davon und erreichte noch eben den letzten Zug der Metro. Ich war mir klar darüber, daß ich mit knapper Not einer Gefahr entronnen war; andererseits beglückwünschte ich mich dazu, wirklich einen ‹acte gratuit› begangen zu haben.

An einem anderen Abend spielte ich auf einem Jahrmarkt an der Avenue de Clichy Tischfußball mit einem jungen Burschen, dem eine rosa Narbe quer über die Wange lief; wir hatten erst mit Karabinern geschossen, und er bestand darauf, alles zu bezahlen. Er stellte mir einen Freund vor und spendete mir einen Kaffee. Als ich meinen letzten Autobus sich zur Abfahrt rüsten sah, verabschiedete ich mich von ihm und lief eilends davon. Die beiden schnappten mich in dem Augenblick, als ich mich auf die Plattform schwingen wollte; sie packten mich an den Schultern: «Das ist keine Art!» Der Schaffner zögerte mit der Hand an der Schelle; dann aber zog er den Griff, und der Autobus setzte sich in Bewegung. Ich schäumte vor Wut. Die beiden Burschen versicherten mir, ich selbst habe mich ins Unrecht gesetzt. Man läßt die Leute nicht einfach stehen, ohne es vorher zu sagen. Wir versöhnten uns wieder, und sie bestanden darauf, sie wollten mich zu Fuß nach Hause begleiten; ich legte ihnen mit großer Umsicht dar, daß sie von mir nichts zu erwarten hätten, sie aber ließen nicht locker. Rue Cassette, an der Ecke der Rue de Rennes, faßte mich der mit der Narbe um die Taille. «Wann sehen wir uns wieder?» – «Wann Sie wollen», gab ich feige zurück. Er versuchte mich zu küssen, ich aber wehrte mich. Vier Polizisten auf Rädern tauchten auf; ich wagte sie nicht zu rufen, aber mein Angreifer ließ mich los, und wir machten wieder ein paar Schritte nach meinem Hause zu. Als die Streife vorüber war, packte er mich von neuem beim Handgelenk. «Du hast nicht vor, zum Rendezvous zu kommen, du hast uns nur anführen wollen! So etwas mag ich nicht! Du verdienst, daß man dir eine kleine Lektion erteilt.» Er sah nicht vertrauenerweckend aus: er würde mich sicher schlagen oder maßlos küssen, und ich wußte nicht, was von beidem mir noch erschreckender erschien. Der Freund jedoch mischte sich ein: «Also los, man kann sich ja verständigen. Er tobt nur so, weil Sie ihn Geld gekostet haben, das ist alles.» Ich leerte meine Handtasche aus. «Ich mache mir einen Dreck aus Geld!» erklärte der andere. «Ich werde ihr zeigen, daß man mit mir so etwas nicht machen kann.» Schließlich ließ er sich doch mit meinem gesamten Vermögen abfinden, das in fünfzehn Francs bestand. «Dafür kann man sich nicht einmal eine Frau leisten!» stellte er giftig fest. Ich schlich mich ins Haus: diesmal hatte ich wirklich Angst gehabt.

Das Schuljahr ging zu Ende. Suzanne Boigue hatte ein paar Monate bei einer ihrer Schwestern in Marokko verbracht; dort war sie dem Mann ihres Lebens begegnet. Das Hochzeitsfrühstück fand in einem großen Garten in einem der Vororte statt; der Mann war sehr freundlich, Suzanne strahlte, aber dieses Glück kam mir nicht sehr verlockend vor. Im übrigen fühlte ich mich nicht unglücklich: Jacques' Abwesenheit, die Gewißheit seiner Liebe wirkten beschwichtigend auf mein Herz, das nicht mehr von den Gefährdungen einer Begegnung, den Zufällen einer Laune in Unruhe gehalten wurde. Ich unternahm Bootsfahrten im Bois mit meiner Schwester, Zaza, Lisa und Pradelle. Meine Freunde verstanden sich gut untereinander, und wenn ich sie zusammen bei mir hatte, machte es mir weniger aus, daß ich selbst mich mit keinem einzigen von ihnen ganz und gar verstand. Pradelle stellte mir einen Kameraden von der École Normale vor, den er sehr hoch schätzte: es war einer von denen, die ihn in Solesmes dazu gebracht hatten, auch seinerseits zur Kommunion zu gehen. Er hieß Pierre Clairaut und sympathisierte mit der ‹Action française›; er war sehr klein und sehr dunkel und sah einer Grille ähnlich. Er sollte sich im nächsten Jahr für die ‹Agrégation› melden, wir würden also Studiengefährten sein. Da er eine harte, hochmütige, selbstsichere Miene zur Schau trug, nahm ich mir vor, gleich nach Semesterbeginn herauszubekommen, was sich hinter diesem Panzer verbarg. Mit ihm und Pradelle wohnte ich in der Sorbonne den mündlichen Prüfungen für den ‹Concours› bei; alles drängte sich, um Raymond Aron zu hören, dem allgemein eine große Zukunft als Philosoph vorausgesagt wurde. Jemand zeigte mir auch Daniel Lagache, der sich der Psychiatrie widmen wollte. Zur allgemeinen Verwunderung hatte Jean-Paul Sartre im Schriftlichen versagt. Der ‹Concours› kam mir schwierig vor, doch ich verlor nicht den Mut: ich würde eben arbeiten, soviel ich mußte, aber in einem Jahr würde ich fertig sein: ich fühlte mich schon jetzt beinahe frei. Ich glaube auch, daß es mir sehr gutgetan hatte, mich auszuleben, mich zu zerstreuen, einen Luftwechsel vorzunehmen. Ich hatte so sehr mein Gleichgewicht wiedergefunden, daß ich sogar mein Tagebuch nicht mehr führte. ‹Ich wünsche mir nur eine immer größere Intimität mit der Welt und daß ich diese Welt in einem Werke auszudrücken vermag›, bemerkte ich in einem Brief an Zaza. Ich war ausgezeichneter Stimmung, als ich im

Limousin ankam, und obendrein bekam ich auch noch einen Brief von Jacques. Er erzählte von Biskra, von kleinen Eseln, runden Sonnenkringeln, vom Sommer; er erinnerte an unsere Begegnung, die er ‹mes seuls garde-à-vous d'alors› nannte; er versprach: ‹Nächstes Jahr werden wir es aber richtig machen.› Meine Schwester, die weniger als ich darauf trainiert war, Kryptogramme zu entziffern, fragte mich nach dem Sinn dieser Äußerung. «Das soll heißen, daß wir heiraten», antwortete ich triumphierend.

Welch ein schöner Sommer! Keine Tränen, keine einsamen Ergüsse, keine brieflichen Stürme mehr. Das Land war meine ganze Wonne wie zu der Zeit, da ich fünf, da ich zwölf Jahre war, und die Azurbläue genügte, um mir den Himmel auszufüllen. Ich wußte jetzt, was der Duft des Geißblatts verhieß und was der Morgentau bedeutete. In den Hohlwegen, bei meinen Spaziergängen durch blühende Buchweizenfelder, durch Heidekraut und Stechginster, erkannte ich die unzähligen Schattierungen meiner Leiden und meines Glücks. Ich machte mit meiner Schwester viele Wanderungen. Oft badeten wir in unseren Unterkleidern in den braunen Wassern der Vézère; wir trockneten uns im Grase, das nach Minze roch. Sie zeichnete, ich las. Selbst gesellige Unternehmungen störten mich nicht mehr. Meine Eltern hatten den Verkehr mit alten Freunden wiederaufgenommen, die den Sommer auf einem Schloß in der Umgegend verlebten; diese hatten drei erwachsene Söhne, recht hübsche Burschen, die alle die Juristenlaufbahn einschlugen und mit denen wir gelegentlich Tennis spielten. Ich gab mich mit vollem Herzen dem Vergnügen hin. Zartfühlenderweise machte ihre Mutter die unsere darauf aufmerksam, daß sie als Schwiegertöchter nur Mädchen mit Mitgift akzeptieren würde: wir lachten herzlich darüber, denn wir betrachteten diese gesetzten jungen Leute ohne alle Begehrlichkeit.

Im gleichen Jahr noch wurde ich nach Laubardon eingeladen. Meine Mutter hatte bereitwillig hingenommen, daß ich mich in Bordeaux mit Jean Pradelle traf, der in jener Gegend seine Ferien verbrachte. Es war ein bezaubernder Tag. Entschieden bedeutete Pradelle viel für mich, Zaza jedoch noch mehr. Strahlend fuhr ich weiter nach Laubardon.

Zaza hatte im Juni die außergewöhnliche Leistung vollbracht, beim ersten Anlauf bereits ihr Zeugnis in Philologie zu erringen. Dennoch hatte sie in diesem Jahr sehr wenig Zeit auf ihre Studien verwendet. Ihre Mutter nahm immer tyrannischer ihre Anwesenheit und ihre Dienste in Anspruch. Madame Mabille hielt Sparsamkeit für die oberste Tugend; sie hätte es für unmoralisch gehalten, von Lieferanten Produkte zu beziehen, die man im Hause herstellen konnte, ob es sich nun um Gebäck, um Eingemachtes, um Wäsche, Kleider oder Mäntel handelte. Während der schönen Jahreszeit suchte sie oft um sieben Uhr morgens bereits mit ihren Töchtern die Markthallen auf, um sich Obst und Gemüse zu niedrigem Preis zu beschaffen. Wenn die kleinen Mabilles neue Kleidung brauchten, mußte Zaza etwa zehn Warenhäuser abklappern; aus jedem brachte sie ein Bündel Stoffmuster mit, die Madame Mabille auf Qualität des Gewebes und Preis einer vergleichenden Prüfung unterzog; nach langer Beratung ging Zaza dann wiederum hin und kaufte den gewählten Stoff. Diese Aufgaben und die Last der gesellschaftlichen Unternehmungen, die seit dem Aufstieg von Monsieur Mabille ins Vielfache angewachsen waren, erschöpften Zaza vollkommen. Es gelang ihr nicht, sich zu überzeugen, daß sie durch Abgrasen sämtlicher Modesalons und Warenhäuser getreulich die Lehren des Evangeliums befolgte. Zweifellos war es ihre Christenpflicht, sich ihrer Mutter unterzuordnen; aber als sie eines Tages ein Buch über Port-Royal las, hatte ein Ausspruch von Nicole ihr großen Eindruck gemacht, in welchem er andeutete, daß auch Gehorsam ein Fallstrick des Bösen sein kann. Würde sie nicht, wenn sie sich darein ergab, sich zu vermindern, sich zu verdummen, dem Willen Gottes entgegenhandeln? Wie sollte sie diesen Willen aber mit Sicherheit erkennen? Sie fürchtete, durch Hochmut zu sündigen, wenn sie sich ihrem eigenen Urteil anvertraute, durch Feigheit jedoch, wenn sie einfach dem Druck von außen nachgab. Dieser Zweifel trieb den Konflikt auf die Spitze, von dem sie sich seit langem schon zerrissen fühlte: sie liebte ihre Mutter, aber auch viele Dinge, die ihre Mutter nicht mochte. Oft zitierte sie mir traurig einen Ausspruch von Ramuz: ‹Die Dinge, die ich liebe, lieben sich untereinander nicht.› Die Zukunft hatte nichts Tröstliches. Madame Mabille lehnte kategorisch ab, daß Zaza sich im nächsten Jahr der Erlangung eines Studiendiploms widmete; sie fürchtete, ihre Tochter könne eine Intellektuelle werden. Der Liebe hoffte Zaza nicht mehr zu begegnen. In meiner Umgebung kam es – wenn auch selten – vor, daß jemand sich aus Neigung verheiratete: das war zum Beispiel bei meiner Kusine Titite der Fall. «Aber», pflegte Madame Mabille zu sagen, «die Beauvoirs sind Leute außerhalb der Gesellschaft.» Zaza war sehr viel fester als ich in das Milieu des rechtdenkenden Bürgertums eingefügt, wo alle ehelichen Verbindungen durch die Familien zustande kommen; alle diese jungen Leute aber, die sich einfach passiv verheiraten ließen, waren von bestürzender Mittelmäßigkeit. Zaza war dem Dasein glühend zugewandt; deshalb benahm ihr die Aussicht auf eine freudlose Existenz zuweilen allen Lebensmut. Wie in ihrer frühen Kindheit wehrte sie sich durch Aufstellung von Paradoxen gegen den falschen Idealismus ihres Milieus. Als sie Jouvet in *Au grand large* die Rolle eines Trunkenboldes hatte spielen sehen, erklärte sie, sie sei verliebt in ihn, und heftete seine Photographie mit Reißzwecken über ihr Bett; Ironie, Nüchternheit, Skeptizismus fanden auf der Stelle ein Echo in ihr. In einem Brief, den sie mir zu Anfang der Ferien schrieb, vertraute sie mir an, daß sie manchmal davon träume, radikal auf diese Welt zu verzichten. ‹Nach Augenblicken der Liebe sowohl zum geistigen wie zum physischen Dasein werde ich plötzlich so sehr von dem Gefühl der Eitelkeit alles Irdischen erfaßt, daß ich spüre, wie alle Dinge, alle Personen mir entschwinden; ich empfinde dann gegen das ganze Universum eine solche Gleichgültigkeit, daß es mir vorkommt, als sei ich bereits tot. Verzicht auf sich selbst, auf das Dasein, auf alles, der Verzicht der Mönche, die den Versuch machen, bereits in dieser Welt das Leben des Jenseits zu beginnen – ach, wenn Sie wüßten, wie sehr mich das alles verlockt. Sehr oft habe ich mir gesagt, daß dieses Verlangen, in der Gebundenheit die wahre Freiheit zu finden, ein Zeichen der Berufung ist; in anderen Momenten fühle ich mich wieder so sehr vom Leben und von allen Dingen gepackt, daß mir das Klosterdasein wie eine Verstümmelung vorkommt und daß es mir scheint, es sei keinesfalls das, was Gott von mir will. Aber welches auch der Weg sein mag, den ich einschlagen soll, ich kann nicht wie Sie dem Leben mit meinem geschlossenen Selbst entgegengehen; in dem Augenblick, in dem ich mit der größten Intensität existiere, verspüre ich auch schon wieder im Munde den Geschmack des Nichts.›

Dieser Brief hatte mich ein wenig erschreckt. Zaza wiederholte mir darin, daß mein Unglaube uns nicht trenne. Wenn sie aber jemals ins Kloster ginge, wäre sie verloren für mich; und auch für sich selbst, setzte ich in Gedanken hinzu.

Am Abend meiner Ankunft erlebte ich eine Enttäuschung; ich schlief nicht in Zazas Zimmer, sondern in dem einer Mademoiselle Awdikowitsch, einer polnischen Studentin, die als Hauslehrerin für die Ferienzeit engagiert war; sie beschäftigte sich mit den drei jüngsten kleinen Mabilles. Was mich ein wenig tröstete, war, daß ich sie reizend fand: Zaza hatte mir in ihren Briefen mit großer Sympathie von ihr gesprochen. Sie hatte hübsches blondes Haar, gleichzeitig schmachtende und lachende blaue Augen, einen fülligen Mund und einen ganz ungewöhnlichen Charme, dem ich damals aus anerzogener Dezenz noch nicht seinen richtigen Namen gab, nämlich: Sex-Appeal. Ihr duftiges Kleid enthüllte durchaus verlockende Schultern; am Abend setzte sie sich ans Klavier und sang ukrainische Liebeslieder mit einer koketten Mimik, die uns, Zaza und mich, entzückte, die anderen jedoch samt und sonders schockierte. Am Abend machte ich große Augen, als sie anstelle eines Nachthemdes einen Pyjama anlegte. Sie öffnete mir sofort mit großer Redseligkeit ihr Herz. Ihr Vater besaß in Lwow eine große Bonbonfabrik; während sie ihre Studien betrieb, hatte sie für die ukrainische Selbständigkeit gekämpft und ein paar Tage im Gefängnis gesessen. Sie war, um ihre Bildung abzurunden, zunächst nach Berlin gegangen, wo sie zwei oder drei Jahre geblieben war, darauf nach Paris; sie hörte regelmäßig Vorlesungen an der Sorbonne und bekam einen Wechsel von ihren Eltern. Sie hatte ihre Ferien benutzen wollen, um einmal eine französische Familie von innen her kennenzulernen, und war sehr entzückt davon. Am folgenden Tage wurde ich mir darüber klar, wie sehr sie ungeachtet ihrer vollkommenen Erziehung die wohlanständigen Leute schockieren mußte; neben ihr, die so anmutig und so weiblich war, wirkten Zaza, ihre Freundinnen und ich wie junge Klosterschwestern. Am Abend amüsierte sie sich damit, der ganzen Versammlung die Karten zu legen, unter Einschluß von Xavier Du Moulin, mit dem sie ohne Rücksicht auf seine Soutane insgeheim flirtete: er schien nicht unempfänglich für ihre Avancen zu sein und lächelte sie häufig an; sie legte ihm einmal das ‹große Spiel› und sagte ihm voraus, er werde bald der Herzdame begegnen. Die Mütter und älteren Schwestern waren außer sich; hinter ihrem Rücken erklärte Madame Mabille, Stépha kenne ihre Stellung im Hause nicht. «Im übrigen bin ich sicher, daß sie kein wirkliches junges Mädchen ist», setzte sie hinzu. Zaza hielt sie vor, sie sympathisiere zu sehr mit dieser Ausländerin.

Was mich selbst anbetraf, so frage ich mich, weshalb sie eingewilligt hatte, daß ich eingeladen wurde: zweifellos, um ihre Tochter nicht vor den Kopf zu stoßen; aber sie ließ es sich systematisch angelegen sein, mir jedes vertraute Beisammensein mit Zaza unmöglich zu machen. Den Vormittag verbrachte diese jeweils in der Küche: es schnitt mir ins Herz zu sehen, wie sie Stunden damit vergeuden mußte, unter Assistenz von Bébelle oder Mathé Einmachgläser mit Pergament zu schließen. Während des ganzen Tages war sie nicht eine Minute allein. Madame Mabille ließ sich in immer höherem Maße auf Einladungen und Besuche bei anderen in der Hoffnung ein, für Lili, die bereits aus der ersten Jugend heraus war, eine Partie zu finden. «Dies ist das letzte Jahr, daß ich mich mit dir beschäftige; dich auszuführen hat mich jetzt schon genug gekostet: jetzt ist deine Schwester an der Reihe», hatte sie ganz öffentlich im Verlaufe eines Abendessens erklärt, an dem auch Stépha teilnahm. Schon hatten ehemalige Zöglinge der École polytechnique Madame Mabille zu verstehen gegeben, daß sie gern ihre jüngere Tochter heiraten würden. Ich fragte mich, ob sich nicht Zaza doch auf die Dauer davon überzeugen lassen werde, daß es ihre Pflicht als Christin sei, einen Hausstand zu gründen; ebensowenig wie mit der Einengung durch das Klosterleben fand ich mich für sie mit der Trübsal einer freudlosen Heirat ab.

Einige Tage nach meiner Ankunft vereinigte ein Riesenpicknick die beiden einzigen ‹guten› Familien der Gegend an den Ufern des Adour. Zaza lieh mir ihr Kleid aus rosa Tussor. Sie selbst trug eines aus weißem Seidenleinen mit einem grünen Gürtel und einem Jadekollier; sie war dünner geworden. Oft klagte sie über Kopfschmerzen; sie schlief schlecht; um darüber hinwegzutäuschen, legte sie sich etwas ‹rote Backen› auf; trotz dieses kleinen Kunstgriffs wirkte sie nicht sehr frisch. Aber ich liebte ihr Gesicht, und es tat mir weh, daß sie es liebenswürdig jedem darbieten mußte; sie spielte mit allzu großer Leichtigkeit ihre Rolle eines jungen Mädchens der guten Gesellschaft. Wir kamen als erste an; allmählich strömten die Leute herbei, und jedes Lächeln von Zaza, jede ihrer Reverenzen versetzten mir einen Stich. Ich war mit den anderen tätig: über das Gras wurden Tischtücher gebreitet, Geschirr und Lebensmittel ausgepackt, und ich selber drehte die Kurbel einer Maschine, in der Eiscreme hergestellt wurde. Stépha nahm mich auf die Seite und bat mich, ihr das System von Leibniz zu erklären. Eine Stunde lang vergaß ich meinen Verdruß. Dann aber schleppte der Tag sich mühselig hin. Eier in Gelee, Schinkenröllchen, verschiedene Dinge in Aspik, Schüsselchen, Näpfchen, Sülze, Pastete, kaltes Huhn, Braten, Terrinen, Eingemachtes, Kuchen, Torten, Teegebäck: alle Damen waren mit Eifer ihren geselligen Pflichten nachgekommen. Man stopfte sich voll mit Nahrung, man lachte ohne Heiterkeit; man sprach ohne Überzeugung: niemand schien sich zu amüsieren. Gegen Ende des Nachmittags fragte mich Madame Mabille, ob ich wisse, wohin Zaza verschwunden sei; sie machte sich auf die Suche, und ich begleitete sie. Wir fanden Zaza, wie sie am Fuße eines Wasserfalls im Adour herumplanschte. Als Badekostüm hatte sie einen Lodenmantel angelegt. Madame Mabille schalt sie aus, jedoch mit lachender Stimme: sie verschwendete ihre Autorität nicht an solche geringfügigen Vergehen. Ich verstand sehr gut, daß Zaza das Bedürfnis nach Einsamkeit, nach starken Empfindungen und vielleicht auch nach einer Reinigung am Ende dieses erhitzenden Nachmittags verspürt hatte, und wurde wieder heiter: sie war noch nicht dazu bereit, sich einfach in den satten Schlaf der Matronen hinübergleiten zu lassen.

Dennoch hatte ihre Mutter, darüber war ich mir vollkommen klar, nach wie vor großen Einfluß auf sie. Madame Mabille verfolgte bei ihren Kindern eine geschickte Politik; solange sie noch klein waren, behandelte sie sie mit heiterer Nachsicht; späterhin war sie großzügig in kleinen Dingen; doch handelte es sich um wichtige Angelegenheiten, blieb ihr Kredit völlig unangetastet bestehen. Sie zeigte gelegentlich Lebhaftigkeit und einen gewissen Charme; stets hatte sie ihrer jüngeren Tochter gegenüber eine besondere Zärtlichkeit an den Tag gelegt, und diese hatte sich durch ihr Lächeln denn auch einfangen lassen: ebensogut wie der Respekt lähmte auch die Liebe bei Zaza alle Regungen der Revolte. Eines Abends jedoch rebellierte sie. Mitten beim Abendessen erklärte Madame Mabille mit scharfer Stimme: «Ich verstehe nicht, wie jemand, der glaubt, mit Ungläubigen verkehren kann.» Ich spürte angstvoll, wie mir das Blut in die Wangen stieg. Empört entgegnete Zaza: «Niemand hat das Recht, andere zu richten. Gott führt die Menschen auf den Wegen, die er selbst für sie wählt.» – «Ich richte nicht», erklärte Madame Mabille sehr kühl. «Wir müssen für die verirrten Seelen beten, dürfen uns aber nicht von ihnen anstecken lassen.» Zaza erstickte fast vor Zorn, das aber hob meine Stimmung. Dennoch spürte ich, daß die Atmosphäre von Laubardon mir diesmal noch feindlicher war als im vergangenen Jahr. Später in Paris erzählte mir Stépha, die Kinder hätten sich darüber lustig gemacht, wie schlecht ich gekleidet gewesen sei: sie lachten auch an dem Tage, als mir Zaza, ohne mir den Grund dafür zu nennen, eines ihrer Kleider geliehen hatte. Ich besaß keine Eigenliebe und war keine gute Beobachterin: ich nahm mit Gleichgültigkeit auch noch viele andere Niederlagen hin. Nichtsdestoweniger war mir das Herz zuweilen schwer. Stépha ging aus Neugier nach Lourdes, worauf ich mich noch einsamer fühlte. Eines Abends setzte sich Zaza an das Klavier. Sie spielte Chopin; sie spielte gut. Ich betrachtete ihren Kopf mit dem dichten schwarzen Haar, das durch einen sehr braven Scheitel von rührender Weiße durchschnitten war, und sagte mir, daß diese leidenschaftliche Musik in Wahrheit ihr Wesen ausdrückte; aber die Mutter und ihre ganze Familie standen zwischen uns, und vielleicht würde sie eines Tages sich selbst verleugnen, ich aber sie verlieren; im Augenblick war sie auf alle Fälle unerreichbar für mich. Ich verspürte einen so scharfen Schmerz, daß ich mich erhob, den Salon verließ und weinend schlafen ging. Die Tür ging auf; Zaza trat an mein Bett, neigte sich über mich und küßte mich. Unsere Freundschaft war immer so zurückhaltend gewesen, daß die Freude über diese Geste mich förmlich überwältigte.

Stépha kehrte aus Lourdes zurück; sie brachte für die Kleinen eine große Bonbonschachtel mit: «Das ist sehr nett von Ihnen, Mademoiselle», sagte Madame Mabille mit eisiger Miene zu ihr, «aber Sie hätten sich diese Ausgabe sparen können: die Kinder brauchen keine Bonbons von Ihnen.» Zusammen fielen wir im Gespräch über Zazas Familie und ihre Freunde her, was mich ein wenig erleichterte. Im übrigen verlief auch in diesem Jahr das Ende meines Aufenthalts angenehmer als der Beginn. Ich weiß nicht, ob Zaza sich mit ihrer Mutter ausgesprochen hatte oder ob sie es nur so geschickt einrichtete: es gelang mir jedenfalls, sie allein zu sehen; von neuem machten wir lange Spaziergänge und unterhielten uns. Sie sprach zu mir von Proust, den sie weit besser verstand als ich; sie sagte mir, daß sie, wenn sie ihn las, große Lust zum Selberschreiben verspüre. Sie versicherte mir, daß sie sich nächstes Jahr nicht von dem täglichen Betrieb würde aufreiben lassen: sie würde viel mehr lesen, und wir würden plaudern. Ich hatte einen Einfall, der ihr sehr verlockend schien: am Sonntag morgen würden wir uns wieder treffen, um mit meiner Schwester, Jean Pradelle, Pierre Clairaut und ein paar sonstigen Freunden von mir gemeinsam Tennis zu spielen.

Wir beide, Zaza und ich, verstanden uns fast in allem. Bei Ungläubigen schien ihr kein Verhalten tadelnswert, wofern es nicht anderen schadete: sie akzeptierte den Immoralismus Gides, das Laster schockierte sie nicht. Andererseits konnte sie sich nicht vorstellen, daß man Gott verehren und dennoch seine Gebote bewußt übertreten könnte. Ich fand diese Haltung logisch, die sich noch dazu in der Praxis mit der meinen deckte: denn ich gestand zwar anderen alles zu, in meinem eigenen Falle jedoch und in dem der mir Nahestehenden – besonders Jacques' – hielt ich mich auch weiterhin an die Normen der christlichen Moral. Mit Unbehagen hörte ich eines Tages Stépha laut lachend zu mir sagen: «Mein Gott! wie naiv diese Zaza ist!» Stépha hatte erklärt, daß selbst in katholischen Kreisen kein junger Mann völlig unerfahren in die Ehe gehe. Zaza hatte protestiert: «Wenn man glaubt, dann lebt man auch seinem Glauben gemäß.» – «Sehen Sie sich doch Ihre Vettern Du Moulin an», hatte Stépha gesagt. «Eben gerade», hatte Zaza zur Antwort gegeben, «sie gehen jeden Sonntag zur Kommunion! Ich garantiere Ihnen, daß sie nicht im Stande der Todsünde leben würden.» Stépha hatte nicht weiter insistiert, aber sie erzählte mir, daß sie am Montparnasse, wohin sie sehr oft ging, unzählige Male Henri und Edgar in eindeutiger Begleitung angetroffen habe: «Im übrigen braucht man ja nur ihre Gesichter anzusehen!» sagte sie zu mir. Tatsächlich sahen sie nicht gerade wie Unschuldsengel aus. Ich dachte an Jacques: er hatte ein ganz anderes Gesicht, er war aus anderem Stoff gemacht; es war unmöglich, sich vorzustellen, daß er sich derben Ausschweifungen überließ. Dennoch stellte Stépha, indem sie mich auf Zazas Naivität aufmerksam machte, meine eigenen Erfahrungen in Frage. Für sie war es etwas sehr Gewöhnliches, in Bars oder Cafés zu verkehren, in denen ich nur heimlich das Außergewöhnliche suchte: sie sah sie zweifellos in einem ganz anderen Licht. Ich wurde mir klar darüber, daß ich die Leute hinnahm, wie sie sich selber gaben; ich vermutete hinter ihnen keine andere Wahrheit als die, zu der sie sich offiziell bekannten; Stépha wies mich darauf hin, daß diese wohlgelenkte Welt auch Hintergründe hatte. Dieses Gespräch beunruhigte mich.

In diesem Jahr begleitete mich Zaza nicht bis Mont-de-Marsan; ich ging dort zwischen zwei Zügen auf und ab und dachte dabei an sie. Ich war entschlossen, mit aller Kraft dafür einzutreten, daß in ihr das Leben schließlich den Tod überwände.

# Vierter Teil

# IV

*Der diesmalige Beginn* des Wintersemesters war keinem anderen gleich. Als ich beschloß, mich auf den ‹Concours› vorzubereiten, war ich endlich dem Labyrinth entronnen, in dem ich seit drei Jahren immer im Kreise herumlief: ich hatte den Weg betreten, der mich in die Zukunft führte. Alle meine Tage hatten von nun an einen Sinn: sie trugen mich endgültiger Befreiung entgegen. Die Schwierigkeit meines Unterfangens stachelte mich an; es war keine Rede mehr davon, umherzuschweifen oder bloßer Langeweile anheimgegeben zu sein. Jetzt, da ich etwas auf Erden zu tun hatte, genügte mir diese reichlich als Raum; ich war von der Unruhe, der Verzweiflung, von allen Sehnsüchten befreit. ‹In diesem Heft werde ich nicht mehr tragische innere Auseinandersetzungen festhalten, sondern die einfache Geschichte eines jeden Tages.› Ich hatte den Eindruck, daß nach einer mühevollen Lehrzeit nun mein wirkliches Leben begann, ich stürzte mich freudig hinein.

Im Oktober, solange die Sorbonne geschlossen war, verbrachte ich meine Tage in der Bibliothèque Nationale. Ich hatte erreicht, daß ich zum Mittagessen nicht nach Hause zu kommen brauchte: ich kaufte mir Brot und ‹Rillettes› und verzehrte sie in den Gärten des Palais-Royal, wo die letzten Rosen ihrem Ende entgegenblühten; auf den Bänken saßen Straßenarbeiter, bissen in große Butterbrote und tranken dazu roten Wein. Wenn es nieselte, flüchtete ich mich in ein Café Biard und fand mich dort zwischen Maurern, die aus ihrem Eßnapf speisten; ich freute mich, dem Zeremoniell der Familienmahlzeiten entronnen zu sein; dadurch, daß ich die Ernährung auf das zurückführte, was sie wirklich war, meinte ich einen Schritt zur Freiheit hin zu tun. Dann kehrte ich in die Bibliothek zurück; ich studierte die Relativitätstheorie, die mich sehr interessierte. Von Zeit zu Zeit schaute ich die anderen Leser an und setzte mich mit Genugtuung auf meinem Stuhl zurecht: unter diesen Gelehrten, Forschern, Suchern, Denkern war ich an meinem Platz. Ich fühlte mich gar nicht mehr aus meinem Milieu ausgestoßen: ich selbst hatte es verlassen, um in diese Gesellschaft einzutreten, von der ich hier eine Auswahl sah und in der durch den Raum und die Jahrhunderte hindurch alle Geister kommunizierten, die nach Wahrheit trachteten. Auch ich nahm an dem Bemühen der Menschheit um Wissen, Verstehen, sprachliches Vermitteln teil: ich war in ein großes Kollektivunternehmen miteingestellt und entging so für alle Zeiten der Einsamkeit. Was für ein Sieg! Ich ging wieder an meine Arbeit. Viertel vor sechs verkündete die Stimme des Aufsehers in feierlichem Ton: «Meine Herren – es wird – bald – geschlossen.» Jedesmal war es eine Überraschung, wenn man von den Büchern kam, draußen Läden, Lichter, Vorübergehende und den Zwerg wiederzufinden, der neben dem ‹Théatre-Français› seine Veilchen verkaufte. Langsamen Schrittes dahinwandelnd, gab ich mich ganz der Schwermut der Abende und der Heimkehr hin.

Stépha kam ein paar Tage später als ich nach Paris zurück und ging oft in die ‹Nationale›, um Goethe und Nietzsche zu lesen. Mit ihrem immer bereiten Lächeln und Blick gefiel sie den Männern zu sehr, und diese interessierten sie zu sehr, als daß sie wirklich emsig hätte arbeiten können. Wenn sie sich kaum an einem Platz eingerichtet hatte, warf sie schon ihren Mantel über die Schultern und traf draußen irgendeinen ihrer Flirts: den, der sich auf die ‹Agrégation›, die außerordentliche Professur, in Deutsch vorbereitete, den Studenten aus Preußen, den rumänischen Doktor. Wir aßen zusammen zu Mittag, und obwohl sie nicht sehr reich war, lud sie mich in eine Bäckerei zu Kuchen oder zu einem Kaffee in der Bar Poccardi ein. Um sechs gingen wir an den Boulevards spazieren oder – was noch häufiger geschah – tranken bei ihr Tee. Sie bewohnte in einem Hotel in der Rue Saint-Sulpice ein kleines, sehr blau gehaltenes Zimmer; an die Wände hatte sie Reproduktionen von Cézanne, Renoir und Greco geheftet sowie Zeichnungen eines spanischen Freundes, der Maler werden wollte. Ich war gern mit ihr zusammen. Ich liebte die zärtliche Weiche ihres Pelzkragens, ihre kleinen Toques, ihre Kleider, ihr Parfum, ihr Gurren, ihre schmeichelnden Bewegungen. Meine Beziehungen zu meinen Freunden – Zaza, Jacques, Pradelle – waren durch äußerste Strenge charakterisiert gewesen. Stépha hakte mich auf der Straße ein; im Kino schob sie ihre Hand in die meine; sie küßte mich bei jeder Gelegenheit. Sie erzählte mir eine Menge Geschichten, begeisterte sich für Nietzsche, empörte sich gegen Madame Mabille, machte sich über ihre Verehrer lustig: sie hatte großes Talent, andere nachzumachen, und führte zwischen ihren Berichten kleine Komödien auf, die mich sehr amüsierten.

Sie war auf dem Wege, sich mit einem alten Bestand an Religiosität auseinanderzusetzen. In Lourdes hatte sie gebeichtet und kommuniziert: in Paris kaufte sie sich im Bon Marché ein kleines Meßbuch; sie kniete in einer Seitenkapelle von Saint-Sulpice nieder und versuchte zu beten, aber es gelang ihr nicht. Während einer ganzen Stunde war sie vor der Kirche auf und ab gegangen und hatte sich weder entschließen können, wieder hineinzugehen, noch sich zu entfernen. Mit den Händen hinter dem Rücken und sorgenvoll gefalteter Stirn mimte sie diese ganze Szene mit so viel Behagen, daß ich an ihrem Ernst zu zweifeln begann. Tatsächlich waren die Gottheiten, die Stépha im Grunde verehrte, das Denken, die Kunst, das Genie; wo sie fehlten, schätzte sie immerhin den Verstand, das Talent. Jedesmal, wenn sie einen ‹interessanten› Mann entdeckt hatte, richtete sie es so ein, daß sie ihn kennenlernte und ihn ‹in die Hand bekam›. Das sei das Ewig Weibliche in ihr, gab sie mir zu verstehen. Sie zog jedoch diesen Flirts geistige Gespräche und echte Kameradschaft vor; jede Woche diskutierte sie stundenlang in der ‹Closerie des Lilas› mit einem Rudel Ukrainer, die sich in Paris mit nicht ganz durchschaubaren Studien oder mit Journalismus beschäftigten. Täglich sah sie ihren spanischen Freund, den sie seit Jahren schon kannte und der ihr vorgeschlagen hatte, ihn zu heiraten. Ich traf ihn mehrmals bei ihr; er wohnte im gleichen Hotel. Er stammte von einer jener jüdischen Familien ab, die vier Jahrhunderte zuvor durch die Verfolgungen aus Spanien vertrieben worden waren. Er war in Konstantinopel geboren und hatte in Berlin studiert. Vorzeitig kahl, mit rundem Schädel und Gesicht, sprach er auf romantische Weise von seinem ‹Daimon›, besaß aber Sinn für Ironie und war mir sehr sympathisch. Stépha bewunderte an ihm, daß er, wiewohl völlig mittellos, es möglich machte zu malen, und teilte alle seine Ideen; diese waren dezidiert internationalistisch, pazifistisch und sogar auf eine utopische Art revolutionär. Ihn zu heiraten zögerte sie nur, weil sie an ihrer Freiheit hing.

Ich machte ihnen meine Schwester bekannt, die sie sogleich in ihren Kreis aufnahmen, sowie auch meine Freunde. Pradelle hatte sich das Bein gebrochen; er hinkte leicht, als ich ihn Anfang Oktober auf der Terrasse des Luxembourg traf. Er schien Stépha allzu brav, sie aber bestürzte ihn durch ihre Redseligkeit. Mit Lisa verstand sie sich besser. Diese wohnte jetzt in einem Studentinnenheim, dessen Fenster auf das ‹Petit Luxembourg› gingen. Sie verdiente schlecht und recht durch Stundengeben ihren Lebensunterhalt, bereitete sich auf eine Prüfung in Naturwissenschaften vor und schrieb an einer Diplomarbeit über

Maine de Biran; aber sie hatte nicht vor, es jemals mit der ‹Agrégation› zu versuchen; ihre Gesundheit war zu schwach. «Mein armes Hirn!» pflegte sie zu sagen, indem sie ihren kleinen Kopf mit dem kurzen Haar zwischen die Hände nahm. «Zu denken, daß ich mich nicht auf meinen Kopf verlassen kann! Und daß ich doch alles aus ihm herausziehen muß! Es ist wirklich unmenschlich: eines Tages wird er noch ganz versagen.» Sie interessierte sich weder für Maine de Biran noch für die Philosophie noch für sich selbst. «Ich frage mich, was für ein Vergnügen ihr daran finden könnt, mich zu sehen!» sagte sie oft mit ihrem kleinen fröstelnden Lächeln. Sie langweilte mich aber nicht, weil sie sich niemals mit bloßen Worten begnügte und weil oft ihr Mißtrauen sie besonders hellsichtig machte.

Mit Stépha sprach ich viel von Zaza, die ihren Aufenthalt in Laubardon diesmal länger ausdehnte. Ich hatte ihr von Paris aus *The Constant Nymph* und einige andere Bücher geschickt; Madame Mabille, erzählte mir Stépha, sei böse geworden und habe erklärt: «Ich hasse diese Intellektuellen!» Zaza begann ihr ernstlich Sorgen zu machen: es würde nicht leicht sein, ihr eine arrangierte Heirat aufzuzwingen. Madame Mabille bedauerte, daß sie sie die Sorbonne hatte besuchen lassen; es schien ihr jetzt sehr dringlich, ihre Tochter wieder fest in die Hand zu bekommen, sehr gern hätte sie sie meinem Einfluß entzogen. Zaza schrieb mir, sie habe ihrer Mutter von unserem Tennisprojekt erzählt, diese aber habe sich furchtbar aufgeregt: ‹Sie hat erklärt, sie ließe diese Sorbonne-Sitten nicht zu und ich dürfe keinesfalls an Tennispartien teilnehmen, die von einer kleinen Studentin von zwanzig Jahren organisiert worden seien und bei denen ich junge Leute treffen würde, von denen man nicht einmal wisse, aus was für Familien sie kommen. Ich sage Ihnen das ganz offen, denn es ist mir lieber, Sie sind sich über die Geisteshaltung klar, an der ich mich hier unaufhörlich stoße und die dennoch eine christliche Vorstellung von Gehorsam mich zu respektieren zwingt. Heute aber bin ich wirklich bis zum Weinen enerviert; die Dinge, die ich liebe, lieben sich untereinander nicht; unter dem Vorwand moralischer Prinzipien habe ich Sachen anhören müssen, die mich empören ... Ich habe mich ironisch erboten, ein Schriftstück zu unterzeichnen, durch das ich mich verpflichte, niemals weder Pradelle noch Clairaut noch irgendeinen Ihrer Freunde zu heiraten, aber damit habe ich Mama nicht beruhigen können.› In ihrem folgenden Brief kündigte sie mir an, daß ihre Mutter, um sie zu einem definitiven Bruch mit der ‹Sorbonne› zu zwingen, beschlossen habe, sie den Winter über nach Berlin zu schicken. So hätten früher, sagte sie, um einer ungehörigen oder lästigen Liaison ein Ende zu machen, die Familien der dortigen Gegend ihre Söhne nach Südamerika expediert.

Niemals hatte ich Zaza so mitteilsame Briefe geschrieben wie während dieser letzten Wochen; niemals hatte sie sich auch mir so freimütig anvertraut. Als sie indessen Mitte Oktober nach Paris zurückkam, begann unsere Freundschaft bei der Wiederaufnahme eher schlecht. Aus der Entfernung sprach sie mir immer nur von ihren Schwierigkeiten, ihren Revolten, und ich fühlte mich als ihre Verbündete; in Wirklichkeit aber war ihre Haltung zwiespältig: sie bewahrte ihrer Mutter allen Respekt, alle Liebe, sie blieb im Grunde doch solidarisch mit ihrem Milieu. Ich konnte mich mit dieser Teilung nicht länger abfinden. Ich hatte die Feindseligkeit von Madame Mabille gründlich ermessen und einsehen müssen, daß zwischen den beiden Lagern, denen wir angehörten, kein Kompromiß möglich war: Die ‹Rechtdenkenden› strebten nach der Vernichtung der ‹Intellektuellen› und umgekehrt. Wenn Zaza sich nicht für mich entschied, so paktierte sie mit Gegnern, die erbittert darauf aus waren, mich zugrunde zu richten, und das nahm ich ihr übel. Sie fürchtete sich vor der Reise, zu der sie gezwungen wurde, sie quälte sich; ich zeigte meinen Groll, indem ich es ablehnte, an ihren Sorgen teilzunehmen; vielmehr überließ ich mich einem wahren Überschwang an guter Laune, mit dem sie nichts anzufangen wußte. Ich betonte stark meine große Intimität mit Stépha und stimmte mich, mit allzuviel Überschwang lachend und schwatzend, ganz auf deren Niveau ab; oft fühlte sich Zaza durch unsere Reden schockiert; mit gerunzelten Brauen hörte sie zu, wenn Stépha erklärte, die Menschen seien um so internationalistischer gesinnt, je gescheiter sie seien. Aus Reaktion gegen unsere ‹Polnische-Studentinnen-Manieren› spielte sie mit besonderer Strenge die junge Französin ‹comme il faut›, und meine Befürchtungen verdoppelten sich: vielleicht würde sie schließlich doch zum Feinde übergehen. Ich wagte nicht mehr, ganz unbefangen mit ihr zu reden, so daß ich sie lieber in der Gesellschaft von Pradelle, Lisa, meiner Schwester oder Stépha traf, als daß ich mit ihr allein war. Sicherlich fühlte sie, daß zwischen uns eine Kluft entstand; außerdem nahmen ihre Vorbereitungen für die Abreise sie beträchtlich in Anspruch. Wir sagten uns ohne große Überzeugung Anfang November auf Wiedersehen.

Die Universität tat ihre Pforten wieder auf. Ich hatte ein Jahr übersprungen und kannte außer Clairaut keinen meiner neuen Studienkameraden; kein Amateur, kein Dilettant war unter ihnen zu finden: alle büffelten wie ich einzig für den ‹Concours›. Ich stellte fest, daß alle abweisende Gesichter hatten und sich wichtig taten. Ich beschloß, sie zu ignorieren. Ich arbeitete mit aller Kraft. An der Sorbonne und an der École Normale nahm ich an allen für die Vorbereitung zur Agrégation dienenden Kursen teil, und je nach meinem Stundenplan setzte ich meine Studien privat in den Bibliotheken Sainte-Geneviève, Victor Cousin oder der Nationale fort. Am Abend las ich Romane, oder ich ging aus. Da ich älter geworden war und sie bald verlassen würde, gestatteten mir meine Eltern in diesem Jahr von Zeit zu Zeit, des Abends allein oder mit einer Freundin ins Theater zu gehen. Ich sah *L'Étoile de Mer* von Man Ray, alle Programme der ‹Ursulines›, des Studio 28 und des Ciné-Latin, alle Filme mit Brigitte Helm, mit Douglas Fairbanks und mit Buster Keaton. Ich besuchte alle Theater des ‹Cartel›. Unter dem Einfluß von Stépha vernachlässigte ich mich weniger als früher. Der Mann, der sich auf die ‹Agrégation› in Deutsch vorbereitete, hatte sie mir gesagt, machte mir zum Vorwurf, daß ich meine ganze Zeit über den Büchern verbringe: Zwanzig Jahre, das sei noch zu früh, um die ‹femme savante› zu spielen. Auf die Dauer würde ich häßlich werden. Sie hatte protestiert, aber sich doch geärgert: sie wollte nicht, daß ihre beste Freundin wie ein unansehnlicher Blaustrumpf aussähe; sie behauptete, rein physisch betrachtet, besäße ich Möglichkeiten, und bestand darauf, daß ich Nutzen daraus zöge. Ich fing an, oft zum Frisör zu gehen, ich interessierte mich für den Kauf eines Hutes oder die Anschaffung eines Kleides. Ich nahm meine Freundschaften wieder auf. Mademoiselle Lambert interessierte mich nicht mehr. Suzanne Boigue war ihrem Mann nach Marokko gefolgt; aber ich sah jetzt nicht ungern Riesmann wieder und verspürte auch neue Sympathie für Jean Mallet, der zur Zeit Repetitor an einem Lyzeum in Saint-Germain war und sich unter Baruzis Leitung auf ein Diplom vorbereitete. Clairaut kam oft in die Nationale. Pradelle schätzte ihn hoch und hatte auch mich von seinem Wert überzeugt. Er war katholisch, thomistisch und ein Jünger von Maurras; ihre Doktrinen mißfielen mir auch weiterhin; aber ich hätte gerne gewußt, wie man die Welt sah und wie man sich selber fühlte, wenn man sie sich zu eigen machte: Clairaut beschäftigte mich. Er versicherte mir, ich werde das Examen für die ‹Agrégation› bestehen. «Es scheint, daß Ihnen alles gelingt, was Sie unternehmen», sagte er zu mir. Ich fühlte mich sehr geschmeichelt. Auch Stépha ermunterte mich: «Sie werden ein schönes Leben haben. Sie werden immer erreichen, was Sie haben wollen.» Meinem Stern vertrauend und sehr zufrieden mit mir selbst, verfolgte ich also meinen Weg. Es war ein schöner Herbst, und wenn ich die Nase aus meinen Büchern hob, beglückwünschte ich mich, daß sich der Himmel so seidenzart über mir spannte.

Inzwischen dachte ich, um mich zu versichern, daß ich kein Bücherwurm sei, an Jacques; ich widmete ihm ganze Seiten in meinem Tagebuch, ich schrieb ihm Briefe, die ich für mich behielt. Als ich Anfang November seine Mutter sah, war sie sehr liebevoll zu mir; Jacques, sagte sie, frage unaufhörlich, wie es mir gehe, der ‹einzigen Person in Paris, die mich interessiert›; sie lächelte mich vertraulich an, als sie mir diese Worte wiederholte.

Ich arbeitete hart, ich zerstreute mich, ich hatte mein Gleichgewicht wiedergefunden, und mit Verwunderung erinnerte ich mich jetzt meiner sommerlichen Streiche. Die Bars, die Dancings, in denen ich damals meine Abende verbracht hatte, flößten mir nur noch Widerwillen, ja eine Art von Grauen ein. Diese tugendhafte Abkehr hatte genau den gleichen Sinn wie mein früheres Wohlgefallen daran; trotz meines Rationalismus blieben alle Angelegenheiten der Sinne für mich tabu.

«Was für eine Idealistin Sie sind!» sagte Stépha oft zu mir. Sie gab sorgfältig acht, mich nicht vor den Kopf zu stoßen. Eines Tages hatte Fernando in dem blauen Zimmer, auf die Zeichnung einer nackten Frau weisend, zu mir gesagt: «Dafür hat Stépha mir Modell gestanden.» Ich war außer mir und warf ihm einen wütenden Blick zu: «Reden Sie doch keinen solchen Unsinn!» Er gestand rasch ein, er habe nur Spaß gemacht. Nicht einen Augenblick lang streifte mich der Gedanke, daß Stépha vielleicht dem Verdikt von Madame Mabille, als diese sagte: «Sie ist kein wirkliches junges Mädchen», durch ihr Verhalten dennoch recht geben könne. Indessen versuchte sie mit aller Schonung, mich doch etwas aufzulockern. «Ich versichere Ihnen, meine Liebe, die physische Liebe ist etwas sehr Wichtiges, besonders für die Männer ...» Eines Abends spät, als wir aus dem ‹Atelier› kamen, sahen wir an der Place de Clichy einen Menschenauflauf; ein Polizist hatte gerade einen eleganten jungen Mann verhaftet, dessen Hut in den Rinnstein gerollt war; er sah bleich aus und wehrte sich; die Menge schrie ihn an: «Sie schmutziger Zuhälter, Sie ...!» Ich meinte, ich müsse in den Boden versinken. Ich zog Stépha mit mir fort; Lichter und Lärm des Boulevard, die geschminkten Mädchen, alles machte mir Lust, laut herauszuschreien. «Aber was haben Sie denn, Simone? So ist nun einmal das Leben.» Mit völlig ruhiger Stimme setzte Stépha mir auseinander, daß die Männer nun einmal keine Heiligen seien. Gewiß, es war einigermaßen ‹degoutant›, aber schließlich existierte es und spielte sogar für alle Menschen eine sehr große Rolle. Sie illustrierte mir das durch viele Anekdoten. Ich verschloß mich dagegen. Von Zeit zu Zeit unternahm ich gleichwohl einen Versuch zur Aufrichtigkeit: woher kam mir dieser Widerstand, diese Voreingenommenheit? ‹Hat wohl der Katholizismus in mir einen solchen Hang zur Reinheit hinterlassen, daß die kleinste Anspielung auf diese Angelegenheiten der Sinne mich in eine unsäglich bedrückte Stimmung versetzt? Ich denke an die Colombe bei Alain-Fournier, die sich in einen Teich wirft, um nicht im Punkte der Reinheit Zugeständnisse machen zu müssen. Doch vielleicht ist das Hochmut?›

Offenbar behauptete ich selber nicht, daß man immer und ewig seine Virginität bewahren müsse. Aber ich redete mir ein, daß man sich auch auf dem Liebeslager rein erhalten kann: eine echte Liebe sublimiert den Liebesakt, und in den Armen des Erwählten verwandelt sich leichten Sinnes das reine junge Mädchen in eine junge Frau mit klarem Seelenleben. Ich liebte Francis Jammes, weil er die Lust in so schlichten Farben malt, wie das Wasser eines Gebirgsbachs sie hat; ich liebte vor allem Claudel, weil er im Körper die in wunderbarer Weise spürbare Gegenwart der Seele glorifiziert. Ich verwarf, ohne es auszulesen, *Le Dieu des Corps* von Jules Romains, weil die Lust darin nicht als eine andere Erscheinungsform des Geistes geschildert war. Ich war außer mir über die *Souffrances d'un Chrétien*, die Mauriac damals in der *N.R.F.* publizierte. Triumphierend bei dem einen, gedemütigt bei dem anderen, bekam der Körper in beiden Fällen allzu große Wichtigkeit. Ich fühlte mich durch Clairaut schockiert, der in Beantwortung einer Umfrage der *Nouvelles littéraires* von dem ‹Fetzen Fleisch und seiner tragischen Herrschaft› sprach; aber auch durch Nizan und seine Frau, die für Ehegatten völlige sexuelle Freiheit verlangten.

Ich rechtfertigte meinen Widerwillen auf die gleiche Weise wie zu der Zeit, als ich siebzehn Jahre alt war: alles ist gut, solange der Körper dem Kopf und dem Herzen gehorcht, aber er darf nicht das Übergewicht bekommen. Das Argument war um so weniger stichhaltig, als in der Liebe die Helden von Romains Voluntaristen waren und die Nizans für die Freiheit eintraten. Im übrigen hatte die vernunftbedingte Prüderie meiner siebzehn Jahre nichts mit dem geheimnisvollen ‹Horror› zu tun, der mich so häufig zum Erstarren brachte. Ich fühlte mich nicht unmittelbar bedroht; manchmal hatte ich Wellen dunkler Beunruhigung in mir aufsteigen fühlen: im ‹Jockey› in den Armen mancher Tänzer oder wenn in Meyrignac, wo wir im Grase des ‹Landschaftsparks› ausgestreckt lagen, meine Schwester und ich uns umschlungen hatten; aber diese seltsamen Zustände waren mir angenehm, ich kam gut mit meinem Körper aus; aus Neugierde, auch aus Sinnlichkeit hatte ich Lust, seine Möglichkeiten und Geheimnisse zu entdecken; ohne Furcht und sogar mit einer gewissen Ungeduld wartete ich auf den Augenblick, da ich zur Frau werden würde. Auf eine merkwürdig umweghafte Weise fühlte ich mich durch Jacques in Frage gestellt. Wenn die physische Liebe nur ein unschuldiges Spiel war, so hatte er keinen Grund, sich ihm zu entziehen; dann aber konnten unsere Gespräche nicht viel Gewicht für ihn haben neben der fröhlichen und berauschenden Gemeinsamkeit mit anderen Frauen; ich bewunderte die Höhe und die Reinheit unserer Beziehungen: tatsächlich waren sie unvollständig, fade, entsinnlicht, und der Respekt, den Jacques mir entgegenbrachte, war eine Folge der konventionellsten Moral; ich fiel in die undankbare Rolle einer kleinen Kusine zurück, die man gern mag: welch ein Abstand zwischen diesem Jungfräulein und einem durch seine ganze Manneserfahrung bereicherten Mann! Ich wollte mich mit solcher Inferiorität nicht abfinden und entschied mich daher lieber dafür, im Sinnengenuß eine Verunreinigung zu sehen; dann konnte ich hoffen, daß Jacques sich davor bewahrt haben würde; wenn nicht, würde er mir jedenfalls kein Verlangen mehr, sondern Mitleid einflößen; lieber wollte ich ihm Schwächen verzeihen als aus seinen Freuden verbannt sein. Dennoch schreckte mich auch diese Aussicht. Ich strebte nach einer glasklaren Verschmelzung unserer Seelen; hatte er düstere Vergehen auf sich geladen, so entzog er sich mir in der Vergangenheit und sogar in der Zukunft, denn unsere von Anfang an verfälschte Geschichte würde sich dann mit der nie mehr decken, die ich für uns erfunden hatte. ‹Ich will nicht, daß das Leben beginnt, einen anderen Willen zu bekunden als den meinigen›, schrieb ich in mein Tagebuch.Das war, glaube ich, der tiefe Sinn meiner Angst. Ich wußte fast nichts von der Wirklichkeit. In meinem Milieu deckten Konventionen und Riten sie überall zu;

diese Routine langweilte mich zwar, doch ich versuchte nicht, das Leben an der Wurzel zu packen; im Gegenteil, ich schwebte hoch in den Wolken: ich war Seele, war reiner Geist und interessierte mich nur für Geister und Seelen; der Einbruch der Sexualität zersprengte diese Engelhaftigkeit: dadurch wurden mir auf einmal in ihrer furchtbaren Einheit Bedürfnis und Ausbruch klar. Ich hatte an der Place de Clichy einen Schock verspürt, weil ich den engen Zusammenhang zwischen dem schamlosen Verhalten des Zuhälters und der Brutalität des Polizisten erkannt hatte. Nicht ich nur, sondern die Welt stand für mich auf dem Spiel: wenn die Menschen Körper hatten, die von so leidenschaftlichen Bedürfnissen geplagt wurden und eine so schwerwiegende Rolle spielten, entsprach sie ganz und gar nicht mehr der Idee, die ich mir von ihr machte; statt dessen taten Elend, Verbrechen, Unterdrückung, Krieg sich auf: nebelhaft erkannte ich Horizonte, die mich tief erschreckten.

Dennoch kehrte ich Mitte November zum Montparnasse zurück. Studieren, Schwatzen, ins Kino gehen – auf einmal war ich dieser festen Ordnung müde. Hieß das wirklich leben? Oder lebte nur ich allein so? Es hatte Tränen, Fieber, Abenteuer, Poesie und Liebe gegeben, eine ganze pathetische Existenz; ich wollte dahinter nicht zurückstehen. An diesem Abend sollte ich mit meiner Schwester ins ‹Théâtre de l'Œuvre› gehen; ich traf mich mit ihr im ‹Dôme› und schleppte sie mit ins ‹Jockey›. Wie der Gläubige sich nach einer Krise der seelischen Dürre besonders innig dem Duft von Weihrauch und Kerzen hingibt, so tauchte ich wieder in den Brodem von Alkohol und Tabak ein. Schnell waren sie mir zu Kopf gestiegen. An unsere alten Gewohnheiten anknüpfend, tauschten wir lärmend Beleidigungen aus und fielen übereinander her. Ich aber hatte das Bedürfnis, mich auf seriösere Art zu amüsieren, und führte meine Schwester ins ‹Stryx›. Wir trafen dort den kleinen Bresson und einen seiner Freunde, der schon um die Vierzig war. Dieser Mann im reiferen Alter flirtete mit Poupette und schenkte ihr Veilchen, während ich mit Riquet sprach, der Jacques mir gegenüber verteidigte. «Er hat manchen harten Stoß aushalten müssen», sagte er zu mir, «aber er ist immer wieder darüber hinweggekommen.» Er sagte mir auch, welche Kraft in seiner Schwäche liege, welche Aufrichtigkeit sich hinter seiner Geschwollenheit verberge, wie gut er zwischen zwei Cocktails von ernsten und schmerzlichen Dingen zu reden wisse und mit welcher Klarsicht er die Eitelkeit aller Dinge ausgelotet habe. «Jacques wird niemals glücklich sein», schloß er bewundernd seine Apologie. Mein Herz zog sich zusammen: «Und wenn jemand ihm alles gäbe?» fragte ich. «Das würde ihn demütigen.» Furcht und Hoffnung packten mich gleichzeitig an der Kehle. Den ganzen Boulevard Raspail entlang schluchzte ich in die Veilchen.

Ich liebte die Tränen, die Hoffnung, die Furcht. Als Clairaut am folgenden Tage mich fest anblickte und sagte: «Sie werden eine Doktorarbeit über Spinoza machen: es gibt nur das im Leben: sich verheiraten und eine Doktorarbeit machen», sträubte ich mich innerlich. Eine Laufbahn einschlagen, sich dem Genuß ergeben: das waren zwei Wege zur inneren Ablenkung. Pradelle stimmte darin mit mir überein, daß auch die Arbeit eine Droge werden kann. Ich dankte Jacques überschwenglich, ihm, dessen Bild mich der Besessenheit durch das Studium entrissen hatte. Zweifellos standen manche von meinen Studiengefährten an der Sorbonne geistig über ihm, aber was machte das schon aus. Die Zukunft eines Clairaut oder Pradelle schien mir im voraus vorgezeichnet; die Existenz von Jacques und seinen Freunden kam mir wie ein unaufhörliches Hasardspiel vor: möglicherweise würden sie damit andere, sich selbst oder ihr Leben ruinieren. Ich zog jedoch dieses Risiko allen Formen der Verkalkung vor.

Einen Monat lang zog ich ein- oder zweimal die Woche mit Stépha, Fernando und einem ihrem Freundeskreis angehörenden ukrainischen Journalisten, der aber in seiner Freizeit lieber Japanisch trieb, ins ‹Stryx›; auch meine Schwester, Lisa oder Mallet kamen mit. Ich weiß nicht, wo ich in jenem Jahr das Geld hernahm, denn ich gab keinen Unterricht mehr. Zweifellos sparte ich es mir von den fünf Francs ab, die mir meine Mutter täglich für mein Mittagessen gab, oder kratzte es sonst irgendwie zusammen. Auf alle Fälle richtete ich mein Budget ganz und gar auf diese Orgien aus. ‹Bei Picart in *Onze chapitres sur Platon* von Alain geblättert. Kostet acht Cocktails; zu teuer.› Stépha verkleidete sich als Barmaid und half Michel beim Bedienen der Kunden; sie trieb in vier Sprachen ihre Späße mit ihnen oder trug ukrainische Gassenhauer vor. Mit Riquet und seinem Freund sprachen wir von Giraudoux, von Gide, vom Kino, vom Leben, von Frauen, von den Männern, der Freundschaft oder der Liebe. Lärmend kehrten wir in die Gegend von Saint-Sulpice zurück. Am folgenden Tag notierte ich: ‹Fabelhafter Abend!› Aber ich durchsetzte doch meinen Bericht mit Parenthesen, die recht anders klangen. Riquet hatte mir von Jacques gesagt: «Er wird sich eines Tages verheiraten, auf einen plötzlichen Einfall hin; vielleicht wird er sogar ein guter Familienvater werden, aber immer wird er sich nach dem Abenteuer zurücksehnen.» Diese Prophezeiungen beunruhigten mich nicht allzusehr; peinlicher war mir, daß offenbar Jacques drei Jahre lang das gleiche Leben wie Riquet geführt hatte. Dieser sprach von den Frauen mit einer Unbefangenheit, die mich verletzte: konnte ich noch glauben, daß Jacques ein Bruder des Grand Meaulnes war? Ich zweifelte jetzt stark daran. Alles in allem hatte ich mir ohne sein Zutun von ihm dieses Bild gemacht und fing nun an mir zu sagen, daß es ihm vielleicht gar nicht ähnlich sei. Aber ich resignierte nicht. ‹Alles das tut mir weh. Ich habe Visionen von Jacques, die mir weh tun.› Wenn die Arbeit ein Narkotikum war, so waren jedenfalls Alkohol und Spiel auch nicht gerade besser. Mein Platz war weder in den Bars noch in den Bibliotheken. Aber wo denn dann? Mit Entschiedenheit erkannte ich das Heil einzig in der Literatur. Ich plante einen neuen Roman: ich würde eine Verwicklung zwischen einer Heldin, das heißt mir selbst, und einem Helden, der mit seinem ‹sinnlosen Hochmut und seinem Zerstörungswahn› Jacques glich, darzustellen versuchen. Doch mein Unbehagen hielt an. Eines Abends bemerkte ich in einer Ecke des ‹Stryx› Riquet, Riaucourt und seine Freundin Olga, die ich sehr elegant aussehend fand. Sie unterhielten sich über einen Brief von Jacques, den sie bekommen hatten, und verfaßten gemeinsam eine Postkarte an ihn. Unwillkürlich fragte ich mich: ‹Weshalb schreibt er ihnen, niemals aber mir?› Den Tod in der Seele, lief ich einen ganzen Nachmittag lang über die Boulevards, bis ich schließlich in Tränen in einem Kino landete.

Am folgenden Tage war Pradelle, der sich ausgezeichnet mit meinen Eltern verstand, bei uns zu Tisch; nach dem Essen wollten wir ins ‹Ciné-Latin›. In der Rue Soufflot schlug ich ihm unvermittelt vor, mich lieber ins ‹Jockey› zu begleiten; ohne Begeisterung stimmte er zu. Wir nahmen als seriöse Besucher an einem Tischchen Platz, und bei einem Gin Fizz erklärte ich ihm, wer Jacques war, den ich ihm gegenüber bislang nur ganz flüchtig erwähnt hatte. Er hörte mir mit reservierter Miene zu. Es war ihm sichtlich nicht wohl zumute. Fand er es ‹shocking›, fragte ich ihn, daß ich Stätten dieser Art besuchte? Nein, aber persönlich deprimierten sie ihn. Das kommt daher, dachte ich mir, daß er den Abgrund an Einsamkeit und Verzweiflung nicht kennengelernt hat, der einem das Recht auf alle solche regellosen Unternehmungen gibt. Indessen sah ich jetzt an seiner Seite, aus einer gewissen Entfernung von der Bar, an der ich mich oft so merkwürdig aufgeführt hatte, das Dancing mit ganz neuen Augen an: sein unbeirrter Blick hatte diesem Ort alle Poesie geraubt. Vielleicht hatte ich ihn nur hierhergeführt, um ihn leise sagen zu hören, was ich mir selbst im Innersten leise sagte: ‹Was tue ich eigentlich hier?› Auf alle Fälle gab ich ihm auf der Stelle recht und kehrte nun sogar meine Strenge auch gegen Jacques: weshalb verlor er seine Zeit damit, nach Betäubung zu suchen? Ich brach mit dieser Art von Extravaganz. Meine Eltern fuhren auf ein paar Tage nach Arras, doch ich machte mir diese Zeit nicht zunutze. Ich lehnte ab, mit Stépha zum Montparnasse zu gehen: ich wies ihr Drängen sogar gereizt zurück. Ich blieb zu Hause am warmen Ofen und las Meredith.

Ich stellte mir nicht länger Fragen über Jacques' Vergangenheit; schließlich, wenn er Fehler gemacht hatte, veränderte das nicht gerade das Antlitz der Welt. Selbst in bezug auf die Gegenwart sorgte ich mich nicht sehr um ihn; er schwieg sich allzu lange aus; dieses Schweigen grenzte nach und nach an Feindseligkeit. Als mir Ende Dezember seine Großmutter Flandin Grüße von ihm sagte, nahm ich sie gleichgültig hin. Da ich andererseits ungern etwas endgültig fallenließ, blieb ich des Glaubens, daß bei seiner Heimkehr unsere Liebe wieder aufleben würde.

Ich fuhr fort zu arbeiten, was das Zeug hielt; täglich verbrachte ich neun bis zehn Stunden über meinen Büchern. Im Januar leistete ich unter der Aufsicht von Monsieur Rodrigues, einem sehr netten alten Herrn, mein Probejahr am Lyzeum Janson-de-Sailly ab: er stand der Liga für Menschenrechte vor und nahm sich 1940, als die Deutschen in Frankreich einrückten, das Leben. Meine Kollegen waren Merleau-Ponty und Lévi-Strauß; ich kannte beide schon etwas. Der erstere hatte mir immer schon von ferne Sympathie eingeflößt. Der zweite schüchterte mich durch sein

Phlegma ein, doch er verwendete es mit Geschick, und ich fand ihn sehr komisch, wenn er mit farbloser Stimme und völlig unbewegtem Gesicht unserem Auditorium die Torheit der Leidenschaften auseinandersetzte. Es gab freilich trübe Vormittage, an denen es mir lächerlich vorkam, vor vierzig Gymnasiasten, denen das wahrscheinlich vollkommen gleichgültig war, Vorträge über das Gemütsleben zu halten; an Schönwettertagen erwärmte ich mich selbst an dem, was ich sagte, und meinte in manchen Blicken ein schwaches Aufleuchten von Verständnis zu bemerken. Mit Rührung dachte ich daran zurück, wie ich einst unter den Mauern des Collège Stanislas entlanggestrichen war; eine Knabenklasse kam mir damals so fern, so unerreichbar vor! Jetzt stand ich selbst dort am Pult und erteilte Unterricht. Nichts auf der Welt schien mir künftighin unerreichbar zu sein.

Gewiß bedauerte ich nicht, eine Frau zu sein; ich zog im Gegenteil große Befriedigung daraus. Meine Erziehung hatte mich von der geistigen Unterlegenheit der Frau überzeugt, die auch von vielen meiner Geschlechtsgenossinnen zugegeben wurde. «Eine Frau darf nicht hoffen, vor dem fünften oder sechsten Mißerfolg die ‹Agrégation› zu erlangen», erklärte mir Mademoiselle Roulin, die selbst bereits den zweiten hinter sich hatte. Dieses Handikap gab meinen Erfolgen den Glanz größerer Seltenheit als denen meiner männlichen Kollegen: es genügte mir, es ihnen gleichzutun, um mich bereits als etwas Exzeptionelles zu fühlen; tatsächlich war ich keinem begegnet, der mir besonderes Staunen abgenötigt hätte; die Zukunft stand mir genausogut offen wie ihnen: sie hatten nichts vor mir voraus. Im übrigen erhoben sie auch keinen Anspruch darauf; sie behandelten mich ohne Herablassung, sogar mit besonderer Freundlichkeit, denn sie sahen keine Rivalin in mir: Mädchen wurden im ‹Concours› zwar nach den gleichen Maßstäben eingestuft wie die männlichen Studenten, aber sie wurden über die festgesetzte Zahl hinaus zugelassen, nahmen jenen also ihre Plätze nicht weg. So trug mir eine Arbeit über Platon denn auch bei meinen Mitstudierenden – insbesondere von seiten Jean Hippolytes – Komplimente ein, die durch keinen Hintergedanken beeinträchtigt wurden. Ich war stolz darauf, ihre Achtung errungen zu haben. Ihr Wohlwollen verhinderte, daß ich jemals darauf verfiel, jene Haltung des ‹challenge› einzunehmen, die mich später bei den Amerikanerinnen verdroß; von vornherein waren die Männer für mich Kameraden, nicht Gegner. Weit davon entfernt, sie zu beneiden, empfand ich meine Lage, gerade insofern sie etwas Ungewöhnliches war, als privilegiert. Eines Abends lud Pradelle seine besten Freunde und ihre Schwestern zu sich ein. Auch meine Schwester begleitete mich. Alle jungen Mädchen zogen sich in das Zimmer der kleinen Pradelle zurück; ich blieb bei den jungen Männern.

Indessen verleugnete ich meine Weiblichkeit nicht. An jenem Abend hatten meine Schwester und ich die größte Sorgfalt auf unsere Toilette verwendet. Ich war in rote, sie in blaue Seide gehüllt; tatsächlich waren wir eher schlecht beschneidert, aber die anderen jungen Mädchen auch nicht gerade sehr gut. In der Gegend von Montparnasse hatten oft elegante Schönheiten meinen Weg gekreuzt; sie führten ein Leben, das zu verschieden von dem meinen war, als daß der Vergleich für mich erdrückend gewesen wäre; im übrigen, wenn ich erst frei sein und Geld in der Tasche haben würde, hinderte mich ja nichts, es ihnen nachzutun. Ich vergaß nicht, daß Jacques mich als hübsch bezeichnet hatte; Stépha und Fernando weckten in mir große Hoffnungen. So wie ich war, sah ich mich nicht ungern im Spiegel; ich gefiel mir gut; auf dem Boden, der uns gemeinsam war, fühlte ich mich nicht schlechter bedacht als die anderen Frauen und verspürte ihnen gegenüber keinerlei Ressentiments; ich bemühte mich also, sie einfach zu verachten. In vieler Hinsicht stellte ich Zaza, meine Schwester, Stépha und sogar Lisa über meine männlichen Freunde: sie waren empfindungsfähiger, großherziger, begabter für Träume, für Tränen, für die Liebe. Ich schmeichelte mir, in mir ‹das Herz einer Frau mit dem Hirn eines Mannes› zu vereinigen. Wieder hielt ich mich für die Einzige.

Was – ich hoffe es wenigstens – meine Anmaßung einigermaßen dämpfte, war, daß ich an mir besonders die Gefühle liebte, die ich anderen einflößte, und mich für die anderen mehr interessierte als für mein Gesicht. Zu den Zeiten, als ich mich noch in Verliesen abkämpfte, die mich von der Welt abschlossen, fühlte ich mich von meinen Freunden getrennt, sie aber hatten damals nichts für mich vermocht; jetzt war ich mit ihnen durch die Zukunft, die ich mir wiedererobert und mit ihnen gemeinsam hatte, unauflöslich verbunden: in ihnen verkörperte sich das Leben, in dem ich von neuem so viele Verheißungen zu entdecken glaubte. Mein Herz schlug für den einen, den anderen, für alle zusammen, es war immer erfüllt.

Der erste Platz in meiner Zuneigung gehörte unbedingt meiner Schwester. Sie nahm jetzt in einem Institut der Rue Cassette an Kursen für Gebrauchsgraphik teil, die ihr Vergnügen machten. Bei einem von der Schule veranstalteten Fest sang sie in dem Kostüm einer Schäferin alte französische Lieder; ich fand sie einfach bezaubernd. Manchmal ging sie zu einer Abendeinladung, und wenn sie blond, rosig, animiert in ihrem blauen Tüllkleid nach Hause kam, schien unser ganzes Zimmer heller zu werden. Wir besuchten gemeinsam Bilderausstellungen, den Herbstsalon, den Louvre; am Abend zeichnete sie in einem Atelier in Montmartre; oft holte ich sie dort ab, und wir wanderten durch Paris, während wir die Unterhaltung fortsetzten, die mit unserem ersten Stammeln ihren Anfang genommen hatte; wir setzten sie noch im Bett vor dem Einschlafen fort und auch noch am folgenden Tage, sobald wir wieder allein zusammen waren. Sie nahm an allen meinen Freundschaften, meinen Bewunderungen und Besessenheiten teil. Wenn ich Jacques in frommer Scheu lieber ausnahm, hing ich an niemandem so sehr wie an ihr; sie stand mir zu nah, als daß sie mir zu leben hätte helfen können, aber ohne sie, so dachte ich, würde mein Dasein jeden Reiz verlieren. Wenn ich tragisch gestimmt war, sagte ich, wofern Jacques stürbe, würde ich mir das Leben nehmen, verschwände jedoch sie, so würde ich nicht einmal nötig haben, mich erst umzubringen, um nicht mehr zu leben.

Da Lisa keine Freundin hatte und immer verfügbar war, verbrachte ich viel Zeit mit ihr. An einem regnerischen Dezembermorgen bat sie mich nach einer Vorlesung, ich möchte sie zu ihrer Pension begleiten. Ich hatte mehr Lust, nach Hause zu gehen und zu arbeiten, und lehnte daher ab. Als ich an der Place Médicis gerade in den Autobus steigen wollte, sagte sie mit merkwürdiger Stimme: «Also gut, dann werde ich Ihnen Donnerstag erzählen, was ich Ihnen sagen wollte.» Ich spitzte die Ohren: «Nein, erzählen Sie gleich.» Sie zog mich in den Luxembourggarten: niemand außer uns war in den durchweichten Alleen. «Sie dürfen es aber niemandem weitersagen, es ist zu lächerlich.» Sie zögerte: «Also: ich möchte Pradelle heiraten.» Ich setzte mich auf einen Draht, der eine Rasenfläche einfaßte, und sah sie entgeistert an. «Er gefällt mir so sehr!» sagte sie. «Mehr als irgend jemand mir jemals gefallen hat!» Sie bereiteten sich auf das gleiche Zeugnis in Naturwissenschaften vor und hörten gemeinsam ein paar Vorlesungen über Philosophie; mir war nichts Besonderes zwischen ihnen aufgefallen, wenn wir alle zusammen ausgegangen waren; aber ich wußte, daß Pradelle mit seinem samtenen Blick und seinem gewinnenden Lächeln für die jungen Mädchen unwiderstehlich war: durch Clairaut hatte ich erfahren, daß von den Schwestern seiner Kameraden mindestens zwei sich in Liebe zu ihm verzehrten. Eine Stunde lang sprach Lisa unter den tropfenden Bäumen des verlassenen Parks zu mir von dem neuen Reiz, den das Leben jetzt für sie hatte. Wie zerbrechlich sie aussah in ihrem abgeschabten Mäntelchen! Ich fand ihr Gesicht recht rührend unter ihrem kleinen Hut, der die Form eines Blumenkelchs hatte, aber ich zweifelte, daß Pradelle sich von ihrer etwas nüchternen Anmut tiefer berührt fühlte. Stépha machte mich am Abend darauf aufmerksam, daß er eines Abends, als wir von Lisas einsamer, trauriger Existenz gesprochen hatten, ungerührt zu einem anderen Thema übergegangen war. Ich versuchte, bei ihm auf den Busch zu klopfen. Er kam von einer Hochzeit, und wir stritten uns etwas; er fand einen gewissen Reiz an diesen Zeremonien, mir aber kam das öffentliche Zurschaustellen einer ganz persönlichen Angelegenheit widerwärtig vor. Ich fragte ihn, ob er manchmal selbst an Heirat denke. Nur in sehr unbestimmter Weise, sagte er mir; er glaube nicht, daß er je eine Frau wirklich lieben werde; er sei dafür zu ausschließlich an seine Mutter attachiert; selbst in der Freundschaft werfe er sich einen gewissen Mangel an Wärme vor. Ich sprach ihm von dem großen Überschwang an Zärtlichkeit, der mir manchmal die Tränen in die Augen trieb. Er schüttelte den Kopf: «Auch das ist übertrieben.» Er selbst übertrieb freilich nie, und der Gedanke kam mir, es werde gewiß nicht leicht sein, ihn zu lieben. Auf alle Fälle aber zählte Lisa nicht für ihn. Sie erzählte mir traurig, daß er ihr in der Sorbonne keinerlei Interesse bezeige. Wir verbrachten einen ausgedehnten Spätnachmittag miteinander in der Bar de Rotonde mit Gesprächen über Liebe und unsere Amouren; vom Dancing her drang Jazzmusik herauf, und im Halbdunkel flüsterten Stimmen. «Ich bin an Unglück gewöhnt», sagte sie, «man wird damit gleich geboren.» Niemals hatte sie, was sie sich wünschte, zu erreichen vermocht. «Und doch, wenn ich nur seinen Kopf in meinen Händen halten könnte, wäre alles gut.» Sie dachte daran, sich um eine Stelle in den Kolonien zu bewerben, nach Saigon oder Tananarivo zu gehen.

Mit Stépha amüsierte ich mich immer gut; Fernando war oft da, wenn ich in ihr Zimmer kam; während sie Cocktails mit Curaçao daran mixte, zeigte er mir Reproduktionen von Soutine und Cézanne; seine noch ungeschickten Bilder gefielen mir, und auch ich bewunderte, daß er ohne alle Rücksicht auf materielle Sorgen sein Leben ganz auf die Malerei eingestellt hatte. Wir gingen bisweilen zu dreien aus. Mit Begeisterung erlebten wir Charles Dullin in *Volpone* und, mit einer gewissen Kritik bei Baty, in der ‹Comédie des Champs-Elysées› *Départs* von Gantillon. Nach meinen Unterrichtsstunden lud Stépha mich zum Mittagessen zu Knam ein; wir aßen bei Musik auf polnische Art, und sie fragte mich um Rat, ob sie Fernando heiraten solle. Ich sagte Ja; niemals hatte ich zwischen einem Mann und einer Frau ein so völliges Einvernehmen erlebt: sie entsprachen genau meinem Ideal eines Paares. Sie zögerte: es gab auf Erden so viele ‹interessante› Männer! Dieses Wort reizte mich etwas. Ich selbst fühlte mich von allen diesen Rumänen und Bulgaren sehr wenig angezogen, mit denen Stépha spielerisch den Kampf der Geschlechter austrug. Zuweilen wurde auch mein Chauvinismus einmal wieder wach. Wir aßen mit einem deutschen Studenten in dem Restaurant zu Mittag, das sich im Innern der Bibliothèque Nationale befand; er war blond und hatte, wie es sich gehört, von Narben durchfurchte Wangen; er sprach in einem gewissen rachsüchtigen Ton von der Größe seines Vaterlandes. Plötzlich mußte ich denken: ‹Vielleicht kämpft er eines Tages gegen Jacques oder gegen Pradelle›, und bekam Lust, einfach aufzustehen.

Dennoch freundete ich mich mit einem ungarischen Journalisten an, der gegen Ende Dezember in Stéphas Leben einbrach. Sehr groß, sehr schwer, versuchte er in seinem fülligen Gesicht mit etwas schwammigen Lippen ein Lächeln hervorzubringen, das nur schlecht gelang. Er sprach gern von seinem Adoptivvater, der das größte Theater von Budapest leitete. Er arbeitete an einer Dissertation über das französische Melodrama, bewunderte leidenschaftlich die französische Kultur, Madame de Staël und Charles Maurras; von Ungarn abgesehen waren für ihn alle Länder Mitteleuropas und speziell des Balkans von Barbaren bewohnt. Er tobte, als er Stépha mit einem Rumänen sprechen sah. Er geriet leicht in Zorn; dann zitterten seine Hände, sein rechter Fuß trommelte krampfhaft auf den Fußboden, und er begann zu stottern: mir war diese Unbeherrschtheit fatal. Er reizte mich auch dadurch, daß sein dicklippiger Mund unaufhörlich die Worte Raffinement, Grazie, Zartheit aus sich hervorgehen ließ. Er war nicht dumm, und ich hörte mit Spannung seine Betrachtungen über Kulturen und Zivilisationen an; im allgemeinen jedoch machte ich mir nicht viel aus seiner Konversation; er ärgerte sich darüber. «Wenn Sie wüßten, wie geistreich ich auf ungarisch bin!» sagte er eines Tages in einem gleichzeitig wütenden und bedauernden Ton zu mir. Wenn er mich zu umgarnen versuchte, damit ich bei Stépha ein gutes Wort für ihn einlegte, ging ich darauf nicht ein. «Das ist doch unvernünftig!» rief er mit haßerfüllter Stimme aus. «Alle jungen Mädchen, sie schwärmen dafür zu vermitteln, wenn eine ihrer Freundinnen hat eine Intrigue.» Ich antwortete etwas grob, seine Liebe zu Stépha interessiere mich nicht; es handle sich dabei nur um ein egoistisches Verlangen, zu besitzen und zu beherrschen; im übrigen zweifelte ich an der Solidität seiner Gefühle: wäre er bereit, sein Leben mit ihr zusammen aufzubauen? Seine Lippen zitterten: «Man könnte Ihnen ein Meißner Figürchen geben, Sie würden es auf den Boden werden, nur um zu sehen, ob es zerbricht oder nicht!» Ich machte Bandi – so nannte ihn Stépha – gegenüber kein Hehl daraus, daß ich in dieser Sache die Verbündete von Fernando sei. «Nicht ausstehen kann ich diesen Fernando!» sagte Bandi zu mir. «Erstens ist er Jude!» Ich war tief empört.

Stépha beklagte sich oft über ihn; sie fand ihn glanzvoll genug, um Lust zu haben, ihn ‹in die Hand zu bekommen›, aber er stellte ihr denn doch allzu beharrlich nach. Ich machte bei dieser Gelegenheit die Erfahrung, daß ich tatsächlich, wie sie sagte, naiv war. Eines Tages ging ich mit Jean Mallet ins ‹Théâtre des Champs-Elysées›, um die *Piccoli* anzusehen, die Poddrecca zum ersten Male in Paris vorführte. Ich bemerkte Stépha, die sich keineswegs wehrte, obwohl Bandi sie sehr fest an sich drückte. Mallet mochte Stépha sehr gern, er pflegte ihre Augen mit denen eines Tigers zu vergleichen, der Morphium erhalten habe; er schlug vor, wir wollten ihr guten Abend sagen. Der Ungar rückte lebhaft von ihr ab, sie aber lächelte uns ohne die geringste Verlegenheit an. Mir wurde klar, daß sie ihre Anbeter mit weit weniger Strenge behandelte, als sie mich hatte glauben machen, und war ihr böse wegen ihres Verhaltens, das ich als illoyal empfand, denn ich hatte gar kein Verständnis für Flirt. Ich war sehr froh, als sie sich dennoch zur Heirat mit Fernando entschloß. Bandi machte ihr daraufhin heftige Szenen: trotz aller Vorsichtsmaßnahmen gelang es ihm, sie in ihrem Zimmer zu stellen. Dann aber beruhigte er sich. Sie kam nicht mehr in die Bibliothèque Nationale. Er lud mich noch einmal zu einem Kaffee ins ‹Poccardi› ein, sprach aber nicht mehr von ihr.

In der Folgezeit lebte er als Korrespondent einer ungarischen Zeitung in Frankreich. Zehn Jahre später, am Abend der Kriegserklärung, begegnete ich ihm im ‹Dôme›. Er wollte am folgenden Tage in ein Regiment eintreten, das aus ausländischen Freiwilligen gebildet wurde. Er vertraute mir einen Gegenstand an, auf den er großen Wert legte: eine derbe kleine Standuhr aus Glas von sphärischer Form. Er gestand mir, er sei Jude, ein uneheliches Kind und sexuell monoman: er liebe nur Frauen, die mehr als zwei Zentner wögen: Stépha sei in seinem Leben eine Ausnahme gewesen; er habe gehofft, daß sie ihm trotz ihrer zierlichen Gestalt dank ihrer Intelligenz einen Eindruck von Fülle geben würde. Der Krieg hat ihn verschlungen; er hat sich sein Ührchen niemals abgeholt.

Zaza schrieb mir aus Berlin lange Briefe, von denen ich Stépha und Pradelle Auszüge vorlas. Als sie Paris verließ, hatte sie die Deutschen als ‹Boches› bezeichnet und nur mit Zittern und Zagen den Fuß auf feindlichen Boden gesetzt. ‹Mein Einzug im Fröbel-Hospiz war ziemlich deprimierend; ich dachte, ich würde in ein Hotel für Damen kommen, fand aber eine von – im übrigen durchaus respektablen – dicken Deutschen bewohnte Karawanserei vor, und als das ‹Mädchen› mich in mein Zimmer führte, übergab sie mir, ganz wie Stépha mir vorausgesagt hatte, einen Schlüsselbund: Schlüssel für den Kleiderschrank, das Zimmer, den mittleren Gebäudeteil, in dem ich wohnte, und schließlich auch noch für das Außentor des Grundstücks für den Fall, daß ich einmal erst nach vier Uhr morgens nach Hause käme. Ich war von der Reise derart müde und so überwältigt von meiner ausgedehnten Freiheit und der unermeßlichen Weite Berlins, daß ich nicht mehr den Mut fand, zum Abendessen hinunterzugehen, sondern mich in mein seltsames Bett ohne Bettücher oder Decke – nur mit einem Federbett – vergrub und mein Kopfkissen mit meinen Tränen netzte. Ich habe dreizehn Stunden geschlafen, bin morgens in eine Kapelle zur hl. Messe und dann voller Neugier durch die Straßen gegangen; gegen Mittag war meine Stimmung bereits beträchtlich gestiegen. Seitdem gewöhne ich mich mehr und mehr hierher, obwohl es noch viele Augenblicke gibt, in denen ich eine sinnlose, schneidende Sehnsucht nach den Meinen, nach Ihnen, nach Paris verspüre; aber das Berliner Leben gefällt mir, ich habe mit niemandem Schwierigkeiten, und mir scheint, die drei Monate, die ich hier zu verbringen habe, werden höchst interessant für mich sein.› Keinerlei Rückhalt fand sie in der französischen Kolonie, die nur aus dem diplomatischen Corps bestand; es gab in Berlin nur drei französische Studenten; die Leute waren alle sehr überrascht, daß Zaza ein Semester in Deutschland verbringen und Vorlesungen hören wollte. ‹Der Konsul, der mir einen Empfehlungsbrief für einen deutschen Professor gegeben hat, schließt diesen mit einem Satz, der mich amüsierte: ‹Ich bitte Sie wärmstens, die interessante Initiative von Mademoiselle Mabille zu unterstützen.› Man hätte meinen sollen, ich hätte den Nordpol überflogen!› Sie entschloß sich denn auch sehr rasch, den Verkehr mit den Eingeborenen aufzunehmen. ‹Mittwoch habe ich mit den Berliner Theatern in völlig unerwarteter Gesellschaft Bekanntschaft gemacht. Stellen Sie sich vor (würde Stépha sagen), daß ich gegen sechs Uhr nachmittags den Leiter des Hospizes, den dicken Herrn Pollack, auf mich zukommen sehe; mit seinem liebenswürdigsten Lächeln fragt er mich: «Kleines französisches Fräulein, wollen Sie heute abend mit mir ins Theater gehen?» Zunächst war ich etwas beklommen; ich erkundigte mich, ob das Stück auch leidlich moralisch sei, und habe mich dann angesichts der seriösen und würdigen Miene des Herrn Pollack zu einer Zusage entschlossen. Um acht Uhr gingen wir durch die Straßen von Berlin und schwatzten miteinander wie zwei alte Kumpane. Jedesmal, wenn es etwas zu bezahlen gab, sagte der dicke Boche auf die freundlichste Art: «Sie sind mein Gast, es kostet Sie nichts.» In der dritten Pause erzählte er mir, nachdem er sich durch eine Tasse Kaffee dazu angeregt hatte, seine Frau wolle nie mit ihm ins Theater gehen, sie teile überhaupt seine Neigungen nicht und habe nie während ihrer fünfunddreißig Ehejahre einmal versucht, ihm irgend etwas zu Gefallen zu tun, außer einmal vor zwei Jahren, als er am Sterben war. «Aber man kann ja nicht immer am Sterben sein», setzte er auf deutsch hinzu. Ich habe mich prächtig amüsiert und fand Herrn Pollack weit unterhaltender als Sudermann, von dem ein Thesenstück im Genre Dumas fils gegeben wurde, das *Ehre* heißt. Als wir aus dem Trianontheater kamen, hat mein Boche, um diesen ungemein deutschen Abend zu beschließen, absolut noch Sauerkraut und Würstchen essen wollen!›

Mit Stépha zusammen lachte ich bei dem Gedanken, daß Madame Mabille Zaza lieber in die Verbannung geschickt hatte, als sie einem gemischten Kreis von Tennisspielern beitreten zu lassen; nun ging ihre Tochter abends allein aus – allein mit einem Mann, einem Unbekannten, einem Ausländer, einem Boche! Noch hatte sie sich wenigstens nach der Moral des Stückes erkundigt. Nach ihren folgenden Briefen zu schließen, war sie aber sehr bald schon kühner geworden. Sie hörte Vorlesungen an der Universität, ging ins Konzert, ins Theater, in die Museen, schloß Freundschaften mit Studenten und mit einem Freund von Stépha, Hans Miller, dessen Adresse ihr diese gegeben hatte. Er hatte sie beim ersten Male so steif gefunden, daß er ihr lachend gesagt hatte: «Sie fassen ja das Leben mit Glacéhandschuhen an.» Sie war darüber sehr gekränkt gewesen und zu dem Entschluß gekommen, die Handschuhe auszuziehen.

‹Ich sehe so viele neue Leute, Milieus und Landschaften von einer so anderen Art, daß ich spüre, wie alle meine Vorurteile langsam dahinschwinden, und ich mir kaum noch vorstellen kann, daß ich jemals einem bestimmten – noch dazu was für einem – Milieu angehört habe. Es kommt vor, daß ich in der Botschaft mit Berühmtheiten der Diplomatie, mit pompösen Gesandtengattinnen aus Brasilien oder Argentinien zu Mittag esse, abends aber allein im Aschinger, einem sehr volkstümlichen Restaurant, Seite an Seite mit irgendeinem dicken Angestellten oder einem griechischen oder chinesischen Studenten. Ich bin keiner Gruppe verpflichtet, auf einmal hindert mich plötzlich nicht mehr irgendein törichter Grund, eine Sache zu tun, die mich interessieren könnte, nichts ist unmöglich oder unannehmbar, sondern mit Staunen und fröhlichem Vertrauen nehme ich alles entgegen, was jeder neue Tag mir an Unerwartetem und Neuem bringt. Zu Anfang gab ich mich noch mit Formfragen ab: ich fragte die Leute, was ‚man tut' oder ‚nicht tut'. Sie haben nur gelächelt und mir zur Antwort gegeben: ‚Jeder tut einfach, was er will.' Ich habe mir diese Lektion zunutze gemacht. Jetzt treibe ich es schlimmer als eine polnische Studentin; ich gehe zu jeder Stunde des Tages oder des Nachts allein aus, verabrede mich mit Hans Miller ins Konzert und spaziere noch bis ein Uhr morgens mit ihm in den Straßen herum. Er scheint das derart natürlich zu finden, daß es mir fast peinlich ist, wenn ich selbst mich noch darüber wundere.› Auch ihre Ideen wandelten sich, ihr Chauvinismus schwand. ‹Was mich hier am meisten verblüfft, ist der Pazifismus, ja sogar noch viel mehr, die Franzosenfreundlichkeit aller dieser Deutschen im allgemeinen. Neulich im Kino habe ich einen Film mit ausgesprochen pazifistischer Tendenz gesehen, der dem Publikum das Grauen des Krieges vor Augen führte: alles hat Beifall geklatscht. Offenbar hat hier voriges Jahr, als mit Bombenerfolg ein Napoleon-Film gespielt wurde, das Orchester die Marseillaise gespielt. Im Ufa-Palast haben die Leute sogar derart applaudiert, daß sie unter allgemeinen Ovationen dreimal wiederholt wurde. Ich wäre höchst erstaunt gewesen, wenn mir jemand, bevor ich Paris verließ, gesagt hätte, ich würde ganz unbefangen mit einem Deutschen vom Kriege sprechen können; neulich aber hat mir Hans Miller von seiner Zeit als Kriegsgefangener erzählt und mit den Worten geschlossen: ‚Vielleicht waren Sie damals noch zu klein, um sich zu erinnern, aber diese Zeiten waren schlimm auf beiden Seiten, so etwas darf nie wieder vorkommen!' Ein anderes Mal, als ich zu ihm von *Siegfried et le Limousin* sprach und meinte, das Buch würde ihn interessieren, hat er mir gesagt – es klang aber im Deutschen sogar noch eindeutiger –: ‚Ist es ein politisches oder ein menschliches Buch? Wir haben jetzt genug von Nationen, von Rassen gehört, man sollte uns lieber etwas vom Menschen schlechthin erzählen.' Ich glaube, daß Ideen dieser Art in der deutschen Jugend sehr verbreitet sind.›

Hans Miller verbrachte eine Woche in Paris; er ging mit Stépha aus und erzählte ihr, daß ihre Freundin sich seit ihrer Ankunft in Berlin stark verändert habe; als er bei den Mabilles war, die ihn kühl empfingen, wunderte er sich über den weiten Abstand zwischen Zaza und ihrer übrigen Familie. Auch sie freilich wurde sich dessen immer mehr bewußt. Sie schrieb mir, sie habe vor Glück geschluchzt, als sie am Abteilfenster das Gesicht ihrer Mutter erkannt habe, die sie in Berlin besuchen kam; dennoch erschreckte sie die Vorstellung, daß sie wieder nach Hause zurückkehren müsse. Lili hatte endlich ihre Hand einem Zögling der École Polytechnique gereicht, und nach dem Bericht Hans Millers stand das ganze Haus auf dem Kopf. ‹Ich spüre, daß zu Hause alle schon nur noch an Heiratsanzeigen, einlaufende Glückwünsche, Geschenke, die Eheringe, die Ausstattung, die Farbe der Kleider für die Brautjungfern (ich hoffe, ich habe nichts ausgelassen) denken; dieses Drunter und Drüber von lauter konventionellen Angelegenheiten macht mir keine große Lust, wieder nach Hause zu kommen, ich bin ja alle diese Dinge so gar nicht mehr gewöhnt! Ich führe wirklich ein schönes, interessantes Leben … Wenn ich an die

Heimkehr denke, stelle ich mir vor allem die große Freude vor, Sie wiederzusehen. Aber ich muß Ihnen gestehen, daß ich bei dem Gedanken erschrecke, meine Existenz von vor drei Monaten wieder aufnehmen zu müssen. Der sehr respektable Formalismus, von dem die meisten Leute ,unserer Kreise' leben, ist mir unerträglich geworden, zumal, wenn ich an die nicht sehr fernliegende Epoche denke, zu der ich, ohne es zu wissen, selbst ganz davon durchdrungen war, und mir angstvoll ausmale, daß ich bei der Rückkehr in den alten Rahmen diesem Geist am Ende wieder erliege.›

Ich weiß nicht, ob Madame Mabille sich klar darüber war, daß dieser Aufenthalt in Berlin nicht das Resultat gezeitigt hatte, das von ihr damit bezweckt worden war: auf alle Fälle rüstete sie sich, ihre Tochter wieder fest in die Hand zu bekommen. Als sie einmal meine Mutter bei einer Abendveranstaltung traf, die sie Poupette zuliebe besuchte, hatte sie sich ihr gegenüber sehr streng geäußert. Als meine Mutter den Namen Stépha aussprach, hatte sie gesagt: «Ich kenne keine Stépha, ich kenne nur ein Fräulein Awdikowitsch, die Erzieherin bei meinen Kindern war.» Sie hatte noch hinzugesetzt: «Erziehen Sie Simone, wie Sie wollen. Ich habe andere Grundsätze.» Sie hatte sich über meinen Einfluß auf ihre Tochter beklagt und zum Schluß befriedigt festgestellt: «Gott sei Dank hängt Zaza sehr an mir.»

Ganz Paris hatte in jenem Winter die Grippe, und ich lag zu Bett, als Zaza nach Hause kam; an meinem Bettrand sitzend, beschrieb sie mir Berlin, die Oper, die Konzerte, die Museen. Sie war etwas stärker geworden und hatte mehr Farbe bekommen: Stépha und Pradelle waren wie ich über diese Metamorphose ganz erstaunt. Ich sagte ihr, im Oktober habe ihre Zurückhaltung mich etwas beunruhigt: sie versicherte mir fröhlich, sie habe sich völlig gehäutet. Nicht nur hatten sich viele ihrer Ideen gewandelt, sondern anstatt über den

Tod nachzudenken und nach dem Klosterleben zu verlangen, strömte sie jetzt förmlich über von Vitalität. Sie hoffte, die Tatsache, daß ihre Schwester das Haus verließe, werde ihr Dasein beträchtlich erleichtern. Indessen beklagte sie Lilis Los: «Das ist deine letzte Chance», hatte Madame Mabille erklärt. Lili hatte alle ihre Freundinnen um Rat gefragt. «Nimm an», hatten ihr die resignierten jungverheirateten Frauen und die Unverheirateten, die selbst gern einen Mann gehabt hätten, angeraten. Zaza fühlte sich bedrückt, wenn sie die Gespräche zwischen den beiden Verlobten anhörte. Ohne allzusehr zu wissen, warum, war sie jetzt gewiß, daß ein solches Geschick ihr jedenfalls nicht drohe. Für den Augenblick hatte sie vor, ernsthaft Violinunterricht zu nehmen, viel zu lesen und sich zu bilden; sie plante die Übersetzung eines Romans von Stefan Zweig. Ihre Mutter wagte ihr nicht die Freiheit allzu brutal wieder zu entziehen; sie gab ihr die Erlaubnis, zwei- oder dreimal abends mit mir zusammen auszugehen. Wir hörten *Fürst Igor*, aufgeführt von der russischen Oper. Wir sahen den ersten Film von Al Jolson, *Sonny Boy*, und eine von der Gruppe ‹L'Effort› organisierte Veranstaltung, bei der Filme von Germaine Dulac gezeigt wurden: hinterher fand eine angeregte Debatte über Stummfilm und Tonfilm statt. Oft am Nachmittag, während ich in der Bibliothèque Nationale arbeitete, fühlte ich auf meiner Schulter eine behandschuhte Hand; unter ihrer Glocke aus rosa Filz lächelte Zaza mir zu, und wir gingen einen Kaffee trinken oder machten einen kleinen Spaziergang. Leider mußte sie nach Bayonne, wo sie vier Wochen lang einer kranken Kusine Gesellschaft leistete.

Sie fehlte mir sehr. Die Zeitungen behaupteten, daß seit fünfzehn Jahren Paris keine so strenge Kälte gekannt habe; die Seine führte Packeis mit sich; ich ging nicht mehr spazieren und arbeitete zuviel. Ich erledigte die Arbeit für mein Diplom; für einen Professor namens Laporte verfaßte ich eine Dissertation über Hume und Kant; von neun Uhr morgens bis sechs Uhr abends saß ich wie gebannt auf meinem Stuhl in der Nationale; kaum nahm ich mir einmal eine halbe Stunde Zeit, um ein Butterbrot zu essen; am Nachmittag kam es vor, daß ich vor mich hindöste, und manchmal schlief ich wirklich ein. Am Abend zu Hause versuchte ich zu lesen: Goethe, Cervantes, Tschechow, Strindberg; aber ich litt an Kopfweh. Vor Müdigkeit hätte ich manchmal weinen mögen. Die Philosophie jedoch in der Form, wie sie an der Sorbonne gepflegt wurde, hatte entschieden nichts Tröstliches. Bréhier hielt über die Stoiker eine ausgezeichnete Übung ab; aber Brunschvicg wiederholte sich; Laporte zerpflückte alle Systeme außer dem von Hume. Er war der jüngste unserer Professoren, trug ein Schnurrbärtchen und weiße Gamaschen und stieg auf der Straße den Frauen nach: eines Tages hatte er aus Versehen eine seiner Hörerinnen angesprochen. Er gab mir meine Dissertation mit einer passablen Note und ironischen Kommentaren zurück: ich hatte Kant über Hume gestellt. Er ließ mich in seine schöne Wohnung in der Avenue Bosquet kommen, um mit mir über meine Arbeit zu sprechen. «Große Qualitäten, aber sehr unsympathisch. Ein dunkler Stil, falsche Tiefe: was hat man denn schon groß in der Philosophie zu sagen!» Er urteilte alle seine Kollegen ab, insbesondere Brunschvicg; dann ging er in aller Eile die alten Meister durch. Die Philosophen des Altertums? Esel. Spinoza? Ein Monstrum. Kant? Ein Betrüger. Blieb einzig Hume. Ich warf ein, daß Hume keines der praktischen Probleme löse; er zuckte die Achseln: «Die Praxis stellt keine Probleme.» Nein. Man durfte in der Philosophie nur eine Zerstreuung sehen und hatte das Recht, ihr andere vorzuziehen. «Alles in allem würde es sich also nur um eine Konvention handeln?» wagte ich zu unterstellen. «O nein, Mademoiselle, diesmal übertreiben Sie», sagte er mir in unerwartet empörtem Ton. «Ich weiß», setzte er hinzu, «der Skeptizismus ist nicht mehr in Mode. Sicherlich nicht; gehen Sie also und suchen Sie sich eine optimistischere Lehre, als die meine es ist.» Er begleitete mich zurück bis an die Tür. «Schön, sehr schön, ich war entzückt! Sie werden sicherlich die ‹Agrégation› bestehen», schloß er mit degoutierter Miene. Es war zweifellos heilsam für mich, aber weniger aufrichtend als die Weissagungen Jean Baruzis.

Ich versuchte mir ein Gegengewicht zu schaffen. Aber Stépha kümmerte sich um ihre Aussteuer und richtete ihren Haushalt ein, ich sah sie kaum. Meine Schwester war in trüber Stimmung, Lisa verzweifelt, Clairaut ziemlich distanziert, Pradelle immer der gleiche; Mallet büffelte für sein Diplom. Ich versuchte mich für Mademoiselle Roulin und einige andere Studiengefährtinnen zu interessieren. Es gelang mir nicht. Einen ganzen Nachmittag lang machte ich beim Durchwandern der Galerien des Louvre eine große Reise durch Assyrien, Ägypten und Griechenland; als ich draußen war, fand ich mich – an einem recht feuchten Abend – in Paris. Ohne Gedanken, ohne Liebe schleppte ich mich dahin. Ich verachtete mich selbst. Ich dachte an Jacques wie an etwas sehr Fernes, an einen aufgegebenen Stolz. Suzanne Boigue, die aus Marokko zurückgekommen war, empfing mich in einer hellen, exotisch angehauchten Wohnung; sie wurde geliebt und war glücklich, ich beneidete sie. Was am meisten auf mir lastete, war, daß ich mich selbst in meiner Substanz vermindert fühlte. ‹Es kommt mir vor, als sei ich auf alle Zeit verloren, und das schlimmste ist, daß ich nicht einmal darunter zu leiden vermag ... Ich bin schlaff, lasse mich je nach meinen Beschäftigungen oder den Träumereien des Augenblicks beeinflussen. Kein Teil von mir fühlt sich zu irgend etwas verpflichtet; weder mit einer Idee noch mit irgendeinem Gefühl verknüpft mich jenes nahe, grausam spannende Band, das mich lange Zeit mit so vielen

Dingen verbunden hat; ich interessiere mich für alles ‚mit Maßen'; Oh! ich bin so vernünftig, daß ich nicht einmal mehr Angst für meine Existenz in mir verspüre.› Ich krampfte mich an die Hoffnung an, daß dies alles nur vorübergehend sei; in vier Monaten würde ich den ‹Concours› hinter mir haben und mich von neuem für mein Leben interessieren können; dann würde ich mit meinem Buch beginnen. Gern aber hätte ich eine Hilfe gehabt, die mir von außen gekommen wäre: ‹Verlangen nach einem neuen Gefühl der Zuneigung, einem Abenteuer, nach irgend etwas, das mir etwas anderes bringt!›

Die Poesie der Bars hatte sich verflüchtigt. Aber nach einem in der Nationale oder der Sorbonne verbrachten Tag ertrug ich es nur sehr schlecht, zu Hause eingesperrt zu bleiben. Wohin aber gehen? Von neuem strich ich am Montparnasse umher, eines Abends mit Lisa, dann einmal mit Fernando und Stépha zusammen. Meine Schwester hatte sich mit einer ihrer Gefährtinnen von der Kunstgewerbeschule angefreundet, einem hübschen, geschmeidigen, kecken Mädchen von siebzehn Jahren, dessen Mutter eine Konditorei betrieb; sie wurde Gégé genannt; sie ging sehr unbekümmert aus. Ich traf die beiden oft am ‹Dôme›. Eines Abends beschlossen wir, ins ‹Jungle› zu gehen, das gerade seine Pforten gegenüber dem ‹Jockey› geöffnet hatte; aber die Mittel fehlten uns. «Das tut nichts», sagte Gégé. «Warten Sie nur da drüben auf uns: es wird sich schon arrangieren.» Ich ging einstweilen hinein und setzte mich an die Bar. Auf ihren Bänken am Boulevard stöhnten Poupette und Gégé laut hörbar vor sich hin. «Und wenn man denkt, daß uns nur zwanzig Francs fehlen.» Ein Vorübergehender wurde weich. Ich weiß nicht mehr, was sie ihm erzählten, aber jedenfalls hockten sie bald an meiner Seite hinter einem Gin Fizz. Gégé verstand sich darauf, die Männer anzulocken. Man zahlte uns Drinks und tanzte mit uns. Eine Zwergin, die

Chiffon genannt wurde und die ich bereits im ‹Jockey› gehört hatte, sang und trug Obszönitäten vor, während sie ihre Röcke hob; sie stellte striemenbedeckte Schenkel zur Schau und erzählte, wie ihr Liebhaber sie mit Bissen traktierte. In gewisser Weise war es ganz erfrischend. Wir gingen noch öfter hin. An der Bar des ‹Jockey› traf ich eines Abends alte Bekannte, mit denen ich mich an die heiteren Stunden des vergangenen Sommers zurückerinnerte; ein kleiner Schweizer Student, der ebenfalls Stammgast in der Bibliothèque Nationale war, machte mir eifrig den Hof. Ich trank und amüsierte mich. Später in der Nacht fragte mich ein junger Mediziner, der unser Trio mit kritischem Auge betrachtet hatte, ob ich hierherkäme, um Sittenstudien zu treiben. Als meine Schwester kurz nach Mitternacht wegging, beglückwünschte er mich, daß sie so vernünftig sei, bemerkte aber etwas tadelnd zu mir, Gégé sei noch zu jung, um sich in solchen Dancings herumzutreiben. Gegen ein Uhr schlug er vor, er wolle uns in einem Taxi nach Hause bringen; wir lieferten erst Gégé an ihrer Wohnung ab, dann amüsierte er sich sichtlich über meine Befangenheit während des letzten Teils unserer Fahrt, den ich allein mit ihm zurücklegen mußte. Sein Interesse schmeichelte mir. Eine Begegnung, ein unvorhergesehener Zwischenfall genügten, um mir meine gute Laune wieder zurückzugeben. Das Vergnügen, das ich an diesen geringfügigen Abenteuern fand, erklärte gleichwohl nicht, daß ich von neuem der Verlokkung solcher fragwürdiger Stätten erlag. Ich selbst war darüber erstaunt. ‹Jazz, Frauen, Tanz, zweideutige Reden, Alkohol, der enge Kontakt mit Fremden: wie kommt es, daß ich mich dadurch nicht schockiert fühle, sondern mich hier mit etwas abfinde, was ich mir sonst nirgends gefallen ließe, und mit allen diesen Männern scherze? Wie kommt es, daß ich mit einer Leidenschaft, die von so fern zu mir gekommen ist und mich so stark in ihren Banden hält, diese Dinge liebe? Was suche ich an diesen Orten von so fragwürdigem Reiz?›

Ein paar Tage später trank ich Tee bei Mademoiselle Roulin, wo ich mich beträchtlich langweilte. Als ich sie verließ, ging ich ins ‹Européen›; für vier Francs erwarb ich einen Balkonplatz, an dem ich zwischen ungekämmten Frauen und verkommenen jungen Burschen saß; Paare umschlangen und küßten einander; schwer parfümierte Straßenmädchen gerieten außer sich, wenn sie den überschicken Sänger hörten, und grobes Lachen unterstrich die mehr als fragwürdigen Späße. Auch ich geriet in Bewegung, lachte und fühlte mich wohl. Warum? Lange strich ich noch am Boulevard Barbès umher und betrachtete die Straßenmädchen und Strichjungen nicht mehr mit Grauen, sondern mit etwas wie Neid. Von neuem staunte ich: ‹Es besteht in mir ein immer schon vorhandenes monströses Verlangen nach Lärm, nach Kampf, nach Wildheit und vor allem nach Versinken ... Was würde heute noch fehlen, damit ich zu einer Morphinistin, Alkoholikerin oder sonst etwas würde? Vielleicht nur eine Gelegenheit, ein noch etwas stärker anwachsender Hunger nach allem, was ich niemals kennenlernen werde ...› Zuweilen war ich entsetzt über diese ‹Perversion›, über die ‹niederen Instinkte›, die ich in mir entdeckte. Was hätte Pradelle gesagt, der mich manchmal beschuldigte, ich traute dem Leben allzuviel Noblesse zu? Ich warf mir vor, doppelzüngig, eine Heuchlerin zu sein. Aber ich dachte nicht daran, mich selber zu verleugnen: ‹Ich will das Leben, das ganze Leben. Ich fühle mich voller Neugier, voll Gier, glühender zu brennen als irgendeine andere, von welcher Flamme auch immer es sei.›

Ich war haarscharf daran, mir selbst die Wahrheit einzugestehen: daß ich nämlich genug davon hatte, ein reiner Geist zu sein. Nicht Verlangen quälte mich wie damals vor dem Erwachen der Pubertät. Aber ich erriet dunkel, daß heftiges körperliches Verlangen in seiner nackten Roheit mich vor der ätherischen Farblosigkeit gerettet hätte, in der ich langsam verschmachtete. Es war keine Rede davon, daß ich etwa auf diesem Gebiet selbst Erfahrungen machte. Sowohl meine Gefühle für Jacques wie meine Vorurteile verboten es mir durchaus. Immer freimütiger verabscheute ich den Katholizismus. Wenn Lisa und Zaza sich gegen diese ‹Religion, die einen zum Märtyrer macht› auflehnten, freute ich mich, ihr entronnen zu sein; tatsächlich jedoch blieb ich von ihr gezeichnet; die sexuellen Tabus lebten auch weiter so sehr in mir fort, daß ich wohl behauptete, ich könne Morphinistin oder Alkoholikerin werden, aber auch nicht im entferntesten an geschlechtliche Ausschweifungen dachte. Als ich Goethe und das Buch von Emil Ludwig über ihn las, empörte ich mich gegen seine Moral. ‹Daß er in aller Seelenruhe, ohne Aufruhr, ohne Unruhe dem Leben der Sinne einen festen Platz einräumt, empört mich. Die schlimmste Debauche, wofern es die eines Gide, der Nahrung für seinen Geist braucht, eine Verteidigung, eine Provokation ist, stößt auf Verständnis bei mir; Goethes Liebeleien hingegen verletzen mich.› Entweder bildete die körperliche Liebe einen integrierenden Teil der Liebe schlechthin, dann verstand sich alles von selbst; oder aber sie war ein tragisches Versagen, dann hatte ich nicht den Mut, in ihr unterzugehen.

Entschieden unterlag ich sehr dem Einfluß der Jahreszeiten. In diesem Jahr noch entfaltete ich mich beim ersten Frühlingshauch, ich atmete fröhlich den Geruch von heißem Teer in mich ein. Ich gönnte mir keine Muße, der ‹Concours› stand nahe bevor, und ich hatte noch eine Menge Lücken auszufüllen; aber die Müdigkeit zwang mir Ruhepausen auf, und ich nutzte sie. Ich ging mit meiner Schwester an den Ufern der Marne spazieren und fand von neuem Vergnügen an Plaudereien mit Pradelle unter den Kastanien des

Luxembourggartens; ich kaufte mir einen kleinen roten Hut, den Stépha und Fernando belächelten. Ich führte meine Eltern ins ‹Européen›, und mein Vater lud mich zu einem Eisbecher auf der Terrasse von Wepler ein. Meine Mutter begleitete mich häufig ins Kino, im Moulin-Rouge sah ich mit ihr *Barbette*, verstand aber nicht, daß Jean Cocteau die Vorführung so hervorragend fand. Zaza kam aus Bayonne zurück. Wir besuchten im Louvre die neuen Säle der französischen Malerei. Monet liebte ich nicht, Renoir schätzte ich mit Vorbehalt, bewunderte aber Manet und über die Maßen Cézanne, weil ich in seinen Bildern ‹das Niedersteigen des Geistes in das Herz der Empfänglichen› sah. Zaza teilte ungefähr meine Neigungen. Ohne allzuviel Mißbehagen wohnte ich der Hochzeit ihrer Schwester bei.

Während der Osterferien verbrachte ich alle meine Tage in der Nationale; ich begegnete dort Clairaut, den ich etwas pedantisch fand, an dessen Wesen ich jedoch weiter herumrätselte; hatte dieser dürre, schwarze kleine Mann wirklich unter der ‹tragischen Herrschaft› des Leibes gelitten? Auf alle Fälle war ich gewiß, daß diese Frage ihm sehr viel zu schaffen machte. Mehrmals brachte er das Gespräch auf den Artikel von Mauriac. Welches Maß an Sinnlichkeit durften christliche Ehegatten einander zugestehen? Und welches nur erst Verlobte? Eines Tages legte er diese Frage Zaza vor, die in Zorn geriet. «Das sind Probleme für alte Jungfern und Pfarrer!» antwortete sie ihm. Ein paar Tage darauf erzählte er mir, daß er persönlich ein schmerzliches Erlebnis hinter sich habe. Zu Anfang des Studienjahres hatte er sich mit der Schwester eines seiner Studienkameraden verlobt; sie bewunderte ihn unendlich und war eine leidenschaftliche Natur: wenn er nicht aufgepaßt hätte, wäre dieses Temperament mit ihnen durchgegangen; er hatte ihr erklärt, sie müßten sich für ihre Hochzeitsnacht aufbewahren und bis dahin nur die keuschen Küsse tauschen, die ihnen gestattet seien. Sie hatte eigensinnig dabei beharrt, ihm ihre Lippen darzubieten, und er sich weiter geweigert; schließlich hatte sie aufbegehrt und mit ihm gebrochen. Offensichtlich ging diese Niederlage ihm nach. Mit einer Art von manischer Besessenheit erging er sich über die Ehe, die Liebe und die Frauen. Ich fand die ganze Geschichte, die mich an die von Suzanne Boigue erinnerte, eher lächerlich, doch fühlte ich mich geschmeichelt, daß er mir sein Vertrauen schenkte.

Die Osterferien gingen zu Ende; in den Gärten der École Normale, in denen Flieder, Goldregen und Rotdorn in voller Blüte standen, fand ich mit Vergnügen wieder alle meine Studiengefährten vor. Ich kannte sie fast sämtlich. Hermetisch verschlossen blieb mir einzig der aus Sartre, Nizan und Herbaud bestehende Kreis; sie verkehrten mit niemandem, erschienen nur bei einigen ausgewählten Vorlesungen und saßen dann völlig abseits von den anderen. Sie hatten einen schlechten Ruf. Es hieß, es fehle ihnen an ‹Sympathie für die Dinge›. Betont ‹antitala›, gehörten sie zu einer vorwiegend aus ehemaligen Alain-Schülern bestehenden Gruppe, die für rohe Streiche bekannt war: ihre Mitglieder warfen Wasserbomben auf elegante ‹Normaliens›, die nachts im Smoking nach Hause kamen. Nizan war verheiratet und viel gereist, er trug gern Golfhosen, und ich fand, sein Blick hinter der dicken Hornbrille habe etwas Einschüchterndes. Sartre sah nicht übel aus, aber es hieß von ihm, er sei der Schlimmste der drei; man sagte sogar, er tränke. Ein einziger kam mir zugänglich vor: Herbaud. Auch er war verheiratet. Wenn er in Gesellschaft von Sartre und Nizan erschien, ignorierte er mich. Wenn ich ihn allein traf, tauschten wir ein paar Worte miteinander.

Im Januar hatte er in Brunschvicgs Seminar einen Vortrag gehalten und im Verlaufe der darauffolgenden Diskussion alle Anwesenden amüsiert. Ich war sehr empfänglich für den Zauber seiner spottenden Stimme, seiner ironisch vorgeschobenen Unterlippe. Entmutigt durch den Anblick der sämtlich ins Graue spielenden Agregationsaspiranten, ruhte mein Blick gern auf seinem rosigen Antlitz, in dem kindlich blaue Augen leuchteten; sein blondes Haar war kräftig und lebendig wie Gras. Eines Morgens war er zum Arbeiten in die Nationale gekommen, und trotz der Eleganz seines blauen Überziehers, seines hellen Schals und seines gut geschnittenen Anzugs hatte ich gefunden, er sähe eher ländlich aus. Ich hatte die Eingebung, mich entgegen meinen Gewohnheiten zum Mittagessen in das Restaurant zu begeben, das im Innern der Bibliothek gelegen war: er war so selbstverständlich zur Seite gerückt, als wenn wir verabredet seien. Wir sprachen von Hume und Kant. Ich war ihm auch im Vorzimmer von Laporte begegnet, der in sehr höflichem Ton zu ihm sagte: «Also abgemacht, Monsieur Herbaud, auf Wiedersehen»; bedauernd hatte ich mir gesagt, daß er ein verheirateter Mann sei, der sich ganz abseits hielt und für den ich niemals existieren würde. Eines Nachmittags hatte ich ihn in der Rue Soufflot in Begleitung von Sartre und Nizan mit einer Frau in Grau am Arm gesehen: ich hatte mich ausgeschlossen gefühlt. Er war der einzige von dem Trio, der an den Vorlesungen von Brunschvicg teilnahm; kurz vor den Osterferien hatte er sich dort neben mich gesetzt. Er hatte dann – durch die von Cocteau in *Le Potomak* geschaffenen inspiriert – ‹Eugènes› gezeichnet und kleine freche Gedichte verfaßt. Ich hatte ihn sehr komisch gefunden und war ganz gerührt, in der Sorbonne auf jemanden zu stoßen, der sich etwas aus Cocteau machte. In gewisser Weise erinnerte Herbaud mich an Jacques; auch er ersetzte oft eine Bemerkung durch ein Lächeln und schien anderswo als in den Büchern zu leben. Jedesmal, wenn er seither in die Nationale gekommen war, hatte er mich freundlich gegrüßt und ich darauf gebrannt, zu ihm etwas Gescheites zu sagen: leider fiel mir nie etwas ein.

Als indessen Brunschvicgs Vorlesungen nach den Ferien wieder begannen, setzte er sich gleich neben mich. Er widmete mir ein ‹Porträt des durchschnittlichen Anwärters auf das höhere Lehramt› sowie andere Zeichnungen und Gedichte. Abrupt machte er mir die Mitteilung, er sei Individualist. «Ich auch», antwortete ich. «Sie?» Er sah mich mißtrauisch prüfend an: «Sie habe ich doch für katholisch, thomistisch und sozial gehalten?» Ich protestierte, und er beglückwünschte mich zu der Übereinstimmung zwischen uns. In wahllosem Durcheinander sang er mir das Lob aller derer, die uns vorangegangen waren: Sulla, Barrès, Stendhal, Alkibiades, für den er eine Schwäche hatte; ich erinnere mich nicht mehr an alles, was er mir erzählte, aber er amüsierte mich mehr und mehr; er wirkte vollkommen selbstsicher und dabei doch so, als nehme er sich selbst kein bißchen ernst; gerade diese Mischung aus Hochmut und Ironie entzückte mich. Als er mir beim Abschied künftige lange Gespräche in Aussicht stellte, war ich sehr hochgestimmt. ‹Er verfügt über eine Art von Intelligenz, die mich sehr für ihn einnimmt›, notierte ich am Abend. Schon war ich bereit, Clairaut, Pradelle, Mallet, alle anderen ihm zuliebe aufzugeben. Offenbar besaß er den Reiz der Neuheit; ich wußte, daß ich mich rasch begeisterte, allerdings umgekehrt auch geneigt war, sehr schnell wieder enttäuscht zu sein. Dennoch war ich überrascht über die Heftigkeit dieser günstigen Voreingenommenheit. ‹Begegnung mit André Herbaud? Oder mit mir selbst? Welche von beiden hat mich so stark bewegt? Warum bin ich so bestürzt, als sei mir etwas zugestoßen?›

Etwas war mir zugestoßen, das indirekt über mein ganzes Leben entschied: aber das sollte ich erst etwas später erfahren.

Von nun an besuchte Herbaud regelmäßig die Bibliothèque Nationale; ich reservierte ihm einen Platz neben meinem. Wir aßen in einer Art von Lunchroom im ersten Stock einer Bäckerei zu Mittag: meine Mittel gestatteten mir gerade, das Tagesgericht zu bestellen, er aber zwang mich mit großer Autorität, auch noch Erdbeertörtchen hinterher zu essen. Eines Tages lud er mich in die ‹Fleur de Lys› an der Square Louvois zu einer Mahlzeit ein, die mir sehr üppig vorkam. Wir gingen in den Gärten des Palais-Royal spazieren, wir setzten uns an den Rand des Wasserbeckens; der Wind bog den Wasserstrahl um, so daß die Tropfen mir ins Gesicht sprühten. Ich schlug vor, wir wollten zurück und an unsere Arbeit gehen. ‹Trinken wir erst noch einen Kaffee, sonst können Sie nicht richtig studieren, werden unruhig und stören mich beim Lesen.» Er führte mich zu ‹Poccardi›, und als ich nach der letzten Tasse aufstand, bemerkte er in liebevollem Ton: «Wie schade!» Er war der Sohn eines Lehrers aus der Umgegend von Toulouse und nach Paris gekommen, um sich auf die École Normale vorzubereiten. Als ‹hypokhâgne› hatte er die Bekanntschaft von Sartre und Nizan gemacht, er sprach zu mir viel von ihnen; er bewunderte Nizan wegen seiner lässigen Distinktion, war aber besonders mit Sartre befreundet, von dem er sagte, er sei fabelhaft interessant. Unsere anderen Mitstudierenden verachtete er en bloc und en detail. Clairaut hielt er für einen kleinen Schulmeister, er grüßte ihn nie. Eines Nachmittags trat Clairaut mit einem Buch in der Hand zu mir: «Mademoiselle de Beauvoir», fragte er mich in seinem inquisitorischen Ton, «was halten Sie von der Meinung Brochards, wonach der Gott des Aristoteles Lust empfindet?» Herbaud maß ihn mit dem Blick. «Ich hoffe es für ihn», gab er statt meiner hochmütig zurück. In der ersten Zeit plauderten wir vor allem von der kleinen Welt, die uns gemeinsam war, unseren Kameraden, unseren Professoren, dem ‹Concours›. Er zitierte mir das Thema einer Doktorarbeit, über das die ‹Normaliens› sich von einer Generation zur anderen amüsierten:

‹Unterschied zwischen der Idee des Begriffs und dem Begriff der Idee›. Er erfand auch noch andere: ‹Welchen von den Verfassern von Studienprogrammen ziehen Sie vor und weshalb?› oder ‹Seele und Leib: Ähnlichkeiten, Verschiedenheiten, Vorteile, Nachteile›. In Wirklichkeit unterhielt er zur Sorbonne und École Normale nur ziemlich lose Beziehungen; sein Leben war anderswo. Er sprach auch darüber dann und wann zu mir. Er erzählte mir von seiner Frau, die in seinen Augen alle Paradoxen der Weiblichkeit verkörperte, von Rom, wohin er seine Hochzeitsreise gemacht hatte, von dem Buch, das er schreiben wollte. Er brachte mir Hefte wie *Détective* und *L'Auto;* er konnte sich leidenschaftlich für ein Radrennen oder für ein kriminalistisches Problem interessieren; er überschüttete mich mit Witzen, mit überraschenden Vergleichen. Er verstand mit solchem Geschick, mit Emphase und Nüchternheit, Lyrismus und Zynismus, Naivität und Unverschämtheit umzugehen, daß nichts von dem, was er sagte, jemals banal erschien. Das Unwiderstehlichste an ihm war jedoch sein Lachen; man hätte meinen können, er sei unversehens auf einem fremden Planeten gelandet, dessen fabelhafte Komik er nach und nach entdeckte; wenn sein Lachen explodierte, kam mir alles neu, überraschend und köstlich vor.

Herbaud glich meinen anderen Freunden nicht; diese hatten so vernunftgeprägte Gesichter, daß sie fast unstofflich wirkten. Jacques' Kopf allerdings hatte nichts Seraphisches, doch eine gewisse bürgerliche Glätte überdeckte die exuberante Sinnlichkeit seiner Züge. Es war unmöglich, Herbauds Gesicht auf ein Symbol zurückzuführen; der vorgeschobene Unterkiefer, das breite feuchte Lächeln, die blaue Iris, die von einer schimmernden Hornhaut umgeben war, Fleisch, Knochen, Haut waren sehr eindrucksvoll da und genügten sich selbst. Im übrigen war Herbaud körperbewußt. Unter den grünenden Bäumen sagte er mir, wie sehr er den Tod verabscheue und daß er niemals in Krankheit und Alter willigen werde. Wie stolz verspürte er in seinen Gliedern das frische Pulsen seines Blutes! Ich sah ihn, wie er den Garten mit etwas gezierter Anmut durchmaß, ich schaute seine Ohren an, die in der Sonne durchsichtig wie rosiger Zucker wirkten, und wußte, daß ich nicht neben einem Engel, sondern einem Sohn der Menschen einherschritt. Ich war der Engelhaftigkeit müde und freute mich, daß er mich – wie einzig Stépha es bisher getan hatte – als irdisches Geschöpf behandelte. Denn seine Sympathie wendete sich nicht an meine Seele; sie wog nicht meine Verdienste ab: spontan und freiwillig gewährt, akzeptierte sie mich in Bausch und Bogen. Die anderen sprachen ehrfurchtsvoll zu mir, bestenfalls ernst und distanziert. Herbaud lachte mir ins Gesicht, er legte mir die Hand auf den Arm, drohte mir mit dem Finger und nannte mich: «Meine arme Freundin!»; er stellte über meine Person eine Unmenge von kleinen liebenswürdigen, spöttischen, aber stets unerwarteten Betrachtungen an.

Als Philosoph blendete er mich nicht. Etwas planlos notierte ich: ‹Ich bewundere seine Fähigkeit, über alle Dinge eine eigene Theorie zu haben. Vielleicht hat er sie nur deshalb, weil er in der Philosophie nicht sehr bewandert ist. Er gefällt mir ganz ungemein.› Es fehlte ihm in der Tat an Strenge des philosophischen Denkens, aber er eröffnete mir – was für mich viel wichtiger war – Wege, auf die ich mich brennend gern begeben hätte, ohne daß ich noch den Mut dazu fand. Die meisten meiner Freunde glaubten, und ich hielt mich damit auf, Kompromisse zwischen ihren Gesichtspunkten und den meinen zu finden; ich wagte mich nicht zu sehr von ihnen zu entfernen. Herbaud machte mir Lust, diese Vergangenheit, die mich von ihm trennte, einfach zu liquidieren: er tadelte meine Beziehungen zu den ‹talas›. Die christliche Askese war ihm gründlich zuwider.

Mit vollem Bewußtsein ignorierte er jede metaphysische Angst. Antireligiös, antiklerikal, war er auch antinationalistisch und antimilitaristisch: er empfand ein wahres Grauen vor allen Formen der Mystik. Ich gab ihm meine Arbeit über die Persönlichkeit zu lesen, auf die ich überaus stolz war; er zog ein Gesicht; er entdeckte darin Überreste eines Katholizismus und einer Romantik, von denen ich mich, so riet er mir, schnellstens befreien sollte. Mit Begeisterung stimmte ich zu. Ich hatte genug von den ‹katholischen Komplikationen›, von den geistigen Sackgassen, den Lügen vom Wunderbaren; jetzt wollte ich wirklich die Erde berühren. Deshalb hatte ich bei meiner Begegnung mit Herbaud den Eindruck, zu mir selbst zu finden: er wies mir den Weg in meine Zukunft. Er war weder rechtdenkend noch ein Bücherwurm noch ein chronischer Barbesucher; er bewies durch sein Beispiel, daß man sich außerhalb der alten Gleise ein stolzes, freudiges und überlegenes Dasein aufbauen kann; das war genau das, was ich mir für mich selber wünschte.

Diese noch junge Freundschaft ließ mich die Freuden des Frühlings um so stärker empfinden. Ein einziger Frühling im Jahre, sagte ich mir, und im Leben eine einzige Jugend: man darf sich von den Frühlingen der Jugend nichts entgehen lassen. Ich beendete meine Diplomarbeit, ich las Bücher über Kant, aber der Hauptteil der Arbeit lag hinter mir, und ich war des Erfolges gewiß: dieser Erfolg, den ich schon in Gedanken vorwegnahm, trat als berauschende Kraft zu allem übrigen noch hinzu. Mit meiner Schwester verbrachte ich heitere Abende im ‹Bobino›, im ‹Lapin agile›, im ‹Caveau de la Bolée›, wo sie Zeichnungen machte. Mit Zaza nahm ich im Pleyelsaal am Layton-und-Johnston-Festival teil; mit Riesmann besuchte ich eine Utrillo-Ausstellung; ich applaudierte Valentine Tessier in *Jean de la Lune*. Mit Bewunderung las ich *Lucien Leuwen* und voller Spannung *Manhattan Transfer,* das für meinen Geschmack etwas zu konstruiert war. Ich saß in der Sonne im Luxembourggarten und sah am Abend das schwarze Wasser der Seine vorüberfließen, gleichzeitig aufmerksamen Sinnes für Lichter, Farben und mein Herz; das Glück schwellte mir die Brust.

Ende April traf ich mich eines Abends mit meiner Schwester und Gégé an der Place Saint-Michel; nachdem wir Cocktails getrunken und in einer neuen Bar des Viertels Jazzplatten angehört hatten, begaben wir uns zum Montparnasse. Das fluoreszierende Blau des Neonlichts erinnerte mich an die Volubilis meiner Kindertage. Im ‹Jockey› lächelten vertraute Gesichter mir zu, und wieder einmal drang mir die Stimme des Saxophons weich und schmerzlich ins Herz. Ich sah Riquet dort sitzen. Wir kamen ins Gespräch: wir sprachen von *Jean de la Lune* und wie immer von Freundschaft und von Liebe; er langweilte mich; wie weit stand er hinter Herbaud zurück! Er zog einen Brief aus der Tasche, ich erkannte Jacques' Handschrift. «Jacques ändert sich», sagte er, «er wird älter. Er kommt erst Mitte August wieder nach Paris.» Lebhaft setzte er hinzu: «In zehn Jahren bringt er bestimmt Unerhörtes zuwege.» Ich zuckte nicht mit der Wimper. Es kam mir vor, als sei ich von einer Lähmung des Herzens befallen.

Am folgenden Morgen jedoch wachte ich fast in Tränen auf. Weshalb schreibt Jacques an die anderen, aber niemals an mich? Ich ging zur Bibliothek Sainte-Geneviève, arbeitete aber nicht. Ich las die *Odyssee,* ‹um die ganze Menschheit zwischen mich und meinen persönlichen Kummer zu rücken›. Das Mittel war nicht sehr wirksam. Wie stand ich eigentlich zu Jacques? Zwei Jahre zuvor war ich, von seiner kühlen Begrüßung enttäuscht, auf den Boulevards umhergelaufen und hatte im Geiste gegen ihn ‹mein Eigenleben› verfochten: dieses Eigenleben hatte ich jetzt. Aber sollte ich denn den Helden meiner Jugend vergessen, den fabulösen Bruder des Grand Meaulnes, der zu ‹Unerhörtem› berufen und vielleicht sogar vom Genie gezeichnet war? Nein. Die Vergangenheit hielt mich fest: ich hatte seit langem so sehr gewünscht, sie unvermindert in die Zukunft mitzunehmen!

Wieder begann ich, zwischen Wehmut und Erwartung hin und her zu schwanken; eines Abends trat ich impulsiv ins ‹Stryx›. Riquet forderte mich auf, an seinen Tisch zu kommen. An der Bar unterhielt sich Olga, Riquets Freundin, mit einer Dunklen, die, in silbriges Pelzwerk gehüllt, mir sehr schön erschien; sie hatte schwarzes, glatt gescheiteltes Haar, ein spitzes Gesicht mit scharlachroten Lippen und lange, seidige Beine. Ich wußte auf der Stelle, daß es Magda war. «Du hast Nachricht von Jacques?» fragte sie. «Fragt er gar nicht, wie es mir geht? Der Kerl hat sich vor einem Jahr gedrückt, und jetzt fragt er nicht einmal nach mir. Noch nicht zwei Jahre ist es gegangen mit uns. Ach! Ich bin doch nicht dumm! So ein Kamel!» Ich nahm diese Worte zur Kenntnis, ließ mir aber im Augenblick nicht anmerken, wie sie auf mich wirkten. Ich diskutierte ruhig bis ein Uhr morgens weiter mit Riquet und seinem Clan.

Kaum lag ich im Bett, da war es um mich geschehen. Ich verbrachte eine grauenvolle Nacht. Den ganzen Tag über hielt ich mich auf der Terrasse des Luxembourg auf und versuchte, mit der Sache fertig zu werden. Ich empfand kaum Eifersucht. Die Beziehung zwischen ihm und Magda war offenbar zu Ende; sie hatte nicht lange gedauert und auf Jacques gelastet; er selbst hatte sich tunlichst früh davon zurückgezogen, um den Bruch herbeizuführen. Die Liebe aber, die ich mir zwischen uns beiden wünschte, hatte mit dieser Geschichte nichts gemein. Eine Erinnerung suchte mich noch einmal heim: in einem Buche von Pierre-Jean Jouve, das er mir geliehen hatte, war von Jacques' Hand ein Satz unterstrichen: ‹Dem einen Freunde vertraue ich mich an, den anderen küsse ich.› Ich aber hatte gedacht: ‹Gut, Jacques, es sei. Mir tut der andere leid.› Er unterstützte bei mir diesen Hochmut noch, indem er mir sagte, er schätze an sich die Frauen nicht, doch ich sei für ihn etwas anderes als eine Frau. Warum dann diese trostlose Öde in meinem Herzen! Warum wiederholte ich mir mit Tränen in den Augen die Worte Othellos: ‹But yet the pity of it, Jago! O Jago, the pity of it, Jago!› Ich hatte eben doch eine schmerzliche Erfahrung gemacht: die schöne Geschichte meines Lebens wurde immer falscher, je länger ich sie mir erzählte.

Wie verblendet war ich gewesen, und wie sehr war ich gedemütigt worden! Die trostlosen Stimmungen Jacques', seinen Überdruß hatte ich irgendeinem Durst nach dem Unmöglichen zugeschrieben. Wie dumm mochten meine abstrakten Antworten ihm vorgekommen sein! Wie weit war ich von ihm entfernt gewesen, als ich uns einander so nah geglaubt hatte! Dabei hatte es an Zeichen nicht gefehlt; zum Beispiel waren da die Gespräche mit seinen Freunden gewesen, die sich auf nur dunkel angedeutete, aber doch offenbar ganz bestimmte Ärgerlichkeiten bezogen. Eine andere Erinnerung noch wurde in mir wach: ich hatte flüchtig in Jacques' Auto, neben ihm sitzend, eine überelegante und allzu hübsche dunkle Frau gesehen. Aber immer weiter hatte ich an ihn geglaubt. Wie erfinderisch, wie beharrlich hatte ich mich selber genarrt! Ich allein hatte mir diese Freundschaft von drei Jahren zurechtgeträumt; jetzt hielt ich einzig um der Vergangenheit willen daran fest, diese Vergangenheit aber erwies sich als eine Lüge. Alles brach in sich zusammen. Ich hatte Lust, alle Brücken abzubrechen, einen anderen zu lieben oder fortzugehen bis ans Ende der Welt.

Dann aber beruhigte ich mich. Mein Traum war falsch, nicht Jacques. Was hatte ich ihm vorzuwerfen? Nie hatte er den Helden oder Heiligen gespielt, sondern mir sogar viel

Schlechtes über sich selbst gesagt. Das Zitat aus Jouve war eine Warnung gewesen; er hatte versucht, zu mir von Magda zu sprechen: ich hatte ihm ein freimütiges Geständnis jedoch nicht leichtgemacht. Im übrigen hatte ich seit langem bereits die Wahrheit geahnt, ja sogar gewußt. Was außer alten katholischen Vorurteilen verletzte sie übrigens in mir? Meine Stimmung besserte sich. Ich hatte unrecht zu verlangen, daß das Leben sich einem im voraus aufgestellten Ideal anpaßte; an mir war es jetzt, mich auf der Höhe dessen zu zeigen, was es mit sich brachte. Stets hatte ich die Wirklichkeit den Trugbildern vorgezogen; ich beendete meine Betrachtung damit, daß ich mir etwas darauf zugute tat, einem wirklichen Geschehnis begegnet und damit fertig geworden zu sein.

Am folgenden Morgen erfuhr ich durch einen Brief aus Meyrignac, daß mein Großvater ernstlich erkrankt sei und wohl sterben werde; ich mochte ihn sehr gern, aber er war sehr alt; sein Tod erschien mir als etwas Naturgemäßes, ich war nicht eigentlich traurig. Meine Kusine Madeleine war gerade in Paris; ich aß mit ihr vor einem Café an den Champs-Elysées ein Eis; sie erzählte mir allerlei Geschichten, ich hörte aber nicht richtig zu, dachte vielmehr an Jacques, wenn auch mit einem Gefühl der Aversion. Seine Liaison mit Magda paßte allzugut in das klassische Schema, das mich immer schon angewidert hatte: der Sohn aus gutem Hause macht in den Armen einer Geliebten von niederem Stand seine ersten Erfahrungen, dann aber, wenn er sich entschließt, ein seriöser Herr zu werden, läßt er sie einfach stehen. Es war banal, es war schnöde. Mit einem Würgen der Verachtung in der Kehle legte ich mich nieder und stand ich wieder auf. ‹Man gibt sich sein Maß je nach den Zugeständnissen, die man sich selber macht.› Diesen Satz von Jean Sarment im Verlaufe der Vorlesungen an der École Normale sprach ich mir wieder und wieder vor, auch während ich mit Jean Pradelle in einer Art von Crèmerie am Boulevard Saint-Michel, ‹Les Yvelynes›, zu Mittag aß. Er sprach von sich. Er behauptete, daß er weniger kühl abwägend sei, als seine Freunde meinten; nur hasse er alle Übertreibungen; er verbot sich, im Ausdruck seiner Gefühle über die Gewißheiten hinauszugehen, die er wirklich besaß. Ich billigte seine Gewissenhaftigkeit. Wenn er mir manchmal anderen gegenüber eher zu nachsichtig schien, so behandelte er doch sich selbst mit ausgesprochener Strenge: das ist besser als das Gegenteil, dachte ich voller Bitterkeit. Wir ließen an unserem geistigen Auge die Leute vorüberziehen, die wir schätzten, und mit einem Wort erledigte er die ‹Bar-Ästheten›. Ich gab ihm recht. Ich fuhr mit ihm im Autobus bis Passy und ging im Bois spazieren.

Dort atmete ich den Duft des frisch geschnittenen Grases ein, ging bis zum Park von Bagatelle, geblendet von dem Überschwang der Maßliebchen und gelben Narzissen, der blühenden Obstbäume: es gab Beete mit roten Tulpen, die ihre Köpfe neigten, Fliederhecken und gewaltige Bäume. Ich las Homer am Ufer eines Wasserlaufes; leichte Wellenbewegungen und machtvolle Sonnenfluten glitten über die rauschenden Blätter hin. Welcher Kummer, fragte ich mich, könnte sich behaupten gegen die Schönheit der Welt? Schließlich war Jacques nicht wichtiger als einer der Bäume dieses Parks.

Ich war redselig, ich teilte mich gern über alles mit, was mir begegnete, und außerdem wünschte ich mir, daß jemand diese Geschichte von einem ganz unparteiischen Standpunkt aus beurteilen möchte. Ich wußte, Herbaud würde darüber lächeln; Zaza und Pradelle schätzte ich zu hoch, um Jacques einer Verdammung durch sie auszusetzen. Hingegen schüchterte Clairaut mich jetzt nicht mehr ein: er würde die Tatsachen im Lichte jener christlichen Moral betrachten, der ich mich unwillkürlich immer noch unterstellte: ich legte ihm meinen Fall vor. Er hörte mir eifrig zu und seufzte dann tief: wie intransigent die jungen Mädchen doch sind! Er hatte seiner Verlobten gewisse – einsam verübte, wie er mir zu verstehen gab – Jugendsünden gestanden, und anstatt seine Offenheit zu bewundern, war sie offenbar nur schockiert. Ich vermutete, daß sie eine gloriosere Beichte oder aber Schweigen vorgezogen hätte, doch darum handelte es sich nicht. In meinem eigenen Fall tadelte er meine Strenge, fand also Jacques' Verhalten nicht gar so schlimm. Ich beschloß, mich nach seinem Rat zu richten. Unter Nichtachtung der Tatsache, daß Jacques' Liaison mich wegen der bürgerlichen Banalität des Verfahrens verletzt hatte, warf ich mir jetzt vor, ich hätte ihn im Namen abstrakter Prinzipien verurteilt. In Wirklichkeit kämpfte ich gegen Schatten in einem dunklen Raum. Gegen einen legendär gewordenen Jacques, gegen eine Vergangenheit, die nicht mehr war, führte ich ein Ideal ins Feld, an das ich nicht mehr glaubte. Wenn ich es aber verwarf, von welchem Standpunkt aus sollte ich dann richten? Um meine Liebe zu schützen, drängte ich meinen Stolz zurück. Wie konnte ich verlangen, daß Jacques sich von anderen unterschied? Nur, wenn er allen anderen glich und ich sogar wußte, daß er vielen in vieler Hinsicht nachstand: welche Gründe hatte ich dann, ihn anderen vorzuziehen? Meine Nachsicht ging so weit, daß sie an Gleichgültigkeit grenzte.

Ein Abendessen bei seinen Eltern vermehrte noch meine Verwirrung. In jener Galerie, in der ich so schwerwiegende und so süße Augenblicke verbracht hatte, erzählte mir meine Tante, er habe geschrieben: ‹Grüße Simone sehr herzlich von mir, wenn Du sie siehst. Ich habe nicht recht an ihr gehandelt, aber ich handle auch an allen andern nicht recht.› Also war ich für ihn nur eine Person unter anderen! Was mich noch mehr beunruhigte, war, daß er seine Mutter gebeten hatte, ihm im kommenden Jahr seinen jüngeren

Bruder anzuvertrauen: er wollte also weiter als Junggeselle leben? Ich war tatsächlich unverbesserlich. Ich ärgerte mich darüber, daß ich allein unsere Vergangenheit gleichsam erfunden hatte, und nun fuhr ich fort, allein an unserer Zukunft zu bauen. Ich verzichtete also auf weitere Hypothesen. Möge kommen, was will, sagte ich mir. Ich ging sogar so weit, zu denken, daß ich vielleicht ein Interesse daran hätte, mit dieser alten Geschichte endgültig Schluß zu machen und etwas vollkommen Neues anzufangen. Ich wünschte mir noch nicht ganz offen diese Erneuerung, doch sie verlockte mich. Auf alle Fälle entschied ich in mir, daß ich, um zu leben, zu schreiben und glücklich zu sein, auf Jacques durchaus verzichten könne.

Ein Telegramm kündigte mir am Sonntag den Tod meines Großvaters an; entschieden trat meine Vergangenheit in eine Phase der Auflösung ein. Im Bois mit Zaza, allein auf meinen Wegen kreuz und quer durch Paris trug ich ein leeres, unbeschäftigtes Herz in mir. Am Montag nachmittag saß ich auf der besonnten Terrasse des Luxembourg, las die Memoiren von Isadora Duncan und sann meinem eigenen Dasein nach. Es würde nicht weltbewegend, kaum glänzend sein. Ich wünschte mir nur Liebe, die Möglichkeit, gute Bücher zu schreiben, ein paar Kinder, dazu ‹Freunde, denen ich meine Bücher widmen könnte und die meine Kinder mit Denken und Dichtung vertraut machen würden›. Dem Ehemann räumte ich eine recht untergeordnete Stelle in meinem Leben ein. Wenn ich ihm Jacques' Züge gab, war ich eifrig darauf bedacht, Mängel, die ich mir nicht mehr verhehlte, durch Freundschaft zu überdecken. Das Wesentliche in dieser Zukunft, die ich nun bereits unmittelbar vor mir liegen sah, blieb die Literatur. Ich hatte recht gehabt, nicht zu jung ein Buch der Verzweiflung zu schreiben: jetzt wollte ich zugleich das Tragische des Lebens und seine Schönheit künden. Während ich noch in dieser Weise über mein Geschick meditierte, sah ich Herbaud, der in Gesellschaft von Sartre am Bassin dahergegangen kam: er sah mich und tat, als sähe er mich nicht. Geheimnis und Verlogenheit der Tagebücher: ich erwähnte diesen Zwischenfall nicht, der mich gleichwohl noch eine Weile bedrückte. Es schmerzte mich, daß Herbaud unsere Freundschaft verleugnet hatte, und ich verspürte wieder jenes Gefühl des Verbanntseins, das ich mehr als alles andere haßte.

In Meyrignac war die ganze Familie versammelt; vielleicht lag es an diesem Umtrieb, daß weder die sterbliche Hülle meines Großvaters noch das Haus noch der Park mich sonderlich zu ergreifen vermochten. Mit dreizehn Jahren hatte ich in der Voraussicht geweint, daß ich eines Tages in Meyrignac nicht mehr zu Hause sein werde; jetzt war es geschehen; der Besitz gehörte meiner Tante und meinen Vettern, ich würde ihn dieses Jahr noch als Gast und zweifellos bald überhaupt nicht mehr wiedersehen: ich rang mir dennoch keinen Seufzer ab. Kindheit, Jugend, das Hufgeräusch der Kühe, die unter den Sternen an die Stalltür pochten, alles lag jetzt sehr weit hinter mir. Nun war ich für anderes bereit: in dieser glühenden Erwartung schmolz alles Bedauern dahin.

Ich kehrte in Trauerkleidern und einem schwarzen Hut mit Kreppschleier zurück. Alle Kastanienbäume aber standen in Blüte, der Asphalt unter meinen Füßen war weich, durch mein Kleid hindurch spürte ich die wohlige Sonnenwärme. Auf dem Invalidenplatz war Jahrmarkt: mit meiner Schwester und Gégé flanierte ich dort umher und aß Nougat, das einem die Finger klebrig machte. Die beiden stießen auf eine Kameradin aus ihrer Kunstschule, die uns in ein Studio mitnahm, in dem wir Platten anhörten und Portwein tranken. Wie viele Vergnügungen an einem einzigen Nachmittag! Jeder Tag brachte irgend etwas mit sich: den Firnißgeruch des ‹Salon des Tuileries›; im ‹Européen› Damia, die ich mit Mallet zusammen bewundern ging; Spaziergänge mit Zaza, mit Lisa; die Bläue des Sommerhimmels, die Sonne. In meinem Tagebuch schrieb ich immer noch viele Seiten voll: sie sprachen nur unaufhörlich von meiner Freude.

In der Bibliothèque Nationale traf ich wieder auf Clairaut. Er sprach mir seine Teilnahme aus und fragte mit blitzenden Augen, wie es mit meinem Herzen stehe; das war meine Schuld, ich hatte zuviel geredet; dennoch ärgerte ich mich. Er gab mir einen mit der Maschine geschriebenen kurzen Roman zu lesen, in dem er die Auseinandersetzungen mit seiner Verlobten niedergelegt hatte. Wir nur konnte ein gebildeter junger Mann, der als gescheit galt, seine Zeit damit vergeuden, in farblosen Sätzen solche kümmerlichen Erlebnisse zu berichten? Ich verhehlte ihm nicht, daß ich ihn in literarischer Hinsicht für wenig befähigt hielt. Er schien mir deshalb nicht böse zu sein. Da er mit Pradelle sehr befreundet war, der meinen Eltern besonders gut gefiel, kam auch er eines Tages zu uns zum Abendessen; mein Vater war sehr entzückt von ihm. Clairaut schien sehr empfänglich für die Reize meiner Schwester, und um ihr zu beweisen, daß er kein trockener Pedant sei, versuchte er sich in allerlei Scherzen, deren Plumpheit bestürzend auf uns wirkte.

Eine Woche nach meiner Rückkehr traf ich Herbaud auf einem der Gänge der Sorbonne. In einem hellbeigefarbenen Anzug saß er mit Sartre auf einer Fensterbank. Mit einem langen, herzlichen Druck reichte er mir die Hand, wobei er einen neugierigen Blick auf mein schwarzes Kleid warf. Ich saß während der Vorlesung neben Lisa, die beiden nahmen ein paar Reihen hinter uns Platz. Am folgenden Tage war er in der Nationale und sagte mir, er sei durch mein Fernbleiben sehr beunruhigt gewesen. «Ich glaubte, Sie wären auf dem Lande, aber dann habe ich Sie gestern in Trauer gesehen.» Ich war froh, daß er an mich gedacht hatte; er setzte meinem Vergnügen noch die Krone auf, als er eine Andeutung über unsere Begegnung im Luxembourggarten machte; er hätte mich gern mit Sartre bekannt gemacht, «aber während ich keinen Respekt vor Clairauts einsamen Gedankengängen habe, würde ich mir nie erlauben, Sie zu stören, wenn Sie beim Nachdenken sind.» Er übergab mir in Sartres Auftrag eine von dessen Zeichnungen, die er mir gewidmet hatte und die *Leibniz im Bade mit den Monaden* darstellte.

Während der drei Wochen, die der Prüfung für die ‹Agrégation› vorausgingen, kam er jeden Tag in die Bibliothek; selbst wenn er dort nicht arbeitete, erschien er doch, um mich nach Schließung des Lesesaals abzuholen und bald hier, bald da noch etwas mit mir zu trinken. Das Examen beunruhigte ihn in gewissem Maße, dennoch ließen wir Kant und die Stoiker auf sich beruhen und plauderten. Er machte mich mit der ‹eugenischen Kosmologie› bekannt, die ihre Erfindung der Anregung durch *Le Potomak* verdankte und für die er auch Sartre und Nizan gewonnen hatte; alle drei gehörten der obersten Kaste der ‹Eugènes› an, die durch die Zugehörigkeit von Sokrates und Descartes ihre Weihe erhielt; alle ihre Studiengefährten verwiesen sie in untergeordnete Kategorien, unter die ‹Marrhanen›, die im Unendlichen, oder die ‹Mortimers›, die im Blauen schwimmen: manche von ihnen waren deswegen recht böse. Ich selbst reihte mich in die Kategorie der ‹femmes humeuses› ein, das sind die, die ein eigenes Schicksal haben. Er zeigte mir auch die Porträts der hauptsächlichen metaphysischen Tiere: das Catoblepas, das seine Füße verspeist, das Catoboryx, das sich durch Blähungen ausdrückt: zu dieser Gattung gehörten Charles Du Bos, Gabriel Marcel und die meisten Mitarbeiter der *Nouvelle Revue française*. ‹Ich sage euch, jedes

Denken der Ordnung ist von unerträglicher Traurigkeit›: dies war die erste der Lektionen des ‹Eugène›. Er verachtete die Naturwissenschaft, die Industrie und machte sich über alle Formen einer Moral des Allgemeingültigen lustig; er hatte nicht die geringste Ehrfurcht vor der Logik von Lalande oder dem ‹*Traité*› von Goblot. Der ‹Eugène› versucht aus seinem Leben eine originale Angelegenheit zu machen und eine gewisse ‹Komprehension› des Einzigartigen zu erreichen, erklärte mir Herbaud. Ich hatte nichts dagegen und benutzte diese Idee, um mir eine pluralistische Moral aufzubauen, die mir erlauben würde, so verschiedene Haltungen wie die von Jacques, von Zaza und von Herbaud selbst zu rechtfertigen; jedes Individuum, entschied ich mich, besaß sein Eigengesetz, das ebenso unabweichlich wie ein kategorischer Imperativ, obwohl nicht allgemeingültig war: man hatte nicht das Recht, diese Menschen auf andere Art tadeln oder billigen zu wollen als nach Maßgabe dieser ganz privaten Norm. Herbaud war mit diesem Versuch einer Systematisierung durchaus nicht einverstanden. «Das ist die Art des Denkens, die ich nicht leiden kann», erklärte er mir fast böse; aber der Eifer, mit dem ich auf seine Mythologien eingegangen war, trug mir gleichwohl Verzeihung ein. Ich schwärmte für den ‹Eugène›, der in unseren Gesprächen eine große Rolle spielte; ganz offenbar war er Cocteaus Geschöpf, aber Herbaud hatte für ihn eine Menge zauberhafter Abenteuer erfunden und verwendete geschickt seine Autorität gegen die Philosophie der Sorbonne, gegen Ordnung, Vernunft, Wichtigtuerei, Dummheit und alle Vulgaritäten.

Herbaud bewunderte ausdrücklich drei oder vier Personen und verachtete alle übrigen; mit Entzücken hörte ich ihm zu, wenn er an Blanchette Weiß kein gutes Haar ließ, und gab ihm Clairaut preis. Pradelle griff er nicht an, obwohl er ihn nicht schätzte, aber wenn er mich in der Sorbonne oder der École Normale gerade mit irgendeinem Studienkameraden sprechen sah, hielt er sich verachtungsvoll fern. Er warf mir meine Nachsicht vor. Eines Nachmittags störte mich in der Bibliothèque Nationale der Ungar zweimal mit Fragen über Feinheiten der französischen Sprache: unter anderem wollte er wissen, ob er das Wort «Gigolo» in der Vorrede einer Prüfungsarbeit werde verwenden können. «Alle diese Leute, die Sie überfallen!» stöhnte Herbaud. «Das ist doch wirklich unerhört! Dieser Ungar da, der Sie zweimal in Anspruch nimmt! Dazu Clairaut! Und alle Ihre Freundinnen! Sie verlieren Ihre Zeit mit Leuten, die es wirklich nicht wert sind. Entweder sind Sie Psychologin oder durch nichts zu entschuldigen!» Gegen Zaza empfand er keine Antipathie, obwohl er fand, sie mache ein zu ernstes Gesicht, aber als ich Stépha erwähnte, ereiferte er sich: «Sie hat versucht, mir schöne Augen zu machen!» Provozierende Frauen mißfielen ihm: sie begaben sich ihrer Rolle als Frau. Eines Tages bemerkte er etwas verstimmt: «Sie sind das Opfer einer Verschwörerbande. Ich frage mich, welcher Platz für mich in Ihrem Universum noch übrigbleibt.» Ich versicherte ihm, was er auch sehr wohl wußte, er nehme eine recht beträchtliche Stelle darin ein.

Er gefiel mir mehr und mehr, und das Angenehme war, daß ich mir dank ihm auch selbst gefiel; andere hatten mich ernst genommen, ihn aber amüsierte ich. Als wir die Bibliothek verließen, sagte er vergnügt zu mir: «Wie schnell Sie gehen! Ich habe das riesig gern: es sieht aus, als gingen Sie einem Ziel entgegen!» «Ihre komische rauhe Stimme», sagte er ein andermal. «Sie ist sonst ganz recht, aber sie ist rauh. Sie macht Sartre und mir viel Spaß.» Ich entdeckte erst, daß ich einen Gang, eine Stimme besaß: das war neu für mich. Ich fing an, so gut es ging, auf meine Toilette zu achten; er lohnte meine Bemühungen mit einem Kompliment: «Das steht Ihnen gut, diese neue Frisur, dieser weiße Kragen.» Eines Nachmittags im Garten des Palais-Royal sagte er mit völlig überraschter Miene zu mir: «Unsere Beziehungen zueinander sind doch seltsam, wenigstens für mich: ich habe noch niemals eine Freundschaft mit einem weiblichen Wesen gehabt.» – «Das kommt vielleicht daher, daß ich nicht so sehr weiblich bin?» – «Sie?» Er lachte auf eine Weise, die mir sehr schmeichelte. «Nein, es kommt eher daher, daß es nichts gibt, was Sie sich nicht leicht zu eigen machen; man fühlt sich mit Ihnen sofort auf vertrautem Fuß.» In der ersten Zeit redete er mich betont mit ‹Mademoiselle› an. Eines Tages schrieb er in großen Buchstaben auf mein Heft: BEAUVOIR = BEAVER. «Sie sind ein Biber», sagte er. «Die Biber leben in Gemeinschaften und haben einen konstruktiven Geist.»

Es gab unendlich viel Gemeinsames zwischen uns, wir verstanden uns auf bloße Andeutungen hin; dennoch berührten uns die Dinge nicht immer auf die gleiche Art. Herbaud kannte Uzerches, er hatte dort ein paar Tage mit seiner Frau verbracht, er liebte auch sehr das Limousin. Aber ich war ganz erstaunt, wenn er auf beredte Weise in den ‹Landes› Dolmen und Menhirs und Wälder erstehen ließ, in denen die Druiden Misteln sammelten. Er verlor sich gern in historischen Träumereien: für ihn waren die Gärten des Palais-Royal mit großen Schatten bevölkert: mich ließ die Vergangenheit völlig kalt. Hingegen glaubte ich wegen seines unbeteiligten Tons und seiner lässigen Unbekümmertheit, Herbaud habe ein nicht gerade sehr empfängliches Herz; ich war ganz betroffen, als er mir sagte, er liebe *The Constant Nymph, The Mill on the Floss, Le Grand Meaulnes*. Als wir von Alain-Fournier sprachen, murmelte er in bewegtem Ton: «Es gibt wirklich beneidenswerte Menschen»; einen Augenblick schwieg er, dann fuhr er fort: «Im Grunde bin ich viel intellektueller als Sie; dennoch hat ursprünglich auch in mir die gleiche Gefühlsfähigkeit gewohnt, aber ich wollte es nicht.» Ich sagte ihm, es komme mir sehr oft berauschend vor, einfach zu existieren. «Ich durchlebe Augenblicke, die ganz wundervoll sind.» Er schüttelte den Kopf: «Ich hoffe es, Mademoiselle, Sie verdienen es. Ich habe keine wundervollen Momente, ich bin ein armer Tropf, aber was ich mache, ist bewundernswert!» Mit einem Lächeln widerlegte er selbst die Großsprecherei, die in diesen letzten Worten lag: bis zu welchem Grade glaubte er dennoch daran? «Man darf mich nicht verdammen», sagte er öfter, ohne daß ich ganz klar unterschied, ob er damit eine Bitte an mich richtete oder mir einen Befehl erteilte. Ich gab ihm gern Kredit; er sprach zu mir von den Büchern, die er schreiben wollte: vielleicht würden sie tatsächlich ‹bewundernswert› sein. Nur etwas störte mich bei ihm: um seinen Individualismus abzuschwächen, setzte er auf den äußeren Erfolg. Mir selbst lag diese Art von Ehrgeiz wirklich vollkommen fern. Ich ging weder auf Geld noch auf Ehrungen noch auf Berühmtheit aus. Ich hatte Angst, wie ein ‹Catoboryx› zu reden, wenn ich Worte wie ‹Heil› oder ‹innere Vollendung› aussprach, die mir in meinem Tagebuch oft in die Feder flossen. Tatsache ist aber, daß ich eine fast religiöse Vorstellung von dem behalten hatte, was ich als ‹mein Geschick› bezeichnete. Herbaud interessierte sich dafür, welches Bild sich andere von ihm machten; seine zukünftigen Bücher betrachtete er nur als Elemente seiner Persönlichkeit. In diesem Punkte gab ich auch künftighin niemals nach: ich begriff nicht, daß man sein Leben in dem Urteil eines zweifelhaften Publikums entfremdet sehen konnte.

Wir sprachen kaum einmal von persönlichen Problemen. Eines Tages jedoch entschlüpfte dennoch Herbaud die Bemerkung, daß der ‹Eugène› nicht glücklich sei, denn Fühllosigkeit sei ein Ideal, das er nicht zu erreichen vermöge. Ich vertraute ihm an, daß ich viel Verständnis für die ‹Eugènes› aufbrächte, weil es einen davon in meinem Leben gäbe. «Die Beziehungen zwischen ‹Eugènes› und ‹Femmes humeuses› gestalten sich äußerst schwierig», erklärte er mir, «denn letztere wollen alles verschlingen, der ‹Eugène› aber leistet Widerstand.» – «O ja, das habe ich allerdings bemerkt!» antwortete ich ihm. Er lachte herzlich mit mir. Nach und nach erzählte ich ihm in großen Zügen meine Geschichte mit Jacques, und er redete mir zu einer Heirat mit ihm zu, oder wenn nicht mit ihm, so mit einem anderen, setzte er hinzu: «eine Frau muß heiraten». Mit Verwunderung stellte ich fest, daß in diesem Punkte seine Meinung kaum anders als die meines Vaters war. Ein Mann, der mit achtzehn Jahren noch keine Liebeserfahrung hatte, war in seinen Augen ein Neurotiker; doch stellte er die Forderung auf, eine Frau solle sich nur im Rahmen der gesetzlichen Ehe hingeben. Ich meinerseits wollte nicht zulassen, daß man zweierlei Maß anwendete. Ich tadelte Jacques nicht mehr; aber plötzlich gestand ich jetzt den Frauen ebenso wie den Männern freie Verfügung über ihren Körper zu. Ich liebte sehr einen Roman von Michael Arlen, *The Green Hat*. Ein Mißverständnis hatte die Heldin, Iris Storm, von Napier, ihrer großen Jugendliebe, getrennt; sie konnte ihn nie vergessen, obwohl sie mit zahlreichen anderen Männern schlief; ehe sie aber Napier einer liebenswerten und liebenden Gattin nahm, brachte sie sich lieber um, indem sie mit dem Auto gegen einen Baum fuhr. Ich bewunderte Iris, ihre Einsamkeit, ihre Unbekümmertheit, ihre hochmütige Unangreifbarkeit. Ich lieh Herbaud das Buch. «Ich habe keine Sympathie für leichtfertige Frauen», sagte er zu mir, als er es mir zurückgab. Er lächelte mich an. «So gern ich es habe, wenn eine Frau mir gefällt, so unmöglich ist es mir, eine Frau noch hochzuschätzen, nachdem ich sie besessen habe.» Ich empörte mich: «Man ‹besitzt› nicht eine Iris Storm.» – «Keine Frau erlebt ungestraft den Kontakt mit Männern.» Er wiederholte mir, daß unsere Gesellschaft nur verheiratete Frauen respektiert. Mir war es gleich, ob man mich respektierte oder nicht. Mit Jacques leben und ihn heiraten war dasselbe für mich. In den Fällen aber, in denen man Liebe und Ehe trennen konnte, schien das jetzt auch in meinen Augen das Richtigere zu sein. Eines Tages sah ich im Luxembourggarten Nizan und seine Frau, die einen Kinderwagen schob, und hatte den lebhaften Wunsch, daß dieses Bild für meine Zukunft nicht vorgesehen sein möge. Ich empfand es als peinlich, daß Ehegatten durch materiellen Zwang aneinander gekettet sein sollten: das einzige Band zwischen Menschen, die einander liebten, sollte die Liebe sein.

So verstand ich mich also nicht ohne Einschränkung mit Herbaud. Ich wußte weder mit seinem oberflächlichen Ehrgeiz noch mit seiner Achtung vor gewissen Konventionen und manchmal sogar seinem Ästhetizismus etwas anzufangen; ich sagte mir, daß ich, wenn wir alle beide frei gewesen wären, dennoch nicht mein Leben mit dem seinen hätte verbinden mögen; die Liebe betrachtete ich als etwas, was einen völlig ‹engagiert›: ich liebte ihn demnach nicht. Dennoch ähnelte das Gefühl, das ich für ihn empfand, in seltsamer Weise dem, das Jacques mir eingeflößt hatte. Von dem Augenblick an, in dem ich mich von ihm trennte, wartete ich schon auf unsere nächste Begegnung: alles, was mir widerfuhr, was mir durch den Kopf ging, war für ihn bestimmt. Wenn wir unser Gespräch beendet hatten und wieder nebeneinander bei der Arbeit saßen, krampfte sich mir das Herz zusammen, weil wir uns bereits wieder dem Abschied näherten: ich wußte niemals genau, wann ich ihn wiedersehen würde, und diese Ungewißheit stimmte mich traurig; augenblicksweise spürte ich überaus schmerzlich, wie zerbrechlich unsere Freundschaft war. «Sie sind heute so melancholisch!» sagte Herbaud dann freundlich zu mir und ließ sich alles mögliche einfallen, um mich aufzuheitern. Ich spornte mich selber dazu an, von einem Tag auf den anderen ohne Hoffnung und Furcht dieses Erlebnis wahrzunehmen, das mir von Tag zu Tag einzig Freude schenkte.

Die Freude setzte sich denn auch durch. Als ich an einem heißen Nachmittag in meinem Zimmer noch einmal das Programm für die Prüfung durchging, erinnerte ich mich an die so ähnlichen Stunden, in denen ich mich auf das Abitur vorbereitet hatte: ich erlebte den gleichen Frieden, dieselbe eifervolle Glut, und wieviel reicher war ich seit der Zeit meiner sechzehn Jahre geworden! Ich schickte Pradelle einen Brief, um eine Verabredung festzulegen, und schloß mit den Worten: ‹Lassen Sie uns glücklich sein!› Zwei Jahre zuvor hatte ich ihn – er erinnerte mich jetzt daran – gebeten, mich in meinem Mißtrauen gegen das Glück zu unterstützen; ich war gerührt von so viel Wachsamkeit. Aber das Wort hatte für mich seinen Sinn gewandelt; es bedeutete jetzt nicht mehr Abdankung und Erschlaffung: mein Glück hing nicht mehr von Jacques ab. Ich faßte einen Entschluß. Im nächsten Jahr würde ich, selbst wenn ich durchfiele, nicht zu Hause bleiben; bestand ich aber die Prüfung, so würde ich keine Stellung annehmen und Paris nicht verlassen: in allen beiden Fällen hatte ich vor, mich selbständig zu machen und von Stundengeben zu leben. Meine Großmutter nahm seit dem Tode ihres Mannes Pensionärinnen bei sich auf. Ich würde mir bei ihr ein Zimmer mieten und mir dadurch völlige Unabhängigkeit sichern, ohne meine Eltern vor den Kopf zu stoßen. Sie würden damit einverstanden sein. Geld verdienen, ausgehen, Besuch haben, frei sein: diesmal erschloß sich mir das Leben wirklich.

Ich bezog meine Schwester in diese Zukunft mit ein. Wenn über die Böschungen der Seine das Dunkel herabgesunken war, sprachen wir atemlos zueinander von unserem triumphalen Morgen: meinen Büchern, ihren Bildern, unseren Reisen, der Welt. Im vorüberziehenden Wasser zitterten lange Lichtsäulen, Schatten glitten über den Pont-des-Arts; wir schlugen unsere schwarzen Schleier über die Augen, um das Schauspiel noch phantastischer zu gestalten. Oft wiesen wir Jacques in unseren Plänen eine Rolle zu; wir sprachen von ihm nicht mehr wie von der Liebe meines Lebens, sondern wie von einem fabelhaften großen Vetter, der der Held unserer Jugendtage gewesen war.

«Ich werde nächstes Jahr nicht mehr hiersein», sagte Lisa zu mir, die mit großer Mühe ihr Diplom bewältigte; sie hatte sich um eine Stelle in Saigon beworben. Zweifellos hatte Pradelle ihr Geheimnis erraten: er ging ihr aus dem Wege. «Ach! wie unglücklich ich bin!» murmelte sie mit einem armseligen Lächeln. Wir trafen uns in der Bibliothèque Nationale, in der Sorbonne. Wir tranken Limonade im Luxembourggarten oder aßen in der Dämmerung Mandarinen in ihrem Zimmer mit dem Weißdorndekor auf rosa Grund.

Eines Tages, als wir uns mit Clairaut auf dem Hof der Sorbonne unterhielten, fragte er uns mit seiner eindringlichen Stimme: «Was mögen Sie am liebsten an sich selbst?» Recht unaufrichtig behauptete ich: «Jemand anderen.» «Ich», sagte Lisa, «die Tür, die ins Freie führt.» Ein andermal erklärte sie mir: «Was mir an Ihnen so gefällt, das ist, daß Sie sich keiner Sache verschließen, Sie lassen immer alle Türen weit offenstehen. Ich selbst bin immer gerade ausgegangen und nehme alles mit. Wie bin ich darauf gekommen, eines Tages bei Ihnen einzutreten? Oder sind Sie gekommen und haben die Idee gehabt, Sie warten einfach auf mich? Es ist doch so, daß man sich, wenn der Besitzer abwesend ist, dennoch denken kann, daß er jeden Augenblick wiederkommen wird; aber so denken die Leute meist nicht ...» Es kam vor, daß sie am Abend in ihrem Linonmorgenrock beinahe hübsch aussah: aber Übermüdung und Verzweiflung trockneten ihr Gesicht gewissermaßen aus.

Niemals sprach Pradelle ihren Namen aus; hingegen erwähnte er häufig Zaza vor mir: «Bringen Sie doch Ihre Freundin mit», sagte er, als er mich zu einer Versammlung einlud, bei der Garric und Guéhenno zusammentreffen sollten. Sie aß zu Hause zu Abend und begleitete mich in die Rue Dufour. Maxence leitete die Veranstaltung, zu der auch Jean Daniélou, Clairaut und andere ‹rechtdenkende› Normaliens erschienen. Ich mußte an den Vortrag von Garric vor drei Jahren denken, als er mir noch wie ein Halbgott erschienen war und Jacques in einer mir unzugänglichen Welt so viele Händedrücke austeilte. Ich war auch jetzt noch für Garrics warme, lebendige Stimme zugänglich: leider kamen seine Äußerungen mir jedoch banal vor, und alle diese ‹talas›, mit denen meine Vergangenheit mich verknüpfte – wie fremd stand ich ihnen heute gegenüber! Als Guéhenno das Wort ergriff, pfiffen ihn die großen Flegel von der ‹Action française› aus; es war unmöglich, sie zum Schweigen zu bringen. Garric und Guéhenno zogen sich zusammen in eine benachbarte Kneipe zurück, und das Publikum zerstreute sich. Trotz des Regens gingen Pradelle, Zaza und ich noch zusammen ein Stück den Boulevard Saint-Germain und die Champs-Elysées hinauf. Meine beiden Freunde waren weit mehr als sonst zum Lachen aufgelegt und verbündeten sich freundschaftlich gegen mich. Zaza nannte mich ‹die amoralische Dame› – das war der Beiname von Iris Storm in *The Green Hat*. Pradelle übertrumpfte sie noch: «Sie sind ein einsames Gewissen.» Ihr Komplicentum amüsierte mich.

Obwohl dieser Abend ein jämmerliches Fiasko gewesen war, dankte Zaza mir ein paar Tage später in sehr bewegtem Ton; plötzlich war ihr auf entscheidende Weise klargeworden, daß sie die Atrophie des Herzens und des Geistes, die ihre Umgebung von ihr verlangte, niemals erreichen würde. Pradelle und ich bestanden die mündliche Prüfung für unser

Diplom in ihrer Anwesenheit; wir feierten unseren Erfolg alle drei in den ‹Yvelynes›. Ich organisierte das, was Herbaud als ‹die große Bois-de-Boulogne-Partie› bezeichnete. An einem schönen warmen Abend fuhren wir mit Booten auf dem See umher, Zaza, Lisa, meine Schwester, Gégé, Pradelle, Clairaut, Zazas zweiter Bruder und ich. Wir stritten uns über den jeweiligen Kurs, es wurde gelacht und gesungen. Zaza trug ein Kleid aus rosa Seidenleinen und einen kleinen Reisstrohhut; ihre schwarzen Augen blitzten; niemals hatte sie so hübsch ausgesehen; bei Pradelle entdeckte ich wieder die ganze fröhliche Frische, die mir zu Beginn unserer Freundschaft wie Sonnenschein ins Herz gedrungen war. Als ich allein mit ihnen im Boot dahinfuhr, fiel mir von neuem die starke Übereinstimmung zwischen den beiden auf, und ich war ein wenig erstaunt, daß ihre Zuneigung zu mir sich an diesem Abend so intensiv äußerte: sie richteten an mich die Blicke, das Lächeln, die schmeichelnden Worte, die sie untereinander noch nicht auszutauschen wagten. Als ich am folgenden Tage Zaza bei ihren Besorgungen im Auto begleitete, sprach sie zu mir von Pradelle mit großer Bewunderung. Ganz kurz darauf sagte sie mir, daß der Gedanke an eine Heirat ihr immer grauenvoller sei; sie würde sich nicht darein ergeben, einen mittelmäßigen Menschen zu heiraten, hielt sich aber nicht für würdig, von einem hervorragenden Mann geliebt zu werden. Wieder gelang es mir nicht, die genauen Gründe ihrer Melancholie zu erraten. Um die Wahrheit zu sagen, war ich bei aller Freundschaft für sie ein wenig zerstreut. Der ‹Concours› für die ‹Agrégation› begann am übernächsten Tag. Ich hatte Herbaud Lebewohl gesagt; auf wie lange wohl? Während des Schriftlichen würde ich ihn sehen; dann gedachte er Paris zu verlassen, und nach der Heimkehr wollte er mit Sartre und Nizan für das Mündliche arbeiten. Es war vorbei mit unseren Begegnungen in der Bibliothèque Nationale: wie sehr würde er mir fehlen! Dennoch war ich am nächsten Tage während des Picknicks, das die ‹Bois-de-Boulogne-Bande› im Walde von Fontainebleau vereinte, sehr gut gelaunt; Pradelle und Zaza strahlten. Nur Clairaut wirkte verstimmt; er machte meiner Schwester eifrig den Hof, aber er hatte damit nicht den geringsten Erfolg. Man muß allerdings gestehen, daß er sich komisch dabei benahm; er lud uns ein, in der Hinterstube irgendeiner Bäckerei etwas zu trinken, und bestellte gleich autoritativ: «Drei Tee.» – «Nein, ich möchte lieber Limonade», sagte Poupette. «Tee ist erfrischender.» – «Ich möchte lieber Limonade.» – «Gut! Dann also dreimal Limonade», bestellte er wütend. – «Aber nehmen Sie doch ruhig Tee.» – «Ich möchte für mich keine Extrawurst.» Unaufhörlich erfand er für sich irgendwelche Niederlagen, die ihn mit Groll erfüllten. Von Zeit zu Zeit schickte er meiner Schwester einen Rohrpostbrief, in dem er sich seiner Übellaunigkeit wegen entschuldigte. Er versprach ein lustiger Kumpan zu werden, er werde sich von nun an dazu erziehen, in allem spontaner zu sein; bei der nächsten Begegnung wirkte dann sein forcierter Überschwang erst recht vereisend auf uns, und seine Miene verkrampfte sich in verhaltenem Ingrimm.

«Viel Glück, Biber», sagte Herbaud mit seiner zärtlichsten Stimme zu mir, als wir uns in der Bibliothek der Sorbonne installierten. Ich stellte neben mich eine Thermosflasche mit Kaffee und eine Schachtel mit Keks; Herrn Lalandes Stimme verkündete: «Freiheit und Bedingtheit»; alle Blicke wendeten sich sinnend zur Decke, dann gerieten die Füllhalter in Bewegung; ich bedeckte viele Seiten mit meiner Schrift und hatte den Eindruck, daß es gutgegangen war. Um zwei Uhr nachmittags holten Zaza und Pradelle mich ab; nachdem wir im ‹Café de Flore›, das damals nur ein beliebiges kleines Café jenes Stadtviertels war, eine Zitronenlimonade getrunken hatten, gingen wir lange in dem mit großen gelben und malvenfarbenen Iris geschmückten Luxembourggarten spazieren. Ich geriet mit Pradelle in eine etwas gespannte Diskussion. Über gewisse Dinge waren wir immer verschiedener Meinung gewesen. Er vertrat den Standpunkt, es bestehe zwischen Glück und Unglück, zwischen Glaube und Unglaube, zwischen irgendeinem Gefühl und der Abwesenheit dieses Gefühls kaum ein Unterschied. Ich war im Innern fanatisch vom Gegenteil überzeugt. Obwohl Herbaud mir vorwarf, mich mit allen möglichen Leuten einzulassen, teilte ich die Menschen doch in zwei Kategorien ein: für einige hegte ich lebhafte Zuneigung, für die meisten aber hatte ich nur eine verächtliche Gleichgültigkeit übrig. Pradelle warf alle Menschen in ein und denselben Topf. Im Laufe von zwei Jahren hatten unsere Stellungen sich befestigt. Zwei Tage zuvor hatte er mir einen Brief geschrieben, in dem er mit mir ins Gericht ging: ‹Viele Dinge trennen uns, viel mehr Dinge zweifellos, als Sie meinen und als ich meine … Ich kann nicht ertragen, daß Ihre Sympathie sich auf einen so engen Kreis beschränkt. Wie kann man leben, ohne alle Menschen mit einem Netz der Liebe zu umspannen? Aber Sie sind so ungeduldig, wenn es um diese Dinge geht.› Herzlicher schloß er dann: ‹Trotz Ihrer Hitzigkeit, die mir unbewußt scheint und mir so konträr ist, hege ich für Sie ein sehr großes und auf keine Weise erklärliches freundschaftliches Gefühl.› Von neuem predigte er mir an diesem Nachmittag Mitleid mit den Menschen; Zaza unterstützte ihn diskret, denn sie befolgte die Lehre des Evangeliums: ‹Richtet nicht.› Ich dachte, daß man nicht lieben könne, ohne auch zu hassen: ich liebte Zaza, ihre Mutter hingegen haßte ich. Pradelle trennte sich von uns, ohne daß wir beide auch nur einen Schritt breit von unserem Standpunkt abgewichen wären. Ich blieb mit Zaza zusammen, bis es Zeit zum Abendessen war; zum ersten Male, sagte sie mir, habe sie sich nicht als

Dritte zwischen mir und Pradelle gefühlt, sie war darüber tief gerührt. «Ich glaube nicht, daß es noch einen so ausgezeichneten jungen Menschen gibt wie Pradelle», setzte sie mit Feuer hinzu.

Sie erwarteten mich lebhaft plaudernd im Hof der Sorbonne, als ich am übernächsten Tage von der letzten schriftlichen Prüfung kam. Welche Erleichterung bedeutete es, damit fertig zu sein! Mein Vater führte mich am Abend in die ‹Lune Rousse›, darauf aßen wir Spiegeleier bei Lipp. Ich schlief bis mittags um zwölf. Nach dem Essen ging ich zu Zaza in die Rue de Berri. Sie trug ein neues Kleid aus blauem Voile mit schwarzweißem Muster und einen großen weichen Strohhut: wie war sie aufgeblüht seit dem Sommerbeginn! Als wir die Champs-Elysées hinuntergingen, äußerte auch sie ihr Erstaunen über die Erneuerung, die, wie sie selber fühlte, mit ihr vorgegangen war. Zwei Jahre früher, als sie mit André gebrochen hatte, war sie des Glaubens gewesen, daß sie von nun an nur noch irgendwie sich selbst überleben werde, jetzt aber verspürte sie in sich ein solches Gefühl von ruhiger Freudigkeit wie in den besten ihrer Kindheitstage; sie fand wieder Geschmack an Büchern, an Ideen, an ihren eigenen Gedanken. Besonders aber sah sie der Zukunft mit einem Vertrauen entgegen, das sie sich selbst nicht zu erklären vermochte.

Als wir am gleichen Tage gegen Mitternacht aus dem ‹Cinéma des Agriculteurs› kamen, sagte mir Pradelle, wie sehr hoch er meine Freundin schätze; sie spreche immer nur von dem, was sie wirklich wisse oder aufrichtig fühlte, und deshalb schweige sie so oft: keines ihrer Worte aber sei zu stark gewählt. Er bewundere sie auch, weil sie trotz der schwierigen Verhältnisse, in denen sie sich befinde, sich immer gleichbleibe. Er bat, ich möge sie doch wieder zu einem gemeinsamen Spaziergang mit uns einladen. Mir hüpfte das Herz im Leib vor Freude, während ich mich nach Hause begab. Ich erinnerte mich jetzt, wie aufmerksam Pradelle mir zugehört hatte, wenn ich von Zaza berichtete, sie aber hatte ihn oft in ihren Briefen mit sichtlicher Sympathie erwähnt. Sie waren eins fürs andere gemacht, und sie liebten einander. Einer meiner innigsten Wünsche erfüllte sich: Zaza würde glücklich leben!

Am nächsten Morgen sagte mir meine Mutter, während ich in den ‹Agriculteurs› gewesen sei, habe Herbaud dem Haus einen Besuch abgestattet; ich war um so betrübter, als er mit mir beim Verlassen des Prüfungsraumes – er war mit seiner Arbeit recht unzufrieden – keine Verabredung getroffen hatte. Ich schluckte jedoch meine Enttäuschung hinunter und wollte gerade das Haus verlassen, um mir ein Cremetörtchen zu kaufen, als ich ihn unten an der Treppe traf; er lud mich zum Mittagessen ein. Meine Einkäufe waren sehr rasch erledigt. Um nicht von unseren Gewohnheiten abzugehen, begaben wir uns in die ‹Fleur de Lys›. Er war von dem Empfang bei meinen Eltern entzückt gewesen: mein Vater hatte ihm antimilitaristische Reden gehalten und Herbaud ihm kräftig zugestimmt. Er mußte sehr lachen, als er begriff, daß er sich hatte düpieren lassen. Am nächsten Tage brach er auf, um seine Frau in Bagnoles-de-l'Orne zu treffen; nach seiner Rückkehr in zehn Tagen wollte er sich mit Sartre und Nizan, die mich herzlich bitten ließen, mich ebenfalls anzuschließen, aufs Mündliche vorbereiten. Inzwischen wollte Sartre gern meine Bekanntschaft machen; er schlug mir eine Begegnung am folgenden Abend vor, aber Herbaud bat mich, nicht darauf einzugehen: Sartre werde die Gelegenheit seiner Abwesenheit benutzen, um mich mit Beschlag zu belegen. «Ich will nicht, daß jemand an meine teuersten Gefühle rührt», sagte Herbaud im Ton eines Mitverschworenen zu mir. Wir beschlossen, meine Schwester solle sich mit Sartre zu der Stunde und an dem Orte treffen, die dieser vorgesehen hatte; sie sollte ihm sagen, ich hätte plötzlich aufs Land fahren müssen, und mit ihm an meiner Stelle ausgehen.

So würde ich also Herbaud bald wiedersehen. Ich war aufgenommen in seinen engsten Kreis. Etwas unkonzentriert machte ich mich an das Programm für die mündliche Prüfung. Ich las Bücher, die mich amüsierten, ich flanierte, ich ließ mir Zeit. Während des Abends, den Poupette mit Sartre verbrachte, überließ ich mich fröhlich dem Rückblick auf das verflossene Jahr, auf meine ganze Jugend; bewegt dachte ich an die Zukunft: ‹Eine sonderbare Gewißheit besteht in mir, daß der Reichtum, den ich in mir verspüre, auf fruchtbaren Boden fallen, daß das, was ich sage, Gehör finden und mein Leben ein Quell sein wird, aus dem andere schöpfen; Gewißheit einer Berufung ...› Ich war so leidenschaftlich hochgestimmt wie zu Zeiten meiner mystischen Aufschwünge, doch ohne dabei die Erde zu verlassen. Mein Reich war definitiv von dieser Welt. Als meine Schwester nach Hause kam, beglückwünschte sie mich dazu, daß ich zu Hause geblieben war. Sartre hatte unsere Ausrede höflich geschluckt; er hatte sie ins Kino geführt und sich sehr liebenswürdig gezeigt; aber die Unterhaltung sei etwas lahm gewesen. «Alles, was Herbaud von Sartre erzählt, hat er selbst erfunden», sagte meine Schwester zu mir, die Herbaud wenig kannte, aber sehr amüsant fand.

Ich benutzte meine Mußezeit, um mehr oder weniger eingeschlafene Beziehungen neu zu beleben. Ich besuchte Madame Lambert, die durch meine ruhige Heiterkeit etwas aus dem Konzept gebracht wurde, und Suzanne Boigue, die durch eheliches Glück eher banaler geworden war; ich langweilte mich mit Riesmann, der immer düsterer wurde. Stépha war seit zwei Monaten nach Montrouge entschwunden, wo Fernando ein Atelier gemietet hatte; ich vermute, daß die beiden zusammenlebten und sie mich nicht wieder aufsuchte, weil sie diese Ungehörigkeit vor mir verbergen wollte. Als sie wieder auftauchte, trug sie einen Ehering am Finger; wir aßen zu Mittag im ‹Dominique› – einem russischen Restaurant, das ein paar Monate zuvor eröffnet worden war – und verbrachten den ganzen Tag mit Spazierengehen und Plaudern; am Abend speiste ich bei ihr in ihrem Studio, das mit hellen ukrainischen Teppichen ausgestattet war; Fernando malte von früh bis spät, er hatte viel dazugelernt. Ein paar Tage darauf gaben sie ein Fest zur Feier ihrer Hochzeit; es waren Russen, Ukrainer, Spanier da, die alle etwas mit Malerei, Bildhauerei oder Musik zu tun hatten; man trank, man tanzte, man sang, man verkleidete sich. Stépha hatte vor, bald darauf mit Fernando nach Madrid zu gehen, wo sie künftig zu wohnen gedachten; sie war von den Vorbereitungen für diese Reise und von Haushaltsorgen stark in Anspruch genommen. Unsere Freundschaft – die später noch einmal von neuem aufleben sollte – zehrte vor allem von Erinnerungen.

Ich ging auch weiterhin häufig mit Pradelle und Zaza aus, wobei jetzt ich diejenige war, die sich ein wenig als Eindringling fühlte: sie verstanden einander so gut! Zaza gestand sich ihre Hoffnungen noch nicht offen ein, aber sie schöpfte aus ihnen den Mut, dem Ansturm ihrer Mutter standzuhalten. Madame Mabille war dabei, für sie eine Ehe einzufädeln, und setzte ihr unaufhörlich zu. «Was hast du gegen den jungen Mann?» – «Nichts, Mama, aber ich liebe ihn nicht.» – «Mein liebes Kind, die Frau liebt nicht; der Mann ist derjenige, der liebt», erklärte Madame Mabille; sie wurde ärgerlich: «Wenn du nichts gegen den jungen Mann hast, weshalb weigerst du dich dann, ihn zu heiraten? Deine Schwester hat sich sehr gut mit einem Mann abgefunden, der weniger gescheit ist als sie!» Zaza berichtete mir von allen diesen Diskussionen in eher bedrücktem als ironischem Ton, denn sie nahm die Unzufriedenheit ihrer Mutter nicht leicht. «Ich bin des Kampfes so müde, daß ich in zwei oder drei Monaten wohl doch eines Tages die Waffen gestreckt haben werde», sagte sie öfter zu mir. Sie fand ihren Verehrer ganz nett; aber sie konnte sich nicht vorstellen, daß er je Pradelles oder mein Freund werden würde; bei unseren Zusammenkünften wäre er nicht am Platze gewesen; sie wollte keinen Mann zum Gatten haben, den sie weniger schätzte als andere.

Madame Mabille mußte wohl die wahren Gründe ihrer Hartnäckigkeit erraten; wenn ich in der Rue de Berri schellte, empfing sie mich mit eisiger Miene; bald nahm sie auch dagegen Stellung, daß Zaza sich mit Pradelle verabredete. Wir hatten eine zweite Bootspartie geplant, doch am Tage vorher bekam ich von Zaza einen Rohrpostbrief. ‹Ich habe soeben mit Mama ein Gespräch gehabt, nach welchem es mir absolut unmöglich ist, mit Euch am Donnerstag zum Bootfahren zu kommen. Mama verläßt morgen früh Paris; wenn sie da ist, kann ich mit ihr diskutieren und ihr Widerstand leisten; aber die Freiheit, die sie mir läßt, dazu zu benutzen, eine Sache zu tun, die ihr von Grund auf mißfällt – dazu bin ich nicht imstande. Es fällt mir sehr schwer, auf diesen Donnerstag abend zu verzichten, bei dem ich wieder so schöne Augenblicke zu durchleben hoffte wie mit Ihnen und Pradelle damals im Bois de Boulogne. Mama hat mir so schreckliche Dinge gesagt, daß ich beinahe vorhatte, jetzt gleich für drei Monate in irgendein Kloster zu gehen, wo man bereit wäre, mich in Ruhe zu lassen. Ich denke noch immer daran, es zu tun, denn ich bin völlig verstört ...›

Pradelle war sehr niedergeschlagen. ‹Grüßen Sie Mademoiselle Mabille sehr herzlich von mir›, schrieb er mir. ‹Wir können uns doch wohl aber, denke ich mir, ohne daß sie gegen ihr Versprechen verstößt, am hellichten Tage und wie zufällig treffen?› Sie begegneten sich wieder in der Bibliothèque Nationale, wo ich von neuem arbeitete. Ich aß mit ihnen zu Mittag, und sie gingen dann allein zusammen spazieren. Sie sahen sich noch zwei- oder dreimal unter vier Augen, und Ende Juli teilte mir Zaza ganz überwältigt mit, daß sie einander liebten: sie wollten heiraten, wenn Pradelle die Prüfung für die ‹Agrégation› bestanden und seinen Militärdienst absolviert haben würde. Aber Zaza fürchtete auch jetzt den Widerstand ihrer Mutter. Ich warf ihr vor, sie sei zu pessimistisch. Sie war schließlich kein Kind mehr, und alles in allem wünschte doch Madame Mabille, daß sie glücklich würde. Was hätte sie einwenden können? Pradelle war aus hervorragend guter Familie und praktizierender Katholik; höchstwahrscheinlich machte er Karriere, auf alle Fälle würde die ‹Agrégation› ihm eine auskömmliche Stellung sichern: auch Lilis Mann war nicht gerade reich. Zaza schüttelte den Kopf. «Darum handelt es sich nicht. In unseren Kreisen kommen Heiraten nicht auf diese Weise zustande!» Pradelle hatte Zazas Bekanntschaft durch mich gemacht, das allein schon warf ein ungünstiges Licht auf ihn. Außerdem würde sich Madame Mabille durch die Aussicht auf eine lange Verlobung sehr beunruhigt fühlen. Vor allem aber wiederholte Zaza mit zähem Eigensinn: «Das tut man bei uns nicht.» Sie hatte beschlossen, den Beginn des Wintersemesters abzuwarten, um mit ihrer Mutter zu sprechen; doch gedachte sie mit Pradelle während der Ferien zu korrespondieren; möglicherweise konnte Madame Mabille etwas davon merken. Was dann? Trotz dieser Gründe zur Beunruhigung fühlte sich Zaza, als sie in Laubardon ankam, doch ganz hoffnungsvoll. ‹Ich habe eine Gewißheit, die es mir erlaubt, vertrauensvoll zu warten und notfalls viel Verdruß und Widerspruch zu ertragen›, schrieb sie mir. ‹Das Leben ist wundervoll.›

Als Herbaud Anfang Juli wieder nach Paris kam, schickte er mir ein Briefchen, in dem er mich bat, den Abend mit ihm zu verbringen. Meine Eltern fanden nicht richtig, daß ich mit einem verheirateten Mann ausging, aber ich war nun so nahe daran, ihrer Aufsicht zu entrinnen, daß sie es aufgegeben hatten, in mein Leben einzugreifen. Ich sah mir also mit Herbaud *The Pilgrim* an und aß bei Lipp mit ihm zu Abend. Er berichtete mir die letzten Abenteuer des ‹Eugène› und lehrte mich ‹brasilianisches Ecarté›, ein Spiel, das er erfunden hatte, um mit Sicherheit immer zu gewinnen. Er sagte mir, seine ‹petits camarades› erwarteten mich Montag abend in der Cité universitaire; sie rechneten auf mich, um Leibniz zu studieren.

Ich war etwas aufgeregt, als ich Sartres Zimmer betrat; ich fand außer einem riesigen Durcheinander von Büchern und Papieren überall umherliegende Zigarettenstummel und dicken Rauch vor. Sartre empfing mich als Weltmann; er rauchte Pfeife. Schweigend, mit einer Zigarette im Mundwinkel und schief lächelnd, beobachtete mich Nizan sehr nachdenklich durch seine dicke Brille. Den ganzen Tag kommentierte ich, erstarrt vor Schüchternheit, den *Discours métaphysique,* dann brachte mich Herbaud nach Hause.

Ich ging nun alle Tage hin, und bald taute ich auf. Leibniz langweilte uns, und es wurde beschlossen, wir wüßten jetzt genug über ihn. Sartre übernahm es, uns den *Contrat social* zu erklären, der ihm besonders gut lag. Tatsächlich war es so, daß in allen Punkten des Programms er weitaus der Beschlagenste war: wir hörten im Grunde nur zu. Manchmal versuchte ich, mit ihm zu diskutieren; ich nahm mich zusammen, ich gab nicht nach. «Sie ist schwer zu schlagen!» stellte Herbaud amüsiert fest, während Nizan in den Anblick seiner Fingernägel versunken dabeisaß; doch stets behielt Sartre das Übergewicht. Es war unmöglich, ihm böse zu sein: er scheute keine Mühe, uns von seinem Wissen profitieren zu lassen. ‹Er ist ein fabelhafter geistiger Trainer›, notierte ich. Ich war geblendet von seiner

Großherzigkeit, denn diese Zusammenkünfte brachten ihm nichts ein, er gab sich nur, ohne zu rechnen, stundenlang selber aus.

Wir arbeiteten besonders am Vormittag. Am Nachmittag gönnten wir uns, nachdem wir im Restaurant der Cité oder ‹Chez Chabin› zu Mittag gegessen hatten, eine ausgiebige Muße. Oft schloß sich Nizans Frau, eine schöne, füllige Brünette, uns an. An der Porte d'Orléans war Jahrmarkt. Wir spielten Luftbillard und Tischfußball und versuchten uns in der Schießbude; in der Lotterie gewann ich eine riesige rosa Vase. Dann preßten wir uns alle in Nizans kleines Auto hinein und fuhren kreuz und quer durch Paris, machten aber inzwischen immer einmal Halt, um vor irgendeinem Café irgend etwas zu trinken. Ich stattete den Schlafräumen und den Buden der École Normale einen Besuch ab und kletterte, wie es zum Ritual gehört, auch auf die Dächer hinauf. Während unserer Spazierfahrten sangen Sartre und Herbaud mit voller Kehle improvisierte Songs. Sie komponierten eine Motette über eine Kapitelüberschrift bei Descartes: ‹De Dieu. Derechef qu'il existe.› Sartre besaß eine schöne Stimme und ein reichhaltiges Repertoire. Er sang *Ol' Man River* und jeden Jazz, der damals gerade in Mode war; seine Komikerbegabung war in der ganzen École Normale berühmt: er war es, der jeweils in der Jahresrevue die Rolle von Lanson übernahm; große Erfolge errang er durch seine Interpretation der *Schönen Helena* und der Romanzen aus der Zeit der Jahrhundertwende. Wenn er sich selber genügend verausgabt hatte, legte er eine Grammophonplatte auf: wir hörten Sophie Tucker, Layton und Johnston, Jack Hylton, die Revellers und Neger-Spirituals. Jeden Tag tauchten neue, noch unbekannte Zeichnungen an den Wänden seines Zimmers auf: metaphysisches Getier, neue Heldentaten des ‹Eugène›. Nizan spezialisierte sich auf Porträts von Leibniz, den er als Pfarrer mit einem Tirolerhut auf dem

Kopf und den Spuren eines Fußtritts von Spinoza auf seiner Rückseite darstellte.

Manchmal verließen wir die Cité, um uns in Nizans Gemächer zu begeben. Er wohnte bei den Eltern seiner Frau in einem Mietshaus der Rue Vavin, dessen Front aus lauter Kacheln bestand. An den Wänden hatte er ein großes Porträt von Lenin, ein Reklameplakat von Cassandre und die *Venus* von Boticelli aufgehängt; ich bewunderte die ultramodernen Möbel, die gepflegte Bibliothek. Nizan war der Fortschrittlichste der drei; er besuchte literarische Milieus, er war eingeschriebenes Mitglied der Kommunistischen Partei; er machte uns mit der irischen Literatur und den neuen amerikanischen Romanschriftstellern bekannt. Er war auf dem laufenden über die letzten Moden und sogar schon über die Mode von morgen: er führte uns in das triste ‹Café de Flore›, «um es den ‹Deux Magots› zu geben», sagte er, während er mit boshafter Miene an seinen Nägeln herumbiß. Er bereitete ein Pamphlet gegen die offizielle Philosophie und eine Studie über die ‹marxistische Lebensweisheit› vor. Er lachte wenig, aber lächelte oft auf eine grimme Art. Seine Unterhaltungsgabe faszinierte mich, aber wegen seiner stets auf zerstreute Weise spöttischen Miene hatte ich eine gewisse Schwierigkeit, mich ihm gegenüber zu äußern.

Wie kam es, daß ich mich so rasch akklimatisierte? Herbaud hatte sich bemüht, mich nicht zu verletzen, aber wenn die drei ‹petits camarades› zusammensaßen, war keine Rede davon, daß sie sich Zwang antaten. Ihre Sprache war aggressiv, ihr Denken kategorisch, ihre Gerechtigkeit kannte kein Einspruchsrecht. Sie machten sich über die bürgerliche Ordnung lustig; sie hatten es abgelehnt, die Prüfung des E. O. R. über sich ergehen zu lassen; so weit kam ich ohne Mühe mit. In vielen Punkten jedoch stand ich auch weiterhin unter der Suggestion der bürgerlichen Sublimierungsversuche; sie aber führten unerbittlich alle Formen des Idealismus auf ihre Nichtigkeit zurück, sie trieben Spott mit den schönen Seelen, den edlen Seelen, allen Seelen schlechthin, mit den Seelenzuständen, dem Innenleben, dem Wunderbaren, dem Mysterium, den Eliten; bei jeder Gelegenheit bekundeten sie – in ihren Reden, ihrer jeweiligen Haltung, ihren Scherzen – die Überzeugung, daß die Menschen keine Geister, sondern Bedürfnissen unterworfene und in ein brutales Abenteuer hineingestellte Körper seien. Ein Jahr zuvor hätten sie mich noch erschreckt; aber ich hatte seit Semesterbeginn einen langen Weg zurückgelegt, und sehr oft hatte ich das Verlangen verspürt, eine kräftigere Kost zugeführt zu bekommen als die, mit der ich bislang ernährt worden war. Ich begriff rasch, daß der Welt, in die mich meine neuen Freunde entführten, etwas Rohes nur deshalb anhaftete, weil sie nichts bemäntelten; sie verlangten im Grunde nichts weiter von mir, als daß ich wagte, was ich immer gewollt hatte, nämlich der Wirklichkeit ins Gesicht zu sehen. Ich brauchte nicht lange Zeit, um mich zu entscheiden.

«Ich bin glücklich, daß Sie sich so gut mit den ‹petits camarades› verstehen», sagte Herbaud zu mir, «aber ...» – «Schon gut», antwortete ich, «Sie sind es immer noch; jawohl, Sie.» Er lächelte. «Sie werden niemals einer der ‹petits camarades› werden», sagte Herbaud zu mir: «Sie sind und bleiben der Biber.» Er sei eifersüchtig, sagte er mir; in der Freundschaft wie in der Liebe wollte er bevorzugt behandelt werden. Er hielt an seiner Prärogative unbedingt fest. Das erste Mal, als die Rede davon war, am Abend gemeinsam auszugehen, schüttelte er den Kopf: «Nein. Heute abend gehe ich mit Mademoiselle de Beauvoir ins Kino.» – «Schön, auch gut», bemerkte Nizan in stark ironischem Ton, Sartre aber stimmte wohlwollend zu. Herbaud war an jenem Tage in trüber Verfassung; er fürchtete, den ‹Concours› nicht zu bestehen, außerdem war irgend etwas nicht klar Ersichtliches mit seiner Frau. Nachdem wir einen Film mit Buster Keaton angesehen hatten, setzten wir uns in ein kleines Café, aber die Unterhaltung kam nicht recht in Fluß. «Sie langweilen sich doch auch nicht?» fragte er mich mit einer Mischung aus Ängstlichkeit und viel Koketterie. Nein; aber daß er so seinen Gedanken nachhing, entfernte mich etwas von ihm. Er rückte mir am nächsten Tag, den ich mit ihm unter dem Vorwand verbrachte, ihm bei der Übersetzung der *Nikomachischen Ethik* zu helfen, jedoch wieder näher. Er hatte in einem kleinen Hotel der Rue Vaneau ein Zimmer gemietet, und dort arbeiteten wir: nicht lange, denn Aristoteles langweilte uns tödlich. Er gab mir Fragmente der *Anabasis* von Saint-John Perse zu lesen, von dem ich noch nichts kannte, und zeigte mir Reproduktionen der Sibyllen von Michelangelo. Dann sprach er zu mir von den Unterschieden, die zwischen ihm und seinen Freunden Sartre und Nizan bestanden. Er selbst gab sich ohne Hintergedanken den Freuden dieser Welt hin, ob es nun Kunstwerke, die Natur, Reisen, Bekanntschaften oder Vergnügungen waren. «Die andern beiden wollen immer verstehen; Sartre besonders», sagte er mir. Im Tone bewundernden Schauderns setzte er noch hinzu: «Außer vielleicht, wenn er schläft, hört Sartre nie zu denken auf!» Er fand sich damit ab, daß Sartre mit uns den Abend des 14. Juli verbrachte. Nach dem Abendessen in einem elsässischen Restaurant sahen wir uns, auf einer Rasenfläche der Cité universitaire sitzend, das Feuerwerk an. Dann stopfte uns Sartre, dessen Großzügigkeit sprichwörtlich war, alle in ein Taxi und traktierte uns im ‹Falstaff› in der Rue Montparnasse bis zwei Uhr morgens mit Cocktails. Sie wetteiferten an Nettigkeit und erzählten mir eine Menge Geschichten. Ich war hochentzückt. Meine Schwester hatte sich getäuscht: ich fand Sartre noch amüsanter als Herbaud; gleichwohl kamen wir alle drei überein, daß dieser auch weiter die erste Stelle unter meinen

Freunden einnehmen würde, und auf der Straße ergriff er ostentativ meinen Arm. Niemals hatte er mir so offen seine Zuneigung gezeigt wie in den nun folgenden Tagen. «Ich habe Sie wirklich schrecklich gern, Biber», sagte er zu mir. Als ich mit Sartre bei Nizans zu Abend essen sollte und er selbst nicht frei war, beschwor er mich mit zärtlicher Autorität: «Sie werden doch auch heute abend an mich denken?» Ich reagierte auf die geringsten Modulationen seines Tonfalls, sogar auf ein Brauenrunzeln. Eines Nachmittags, als ich mit ihm in der Eingangshalle der Bibliothèque Nationale plauderte, sprach Pradelle uns an; ich begrüßte ihn wohlgelaunt. Herbaud verabschiedete sich wütend und ließ mich stehen. Während des ganzen verbleibenden Tages verzehrte ich mich in Verdruß. Am Abend traf ich ihn wieder, er war sehr zufrieden mit seinem Erfolg. «Armer Biber! Bin ich sehr schlimm gewesen?» sagte er heiter zu mir. Ich führte ihn ins ‹Stryx›, das er «bezaubernd zirkushaft» fand, und erzählte ihm von meinen früheren Streichen. «Sie sind ein Phänomen», gestand er mir lachend zu. Dann sprach er von sich selbst, seiner Kindheit auf dem Lande, seinen Anfängen in Paris, seiner Ehe. Niemals hatten wir uns so intim unterhalten. Aber wir waren im stillen besorgt, denn am folgenden Tage wurden die Ergebnisse der schriftlichen Prüfung bekanntgegeben. Wenn Herbaud hängengeblieben war, würde er sofort nach Bagnoles-de-l'Orne abreisen. Im nächsten Jahre würde er auf alle Fälle einen Posten in der Provinz oder im Ausland annehmen. Er versprach mir, mich im Laufe des Sommers im Limousin zu besuchen. Dennoch ging etwas zu Ende.

Am folgenden Morgen begab ich mich klopfenden Herzens zur Sorbonne; an der Tür traf ich Sartre: ich war zur weiteren Prüfung zugelassen, ebenso Nizan und er. Herbaud hatte versagt. Er verließ noch am gleichen Abend Paris, ohne daß ich ihn wiedergesehen hatte. ‹Sag dem Biber, ich wünsche ihm viel Glück›, schrieb er an Sartre in dem Rohrpostbrief, in dem er seine Abreise ankündigte. Eine Woche darauf erschien er noch einmal, doch nur für einen Tag. Er führte mich ins ‹Balzar›. «Was trinken Sie?» fragte er; dann setzte er hinzu: «Zu meiner Zeit war es Limonade.» – «Es ist noch immer Ihre Zeit», antwortete ich. Er lächelte. «Das wollte ich nur hören.» Aber wir beide wußten, daß ich gelogen hatte.

«Von jetzt an werde ich mich um Sie kümmern», erklärte mir Sartre, nachdem er mir meinen Erfolg verkündet hatte. Er hatte viel Sinn für Freundschaften mit Frauen. Als ich ihn in der Sorbonne zum erstenmal sah, hatte er einen Hut auf und plauderte angeregt mit einer langen Latte von Lehramtsbeflissener, die ich sehr häßlich fand; sie hatte es bald fertiggebracht, sein Mißfallen zu erregen; darauf hatte er sich mit einer anderen, hübscheren, angefreundet, aber es war auch mit ihr sehr rasch wieder auseinandergegangen, weil sie ihm Ungelegenheiten bereitete. Als Herbaud ihm von mir erzählt hatte, wollte er auf der Stelle meine Bekanntschaft machen, und jetzt war er sehr zufrieden, daß er mich mit Beschlag belegen konnte; mir selbst aber kam es nun so vor, als sei jede Stunde, die ich nicht mit ihm verbrachte, verlorene Zeit. Während der vierzehn Tage, die von den mündlichen Prüfungen für den ‹Concours› eingenommen wurden, verließen wir einander nur gerade, um zu schlafen. Wir gingen in die Sorbonne, um unsere Prüfungen abzulegen und denen unserer Studienkameraden beizuwohnen. Wir gingen mit dem Ehepaar Nizan aus. Im ‹Balzar› tranken wir hier und da etwas mit Aron, der seine Militärzeit im Wetterdienst absolvierte, und mit Politzer, der jetzt eingeschriebenes Mitglied der Kommunistischen Partei war. Am häufigsten aber gingen wir beide allein spazieren. An den Seinequais kaufte Sartre mir Pardaillan- und

Fantomashefte, die er der Korrespondenz zwischen Rivière und Alain-Fournier bei weitem vorzog; am Abend ging er mit mir in Cowboyfilme, für die ich mich als Neuling begeisterte, denn bislang war ich besonders mit dem abstrakten und dem Kunstfilm vertraut. Vor Cafés sitzend oder beim Cocktail im ‹Falstaff› unterhielten wir uns viele Stunden hindurch.

«Er hört nie auf zu denken», hatte Herbaud zu mir gesagt. Das bedeutete aber nicht etwa, daß er nun bei jeder Gelegenheit Formeln und Theorien von sich gab: er hatte einen Horror vor jeder Schulmeisterei. Doch sein Geist war immer wach. Er kannte keine Erschlaffung, Schläfrigkeit, Gedankenflucht, Abschweifung, Ermattung, aber auch keine Vorsicht und keinen Respekt. Er interessierte sich für alles und nahm niemals etwas als selbstverständlich hin. Wenn er einem Objekt gegenüberstand, so schob er es nicht um eines Mythos, eines Wortes, eines Eindrucks, einer vorgefaßten Idee willen beiseite, sondern schaute es an und ließ es nicht wieder fallen, bevor er nicht sein Wie und Wohin und jeden ihm möglicherweise innewohnenden Sinn verstanden hatte. Er fragte sich nicht, was man denken müßte oder was zu denken pikant oder interessant sein könnte, sondern nur danach, was er wirklich dachte. Daher enttäuschte er auch die Ästheten, die nach erprobten Formen der Eleganz verlangten. Nachdem Riesmann, der sich stark von Baruzis Wortgefechten blenden ließ, ihn zwei- oder dreimal einen Vortrag hatte halten hören, erklärte er traurig: «Genie hat er nicht!» Im Verlaufe eines Vortrags über ‹Klassifikation› hatte in diesem Jahre einmal seine in alle Einzelheiten gehende Gewissenhaftigkeit unsere Geduld auf eine schwere Probe gestellt: schließlich aber war es ihm doch gelungen, uns zu fesseln. Er interessierte immer die Leute, die vor etwas Neuem nicht zurückschreckten, denn, ohne es auf Originalität abzusehen, geriet er nie in irgendeinen Konformismus hinein. Seine hartnäckige, naive Aufmerksamkeit griff alle Dinge mit all ihrer Unmittelbarkeit und Fülle auf. Wie eng war meine kleine Welt neben diesem wimmelnden Universum! Einzig gewisse Geisteskranke, die in einem Rosenkelch eine Wirrnis düsterer Intrigen zu sehen meinten, zwangen mich zu gleicher Bescheidenheit.

Wir sprachen von unendlich vielen Dingen, vor allem aber über ein Thema, das mich mehr als jedes andere interessierte, nämlich über mich. Wenn andere Leute mein Wesen zu deuten behaupteten, so taten sie es, indem sie mich als einen Annex ihrer eigenen Welt betrachteten, was mich verdroß; Sartre hingegen versuchte meinen Platz in meinem eigenen System zu respektieren, er begriff mich im Lichte meiner Werte und Projekte. Er hörte mir ohne Begeisterung zu, als ich ihm von Jacques erzählte; für eine Frau, die so wie ich erzogen worden war, mochte es schwierig sein, um die Ehe herumzukommen: aber er selbst hielt nicht viel davon. Auf alle Fälle sollte ich mir das bewahren, was das Schätzenswerteste an mir sei: meinen Hang zur Freiheit, meine Liebe zum Leben, meine Neugier, meinen Willen zu schreiben. Nicht nur ermutigte er mich bei diesem Unterfangen, er wollte mir sogar dabei behilflich sein. Da er zwei Jahre älter war als ich – und zwar zwei Jahre, die er wohl ausgenutzt hatte – und sehr viel früher einen viel günstigeren Start gehabt hatte, wußte er über alle Dinge besser Bescheid. Die wahre Überlegenheit aber, die er sich selber zuerkannte und die auch mir in die Augen sprang, war die ruhevolle, besessene Leidenschaft, die ihn zu seinen künftigen Büchern drängte. Früher einmal hatte ich die Kinder verachtet, die weniger als ich auf Krocketspielen oder aufs Lernen brannten; nun aber begegnete ich jemandem, in dessen Augen mein frenetischer Eifer noch immer ein schüchternes Streben war. Und wirklich, wenn ich mich mit ihm vergleiche, wie lau erscheint mir dann mein fieberndes

Bemühen! Ich hatte mich für etwas Außergewöhnliches gehalten, weil ich mir mein Leben nicht ohne Schreiben vorstellen konnte: er lebte nur, um zu schreiben.

Er hatte gewiß nicht vor, das Leben eines in sein Studierzimmer eingeschlossenen Menschen zu führen; er verabscheute Routine und Hierarchie, Karriere, Haus und Heim, Rechte und Pflichten, den ganzen sogenannten Ernst des Lebens. Er fand sich nur schlecht mit der Vorstellung ab, einen Beruf, Kollegen, Vorgesetzte zu haben, Regeln beobachten und anderen auferlegen zu müssen; niemals würde er ein Familienvater, ja auch nur ein Ehemann werden. Im Sinne der Romantik jener Epoche und seiner dreiundzwanzig Jahre träumte er von großen Reisen: in Konstantinopel würde er mit Hafenarbeitern fraternisieren; in den verrufenen Vierteln sich mit Zuhältern betrinken; er würde den ganzen Erdkreis durchwandern, und weder die Parias Indiens noch die Popen vom Atlasgebirge noch die Neufundlandfischer sollten Geheimnisse vor ihm haben. Er würde nirgends Wurzel schlagen, sich mit keinem Besitz belasten; nicht, um sich zwecklos verfügbar zu erhalten, sondern, um von allem Zeugnis ablegen zu können. Alle seine Erfahrungen sollten seinem Werk zugute kommen, kategorisch würde er alle Erlebnisse von sich abweisen, die ihn vermindern könnten. Darüber unterhielten wir uns immer wieder. In der Theorie wenigstens bewunderte ich grandiose Ausschweifungen, gefährlich gelebtes Leben, die Verlorenen, Alkoholexzesse, Rauschgifte, Leidenschaft. Sartre stand auf dem Standpunkt, wenn man etwas zu sagen hätte, sei jede Verschwendung kriminell. Das Kunstwerk, das literarische Werk war in seinen Augen ein absoluter Zweck; es trug seinen Daseinsgrund, den seines Schöpfers und vielleicht sogar – er sagte es nicht, aber ich vermute, er war davon überzeugt – den des ganzen Universums in sich. Metaphysische Probleme riefen bei ihm nur ein Achselzucken hervor. Er interessierte sich für politische und soziale Fragen, er hatte Sympathie für Nizans Standpunkt; sein eigenes Anliegen aber war nur das Schreiben, alles übrige stand dahinter zurück. Im übrigen war er weit mehr Anarchist als Revolutionär; er fand die Gesellschaft, so wie sie war, verabscheuenswert, aber er verabscheute das Verabscheuen nicht; das, was er seine ‹Oppositionsästhetik› nannte, vertrug sich sehr wohl mit dem Vorhandensein von Dummköpfen und von Schelmen, ja postulierte es sogar: wenn es nichts niederzureißen, zu bekämpfen gäbe, wäre, so meinte er, mit der Literatur nicht viel los.

Von einigen Nuancen abgesehen, stellte ich eine enge Verwandtschaft zwischen seiner Haltung und der meinigen fest. Sein Ehrgeiz war nicht weltlicher Art. Er bemängelte meinen spiritualistischen Wortschatz, aber auch er suchte in der Literatur ein Heil; die Bücher trugen in diese jämmerlich bedingte Welt eine Notwendigkeit hinein, die auch auf ihren Verfasser zurückstrahlte; gewisse Dinge mußten durch ihn gesagt werden, und damit war er um und um gerechtfertigt. Er war jung genug, um bei den Klängen des Saxophons nach drei Martinis sich mit einer gewissen Weichheit über sein Geschick auszulassen; aber, wenn es nötig gewesen wäre, hätte er eingewilligt, anonym zu bleiben; Hauptsache war der Triumph seiner Ideen, nicht sein persönlicher Erfolg. Er sagte sich niemals – wie ich es zuweilen getan hatte –, daß er ‹jemand›, daß er ‹wertvoll› sei; aber er war der Meinung, daß wichtige Wahrheiten – vielleicht ging er sogar so weit zu denken: die Wahrheit überhaupt – sich ihm enthüllt hätten und daß es seine Aufgabe sei, sie der Welt aufzuzwingen. In Tagebüchern, die er mir zeigte, in Gesprächen und sogar in seinen Arbeiten im Rahmen des Studiums vertrat er beharrlich eine Gesamtheit von Ideen, deren Originalität und Folgerichtigkeit seine Freunde in Erstaunen setzte. Aus Anlaß einer Umfrage bei den Studenten von heute, die die *Nouvelles littéraires* veranstalteten, hatte er sie systematisch dargelegt. ‹Wir haben von J.-P. Sartre einige hervorragende Seiten erhalten›, schrieb Roland Alix als Einleitung zu dieser seiner Antwort, von der er lange Auszüge abdruckte; tatsächlich zeichnete sich darin eine Philosophie ab, die kaum noch eine Beziehung zu der hatte, die uns in der Sorbonne gelehrt wurde:

‹Es ist eine Paradoxie des Geistes, daß der Mensch, dessen Anliegen es ist, das Notwendige zu schaffen, sich selbst nicht bis zum Niveau des Seins erheben kann, ähnlich darin jenen Wahrsagern, die den anderen die Zukunft prophezeien, nicht jedoch sich selbst. Deshalb sehe ich auf dem Grunde des menschlichen Wesens wie auf dem Grunde der Natur Öde und Traurigkeit. Nicht, daß der Mensch sich nicht selbst als ein *Sein* denkt. Er setzt im Gegenteil sein ganzes Bemühen daran. Daher das Gute, das Böse, Vorstellungen davon, wie der Mensch auf den Menschen einwirkt. Alles eitle Ideen. Eitel auch der Determinismus, der auf kuriose Art die Synthese zwischen Existenz und Sein herzustellen versucht. Wir sind so frei, wie man nur will, aber machtlos ... Im übrigen sind Wille zur Macht, Handeln, Leben nur eitle Ideologien. Es gibt nirgends einen Willen zur Macht. Alles dafür ist zu schwach: alle Dinge streben zum Tode hin. Das Abenteuer zumal ist eine falsche Lockung, ich meine den Glauben an notwendige, trotz allem existente Verknüpfungen. Der Abenteurer ist ein inkonsequenter Determinist, der sich als frei betrachtet.› Einen Vergleich seiner Generation mit der vorhergehenden schloß Sartre mit den Worten: ‹Wir sind unglücklicher, aber sympathischer.›

Über diesen letzten Satz hatte ich lachen müssen; aber wenn ich mit Sartre sprach, ahnte ich etwas von dem Reichtum dessen, was er seine ‹Theorie der Bedingtheit› nannte und worin im Keime bereits seine Ideen über Sein, Existenz, Notwendigkeit und Freiheit enthalten waren. Ich hatte jetzt den augenscheinlichen Beweis dafür, daß er eines Tages ein philosophisches Werk von Gewicht schreiben würde. Nur vereinfachte er sich die Aufgabe nicht, denn er hatte nicht die Absicht, nach traditionellen Regeln eine theoretische Abhandlung zu verfassen. Er liebte Stendhal ebensosehr wie Spinoza und weigerte sich, die Philosophie von der Literatur zu trennen. In seinen Augen war Bedingtheit kein abstrakter Begriff, sondern eine wirkliche Dimension der Welt: man mußte alle Hilfsmittel der Kunst aktivieren, um dem Herzen jene geheime ‹Schwäche› spürbar zu machen, die er an Menschen und Dingen bemerkte. Der Versuch war in jener Zeit etwas sehr Ungewöhnliches; es war ganz unmöglich, sich dafür an irgendeiner Mode, irgendeinem Modell zu inspirieren: so sehr Sartres Denken mich durch seine Reife überrascht hatte, so sehr bestürzte mich die linkische Art, auf die er es auszudrücken versuchte; um es in seiner ganz besonderen Wahrheit darzustellen, nahm er seine Zuflucht zum Mythos. *‹Er l'Arménien›* machte Anleihen bei Göttern und Titanen: in diesem veralteten Gewand verloren seine Theorien ihre Durchschlagskraft. Er war sich über diesen Mißgriff klar, machte sich aber nichts daraus; auf alle Fälle hätte kein Erfolg ausgereicht, um sein ungemessenes Vertrauen auf die Zukunft zu begründen. Er wußte, was er tun wollte, und hatte das Leben vor sich: er würde es schließlich vollbringen. Ich zweifelte nicht einen Augenblick daran: seine Gesundheit, seine gute Laune galten mir mehr als jeder Beweis. Ganz offenbar verbarg sich hinter seiner Gewißheit ein Entschluß, der so unbedingt war, daß er eines Tages auf irgendeine Art Früchte tragen mußte.

Zum erstenmal in meinem Leben fühlte ich mich geistig von einem anderen beherrscht. Garric und Nodier, die viel älter waren als ich, hatten mir imponiert, aber doch nur von ferne, in unbestimmter Weise, ohne daß ich mich mit ihnen konfrontierte. Mit Sartre aber maß ich mich täglich und ganze Tage hindurch, und in unseren Diskussionen hielt ich ihm nicht die Waage. Im Luxembourggarten setzte ich ihm eines Tages in der Nähe des Medicibrunnens jene pluralistische Moral auseinander, die ich mir zurechtgelegt hatte, um die Leute, die ich liebte, denen ich aber dennoch nicht hätte gleichen mögen, vor mir zu rechtfertigen; er zerpflückte sie mir ganz und gar. Ich legte auf sie Wert, weil sie mir das Recht gab, mein Herz darüber entscheiden zu lassen, was Gut und Böse sei; drei Stunden lang kämpfte ich um sie. Dann mußte ich zugeben, daß ich geschlagen war: im übrigen hatte ich im Laufe der Debatte bemerkt, daß viele meiner Meinungen nur auf Vorurteilen, auf Unaufrichtigkeit oder Oberflächlichkeit beruhten, daß meine Beweisführungen hinkten und meine Ideen verworren waren. ‹Ich bin dessen, was ich denke, nicht mehr sicher, ja, nicht einmal mehr sicher, überhaupt zu denken›, schrieb ich völlig entwaffnet in mein Heft. Ich brachte meine Eigenliebe dabei nicht ins Spiel, da ich viel eher neugierig als rechthaberisch veranlagt war und lieber lernte als glänzte. Doch immerhin war es nach so vielen Jahren anmaßlicher Einsamkeit eine ernste Erfahrung für mich, zu entdecken, daß ich nicht die Einzige und nicht die Erste war, sondern eine unter anderen, die plötzlich ihren wahren Fähigkeiten unsicher gegenüberstand. Denn Sartre war nicht der einzige, der mich zur Bescheidenheit zwang: Nizan, Aron, Politzer hatten vor mir einen beträchtlichen Vorsprung. Ich hatte mich auf den ‹Concours› in aller Eile vorbereitet: ihre geistige Kultur war weit solider unterbaut als die meine, sie waren auf dem laufenden über eine Menge neuer Dinge, von denen ich nichts wußte, sie waren das Diskutieren gewöhnt; vor allem fehlte es mir an Methode und Überblick; das geistige Universum war für mich ein wirrer Haufen, in dem ich mich zurechtzufinden versuchte; ihr eigenes forschendes Bemühen war, wenigstens in großen Zügen, nach einer bestimmten Richtung hin orientiert. Schon wurden zwischen ihnen bedeutsame Abweichungen offenbar: Aron wurde sein Entgegenkommen dem Idealismus eines Brunschvicg gegenüber zum Vorwurf gemacht; alle aber hatten weit radikaler als ich die Folgerungen aus der Nichtexistenz Gottes gezogen und die Philosophie aus dem Himmel auf die Erde zurückgeführt. Was mir gleichfalls imponierte, war, daß sie eine ziemlich genaue Vorstellung von den Büchern hatten, die sie schreiben wollten. Ich hatte mir bis zum Überdruß wiederholt, ich wolle ‹alles sagen›, was teils zuviel, teils zuwenig war. Voller Unruhe entdeckte ich, daß der Roman tausend Probleme stellt, von denen ich nichts geahnt hatte.

Ich verlor den Mut indessen nicht; die Zukunft kam mir plötzlich zwar schwieriger vor, als ich sie mir vorgestellt hatte, aber auch wirklicher und sicherer; anstelle formloser Möglichkeiten sah ich vor mir ein deutlich abgestecktes Feld mit seinen Problemen, Aufgaben, Materialien, Instrumenten und Widerständen. Ich ging mit meinen Fragen noch weiter: Was tun? Alles war noch zu tun, alles, was ich vormals hatte tun wollen: den Irrtum bekämpfen, die Wahrheit finden und künden, die Welt aufklären, vielleicht ihr sogar zu einer Wandlung verhelfen. Ich würde Zeit brauchen und Anstrengungen machen müssen, um auch nur zum Teil die Versprechungen zu halten, die ich mir selbst gegeben hatte: doch das erschreckte mich nicht. Nichts war freilich gewonnen, aber alles blieb möglich.

Zudem aber war mir eine große Chance zuteil geworden; im Angesicht dieser Zukunft war ich auf einmal nicht mehr allein. Bis dahin waren die Männer, auf die ich Wert gelegt hatte – Jacques und in geringerem Maße auch Herbaud –, von anderer Art gewesen als ich: unbefangen, flüchtig, ein wenig planlos, von einer verhängnisvollen Grazie gewissermaßen gezeichnet; es war unmöglich gewesen, ohne Vorbehalt mit ihnen zu verkehren. Sartre entsprach genau dem, was ich mir mit fünfzehn Jahren gewünscht und verheißen hatte: er war der Doppelgänger, in dem ich in einer Art von Verklärung alles wiederfand, wovon ich auch selber besessen war. Mit ihm würde ich immer alles teilen können. Als ich mich Anfang August von ihm trennte, wußte ich, daß er aus meinem Leben nie mehr verschwinden würde.

Bevor dieses aber eine endgültige Form annahm, mußte ich zunächst meine Beziehungen zu Jacques klarstellen.

Was würde ich verspüren, wenn ich mich unmittelbar mit meiner Vergangenheit konfrontiert sah? So fragte ich mich ängstlich, als ich Mitte September, von Meyrignac zurückkommend, an der Tür des Hauses Laiguillon schellte. Jacques kam aus den Büros im Erdgeschoß, drückte mir die Hand, lächelte mich an und führte mich in die Wohnung hinauf. Auf dem roten Sofa sitzend, hörte ich ihm zu, während er von seinem Militärdienst in Afrika, der Langeweile dort sprach; ich war ganz froh, doch keineswegs bewegt. «Wie leicht wir uns wieder zusammenfinden!» sagte ich zu ihm. Er fuhr sich mit der Hand durchs Haar. «Das gehört sich doch auch so!» Das Halbdunkel der Galerie, seine Gebärden, seine Stimme, alles erkannte ich wieder – vielleicht sogar allzugut. Am Abend schrieb ich in mein Tagebuch: ‹Ich werde ihn niemals heiraten. Ich liebe ihn nicht mehr.› Alles in allem überraschte diese brutale Liquidation mich nicht: ‹Es ist allzu klar, daß in den Momenten, in denen ich ihn am meisten liebte, immer ein tiefgreifendes Mißverhältnis zwischen uns bestand, das ich nur durch Verzicht auf mich selbst überwinden konnte, oder aber ich lehnte mich gegen die Liebe auf.› Ich hatte mich selbst belogen, als ich mir einredete, ich warte noch diese Begegnung ab, um mich über meine Zukunft zu entscheiden: seit Wochen bereits waren die Würfel gefallen.

Paris war noch leer, und ich sah Jacques häufig wieder. Er

erzählte mir seine Geschichte mit Magda auf eine gewisse romantische Art. Ich meinerseits sprach zu ihm von meinen neuen Freundschaften, die er nicht sonderlich zu schätzen schien. War er ihretwegen verstimmt? Was war ich im Grunde für ihn? Was erwartete er von mir? Ich vermochte es um so weniger zu erraten, als fast immer, ob bei ihm zu Hause oder im ‹Stryx›, Dritte mit uns waren; wir gingen mit Riquet, mit Olga aus. Ich quälte mich bis zu einem gewissen Grade mit meinen Gedanken herum. Aus der Entfernung hatte ich Jacques mit meiner Liebe überschüttet, wenn er sie aber jetzt von mir fordern sollte, waren meine Hände leer. Er verlangte jedoch nichts von mir, sondern sprach nur manchmal von seiner Zukunft in einem auf unbestimmte Weise fatalistischen Ton.

Ich lud ihn eines Abends zum Zwecke der Einweihung meiner neuen Wohnung mit Riquet, Olga und meiner Schwester zu mir ein. Mein Vater hatte meinen Umzug finanziert, mein Zimmer gefiel mir sehr. Meine Schwester half mir, auf einem Tisch Kognak- und Wermutflaschen, Gläser, Teller und kleines Gebäck aufzustellen. Olga erschien etwas verspätet und allein, was uns sehr enttäuschte. Dennoch belebte sich nach zwei oder drei Gläsern das Gespräch; wir fragten uns nach Jacques, vor allem danach, was aus ihm werden würde. «Das wird ganz auf seine Frau ankommen», antwortete Olga. Sie seufzte. «Ich glaube leider nicht, daß sie die Richtige für ihn ist.» – «Wer denn?» fragte ich. «Odile Riaucourt. Wußten Sie denn nicht, daß er Luciens Schwester heiratet?» – «Nein», entgegnete ich verblüfft. Bereitwillig teilte sie uns alle Einzelheiten mit. Nach seiner Rückkehr aus Algerien hatte Jacques drei Wochen auf dem Landsitz der Riaucourts verbracht; die Kleine hatte sich in ihn verliebt und ihren Eltern sehr bestimmt erklärt, daß sie ihn heiraten wolle. Lucien fühlte bei Jacques etwas vor, und siehe da, er willigte ein. Er kannte sie kaum, und abgesehen von einer beträchtlichen Mitgift hatte sie nach Olgas Ansicht weiter keine Meriten. Ich begriff jetzt, weshalb ich Jacques niemals unter vier Augen sah; er wagte weder zu schweigen noch offen mit mir zu sprechen, und wenn er mich heute abend versetzte, so zu dem Zweck, daß Olga mir die Augen öffnete. So gut ich konnte, spielte ich die Gleichgültige. Kaum aber waren wir allein, gaben wir beide, meine Schwester und ich, unserer Verblüffung freimütig Ausdruck. Langsam wanderten wir in Paris umher, tief betrübt, den Helden unserer Jugend in einen berechnenden Bourgeois verwandelt zu sehen.

Als ich das nächste Mal zu Jacques kam, sprach er zu mir mit einiger Verlegenheit von seiner Verlobten und mit großer Wichtigkeit von seinen neuen Verantwortungen. Eines Abends bekam ich von ihm einen mysteriösen Brief: er sei es gewesen, sagte er darin, der mir den Weg gewiesen habe, jetzt aber bleibe er hinter mir zurück, kämpfe gegen den Wind an und könne mir nicht folgen: ‹Denke auch daran, daß der Wind, wenn er zur Müdigkeit hinzukommt, einen schließlich zum Weinen zwingt.› Ich war zwar bewegt, antwortete aber nicht; es gab keine mögliche Antwort darauf. So oder so war diese Geschichte zu Ende.

Welche Bedeutung mochte sie wohl für Jacques gehabt haben? Und er, wer war er im Grunde? Ich täuschte mich, wenn ich glaubte, seine Heirat entdecke mir sein wahres Wesen und nach einer Romantikperiode werde er nur der ruhige Bürger werden, der bereits irgendwo in ihm steckte. Ich sah ihn manchmal mit seiner Frau: ihre Beziehungen zueinander waren sauersüß. Wir brachen unseren Verkehr ab, aber auch künftighin traf ich ihn ziemlich oft in den Bars von Montparnasse, wo er einsam, mit aufgeschwemmtem Gesicht und tränenden Augen, sichtlich unter dem Einfluß von Alkohol, umhersaß. Er setzte fünf oder sechs Kinder in die Welt und stürzte sich in eine gefahrvolle Spekulation: er schaffte sein ganzes Material zu einem Kollegen und ließ die alte Fabrik Laiguillon niederreißen, um sie durch ein großes Mietshaus zu ersetzen: unglücklicherweise gelang es ihm nicht, nach Abbruch des Hauses das nötige Kapital für den Neubau aufzubringen; er überwarf sich mit dem Vater seiner Frau und seiner eigenen Mutter, die alle beide abgelehnt hatten, das Risiko dieses Unternehmens zu teilen; er selbst verlor dabei den letzten Heller und mußte sein Material zunächst verpfänden, dann verkaufen. Ein paar Monate lang arbeitete er in dem Unternehmen seines Kollegen, wurde jedoch bald entlassen.

Selbst wenn er vorsichtig vorgegangen wäre und seine Idee erfolgreich hätte durchführen können, würde man sich gefragt haben, weshalb Jacques die Firma liquidieren wollte; es ist sicherlich nicht ohne Bedeutung, daß dort nicht Eisenwaren, sondern Buntglasfenster fabriziert wurden. Während der Jahre, die der Ausstellung von 1925 folgten, nahm das Kunstgewerbe einen gewaltigen Aufschwung; Jacques begeisterte sich für die moderne Ästhetik und meinte, Kirchenfenster böten hier enorme Möglichkeiten; theoretisch hatte er recht, aber in der Praxis mußte man davon sehr viel abstreichen. In der Herstellung von Möbeln, Glaswaren, Geweben, Tapeten konnte und mußte man sogar erfinden, denn das bürgerliche Publikum war auf Neuheit erpicht; Jacques aber hatte kleine Landpfarrer mit rückständigem Geschmack zufriedenzustellen; er konnte sich nur entweder ruinieren oder aber in seinen Werkstätten die traditionelle Häßlichkeit der Laiguillonfenster auch weiterhin kultivieren; die Häßlichkeit widerte ihn an. Er wollte sich deshalb lieber mit Geschäften abgeben, die nichts mit Kunst zu tun hatten.

Ohne Geld, ohne Arbeit lebte Jacques eine Zeitlang von Gnaden seiner Frau, die von dem Vater Riaucourt ein ständiges Monatsgeld erhielt; zwischen den beiden Ehegatten aber wurde das Verhältnis zusehends immer schlechter: mit seiner Veranlagung zum Nichtstuer, Verschwender, Schürzenjäger, Trunkenbold und Lügner – und wer weiß, was sonst noch – war Jacques ganz zweifellos ein sehr schlechter Ehemann. Odile setzte schließlich eine gerichtliche Trennung durch und wies ihn aus dem Hause. Zwanzig Jahre lang hatte ich ihn nicht gesehen, als ich ihm durch Zufall am Boulevard Saint-Germain begegnete. Mit seinen fünfundvierzig Jahren sah er älter als sechzig aus. Seine Haare waren vollkommen weiß, seine Augen blutunterlaufen, der Mißbrauch von Alkohol hatte ihn beinahe blind gemacht; er hatte keinen Blick, kein Lächeln mehr und so wenig Fleisch an sich, daß sein auf die bloße Knochenbildung reduziertes Gesicht Zug für Zug dem des Großvaters Flandin glich. Er verdiente 25 000 Francs im Monat durch Schreibarbeiten in einer Zollstation an der Seine: laut den Papieren, die er mir zeigte, war er einem Feldhüter gleichgestellt. Er war gekleidet wie ein Clochard, schlief in Absteigehotels, ernährte sich kaum und trank, soviel er bekommen konnte. Kurze Zeit darauf verlor er seine Stelle und stand nun absolut mittellos da. Seine Mutter, sein Bruder warfen ihm, wenn er sie um das Nötigste bat, Würdelosigkeit vor; nur seine Schwester und seine Freunde unterstützten ihn noch. Aber es war nicht leicht, ihm zu helfen; er selbst rührte keinen Finger, um seinerseits etwas für sich zu tun, und war bis auf die Knochen abgemagert. Er starb mit sechsundvierzig Jahren an völliger Entkräftung.

«Ach! Warum habe ich dich nicht geheiratet!» sagte er zu mir am Tage unserer Zufallsbegegnung, während er mir überschwenglich die Hände drückte. «Wie schade! Meine Mutter hat mir unaufhörlich vorgehalten, auf Ehen zwischen Vetter und Kusine ruhe nun einmal kein Segen!» Er hatte also doch an eine Heirat mit mir gedacht: wann hatte er wohl seine Meinung geändert? Und weshalb eigentlich?

Und weshalb hatte er sich, anstatt auch weiterhin als Junggeselle zu leben, in eine so übertrieben von der Vernunft diktierte Ehe gestürzt? Ich sollte es nie erfahren, vielleicht wußte er es selbst nicht mehr, nachdem sein Hirn so stark vernebelt war; ich machte sogar nicht einmal mehr den Versuch, ihn nach der Geschichte seines Niedergangs zu befragen, denn er selbst war sehr darum bemüht, ihn mich vergessen zu machen; an Tagen, an denen er ein reines Hemd trug und sich satt gegessen hatte, rief er mir gern die glorreiche Vergangenheit der Familie Laiguillon in die Erinnerung zurück und sprach wie ein gesetzter Bourgeois; manchmal sagte ich mir, daß dann, wenn er erfolgreich gewesen wäre, auch nicht mehr an ihm gewesen sein würde als an irgendeinem anderen, aber diese Strenge war eigentlich nicht am Platz: es war kein Zufall, daß er auf eine so eindrucksvolle Weise gescheitert war. Er hatte sich nicht mit einem normalen Bankrott begnügt; man konnte ihm vieles zum Vorwurf machen, aber kleinlich war er nie; er war so tief hinabgesunken, daß er offenbar von jenem ‹Zerstörungswahn› besessen sein mußte, den ich in seiner Jugend an ihm zu bemerken glaubte. Eine Heirat ging er offenbar ein, um Verantwortungen als Ballast aufzunehmen; er glaubte, wenn er seine Vergnügungen und Freiheiten opferte, werde er in sich einen neuen Menschen herausbilden, der eine solide Überzeugung von seinen Pflichten und Rechten in sich trüge und für Büro und Heim geeignet wäre. Doch Voluntarismus macht sich niemals bezahlt: er blieb der gleiche, ebenso unfähig, in die Haut eines soliden Bürgers zu schlüpfen wie aus ihr herauszuschlüpfen. In den Bars suchte er seiner Persönlichkeit als Gatte und Familienvater zu entrinnen; zugleich aber war er bemüht gewesen, auf der Leiter der bürgerlichen Werte eine höhere Stufe zu erklimmen, doch nicht durch geduldige Arbeit, sondern mit einem Sprung, den er in so unvorsichtiger Weise wagte, daß es fast sein geheimer Wunsch gewesen zu sein scheint, sich dabei die Knochen zu zerbrechen. Ohne allen Zweifel ist dieses Schicksal im Herzen des verlassenen, verschüchterten kleinen Jungen, der mit sieben Jahren in Glanz und Staub der Manufaktur Laiguillon umherirrte, vorgezeichnet gewesen, und wenn er uns in seiner Jugend so oft dazu ermahnte, ‹zu leben wie alle Welt›, so tat er es deshalb, weil er insgeheim zweifelte, daß es ihm selbst jemals möglich sein werde.

Während meine Zukunft sich entschied, kämpfte Zaza ihrerseits um ihr Glück. Ihr erster Brief strahlte noch Hoffnung aus. Der folgende war weniger optimistisch. Nachdem sie mich zu meinem Erfolg bei der ‹Agrégation› beglückwünscht hatte, schrieb sie mir: ‹Es fällt mir in diesem Augenblick ganz besonders schwer, fern von Ihnen zu sein. Ich hätte so sehr nötig, mit Ihnen in kleinen Dosen, ohne daß immer etwas sehr Bestimmtes oder sorgfältig Überlegtes dabei herauskäme, von dem zu sprechen, was seit drei Wochen meine Existenz ausmacht. Neben einigen Momenten der Freude habe ich bis zum letzten Freitag vor allem schreckliche innere Unruhe und viele Schwierigkeiten gehabt. An diesem Tage habe ich von Pradelle einen längeren Brief bekommen, in dem mehr steht, in dem diesmal mehr Worte mir erlauben, mich an unwiderlegliche Zeugnisse zu halten, um gegen einen Zweifel anzukämpfen, von dem ich mich niemals völlig befreien kann. Ich nehme verhältnismäßig mühelos ziemlich beträchtliche Schwierigkeiten auf mich: die Unmöglichkeit, über die Sache – wenigstens im Augenblick – mit Mama zu sprechen, die Aussicht, daß noch lange Zeit vergehen wird, bis meine Beziehungen zu P. sich präzisieren werden (aber das ist nicht einmal so wichtig, so ganz über alle Maßen genügt mir die Gegenwart). Das Ärgste sind die Zweifel, die wechselnden Stimmungen, die Anwandlungen völliger Leere, auf die hin ich mich manchmal frage, ob alles, was geschehen ist, nicht am Ende nur ein Traum war. Wenn dann aber die Freude in ganzer Fülle zurückkehrt, schäme ich mich wiederum, daß ich so feige war, nicht mehr daran zu glauben. Es fällt mir im übrigen schwer, den P. von jetzt mit dem von vor drei Wochen im Geiste zu identifizieren oder seine Briefe mit verhältnismäßig nicht weit zurückliegenden Begegnungen in Zusammenhang zu bringen, bei denen wir einander noch so fern, noch so rätselhaft waren; manchmal kommt es mir vor, als sei alles nur ein Spiel und müsse plötzlich in die Wirklichkeit, in die Totenstille von vor eben jenen drei Wochen zurücksinken. Wie soll ich es nur anstellen, ihn wiederzusehen, ohne daß ich am liebsten davonlaufen möchte vor diesem Burschen, dem ich so viele Dinge geschrieben habe, während ich doch kaum den Mund aufbringen würde, wenn ich ihm jetzt begegnete, so einschüchternd würde, das fühle ich, seine Gegenwart auf mich wirken. Oh! Simone, was schreibe ich Ihnen da, wie schlecht drücke ich das alles im Grunde aus. Eine einzige Sache wäre wert, daß ich sie Ihnen sage, nämlich, daß es wundervolle Augenblicke gibt, in denen alle Zweifel und Schwierigkeiten von mir abfallen wie Dinge, die von jedem Sinn entleert sind, Augenblicke, in denen ich nur die unwandelbare, tiefe Freude verspüre, die über alle Unzulänglichkeiten hinweg bestehenbleibt und mich völlig durchdringt. Dann genügt der Gedanke, daß er existiert, um mich zu Tränen zu rühren, und wenn ich denke, daß er ein wenig für mich und durch mich existiert, so versagt mir das Herz fast schmerzhaft unter dem Ansturm eines zu großen Glücks. So, Simone, steht es also mit mir. Von dem Leben, das ich führe, mag ich Ihnen heute abend nicht noch sprechen. Die große Freude, die aus meinem Inneren strahlt, gibt ganz kleinen Dingen in diesen Tagen zuweilen großen Wert. Vor allem aber bin ich müde, weil ich trotz des intensiven Lebens, das ich in meinem Inneren verberge, und einem großen Bedürfnis nach Einsamkeit gezwungen bin, auch weiter alle Ausflüge in die Umgegend, alle Tennispartien, Teeeinladungen und Zerstreuungen mitzumachen. Die Post ist das einzige wichtige Ereignis des Tages ... Ich habe Sie niemals mehr geliebt als jetzt, meine liebe Simone, und fühle mich Ihnen von ganzem Herzen nahe!›

Ich antwortete ihr mit einem langen Brief, in dem ich sie aufzurichten versuchte; in der folgenden Woche schrieb sie mir: ‹Ich fange an, friedvoll glücklich zu sein, meine liebe, liebe Simone, und wie gut tut mir das! Ich habe jetzt die Gewißheit, daß nichts mehr ihn mir fortnehmen kann, eine wunderbar süße Gewißheit, die allem Auf und Nieder meiner Gefühle, aller Auflehnung ein Ende macht. Als ich Ihren Brief erhielt ... war ich noch nicht völlig aus der Unruhe heraus. Ich besaß nicht genügend Vertrauen, um die sehr liebevollen, aber sehr leisen Briefe richtig zu lesen, die Pradelle mir schrieb, und hatte gerade einen Brief an ihn abgesandt, den er seither, ohne zu übertreiben, mit Recht als ‹etwas wild› bezeichnet hat. Der Ihre hat mich dem Leben zurückgeschenkt ... Ich bin im stillen mit Ihnen zusammengeblieben, seitdem ich Ihren Brief gelesen hatte, und habe mich gleichsam mit Ihnen in jenen anderen vertieft, den ich am Samstag von Pradelle erhielt, der meine Freude vervollständigte und sie so leicht, so jung machte, als sei sie seit drei Tagen um die Fröhlichkeit eines Kindes von acht Jahren vermehrt. Ich fürchtete schon, mein ungerechter Brief könne von neuem den Horizont verdüstert haben; er aber hat so klug darauf reagiert, daß alles im Gegenteil leicht und wunderbar geworden ist. Ich glaube, niemand kann fabelhafter als er Leute ausschelten, ihnen den Prozeß machen, sie freisprechen, ihnen mit mehr Heiterkeit und Nettigkeit klarmachen, wie einfach und schön alles ist und daß man nur daran glauben muß.›

Bald aber tauchten andere, erschreckendere Schwierigkeiten auf. Ende August bekam ich einen Brief, der mich tief betrübte. ‹Sie dürfen mir nicht böse sein wegen meines langen Schweigens … Sie wissen ja, wie das Leben in Laubardon ist. Ich mußte viele Leute besuchen und für fünf Tage nach Lourdes gehen. Wir sind von dort am Sonntag zurückgekommen, und morgen steigen Bébelle und ich wieder in den Zug, um uns zu den Brévilles ins Ariège zu begeben. Ich würde gern, wie Sie sich denken können, auf alle diese Zerstreuungen verzichten; es ist tödlich langweilig, sich amüsieren zu müssen, wenn man nicht die allergeringste Lust dazu verspürt. Ich habe ein um so größeres Verlangen nach Ruhe, als das Leben, wenn auch weiterhin wunderbar, so doch wahrscheinlich für eine Zeitlang recht schwierig zu sein verspricht. Bedenken, die schließlich meine Freude vergifteten, haben mich bewogen, mich Mama zu eröffnen, unter deren fragender, besorgter und sogar argwöhnischer Haltung ich nachgerade allzusehr litt. Nun aber ist, da ich ihr nur die halbe Wahrheit sagen konnte, das Resultat dieser Aussprache, daß ich an Pradelle nicht mehr schreiben und ihn – mindestens einstweilen, so verlangt es Mama – auch nicht wiedersehen darf. Es ist hart, es ist grausam für mich. Wenn ich daran denke, was mir diese Briefe bedeuteten, auf die ich jetzt verzichten muß, wenn ich mir dies lange Jahr vorstelle, von dem ich so viel erwartete und dem nun diese Begegnungen fehlen sollen, die so wundervoll für mich gewesen wären, verspüre ich einen würgenden Kummer, der mir den Atem benimmt, und mein Herz verkrampft sich so sehr, daß es mir wehe tut. Wir müssen vollkommen getrennt voneinander leben – wie grauenhaft! Ich ergebe mich für meine Person darein, aber für ihn leide ich um so schwerer darunter; ich selbst bin an Leiden so sehr gewöhnt, daß es mir fast das Natürliche scheint. Aber daß ich es für ihn hinnehmen soll, der es so gar nicht verdient hat, für ihn, den ich mir so vor Glück förmlich aufgeblüht vorstelle, wie ich ihn an dem Tage sah, als wir beide mit ihm auf dem See des Bois de Boulogne waren – ach! Wie bitter das alles ist! Dennoch schäme ich mich, daß ich mich beklage. Wenn einem etwas so Großes zuteil geworden ist, wie ich es unwandelbar in mir verspüre, kann man das übrige alles leicht ertragen. Das Wesentliche meiner Freude hängt nicht von äußeren Umständen ab, es könnte einzig durch eine Schwierigkeit berührt werden, die unmittelbar von ihm oder von mir ausgeht. Das aber ist nicht mehr zu fürchten, die tiefe Einigkeit zwischen uns beiden ist so vollkommen, daß er noch immer spricht, wenn er mir zuhört, und ich die Sprechende bin, wenn ich ihn reden höre; trotz der scheinbaren Trennung können wir nicht mehr wirklich auseinandergebracht werden. Meine Beschwingtheit wird denn auch aller quälender Gedanken Herr, steigt hoch empor und verbreitet sich tröstend über alle Dinge ... Gestern, nachdem ich an Pradelle den Brief geschrieben hatte, der mir so schwerfiel, bekam ich von ihm ein paar Zeilen, die überströmten von jener schönen Liebe zum Leben, die ich bislang bei ihm weniger verspürt hatte als bei Ihnen. Nur war es bei ihm nicht ganz der heidnische Cantus der geliebten «amoralischen Dame». Aus Anlaß der Verlobung seiner Schwester sagte er mir, was alles das Wort ‹Coeli enarrant gloriam Dei› an Begeisterung für die ‹schimmernde Glorie des Alls› und für ein ‹mit der Süße der irdischen Dinge versöhntes Leben› in ihm aufblühen lasse. Ach! daß ich ohne Not darauf verzichten muß, solche Zeilen wie die gestrigen zu erhalten, ist wirklich hart, Simone. Man muß wahrhaftig an den Wert des Leidens glauben und wünschen, mit Christus das Kreuz auf sich zu nehmen, um sich ohne Murren damit abzufinden; von Natur wäre ich nicht dazu imstande. Aber lassen wir das. Das Leben ist trotz allem wundervoll, ich wäre schrecklich undankbar, wenn ich nicht dennoch in diesem Augenblick von

Dankbarkeit überströmte. Gibt es viele Wesen auf der Welt, die das haben, was Sie haben und was ich habe, oder die jemals etwas kennenlernen, was dem zu vergleichen wäre? Ist es aber zuviel verlangt, daß man für dieses köstliche Gut was auch immer, das heißt alles, was unerläßlich ist, solange es nötig sein wird, erleiden muß? Lili und ihr Mann sind im Augenblick hier: ich glaube nicht, daß es seit drei Wochen zwischen ihnen einen anderen Gesprächsstoff gegeben hat als die Frage ihrer Wohnung und der Kosten, die die Einrichtung mit sich bringen wird. Sie sind sehr nett, ich werfe ihnen nichts vor. Aber welche Erleichterung bedeutet es für mich, jetzt die Gewißheit zu haben, daß es zwischen ihrem Leben und dem meinen nichts Gemeinsames geben wird, zu fühlen, daß ich, obwohl ich nichts besitze, doch tausendmal reicher bin als sie und daß ich in Gegenwart aller dieser Leute, die mir – in gewisser Hinsicht wenigstens – fremder sind als die Steine auf der Straße, nie mehr allein sein werde!›

Ich riet zu einer Lösung, die mir die einzig gebotene schien: Madame Mabille beunruhigte sich über die unklaren Beziehungen Zazas zu Pradelle. Er brauchte sie nur in aller Form um die Hand ihrer Tochter zu bitten. Als Antwort erhielt ich folgenden Brief: ‹Gestern, als ich aus dem Ariège zurückkam, wo ich zehn in jeder Hinsicht sehr erschöpfende Tage verbracht habe, fand ich Ihren Brief vor, auf den ich schon wartete. Seitdem ich ihn gelesen habe, tue ich nichts anderes als im Geiste darauf zu antworten und trotz aller Beschäftigungen, der Müdigkeit, trotz alledem, was mich von außen her umgibt, in aller Ruhe mit Ihnen zu reden. Dieses ‹Außen› ist fürchterlich. Während der zehn Tage bei den Brévilles hatte ich Bébelle mit im Zimmer und war nicht eine Minute allein. Ich war derart außerstande, immer einen Blick auf mir ruhen zu fühlen, während ich gewisse Briefe schrieb, daß ich, um es zu tun, warten mußte, bis sie einschlief, und zwischen zwei und fünf oder sechs Uhr noch wieder außer Bett war. Am Tage mußte ich große Ausflüge mitmachen und, ohne jemals geistesabwesend zu wirken, auf die liebenswürdigen Aufmerksamkeiten und Scherze der Leute antworten, zu denen wir eingeladen waren. Den letzten Seiten, die er von mir bekommen hat, war die Müdigkeit sehr stark anzumerken: ich habe seinen letzten Brief in einem solchen Zustand der Erschöpfung gelesen, daß ich, wie ich jetzt sehe, manche Stellen falsch verstanden habe. Die Antwort, die ich ihm darauf gegeben habe, hat ihm vielleicht Kummer gemacht; ich fand die Worte nicht, um ihm zu sagen, was ich sagen wollte und mußte. Alles das stimmt mich ein wenig traurig; wenn ich mir aber bis heute nicht das geringste Verdienst zuschreiben konnte, so fühle ich doch, daß ich in diesen Tagen eines erwerbe, so viel Willenskraft muß ich aufbringen, um dem Verlangen zu widerstehen, ihm alles zu schreiben, was ich denke, alle die beredten und überzeugenden Dinge, mit denen ich auf dem Grunde meines Herzens gegen die Beschuldigungen Einspruch erhebe, die er unaufhörlich gegen sich selber vorbringt, sowie gegen seine Bitten um Verzeihung, die er unvernünftigerweise an mich richtet. Ich möchte nicht über Sie, Simone, mit P. korrespondieren, das wäre Heuchelei und schlimmer in meinen Augen als ein Verstoß gegen die Beschlüsse, an denen ich nicht mehr zu rütteln habe. Aber ich muß immer wieder an die Stellen seines letzten Briefes denken, auf die ich nicht richtig geantwortet habe und die mir das Herz bedrücken. ‹Sie waren sicher von manchen meiner Briefe enttäuscht.› ‹Die Aufrichtigkeit, mit der ich zu Ihnen spreche, wird Sie ermüdet und traurig gestimmt haben›, und andere noch, die mich furchtbar aufgeregt haben. Sie, Simone, die Sie wissen, wieviel Freude ich P. verdanke und daß jedes Wort, das er mir gesagt oder geschrieben hat, nur immer – weit davon entfernt, mich zu enttäuschen – die Bewunderung und Liebe, die ich für ihn hege, verstärkt und befestigt hat, Sie, die Sie sehen, was ich vorher war und was ich jetzt bin, was mir fehlte und was er mir in so bewundernswerter Fülle gegeben hat, oh, versuchen Sie, ihm ein wenig begreiflich zu machen, daß ich ihm alle Schönheit verdanke, von der mein Leben in diesem Augenblick überquillt, daß nichts in ihm ist, was nicht für mich kostbar wäre, und daß es Wahnsinn von seiner Seite ist, sich wegen irgend etwas, was er sagt, oder wegen der Briefe, deren Schönheit und tiefe Zärtlichkeit ich jedesmal besser verstehe, wenn ich sie wiederlese, zu entschuldigen. Sagen Sie ihm, Simone, Sie, die Sie mich ganz und gar kennen und die Sie in diesem Jahr von jeder meiner Herzensregungen Kunde hatten, daß es kein Wesen auf der Welt gibt, das mir jenes ungemischte Glück, jene vollkommene Freude gegeben hat oder mir jemals geben könnte, die ich ihm verdanke und deren ich mich immer nur, selbst wenn ich es nicht mehr zu ihm sage, unwürdig fühlen kann.

Simone, wenn der Schritt, von dem Sie sprechen, getan werden könnte, würde in diesem Winter alles einfacher sein. Pradelle hat dafür, daß er ihn nicht unternimmt, Gründe, die in meinen Augen ebenso gewichtig sind, wie sie ihm erscheinen. Für diesen Fall hat Mama mir, ohne von mir einen völligen Bruch zu verlangen, so viele Schwierigkeiten und Beschränkungen unserer Beziehung angekündigt, daß ich aus Grauen vor einem immer erneuten Kampf das Schlimmere vorgezogen habe. Seine Antwort auf den traurigen Brief, den ich ihm habe schreiben müssen, hat mir allzu fühlbar gemacht, wie groß für ihn dieses Opfer sein würde. Ich habe den Mut nicht mehr, es mir zu wünschen. Ich will versuchen, die Dinge ein wenig in Ordnung zu bringen und durch Gefügigkeit und Geduld zu erlangen, daß Mama uns etwas mehr Vertrauen schenkt und von der Idee abgeht, mich ins Ausland zu schicken. Alles das, Simone, ist nicht einfach, alles das ist hart, und ich bin deswegen für ihn sehr betrübt. Zweimal hat er zu mir von Fatalismus gesprochen. Ich verstehe, was er mir auf diesem Umweg zu verstehen geben will, und werde um seinetwillen alles tun, was in meiner Macht steht, um unsere Situation zu bessern. Soweit es aber nötig ist, werde ich mit glühender Bereitschaft leiden, denn ich finde eine gewisse Freude darin, um seinetwillen zu leiden, und bin vor allem der Meinung, daß ich mit keinem Preis je das Glück zu teuer bezahlen werde, in das ich schon eingegangen bin, die Freude, gegen die irgendein Zufall von außen nun nichts mehr vermag ... Ich bin hier halbtot vor Verlangen nach Alleinsein angekommen, habe aber außer meinem Schwager fünf seiner Brüder und Schwestern vorgefunden; ich teile mit der ältesten und den Zwillingen das Zimmer, in dem ich es mit Ihnen und Stépha damals so schön gehabt habe. Ich habe Ihnen diese Zeilen in weniger als dreiviertel Stunden geschrieben, bevor ich meine Familie in den Ort zum Markt begleiten muß; morgen verbringen Du Moulins den ganzen Tag bei uns, übermorgen trifft Geneviève de Bréville ein, und außerdem müssen wir zu den Mulots zum Tanzen. Aber ich bleibe innerlich frei, ohne daß irgend jemand etwas ahnt. Alle diese Dinge sind für mich, als gäbe es sie nicht. Mein Leben besteht darin, mit einem ganz leisen Lächeln auf eine Stimme zu lauschen, die ich unablässig in mir höre, und mich mit ihm für alle Zeit vor allem andern zu flüchten ...›

Ich verspürte in mir eine Regung der Gereiztheit gegen Pradelle: weshalb lehnte er die Lösung ab, die ich vorgeschlagen hatte? Ich schrieb ihm. Seine Schwester, antwortete er mir, habe sich gerade verlobt; sein älterer Bruder – der seit langem verheiratet war, er sprach niemals von ihm – war im Begriff, nach Togo zu gehen; wenn auch er jetzt seiner Mutter ankündigte, er wolle sie verlassen, so würde das ein vielleicht verhängnisvoller Schlag für sie sein.

Und Zaza? fragte ich ihn, als er Ende September nach Paris zurückkehrte. War er sich nicht darüber klar, daß sie sich in diesen Kämpfen aufrieb? Er erwiderte, sie billige seine Haltung; ich mochte noch so erregt auf ihn einreden, er ging von seinem Standpunkt nicht ab.

Zaza kam mir sehr niedergeschlagen vor; sie war mager geworden und hatte ihre Farbe verloren; oft wurde sie von Kopfweh geplagt. Madame Mabille gestattete ihr auf Widerruf, Pradelle zu sehen, aber im Dezember sollte sie nach Berlin gehen und dort ein Jahr bleiben: mit Schrecken dachte sie an dieses Exil. Ich machte einen neuen Vorschlag: Pradelle solle sich ohne Wissen seiner Mutter mit Madame Mabille aussprechen. Zaza schüttelte den Kopf. Madame Mabille würde auf seine Gründe nicht eingehen; sie kannte sie bereits und sah sie nur als Ausflüchte an. Ihrer Meinung nach war Pradelle nicht entschlossen, Zaza zu heiraten; sonst hätte er in einen offiziellen Schritt eingewilligt; einer Mutter bricht nicht das Herz, weil ihr Sohn sich verlobt, diese Geschichte war nicht aufrechtzuerhalten! In diesem Punkte war ich ihrer Meinung; auf alle Fälle würde die Heirat nicht vor zwei Jahren stattfinden, der Fall von Madame Pradelle kam mir nicht tragisch vor. «Ich will nicht, daß sie meinetwegen leidet», hatte Zaza gesagt. Ihre Seelengröße brachte mich zur Verzweiflung. Sie begriff meinen Zorn, sie begriff Pradelles Bedenken, sie hatte Verständnis für die Skrupel von Madame Mabille; sie hatte Verständnis für alle Leute, die sich untereinander nicht verstanden und deren Mißverständnisse sich auf sie auswirkten.

«Ein Jahr ist doch nicht alle Welt», stellte Pradelle mit einer gewissen Gereiztheit fest. Weit davon entfernt, auf Zaza tröstlich zu wirken, stellte diese Lebensweisheit ihr Vertrauen auf eine schwere Probe; um ohne allzu große Beängstigung sich mit einer langen Trennung abfinden zu können, hätte sie jene Gewißheit besitzen müssen, auf die sie sich so oft in ihren Briefen berief, die ihr aber in Wirklichkeit auf schmerzliche Weise abging. Meine Voraussage bestätigte sich: Pradelle war nicht leicht zu lieben, besonders nicht für ein Herz, das so heftig wie das Zazas schlug. Mit einer Aufrichtigkeit, die an Narzißmus grenzte, beklagte er sich ihr gegenüber, es fehle ihm an Leidenschaft, so daß sie wohl oder übel daraus schließen mußte, seine Liebe zu ihr sei etwas lau. Sein Verhalten wirkte nicht gerade beruhigend auf sie; er zeigte seiner Familie gegenüber abwegige Regungen des Zartgefühls und schien sich kaum etwas daraus zu machen, wenn sie darunter litt.

Sie hatten sich nur erst kurz wiedergesehen; sie erwartete voller Ungeduld den Nachmittag, den sie zusammen verbringen wollten, als sie am Morgen einen Rohrpostbrief erhielt; er hatte einen Onkel verloren und hielt die Freude, die er sich von der Begegnung mit ihr versprach, für unvereinbar mit dieser Trauer; er sagte ab. Am folgenden Tage kam sie mit meiner Schwester ein Glas Wermut bei mir trinken; es gelang ihr nicht, sich ein Lächeln abzuringen. Am Abend schickte sie mir einen kleinen Brief: ‹Ich schreibe nicht, um mich zu entschuldigen, daß ich trotz des Wermuts und Ihres so tröstlichen Empfangs trübsinnig gewesen bin. Sie haben es sicher verstanden, ich war noch ganz erschüttert von dem Rohrpostbrief von gestern. Es hat sich sehr schlecht getroffen. Wenn Pradelle hätte erraten können, mit welchen Gefühlen ich auf diese Begegnung wartete, so hätte er, glaube ich, nicht abgesagt. Aber es ist nur gut, daß er es nicht wußte; ich finde sehr schön, was er getan hat, und es war mir ganz gut zu sehen, wie sehr mein Gefühl der Mutlosigkeit zunimmt, wenn ich absolut allein bin, um den bitteren Betrachtungen und düsteren Warnungen widerstehen zu müssen, die Mama mir zu geben sich verpflichtet fühlt. Das Traurigste ist, daß ich nicht mit ihm in Verbindung treten kann: ich habe nicht gewagt, ihm eine

Nachricht in seine Wohnung zu schicken. Wären Sie allein gewesen, so hätte ich ihm ein paar Zeilen geschrieben und Sie gebeten, mit Ihrer unleserlichen Handschrift die Adresse auf den Umschlag zu schreiben. Sie wären sehr lieb, wenn Sie ihm gleich einen Rohrpostbrief schicken würden, um ihm zu sagen, was er hoffentlich auch so schon weiß: daß ich ganz nahe bei ihm bin im Leid wie in der Freude, vor allem aber, daß er mir nach Hause schreiben kann, sooft er will. Er würde sehr gut tun, es nicht zu unterlassen, denn wenn ich ihn nicht sehr bald wiedersehen kann, tut mir um so mehr ein Wort von ihm schrecklich not. Im übrigen braucht er sich im Augenblick vor meiner Heiterkeit nicht zu fürchten. Wenn ich selbst von uns mit ihm spräche, so würde es in hinreichend ernstem Ton geschehen. Selbst wenn ich mich durch seine Gegenwart erleichtert fühlen könnte, bleibt im Leben doch immer noch genügend Trauriges, wovon man sprechen kann, auch wenn man sowieso schon Trauer hat. Und wäre es nur von *Poussière*. Ich habe dies Buch gestern abend wieder hervorgeholt, und ich fühle mich davon nicht weniger ergriffen als zu Anfang der Ferien. Ja, Judy ist großartig und liebenswert; sie bleibt dennoch unvollendet, und wie unglücklich vor allem! Daß ihre Freude an ihrem eigenen Leben und an allem Geschaffenen sie vor der Härte des Daseins rettet, gebe ich zu. Aber ihre Freude würde nicht im Antlitz des Todes standhalten, und es ist keine genügende Lösung, zu leben, als ob es nicht das zu guter Letzt doch gäbe. Als ich mich von ihr trennte, habe ich mich geschämt, auch nur einen Augenblick geklagt zu haben, wo ich doch über alle Schwierigkeiten und alle Trauer hinweg, hinter der sie sich manchmal verbirgt, eine Freude verspüre, die nur schwer auszuschöpfen und allzuoft meiner Schwäche unzugänglich ist, für die man aber kein Wesen auf Erden braucht und die nicht einmal vollkommen von mir selbst abhängt. Diese

Freude tut keiner anderen Sache Abbruch. Die, die ich liebe, brauchen nichts zu fürchten, ich entziehe mich ihnen nicht. Ich fühle mich in diesem Augenblick der Erde und sogar meinem eigenen Leben verhaftet wie noch nie.›

Trotz dieses optimistischen Schlusses und trotz der etwas verkrampften Zustimmung zu Pradelles Entschluß ließ Zaza doch ihre Bitterkeit durchblicken; um ‹allem Geschaffenen› die übernatürliche Freude gegenüberzustellen, ‹für die man kein Wesen auf Erden braucht›, war es doch nötig, daß sie in dieser Welt nicht mehr endgültig auf irgendein Wesen sich vertrauensvoll stützen zu können hoffte. Ich schickte einen Rohrpostbrief an Pradelle, der ihr auch sofort schrieb; sie dankte mir: ‹Dank Ihnen bin ich am Samstag schon von den Gespenstern befreit gewesen, mit denen ich mich herumschlug›. Aber die Gespenster ließen sie nicht lange in Ruhe, und ihnen stand sie sehr allein gegenüber.

Sogar uns beide brachte meine Sorge um sie etwas auseinander, denn ich war böse auf Pradelle, und sie beschuldigte mich, ich verkenne ihn; sie hatte den Verzicht gewählt und versteifte sich darauf, wenn ich in sie drang, daß sie sich wehren müsse. Im übrigen hatte mir ihre Mutter das Haus in der Rue de Berri verboten; andererseits wußte sie Zaza auf jede Weise dort festzuhalten. Dennoch hatten wir bei mir zu Hause ein langes Gespräch, bei dem ich ihr von meinem eigenen Leben erzählte; sie schickte mir am nächsten Tage ein Briefchen, um mir überschwenglich zu versichern, wie glücklich sie darüber gewesen sei. Aber, fügte sie hinzu, aus Familiengründen, die sie im Augenblick nicht auseinandersetzen könne, werde sie mich eine Zeitlang nicht sehen können. ‹Warten Sie ein Weilchen ab.›

Pradelle auf der anderen Seite hatte ihr Nachricht gegeben, daß sein Bruder sich eingeschifft habe und daß eine Woche lang die Sorge, seine Mutter zu trösten, ihn ganz in Anspruch nehmen werde. Auch diesmal noch tat sie so, als finde sie natürlich, daß er nicht zögerte, wiederum sie zu opfern; ich war aber sicher, daß erneut Zweifel an ihr nagten, und sehr betrübt darüber, daß acht Tage lang keine Stimme den ‹düsteren Warnungen› Schach bieten würde, die ihr Madame Mabille so reichlich zuteil werden ließ.

Zehn Tage darauf traf ich sie zufällig bei ‹Poccardi›; ich war zum Lesen in die Nationale gegangen, und sie machte Einkäufe in der Gegend; ich begleitete sie. Zu meiner großen Überraschung strömte sie über vor Heiterkeit. Sie hatte viel nachgedacht im Laufe dieser einsamen Woche, und allmählich hatte sich alles in ihrem Kopf und in ihrem Herzen zurechtgerückt: selbst ihre Abreise nach Berlin erschreckte sie nicht mehr. Sie würde Muße haben, sie würde versuchen, den Roman zu schreiben, an den sie seit langem schon dachte, sie würde sehr viel lesen: noch niemals hatte sie einen solchen Durst nach Lektüre verspürt. Sie hatte gerade Stendhal mit Bewunderung wiederentdeckt. Ihre Familie lehnte ihn so kategorisch ab, daß es ihr bislang nie gelungen war, über diese Voreingenommenheit völlig hinwegzukommen: aber als sie ihn in diesen letzten Tagen wiederlas, hatte sie ihn endlich verstanden und vorbehaltlos zu lieben angefangen. Sie verspürte das Bedürfnis in sich, eine große Zahl ihrer Urteile zu revidieren: sie hatte den Eindruck, daß ernstlich eine neue Entwicklungsphase in ihr begonnen habe. Sie sprach zu mir mit fast unnatürlicher Wärme und Überschwenglichkeit; ihrem Optimismus haftete etwas Krampfhaftes an. Dennoch freute ich mich: sie hatte neue Kräfte gefunden, und es schien, als sei sie auch auf dem Wege, mir wieder viel näherzukommen. Mit einem Herzen voller Hoffnung sagte ich ihr Lebewohl.

Vier Tage darauf bekam ich ein Briefchen von Madame Mabille: Zaza war sehr krank; sie hatte hohes Fieber und furchtbare Kopfschmerzen. Der Arzt hatte sie in eine Klinik in Saint-Cloud bringen lassen; sie brauchte Einsamkeit und absolute Ruhe; sie durfte keinen Besuch empfangen: wenn das Fieber nicht zurückging, war sie verloren.

Ich traf mich mit Pradelle. Er erzählte mir, was er wußte. Zwei Tage nach meiner Begegnung mit Zaza war Madame Pradelle allein in ihrer Wohnung, als es draußen schellte; sie öffnete und fand sich einem gutgekleideten jungen Mädchen gegenüber, das keinen Hut aufhatte, was zu jener Zeit noch ganz inkorrekt war. «Sie sind die Mutter von Jean Pradelle?» fragte die junge Person. «Kann ich mit Ihnen reden?» Sie stellte sich vor, und Madame Pradelle ließ sie hereinkommen. Zaza blickte sich im Zimmer um: sie hatte ein kreideweißes Gesicht mit leuchtendroten Flecken auf den Backen. «Jean ist nicht da? Weshalb? Ist er schon im Himmel?» Erschrocken hatte Madame Pradelle ihr gesagt, er werde gleich nach Hause kommen. «Sie verabscheuen mich, Madame?» fragte Zaza weiter. Madame Pradelle verwahrte sich dagegen. «Warum wollen Sie dann nicht, daß wir uns heiraten?» Madame Pradelle tat ihr Bestes, um sie zu beruhigen; es war ihr einigermaßen gelungen, als Jean etwas später eintrat, aber Zazas Stirn und Hände glühten. «Ich bringe Sie nach Hause», hatte er gesagt. Sie nahmen ein Taxi, und während sie zur Rue de Berri fuhren, hatte sie ihn vorwurfsvoll gefragt: «Wollen Sie mich nicht küssen? Warum haben Sie mich niemals geküßt?» Er küßte sie.

Madame Mabille brachte sie zu Bett und ließ den Arzt kommen; sie sprach sich mit Pradelle aus: sie wolle ihre Tochter nicht unglücklich machen, sie widersetze sich dieser Heirat nicht mehr. Madame Pradelle widersetzte sich ebenfalls nicht; sie wollte niemandes Unglück. Alles würde ins reine kommen. Aber Zaza hatte vierzig Grad Fieber und delirierte.

Vier Tage noch verlangte sie in der Klinik von Saint-Cloud «meine Geige, Pradelle, Simone und Champagner». Das Fieber ging nicht zurück. Ihre Mutter bekam das Recht, die letzte Nacht bei ihr zu verbringen. Zaza erkannte sie und wußte, daß sie sterben würde. «Sei nicht traurig, liebste Mama», sagte sie. «In allen Familien gibt es einen Versager: dieser Versager bin ich.»

Als ich sie in der Kapelle der Klinik wiedersah, lag sie zwischen Kerzen und Blumen gebettet da. Sie trug ein langes Nachthemd aus steifer Leinwand. Ihr Haar war noch gewachsen, es umrahmte mit starren Locken ein Gesicht, das so gelb und so mager war, daß ich kaum ihre Züge darin wiederfand. Ihre Hände mit den langen, bleichen Nägeln lagen auf dem Kruzifix gekreuzt und sahen so mürbe aus wie die einer sehr alten Mumie. Madame Mabille schluchzte. «Wir sind nur Werkzeuge in den Händen Gottes gewesen», sagte Monsieur Mabille zu ihr.

Die Ärzte sprachen von Meningitis, von Encephalitis, niemand erfuhr jemals etwas Genaues. Handelte es sich um eine ansteckende Krankheit, einen Unfall? Oder war Zaza einem Übermaß an Müdigkeit und Beängstigung erlegen? Oft ist sie mir nachts erschienen mit ihrem gelben Gesicht unter einer kleinen Glocke aus rosa Filz und hat mich vorwurfsvoll angeschaut. Zusammen haben wir beide gegen das zähflüssige Schicksal gekämpft, das uns zu verschlingen drohte, und lange Zeit habe ich gedacht, ich hätte am Ende meine Freiheit mit ihrem Tode bezahlt.

# Hinweise

(Alphabetisch geordnet)

*Achard* Marcel, 1900–1974, Theaterdichter

*Action Française,* nach der royalistischen Zeitung (1908–1944) benannte Bewegung (s. Maurras).

*Adam Bede,* Roman von G. Eliot (1859).

*Alain,* 1868–1951. Philosoph, Lehrer der Generation zwischen beiden Weltkriegen.

*Alain-Fournier,* 1886–1914. Schriftsteller. Hauptwerk: «Le Grand Meaulnes».

*Alceste,* Figur aus dem «Misanthrope» von Molière.

*Aragon* Louis, 1897–1982, Mitbegründer des Surrealismus.

*Arland* Marcel, 1899–1986, Schriftsteller und Kritiker.

*Aron* Raymond, 1905–1983, Professor für Soziologie an der Sorbonne, Publizist.

*Barrès* Maurice, 1862–1923. Patriotischer Schriftsteller.

*Baruzi,* Professor für vergl. Religionswissenschaft am «Collège de France».

*Bergson* Henri, 1859–1941. Philosoph. Nobelpreis für Literatur 1927.

*Bréhier,* 1876–1953. Professor für Philosophie, Verfasser einer großen «Geschichte der Philosophie».

*Brunschvicg* Léon, 1869–1943. Professor für Philosophie, Pascal-Studien.

*Camelot du Roi,* Ausrufer und Verkäufer der «Action Française», royalistischer Parteigänger.

*Candide,* Konservative satirische, bürgerlich gemäßigte Wochenzeitung.

*Chadourne* Marc, Schriftsteller, Reiseberichte aus Fernost. 1930 Prix Femina für «Cécile de la Folie».

*Clara d'Ellébeuse,* Hauptfigur und danach benannter Roman von Francis Jammes.

*Claudel* Paul, 1868–1955. Dichter.
*Claudine*, Romanfigur bei Colette (Cl. à l'école, 1900; Cl. à Paris 1901; Cl. en ménage, 1902; Cl. s'en va, 1903).
*Cocteau*, Jean, 1889–1963, Dichter und Maler.
*Colette*, 1873–1954. Schriftstellerin.
*Colline*, in den dreißiger Jahren berühmter Chansonnier.
*Comédie Humaine*, Gesamttitel des Romanwerks von Balzac.
*Communards*, Anhänger der «Commune de Paris», der Pariser Revolutionsregierung von 1871.
*Condillac*, E. B. de, 1715–1780, Franz. Philosoph («Sensualist»).
*Coppée* François, 1842–1908. Dichter.
*Cyrano de Bergerac*, 1897, Lustspiel von Edmond Rostand.
*D'Alembert*, 1717–1783. Franz. Enzyklopädist.
*Daniélou* Jean, S. J., 1905–1974, Professor für Theologie in Paris.
*Daumal* René, 1908–1944. Surrealistischer Dichter.
*Déroulède* Paul, 1846–1914. Verfasser patriotischer Dramen und Lieder. Anhänger von Boulanger. Wegen Landesverrat 1899 zum Exil verurteilt, später begnadigt.
*Dorin*, Chansonnier und Filmschauspieler.
*DuBos* Charles, 1882–1939. Katholischer Schriftsteller.
*Duncan* Isadora, 1877–1927, in den zwanziger Jahren berühmte Tänzerin, deren tragischer Tod Paris erschütterte und von Cocteau in seinen «Enfants terribles» festgehalten wurde.
*E. O. R.*, Reserveoffizier-Anwärter.
*Fargue* Léon-Paul, 1876–1947. Schriftsteller aus der «Nouvelle Revue Française»-Gruppe.
*Farrère* Claude, 1876–1957. Marineoffizier und Kolonialschriftsteller, Mitglied der Académie Française.
*Friedmann*, 1902–1977, Professor für Soziologie in Paris. Forschungen auf dem Felde der Geschichte von Arbeit und Technik.
*Fumet* Stanislas, geb. 1896, katholischer Publizist.

*Galliéni* Jos., 1849–1916. 1914 Gouverneur von Paris, vom Oktober 1915 bis März 1916 Kriegsminister. Um die Jahrhundertwende erfolgreiche Tätigkeit auf Madagaskar.

*Gide* André, 1869–1951. Schriftsteller.

*Giraudoux* Jean, 1882–1944. Schriftsteller und Diplomat.

*Goblot* Émile, Philosophieprofessor in Lyon, Verfasser eines preisgekrönten Handbuches, des «Traité de Logique» (1917).

*Guéhenno,* 1890–1978, bretonischer Schriftsteller, Generalinspektor im franz. Unterrichtswesen.

*Guérin,* Eugénie de, 1805–1848. Schriftstellerin.

*Guizot* François, 1787–1874. Konservativer Staatsmann und Historiker.

*Guynemer,* 1894–1917. Erfolgreichster Jagdflieger auf der französischen Seite. Im Luftkampf gefallen. Zum Symbol für Ritterlichkeit und Sportlichkeit im Kampf geworden.

*Hyppolite* Jean, Philosoph (Hegel-Studien). Seit 1955 Direktor der École Normale Supérieure.

*Jammes* Francis, 1868–1938. Dichter des Symbolismus.

*Jean de la Lune,* 1929, erster großer Lustspielerfolg von Marcel Achard in Paris.

*Joyce* James, 1882–1941. Anglo-irischer Romandichter und Lyriker.

*Lafcadio,* Figur aus «Les Caves du Vatican» (1922) von André Gide.

*La Femme et le Pantin,* Roman von Pierre Louys (1870–1925).

*Lagache* Daniel, Professor für Psychologie und Psychiatrie in Paris.

*Lagneau* Jules, 1851–1894. Franz. Philosoph, Lehrer von Alain.

*L'Aiglon,* 1900, Versdrama von Edmond Rostand über den Herzog von Reichstadt.

*Lalande* André, 1867–1963. Herausgeber eines philosophischen Wörterbuches, von 1904–1937 Professor für Philosophie an der Sorbonne.

*Larbaud* Valéry, 1881–1958. Schriftsteller, Romane und Übersetzungen.

*Laurie* André, Pseudonym von P. Grpusset, 1845–1909. Sozialistischer Publizist aus Korsika.

*Lefebvre* Henri, marxistischer Philosoph.

*Le Grand Meaulnes*, 1913, berühmter Roman von Alain-Fournier; in Deutschland unter dem Titel «Der große Kamerad» bekannt.

*Le Matin*, politische Tageszeitung in Paris, 1884 nach dem Muster der englischen Presse gegründet.

*Le Potomak*, 1909, Roman von Jean Cocteau.

*Les Demi-Vierges*, Roman von Marcel Prévost (1862–1942).

*Lévi-Strauss* Claude Gustave, geb. 1908, Professor am «Collège de France». Revolutionierende Gedanken zur Ethnologie und zur Soziologie in «Tristes Tropiques».

*L'Œuvre*, politisches Tageblatt.

*Lucien Leuwen*, Roman aus dem Nachlaß von Stendhal, geschrieben zwischen «Le Rouge et le Noir» und «La Chartreuse de Parme».

*Lyautey* Louis, 1854–1934. Geistig regsamer französischer Marschall. Große Verdienste bei der Entwicklung des modernen Marokkos.

*Marcel* Gabriel, 1889–1973, franz.-christlicher Existenzphilosoph.

*Maritain* Jacques, 1882–1973, franz. Neo-Thomist. Seit einigen Jahren Professor für Philosophie in Princeton.

*Mauriac* François, 1885–1970, katholischer Schriftsteller, Nobelpreisträger. Wöchentlicher Kommentar des Zeitgeschehens in «L'Express» («Bloc-Notes»).

*Maurras* Charles, 1868–1952. Monarchistischer Schriftsteller, zentrale Figur der «Action Française». 1945 wegen seiner Haltung während der Besatzungszeit zu lebenslanger Haft verurteilt und aus der Académie Française ausgestoßen.

*Ménalque*, Figur aus den «Nourritures Terrestres» (1897) von André Gide.

*Merleau-Ponty*, 1908–1961, Professor für Philosophie am

Collège de France». Zusammen mit Jean-Paul Sartre und Simone de Beauvoir Begründer der Zeitschrift «Les Temps Modernes».

*Monsieur Teste,* Prosasammlung von Paul Valéry (1929), eine Art geistiger Autobiographie.

*Montalembert* Charles, Graf v., 1810–1870. Liberaler katholischer Schriftsteller.

*Nathanael,* Figur aus «Les Nourritures Terrestres» (1897) von André Gide.

*Nizan* Paul, 1905–1940, Philosoph, der sich nach dem deutsch-russischen Pakt 1939 von der Kommunistischen Partei trennte. Im Krieg gestorben.

*Noël-Noël,* seit den dreißiger Jahren berühmter Chansonnier und Filmschauspieler.

*Paul-Boncour* Jos., 1873–1958, Staatsmann der französischen dritten Republik.

*Péguy* Charles, 1873–1914. Dichter und Publizist, Vorkämpfer eines christlichen Sozialismus.

*Philinte,* Figur aus dem «Misanthrope» von Molière.

*Piccoli,* Schauspielertruppe.

*Politzer,* Philosoph, Verfasser einer in den dreißiger Jahren vieldiskutierten «Kritik der Fundamente der psychologischen Wissenschaft».

*Poussière,* franz. Titel von «Dusty Answer», Roman (1903) von Rosamond Lehmann.

*Prévost* Jean, 1901–1944.

*Primerose,* vergessenes Lustspiel aus dem Jahre 1911.

*Proust* Marcel, 1871–1922. Schriftsteller, Romanwerk «Auf der Suche nach der verlorenen Zeit».

*Radiguet* Raymond, 1903–1923. Verfasser von «Le Diable au Corps», 1923.

*Ramuz* Charles-Ferdinand, 1878–1947. Schriftsteller aus der franz. Schweiz.

*Renan* Joseph-Ernest, 1823–1892. Schriftsteller aus der Bretagne. Bekannt durch seine Religionskritik, besonders in der «Vie de Jésus», 1853.

*Revue des Deux Mondes*, gegr. 1829, zweitälteste französische Monatszeitschrift für Literatur und Allgemeines.

*Rigadin*, Witzfigur aus französischen Bildergeschichten.

*Rivière* Jacques, 1886–1925. Schriftsteller, Mitbegründer der Zeitschrift «La Nouvelle Française», entdeckte Paul Claudel.

*Sacco* und *Vanzetti*, nach einem undurchsichtigen Anarchisten-Prozeß in New York hingerichtete Italiener.

*Sangnier* Marc, 1873–1950, katholischer Publizist, Mitbegründer der politisch-religiösen Bewegung der «Démocratie Chrétienne».

*Sarment* Jean, Pseudonym für J. Bellemère, geb. 1897. Schriftsteller und Schauspieler.

*Siegfried et le Limousin*, Roman von Jean Giraudoux, mit dem Prix Balzac ausgezeichnet (1922).

*Silas Marner*, The Weawer of Reveloe, Roman (1860) von G. Eliot.

*Sillon*, katholische fortschrittliche Zeitschrift von Marc Sangnier, 1904 gegründet und 1910 auf Veranlassung des Vatikans eingestellt.

*Soupault* Philippe, 1897–1990, surrealistischer Schriftsteller.

*Swetchine*, Anne-Sophie Soymonif, 1782–1857. Franz. Schriftstellerin russischen Ursprungs. Mystische und spiritistische Interessen. Berühmter Salon.

*Sygne*, Figur aus «L'Otage», einem Drama (1911) von Paul Claudel.

*Vailland* Roger, 1907–1965, Schriftsteller, Prix Goncourt 1957 für «La Loi».

*Valéry* Paul, 1872–1945. Dichter und Denker.

*Veuillot* Louis, 1813–1883. Katholischer, ultramontanistischer Publizist.